BUSCAS CURIOSAS

Margaret Atwood

BUSCAS CURIOSAS

Tradução de
Ana Deiró

Título original
CURIOUS PURSUITS
Occasional Writing
1970-2005

Copyright © O. W. Toad Ltd. 2005

O direito moral da autora foi assegurado

Nenhuma parte desta publicação pode ser reproduzida no todo ou em parte, assim como incluída em circuito informatizado ou transmitida sob qualquer forma sem a prévia autorização por escrito.

Direitos para a língua portuguesa reservados
com exclusividade para o Brasil à
EDITORA ROCCO LTDA.
Av. Presidente Wilson, 231 – 8º andar
20030-021 – Rio de Janeiro – RJ
Tel.: (21) 3525-2000 – Fax: (21) 3525-2001
rocco@rocco.com.br / www.rocco.com.br

Printed in Brazil/Impresso no Brasil

preparação de originais: ILANA FELDMAN

CIP-Brasil. Catalogação-na-fonte.
Sindicato Nacional dos Editores de Livros, RJ.

A899b   Atwood, Margaret,
        Buscas curiosas / Margaret Atwood; tradução de Ana Deiró.
     – Rio de Janeiro: Rocco, 2009.

     Tradução de: Curious pursuits: occasional writing 1970-2005

     ISBN 97885-325-1381-6

     1. Atwood, Margaret – Viagens. 2. Atwood, Margaret
     – Amigos e companheiros. 3. Literatura – História e crítica. I. Título.

08-4663   CDD-814.54
                                                                        CDU-820(73)-4

Para minha família

Sumário

Prefácio 11

PARTE UM: 1970–1989

Introdução 1970–1989 19

1. Viagens ao passado 24
2. Resenha de *Diving into the Wreck: Poemas 1971-1972* de Adrienne Rich 31
3. Resenha de *Anne Sexton: A Self-Portrait in Letters* 35
4. A maldição de Eva – ou, o que aprendi na escola 38
5. Observando Northrop Frye 52
6. Escrevendo o personagem masculino 62
7. Imaginando como é ser mulher. Resenha de *As bruxas de Eastwick* de John Updike 81
8. Introdução de *Roughingh It in the Bush* de Susanna Moodie .. 88
9. Atormentados por seus pesadelos. Resenha de *Amada* de Tony Morrison 97
10. Escrevendo utopia 104
11. Tias-Maravilha. *Retratos de Família: Recordações de Vinte Autores Ilustres* 115
12. Introdução: Leitura às cegas. Introdução de *The Best American Short Stories* 129
13. A mulher pública na qualidade de homem honorário. Resenha de *The Warrior Queens* de Antonia Fraser 144

PARTE DOIS: 1990–1999

Introdução 1990 – 1999 151

14 Uma faca de dois gumes: A graça subversiva em
   dois contos de Thomas King 153
15 Nove começos: *De A escritora sobre seu trabalho, Volume 1* .. 165
16 Escravo de sua própria libertação. Resenha de
   O general em seu labirinto de Gabriel García Márquez 172
17 Angela Carter: 1940-1992 176
18 Posfácio de *Anne of Green Gables*
   de Lucy Maud Montgomery 179
19 Introdução: Os primeiros anos. Introdução de
   The Poetry of Gwendolyn MacEwen: The Early Years 185
20 Vilãs de mãos manchadas: Problemas de mau
   comportamento feminino em criação de literatura 190
21 O estilo grunge de *Writing Away:*
   The PEN Canada Travel Anthology 207
22 Nem tanto Grimm: O poder duradouro de contos de fadas.
   Resenha de *From the Beast to the Blonde:*
   On Fairy Tales and Their Tellers de Marina Warner 218
23 "Homenzinhos com seios". Resenha de *Um experimento*
   amoroso de Hilary Mantel 223
24 Em busca de *Alias Grace*: Sobre escrever ficção
   histórica canadense 228
25 Por que amo *O mensageiro do diabo* 251

PARTE TRÊS: 2000–2005

Introdução 2000–2005 259

26 Pinteresco 263
27 Mordecai Richler: 1931 – 2001: Diógenes de Montreal 265
28 Quando o Afeganistão estava em paz 267
29 Introdução a *Ela* de H. Rider Haggard 270
30 Introdução a *Doctor Glas* de Hjalmar Söderberg 278

31	O homem mistério: Algumas pistas para compreender Dashiell Hammett	284
32	Sobre mitos e homens. Resenha de *Atanarjuat: The Fast Runner*.	299
33	Policiais e ladrões. Resenha de *Tishomingo Blues* de Elmore Leonard	304
34	A mulher indelével	317
35	A rainha de Quinkdom. Resenha de *The Birthday of the World and Other Stories* de Ursula K. Le Guin	320
36	Jardins da Vitória. Prefácio de *A Breath of Fresh Air: Celebrating Nature and School Gardens* de Elise Houghton	333
37	Tormentos e vexames. De *Mortifications: Writers' Stories of Their Public Shame*	342
38	Escrevendo *Oryx e Crake*	346
39	Carta para a América	349
40	Edimburgo e seu festival	353
41	George Orwell: Algumas ligações pessoais	358
42	Carol Shields, que morreu na semana passada, escreveu livros que eram cheios de deleite e delícias	366
43	Ele ressurge eterno. Resenha de *Hope Dies Last: Keeping the Faith in Difficult Times* de Studs Terkel	371
44	Para Beechey Island. De *Solo: Writers on Pilgrimage*	385
45	Descoberta: Uma *Ilíada* americana. Resenha de *A Story as Sharp as a Knife: The Classical Haida Mythtellers and Their World* de Robert Bringhurst	397
46	Echarpes lindas de morrer. Resenha de *Neve* de Orhan Pamuk	404
47	Dez maneiras de entender *A ilha do doutor Moreau*	409
Bibliografia		425
Agradecimentos		429

Prefácio

Buscas curiosas é uma coletânea variada de textos avulsos – isto é, textos escritos para ocasiões específicas. Algumas das ocasiões foram livros escritos por outras pessoas, resultando em resenhas e artigos; algumas outras foram de natureza política, que resultaram em jornalismo de diversos tipos; outras, ainda – um número cada vez maior, à medida que o tempo vai passando –, foram mortes, de modo que, com alguma freqüência, pediram-me que escrevesse obituários para publicação em cima da hora, e quando eu me encontrava em lugares bastante estranhos e quase sem nenhum tempo disponível. (O artigo sobre Carol Shields, por exemplo, foi escrito dentro de um trem em movimento.)

Examinando as décadas, descobri que escrevi, em média, cerca de vinte desses textos por ano. Poupei o leitor das efemérides políticas que tinham como tema as eleições para a prefeitura de Toronto, artigos ambientalistas tipo "que vergonha" – a maioria deles – e paródias, ao estilo de "Gilbert and Sullivan", escritas para a comemoração da aposentadoria de certas pessoas, além de interpretações deploráveis de canções de música pop, de minha própria autoria, em companhia de quaisquer outros patetas que conseguisse arrastar comigo, para angariar fundos para organizações tais como o PEN. Os canadenses têm uma longa tradição de fazer papel de palhaços em público em prol de boas causas, uma tradição que respeito e defendo com firmeza.

Comecei a escrever textos avulsos na década de 1950, quando tinha 16 anos: era a repórter designada para cobrir as reuniões de minha Associação de Casa e Escola. Meus relatos desses encontros, por vezes ricos em acontecimentos, eram distribuídos no boletim mimeografado, que era enviado a todos os pais de alunas, para mantê-los informados de tópicos como o comprimento apropriado para as saias delas. Já naquela idade eu havia decidido ser uma escritora novelista dedicada – muitíssimo dedicada, resultado de doenças do pulmão, casos amorosos infelizes, alcoolismo, a que, por certo, a morte precoce se seguiria, mas eu sabia que, para poder pagar meu apartamentinho miserável e o absinto, precisaria ter um emprego, e essa foi minha primeira investida no mundo humilhante dos Escritores Profissionais de Aluguel. Será que aprendi alguma coisa com aquela experiência? Eu deveria ter aprendido que para cada conto que se conta não só existe um narrador, mas também um ouvinte, e que certas piadas não são adequadas para todas as ocasiões, mas esta lição em particular demorou algum tempo para ser compreendida.

Depois de ingressar na universidade, adquiri o hábito de produzir resenhas de livros e artigos para a revista literária – alguns deles sob pseudônimos, uma vez que nos agradava fingir, naquela época, que havia mais pessoas interessadas em arte e literatura do que na verdade existiam. Como muitos jovens, eu era exigente e intolerante, mas não deixava que isso se revelasse muito nas minhas resenhas, que tendiam a ser amavelmente condescendentes e a conter as maiores palavras em numerosas orações adjetivas. Continuei meu trabalho de resenhista e crítica depois de me formar, e enquanto estive na Escola de Graduação de Harvard, nos anos 1960, e, mais tarde, enquanto trabalhava em vários empregos mal pagos, começando a publicar poesia e ficção em revistas menores.

A presente coletânea não começa pelo princípio. O leitor foi poupado das obras-primas mimeografadas e dos pronunciamentos arrogantes da estudante universitária. O ponto de partida é o ano de 1970, quando eu já havia publicado duas coletâneas de poemas e uma novela e podia ser descrita como "ganhadora de prêmios" na quarta capa de livros. O Movimento Para a Libertação de Mulheres, em sua fase final do século XX, havia deslanchado em 1968 e estava, então, a pleno galope, pelo menos na América do Norte, e qualquer mulher que jamais tivesse passado a mão numa caneta e papel para escrever era vista, na época, sob uma nova luz: a de tom vermelho irado do feminismo furioso. Seus defensores as aprovavam, os opositores atacavam-nas; não existia espaço para neutralidade. Fui tragada por esse sorvedouro remoinhoso, descobrindo muitos novos mundos ao longo do caminho.

E assim a vida continuou. Por fim, me descobri sendo publicada em veículos maiores, tais como o *The New York Times*, e *The Washington Post*, a *The New York Review of Books* e o *Guardian*, mas isso levou algum tempo.

Passando em revista esta coletânea de páginas, percebo que meus interesses se mantiveram bastante constantes ao longo de décadas, embora me agrade crer que seu escopo tenha se ampliado um pouco. Algumas de minhas primeiras inquietações – minha preocupação ambientalista, por exemplo – foram consideradas, inicialmente, como beirando a loucura, mas desde então acabaram por ocupar o centro das atenções. Não gosto de artigos ou obras escritas para defender causas, porque as questões que as geram não são nada divertidas – mas, de qualquer maneira, ainda me sinto compelida a fazê-lo, em certa medida. Os efeitos também nem sempre são agradáveis, uma vez que o que pode ser simples bom senso para uma pessoa, é polêmica irritante para outra.

Alguns desses textos eram, originalmente, palestras e discursos. Proferi meu primeiro discurso aos dez anos de idade; e isso foi péssimo para mim. Ainda sofro de crises antecipadas de pânico da platéia, enquanto estou escrevendo discursos. Sou assombrada por uma metáfora da história de Edith Wharton, "O Pelicano", em que o discurso de um orador em público é comparado com o truque feito por um mágico no qual ele tira da boca resmas e resmas de papel em branco. Ainda tenho dificuldade para fazer críticas de livros: é tão parecido com fazer dever de casa e me obriga a ter opiniões, em vez da Capacidade Negativa, que é tão mais calmante para a digestão. De qualquer maneira as realizo, porque aqueles que recebem análises críticas, por sua vez, também têm de fazer análise crítica, caso contrário, o princípio da reciprocidade deixa de funcionar.

Entretanto, existe um outro motivo: fazer a análise crítica da obra de outros obriga você a examinar seus próprios gostos éticos e estéticos. O que queremos dizer quando qualificamos um livro de "bom"? Que qualidades consideramos "ruins", e por quê? Não existem, de fato, dois tipos de resenhas, derivadas de duas linhagens diferentes? Existem as resenhas de jornal, que procedem de bisbilhotices ao redor do poço da aldeia (amava-a, odiava-o, e puxa, você viu aqueles sapatos?); e existe a resenha "acadêmica", que descende da exegese bíblica e de outras tradições que envolviam o exame minucioso de textos sagrados. Esse tipo de análise acredita, secretamente, que alguns textos são mais sagrados que outros e que a aplicação de uma lente de aumento ou de suco de limão revelarão significados ocultos. Escrevi resenhas de ambos os tipos.

Não resenho livros de que não gosto, embora fazê-lo seja, sem dúvida, divertido para a minha faceta de sra. Hyde e um divertimento também para o leitor de classe mais mordaz. Mas, quer o livro seja realmente ruim, caso em que ninguém deveria resenhá-lo, quer seja bom, mas não do meu gosto, caso em que alguma outra pessoa deveria fazê-lo, é um grande luxo não ser uma crítica profissional em tempo integral: tenho a liberdade de deixar de lado livros que não conquistam meu interesse, sem ser obrigada a destroçá-los publicamente por escrito. Com o passar dos anos, história – inclusive história militar – se tornou um tema do meu interesse, assim como as biografias. Quanto à ficção, alguns de meus temas preferidos de leitura menos pretensiosa (literatura policial, ficção científica) saíram do armário.

Por falar nesses, cabe mencionar um padrão recorrente nas presentes páginas. Como um leitor deste manuscrito ressaltou, tenho o hábito de iniciar minha abordagem de um livro ou autor ou grupo de livros dizendo que li (ele, ela ou eles) no sótão, quando era adolescente; ou os encontrei numa estante em casa; ou na casa de campo onde passava as férias; ou que os retirei da biblioteca. Se essas afirmações fossem metáforas, eu excluiria todas elas exceto uma, mas são apenas retalhos de meu histórico de leitura. Minha justificativa para mencionar onde e quando li um livro pela primeira vez é que – como muitos outros leitores têm observado – a impressão que um livro causa em nós, com freqüência, está relacionada à nossa idade e às circunstâncias na ocasião em que o lemos, além de que o afeto por livros que adoramos quando jovens permanece conosco pelo resto da vida.

Dividi *Buscas curiosas* em três seções. A Parte Um cobre as décadas de 1970 e 1980, durante as quais escrevi e publiquei diversos volumes de poesia e várias novelas, inclusive *O conto da Aia*, o livro de minha autoria com maior probabilidade de ser incluído nas listas bibliográficas de cursos acadêmicos. Nesse período, passei da classe de ser mundialmente famosa no Canadá – como costumava dizer Mordecai Richler – para ser, de certo modo, mundialmente famosa, da maneira como os escritores são. (Nós, aqui, não estamos falando dos Rolling Stones.) Ela se encerra em 1989, o ano da queda do Muro de Berlim, que pôs fim à Guerra Fria e fez com que todos os homens no tabuleiro político do mundo se pusessem rapidamente em movimento. A Parte Dois reúne textos dos anos 1990 – uma espécie de período de calmaria, durante o qual houve gente que proclamou o fim da história, um tanto prematuramente –, culminando no ano de 1999, quando o século XX acabou. A Parte Três se estende de 2000, o ano do milênio, em que nada explodiu da maneira que se esperava, até 2001, quando a inesperada explosão de 11 de setembro abalou o mundo, e assim continua até agora. De maneira nada surpreendente, me descobri escrevendo mais a respeito de questões políticas durante este último período do que o havia feito já há algum tempo.

Por que este livro é chamado de *Buscas curiosas*? "Curiosas" porque dizem respeito ao meu estado de espírito habitual – uma palavra menos gentil seria "abelhudas" –, bem como aos temas de alguns desse escritos. Como Alice, eu, pessoalmente, me tornei cada vez mais curiosa, e o mundo fez a mesma coisa. Para dizer em outras palavras: se alguma coisa não desperta a minha curiosidade, não é provável que vá escrever a respeito dela. Embora, talvez, a palavra "curiosa" possa ter em si muito pouco peso, minhas curiosidades (tenho esperança) não são fúteis. "Apaixonada" teria sido uma expressão mais precisa; contudo, poderia transmitir uma impressão errônea e desapontar alguns libertinos.

Quanto a "buscas", é um substantivo que contém um verbo. O que se pode de fato fazer com a realidade senão correr atrás dela e explorá-la? Não se pode ter a esperança de capturá-la de nenhuma maneira definitiva, porque ela se mantém sempre em movimento. Imaginem-me, então, com uma rede de caçar borboletas ou espingarda de ar comprimido em punho, correndo pelos campos, com o tema esquivo esvoaçando e escapulindo ao longe, ou agachada atrás de uma moita de arbustos na esperança de agarrar um vislumbre.

Um vislumbre de quê?

Esta é exatamente a questão. Você nunca saberá.

Parte Um

1970–1989

1970-1989

No princípio dos anos 1970, eu estava morando em Londres, numa área chamada Parson's Green – que, atualmente, se tornou nobre, porém, na época, em transição, significava que a água congelava na cozinha quando estava frio. Casacos de comprimento maxi usados com botas de cano longo e minissaias de veludo amassado eram a moda; podia-se comprá-los na King's Road, que ainda estava em plena atividade. Aquele foi o ano em que tivemos não só uma greve de fornecimento de eletricidade, bem como uma greve de coleta de lixo; e ambas pareceram do agrado dos londrinos.

    Foi ali que concluí um livro de poemas intitulado *Power Politics* e comecei a escrever um romance intitulado *Surfacing*, usando uma máquina de escrever com um teclado alemão. Logo depois disso fui morar na França (num apartamento sublocado numa cidadezinha perto de St. Tropez), onde escrevia numa máquina alugada com teclado francês e trabalhei em cooperação com o diretor Tony Richardson no roteiro e adaptação para o cinema de meu primeiro romance, *A mulher comestível*. Pouco depois disso, fui morar na Itália – mais um apartamento sublocado –, onde acabei *Surfacing* numa máquina com teclado italiano. Existem algumas vantagens em realmente saber bater à máquina: transições são mais fáceis.

    Então voltei para Toronto para passar dois anos como membro do corpo docente de universidades – a de York e a de Toronto –, e trabalhei com uma pequena editora chamada House of Anansi Press. Para elas editei um catálogo de poesia; também selecionei e organizei a coletânea *Survival*, sobre literatura canadense – o primeiro, a respeito desse tema, voltado para o grande público.

Esse livro foi um enorme e imediato sucesso no Canadá daquela época, além de ser "controverso". A combinação desses fatores, mesclada com o furor contínuo do feminismo imperante, fez com que eu fosse muito atacada.

Pouco depois disso, eu podia ser encontrada vivendo numa fazenda com o colega escritor Graeme Gibson. Ali ficamos durante nove anos, trabalhando duro na fazenda, mas sem grandes compensações em termos financeiros. Tínhamos uma grande horta e fazíamos muitas compotas e conservas. Chegamos até a fazer chucrute, algo que não se deve fazer em lugar nenhum próximo de sua casa. Tínhamos animais diversos, vacas, galinhas, gansos, ovelhas, patos, cavalos, gatos, cachorros, pavões, para citar apenas alguns. Muitos desses nós comíamos em nossas divertidas refeições, pontuadas pelo som das garrafas de cerveja feita em casa explodindo na adega e os filhos de Graeme perguntando se aquilo era a bandeja giratória.

Em 1976 tivemos um bebê, e quando chegou a hora de ir para a escola e nos demos conta de que a criança teria de passar duas horas em um ônibus escolar todo santo dia, nos mudamos para a cidade. Durante esse período moramos em Edimburgo por um ano, uma vez que Graeme era a metade canadense da junção escocês-canadense de escritores. Edimburgo superou Londres ao ter uma greve de caminhoneiros, um colapso do túnel do trem para Londres, e uma greve de motoristas dos veículos de espalhar sal e areia nas estradas quando há gelo. Comemos muita couve-de-bruxelas, salmão e carneiro.

Nessa ocasião, fiz minha primeira excursão para o lançamento de um livro na Alemanha. Também demos a volta ao mundo, a caminho da Austrália, para participar do Festival de Adelaide, levando conosco nosso bebê de 18 meses, e visitamos o Irã (o Xá cairia 18 meses depois), o Afeganistão (a guerra civil teria início seis semanas depois de nossa partida) e a Índia, onde nossa filha aprendeu a subir escadas num hotel em Agra, enquanto estávamos visitando o Taj Mahal.

Os anos 1980 foram enérgicos para mim, e demonstraram ser de grande importância para o mundo. Logo no princípio, a União Soviética parecia estar firme em seu lugar, com a probabilidade de ainda durar por um bom tempo, mas já havia sido engolfada por uma guerra custosa e debilitante no Afeganistão, e, em 1989, o Muro de Berlim viria abaixo. É espantosa a rapidez com que certos tipos de estrutura de poder desmoronam quando cai a pedra fundamental. Mas, em 1980, ninguém previu este resultado.

Comecei o período de forma bastante tranqüila. Eu estava tentando, sem sucesso e pela segunda vez, escrever o livro que mais tarde se tornaria *Cat's Eye* e começando a pensar em *O conto da Aia*, embora estivesse evitando este segundo livro o máximo possível: parecia-me uma tarefa inútil envolvendo um conceito excessivamente esdrúxulo.

Nossa família estava morando no bairro chinês de Toronto, numa casa geminada que havia sido modernizada com a retirada de muitas de suas portas internas. Eu não conseguia escrever lá porque era barulhento demais, de modo que seguia de bicicleta em direção ao oeste, para o bairro português, onde escrevia no terceiro andar de uma outra casa geminada. Eu tinha acabado de editar *The Oxford Book of Canadian Poetry in English,* que estava espalhado por toda parte no mesmo terceiro andar.

No outono de 1983, fomos para a Inglaterra, onde alugamos um presbitério, em Norfolk, que se dizia ser assombrado por freiras no vestíbulo, um cavaleiro um tanto ébrio na sala de jantar e uma mulher sem cabeça na cozinha. Nenhum desses fantasmas foi visto por nós, embora um cavaleiro um tanto ébrio do pub das vizinhanças tenha se extraviado e entrado em nossa casa à procura do banheiro. O telefone era um telefone público do lado de fora da casa, numa cabine que também era usada para armazenar batatas, e valendo-me de pés e mãos, eu costumava escalar e avançar em meio a esses vegetais para acertar os detalhes da edição de – por exemplo – a resenha de Updike incluída neste livro.

Escrevi numa casinha de pescador transformada em casa de férias, onde lutei com o aquecedor Aga, ao mesmo tempo em que lutava com a novela que começara a escrever. Tive também frieiras pela primeira vez na vida, mas, afinal, desisti da novela quando me descobri completamente emaranhada na seqüência de tempo, sem encontrar saída.

* * *

Logo depois, fomos para Berlim Ocidental, onde, na primavera de 1984, comecei O *conto da Aia*. Fizemos algumas visitas paralelas à Polônia, à Alemanha Oriental e à Tchecoslováquia, que contribuíram para a atmosfera do livro: ditaduras totalitárias, por mais diferentes que sejam os costumes, têm em comum o mesmo clima de medo e silêncio.

Terminei o livro na primavera de 1985, enquanto trabalhava como Professora Catedrática Visitante na Universidade do Alabama, em Tuscaloosa. Foi o último livro que escrevi numa máquina de escrever elétrica. Enviava os capítulos por fax, à medida que ficavam prontos, para minha datilógrafa em Toronto, para serem redatilografados corretamente, e lembro-me de ficar maravilhada com a magia da transmissão instantânea. *O conto da Aia* foi lançado no Canadá em 1985, e na Inglaterra e nos Estados Unidos em 1986, e foi selecionado para a lista de finalistas do Booker Prize, em meio a outras formas de estardalhaço.

Passamos parte de 1987 na Austrália, onde, finalmente, comecei a entender e resolver meus problemas com *Cat's Eye*, um livro no qual eu me empenhava havia anos. As cenas mais cheias de neve foram escritas durante dias perfumados de primavera em Sydney, com os *cuckaburras* anunciando hambúrguer aos gritos na varanda dos fundos. O livro foi publicado em 1988 no Canadá e nos Estados Unidos, e em 1989 na Inglaterra, onde também foi indicado para o Booker Prize. Foi nessa ocasião que a *fatwa* contra Salman Rushdie foi decretada. Quem poderia saber que aquilo era o primeiro sinal do que se tornaria não apenas um vento, mas um furacão?

Durante esse tempo todo *O conto da Aia* estivera fazendo seus progressos pelo complexo sistema interno da indústria cinematográfica, e finalmente emergiu na forma definitiva com o roteiro de Harold Pinter e dirigido por Volker Schlorndorff. O filme estreou nas duas Berlins em 1989, pouco depois da queda do Muro – podiam-se comprar pedaços dele, os coloridos sendo mais caros. Viajei até lá para as festividades. Lá estavam os mesmos tipos de guardas de fronteiras que haviam se mostrado tão frios em 1984, mas agora estavam sorridentes trocando charutos com os turistas. A platéia de Berlim Oriental foi a mais receptiva para o filme.

– Nossa vida era assim – disse-me uma mulher em voz baixa. Como nos sentimos eufóricos, por um breve período de tempo, em 1989. Como estávamos pasmos diante do espetáculo do impossível tornado realidade. Como estávamos enganados quanto ao bravo e novo mundo em que estávamos à beira de entrar.

1
Viagens ao passado

Três horas da madrugada, na auto-estrada 17 entre Ottawa e North Bay, em novembro, eu estou olhando para fora pela janela de um ônibus Greyhound para o quase nada que consigo enxergar. Ainda sinto o gosto de café da rodoviária de Ottawa, onde fiquei esperando horas porque alguém em Toronto confundiu os horários; fiquei sentada escrevendo cartas e tentando não observar enquanto as garçonetes punham para fora um bêbado, um homem minúsculo de rosto enrugado.

– Já viajei o mundo inteiro, menina – disse-lhes ele enquanto elas o obrigavam a vestir o sobretudo. – Estive em lugares que vocês nunca viram.

Os faróis iluminam o asfalto, margens de estrada de neve salgada, árvores escuras à medida que viramos para fazer as curvas freqüentes. O que imagino é que passaremos pelo motel que disseram que ficava na rodovia nos arredores de Renfrew – mas de *que* lado? –, e eu terei que andar um quilômetro e meio, talvez, carregando com dificuldade as duas malas cheias de meus próprios livros, porque é possível que não haja livrarias; quem, em Toronto, há de saber? Passa um caminhão, "Conteúdo Canadense" esmagado por toda a estrada, mais tarde a polícia querendo saber afinal o que eu estava fazendo ali, do mesmo modo que eu no presente momento. Amanhã, às nove (nove!), devo fazer uma leitura de poesia na escola secundária de Renfrew. Divirta-se em Renfrew, disseram meus amigos em Toronto quando parti, com ironia, creio.

Estou pensando no verão, uma piscina na França, um conhecido meu boiando com as costas na água e explicando por que gerentes de banco no Canadá não deveriam ter permissão para

pendurar em suas paredes quadros do Grupo dos Sete* – é uma imagem falsa, só natureza, não tem gente enquanto um bando variado de americanos e europeus ouvia com incredulidade.
– Cá entre nós, o *Canadá* – um deles admite –, acho que deveriam entregá-lo aos Estados Unidos, então seria bom. Todo, exceto Quebec, que deveriam dar para a França. Vocês deveriam se mudar e viver aqui. Cá entre nós, vocês, na verdade, não moram mais lá.

Finalmente chegamos a Renfrew e salto do ônibus e piso em 15 centímetros de neve prematura. Ele estava enganado; aqui, mais que qualquer outro lugar, é onde moro. A auto-estrada 17 foi a minha primeira rodovia, viajei por ela, ao longo de seis meses pouco depois que nasci, de Ottawa para North Bay e depois para Temiskaming, e de lá numa estrada de terra batida, com uma única pista, para o mato. Depois disso, duas vezes por ano, para o norte quando o gelo derretia, para o sul quando vinha a neve; o intervalo entre os dois, passado em tendas ou na choupana, construída por meu pai, numa ponta de granito a um quilômetro e meio por água de uma aldeia de Quebec, tão distante que a estrada só foi aberta para chegar a ela dois anos antes de eu nascer. As cidadezinhas por onde eu passava e passarei – Arnprior, Renfrew, Pembroke, Chalk River, Mattawa, as antigas mansões, luxuosas e excessivamente ornamentadas, construídas com dinheiro do corte de árvores e a presunção de que a floresta nunca se esgotaria – eram monumentos históricos, estações intermediárias. Contudo, isso foi há trinta anos, e fizeram melhorias nas estradas e agora existem motéis. Para mim, nada, senão a escuridão das árvores, é familiar.
Só fui passar um ano inteiro na escola depois dos onze anos. Os americanos, de maneira geral, acham este relato de minha infância – de vida isolada, nômade, na floresta – menos surpreendente do que os canadenses: afinal, é assim que as fotos de publi-

---

* Grupo dos Sete: Os artistas plásticos J. E. H. MacDonald, T. Thomson, L. Harris, A. Lasmer, F. Varley, F. Johnston e F. Carmichael, fundadores do grupo de artistas que nos anos 1920 se reunia para trabalhar e expor juntos, e que, com singularidade de estilo, foram os primeiros a capturar em tela a paisagem do ártico.

cidade em revistas de luxo mostram o Canadá. Ficam desapontados quando digo que nunca morei em um iglu e que meu pai não diz: "Vamos *huskies*!", como o sargento Preston no defunto programa de rádio (americano), mas, exceto por isso, eles me acham bastante plausível. São os canadenses que levantam as sobrancelhas. Ou melhor, os torontonianos. É como se eu fosse uma parte do passado deles próprios que eles acham vergonhosa ou falsificada ou que apenas não conseguem acreditar que jamais tenha acontecido. Nunca fiz uma palestra em uma escola de ensino médio antes. De início, sinto-me apavorada, mastigo pastilhas antiácidas enquanto o professor me apresenta, recordando-me de todos os tipos de coisas que costumávamos fazer com dignitários visitantes quando eu estava no segundo ciclo: sussurros mal-educados, ruídos, usar elásticos para lançar clipes de papel, se nós achássemos que podíamos escapar impunes. Com certeza eles nunca ouviram falar de mim e não ficarão interessados: não estudávamos poesia canadense, no ensino médio, nem muito de qualquer outra coisa canadense. Nos primeiros quatro anos estudávamos os gregos e romanos, os antigos egípcios e os reis da Inglaterra. Na quinta série estudávamos o Canadá num maçante livro azul que era, principalmente, a respeito de trigo. Uma vez por ano um homem idoso e frágil aparecia e lia um poema sobre um corvo; depois ele vendia seus próprios livros (como estou me preparando para fazer), autografando-os com sua letra fina como teia de aranha. Aquilo era poesia canadense. Fico me perguntando se passo a impressão de ser como ele: vulnerável, deslocada e redundante. Na verdade, o grande acontecimento emocionante – de fato, *o grande acontecimento de verdade* – não é o jogo de futebol deles hoje à tarde?

Espaço para perguntas: A senhora tem uma mensagem? O seu cabelo é assim naturalmente, ou a senhora faz alguma coisa? De onde tira suas idéias? Quanto tempo demora? O que o livro *quer dizer*? A senhora não se incomoda de ler seus poemas assim, em voz alta? Eu me incomodaria. Qual é a identidade canadense? Para onde posso enviar meus poemas? Para que sejam publicados.

Todas eram perguntas com respostas, algumas curtas, algumas longas. O que me espanta é que eles as façam, que queiram conversar: em minha escola de ensino médio, a gente não fazia perguntas. E eles *escrevem*, pelo menos alguns deles. É inconcebível. Antigamente não era assim, penso, sentindo-me muito velha, no presente.

Em Deep River fico hospedada na casa de um primo de segundo grau, um cientista com os olhos azuis inumanos, a testa arredondada sulcada de rugas e o nariz aquilino de meus parentes maternos da Nova Escócia. Ele me leva para visitar a Usina de Pesquisa Atômica, onde trabalha; vestimos casacos e meias brancos para não sermos contaminados e observamos uma garra de metal movimentando objetos letais de aparência inocente – lápis, uma lata, um lenço de papel Kleenex – atrás de uma janela de vidro blindado com chumbo de 56 centímetros de espessura.

– Três minutos lá dentro – diz ele – matarão você. – O fascínio de uma força invisível.

Depois disso, examinamos os estragos feitos por castores em sua propriedade e ele me conta histórias a respeito de meu avô, de antes que existissem carros e rádios. Gosto dessas histórias, as coleto de todos os meus parentes, elas me dão uma ligação, por mais tênue que seja, com o passado e com uma cultura composta de pessoas e seus relacionamentos e ancestrais, em vez de objetos numa paisagem. Nesta viagem, escuto uma história nova: a desastrosa fazenda de ratos almiscarados de meu avô. A fazenda consistia de um cercado, cuidadosamente construído, ao redor de um pântano, com a idéia de que assim seria mais fácil reunir os ratos almiscarados; embora meu primo diga que conseguiu capturar com armadilhas, do lado de fora do cercado, mais ratos almiscarados do que meu avô jamais conseguiu dentro dele. O empreendimento foi para o brejo quando um fazendeiro despejou uma quantidade do pesticida que usava em suas maçãs, mais acima no rio, e todos os ratos morreram; mas a Depressão se abateu e, de qualquer maneira, houve uma forte queda no mercado de ratos almiscarados. O cercado ainda está lá.

A maioria das histórias sobre meu avô são histórias de sucesso, mas acrescento essa à minha coleção: quando totens são difíceis de encontrar, histórias de fracasso têm seu lugar.

– Você sabia – digo a meu primo, repetindo uma coletânea de fatos recentemente reunidos em conversas com minha avó – que uma de nossas ancestrais foi atirada na água como bruxa? – Isso foi na Nova Inglaterra; se ela afundou e era inocente, ou se nadou e era culpada, não foi registrado.

Do lado de fora da janela de sua sala de visitas, na margem oposta do rio Ottawa, na massa compacta de árvores, fica meu lugar. Mais ou menos.

Chuva gelada e granizo durante a noite; consigo chegar à próxima leitura de poesia puxando minhas malas num tobogã ao longo de mais de três quilômetros sobre uma camada fina de gelo.

Chego à North Bay com uma hora de atraso por causa do granizo. Naquela noite leio no Oddfellows' Hall, no porão. Os acadêmicos que organizaram a leitura estão nervosos, acham que não virá ninguém, nunca houve uma leitura de poesia em North Bay antes. Numa cidade onde todo mundo já viu o filme, digo-lhes, vocês não precisam se preocupar, e, de fato, eles passaram os primeiros 15 minutos trazendo cadeiras adicionais. As pessoas aqui não são estudantes, há gente de todo tipo, pessoas idosas, jovens, um amigo de minha mãe que costumava se hospedar conosco em Quebec, um homem cujo tio era dono do acampamento de pesca na extremidade final do lago...

Durante a tarde fui entrevistada para a estação de TV local por um homem empertigado, vestindo um terno justo. "O que é isso?", perguntou ele, levantando um de meus livros pendurado pelo canto, displicentemente, para mostrar aos telespectadores que poesia não é coisa de seu agrado, que ele é realmente viril, "um livro infantil?". Eu sugeri que se ele quisesse saber o que havia dentro do livro, poderia tentar lê-lo. Ele ficou furioso e disse que nunca tinha sido tão insultado, e que Jack McClelland nunca fora assim desrespeitado quando *ele* estivera em North Bay. No lugar da entrevista, foi apresentada uma matéria sobre talharim verde.

Mais tarde, trinta leituras de poesia depois. Ao ler um poema em Nova York, que fala de uma privada externa, tive que definir o que é uma privada externa (e depois ver duas ou três pessoas se aproximarem, furtivamente, e dizerem que elas também, certa ocasião...). Sou apresentada a um homem que nunca tinha visto uma vaca; que nunca, na verdade, esteve fora da cidade de Nova York. Depois, conversando sobre o clima, concluí que, de fato, há uma diferença entre o Canadá e os Estados Unidos. (Eu estive em lugares que vocês nunca viram...) Em Detroit, tentei explicar que no Canadá, por algum estranho motivo, não são apenas poetas que vêm a recitais de leitura de poesia. ("Você quer dizer que... gente como *nossas mães* lêem poesia?") Depois houve alguém que me disse que, talvez, aquilo que fosse responsável pela "força" de minha obra, sejam suas atraentes qualidades "regionais" – "sabe como é, como Faulkner...".

Em London, Ontário, o último recital de poesia do ano e, talvez, estou pensando para sempre, estou começando a me sentir como uma vitrola. Uma senhora: "Nunca me senti menos canadense desde que todo esse nacionalismo apareceu." Uma outra senhora, muito idosa, com olhos espantosamente penetrantes: "Você pensa através de metáforas?" Uma outra pessoa: "Qual é a identidade canadense?" Isto parece estar na cabeça de todo mundo.

Como manter tudo isso, ao mesmo tempo, na cabeça deles e na minha. Porque o lugar onde vivo é o mesmo em que todo mundo vive: não é apenas um lugar ou uma região, embora também seja isso (e eu poderia ter incluído Vancouver e Montreal, onde também morei durante um ano em cada, e Edmontown, onde morei dois anos, e o Lago Superior e Toronto...). É um espaço composto de imagens, experiências, das condições climáticas, de seu próprio passado e o de seus ancestrais, daquilo que as pessoas dizem da aparência que têm e de como reagem ao que você está fazendo, acontecimentos importantes e acontecimentos corriqueiros, as ligações entre eles nem sempre óbvias. As imagens vêm de fora, e *elas* estão lá, elas são as coisas com que vivemos e com que precisamos lidar. Mas os julgamentos e as ligações (o que isso *significa*?) têm de ser feitos dentro da cabeça de cada um, e eles são feitos com palavras – boas, más, de desagrado – e atos – embora ou ficar, se continuar vivendo ali. Para mim isso é, em parte, o que é escrever: uma exploração da realidade onde vivo.

Creio que o Canadá, mais do que a maioria dos países, é um lugar onde você escolhe viver. É fácil para nós deixá-lo, e muitos de nós o fizemos. Temos os Estados Unidos e a Inglaterra, aprendemos mais sobre a história deles do que sobre a nossa, podemos nos entrosar, nos tornar turistas permanentes. Existe uma espécie de eterno convite, aqui, para recusarmos a autenticidade de nossa verdadeira experiência, para pensarmos que a vida pode ser significativa ou importante somente em lugares "de verdade" como Nova York ou Londres ou Paris. E é uma tentação: a piscina na França não é nada se não desinteressada. A pergunta é sempre: "Por que ficar?" E você tem que respondê-la incontáveis vezes.

Não creio que o Canadá seja "melhor" que qualquer outro lugar, do mesmo modo que não penso que a literatura do Canadá seja "melhor"; eu vivo num e leio a outra por um simples motivo: ambos são meus, com todo o sentido de territorialidade que isso implica. Recusar-se a reconhecer o lugar de onde você vem – e isso tem que incluir o homem do talharim e sua hostilidade, a senhora antinacionalista e suas dúvidas – é um ato de amputação: você pode se tornar livre, desenraizado, desvinculado de suas origens, um cidadão do mundo (e em que outro país isto é uma ambição?), mas só ao custo de braços, pernas ou coração. Ao descobrir seu lugar, você descobre a si mesmo.

Mas há uma outra imagem, fato, vindo do exterior que eu tenho que encaixar. Este território, esta coisa que chamei de "minha," pode não ser minha por muito mais tempo. Fazendo parte da tão procurada identidade canadense, destaca-se como poucos o entusiasmo dos cidadãos canadenses por vender seu país. É claro que existem compradores dispostos a explorar, como eles costumam dizer, nossos recursos naturais; sempre estão aí. O que requer atenção é nossa ânsia de vender. Exploração dos recursos naturais e desenvolvimento do potencial são duas coisas distintas: uma é feita de fora, por dinheiro, a outra é feita de dentro, por algo que hesito, apenas por um momento, em chamar de amor.

2
Resenha de *Diving into the Wreck*

Este é o sétimo livro de poemas de Adrienne Rich e é extraordinário. Quando ouvi pela primeira vez a autora fazer sua leitura, senti-me como se o topo de minha cabeça estivesse sendo golpeado, às vezes com um pega-gelo, outras com um instrumento mais pesado: um machado ou um martelo. Nas emoções que trazia pareciam predominar a raiva e o ódio, e estes certamente estão presentes; mas quando li os poemas mais tarde, eles evocaram uma reação muito mais sutil. *Diving into the Wreck* (Mergulhando nos destroços) é um daqueles raros livros que obrigam você a decidir não só o que pensa a respeito deles; mas o que pensa a respeito de si mesmo. É um livro que corre riscos e que obriga o leitor a também corrê-los.

Se Adrienne Rich não fosse uma boa poetisa, seria fácil classificá-la como apenas mais uma Militante Feminista, usando a poesia em lugar da polêmica, mensagens simplistas para significados complexos. Mas ela é uma boa poetisa, e seu livro não é um manifesto, embora contenha manifestos; tampouco é uma proclamação, embora faça proclamações. Em vez disso, é um livro de explorações, de viagens. Os destroços em que ela mergulha, no poema fortíssimo que dá título ao livro, são os destroços de mitos envelhecidos, especialmente sobre homens e mulheres. Ela está numa jornada rumo a algo que já pertence ao passado, de maneira a descobrir por si mesma a realidade por trás do mito, "os destroços e não a história dos destroços/a coisa em si e não o mito". O que ela descobre é parte tesouro, parte cadáver, e ela também se descobre parte disso, um "instrumento semidestruído". Como exploradora, é imparcial; leva uma faca para cortar e abrir seu caminho de entrada, desmembrar estruturas; uma câmera para gravar; e o próprio livro de mitos, um livro que, até agora, não dispunha de qualquer espaço para exploradoras como ela.

Essa busca – a busca por algo além dos mitos, por verdades sobre homens e mulheres, sobre o Eu e o Você, o Ele e o Ela, ou, de modo mais geral (em referências às guerras e perseguições de vários tipos), sobre os impotentes e os poderosos – é apresentada ao longo de todo o livro por meio de um estilo incisivo, claro e por meio de metáforas, que se tornam seus próprios mitos. Em seus momentos mais bem-sucedidos, os poemas se movem como sonhos, simultaneamente revelando e aludindo, disfarçando e ocultando. A verdade, ao que parece, não é apenas o que você encontra quando abre uma porta: é, ela própria, uma porta, pela qual o poeta está sempre à beira de passar.

Os panoramas são diversos. O primeiro poema, "Trying to Talk with a Man" (Tentando conversar com um homem), tem lugar num deserto, um deserto que não é apenas privação e esterilidade, onde tudo, exceto o mínimo essencial, foi descartado, mas o lugar onde bombas são testadas. O "Eu" e o "Você" abandonaram todas as frivolidades de suas vidas anteriores, "bilhetes suicidas" e "cartas de amor", de modo a incumbir-se de mudar o deserto; mas fica claro que o "cenário" já está "condenado", que as bombas não são ameaças externas, e sim internas. A poetisa se dá conta de que eles estão se enganando, "falando do perigo/como se o perigo não fôssemos nós mesmos/ como se estivéssemos testando outra coisa qualquer".

Como os destroços, o deserto já está no passado, fora de alcance, impossível de ser salvo, mas não impossível de ser compreendido, como a paisagem de "Walking in the dark" (Caminhando no escuro):

> A tragédia do sexo
> jaz ao nosso redor, um monte de lenha
> para a qual os machados estão afiados...
> Nada salvará isso. Estou sozinha,
>   chutando as últimas achas apodrecidas
> com seu cheiro estranho de vida,
>   não de morte

> só querendo saber o que, afinal, aquilo tudo
> poderia ter sido.

Dada sua visão de que os destroços, o deserto, a braçada de lenha não podem ser resgatados, a tarefa da mulher – Ela, a impotente – é se concentrar não em se encaixar na paisagem, mas em resgatar a si mesma, criar uma nova paisagem, fazer-se nascer:

> ... sua mãe morta e você
> por nascer,
> com as duas mãos você agarra sua cabeça,
> aperta-a contra a lâmina
> da vida,
> seus nervos, os nervos de uma parteira
> aprendendo seu ofício.
> – de "The Mirror in Which Two Are Seen as One"
> (O espelho em que duas são vistas como uma)

A dificuldade de fazer isso (a poetisa, afinal, ainda está cercada pela velha paisagem condenada e "as provas do dano" que causou) é uma das principais preocupações do livro. Tentar ver claramente e registrar o que foi visto – os estupros, as guerras, os assassinatos, os vários tipos de violação e mutilação – é metade do esforço da escritora; para isso ela precisa de uma terceira visão, ou olho, um olho que possa ver o sofrimento com "clareza". A outra metade é responder, e a resposta é raiva; mas é uma "raiva visionária", que tem a esperança de que precederá a capacidade de amar.

Esses poemas me convencem mais pelo quanto são verdadeiros e confiantes em si próprios sob a estrutura de palavras e imagens, quando resistem à tentação de se conformar a slogans, quando não me fazem pregações. "As palavras são propósitos/as palavras são mapas", diz Rich, e gosto mais delas quando são mapas (embora a probabilidade seja que Rich diria que ambos dependem um do outro, e eu provavelmente concordaria). Respondo menos plenamente a poemas como "Estupro" e referências à Guerra do Vietnã – embora a verdade deles seja inegável – do que o faço a poemas como "From a Survivor" (De um Sobrevivente), e "August" (Agosto), com sua imagem final aterradora:

> Sua mente é simples demais, não posso mais
> continuar
> a repartir com ele seus pesadelos.
>
> Os meus se tornam mais claros,
>   eles se abrem
> para uma pré-história,
> que parece uma aldeia luzidia
>   de sangue
>
> onde todos os pais pranteiam:
>   *Meu filho é meu!*

Não é suficiente declarar a verdade; ela tem de ser representada por imagens, e quando Rich faz isso, ela é irresistível. Quando faz isso é, também, de maneira mais intensamente característica, ela mesma. A gente sente com relação a suas melhores imagens, seus melhores mitos, que mais ninguém escreve exatamente assim.

3

Resenha de *Anne Sexton*:
A Self-Portrait in Letters

Anne Sexton foi uma das mais importantes poetisas americanas de sua geração. Foi ao mesmo tempo elogiada e condenada por críticos pela intensa natureza "confessional" de sua poesia. Num primeiro momento, teria sido fácil descartá-la da forma que, na década de cinqüenta, costumavam-se descartar escritoras principiantes, como apenas mais uma dona de casa neurótica, enlouquecida pelo confinamento, que queria escrever. Mas não teria sido fácil fazê-lo por muito tempo. Ela era uma dona de casa e também era neurótica – dá destaque, em suas cartas, a ambas as coisas –, mas tinha energia, talento e ambição. Embora não tenha começado a escrever seriamente até completar 29 anos, ao fim de sua carreira poética de 18 anos tinha publicado nove livros e conquistado todo o sucesso mundano que a poesia pode conceder. Ganhara um Prêmio Pulitzer, apresentando-se em festivais internacionais de poesia; ocupara um cargo de professora numa universidade, embora jamais tivesse cursado uma; e conquistou um amplo círculo de leitores. Em 1974, sem qualquer motivo imediato, ela se matou em sua casa em Weston, Massachusetts.

Antes de fazê-lo, tinha, por testamento, o livro de Cartas de sua existência. Havia nomeado tanto um testamenteiro literário quanto um biógrafo oficial, e durante toda sua vida adulta havia sido uma amealhadora secreta, coletando coisas – flores secas prensadas, cartões de danças em bailes, cartões-postais e fotos instantâneas. Também guardou cópias em papel-carbono de suas cartas, e os editores desse livro tiveram que ler 50 mil documentos diversos antes de poder organizar uma seleção relativamente pequena. Nossa reação imediata é correr para o incinerador, não com esse livro, mas com nossos próprios montes de papéis guardados. Será que algum de nós quer, realmente, que desconhecidos leiam nossos bilhetes sedutores para namorados de tempos de colégio, nossas bisbilhotices mesquinhas e nossas cartas de amor particulares depois de nossa morte? Por algum motivo, talvez não desligado de seu ato final, Anne Sexton quis. Sua correspondência, cuidadosamente preservada, era parte do monumento ao seu "eu" morto que ela construiu durante a maior parte de sua vida. Se você consegue parar o tempo consigo mesmo dentro dele, nenhum monstro desconhecido do futuro pode atingir você. E Anne Sexton tinha um medo profundo do futuro.

As cartas de poetas não são necessariamente mais interessantes do que cartas de gerentes de banco, mas Anne Sexton era uma escritora de cartas excepcional. Embora, como seus editores deixam claro, de maneira dolorosa, ela fosse freqüentemente difícil e, por vezes, impossível de conviver, conservava o melhor de si mesma para seus relacionamentos por correspondência. É provável que achasse mais fácil lidar com pessoas com essa distância. Em todo caso, suas cartas – mesmo para pessoas de quem, nos dizem, ela não gostava – são sedutoras, inventivas, imediatas e vivas, embora, às vezes, excessivamente ávidas para agradar e, até mesmo, bajuladoras. É claro que, muitas delas enviadas para colegas escritores, são repletas de apartes literários e detalhes do tipo que deleita os historiadores, mas não é o ponto que prende a atenção do leitor. Em vez disso, é a voz sinuosa e envolvente das próprias cartas.

Mas essa não é a voz de Anne Sexton; é apenas uma de suas vozes. Ela própria tinha o hábito de se dividir em duas – "Anne boa" e "Anne má" –, e as cartas são escritas pela "Anne boa". Uma voz muito mais desolada escreveu seus poemas, e ainda uma outra foi responsável pelos ataques de cólera e pelos episódios de paranóia, colapsos nervosos, manipulação descarada e alcoolismo que marcaram sua vida. Ela era exigente com seus amigos, insaciavelmente faminta por atenção e em especial por aprovação e amor. Era uma romântica exagerada, capaz de extrema alegria e extrema depressão quase que no mesmo minuto. Mas tomamos conhecimento dessa sua faceta através da dura e objetiva determinação de seus editores – um deles sua filha –, que devem ser congratulados por resistirem à tentação, sem dúvida forte, de apresentar um piedoso trabalho cosmético. Nas mãos deles, Sexton emerge nem como uma heroína nem como uma vítima, mas como um ser humano anguloso, complexo, quase sempre amoroso e, por vezes, realmente insuportável.

As cartas em si, contudo, não são exatamente um "auto-retrato". Como as cartas de Sylvia Plath, as cartas de Sexton constituem uma espécie de capa, uma máscara jovial. Mas, enquanto o estilo epistolar, ansioso e, com freqüência, transparente de Plath parece não ter quase nada a ver com a pessoa que escreveu seus extraordinários poemas, as cartas e poemas de Sexton são mais próximos uns dos outros, embora ainda com um enorme abismo entre os dois. Mesmo quando descrevem suas próprias tentativas de suicídio, as cartas de Sexton não passam a impressão de que queria morrer. Elas são, muitíssimo, as cartas de uma mulher que desejava apaixonadamente viver, e que desejava viver apaixonadamente.

Este desejo e seu possível suicídio não eram, na opinião dela, incompatíveis. Embora ela diga em um ponto que suicídio é o oposto de poesia, ela também era capaz de especular sobre o suicídio como uma maneira de adquirir "um certo poder... creio que o vejo como um meio de passar para trás a morte". (É típico dela que, rapidamente, desça à terra, acrescentando: "Matar-se é apenas uma maneira de evitar o sofrimento apesar de todas as minhas idéias interessantes a respeito dele.")

O suicídio é ao mesmo tempo uma reprovação aos vivos e um enigma que os desafia a decifrá-lo. Como um poema, o suicídio é um ato consumado e se recusa a responder a perguntas quanto à sua causa última. O efeito infeliz de tais atos é obscurecer a vida de seus autores, deixando apenas a charada indecifrável de sua morte.

Seria uma pena se isto acontecesse no caso de Anne Sexton. Suas cartas devem ser lidas, não apenas pelas pistas que contêm, sem dúvida, sobre seu suicídio, mas pela exuberância e afirmação que transmitem: não por estarem mortas, mas por estarem vivas.

4
A maldição de Eva – ou, o que eu aprendi na escola

Houve uma época em que eu não teria sido convidada a falar para os senhores hoje. Aquela época, na verdade, não está tão longe. Em 1960, quando estava na universidade, era fato plenamente conhecido que o departamento de Inglês da University Colllege não contratava mulheres, por melhores que fossem suas qualificações. Minha própria faculdade contratava mulheres, mas, não as promovia muito depressa. Uma de minhas professoras era uma especialista respeitada em Samuel Taylor Coleridge, que assim foi durante muitíssimos anos antes que alguém julgasse apropriado promovê-la de sua posição de professora inicial.

Felizmente, eu não queria ser uma especialista em Coleridge. Eu queria ser escritora, mas escritores, até onde eu podia ver, ganhavam ainda menos que professores iniciantes, de modo que decidi prosseguir meus estudos e obter um diploma de graduação. Se eu tivesse tido quaisquer ardentes ambições acadêmicas, estas teriam se tornado nocivas e malignas quando um de meus professores me perguntou se eu realmente queria cursar a escola de graduação... será que eu não preferiria me casar? Conheci alguns homens para quem o casamento teria sido uma carreira alternativa razoável. A maioria, contudo, por força das circunstâncias, se não por inclinação, tem sido como um amigo meu, muito conhecido por nunca ir até o fim em nada que começa.

– Quando eu estiver com trinta anos – disse-me ele certa ocasião –, terei de escolher entre o casamento e uma carreira.

– Como assim? – perguntei.

– Bem, se eu me casar, terei de ter uma carreira – respondeu ele.

Eu, entretanto, deveria escolher ter um ou outro, e esta situação é uma das muitas em que se pode ver que os tempos mudaram. Naquela época, nenhuma universidade em seu juízo perfeito teria realizado uma série de palestras intitulada "Mulheres falam sobre mulheres". Se organizasse qualquer coisa que fosse sobre o tema, provavelmente convidaria um ilustre homem especialista em psicologia, para falar sobre o masoquismo inato feminino. A formação universitária para mulheres foi justificada, se necessário, com base no fato de que as tornaria esposas mais inteligentes e mães melhor informadas. Os especialistas em mulheres eram, geralmente, homens. Presumia-se que possuíam aquele conhecimento, como todo e qualquer outro conhecimento, em virtude do gênero. As mesas foram viradas e, agora, espera-se que sejam as mulheres que o possuam, pura e simplesmente por direito de nascença. Posso apenas presumir que este seja o motivo pelo qual fui convidada a falar para esta platéia, uma vez que não sou nenhuma especialista em mulheres, nem, na verdade, em qualquer outra coisa.

Eu escapei do mundo acadêmico e circulei ao redor do jornalismo – que foi a outra carreira que considerei, até que me disseram que mulheres jornalistas geralmente acabavam escrevendo obituários ou anúncios de casamento para a seção para mulheres, de acordo com seus antiqüíssimos papéis de deusas da vida e da morte, responsáveis por ornar leitos nupciais e lavar cadáveres. Finalmente, tornei-me uma escritora profissional. Acabei de concluir uma novela, de modo que, é na qualidade de novelista em atividade que gostaria de abordar essa área em geral.

Começarei com uma pergunta simples, uma com que todos os romancistas, homens ou mulheres, são confrontados em algum momento, e com certeza todo crítico se faz.

Para que servem novelas? Qual é a função que devem cumprir? Qual bem, se algum houver, devem fazer ao leitor? Espera-se que elas agradem e encantem ou instruam, ou ambos, e neste caso, será que não poderá ocorrer conflito de opinião entre o que achamos agradável e o que supomos instrutivo? Deveria uma novela ser uma exploração de possibilidades hipotéticas ou uma declaração de verdade, ou apenas uma boa história? Deveria ela tratar de como devemos viver nossa vida, como podemos viver nossa vida (geralmente algo mais limitado), ou de como a maioria das pessoas vive sua vida? Deveria nos dizer algo a respeito de nossa sociedade? Ou será que pode evitar fazer isso? Mais especificamente, suponhamos que eu esteja escrevendo uma novela com uma mulher como personagem principal. Quanta atenção eu deveria dar a qualquer das perguntas acima? Quanta atenção serei *obrigada* a dar às preconcepções dos críticos? Será que quero que essa personagem seja uma de que se possa gostar, que seja respeitável ou crível? Será que é possível que ela seja todos os três? Quais as suposições daqueles que optarão pelo gostar, o respeitar ou o acreditar? Será que ela tem de ser um bom "exemplo de modelo a seguir"?

Não gosto da expressão "exemplo de modelo a seguir", em parte por causa do contexto em que a ouvi pela primeira vez. Foi, é claro, na universidade, uma universidade muito voltada para o universo masculino que tinha uma faculdade feminina associada. A faculdade feminina estava procurando uma Reitora. Meu amigo, que era um sociólogo, explicou que essa pessoa teria de ser um bom exemplo de modelo a seguir. "E o que é isso?", perguntei. Bem, a futura Reitora não só deveria ter excelentes credenciais acadêmicas e a habilidade necessária para se relacionar bem com os estudantes, como também deveria ser casada, ter filhos, ser bem-apessoada, bem vestida, ativa em trabalhos comunitários, e assim por diante. Cheguei à conclusão de que eu era um péssimo exemplo de modelo a seguir. Mas, por outro lado, eu não queria ser um exemplo de modelo a seguir. Queria ser uma escritora. Evidentemente, seria impossível ter tempo para ser as duas coisas.

É possível que seja quase aceitável para candidatas a Reitoras serem julgadas como exemplo de modelo a seguir, mas como isso também é uma técnica favorita dos críticos – especialmente quando avaliando personagens femininas em livros e, por vezes, as próprias escritoras – deve ser examinada muito cuidadosamente. Permitam-me citar um exemplo: há vários anos, li uma resenha crítica de *The Honeyman Festival*, de Marian Engel, escrita por uma mulher. A heroína desse romance é Minn, uma mulher grávida que passa grande parte de seu tempo entregue a reminiscências sobre o passado e a reclamações sobre o presente. Ela não tem emprego. Não tem muita auto-estima. Ela é desleixada e indulgente consigo mesma e tem sentimentos ambíguos com relação a seus filhos e também ao marido, que está fora a maior parte do tempo. A resenhista reclamou da falta de iniciativa dessa personagem, de sua visível preguiça e desorganização. Ela queria uma personagem mais positiva, mais enérgica, alguém capaz de cuidar de sua própria vida, de agir mais de acordo com a mulher ideal, na época projetada pelo movimento feminista. Minn não era considerada um exemplo de modelo a seguir aceitável, e o livro perdeu pontos por causa disso.

Meu sentimento pessoal é de que existem muito mais mulheres tipo Minn do que as consideradas ideais. A resenhista poderia ter concordado, mas também poderia ter afirmado que, ao retratar Minn e somente Minn – ao não oferecer nenhuma alternativa para Minn –, estava transmitindo uma mensagem indireta sobre a natureza da Mulher que apenas reforçaria aquelas qualidades indesejáveis, típicas de Minn, já por demais em evidência. A crítica queria histórias de sucesso, não de fracasso, e isto é, de fato, um problema para o escritor de ficção. Quando se escreve sobre mulheres, o que constitui sucesso? Será o sucesso sequer plausível? Por que, por exemplo, George Eliot, ela própria uma mulher e escritora de sucesso, nunca escreveu uma história sobre uma escritora bem-sucedida, como personagem principal? Por que Maggie Tulliver teve que se afogar por sua rebeldia? Por que Dorothea Brooke não pôde encontrar nada melhor para fazer com seu idealismo se não investi-lo em dois homens, um totalmente indigno dele e o outro um sujeito um tanto simplório? Por que as personagens de Jane Austen exercitam sua argúcia e inteligência para escolher o homem certo e não para escrever novelas cômicas?

Uma resposta possível seria que essas escritoras se interessavam pelo típico, ou no mínimo por acontecimentos que se enquadravam na categoria de credibilidade para seus leitores; e sentiam-se, na qualidade de mulheres escritoras, tão excepcionais que careciam de credibilidade. Naquela época, uma mulher escritora era uma aberração, uma anomalia, uma esquisitice, uma personagem suspeita. Quanto desse sentimento ainda perdura nos dias de hoje, deixarei que perguntem a si próprios, enquanto ao mesmo tempo citarei um comentário que me foi feito há vários anos por um ilustre escritor. "Poetisas", disse ele, "sempre têm algo de furtivo em si. Elas sabem que estão invadindo território masculino." Ele seguiu declarando que mulheres, inclusive escritoras, só eram boas para uma coisa, mas uma vez que esta palestra será publicada, não citarei seu comentário impublicável.

Para retornar ao meu problema, a criação de uma personagem feminina de ficção... o abordei por um ângulo diferente. Não há nenhuma escassez de personagens femininas na tradição literária, e o (ou a) romancista obtém suas idéias das mesmas fontes que todo mundo: mídia, livros, filmes, rádios, televisão e jornais, da casa e da escola, e da cultura como um todo – o corpo de opinião recebida. E também, felizmente, às vezes, através de alguma experiência pessoal que contradiz tudo isso. Mas minha personagem hipotética precisaria ter a escolha de muitas ancestrais literárias. Por exemplo, eu poderia dizer algumas palavras sobre velhas encarquilhadas, oráculos de Delfos, as três Parcas, bruxas malévolas, bruxas boas, deusas brancas, deusas cruéis, medusas com serpentes na cabeça em lugar de cabelos, cujo olhar transforma homens em pedra, sereias sem alma, pequenas sereias sem língua, rainhas de neve, sereias com canções maviosas, harpias com asas, esfinges com e sem segredos, mulheres que se transformam em dragões, dragões que se transformam em mulheres, a mãe de Grendel e por que ela é pior que Grendel; também sobre madrastas perversas, sogras cômicas, fadas madrinhas, mães desnaturadas, mães naturais, mães loucas, Medéia que assassinou os próprios filhos, Lady Macbeth e sua mancha, Eva – a mãe de todos nós – o mar, que é a mãe de onde nasceu toda a vida, e Mãe, o que tenho eu a ver contigo? Também sobre a Mulher Maravilha, Supermulher, Batgirl, Mary Marvel, a Mulher-Gato e Ela, de Rider Haggard, com seus poderes sobrenaturais e seu órgão elétrico que podia matar um simples mortal com um abraço; também sobre a pequenina Miss Muffet e seu relacionamento com a aranha, Chapeuzinho Vermelho e suas indiscrições com o lobo, Andrômeda acorrentada a seu rochedo, Rapunzel e sua torre, Cinderela e seu camisolão e cinzas, a Bela e a Fera, as esposas de Barba Azul (todas exceto a última), as virgens perseguidas pela sra. Radcliffe, fugindo de sedução e assassinato, Jane Eyre fugindo de comportamento impróprio e do sr. Rochester, Tess dos Urbervilles seduzida e abandonada; também sobre o Anjo na Casa, Agnes apontando para o alto, a redenção de que é capaz o amor de uma boa mulher, a pequenina Nell morrendo ao som dos soluços hipócritas de um século inteiro, a pequenina Eva fazendo o mesmo, para grande alívio do leitor, Ofélia desatando em murmúrios confusos com seu riacho murmurante, a Lady de Shalott cantando seu canto do cisne a caminho de Camelot, Amelia, de Fielding, choramingando e se lastimando em seu caminho, ao longo de centenas de páginas de melancolia, tristeza e perigo, e a Amelia Thackeray, em *Feira das vaidades*, fazendo o mesmo, mas contando com menos simpatia por parte de seu autor. Também sobre o estupro de Europa pelo touro, o estupro de Leda pelo cisne, o estupro de Lucrécia e seu conseqüente suicídio, escapadas miraculosas de estupro por parte de várias santas, fantasias de estupro e como diferem das realidades de estupro, revistas masculinas apresentando fotos de louras e nazistas, sexo e violência desde *Os contos de Canterbury* até T. S. Eliot... e cito: "... conheci um homem que, uma vez violentou uma garota/ Qualquer homem poderia violentar uma garota. Todo homem tem de, precisa, quer, uma vez na vida, violentar uma garota." E sobre a Prostituta da Babilônia, a prostituta com o coração de ouro, o amor de uma mulher ruim, a prostituta sem o coração de ouro, A Letra Escarlate, A Mulher Escarlate, Os Sapatos Vermelhos. Madame Bovary e sua busca pela trepada sem fim, Molly Bloom e seu penico e seu eterno sim, Cleópatra e sua amiga Áspide, uma associação que lança uma nova luz sobre Annie, a Pequena Órfã. E também sobre órfãos, sobre Salomé e a cabeça de João Batista, e Judite e a cabeça de Holofernes. Também sobre revistas tipo Romance Verdadeiro e seu relacionamento com o calvinismo. Infelizmente, não disponho nem do tempo nem do conhecimento necessários para abordar todas essas com a profundidade e a amplitude que merecem, e elas realmente as merecem. Todas, é claro, são estereótipos de mulheres tirados da tradição literária européia ocidental e suas mutações canadenses e americanas.

Existem muitíssimas outras variações além das que mencionei, e embora a tradição literária européia ocidental tenha sido criada principalmente por homens, de modo algum todas as figuras femininas que mencionei foram inventadas, transmitidas ou consumidas por eles. Meu objetivo ao mencioná-las é indicar não só a multiplicidade de imagens femininas que provavelmente serão encontradas por um leitor, mas, especialmente, a sua amplitude. Representações de mulheres, mesmo por homens, não são de modo algum limitadas à figura da Pranteadora Solitária (aquela criatura de passividade indefesa que não consegue agir, apenas sofrer), que parece ter sido encorajada pela filosofia dominante sobre mulheres até o século XIX. As mulheres eram mais que isso, mesmo as estereotipadas, mesmo naquela época.

A amplitude moral dos estereótipos femininos me parece ser mais vasta do que a de personagens masculinos na literatura. Afinal, heróis e vilões têm muito em comum. Ambos são fortes, mas têm controle sobre si próprios, ambos praticam ações e enfrentam as conseqüências. Mesmo aquelas figuras masculinas sobrenaturais – Deus e o Diabo – têm em comum um bom número de características. Sherlock Holmes e o professor Moriarty são praticamente gêmeos, e é muito difícil dizer, somente pelos costumes e atividades, quais dos super-homens das histórias de quadrinhos Marvel são os maus e quais são os bons. Macbeth, embora não muito agradável, é compreensível, e além disso, ele nunca teria feito o que fez se não fosse pelas três bruxas e Lady Macbeth. As três bruxas são um exemplo característico. O motivo de Macbeth é a ambição, mas quais os motivos das bruxas? Elas não têm motivos. Como pedras ou árvores, elas simplesmente são: as boas puramente boas, as más puramente más. Mais ou menos o mais próximo que uma figura masculina pode chegar disso é Iago ou o mr. Hyde, mas Iago é, pelo menos parcialmente, motivado pela inveja, e a outra metade do mr. Hyde é o, por demais humano, dr. Jekyll. Mesmo o Diabo quer vencer, mas os tipos mais extremos de figura feminina não parecem querer absolutamente nada. Sereias comem homens porque isso é o que sereias fazem. Às velhas horrendas, semelhantes a aranhas, de D. H. Lawrence em *A virgem e o cigano* –, não são atribuídos quaisquer motivos para seu caráter horroroso, se não algo que Lawrence chamou de "a vontade feminina". Macbeth mata porque quer ser rei, para ganhar poder, enquanto que as três bruxas estão apenas agindo da maneira como agem as bruxas. Bruxas, como poemas, não devem significar, e sim ser. Seria o mesmo que se perguntássemos por que o sol brilha.

Essa qualidade de força natural, boa ou má, essa qualidade de coisificação, aparece com mais freqüência em histórias a respeito de heróis, especialmente do tipo que viaja, como Ulisses. Em tais histórias, as figuras femininas são acontecimentos que ocorrem com o herói, aventuras em que ele é envolvido. As mulheres são estáticas; o herói, dinâmico. Ele vivencia a aventura e segue adiante através de uma paisagem de mulheres, bem como uma paisagem de aspectos geográficos característicos. Esse tipo de história ainda está bastante presente entre nós, como qualquer pessoa que tenha lido as histórias de James Bond, Henry Miller ou, mais perto de nós, *The Studhorse Man*, de Robert Kroetsch, pode confirmar. Existem poucas heroínas de aventuras literárias femininas desse tipo. Poderíamos chamá-las de aventureiras, e a simples conotação da palavra indica como diferem da variedade masculina. Um homem que recita um catálogo de mulheres, como Don Giovanni, é considerado um patife, talvez, mas um patife bastante invejável, enquanto que as personagens femininas, de Moll Flanders a Isadora Wing, de *Medo de voar*, de Erica Jong, não têm permissão de fazer o mesmo sem muitas explicações, sofrimento e culpa.

Mencionei a Pranteadora Solitária, aquela mulher vítima passiva a quem fazem de tudo e cuja única ação é fugir. Existem personagens masculinos de um tipo semelhante, mas geralmente são crianças, como Paul Dombey, Oliver Twist e os alunos sofredores de Dotheboys Hall, de Dickens. Para que um homem adulto exiba essas características – medo, incapacidade de agir, sentimentos de extrema fraqueza e impotência –, ele precisa ser maluco ou pertencer a um grupo de minoria. Sentimentos desse tipo são considerados uma violação de sua natureza masculina, enquanto os mesmos sentimentos em uma personagem feminina são tratados como uma expressão de sua natureza. Homens passivos desamparados são aberrações; mulheres passivas se enquadram nos limites da norma. No entanto, heróis e vilões poderosos ou, de qualquer forma, ativos são vistos como a realização de um ideal *humano*; enquanto às mulheres poderosas, e existem muitas delas na literatura, geralmente é atribuída uma aura sobrenatural. Elas são bruxas, mulheres-maravilha ou mães de Grendel. Elas são monstros. Não são inteiramente humanas. A mãe de Grendel é pior do que Grendel, porque é vista como um afastamento maior da norma. Grendel, afinal, é apenas uma espécie de Beowulf, só que maior e mais faminto.

Suponhamos, contudo, que eu queira criar uma personagem feminina que não seja uma força da natureza, seja ela boa ou má; que não seja uma passiva Pranteadora Solitária; que tome decisões, execute ações, assuma causas e suporte acontecimentos, e que tenha, talvez, até alguma ambição, algum poder criativo. Que histórias minha cultura tem para me contar sobre mulheres desse tipo? Não muitas ao nível de escola pública, o que, provavelmente, é o motivo pelo qual não consigo me lembrar de nada a respeito de Dick e Jane, embora ainda restem algumas impressões vagas do gato Puff e do spaniel Spott. Porém, fora dos horários escolares, havia os livros de histórias em quadrinhos: Batman e Robin, Super-Homem (e Lois Lane, a eterna bobalhona socorrida), Tocha Humana, Zorro e muitos outros, todos homens. É claro, havia a Mulher Maravilha. A Mulher Maravilha era uma princesa amazona que vivia numa ilha com outras amazonas, mas nenhum homem. Ela tinha braceletes mágicos que defletiam balas, um avião transparente, um laço mágico, superpoderes e capacidades extraordinárias. Havia apenas um senão – ela tinha um namorado. Mas se ele a beijasse, sua força sobre-humana desapareceria como a de Sansão depois de ter os cabelos cortados. A Mulher Maravilha nunca poderia casar e continuar sendo Mulher Maravilha.

Então veio *Os sapatos vermelhos* – não o conto de fadas de Hans Christian Andersen, mas o filme estrelado por Moira Shearer, com lindos cabelos ruivos. Uma geração inteira de garotinhas foi levada para assistir a ele como presente especial de festa de aniversário. Moira Shearer era uma famosa dançarina, mas, infelizmente, ela se apaixonou pelo regente da orquestra, que, por algum motivo totalmente obscuro para mim na época, a proibiu de dançar depois que eles se casaram. Esta proibição a deixou profundamente infeliz. Ela queria o homem, mas também queria dançar, e o conflito a levou a se atirar na frente de um trem. A mensagem foi clara: não se podia ter ao mesmo tempo sua carreira artística e também o amor de um bom homem, e se você tentasse, acabaria cometendo suicídio.

Depois vieram as teorias poéticas de Robert Graves, expostas em muitos livros, especialmente *A deusa branca*, que li aos 19 anos. Para Graves, o homem faz, a mulher simplesmente é. O homem é o poeta, a mulher é a Musa, a Deusa Branca em pessoa, inspirando, mas, por fim, destruindo. E o que acontece quando uma mulher quer ser poetisa? Bem, é possível, mas a mulher deve, de alguma forma, *se tornar* a Deusa Branca, agindo como sua encarnação e porta-voz, e, presume-se, comportando-se de maneira igualmente destrutiva. Diferente de "criar e ser destruída", o padrão de Graves para a mulher artista era "criar e destruir". Um pouco mais atraente do que se atirar na frente de um trem, mas não muito. É claro, a mulher sempre poderia esquecer essa questão toda, acomodar-se e ter bebês. Uma rota mais segura, ao que parece, e esta era, sem dúvida, a mensagem da cultura inteira.

Contudo, os contos de advertência mais lúgubres oferecidos pela sociedade eram os relatos de vida das próprias escritoras. Mulheres escritoras não podiam ser ignoradas pela história literária: pelos menos não as do século XIX. Jane Austen, as irmãs Brontë, George Eliot, Christina Rossetti, Emily Dickinson e Elizabeth Barrett Borwning eram importantes demais para isso. Mas suas biografias podiam, sem dúvida, ressaltar suas excentricidades e estranheza, e o faziam. Jane Austen não casou. Nem Emily Brontë, que também morreu jovem. Charlotte Brontë morreu de parto. George Eliot viveu com um homem com quem não era casada e nunca teve filhos. Christina Rossetti "olhava para a vida através dos buracos de traça duma mortalha". Emily Dickinson viveu atrás de portas fechadas e provavelmente era louca. Elizabeth Barrett Browning conseguiu dar à luz um filho, mas não soube criá-lo corretamente e adorava sessões espíritas. Essas mulheres eram escritoras, é verdade, mas não eram mulheres *de bem*. Eram maus exemplos de modelo a seguir, ou pelo menos foi isso o que seus biógrafos deram a entender.

– Eu tinha um namorado que me chamava de Mulher Maravilha – diz Hilda Vassoura, a bruxa, num recente cartoon.

– Porque você é forte, corajosa e sincera? – pergunta o anão.

– Não, porque ele tinha dúvidas sobre se eu era mulher e achava que eu só podia ser maravilha se fosse.

Se você quiser ser boa em alguma coisa, dizia a mensagem, você terá de sacrificar a sua feminilidade. Se você quiser ser fêmea, deverá ter sua língua extirpada como a Pequena Sereia.

É verdade que se deu muita importância ao alcoolismo de Poe, ao incesto de Byron, à tuberculose de Keats e ao comportamento imoral de Shelley, mas, de qualquer forma, essas rebeliões românticas tornavam os poetas de sexo masculino não só mais interessantes, mas também mais machos. Raramente foi sugerido que as duas Emilys, Jane, Christina e as outras tivessem vivido como viveram, porque era a única maneira pela qual podiam conseguir o tempo e a concentração necessários para escrever. A coisa espantosa com relação a mulheres escritoras no século XIX não é que existissem tão poucas, mas que sequer existissem. Se os senhores pensam que esta síndrome está morta e enterrada, dêem uma olhada no livro de Margaret Laurence, *The Diviners*. A personagem principal é uma escritora bem-sucedida, mas logo se torna evidente que ela não pode escrever e conservar o amor de um bom homem. Ela escolhe escrever e atira um cinzeiro no homem e, ao final do livro, vive sozinha. Escritores, tanto homens quanto mulheres, precisam ser egoístas exatamente para dispor de tempo para escrever, mas mulheres não são educadas para isso.

Uma versão muito mais extrema dos perigos da criatividade nos é oferecida pelos suicídios de Sylvia Plath e Anne Sexton e a atenção um tanto vampiresca que lhes foi dedicada. Mulheres escritoras no século XX são vistas não só como excêntricas e pouco femininas, mas como condenadas. A tentação desse papel da mulher artista isolada ou condenada, quer em nossa vida ou por meio de nossos personagens, é bastante forte. Felizmente, existem alternativas. Quando estiverem em dificuldades, vocês sempre poderão contemplar a vida da sra. Gaskell, de Harriet Beecher Stowe ou até mesmo, digamos, Alice Munro ou Adele Wiseman, ou das muitas outras mulheres escritoras que parecem ter conseguido combinar casamento, maternidade e escrever sem se tornarem mais visivelmente deformadas do que qualquer outra pessoa na nossa cultura.

Entretanto, existe alguma verdade quanto à síndrome dos *Sapatos vermelhos*. De fato, *é* mais difícil para uma mulher ser escritora nesta sociedade do que para um homem. Mas não devido a quaisquer misteriosas diferenças inatas hormonais ou espirituais: é mais difícil porque foi tornado mais difícil; e os estereótipos ainda estão à espreita e à espera de uma oportunidade, prontos para brotar, de um salto e plenamente formados, das cabeças dos críticos – tanto homens quanto mulheres – e se atarem a uma personagem ou uma autora incauta que passar por perto. Também existe uma expectativa de que as mulheres sejam melhores moralmente do que os homens, mesmo por parte de mulheres, mesmo por parte de alguns setores do movimento feminista; e se você não for um anjo, se você calhar de ter defeitos humanos, como a maioria das criaturas, mas, especialmente, se você mostrar que tem qualquer tipo de força ou de poder, criativo, ou de outro tipo, então não é apenas humana; você é pior que humana. Você é uma bruxa, uma Medusa, um monstro assustador, poderoso e destrutivo. Um anjo que tem espinhas no rosto e defeitos, não é visto como um ser humano, e sim como um demônio. Uma personagem que se comporta com a inconsistência com que a maioria de nós manifesta a maior parte do tempo não é uma criação verossímil, acreditável, e sim um insulto à Natureza da Mulher, ou então um sermão sobre suas fraquezas especiais, mais frágeis que a fragilidade de todo Sexo Feminino e das Mulheres em Geral, e não sobre a fragilidade humana. Ainda existe uma grande pressão social sobre a mulher para que ela seja perfeita, e também muito ressentimento contra ela, caso venha a se aproximar, de qualquer forma, da meta que não seja a mais rigidamente prescrita.

Eu poderia ilustrar isso facilmente ao ler meu próprio arquivo pessoal de recortes de jornal: poderia lhes contar sobre Margaret, a Maga; Margaret, a Medusa; Margaret, a Devoradora de Homens abrindo seu caminho rumo ao sucesso com suas garras, passando por cima dos cadáveres de muitos homens infelizes; Margaret, o Hitler faminto por poder, com seus planos megalomaníacos de se apoderar do campo inteiro da Literatura Canadense. Esta mulher precisa ser detida! Todas essas criaturas mitológicas são invenções da crítica; mas nem todos os críticos são homens. (Ninguém me chamou ainda de anjo, mas Margaret, a Mártir, certamente não vai demorar muito a aparecer, especialmente se eu morrer jovem e num acidente de carro.)

Seria divertido continuar com estes excertos, mas também seria bastante mesquinho, considerando-se o fato de que alguns de seus autores são, se não parte da platéia, empregados desta universidade. De modo que, em vez de fazer isso, farei um apelo simples: de que seja permitido, obrigatoriamente, que mulheres, seja como personagens ou como pessoas, tenham suas imperfeições. Se eu crio uma personagem mulher, gostaria de poder mostrá-la com as emoções que todos os seres humanos têm – ódio, inveja, despeito, luxúria, raiva e medo, bem como amor, compaixão, tolerância e alegria –, sem que ela seja condenada como sendo um monstro, desprezível, injuriosa, ou um mau exemplo. Também gostaria que ela fosse esperta, inteligente e astuta, se necessário para a trama, sem que fosse rotulada de deusa sacana ou um exemplo gritante da desonestidade das mulheres. Por muito tempo, os homens na literatura têm sido vistos como indivíduos, as mulheres apenas como exemplo de um gênero, talvez esteja na hora de tirar o M maiúsculo de Mulher. Eu, pessoalmente, nunca conheci um anjo, uma harpia, uma bruxa ou uma mãe-terra. Conheci uma variedade de mulheres de verdade, nenhuma das quais foi mais gentil ou mais nobre ou mais resignada ou menos hipócrita e pretensiosa do que homens. Cada vez mais se torna possível escrever a respeito delas, embora continue difícil para nós separar o que vemos do que fomos ensinados a ver. Quem sabe? Talvez eu possa julgar mulheres mais duramente do que os homens; afinal, elas foram responsáveis pelo Pecado Original, ou pelo menos foi isso que aprendi na escola.

Encerro com uma citação de Agnes Macphail, que não era uma escritora, mas que conhecia muito bem pelo menos um estereótipo literário. "Quando ouço homens falando sobre mulheres serem o anjo do lar, sempre, pelo menos mentalmente, dou de ombros, com dúvida. Eu não quero ser o anjo do lar. Quero para mim mesma aquilo que quero para outras mulheres: igualdade absoluta. Depois que isso estiver garantido, então homens e mulheres poderão se revezar como anjos." Eu, pessoalmente, reformularia a frase: Então homens e mulheres poderão se revezar como seres humanos, com toda a individualidade e a variedade que o termo sugere.

5
Observando Northrop Frye

Isto não é Frye objetivado, e sim Frye subjetivado, uma minibiografia, se quiserem, escrita por uma de suas ex-alunas cuja ambição era se tornar escritora.

E, também, que estranha ambição era aquela, na Leaside High School, em 1956. Foi uma ambição súbita. Até 1956, eu achava que iria ser botânica ou, no mínimo, uma especialista em Economia Doméstica, embora soubesse àquela altura que esta última era improvável: pessoas com problemas com relacionamentos íntimos não estavam destinadas a isso. Não havia nada na Leaside High School que me indicasse que escrever fosse sequer uma possibilidade para uma pessoa jovem, no Canadá, no século XX. Nós estudávamos escritores, é verdade, mas eles não eram canadenses nem estavam vivos. Contudo, deixei meu espírito se inflar e ir para onde havia o que escutar, e depois de um breve período de olhar por cima do ombro para ver se eu realmente tinha a intenção de soprar para outras pessoas, resignei-me com o destino e tentei descobrir como conseguir fazer aquilo. Contemplei a idéia de cursar a faculdade de jornalismo; mas me disseram que mulheres não tinham permissão para escrever nada, exceto obituários e a seção feminina, e embora alguns de meus críticos pareçam ter a impressão de que foi isso o que eu acabei escrevendo, de qualquer maneira, senti que algo de mais amplo era necessário. Em suma, ir para a universidade, onde eu poderia pelo menos aprender a soletrar.

Por sorte, tive uma professora de inglês compreensiva e sensível chamada Miss Billings. Ela não me disse como era ruim a minha poesia (embora rimasse), mas, em vez disso, me fez compreender que o Victoria College, na Universidade de Toronto, era para onde eu deveria ir. Lá havia uma pessoa chamada Northrop Frye, disse ela. Eu nunca tinha ouvido falar dele, mas, por outro lado, nunca tinha ouvido falar de quase coisa nenhuma. Segui o conselho dela.

Entrei para o Victoria College em 1957, ano em que Frye publicou *Anatomy of Criticism* (Anatomia da crítica), mas eu não sabia disso naquela época. Frye era apenas um borrão no horizonte, algo com que eu teria que lidar no terceiro ano, quando estudasse Milton. Enquanto isso, estava me angustiando com o fato de que tinha passado o verão tentando ler *A terra desolada* e não havia entendido nem uma palavra. Fiquei a me perguntar se, afinal, seria tarde demais para me dedicar à Botânica, e comecei a escrever poemas que não rimavam e incluíam xícaras de café, algo que pode ter tido alguma coisa a ver com Eliot ou algo a ver com o fato de que eu andava matando tempo demais na cafeteria; onde Frye, diga-se de passagem, nunca aparecia. Para os alunos calouros, Frye era uma espécie de rumor. Você ouvia coisas a respeito dele, mas raramente o via. De vez em quando, podia ouvi-lo batendo à máquina.

No terceiro ano, depois de ter batalhado um bocado cursando matérias de literatura anglo-saxã e Chaucer, afinal cursei uma matéria lecionada por ele. Naquela época, ou você estava fazendo uma coisa chamada Curso Geral, que durava três anos, ou você estava num curso superior suplementar, de quatro anos, chamado *Honours*, que fazia com que você se especializasse. No curso de *English Honours*, a vida era cronológica, e Milton vinha no terceiro ano. Northrop Frye lecionava Milton. "Lecionava" não era exatamente a palavra. Frye dizia "Haja Milton", e olhe, havia. Era feito assim. Ele se postava na frente da sala. Dava um passo adiante, punha a mão esquerda sobre a mesa, dava mais um passo adiante, punha a mão direita sobre a mesa, dava um passo para trás, tirava a mão esquerda, mais um passo para trás, retirava a mão direita, e repetia o padrão. Enquanto fazia isso, prosa pura, em frases e parágrafos de verdade, saía de sua boca. Ele não dizia "hãã", como a maioria de nós faz, nem deixava frases incompletas, ou se corrigia. Eu nunca tinha ouvido ninguém falar isso antes. Era como ver um mágico tirando pássaros de uma cartola. Você ficava o tempo todo querendo dar a volta e ficar atrás de Frye ou ir espiar debaixo da mesa para ver como ele o fazia.

O que nos traz à questão delicada de "influência". Existem aqueles que, ao ouvirem que no passado fui aluna de Northrop Frye, precisam ter seus dedos arrancados, à força, da bainha de minha roupa. De modo inverso, existem aqueles que começam a circular para a esquerda, na esperança de ver de relance a Marca do Vampiro que, têm certeza, deve estar escondida em algum lugar, se não em meu pescoço, pelo menos em meu trabalho. Aqueles que nunca ocuparam aquela posição extasiante, "um aluno de Frye", presumem que ele exerceu alguma estranha influência, o estilo de Svengali, sobre jovens escritores, pegando suas mentes maleáveis como massa de vidraceiro e passando-as pela máquina Play-Doh de seu "sistema" até que saíssem moldadas. Se tal presunção fosse de alguma forma verdadeira, o Canadá deveria ter ficado repleto de uma porção de Trilbys doidões eufóricos de pileque, todos "alunos ou alunas de Frye", todos repetindo as cantigas da cartilha de Frye. Por que não ficou?

Possivelmente porque qualquer escritor de verdade só é "influenciado" por fontes com as quais ele já tem alguma afinidade. Escritores são larápios, como Eliot já observou; as larvas da mosca d'água do mundo literário. Ou, possivelmente, porque Frye não estivesse interessado em "influenciar" ninguém, especialmente jovens escritores. A abordagem dele da criação não era prescritiva. A última coisa que jamais teria feito com seus alunos seria dizer-lhes como escrever, e nada o deixaria mais embaraçado do que receber o crédito por ter produzido uma espécie de seção poética de becape. Ou possivelmente porque, se Frye estiver correto, e poetas forem influenciados por outros poetas, novelistas por outros novelistas, Frye só poderia influenciar outros críticos. Isso ele fez com certeza; mas poetas? Já li em algum lugar a expressão, "um poeta no estilo de Northrop Frye", mas não tenho certeza do que isso significa. Uma visão da poesia tão abrangente quanto a de Frye sem dúvida inclui praticamente quase tudo. Em todo caso, como ele próprio disse, poetas são rabugentos e impertinentes, em especial diante de sistemas críticos. Tente confiná-los em um desses e eles reagirão fazendo alguma coisa muitíssimo diferente. A tarefa do crítico não é dizer aos poetas o que fazer, mas dizer aos leitores o que eles fizeram. A tarefa do escritor é escrever. Este foi um acerto de divisão de tarefas que me pareceu apropriado, e ainda parece.

Nos idos de 1960, Frye ia e vinha de maneira distante, mas bastante benevolente. De vez em quando ele murmurava alguma coisa que indicava o fato de que, realmente, tinha lido efusões espalhafatosas de um de nós, neste ou naquele jornal literário do campus, mas não oferecia nem crítica nem orientação, apenas uma atenção geral, uma espécie de fototropismo literário. Era bastante semelhante a ser observada por um girassol. Ele não era o que se chamaria de intrometido. Naquela época de minha vida eu me sentia um bocado mais abalada e contrariada por Robert Graves do que por Frye. *A deusa branca* me deixou com suores frios: eu queria ser poeta, é verdade, mas não ao preço de canibalizar minhas criaturas companheiras, como Graves parecia pensar que eu tinha o dever de fazer por uma questão de honra. Mulheres só poderiam ser poetas, dizia ele, se estivessem dispostas a *ser* a Deusa Branca, um exemplo primordial de quem o Pesadelo de vida em morte de Coleridge era. Eu não tinha nenhum desejo particular de engrossar o sangue dos homens com o frio – preferia jogar uma boa partida de bridge a qualquer dia –, e embora alguns de meus trabalhos pareçam ter exercido esse efeito sobre alguns críticos canadenses, o foi por descuido. Como era tranqüilizador, em vez disso, voltar-me para o ensaio de Frye sobre Emily Dickinson, o qual não a apresenta como a Deusa Branca, apesar do modo de ela se vestir, nem como uma fraca neurótica; mas como uma hábil profissional que sabia exatamente o que estava fazendo. Isso era, de alguma forma, um exemplo de modelo a seguir mais positivo.

Assim, embora Frye não tenha sido uma "influência", no sentido que as pessoas geralmente empregam a palavra, ou seja, um manufaturador de moldes em gesso, ele foi uma influência sob um outro aspecto muito mais grandioso. Era um contrapeso, não só para o sr. Graves e suas teorias estranhamente aracnóides da criação poética, mas também para o *milieu* canadense do final dos anos 1950. Naquela época, Toronto não era a cidade brilhante de múltiplos restaurantes que é hoje, fascinada por sua imagem de lugar da moda, mas uma cidadezinha medíocre e grosseira, o lugar de que os montrealenses faziam piadas. Toronto tinha um teatro de repertório, nenhuma companhia de balé e praticamente nenhum *brie* decente. Os autores canadenses eram invisíveis para o grande público, discriminados pelos livreiros em guetos na seção *Canadiana*, junto com os livros de culinária entre "101 Coisas Para Fazer Com Açúcar de Seiva de Bordo", e considerados bobalhões pelos jovens aspirantes a escritores esnobes, como eu mesma, que pensávamos que tínhamos de fugir para a Inglaterra, de maneira a permitir que a inspiração florescesse plenamente em nosso espírito. Em média, havia cerca de cinco romances de autores canadenses publicados por ano, e as vendas eram consideradas muito boas se chegassem a mil exemplares. Havia duas vantagens nesse estado de coisas. A primeira era que, se você publicasse alguma coisa de natureza literária séria, qualquer coisa, não importa o quê, você receberia uma resenha crítica em algum lugar, e seria lido pelo pequeno público, mais radical e fiel, de leitores de Literatura Canadense, que tinha uma população inconstante de cerca de duzentas pessoas. A segunda era que não havia discriminação contra mulheres. Anunciar que você queria ser escritora não produzia uma resposta específica de gênero. Ninguém dizia, "Você não pode fazer isso porque é mulher". Eles não lhe diziam que teria de competir com Shakespeare e Melville. Em vez disso, diziam: "Quer ser o quê?"

Mesmo na universidade, entre seus companheiros da busca de sabedoria, havia a probabilidade de pensarem que você era pretensiosa ou iludida. Mas, por outro lado, havia Frye, que possuía a mais essencial das qualificações para ter credibilidade no Canadá: uma reputação internacional. Frye parecia achar que escrever era uma atividade natural. Parecia considerá-la não como algo feito por doentes mentais emocionalmente desequilibrados, e sim como uma atividade essencialmente humana. Ele levava nossas ambições a sério. Na Toronto de 1959, isso era mais do que encorajador.

As mesmas pessoas que se agarram às bainhas de minha saia em festas também querem saber se não achei ser aluna de Frye algo, por assim dizer, terrivelmente intimidador. De maneira geral, digo Sim ou Não, de acordo com o que parece apropriado para a ocasião. Uma explicação completa demoraria mais. O fato curioso continua sendo ser possível nos sentirmos muito impressionados pela inteligência e o saber de alguém sem, necessariamente, ser intimidado pela pessoa. Eu me sentia mais intimidada pelo professor de Filosofia, que dava aulas de olhos fechados e sempre sabia dizer quando havia mais uma pessoa na sala. Era difícil, entretanto, sentir-me completamente intimidada por alguém que podia ficar embaraçado com tanta facilidade quanto Frye. Também era difícil sentir-se intimidado por alguém que tentava tanto não ser intimidador. Frye, quando tinha a falta de sorte de se encontrar cara a cara com um de seus alunos fora da sala de aula, decaía da sua prosa perfeitamente pontuada para uma espécie de murmuração reconfortante e pouco clara. "Eles têm tanto medo de você quanto você tem deles", meus pais costumavam dizer de coisas como abelhões. O mesmo poderia ser dito de Frye. Faltava-me tanta intimidação, recordo-me, que escrevi e publiquei uma paródia literária, na qual apliquei a crítica arquetípica ao comercial de Ajax, a eterna batalha da figura recorrente da Dona de Casa contra a figura sombria e ameaçadora da Sujeira. Estudante universitária ainda não formada, àquela altura, de que serve ser universitária ainda não formada, se você não puder agir como não formada? O importante é que não temi retaliação. Eu esperava que Frye achasse aquilo quase tão engraçado quanto eu, o que pode ou não ter acontecido. Possivelmente, ele pensou que eu estava entendendo bem e fazendo do jeito que devia.

É muito provável que minha versão de Frye fosse subjetivamente colorida pelo fato de meus pais serem da Nova Escócia. As coisas que intimidavam outras pessoas não me intimidavam. O discurso pronunciado com falsa seriedade, a ironia, o tom monótono e as piadas e caçoada ocultas podem ter parecido estranhos para os que vinham de Ontário, mas, para mim, eram mais que familiares. Nas províncias Marítimas* eles são a norma. O puritanismo, por lá, assume formas estranhas, algumas brilhantes, excêntricas ao extremo, e nenhum "marítimo" jamais confundiria a falta de brilhantismo com falta de compromisso, dedi-

---

*"*Maritimes*" no Canadá, são as províncias costeiras do Atlântico Norte, Nova Escócia, Terra Nova, New Brunswick etc.; "*maritimer*", nativo dessas regiões. (N. da T.)

cação, coragem ou paixão. A luz nasceu para mim quando descobri que Frye era originário de New Brunswick. Não exatamente o mesmo que ser da Nova Escócia, onde viviam todos os meus parentes, mas bastante próximo. Uma piada da Nova Escócia, nos idos anos 1930, tinha sido que seu principal produto de exportação eram cérebros. Frye era um produto de exportação.

Quando visitei a Austrália, os australianos constantemente me perguntavam: "Por que não existe um Northrop Frye australiano?"

De maneira muito semelhante, os canadenses de minha geração costumavam perguntar por que não havia um *Moby Dick* canadense, e os americanos de 1840 perguntavam por que não existia um Walter Scott americano. É uma boa pergunta, mas existe uma ainda melhor: Por que existe um Northrop Frye *canadense*? Ou, para particularizar, como foi possível que semelhante criatura tenha conseguido sobreviver ao fato de ter nascido em Moncton [1912], New Brunswick, e de ter sido criado em Shebrooke, Quebec, na primeira parte do século XX?

Para aqueles que não conhecem esses lugares, é difícil explicar meu espanto. Digamos apenas que uma alma, à espera de ser reencarnada como um grande crítico literário, teria escolhido um outro local e época, com base na suposição de que existissem maneiras mais fáceis de fazê-lo. O Canadá, do ponto de vista literário, era de certa forma um vazio. Havia uma tradição, é verdade, mas com um hábito curioso de desaparecer e ter de ser redescoberta por cada geração sucessiva. Sempre existiu uma boa quantidade de canibalismo envolvida. Os nacionalistas canadenses do tipo ativista furioso, que revira muito os olhos com confusão e excitação (diferentemente dos maciços e impassíveis como eu), em anos recentes, acusaram Frye de todo tipo de coisas *vis-à-vis* ao Canadá: de ser continentalista, de ser internacionalista, de ignorá-los, e assim por diante. Mas, parece-me, quase toda idéia seminal nos campos recém-regados da literatura canadense, inclusive o atualmente em voga, "regionalismo", originou-se, se não plenamente formada, no mínimo sob alguma forma, da cabeça de Northrop Frye, naqueles velhos tempos de outrora, em que ele respeitosamente resenhava poesia canadense para o *The Canadian Forum* e outras pequenas publicações especializadas, uma tarefa que poderá ter contribuído para as formulações de Frye sobre a ligação entre a imaginação e a sociedade que a rodeia. Frye, é claro, é um pensador social cujos esforços sempre estiveram voltados para a avaliação, não só do escritor, mas também do leitor. Que melhor campo para um educador do que um país em que quase ninguém sabe como – no sentido mais amplo da palavra – ler?

Existiam, entretanto, poetas de considerável calibre e talento enterrados lá no fundo dos substratos da Literatura Canadense, os quais Frye fez o possível para que viessem à luz, como E. J. Pratt* em particular. Mas o que dizer da influência que tiveram sobre ele, ou a visão em comum que tinham do universo? Partes dos escritos de Frye soam como se tivessem sido escritos por A. M. Klein,** tivesse Klein sido um crítico; há algo do mesmo tema de "Adão nomeando os animais" que caracteriza ambos. Alguns se referiram à classificação e organização da ordem, classe e espécie literárias feitas por Frye como "taxonomia morta", o que significa apenas, dentre outras coisas, que nunca viram dois taxonomistas tendo uma discussão. Eles nunca refletiram, tampouco, sobre o fato de que um canguru continua igualmente vivo se você o chama por seu nome em latim ou por nenhum nome. Mas o esforço de Frye para *nomear*, para criar um sistema interconectado, parece-me uma reação canadense a uma situação canadense. Se você se vê isolado em meio a um vasto espaço, cujo sentido ninguém lhe explicou, você se dedica a mapeá-lo, a pôr os pontos na carta do território, a fazer a descoberta de onde as coisas estão com relação umas às outras, à extração de seu significado. Os poetas estavam fazendo isso com seus próprios tem-

---

*E. J. Pratt (1882-1964), filho de ministro metodista, nascido na Terra Nova, formou-se em psicologia e inglês, e lecionou na Universidade de Toronto. Sua primeira coletânea de poemas, descritiva de sua região e publicada em 1923, com as obras subseqüentes o estabeleceram como o principal poeta do Canadá do princípio do século XX. Prêmio Governor General de Poesia de 1937, 1949 e 1952. (N. da T.)

**A. M. Klein (1909-1972), um dos principais poetas judeus de língua inglesa, emigrou com a família da Ucrânia para o Canadá em 1910. Integrou o grupo de intelectuais imortalizado como a *MacGill School of Poets*. Advogado, jornalista, ativista político, poeta e conferencista, teve intensa participação nos meios intelectuais canadenses. Prêmio Governor General de Poesia em 1948. (N. da T.)

pos e espaços, Frye o estava fazendo com a literatura como um todo, mas o motivo – o qual também é o de Innes e McLuhan, aqueles dois outros pensadores de megassistemas da Universidade de Toronto – é *au fond* o mesmo. A metáfora principal de Frye é espacial e muito grande. Um crítico americano ou inglês dessa época não teria sequer pensado em fazer qualquer coisa semelhante. Os ingleses estavam fazendo sua classificação social habitual, distribuindo as nuances e determinando os níveis a serem ocupados no escalonamento, e os americanos estavam mergulhados nas profundezas dos mecanismos de seus poemas escolhidos, para descobrir quais dos menores deveriam ser pressionados para fazer com que a coisa funcionasse. Metonímia e sinédoque são os mais novos temas tratados, mas os dias em que eu teria tido para descobrir o que eles significavam, já ficaram para trás há muito tempo.

O que me traz de volta ao meu ponto inicial. Hoje, já se passaram vinte e alguns anos e amanhã tenho de tomar um avião para Winnipeg, onde as pessoas me perguntarão sobre minha capacidade de compelir à leitura e de mostrar as más imagens de homens. Se eu fosse uma americana não precisaria fazer isso; se eu fosse inglesa poderia fazer tudo isso em Londres, e as perguntas seriam diferentes; mas isto é o Canadá, que era, é e continua sendo um jogo de hóquei completamente diferente. Esta, contudo, é uma outra história. Minha próxima pergunta retórica é: O que eu tenho a ver com Frye, agora que não sou mais uma aluna? Teria alguma coisa dele, por assim dizer, passado para mim daquela convivência? E, em caso afirmativo, é de grande utilidade para uma escritora, prisioneira da rotina, batalhando entre uma trama e a seguinte, de personagem em personagem, de uma noite de autógrafos para outra, de estação de TV para estação de TV, e todo outono obrigada a se ver, face a face, com hectares de linguagem vulgar dirigida para mim?

Bem, ser uma ex-aluna de Frye, de fato, ajuda muito nas respostas. Quando alguém lhe pergunta, ao vivo, no ar, como é possível que você seja tão pessimista e por que seus livros não têm finais mais felizes, você pode pensar consigo mesma: "Porque estou escrevendo de modo irônico, seu tapado." Você não pode dizer isso alto demais, é claro – o sonho de Frye de uma linguagem de discurso literário comum ainda não chegou às estações de rock pesado –, mas, pelo menos, no silêncio da noite, enquanto você se vira de um lado para o outro em sua cama de Holiday Inn, depois de não ter conseguido baixar a temperatura do quarto, obcecada e atazanada pela idéia da resposta mais precisa que não disse na hora certa – pelo menos você pode sussurrá-la para si mesma.

E quando as coisas estão em seu nadir e os motivos pelos quais você escreveu seu livro parecem ter se desligado totalmente do resultado, que parece ser uma longa fila de pessoas querendo que você escreva coisas na folha de rosto de seus exemplares – coisas como "Com os votos de Feliz Aniversário com amor de Annie" – e em vão você objeta e argumenta que você não é Annie, sempre pode dizer a si mesma que dedicar-se à literatura é uma atividade humana significativa.

Acreditar nisso às vezes é um ato de fé. Entretanto, Northrop Frye acredita nisso, e ele *sabe*.

6
Escrevendo
o personagem masculino

Estou muitíssimo contente pelo fato de os senhores terem convidado uma mulher, como um gesto simbólico, para dar as palestras Hagey este ano, e, embora pudessem ter escolhido uma mais respeitável do que eu –, me dou conta de que a oferta é limitada.

Tomei conhecimento de minha falta de respeitabilidade de boa fonte: a autoridade, de fato, foram os representantes masculinos, da Universidade de Victória, na Colúmbia Britânica, onde estava sendo entrevistada no rádio, há não muito tempo. "Fiz uma pequena enquete", me disse o entrevistador, um homem bastante simpático, "entre os professores aqui. Perguntei-lhes o que pensavam da senhora e de seu trabalho. As mulheres foram todas positivas, mas os homens disseram que não tinham certeza se a senhora era ou não respeitável." De modo que estou dando-lhes um aviso prévio de que tudo que vão ouvir a seguir não é academicamente respeitável. O ponto de vista que vou apresentar é o de uma novelista praticante, habitante da Rua Nova dos Escritores Profissionais que Vivem de Literatura, não da especialista em literatura vitoriana que passou quatro anos em Harvard estudando para o ser; embora o vitorianismo penetre furtivamente como já podem ver. De modo que eu nem sequer mencionarei metonímia e sinédoque, exceto no presente momento, só para impressionar os senhores e informá-los de que sei que existem.

Tudo o que disse acima, é claro, foi a fim de dar conhecimento aos membros da platéia de sexo masculino de que, a despeito do título desta palestra, eles não precisam se sentir ameaçados. Creio que agora alcançamos, como cultura, o ponto no qual precisamos de um pouco de reforço positivo para os homens. Vou dar início a meu próprio projeto particular, neste sentido, hoje à noite. Tenho aqui comigo algumas estrelas de ouro, algumas estrelas de prata e algumas estrelas azuis, imaginárias, é claro. Cada um dos senhores ganha uma estrela azul, se quiser uma, só pelo fato de não ter se sentido ameaçado a ponto de, com efeito, ter comparecido esta noite. Ganha uma estrela de prata se não se sentir ameaçado a ponto de rir das piadas, e ganha uma estrela de ouro se não se sentir absolutamente ameaçado. Por outro lado, ganha uma bola preta se disser: "Minha *esposa* realmente *adora* os seus livros." Ganha duas bolas pretas se disser, como um produtor da CBC me disse há não muito tempo: "Muitos de nós estamos aborrecidos porque sentimos que as mulheres estão dominando o panorama literário canadense."

– Por que os homens se sentem ameaçados por mulheres? – perguntei a um homem, meu amigo. (Adoro este maravilhoso recurso de retórica, "um homem, meu amigo". É usado com freqüência por mulheres jornalistas quando querem dizer alguma coisa especialmente ferina, mas não querem que a responsabilidade lhes seja atribuída. Também dá conhecimento às pessoas de que você *realmente* tem amigos homens, e que não é um daqueles monstros míticos cuspidores de fogo – As Feministas Radicais – que andam por aí impondo punições às pessoas e chutando os homens nas canelas quando eles abrem portas para mulheres. "Um homem, amigo meu" também dá – devemos admitir – um certo peso às opiniões manifestadas.) De modo que este amigo meu, homem, que, a propósito, de fato, existe, convenientemente entrou no seguinte diálogo.

– O que quero dizer é – prossegui –, os homens são maiores, na maior parte do tempo, correm mais depressa, são capazes de estrangular melhor e, em média, têm muito mais dinheiro e poder.

– Mas têm medo de que as mulheres riam deles – respondeu meu amigo. – De que sabotem a visão de mundo deles – acrescentou.

Então eu perguntei a algumas estudantes mulheres num rápido seminário de poesia que estava dando:

– Por que as mulheres se sentem ameaçadas pelos homens?
– Porque têm medo de ser mortas – responderam elas.

A partir disso, concluí que homens e mulheres são, realmente, diferentes, ainda que apenas no alcance e escopo de sua capacidade de serem ameaçados. Um homem não é apenas uma mulher usando roupas engraçadas e com um suporte atlético. *Eles não pensam da mesma maneira*, exceto sobre coisas como matemática superior. Do ponto de vista da escritora, esta descoberta tem implicações de escala ampla e variada; e os senhores podem ver que estamos nos aproximando do tópico desta noite, ainda que de uma maneira cautelosa, indireta, furtiva e feminina. Mas primeiro, uma pequena digressão, em parte para demonstrar que quando as pessoas lhe perguntam se você odeia homens, a resposta apropriada é "Quais deles?" – porque, é claro, a outra grande revelação da noite é que *nem todos os homens são iguais*. Alguns deles usam barbas. Exceto por isso, eu nunca me incluí entre aquelas que insultariam os homens ao reduzir todos a uma única categoria global; eu nunca diria, por exemplo – como algumas já disseram –, "ponha um saco de papel sobre o corpo deles e são todos iguais". Eu lhes apresento numa extremidade Albert Schweitzer, e Hitler na oposta.

Mas pensem no que a civilização seria hoje sem as contribuições de homens. Não haveria enceradeira elétrica, nem bomba de nêutron, nem psicologia freudiana, nem bandas de rock heavy metal, nem pornografia, nem Constituição canadense repatriada... a lista poderia continuar sem ter fim. Além disso, eles são divertidos como parceiros para jogar mexe-mexe e úteis para comer as sobras. Eu já ouvi algumas mulheres, bastante cansadas, manifestarem a opinião de que homem bom é homem morto, mas isto está longe de ser correto. Eles podem ser difíceis de encontrar, mas pensem da seguinte maneira: como diamantes, em bruto ou não, a raridade deles os torna muito mais apreciados. Tratem-nos como seres humanos! Isto pode surpreendê-los inicialmente, mas cedo ou tarde suas boas qualidades emergirão, na maior parte do tempo. Bem, se considerarmos as estatísticas... em alguma parte do tempo.

Isso não era a digressão... esta é a digressão. Fui criada numa família de cientistas. Meu pai era entomologista florestal, adorava crianças e, diga-se de passagem, não se sentia ameaçado por mulheres, e foram muitas as horas felizes que passamos ouvindo suas explicações sobre as peculiaridades do besouro conhecido como bicho-carpinteiro, ou catando lagartas da barraca do acampamento na floresta, de dentro da sopa, porque ele havia se esquecido de alimentá-las e elas tinham saído se arrastando pela casa inteira em busca de folhas. Um dos resultados de minha criação foi que eu tinha uma grande vantagem no pátio da escola quando os garotinhos tentavam me assustar com minhocas, cobras e coisas parecidas; o outro foi que adquiri, ligeiramente mais tarde, uma afeição pelos escritos do grande naturalista do século XIX, Henri Fabre. Fabre era, como Charles Darwin, um daqueles naturalistas amadores, obsessivos e talentosos que o século XIX produziu com tanta abundância. Ele se empenhava em suas investigações por amor ao tema e, ao contrário de muitos biólogos de hoje em dia, cuja linguagem tende a ser composta de números em vez de palavras, era um escritor entusiasmado e encantador. Li com prazer seu relato sobre a vida da aranha e sobre seus experimentos com as formigas-leão, através dos quais ele tentou provar que eram capazes de raciocínio. Mas não era apenas o tema de Fabre que me intrigava; era o caráter do homem em si mesmo, tão cheio de energia, tão satisfeito com tudo, tão versátil, tão disposto a seguir sua linha de estudos para onde quer que ela pudesse levar. Fabre considerava opiniões recebidas, mas não acreditava em nada antes de ter posto à prova ele mesmo. Gosto de pensar nele de pá na mão, partindo para um campo cheio de excrementos de ovelha em busca do Sagrado Escaravelho Bosteiro e os segredos do ritual da deposição de seus ovos. "Eu sou todo olhos", exclamou ele quando trouxe à luz um pequenino objeto, não redondo como a habitual bolota comestível de excremento do Sagrado Escaravelho, mas, astuciosamente, em forma de pêra! "Ah, abençoadas sejam as alegrias da verdade subitamente se revelando", escreveu ele. "Que outros existem para serem comparados com você!"

E é neste espírito, me parece, que devemos nos aproximar de todos os temas. Se um escaravelho-bosteiro é digno dele, por que não aquele objeto um tanto mais complexo, o macho humano? Reconheço, sem dúvida, que a analogia tem certas desvantagens. Por exemplo, um escaravelho-bosteiro é muito parecido com qualquer outro, enquanto, conforme já observamos, existe uma ampla variedade entre os homens. Além disso, aqui deveríamos estar falando sobre novelas, e, para repisar o óbvio, uma novela não é um tratado científico; isto é, ela não pode reivindicar a apresentação da verdade factual que pode ser demonstrada por experiências repetíveis. Embora o novelista apresente observações e chegue a conclusões, elas não são da mesma ordem que as observações de Fabre sobre o comportamento e os hábitos de acasalamento do escorpião fêmea, embora alguns críticos reajam como se fossem.

Observem que viemos parar no meio de um pântano, isto é, no ponto crucial do problema: se uma novela não é um tratado científico, o que é? Nossa avaliação do papel do personagem masculino dentro da novela dependerá, é claro, de que tipo de animal pensamos estar lidando. Tenho certeza de que todos aqui já ouviram aquela história sobre os quatro filósofos cegos e o elefante. Substituam "filósofos" por "críticos" e "elefante" por "novela" e vocês terão o quadro completo. Um crítico consegue ter acesso à vida do novelista e decide que novelas são autobiografias espirituais disfarçadas, ou fobias sexuais pessoais disfarçadas, ou alguma coisa no gênero. Um outro consegue ter acesso ao *Zeitgeist* (ou Espírito de uma Determinada Época, para aqueles que tiveram o infortúnio de nunca terem tido que passar por um exame de doutorado em língua em alemão) e escreve sobre a Novela de Restauração ou A Novela da Sensibilidade ou A Ascensão da Novela Política ou a Novela da Alienação do Século Vinte; um outro descobre que as limitações da linguagem têm alguma coisa a ver com o que pode ser dito, ou que certos trechos de composição literária apresentam padrões semelhantes, e o ar se enche de mitopoese, estruturalismo e delícias semelhantes; um outro vai para Harvard, consegue ter acesso à Condição Humana, de Hannah Arendt, um de meus favoritos e ao qual é muito útil recorrer quando você não consegue pensar em mais nada para dizer. O elefante, entretanto, continua sendo um elefante e, mais cedo ou mais tarde, fica cansado de ter os filósofos cegos tateando seu corpo, depois do que se põe de pé sobre as patas e sai andando numa direção totalmente diferente. Isto não quer dizer que exercícios críticos sejam fúteis ou triviais. Pelo que eu disse sobre escaravelhos-bosteiros – que também preservam seus segredos mais íntimos –, os senhores saberão que a descrição de elefantes é uma atividade que vale a pena. Mas descrever um elefante e dar à luz um são duas coisas diferentes, e o escritor e o crítico abordam a novela com conjuntos de preconcebimentos, problemas e emoções muito diferentes.

"De onde vens?", diz um personagem muito conhecido numa narrativa em prosa, a qual tenho certeza de que todos os senhores conhecem muito bem. "De rodear a terra e passear por ela", responde seu adversário. Assim é com o novelista. Não desejaríamos, é claro, continuar com esta analogia – um crítico não é Deus, contrariamente a algumas opiniões, e o novelista não é o Diabo, embora pudéssemos comentar, em concordância com Blake, que é mais provável que energias criativas emerjam do mundo subterrâneo dos infernos do que do mundo superior da ordem racional. Digamos apenas que o rodear a Terra e passear por ela são coisas que todos os novelistas parecem ter feito de uma maneira ou de outra, e que a novela propriamente dita, como gênero literário distinto do romance e suas variantes, é um dos pontos na civilização humana em que o mundo humano, tal como é, colide com a linguagem e a imaginação. Isto não é limitar a novela a um naturalismo como o de Zola (embora o próprio Zola não fosse um naturalista estrito tipo Zola, como qualquer um que tiver lido a triunfante passagem final de *Germinal* atestará), mas é afirmar que algumas das coisas que entram em novelas entram porque existem no mundo. Não haveria nenhuma cena de açoitamento em *Moby Dick* se não tivessem existido navios baleeiros no século XIX, e sua inclusão não é mero sadomasoquismo por parte de Melville. Contudo, se o livro não consistisse de nada exceto isso, poderíamos ter motivo para espanto.

Desse modo, devemos concluir, em favor das autoras, que o menos recomendável comportamento de personagens masculinos em algumas novelas escritas por mulheres, não se deve necessariamente a uma visão deturpada do sexo oposto. Seria possível... e digo isso hesitantemente, num sussurro, uma vez que, como a maioria das mulheres, tenho pavor só de pensar em ser chamada de – como poderia dizer – uma *mulher que odeia homens*... seria possível que o comportamento de alguns homens no que definimos como a vida real... seria possível nem todos sempre se comportarem bem? Seria possível que alguns imperadores não estivessem absolutamente nus?

Isto pode lhes parecer defender uma idéia evidente. Mas não é. Em meio ao rodear a Terra como novelistas fazem hoje em dia está o rodear o Canadá durante a turnê de McClelland & Stewart de Destruir-um-Autor, para encontros e conversas com os cidadãos da mídia, que, depois de lerem as resenhas dos seus livros, fazem acontecer os novelistas. Vamos fazer de conta, num plano teórico, que os cidadãos da mídia e críticos de jornal tenham no mínimo alguma relação, se não com o leitor médio, pelo menos com o clima de opinião oficialmente promovido, ou seja, como o que é considerado, no momento, como sendo elegante e de bom gosto, portanto, seguro de declarar publicamente. No caso, o clima de opinião oficialmente promovido nos dias de hoje revela uma tendência notável em direção à lamentação e choradeira masculinas.

Permitam-me levá-los de volta a alguns anos, aos dias de *Sexual Politics,* de Kate Millett, que foi precedido, ancestralmente, por *Love and Death in the American Novel,* de Leslie Fiedler. Ambos eram críticas baseadas numa análise dos relacionamentos, em novelas, de homens e mulheres, e ambos davam "bolas pretas" a certos autores do sexo masculino por suas representações negativas estereotipadas de mulheres. Bem, isso era interessante, mas já havia uma reação. Agora estamos distribuindo bolas pretas para o que os críticos de sexo masculino (e, para ser justa, também algumas críticas mulheres) consideram ser representações desfavoráveis de homens por mulheres escritoras. Baseio essas considerações, principalmente, em resenhas críticas de meus próprios livros, naturalmente, uma vez que é o que vejo em maior quantidade, mas também observei isso de outras fontes.

Muito bem, sabemos que escrever uma novela sem fazer ou ter julgamentos de valor é algo que não existe. A criação não acontece num vácuo, e um novelista está ou retratando ou desmascarando valores da sociedade na qual ele ou ela vive. Novelistas desde Defoe, passando por Dickens e Faulkner, sempre fizeram isso. Mas, por vezes, nos escapa que o mesmo é verdade com relação à crítica. Todos somos organismos dentro de ambientes, e interpretamos o que lemos à luz de como vivemos e como gostaríamos de viver, que quase nunca são a mesma coisa, pelo menos para a maioria dos leitores de novelas. Acredito que interpretações políticas de novelas tenham um lugar no corpo da crítica, desde que as identifiquemos como o que realmente são; mas a polarização total só pode ser um desserviço à literatura. Por exemplo, um homem, amigo meu – só para que os senhores saibam que tenho mais de um –, escreveu uma novela que tem uma cena em que dois homens são descritos de pé, parados, ao ar livre, urinando. Pois bem, até onde sei, isto é algo que homens fazem há muitos anos, e continuam, a julgar pelas marcas na neve; é apenas uma daquelas coisas que acontecem. Mas uma mulher, poetisa, criticou e repreendeu meu amigo publicamente por meio da imprensa. Ela achou que aquela cena escrita era não só imperdoavelmente centro-canadense – como se pode perceber ela é da Colúmbia Britânica –, mas também imperdoavelmente *machista*. Não tenho certeza sobre qual solução novelística ela tinha em mente. Possivelmente, queria que meu amigo excluísse totalmente o tema da micção, deste modo evitando o problema perturbador de diferenças fisiológicas; talvez ela quisesse que os homens demonstrassem igualdade de atitude ao sentarem-se em privadas para esta função. Ou talvez quisesse que eles pudessem urinar de pé ao ar livre, mas sentindo-se culpados por fazê-lo. Ou, talvez, tivesse ficado tudo bem se eles estivessem urinando no oceano Pacífico, tendo em vista o que é o regionalismo hoje em dia. Os senhores poderão pensar que este tipo de crítica é tolo, mas acontece o tempo todo na Rua Nova dos Escritores Profissionais que Vivem de Literatura, é onde moro.

Para a mulher novelista, isto significa que certos homens acharão censurável a maneira como retrata homens – comportando-se da maneira como eles realmente se comportam em grande parte do tempo. Não basta que ela possa evitar fazer deles estupradores e assassinos, molestadores de crianças, provocadores de guerras, sádicos, seres ávidos por poder, insensíveis, dominadores, pretensiosos, tolos ou imorais, embora eu tenha certeza de que concordarão que homens assim realmente existem. Mesmo se ela os fizer sensíveis e gentis, estará aberta à acusação de tê-los retratado como "fracos". O que esse tipo de crítica quer é o Capitão Marvel, mas sem o alter ego Billy Batson; nada menos que isso serve.

 Perdoem-me por estar sublinhando o óbvio, mas me parece que um bom personagem de novela, isto é, um personagem bem escrito, não é, absolutamente, a mesma coisa que alguém que seja "bom", isto é, uma pessoa de bom caráter moral na vida real. De fato, um personagem em um livro que seja consistentemente bem comportado, provavelmente, significa um desastre para o livro. Existe um bocado de pressão pública sobre o novelista para escrever tais personagens, e ela não é nova. Permitamme recordá-los de Samuel Richardson, autor dos clássicos, tipo "fugindo do estupro", *Pamela* e *Clarissa*. Ambos contêm mulheres relativamente virtuosas e homens relativamente lascivos e mal-intencionados, que também calham de ser cavalheiros da sociedade inglesa. Ninguém acusou Richardson de ser cruel para com os homens, mas alguns cavalheiros ingleses se sentiram difamados; em outras palavras, as inseguranças eram principalmente de classe e não de sexo. Prestativa e gentilmente, Richardson escreveu *sir Charles Grandison*, uma novela na qual se dedicou a corrigir a imagem do cavalheiro inglês. Ela começa de maneira bastante promissora, com um rapto com a intenção de estupro por parte de um vilão cobiçoso daquela peça de ouro de valor inestimável, que é a virgindade da heroína. Infelizmente, sir Charles Grandison entra em cena, salva a heroína de um destino pior que a morte e a convida para sua residência no campo, depois do que, a maioria dos leitores se despede da novela. Eu, entretanto, sempre fico até o fim, mesmo em filmes ruins, e como sou a única pessoa que conheci que realmente leu essa novela inteira com suas novecentas páginas, posso lhes contar o que acontece. Sir Charles Grandison exibe suas virtudes; a heroína as admira. E é só. Ah, e depois há um pedido de casamento. Estão com alguma vontade de lê-la? É claro que não, nenhuma, e nem também têm todos aqueles críticos que reclamam sobre a imagem de homens em livros escritos por mulheres. Uma pessoa minha amiga, não um homem desta vez, mas uma leitora sensível e crítica, diz que seu critério essencial de avaliação de literatura é "ela vive ou ela morre?". Uma novela baseada na necessidade de outros terem seus egos acariciados, a imagem fortalecida, ou suas sensibilidades satisfeitas, não tem probabilidade de continuar viva.

Agora vamos lançar um breve olhar para o que a literatura realmente fez. É *Hamlet,* por exemplo, um insulto aos homens? Ou *Macbeth?* Que dizer do comportamento de homens em *Moll Flanders?* Ou em *Tom Jones?* Por acaso *Viagem sentimental* gira em torno de um quintessencial fraco e covarde? Pelo fato de Dickens ter criado Orlick, Gradgrind, Dotheboys Hall, Fagin, Uriah Heep, Steerforth e Bill Sykes devemos concluir que odiasse homens? Meredith era um crítico impiedoso de homens e um grande admirador de mulheres em novelas tais como *Richard Feverel* e *O egoísta.* Isso por acaso significa que ele era o equivalente a um traidor da classe? E quanto ao estrondoso fracasso da fascinante Isabel Archer ao casar-se com um homem à sua altura, em *Retrato de uma dama,* de James? Depois temos *Tess dos Urbervilles,* com a meiga, gentil e vitimizada Tess, e os dois protagonistas, um dos quais é um canalha e o outro um pedante pretensioso. Cito ainda *Anna Karenina* e *Madame Bovary,* só para fazermos uma passagem rápida por outras culturas, e já que estamos fazendo isso, poderíamos mencionar o Capitão Ahab, que, embora seja uma vigorosa criação literária, não é, de forma alguma, a idéia de quem quer que seja de um modelo aceitável de exemplo a seguir. Por favor, observem que todos esses personagens e novelas foram criações de homens, não de mulheres; mas ninguém, de que eu tenha conhecimento, acusou esses autores de terem sido cruéis com os homens, embora tenham sido acusados de toda sorte de outras coisas. Possivelmente, o princípio envolvido é o mesmo empregado ao contar piadas étnicas: é aceitável dentro do grupo, mas vindo de fora é racismo, embora a piada possa ser exatamente a mesma. Se um homem retrata um personagem masculino de maneira desfavorável, é A Condição Humana; se uma mulher o faz, ela está sendo cruel com os homens. Creio que os senhores podem, até certo ponto, inverter isso e aplicá-lo às reações de mulheres a livros escritos por mulheres. Eu, por exemplo, estava esperando ser denunciada por, no mínimo, algumas feministas por ter criado as personagens Elizabeth e tia Muriel em *A vida antes do homem,* como companheiras de quarto nada desejáveis. Mas não fui nem um pouco.

Quando o livro afinal foi lançado, mesmo as críticas feministas tinham se cansado um pouco de suas próprias expectativas; não exigiam mais que todas as protagonistas femininas fossem carinhosas, mas fortes; esclarecidas e experientes, mas sensíveis e francas; competentes, maternalmente telúricas e passionais, mas transbordantes de dignidade e integridade; elas estavam dispostas a admitir que mulheres, também, poderiam ter defeitos, e que aquela irmandade universal, embora desejável, ainda não tinha sido plenamente instituída aqui na Terra. Não obstante isso, mulheres, têm sido tradicionalmente mais duras com questões de imagem de mulheres, no que diz respeito a livros escritos por mulheres do que os homens. Talvez esteja na hora de nos livrarmos do julgamento com base em exemplo de modelo a ser seguido e trazermos de volta A Condição Humana, desta vez reconhecendo o fato de que, na verdade, pode haver mais de uma.

A propósito, seria possível defender e sustentar uma tese – se os senhores quisessem – que nos levasse à conclusão de que autoras mulheres, historicamente, têm sido mais favoráveis e compreensivas com os homens, em seus livros, do que autores de sexo masculino. Em lugar nenhum nas grandes novelas inglesas escritas por mulheres encontramos algo que se aproxime da fama daquele anjo caído e monstro de depravação, o sr. Kurtz, do famoso *O coração das trevas*; mais ou menos o mais próximo que se poderia chegar, creio, seria o infame Simon Legree (mas eu disse *grandes* novelas). A norma, mais provavelmente, é variar numa escala entre Heathcliff e o sr. Darcy, ambos com suas falhas e deficiências de caráter, mas simpaticamente retratados; ou, para invocar individualmente a maior novela inglesa do século XIX, *Middlemarch*, de George Eliot, entre o invejoso consumado sr. Casaubon e o idealista, mas desencaminhado, dr. Lydgate. A maravilha deste livro é que George Eliot consegue nos fazer entender não só o quanto é horrível ser casada com o sr. Casaubon, mas também o quanto é horrível *ser* o sr. Casaubon. Este me parece um exemplo merecedor de competição. George Orwell disse que, vista do íntimo, a vida de todo homem é um fracasso. Se eu dissesse isso, será que seria sexista?

Os vitorianos, é claro, tinham certas vantagens de que carecemos. Para começar, não eram tão preocupados e constrangidos pelo tipo de coisa que estamos examinando esta noite quanto fomos obrigados a nos tornar. Embora sob a pressão constante do sr. e sra. *Povinho*, de seu mundo, para nunca escreverem uma linha que pudesse ruborizar a face de uma virgem de 18 anos, algo que, na verdade, nos daria um bocado mais que considerável latitude nos dias de hoje, eles não hesitavam em retratar o mal e em chamá-lo de mal, nem em fazer desfilar diante de seus leitores coleções inteiras de figuras cômicas e grotescas, sem se preocupar que tais retratos pudessem ser interpretados como uma ofensa a um sexo ou a outro. Mulheres novelistas vitorianas tinham um par de outras vantagens. O sexo estava excluído como tema, de modo que se estivessem criando um personagem masculino, elas podiam se safar sem tentar descrever como era a vida sexual do ponto de vista masculino. Não apenas isso, mas pressupunha-se que novelas fossem voltadas para um público feminino, o que significou que levaram algum tempo para serem consideradas como uma forma de arte séria. Algumas das primeiras novelas inglesas foram escritas por mulheres, o público leitor era preponderantemente feminino, e mesmo novelistas homens adaptavam suas obras nesse sentido. Existe, é claro, uma porção de exceções, mas, no conjunto, podemos dizer que a novela, ao longo de quase dois séculos, teve uma tendência decididamente feminina, o que pode ser responsável pelo predomínio de escritores homens voltados para personagens femininos como principais protagonistas. A vantagem para a mulher novelista (se comparada com Walter Scott, romancista) era evidente. Se novelas tinham mulheres como público-alvo, as autoras tinham informações exclusivas.

    A novela, como forma, modificou-se e se expandiu muitíssimo desde então. Mesmo assim, uma das perguntas que as pessoas me fazem com mais freqüência é: "Você escreve novelas de mulheres?" É preciso ter cuidado com esta pergunta, uma vez que, como muitas outras perguntas, seu significado varia de acordo com quem e para quem se pergunta. "Novelas de mulheres" podem significar novelas do gênero popular, tais como as do tipo com enfermeiras e médicos nas capas, ou o tipo com heroínas de olhos revirados para o alto, com roupas de época e cabelos esvoaçando ao vento, diante de castelos góticos ou mansões americanas sulistas ou outros lugares, onde a vileza ainda pode ser ameaça e Heathcliff continua à espreita, de tocaia, em meio ao musgo espanhol e a barbas de velho. Ou podem significar novelas para as quais se presume que o público leitor principal seja de mulheres, algo que abrangeria muitíssima gente, considerando que o público leitor principal de novelas, de qualquer tipo, à exceção dos romances de faroeste de Louis L'Amour e certas literaturas pornô, também é de mulheres. Podem ser novelas de propaganda feminista. Ou retratando relacionamentos entre homem e mulher, que mais uma vez engloba uma considerável extensão de terreno. *Guerra e paz* é uma novela de mulher? *E o vento levou* é, ainda que inclua uma guerra? E será que *Middlemarch* o é, apesar de incluir A Condição Humana? Seria possível que mulheres não tivessem medo de ser apanhadas lendo livros que poderiam ser considerados "novelas de homens", enquanto homens ainda pensam que alguma coisa de que precisam pode cair se olharem com demasiada atenção para certas combinações de palavras, supostamente malévolas, reunidas por mulheres? A julgar por meu recente rodear a Terra e passear por livrarias com o propósito de assinar meu nome em uma porção de folhas de guarda, posso lhes dizer que essa atitude está em vias de desaparecer. Cada vez mais homens estão dispostos a ficar de pé numa fila e a *serem vistos*; cada vez menos dizem: "É para o aniversário de minha mulher."

Mas eu quase chutei e pisoteei meu velho amigo e companheiro de armas, o temível Pierre Berton, quando ele me perguntou na televisão por que os homens, em meu livro recente, *Lesão corporal,* eram fracos e covardes. Numa demonstração da exaltada compaixão feminina, que não deve ser confundida com fraqueza de espírito e imbecilidade, apenas bufei e babei em silêncio durante alguns minutos. "Pierre", eu deveria ter dito, "quem você acha que tem mais probabilidade de ter tido mais experiência com homens em relacionamentos sexuais: você ou eu"? Isto não é exatamente tão maldoso e cruel quanto parece, e, inclusive, contém algo de certo. As mulheres como pessoas têm um conjunto relativamente grande de experiências de grupo ao qual podem recorrer. Elas têm suas próprias experiências com homens, é claro, mas também têm as de suas amigas, uma vez que, sim, mulheres, de fato, conversam a respeito de homens mais do que os homens conversam – além da síndrome da piada suja – a respeito de mulheres. As mulheres se dispõem a falar de suas fraquezas e temores com outras mulheres; enquanto os homens não o fazem com outros homens, pois para eles o mundo ainda é uma briga de cachorros, um querendo matar o outro. E homem nenhum deseja abrir o flanco e revelar suas fraquezas a um bando de rivais em potencial, cheios de caninos afiados. Se homens vão falar com alguém a respeito de seus problemas com mulheres, em geral é com um psicanalista ou – adivinhem! – com uma outra mulher. Tanto ao ler quanto escrever, as mulheres têm mais chance do que os homens de saber mais sobre como os homens realmente se comportam com mulheres; portanto, aquilo que um homem acha um insulto à sua auto-imagem, uma mulher pode achar apenas realista ou, na verdade, indevidamente brando.

Mas voltando à declaração de Pierre Berton, pensei muito cuidadosamente a respeito de meus personagens masculinos em *Lesão corporal*. Há três deles com quem a heroína realmente vai para a cama, e um quarto personagem principal masculino com quem ela não vai. Uma mulher – novelista e crítica – comentou que no livro existe um homem bom e nenhuma mulher boa, e ela está absolutamente certa, mas os outros homens não são realmente "maus" – na verdade são bastante simpáticos e atraentes, se considerarmos os personagens masculinos na literatura em geral um bocado melhores que o sr. Kurtz e Iago –, mas o homem *bom* é *negro*, o que talvez seja o motivo por que os defensores da teoria de "cruel com os homens" o tenham negligenciado. Quando se joga o jogo do modelo de exemplo a ser seguido, você precisa lê-lo com muita atenção; caso contrário, pode ser apanhado numa posição embaraçosa, como aquela.

Agora, retomando as preocupações práticas da Rua Nova dos Profissionais que Vivem de Literatura, suponhamos que eu esteja escrevendo uma novela. Primeiro: Quantos pontos de vista terá esta novela? Se tiver somente um, será este de um homem, de uma mulher, ou de uma gaivota? Agora, suponhamos que a minha novela tenha apenas um, e que os olhos por meio dos quais vemos o mundo da novela se desdobrar serão os de uma mulher. Imediatamente segue-se que as percepções de todos os personagens masculinos no livro deverão passar pelo aparelho perceptivo dessa personagem principal, e que a personagem principal não será, necessariamente, correta nem justa. Também, por conseqüência, todos os outros personagens serão, necessariamente, secundários. Se eu for habilidosa, conseguirei extrair um outro conjunto de percepções, diferente daquelas da personagem principal, por meio de diálogos, sugestões e insinuações nas entrelinhas, mas haverá um forte favoritismo com relação a essa Personagem A – como se ela dissesse a verdade e nunca tivéssemos a oportunidade de ouvir o que os Personagens B e C realmente pensam quando estão sozinhos, talvez urinando ao ar livre ou fazendo outras coisas típicas de homem. Contudo, o quadro se modifica se eu usar um ponto de vista múltiplo; agora posso fazer com que os Personagens B e C pensem por si próprios, e o que eles pensam nem sempre será o que a Personagem A pensa a respeito *deles*. Se eu quiser, posso acrescentar um outro ponto de vista, aquele do autor/narrador onisciente (que, é claro, não sou "eu", o mesmo eu que comeu bolinhos de farelo de milho hoje de manhã e que, no presente momento, está fazendo esta palestra), mas, ainda, uma outra voz, a mais interior à novela. O autor/narrador onisciente pode afirmar, saber coisas a respeito dos personagens que mesmo eles desconhecem, dando conhecimento ao leitor dessas coisas.

    A questão seguinte que tenho de decidir é o tom que vou usar, o modo como escrever. Um estudo cuidadoso de *O morro dos ventos uivantes* revelará que Heathcliff nunca poderia ser observado tirando meleca do nariz, nem assoando o nariz, e os senhores poderão vasculhar a obra de Walter Scott, em vão, em busca de qualquer menção a banheiros. Leopold Bloom, por outro lado, está preocupado com as necessidades mundanas do corpo em quase todas as páginas, e nós o achamos simpático, sim, e cômico e também patético, mas ele não é exatamente o sonho jovem do amor. Leopold Bloom, ao subir para entrar pela janela de Cathy, provavelmente escorregaria. Qual dos dois é um retrato mais exato de Homem com H maiúsculo? Ou, como Walter Mitty, será que cada homem contém em si tanto um "eu" comum, limitado e trivial, quanto um conceito heróico, e, em caso afirmativo, a respeito de qual deveríamos estar escrevendo? Não apóio nenhum dos dois, salvo pela observação de que novelistas sérios, no século XX, geralmente optam por Leopold, e o pobre Heathcliff foi relegado ao romance gótico. Se um dado novelista sério do século XX for uma mulher, ela também provavelmente optaria por Leopold, com todos os seus hábitos, devaneios e necessidades. Isso não significa que odeie homens; apenas que está interessada em como eles são sem a capa.

Muito bem. Suponhamos que escolhi ter em minha novela um personagem masculino como narrador ou protagonista (o que não é necessariamente a mesma coisa). Eu não quero fazer meu personagem masculino anormalmente mau e perverso, como o mr. Hyde; em vez disso, tento criar um dr. Jekyll, um homem essencialmente bom, com certos defeitos. Isso é um problema, já bem aí; porque, como Stevenson sabia, é muito mais fácil escrever a respeito e tornar interessante a malvadez do que a bondade. O que, nos dias de hoje, é uma noção crível de um homem bom? Suponhamos que eu esteja falando sobre um homem que apenas seja "não-mau"; isto é, um homem que obedece às leis mais importantes, paga suas contas, ajuda a lavar a louça, não bate em sua mulher nem agride seus filhos, e assim por diante. Vamos supor que eu queira que ele tenha algumas verdadeiras boas qualidades, boas no sentido ativo e positivo. Que deve ele fazer? E como posso torná-lo – ao contrário de sir Charles Grandison – interessante numa novela?

Esse, desconfio, será o ponto em que as preocupações do novelista coincidem com as da sociedade. Houve uma época, há muito tempo, quando definíamos as pessoas – muito mais do que fazemos hoje – por até que ponto viviam ou não de acordo com, e satisfaziam ou não, determinados modelos exemplares de gênero predefinidos de acordo com o sexo, que era muito mais fácil saber o que se queria dizer com "um bom homem" ou "uma boa mulher". "Uma boa mulher" era aquela que satisfizesse nossas noções do que uma mulher deveria ser e como deveria se comportar. Do mesmo modo, um "bom homem". Havia certos conceitos sobre o que constituía virilidade e dignidade masculina e como eram adquiridas – a maioria das autoridades concordava que não se nascia simplesmente com essas virtudes, que, de alguma forma, tinha-se de merecê-las, conquistá-las, adquiri-las ou ser iniciados; atos de coragem e heroísmo tinham uma importância considerável, capacidade de suportar a dor sem vacilar, ou beber muito sem desmaiar, ou tudo isso e mais sei lá o quê. Em todos os casos, existiam regras e se poderia atravessar uma linha que separava os homens dos meninos.

É verdade que o modelo exemplar de homem tinha várias desvantagens, mesmo para homens – nem todo mundo podia ser Super-Homem, muitos ficavam limitados ao Clark Kent –, mas existiam certos aspectos positivos e, naquela época, úteis. Com que substituímos aquele conjunto? Sabemos que mulheres têm andado em estado de rebelião e fermentação já há algum tempo, e que o movimento gera energia; muitas coisas podem ser ditas por mulheres, hoje em dia, que outrora não eram possíveis, muitas coisas que eram inconcebíveis podem ser pensadas. Mas o que estamos oferecendo aos homens? Seu território, embora ainda seja grande, está encolhendo. A confusão, o desespero, a raiva e conflitos que encontramos em personagens masculinos não existem apenas em novelas. Eles estão à solta por aí no mundo de verdade. "Seja uma pessoa, meu filho", não tem a mesma força que "Seja um homem", embora seja uma meta digna de mérito. O novelista *que é* novelista, ao contrário do romancista utopista, faz uso *do que existe* como ponto de partida. O que existe, quando estamos falando de homens, é um estado de mudança, novas atitudes se sobrepondo às antigas; não temos mais regras simples. É possível que alguma forma de vida emocionante venha a nascer de tudo isso.

Entrementes, creio que as mulheres devam levar as preocupações e os interesses dos homens tão a sério quanto esperam que os homens levem os delas, tanto como novelistas quanto como habitantes desta Terra. Percebemos, com demasiada freqüência, a consideração de que somente a dor sentida por pessoas do sexo feminino é dor verdadeira, de que só os temores femininos são temores reais. Isso para mim é o equivalente à noção de que somente pessoas das classes trabalhadoras são pessoas de verdade, de que as pessoas de classe média não são, e assim por diante. É claro que existe uma distinção entre o sofrimento merecedor de respeito e mera autopiedade infantil, mas o medo das mulheres de serem mortas por homens está fundamentado na realidade, para não falar em estatísticas, numa medida muito maior do que o medo dos homens de serem ridicularizados. Dano infligido à auto-imagem não é exatamente a mesma coisa que dano infligido ao próprio pescoço, embora não deva ser subestimado: há inúmeros registros de que homens matam e morrem por causa dela.

Não estou defendendo nem um retorno ao status de capacho para as mulheres, nem também um acerto pelo qual as mulheres ajudam, nutrem, acariciam e alimentam os egos dos homens sem exigir que eles, no mínimo, façam um pouco do mesmo por elas. Compreender não é, necessariamente, perdoar; e poderia ser ressaltado que mulheres "compreendem" os homens há séculos, em parte porque era necessário para a sobrevivência. Se o outro sujeito possui artilharia pesada, é melhor ser capaz de antecipar seus prováveis movimentos. As mulheres, como os combatentes de guerrilha, aperfeiçoaram a infiltração em vez do ataque frontal como sua estratégia favorita. Mas "a compreensão" como ferramenta de manipulação – na verdade uma forma de desprezo pela coisa compreendida – não é o que eu gostaria de ver. Contudo, algumas mulheres não estão com espírito ou disposição para oferecer mais nenhuma compreensão, de qualquer tipo; elas estão se sentindo de maneira muito semelhante a René Lévesque: o tempo e a hora para isso já acabou, ao contrário, elas querem poder. Mas não se pode privar nenhuma parte da humanidade da definição de "humano" sem pôr em grave risco nossa própria alma. E definir as mulheres como impotentes e os homens como todo-poderosos é cair numa antiqüíssima armadilha, fugir da responsabilidade e deturpar a realidade. O oposto também é verdade; retratar um mundo onde as mulheres já sejam iguais aos homens, em poder, oportunidades e liberdade de movimento, é uma abdicação semelhante.

Sei que não dei quaisquer instruções específicas sobre como escrever o personagem masculino; como poderia? Eles são todos diferentes, lembrem-se. Tudo o que dei foram algumas advertências, e a indicação da posição difícil que terão de enfrentar face ao mundo real e aos críticos. Mas apenas o fato de ser difícil não é motivo para não tentar.

Quando era menina e lia uma porção de livros de histórias em quadrinhos e contos de fadas, costumava desejar duas coisas:

a capa da invisibilidade, de modo que pudesse seguir as pessoas e ouvir o que estavam dizendo quando não estivesse lá, e a capacidade de teleportar minha mente para dentro da mente de uma outra pessoa, mas ao mesmo tempo conservar minhas próprias percepções e lembranças. Os senhores podem ver que eu estava destinada a ser uma novelista, porque estas são as duas fantasias que novelistas passam ao ato a cada vez que escrevem uma página. A entrega total de sua mente é mais fácil de fazer se você a estiver entregando a um personagem que tem algumas coisas em comum com você, o que talvez seja o motivo por que escrevi mais páginas a partir do ponto de vista de um personagem feminino do que de um masculino. Além disso, personagens masculinos são mais difíceis, um desafio maior. Agora que estou na meia-idade e sou menos preguiçosa, sem dúvida tentarei mais alguns deles. Se escrever novelas – e lê-las – tiver algum valor social redentor, este é, provavelmente, o fato de que elas nos obrigam a imaginar como é ser uma outra pessoa.

Algo que, cada vez mais, todos nós precisamos saber.

7

Imaginando
como é ser mulher

As bruxas de Eastwick é a primeira novela de John Updike desde a muito celebrada *Rabbit Is Rich*, que demonstra ser um estranho e maravilhoso organismo. Como a sua terceira novela, *O centauro*, pressupõe um afastamento do realismo barroco. Novamente, o sr. Updike transpõe a mitologia para os tons menores de pequena cidade americana, mas dessa vez o faz com sucesso, possivelmente porque, como Shakespeare e Robert Louis Stevenson antes dele, acha a maldade e a safadeza temas mais interessantes que a bondade e a sabedoria.

Os títulos do sr.Updike são, quase sempre, bastante literais, e *As bruxas de Eastwick* é exatamente o que diz. Trata realmente de bruxas, bruxas de verdade, que podem voar pelos ares, levitar, enfeitiçar pessoas e fazer encantamentos de amor que funcionam, e elas vivem numa cidadezinha chamada Eastwick. Chama-se Eastwick* e não Westwick, uma vez que, como todos sabemos, é o vento leste o que nunca traz nada de bom. Afirma-se que Eastwick fica em Rhode Island porque, como o próprio livro ressalta, Rhode Island foi o lugar de exílio de Anne Hutchinson, a antepassada puritana que foi expulsa do povoado de Massachusetts Bay (1638) pelos primeiros colonizadores a desembarcar (1620) nos Estados Unidos, por insubordinação feminina, uma qualidade que essas bruxas têm em excesso.

Essas não são bruxas do Movimento Feminista dos anos 1980. E não estão absolutamente interessadas em curar a Terra, co-

---

* *Eastwick*: Literalmente, pavio do leste. Referência a um antigo ditado de marinheiros. No inverno europeu, é o vento do leste que traz tempestades, frio, neve e granizo da Sibéria. Nos EUA, as tempestades e furacões do Atlântico. (N. da T.)

mungar com a Grande Deusa ou adquirir "Poder-dentro" (como oposto a "Poder-sobre"). Estas são bruxas *más*, e Poder-dentro, no que lhes diz respeito, não serve para absolutamente nada, a menos que possam arrasar alguém com ele. Elas são descendentes espirituais da raça do século XVII da Nova Inglaterra e gostam de sabás, de enfiar alfinetes em imagens de cera, de beijar o traseiro do Diabo e da adoração ao falo; esta última, contudo – uma vez que é Updike –, é adoração qualificada. A Grande Deusa está presente apenas sob a forma da própria Natureza em si, ou, neste livro, a Natureza ela própria, com quem elas, tanto como mulheres quanto como bruxas, devem ter afinidades especiais. A Natureza, contudo, está longe de ser o grande seio maternal de Wordsworth. Ela, ou sua entidade, tem dentes e garras vermelhos, é célula cancerosa, em sua melhor face adorável, sedutora e cruel, e na pior apenas cruel. "A Natureza mata constantemente, e nós a chamamos de bonita."

Como essas mulheres de classe média, de cidade pequena e, de outra forma, comuns, adquiriram seus poderes de bruxaria? Simples. Ficaram sem marido. Todas as três são divorciadas e personificações daquilo que a sociedade de cidade pequena americana tende a pensar a respeito de mulheres divorciadas. Quer você abandone seu marido ou ele abandone você, "não faz nenhuma diferença", o que será novidade para muitas mulheres encalacradas com todas as despesas de sustentar os filhos sozinhas. Divorciadas, então, e com as imagens de seus ex-maridos encolhidas, secas e devidamente arquivadas em suas mentes, cozinhas e adegas, são livres para serem elas próprias, uma atividade que o sr. Updike encara com alguns receios, do mesmo modo que encara a maioria dos lemas e modismos psicanalíticos.

Ser você mesma envolve atividade artística, se bem que em artes menores. Lexa faz estatuetas de mãe-Terra de cerâmica que são vendidas na loja de artesanato local, Jane toca o violoncelo e Sukie escreve, mal, uma coluna de bisbilhotices para o jornal semanal, seus particípios balançando como brincos. Todas as três são diletantes superficiais, mas a "criatividade" delas é vista sob a mesma luz que a de outras artistas mulheres mais notáveis. A população da cidade de Eastwick, que desempenha o papel de um coro coletivo, credita a elas "uma certa distinção, um fervor íntimo semelhante ao que, em outras cidades claustrais havia produzido os versos de Emily Dickinson e a novela inspirada de Emily Brontë".

É duvidoso, contudo, que qualquer das duas Emilys tivesse participado das acrobacias sexuais a que se permitiram essas três estranhas irmãs. Irmãs em mais sentidos do que um, porque a novela, astuciosamente, tem lugar em um momento preciso da história recente da América. O movimento feminista já existia por tempo suficiente para que algumas de suas expressões tivessem vazado de Nova York para se infiltrar na escuridão exterior de algumas cidades provincianas como Eastwick, e as bruxas empregarem à vontade palavras como "chauvinista" em respostas prontas em reuniões sociais descontraídas. No mundo público, masculino, que está fora de cena, a Guerra do Vietnã continua a se desenrolar, assistida pelos filhos das bruxas em seus aparelhos de televisão, e os ativistas contra a guerra estão fazendo bombas em porões.

As bruxas, entretanto, não se ocupam com "causas". De início, estão apenas inquietas e entediadas; elas se divertem com mexericos maliciosos, pregando peças travessas e seduzindo homens casados infelizes, que Eastwick fornece em abundância, pois se as bruxas são más, as esposas são piores, e os homens são eviscerados. "O casamento", pensa um dos maridos, "é como duas pessoas trancadas com uma lição para ler, repetidamente uma vez após a outra, até as palavras se tornarem loucura."

Mas, entra em cena o Diabo, o melhor remédio do mundo para o tédio de mulheres, sob a forma do assustador, não muito bonito, mas definitivamente desconhecido misterioso, Darryl Van Horne,* que coleciona pop art e tem um nome óbvio. Agora, traquinagem se transforma em *malefício*, mal de verdade acontece e pessoas morrem porque o "pau" de Van Horne se torna um pomo da discórdia – nada como a falta de homens suficientes para atender a todas e para fazer ferver os caldeirões das

---

* *Van Horn(e)*: em inglês, literalmente, asa de Corno; em gíria, pênis ereto, pau duro. (N. da T.)

bruxas. E quando Van Horne é arrebatado e levado ao casamento por uma bruxinha recém-chegada, a fúria se desencadeia e o pau quebra para valer.

Esse pode parecer um contexto pouco promissor para um novelista sério. Terá o sr. Updike entrado na segunda infância e retornado a "bebê-de-Rosemarylândia"? Creio que não. Para começar, *As bruxas de Eastwick* é bem-feito demais. Como Van Horne, o sr. Updike sempre quis saber como era ser mulher, e suas bruxas lhe permitem alcançar um bom bocado dessa fantasia. Lexa, em particular, a mais velha, mais gorducha, mais gentil e mais próxima da Natureza, é um veículo apropriado para algumas de suas iguais mais impressionantes. Em termos de estirpe e descendência, ele talvez esteja mais próximo do que qualquer outro escritor americano vivo da visão Puritana da Natureza como um léxico escrito por Deus, mas em hieróglifos, de modo que aqui, mais do que nunca, há um colosso de metáforas sugestivas e de referências cruzadas que apontam para um significado constantemente evasivo.

Sua versão de bruxaria é intimamente ligada ao mesmo tempo à carnalidade e à mortalidade. Magia é esperança face à decadência inevitável. As casas e a mobília mofam e as pessoas também. O retrato de Felicia Gabriel, esposa vítima e imagem consecutivamente degenerada da outrora líder de torcida e namorada "patricinha" dos tempos de colégio, é repulsivamente convincente. Corpos são descritos com amoroso detalhe, até o último tufo de pêlos, verruga, ruga e restinho de comida grudada nos dentes. Ninguém melhor do que o sr. Updike para transmitir a tristeza do sexual, a melancolia de casos de motel – "amável embaraço humano", como descreve Lexa. Este livro redefine o realismo mágico.

Também há espaço para a escrita de pompa e esplendor. A dança, em sentido inverso ao do movimento do relógio, descrita como uma partida de tênis em que a bola se transforma em morcego, seguida pelo sabá como uma sessão realizada num banho quente de banheira coletiva, fumando maconha, é especialmente atraente. Estudantes do anedotário tradicional sobre o Diabo se divertirão tanto com essas transposições quanto o sr. Updike. Van Horne, por exemplo, é, em parte, Mefistófeles oferecendo pactos faustianos e cobiçoso de almas, em parte, alquimista-químico e, em parte, Satã miltoniano, porém vazio no âmago; mas também é um palhaço desengonçado e desorganizado cujo livro favorito de história em quadrinhos é – que mais poderia ser? – *Capitão Marvel*.

Muito de *As bruxas de Eastwick* é sátira, incluindo brincadeira literária e puro comportamento malvado. É possível que qualquer tentativa de analisá-lo mais profundamente equivalesse a disparar uma espingarda de matar elefantes contra um milfolhas: um Updike não deveria significar, mas ser. Porém, de novo, creio que não. O que uma cultura tem a dizer sobre a bruxaria, quer de brincadeira ou a sério, tem muito a ver com suas idéias sobre sexualidade e poder e, especialmente, com a divisão proporcional de poderes entre os sexos. As bruxas eram queimadas não porque inspiravam pena, mas porque eram temidas.

Cotton Mather e Nathaniel Hawthorne à parte, o grande clássico americano de bruxaria é *O mágico de Oz*, e o livro do sr. Updike parece que o reescreve. No original, uma boa garotinha e seu animal de estimação, acompanhados por três machos amputados, saem em busca de um mago que se revela um charlatão. As bruxas em *Oz* realmente têm poderes sobrenaturais, mas as figuras masculinas não. A Terra de Oz do sr. Updike é a América de verdade, mas os homens nela precisam de um bocado mais do que autoconfiança; não existe nenhuma Glinda a Boa, e a ingênua assemelhada a Dorothy é uma "fraca" que recebe seu castigo merecido. São as três bruxas de Eastwick que voltam, no final, para o equivalente ao Kansas – casamento, talvez insípido e triste, mas pelo menos conhecido.

As bruxas de Eastwick poderia ser e provavelmente será interpretado como mais um episódio no seriado americano há tanto tempo apresentado chamado *Culpando mamãe*. O pacote da Mulher-como-Natureza-como-mágica-como-poderosa-como-Mãe-má já esteve em circulação antes, por vezes acompanhado pelo cheiro de queimado. Se tagarelice sobre bruxaria for ouvida no reino, será que a caçada estará muito longe? O sr. Updike não oferece qualquer maneira de ser mulher sem culpa. Os pêlos ficarão arrepiados, a palavra "ricochete" será dita; mas qualquer um dizendo-a deveria olhar bem para os homens desse livro que, ao mesmo tempo que proclamam seu vazio individual, estão, coletivamente, fora de cena, nos bastidores, explodindo o Vietnã. Isto é magia *masculina*. Os homens, dizem as bruxas mais de uma vez, são cheios de raiva porque não podem conceber bebês, e mesmo bebês de sexo masculino têm em seu centro "aquele vácuo agressivo". Shazam, realmente!

Um marciano poderia estranhar a propensão americana de fazer da disputa de poder um futebol. Cada gênero se arremessa contra o outro com uma regularidade surpreendente, cada um creditando ao outro mais poder do que o outro acredita ter, e os personagens do livro entram nesse jogo com alegria. A meta parece ser a evasão de responsabilidade, a reversão a um estado infantil inocente de "liberdade" semelhante a Huckleberry Finn. O que as bruxas querem do Diabo é poder jogar sem conseqüências. Mas tudo o que o Diabo pode realmente oferecer é tentação; banhos coletivos em grandes banheiras aquecidas e com muita libidinagem têm seu preço, e o Diabo deve receber o que lhe é devido; com o ato de criação vêm a irreversibilidade e a culpa.

O sr. Updike leva a sério as palavras "a irmandade é poderosa" e a imagina literalmente. E se a irmandade realmente for poderosa? Para que as irmãs usarão seus "poderes"? E – dada a natureza humana, da qual o sr. Updike não tem uma visão muito luminosa – o que acontecerá então? Felizmente, essas bruxas estão interessadas apenas no "pessoal", e não no "político"; caso contrário, elas poderiam ter feito algo não frívolo, como inventar a bomba de hidrogênio.

As bruxas de Eastwick é uma excursão mais do que uma destinação. Como seus personagens, o livro se permite metamorfoses, em um momento proporcionando uma leitura como Kierkegaard, no seguinte como *Uma proposta modesta*, de Swift, e no que vem depois como a da história em quadrinhos *Archie*, ainda com um bocado de John Keats acrescentado à mistura. Essas manhas e mudanças constituem parte de seu fascínio, pois, a despeito de tudo, é, realmente, fascinante. Quanto às bruxas em si, há uma forte sugestão de que sejam produtos da vida de fantasia da própria Eastwick – leia-se da vida de fantasia da América. Se for assim, é bom ter conhecimento disso. É o motivo sério para que se leia este livro.

Os outros motivos têm a ver com a habilidade e a inventividade da escrita, a precisão de detalhe, a pura energia das bruxas e, sobretudo, a praticidade dos feitiços. Estes, para obter maridos adequados, são particularmente úteis. Você gostaria de um rico, para variar? Primeiro salpique num smoking o seu perfume e os preciosos fluidos de seu corpo e depois...

8
Introdução a
Roughingh It in the Bush

O leitor me perdoará, espero, por começar esta introdução por meu envolvimento pessoal com Susanna Moodie. Não sou uma estudiosa nem uma historiadora, e sim uma escritora de ficção e poesia, e pessoas desse tipo são notoriamente subjetivas em suas leituras.

Enquanto era criança e adolescente nos anos 1940 e princípio dos 1950, *Roughingh It in the Bush*, de Susanna Moodie ficava em nossa estante, que eu tinha a tarefa de espanar. Ficava entre os livros para adultos, mas eu sempre reparava nele de qualquer maneira, por causa dos dois "Os" entrelaçados do sobrenome da autora, que eram apresentados no estilo tipográfico arredondado de 1913 na capa. Lembro-me de abrir o livro e olhar para a ilustração colocada na folha de rosto – uma cabana construída de troncos –, mas não li o livro naquela época. Para começar, não era uma novela, e eu não me interessava por livros que não fossem novelas. Depois, porque meu pai tinha me dito que era um "clássico" e que eu "acharia interessante lê-lo mais tarde". Eu tinha a tendência a evitar livros classificados dessa maneira. E um outro motivo ainda era o fato de tratar de pessoas vivendo numa cabana feita de troncos no meio do mato. Eu mesma tinha passado uma grande parte da infância em cabanas de troncos e de outros tipos no meio do mato, e não achava nada de exótico nisso. Estava muito mais interessada em castelos medievais, ou, por outro lado, no extremo inverso, em pistolas de raios. *Roughingh It in the Bush*, eu pensava comigo mesma, devia ser uma leitura sem graça.

Meu segundo encontro com este livro foi na sexta série, quando parte dele apareceu em nosso livro de leitura escolar. Era a seção em que a chaminé dos Moodie pega fogo e a casa também. Isso me pareceu real. Incêndios de chaminés de lareiras causados por excesso de lenha eram um dos bichos-papões de minha infância. Mesmo assim, todo autor incluído no livro de leitura escolar da sexta série nos era apresentado coberto pelo manto cinzento e tedioso de leitura obrigatória, e eu esqueci de Susanna Moodie e segui adiante para outros assuntos, como Jane Austin, por exemplo.

Minha terceira experiência com Susanna Moodie foi de uma ordem totalmente diferente. Quando era estudante de graduação no Departamento de Literatura Inglesa de Harvard, naquela época uma espécie de estufa jungiana, tive um sonho especialmente vívido. Eu havia escrito uma ópera sobre Susanna Moodie, e lá estava ela, sozinha em um palco completamente branco, cantando como Lucia de Lammermoor. Eu mal sabia ler música, mas não era pessoa de ignorar presságios. Corri para a biblioteca, onde a Canadiana era mantida nas entranhas das prateleiras abaixo de Bruxaria e Demonologia, tirei tanto *Roughingh It in the Bush* quanto a obra posterior da sra. Moodie, *Life in the Clearings*, e as li a toda a velocidade.

Primeiro pensei que meu inconsciente me tinha dado uma má dica. Apesar do drama de muitos dos incidentes descritos, a prosa era vitoriana de uma maneira semijocosa, quase ao estilo de Dickens, beirando a rapsódia de Wordsworth quando se tratava de pores de sol, e havia uma pátina de aristocracia que ofendia minha jovem alma, do mesmo modo que o faziam os apartes sobre a questão dos criados e a inferioridade de classe, típica de muitos dos emigrantes já estabelecidos no lugar.

Contudo, a Sombra não admite zombaria, e Susanna Moodie começou a me assombrar. Cerca de um ano e meio depois, comecei a escrever uma série de poemas que se tornaram um livro, *The Journals of Susanna Moodie* (Os diários de Susanna Moodie), que nos dias de hoje, sem dúvida, já foi enfiado goela abaixo de muitos adolescentes. O que estava sempre me trazendo de volta ao tema – e à obra da própria Susanna Moodie – eram as insinuações, as lacunas entre o que era dito e o que pairava, mesmo sem ser dito, nas entrelinhas, e o conflito entre o que a sra. Moodie sentia que deveria pensar e sentir e o que ela realmente pensava e sentia. Provavelmente, meus poemas giravam em torno dessas tensões, do mesmo modo que giram os livros dela.

Alguns anos depois, escrevi uma peça para televisão baseada num célebre caso de assassinato em *Life in the Clearings*, e mais alguns anos depois, um livro curto de história social do período de 1815 a 1840; e ambas as experiências me obrigaram a encarar a tarefa de tentar lidar com o contexto e clima dos livros de Susanna Moodie. Elas também me fizeram avaliar a própria Moodie sob uma luz mais nova. A vida numa cabana construída de troncos, no meio do mato, tinha sido normal e agradável para mim, mas era evidente que era, e tinha de ser, algo inteiramente diferente para ela. Eu tinha choque cultural diante de vasos sanitários com aparelho de descarga, e ela por mosquitos, pântanos, florestas e regiões inóspitas jamais pisadas e de pensar em ursos. De algumas maneiras, estávamos ao revés uma da outra.

As forças que se combinaram para levar, com suas lufadas, Susanna Moodie para o Alto Canadá, em 1832, também estavam soprando para muitos outros. Em 1760, com a captura de Quebec, a Grã-Bretanha havia adquirido os dois Canadás, o Alto e o Baixo (assim chamado porque, embora o Alto Canadá ficasse "abaixo" do Baixo Canadá, quaisquer viagens por ambos eram feitas pelo rio São Lourenço, e o Alto Canadá ficava rio acima, mais em direção à nascente). Então ocorreu a Revolução Americana e houve um afluxo de imigrantes, colonos fiéis ao Império Britânico, para o Alto Canadá. Depois veio a Guerra de 1812 na América do Norte e as Guerras Napoleônicas na Europa. O fim dessas guerras mandou muitos soldados de volta para a força de trabalho potencial na Grã-Bretanha, tendo como resultado desemprego disseminado. Os efeitos das *Highland Clearances**e da "Fome"**na Irlanda ainda se faziam sentir. Muitos dos pobres na Inglaterra viram a imigração para as colônias como uma solução

---

* *Highland Clearances* – No século XIX, remoção forçada dos fazendeiros arrendatários das grandes propriedades na Escócia imposta pelos proprietários que, sob a alegação de "melhorias", trocaram a agricultura pela criação de ovinos. (N. da T.)

** A "Fome", crise alimentar causada pela escassez de batata, principal produto agrícola da Irlanda, ocorrida em 1846-1848. (N. da T.)

que lhes oferecia ao menos uma esperança de melhorar sua condição de vida. Essa crença foi encorajada tanto pelas classes dominantes na Inglaterra quanto pelos proprietários de navios, comerciantes e negociantes especuladores de terras, esperando por eles de tocaia ao longo do caminho. Folhetos, manuais para colonos e outras formas de propaganda foram distribuídos aos montes, retratando o Alto Canadá como um bucólico país das maravilhas, com um clima muito semelhante ao da Grã-Bretanha, onde a industriosidade e a virtude seriam inevitavelmente recompensadas.

Respondendo a esses chamarizes ou impelidos pelas aflições da necessidade, sete milhões e meio de pessoas cruzaram o oceano vindos da Grã-Bretanha entre 1800 e 1875. Em 1832, cinqüenta mil imigrantes entraram no Alto e no Baixo Canadá. A população do Alto Canadá cresceu sete vezes durante o primeiro terço do século. "Em 1830", como diz Moodie, "o Canadá se tornou a grande baliza para os ricos em esperança e pobres em finanças."

Susanna Moodie não era de uma família pobre, e sim da aristocrática classe intermediária, de média a alta classe média. Assim, muitos outros, de famílias como a dela, também decidiram emigrar nessa época. Havia um excedente de filhos caçulas na Grã-Bretanha, dos quais o sr. Moodie era um, e muitos entre os integrantes da pequena nobreza ou quase nobreza viram nas colônias uma chance de se tornar mais aproximadamente o que pensavam que já eram: pequena nobreza proprietária de terras. Susanna Moodie, sua irmã Catherine Parr Traill, que mais tarde também se tornaria autora do *The Canadian Settler's Guide* (O Manual do Colono Canadense), e o irmão Samuel Strickland foram três que tomaram essa decisão.

O que é possível que estivessem esperando, por antecedência, pode ser deduzido do *The Young Emigrants; ou Pictures of Canada*, um livro infantil escrito por Catherine Parr Traill, em 1826, seis anos antes que ela e Susanna fossem para o Canadá. Nele, a família imigrante ideal, que é de classe média como os Moodie, rapidamente adquire uma próspera fazenda, da qual cuidam com a ajuda de criados amistosos e um bocadinho de trabalho discreto de alimentar as aves de criação doméstica e jardinagem por parte das mulheres. Muito depressa eles constroem uma confortável e espaçosa residência de quatro quartos, onde passam o dia supervisionando as coisas e as noites praticando seus talentos musicais e entretidos em "conversa social ou divertimentos inocentes" com seus vizinhos, igualmente de pequena nobreza.

A realidade foi bem diferente quando Susanna Moodie e Catherine Parr Traill se depararam com ela. A muitíssimo "inglesa" terra no Alto Canadá, a fértil e, relativamente, cálida península Niagara já estava ocupada. Depois de uma travessia em Primeira Classe bastante agradável, muito acima dos horrores da navegação em que os pobres viajavam em meio a uma semi-obscuridade cheia de fedor e superlotada, eles tiveram o primeiro gostinho do Canadá quando desembarcaram na ilha de Grosse e descobriram que, para muitos dos viajantes das classes de alojamentos inferiores, o Novo Mundo significava um deplorável nivelamento de classes sociais: – "Urrah! Meus fius!... Craro, nóis tudo vamu sê sinhô!" – foi o que Susanna Moodie ouviu um trabalhador irlandês gritar. Ela iria encontrar esse mesmo espírito sob muitas formas mais tarde: criados atrevidos e insolentes que queriam se sentar à mesma mesa, colonos que chegaram antes e a olhavam com desprezo, "Lealistas Retardatários", vindos dos Estados Unidos, que a enganaram e tomaram emprestado dela, sem depois devolver, qualquer coisa que ela fosse tola o bastante para emprestar. Descobriu que pessoas da pequena nobreza, como ela, eram alvos de considerável malevolência premeditada: quando a família se mudou para uma nova residência, encontrou o assoalho inundado, as árvores frutíferas morrendo devido a cortes feitos deliberadamente para causar a interrupção da circulação de água e nutrientes, e uma jaritataca morta enfiada na chaminé. Mais tarde, depois de ela ter tido tempo para refletir sobre tudo aquilo, começou a compreender o que aquelas pessoas podiam ter contra ela – o sistema de classes britânico podia ser repressivo. Na época, esse era apenas um dos muitos obstáculos que haviam sido postos em seu caminho.

Mas havia outros. A Natureza, que, como Woodsworth tinha declarado, "nunca traía/o coração que a amava", parecia um bocado diferente nas florestas impenetráveis de mata cerrada do

Canadá, e do que parecia mesmo nas regiões mais escarpadas da Inglaterra. Susanna Moodie fez o possível para gostar das vistas, panoramas e cenários pitorescos, mas ela preferia a Natureza canadense vista de longe; do convés de um barco em movimento, por exemplo. De perto, era provável que houvesse mosquitos, lama, rugidos e bramidos de animais no cio, brejais, paúis, tocos e cotos. Além disso, havia o inverno, que não era semelhante a nada que ela tivesse vivido antes. Havia o pesadelo de limpar a terra sem a ajuda de tratores e de extrair algumas verduras do solo aparentemente relutante.

Sobretudo, havia sua própria inexperiência, sua própria inaptidão para o tipo de privações e labuta que se viu compelida a enfrentar. Sua primeira casa, perto de Coburg, foi alugada sem ser vista na pressuposição de que era "uma adorável residência de verão", mas se revelou ser um casebre sem porta, com um único aposento, que a sra. Moodie à primeira vista acreditou ser um chiqueiro. Sua segunda casa foi ainda mais retirada, no meio do mato. Depois de sete anos passados na mata, a sra. Moodie havia adquirido alguns dos conhecimentos necessários para uma esposa de colono – sabia fazer café com raízes de dente-de-leão e assar pão que não se confundisse com um borralho, por exemplo –, mas, apesar de sua sentimentalidade *post facto* com relação à sua casa da floresta, ficou feliz de aproveitar, por meio da promoção do sr. Moodie ao posto de xerife de Belleville, para dizer adeus para sempre à vida na mata agreste.

Devemos nos recordar também de que os anos que ela passou no meio do mato foram os anos férteis de gravidez para ela; naqueles tempos, anteriores à medicina moderna, quando um médico, mesmo se tivesse havido algum disponível, não teria sido de grande ajuda, nem todas as crianças afinal sobreviviam. A sra. Moodie é reticente sobre o assunto, mas diz, em determinado momento, de forma arrepiante, que nunca se sentiu realmente em casa no Canadá até nele ter enterrado alguns de seus filhos. Ela pode ter vindo a "amar", até certo ponto, sua casa rústica e seu novo país, mas para chegar a esse ponto, tivera de passar por "um ódio tão intenso que eu ansiava pela morte, para que a morte pudesse efetivamente nos separar para sempre". A mensagem de seu livro, ela nos recorda mais de uma vez, é desencorajar outros ingleses da alta sociedade a fazer o que ela própria havia feito. A fronteira canadense, afirma ela, é para as classes trabalhadoras, que são fortes o suficiente para suportá-la. Embriaguez, dívidas, declínio e "ruína irremediável" têm mais probabilidade de ser o quinhão que caberá aos cavalheiros bem-nascidos e de boa posição social transplantados.

Agora que tais advertências não são mais necessárias, o que *Roughingh It in the Bush* tem para oferecer ao leitor moderno? Muita coisa, na verdade. Embora não seja uma novela, e sim um daqueles livros que se propõem a contar a pura verdade – como, na verdade, as novelas medievais também se propunham –, é estruturado como uma novela. Tem um enredo, que combina a jornada com o sacrifício, à medida que os viajantes-emigrantes encontram uma nova terra, lidam com os estranhos habitantes e costumes que ali descobrem, superam as privações que variam do ódio a quase morrer de fome. Observado a esta luz, *Roughingh It in the Bush* pode ser visto como um livro que pertence a uma tradição distinta de literatura de viagem – uma tradição que talvez tenha culminado com *A Short Walk in the Hindu Kush*, de Eric Newby –, no qual o horror da jornada, a imundície, o estado miserável das acomodações e o pavor abominável da comida são superados apenas pela percepção do viajante de sua própria loucura por ter sequer empreendido a viagem. Também tem um cenário meticulosamente descrito: o confronto com uma geografia inóspita e vasta foi, e viria a se tornar, um tema recorrente e dominante na literatura canadense. Também tem personagens; os "perfis de personagens", com diálogos incluídos, são algo que a sra. Moodie faz particularmente bem, e "Brian, o Caçador Calado", tem, com freqüência, sido incluído em antologias como um conto. Mas o personagem mais complexo e ambíguo em seu livro é ela mesma.

Se Catherine Parr Traill, com sua praticidade imperturbável, é o que nos agrada pensar que seríamos diante das mesmas circunstâncias, Susanna Moodie é, em vez disso, o que, secretamente, suspeitamos que teríamos sido. Mais uma vez ela consegue superar e vencer os preconceitos de seu próprio tempo e posição, mas várias vezes mergulha neles de volta. Ela não sabe fazer as coisas direito, comete erros, tem medo de vacas, é apanhada lá fora, dentro do lago, em meio a violentas tempestades. Mas (decerto como nós!) ela não é uma tola debilóide completa; é capaz de manter a cabeça funcionando em emergências, tem uma decência inata e um respeito pela virtude natural e cortesia, e tem senso de humor e sabe rir de sua própria inaptidão.

Aqui vai uma outra maneira de ler Moodie, que consiste em colocá-la lado a lado com três outras mulheres escritoras que estiveram dentre as primeiras a produzir uma quantidade razoável de algo semelhante à literatura no Alto Canadá. Uma foi, é claro, a irmã de Susanna Moodie, a sra. Traill. Outra foi Anne Langton, que foi morar nos arredores do lago Sturgeon e escreveu *A Gentlewoman in Upper Canada*. A quarta não se estabeleceu em lugar algum, mas percorreu, de maneira bem completa, a região inteira, Anna Jameson, a autora de *Winter Studies and Summer Rambles in Canada*. Todas eram senhoras de boa família, todas observaram a colônia em crescimento com um olhar crítico, embora não inteiramente insensível, e todas demonstram que o gênero não é a única coisa a ser levada em consideração quando façanhas de categoria e natureza variadas estão sendo avaliadas: a classe a que pertenciam deu a essas mulheres uma vantagem literária sobre aqueles, dentre seus concidadãos menos bem-educados, que calharam de ser homens.

De fato, quando colocamos lado a lado a literatura dos Canadás com a dos Estados Unidos, uma coisa curiosa emerge. É possível cobrir a literatura americana de, digamos 1625 a 1900, sem desperdiçar absolutamente quase nenhum tempo com mulheres escritoras, à exceção de Ann Bradstreet e Emily Dickinson. A atenção se concentra nos "grandes" escritores americanos, predominantemente do sexo masculino, do período: Melville, Poe, Hawthorne, Whitman, Thoreau. O Canadá inglês, no mesmo período, não produziu quaisquer clássicos desse calibre – isso foi resolvido mais tarde –, mas, se por pouco que seja, você estudar alguma coisa da literatura canadense, não poderá ignorar as mulheres. Possivelmente o motivo para esta relativa preponderância de mulheres escritoras no Canadá pode ser encontrado nas eras diferentes em que os dois países foram inicialmente colonizados: a América, no Puritano século XVII; o Canadá inglês, no século XIX, a era da carta e do diário, uma época em que muitas mulheres já eram alfabetizadas. Em todo caso, é uma situação que persiste até os dias de hoje: a porcentagem de mulheres escritoras de grande vulto e talento e reconhecidamente notáveis, tanto em prosa quanto em poesia, é mais alta no Canadá do que em quaisquer outros países de língua inglesa. O mesmo é verdade quanto ao Quebec, onde algumas das primeiras obras escritas foram feitas por freiras para converter os índios (e onde, diga-se de passagem, foi escrita a primeira novela de língua inglesa no Canadá, também por uma mulher).

Susanna Moodie não pretendia escrever um clássico canadense, nem teria ela antecipado ou apreciado ser chamada de ancestral pelo movimento feminista moderno; ela era uma criatura de sua própria sociedade, e teria desaprovado muitos dos princípios feministas. Mas como outros, inclusive T. S. Eliot, ressaltaram, uma obra de literatura ganha significado não só por seu próprio contexto, mas por aqueles contextos posteriores dentro dos quais pode vir a se encontrar inserida. O relato de Susanna Moodie, de suas labutas, fracassos e sobrevivência, tem ressonância para nós atualmente, em parte porque produzimos nossa própria literatura de labutas, fracassos e sobrevivência. Ela não era a Super-Mulher, mas conseguiu se virar de alguma maneira, viveu para escrever a respeito disso e até conseguiu extrair uma versão de sabedoria de seu suplício.

9
Atormentados por seus pesadelos

Amada é a quinta novela de Toni Morrison e mais um triunfo. Na verdade, a versatilidade e amplitude técnica e emocional de Morrison parecem não conhecer nenhum limite. Se houvesse quaisquer dúvidas sobre sua estatura como uma proeminente novelista americana, de sua própria geração ou de qualquer outra, *Amada* desfaria todas as dúvidas. Em três palavras ou pouco mais, é de arrepiar os cabelos.

Em *Amada,* a sra. Morrison se afasta do cenário contemporâneo que ultimamente tem sido seu foco de interesse. Esta nova novela se desenrola nos Estados Unidos depois do fim da Guerra Civil, durante o período da intitulada Reconstrução, quando uma enormidade de violência desproposidata se desencadeou contra negros, tanto os escravos libertados pela Emancipação quanto outros a quem a liberdade tinha sido concedida ou que haviam comprado sua liberdade anteriormente. Mas existem flashbacks de um período mais distante, quando o escravagismo ainda era um próspero sistema operante no Sul e as sementes dos bizarros e calamitosos acontecimentos narrados na novela foram plantadas. O cenário é dividido de maneira semelhante: a região agrícola nas vizinhanças de Cincinnati, onde os personagens principais acabaram, e uma plantação que empregava trabalho escravo, em Kentucky, ironicamente chamada Sweet Home (Doce Lar), da qual eles fugiram 18 anos antes de a novela começar.

Existem muitas histórias e vozes nesta novela, mas a principal pertence a Sethe, uma mulher no meio da casa dos trinta que está vivendo numa casa de fazenda em Ohio com sua filha, Denver, e sua sogra, Baby Suggs. *Amada* é uma novela tão unificada que é difícil comentá-la sem revelar a trama, mas é preciso que se diga, logo de início, que, entre outras coisas, é uma história de fantasmas, pois a casa de fazenda também é o lar de um fantasma triste, malévolo e raivoso, o espírito da filha ainda bebê de Sethe, que teve a garganta cortada em circunstâncias estarrecedoras 18 anos antes, quando tinha dois anos. Nunca sabemos o nome completo dessa criança, mas nós – e Sethe – pensamos nela como Amada, pelo que está gravado na pedra de seu túmulo. Sethe queria "Queridíssima Amada", como se diz no serviço fúnebre, mas só tinha força suficiente para pagar por uma palavra. O pagamento eram dez minutos de relações sexuais com o gravador da lápide. Este ato, contado ainda no início da novela, dá o tom básico do livro inteiro: no mundo da escravatura e da pobreza, onde seres humanos são mercadoria, tudo tem seu preço, e o preço é tirânico.

"Quem poderia imaginar que um bebezinho fosse capaz de abrigar tamanha fúria?", pensa Sethe, mas ela é capaz; quebrando espelhos, deixando minúsculas marcas de mão na cobertura de bolos, espatifando pratos e se manifestando em pequenas áreas de luz vermelho-sangue. Quando a novela se inicia, o fantasma está de plena posse da casa, tendo posto para fora os dois filhos pequenos de Sethe. A velha Baby Suggs, depois de uma vida inteira de escravidão e um breve intervalo de liberdade – que lhe foi comprado em troca de trabalho aos domingos por seu filho Halle, marido de Sethe –, desistiu e morreu. Sethe vive com suas lembranças, quase todas péssimas. Denver, sua filha adolescente, corteja o bebê fantasma porque, uma vez que sua família foi condenada ao ostracismo pelos vizinhos, não tem mais ninguém com quem brincar.

O elemento sobrenatural não é tratado em um estilo de *Horror em Amityville,* tipo "veja-só-eu-fazer-sua-pele-se-arrepiar", mas com uma praticidade magnífica, como o fantasma de Catherine Earnshaw em *O morro dos ventos uivantes.* Todos os personagens principais do livro acreditam em fantasmas, de modo que é apenas natural que aquele esteja ali. Como observa Baby Suggs: "Não existe uma casa nesse país que não esteja lotada até as vigas de dor e sofrimento de um negro qualquer. A gente tem sorte de esse fantasma ser um bebê. E se o espírito do meu marido voltasse por aqui? Ou o do seu? Nem me venha com conversas. Você tem sorte." Na verdade, Sethe prefere que o bebê esteja por ali a que não esteja. É, afinal, sua filha adorada, e qualquer sinal disso é melhor, para ela, do que nada.

Esse grotesco equilíbrio doméstico é perturbado pela chegada de Paul D., um dos "homens de Sweet Home" do passado de Sethe. Os homens da casa eram os escravos do sexo masculino cooptados pelo sistema. O proprietário deles, o sr. Garner, não é nenhum Simon Legree; em vez disso, ele é um exemplo do "melhor-tipo" de dono de escravos, tratando bem de suas "posses", confiando neles, permitindo-lhes escolher entre as tarefas da administração de sua pequena plantação, e chamando-os de "homens", em desafio aos vizinhos que querem que todos os negros de sexo masculino sejam chamados de "garotos". Mas o sr. Garner morre, e a fraca e doentia sra. Garner traz para a fazenda seu parente homem mais à mão, que é conhecido como "o professor". Este modelo de perfeição tipo Goebbels combina perversidade com pretensões intelectuais; ele é uma espécie de adepto da superioridade racial, que mede as cabeças dos escravos e organiza os resultados em tabela para demonstrar que eles são mais animais do que gente. Acompanhando-o vêm seus dois sobrinhos sádicos e repulsivos. A partir daí as coisas vão de mal a pior em Sweet Home, à medida que os escravos tentam fugir, enlouquecem ou são assassinados. Sethe, numa longa e difícil viagem a pé – que faz a cena da chapa de gelo flutuante, em *A cabana de Pai Tomás*, parecer um passeio ao redor do quarteirão – consegue escapar por um fio; seu marido, Halle, não. Paul D. consegue, mas passa por algumas aventuras muito desagradáveis ao longo do caminho, inclusive a literalmente nauseante estada numa prisão da Georgia do século XIX como integrante de um grupo de presos agrilhoados e condenados a trabalhos forçados.

Através das diferentes vozes e lembranças do livro, inclusive a da mãe de Sethe, uma sobrevivente da infame travessia em navio negreiro, vivemos a experiência do sistema escravagista americano da forma como foi vivida por aqueles que foram seus objetos de troca, tanto em sua melhor face – que não era muito boa – quanto na pior, que foi tão má quanto se pode imaginar. Sobretudo, mostra a escravidão como uma das instituições mais perversamente colocadas contra a família jamais inventadas. Os escravos são destituídos de mãe, destituídos de pai, são despojados de seus companheiros, desapossados de seus filhos, de seus parentes. É um mundo no qual as pessoas desaparecem subitamente e nunca mais são vistas, não por acidente, por operação secreta ou terrorismo, mas como uma questão de política legal cotidiana.

A escravatura também nos é apresentada como um paradigma da forma como a maioria das pessoas se comporta quando lhes é dado poder absoluto sobre outras. O primeiro efeito, claro, é que começam a acreditar em sua própria superioridade e a justificar suas ações por meio dela. O segundo efeito é que elas fazem um culto da inferioridade daqueles a quem subjugam. Não é coincidência que o primeiro dos pecados mortais, do qual se supõe que todos os outros se originem, seja o Orgulho, um pecado do qual, a propósito, Sethe também é acusada.

Em uma novela na qual abundam corpos negros – decapitados, enforcados balançando em árvores, fritando até torrar, trancados em barracões de depósito de madeira para fins de estupro, flutuando afogados rio abaixo –, não é surpreendente que a "gente branca", especialmente os homens, não faça nenhuma bela figura. Crianças negras apavoradas vêem os brancos como homens "sem pele". Sethe pensa neles como tendo "dentes musgosos" e está pronta, se necessário, para morder-lhes as faces e, pior, para evitar mais abusos de dentes musgosos. Existem alguns brancos que se comportam com algo que se aproxime de decência. Temos Amy, a jovem servente, explorada, fugida da casa, que ajuda Sethe no parto durante sua primeira fuga para a liberdade, que de passagem recorda o leitor de que o século XIX, com seu trabalho infantil, política salarial de semi-escravidão e violência doméstica disseminada e aceita, não foi duro apenas para os negros, mas também para todos, exceto os brancos mais privilegiados. Também há os abolicionistas que ajudam Baby Suggs a encontrar uma casa e um emprego depois de libertada. Mas mesmo a decência dessas pessoas brancas "boas", tem em si um lado de má vontade, e mesmo elas têm dificuldade de ver as pessoas que estão ajudando como pessoas completas, embora mostrá-las como totalmente livres de sua xenofobia e sentido de superioridade estivesse em desacordo com sua época.

Toni Morrison é cuidadosa em não fazer com que todos os brancos sejam abomináveis e todos os negros, maravilhosos. Os vizinhos negros de Sethe, por exemplo, têm de responder por sua própria inveja e tendências de buscar bodes expiatórios, e Paul D., embora muito mais gentil que, por exemplo, os esmurradores de mulheres da novela de Alice Walker em *A cor púrpura*, também tem suas próprias limitações e defeitos. Mas por outro lado, considerando-se tudo pelo que passou, é um espanto que não seja um assassino em massa. De qualquer forma, dadas as circunstâncias, ele é até muito inspirador de abraços.

De volta ao presente do indicativo, no capítulo um, Paul D. e Sethe fazem uma tentativa de criar uma família "de verdade", diante do que o bebê fantasma, sentindo-se excluído, entrega-se a um furor frenético, mas é expulso pela vontade mais forte de Paul D. Ou assim parece. Mas, então, entra em cena uma jovem estranha e bonita, de carne e osso, com cerca de vinte anos, que parece não conseguir se lembrar de onde vem, fala como uma criança pequena, tem uma voz estranha, rascante, e nenhuma linha em suas mãos, e diz que seu nome é Amada.

Estudiosos do sobrenatural admirarão a maneira como esta mudança inesperada na trama é tratada. A sra. Morrison combina um conhecimento do folclore – por exemplo, em muitas tradições, os mortos não podem voltar do túmulo a menos que sejam chamados, e são as paixões dos vivos que os mantêm vivos – com um tratamento altamente original. O leitor é mantido em suspense tentando adivinhar; Amada é muito mais complicada e interessante do que qualquer personagem individual é capaz de ver, e ela consegue ser muitas coisas para várias pessoas. É uma catalisadora para revelações, inclusive para revelações de si mesma; por meio dela tomamos conhecimento não só de como, mas também do porquê, a Amada criança original foi morta. E através dela Sethe alcança, finalmente, sua própria forma de auto-exorcismo, sua própria paz pela aceitação de si mesma.

Amada é escrita numa prosa antiminimalista alternadamente rica, graciosa, excêntrica, áspera, lírica, sinuosa, coloquial e muitíssimo clara e objetiva. Aqui, por exemplo, está Sethe lembrando-se de Sweet Home:

> ... de repente lá estava Sweet Home desenrolando e se abrindo, se abrindo, diante dos olhos dela, e, embora não houvesse uma folha naquela fazenda que não a fizesse ter vontade de gritar, Sweet Home descobriu-se toda para ela numa beleza desavergonhada. Nunca pareceu ser um lugar tão terrível, e isso a fez querer saber se o inferno também era um lugar encantador. Fogo e enxofre, sem dúvida, mas escondidos em arvoredos rendilhados. Garotos enforcados pendurados nos galhos dos mais lindos plátanos do mundo. Aquilo a envergonhava – lembrar-se das maravilhosas árvores murmurantes, em vez dos garotos. Por mais que tentasse tornar aquilo diferente, os plátanos levavam a melhor sobre as crianças todas as vezes, e não conseguia perdoar sua memória por isso.

No livro, o outro mundo existe e a magia funciona, e a prosa está à altura disso. Se você puder acreditar na primeira página – e a autoridade verbal da sra. Morrison compele à crença –, estará conquistado do começo ao fim do livro.

A epígrafe de *Amada* é da Bíblia, Romanos 9:25: "Chamarei meu povo ao que não era meu povo; e amada, à que não era amada." Tomado por si só, isto poderia parecer favorecer dúvida sobre, por exemplo, até que ponto Amada era realmente amada, ou até que ponto a própria Sethe fora rejeitada por sua própria comunidade. Mas é mais complexo e interessante que isso. A passagem é de um capítulo em que o Apóstolo Paulo medita, de maneira semelhante à Job, sobre os propósitos de Deus com relação à humanidade, em particular o mal e as injustiças visíveis por toda parte na Terra. Paulo prossegue e passa a falar sobre o fato de como os gentios, até então desprezados e proscritos, agora foram redefinidos como aceitáveis. A passagem proclama a não-rejeição, a reconciliação e a esperança. E prossegue assim: "E sucederá que, no lugar em que lhes foi dito: 'Vós não sois meu povo', aí serão chamados filhos do Deus vivo."

Toni Morrison é inteligente demais e por demais uma boa escritora para não ter planejado esse contexto. Aqui, mais que em qualquer lugar, está seu próprio comentário sobre as estranhas atividades que têm lugar em sua novela, sua resposta final aos "professores" dados a fazer medições, divisões e exclusões deste mundo. Uma epígrafe está para um livro como uma clave, uma escala, para uma música, e *Amada* é escrita em dó maior.

10
Escrevendo utopia

Como foi escrito *O conto da Aia*? A resposta poderia ser: uma parte numa máquina de escrever elétrica alugada, com um teclado alemão, num apartamento sem elevador em Berlim Oriental, e a outra numa casinha em Tuscaloosa, no Alabama – que, segundo me foi anunciado com certo orgulho, é a capital *per capita* de assassinatos dos Estados Unidos.
– Puxa! – exclamei. – Talvez eu não devesse estar aqui.
– Ah, não se preocupe – responderam-me. – Eles só matam famílias inteiras.
Mas embora esses dois lugares tenham fornecido, digamos assim, uma certa atmosfera, a história é mais complexa e interessante do que isso.
O conto da Aia, devo explicar em benefício da pessoa na platéia que pode não tê-lo ainda lido – já foi lançado em brochura e é uma pechincha de emoções assustadoras por apenas $4,95 dólares –, se passa no futuro. Isto enganou algumas pessoas, levando-as a crer que fosse Ficção Científica, o que, em minha opinião, não é. Eu defino Ficção Científica como criação de coisas acontecendo que não são possíveis hoje – podem depender, por exemplo, de viagens espaciais avançadas, viagens no tempo, da descoberta de monstros verdes em outros planetas ou galáxias, ou porque contêm tecnologias que ainda não desenvolvemos. Mas em *O conto da Aia*, nada acontece que a raça humana já não tenha feito em alguma época no passado, ou que não esteja fazendo agora, talvez em outros países, ou para que já não exista tecnologia devidamente desenvolvida. Nós já o fizemos, ou estamos fazendo, ou poderíamos começar a fazer amanhã. Nada inconcebível acontece, e as tendências projetadas sobre as quais

minha futura sociedade é baseada já estão em movimento, de modo que considero *O conto da Aia* não como Ficção Científica, mas como Ficção Especulativa e, mais particularmente, como aquela forma negativa de ficção utópica que veio a ser conhecida como Distopia.

Uma Utopia, de maneira geral, comporta uma sociedade fictícia perfeita, mas na verdade a palavra não significa "sociedade perfeita". Significa "lugar nenhum" e foi usada de maneira sarcástica por sir Thomas Moore como o título de seu próprio discurso ficcional sobre o governo. Talvez ele tivesse a intenção de indicar que, embora a sua Utopia fizesse mais sentido racional do que a Inglaterra de seu tempo, era improvável que pudesse ser encontrada fora de um livro.

Tanto a Utopia quanto a Distopia dizem respeito a concepção, projeto e organização de sociedades; boas sociedades para Utopias, más para Distopias. Para o escritor, existe algo como o mesmo prazer com que costumávamos em criança construir cidades de areia ou florestas de dinossauros de plasticina, ou desenhar guarda-roupas inteiros para bonecas de papel. Numa Utopia, você tem a oportunidade de planejar tudo – as cidades, o sistema jurídico, os costumes, ou mesmo facetas da linguagem. O mau projeto Distópico é o bom projeto Utópico invertido – ou seja, os leitores devem deduzir o que uma sociedade é ao ver, em detalhe, o que não é.

A Utopia-Distopia como forma tende a ser produzida somente por culturas baseadas no monoteísmo – ou como no sistema de Platão, em uma única idéia do Bem – e que também postulam uma cronologia orientada para uma única meta. Culturas baseadas no politeísmo e na circularidade do tempo não parecem produzi-las. Por que nos damos o trabalho de tentar melhorar a sociedade, ou mesmo visualizá-la melhorada, quando se sabe que tudo vai acontecer de novo, girar em um mesmo círculo, como roupas numa máquina de lavar? E como se pode definir uma "boa" sociedade como sendo o oposto de uma "má" se é possível ver o bom e o mau como aspectos da mesma coisa? Mas a judaico-cristandade, sendo um monoteísmo linear – um Deus e uma linha de enredo, da Gênesis à Revelação –, gerou muitas Utopias ficcionais e um número considerável de tentativas de criar a verdadeira Utopia bem aqui, na Terra, uma delas sendo a aventura dos Primeiros Colonos Puritanos – "Seremos como uma cidade no alto de uma colina, uma luz para todas as nações", – e sendo o marxismo uma outra. No marxismo, a história substitui Deus como determinante, e a sociedade ideal sem classes substitui a Nova Jerusalém, enquanto a mudança, por meio da passagem do tempo seguindo em direção à perfeição, também é postulada de maneira similar. Na origem de toda Utopia moderna espreitam, ocultos, a *República,* de Platão, e o Livro do Apocalipse,* e nas Distopias não foram poucas as influências das várias versões literárias do Inferno, especialmente aquelas de Dante e de Milton, que, por sua vez, remetem direto à Bíblia, aquele livro-fonte indispensável da Literatura Ocidental.

A *Utopia* original de sir Thomas Moore tem uma longa lista de descendentes, muitos dos quais li enquanto avançava devagar em meu caminho na escola, no segundo ciclo, passando pelo colegial e mais tarde pela escola de graduação. Esta lista inclui *As viagens de Gulliver*, de Swift; e, do século XIX, *Notícias de lugar nenhum*, de William Morris, no qual a sociedade ideal é uma espécie de colônia de artistas; *A máquina do tempo,* de H. G. Wells, no qual as classes inferiores acabam por realmente comer as superiores; *Erewhon,* de Butler, em que o crime é uma doença e a doença é um crime; e *A Crystal Age,* de W. H. Hudson. No século XX, os clássicos são: *Admirável mundo novo*, de Huxley; *Looking, Backward,* de Bellamy; e, claro, *1984*, para mencionar alguns. Utopias escritas por mulheres também são notáveis, embora não tão numerosas. Temos, por exemplo, *Herland*, de Charlotte Perkins Gilman, e *Woman on the Edge of Time*, de Marge Piercey.

Utopias, com freqüência, são satíricas, sendo a sátira dirigida a qualquer sociedade onde o escritor esteja vivendo. Ou seja, as formulações superiores dos utopistas lançam críticas que recaem sobre *nós*. Distopias são, quase sempre, mais advertências terríveis do que sátiras, sombras escuras lançadas pelo presente para

---

* Corresponde a qualquer dos antigos escritos judaicos ou cristãos (especialmente o último livro canônico do Novo Testamento, atribuído a são João) que contêm revelações, em particular, sobre o fim do mundo, apresentadas, quase sempre, sob a forma de visões. (N. da T.)

o futuro. Elas são o que nos acontecerá se não tratarmos de prestar mais atenção no que estamos fazendo.

Que aspectos desta vida interessam a tais escritores? Não sendo de surpreender ninguém, as preocupações deles revelam ser praticamente as mesmas da sociedade. É claro, existem as questões superficiais de indumentária e culinária, predileção por nudez e vegetarianismo, fazendo aparições regulares. Mas os principais problemas são: a distribuição de riqueza; as relações de trabalho; as estruturas de poder; a proteção dos desamparados, se houver; as relações entre os sexos; o controle da população; o planejamento urbano, com freqüência sob a forma de interesse por drenos e esgotos; a criação e educação de crianças; a doença e sua ética; a insanidade e idem; a censura a artistas e gentalha semelhante e a elementos anti-sociais; a privacidade individual e sua invasão; a redefinição da linguagem; e a administração da justiça, se qualquer administração desse tipo for necessária. É uma característica da Utopia extrema, numa ponta da escala, e da Distopia extrema, na outra, que nenhuma das duas contenha quaisquer advogados. Utopias extremas são comunidades de espírito nas quais não podem existir quaisquer verdadeiras discordâncias entre os membros, porque todos estão de acordo em ser do mesmo parecer correto. Distopias extremas são tiranias absolutas, nas quais discordar não é uma possibilidade. Melhor dizendo, na Utopia não são *necessários* quaisquer advogados; na Distopia, não são *permitidos* quaisquer advogados.

Contudo, o espaço que separa uma da outra, é onde a maioria das Utopias-Distopias bem como a maioria das sociedades humanas, se enquadram, e onde escritores dessas ficções têm demonstrado notável fecundidade. Relações entre os sexos exibem, talvez, a variedade mais ampla. Algumas Utopias optam por uma espécie de liberdade sexual comunitária, de inclinação saudável; outras, como *A Crystal Age,* de W. H. Hudson, por uma sociedade semelhante a um formigueiro, onde a maioria dos cidadãos é sexualmente neutra e somente um par por grande mansão de província procria, diminuindo assim a taxa de natalidade. Outras ainda, como a de Marge Piercey, permitem que homens participem quase que igualmente na criação e educação das crianças, permitindo-lhes amamentar por meio de injeções de hormônio, uma opção que pode não alegrar o coração dos senhores, mas tem a virtude da novidade. E então, temos o sexo grupal ritualístico de Huxley e os bebês de proveta, as caixas de Skinner e várias obras menores de ficção científica escritas por homens – apresso-me em acrescentar – nas quais mulheres devoram seus parceiros ou os paralisam e põem ovos neles, *à la* aranhas. Relações sexuais, em Distopias extremas, geralmente exibem alguma forma de escravidão ou, como em Orwell, extrema repressão sexual.

Assim, os detalhes variam, mas a Utopia-Distopia como estrutura é uma maneira de experimentar coisas, primeiramente, por escrito, para ver se poderíamos ou não gostar delas se algum dia tivéssemos a oportunidade de pô-las realmente em prática. Além disso, ela nos desafia a reexaminar o que compreendemos pela palavra "humano" e, sobretudo, que significado atribuímos e o que almejamos com a palavra "liberdade", pois nem a Utopia nem a Distopia têm final aberto. A Utopia é um exemplo extremo do impulso de ordenar; é a palavra "deveria" ser repetida de forma desmedida. Distopia é sua imagem de pesadelo refletida no espelho, é o desejo de esmagar dissidências levado a extremos inumanos e lunáticos. Nenhuma das duas é o que se chamaria de tolerante, mas ambas são necessárias para a imaginação: se não pudermos visualizar o bom, o ideal, se não soubermos formular o que queremos, receberemos, aos montes, o que não queremos. É um triste comentário sobre nossa época o fato de que achamos muito mais fácil acreditar em Distopias do que em Utopias: Utopias nós podemos apenas imaginar; Distopias já tivemos. Mas se tentarmos demais impor a Utopia à força, a Distopia rapidamente se segue, porque se um número suficiente de pessoas discorda de nós, teremos de eliminá-las ou suprimi-las ou aterrorizá-las ou manipulá-las, e então teremos *1984*. Via de regra, a Utopia só é segura quando se mantém fiel a seu nome e não fica em lugar nenhum. Seria um lugar agradável que desejaríamos visitar, mas será que quereríamos realmente viver lá? Algo que pode ser a moral suprema de tais histórias.

Tudo isso foi à guisa de histórico, para que os senhores soubessem que fiz todas as leituras necessárias muito antes de me dedicar a *O conto da Aia*. Existem dois outros conjuntos de leituras obrigatórias que gostaria de mencionar. O primeiro se relaciona à literatura da Segunda Guerra Mundial – li as memórias de Winston Churchill quando estava no colegial, para não mencionar a biografia de Rommel, a Raposa do Deserto, e muitos outros tomos de história militar. Li esses livros, em parte, porque eu era uma leitora onívora e eles estavam lá; meu pai era um apaixonado por história e essas coisas ficavam espalhadas pela casa. Por extensão, li vários livros sobre regimes totalitários, do presente e do passado; aquele que se sobressai chama-se *Darkness at Noon*, de Arthur Koestler. (Estas não foram minhas únicas leituras quando estava no colegial: também estava lendo Jane Austen e Emily Brontë e um livro particularmente lúgubre de Ficção Científica, chamado *Donovan's Brain*. Eu teria lido qualquer coisa, e ainda lerei; quando tudo mais está faltando, leio revistas de distribuição interna de companhias aéreas durante vôos, e, devo dizer, estou ficando cansada daqueles artigos sobre homens de negócios bilionários. Os senhores não acham que está na hora de alguma ficção de outros tipos?)

Esta área, *soi-disant*, "política" de minhas leituras foi reforçada por viagens a vários países onde, para não dizer algo pior, certas coisas que consideramos liberdades não estão universalmente em vigor; lembro-me, em particular, de ter conhecido uma mulher que havia sido integrante da Resistência Francesa e um homem que havia conseguido escapar da Polônia na mesma época.

A outra porção de leituras obrigatórias diz respeito à história dos Puritanos do século XVII, especialmente aqueles que acabaram nos Estados Unidos. Na página de rosto de *O conto da Aia* há duas dedicatórias. Uma é para Perry Miller, que foi um de meus professores na temida e respeitada Harvard Graduate School e que, trabalhando quase sozinho, foi responsável por ressuscitar os Puritanos Americanos como um campo para investigação literária. Precisei estudar um bocado desse material e tive de "preencher minha lacuna" de modo a ser aprovada em meus *Comprehensives* (exames de admissão), e esta era uma área que eu não havia estudado como universitária antes de me formar. Perry Miller ressaltava, ao contrário do que me havia sido ensinado antes, que os Puritanos Americanos não vieram para a América do Norte em busca de tolerância religiosa, ou não no sentido que entendemos por isso. Eles queriam liberdade para praticar a religião *deles*, mas não estavam particularmente interessados que outras pessoas praticassem suas próprias religiões. Dentre seus empreendimentos notáveis estavam o banimento de supostos hereges, o enforcamento de quacres e os bem conhecidos julgamentos por bruxaria. Tenho o direito de dizer essas coisas degradáveis a respeito deles porque eles foram meus ancestrais – de certa maneira, *O conto da Aia* é um livro sobre meus ancestrais –, e a segunda dedicatória, para Mary Webster, é, na verdade, para, exatamente, uma dessas mesmas ancestrais. Mary foi uma bruxa muito famosa, ou pelo menos ela foi julgada por bruxaria e enforcada. Mas isso foi antes de eles inventarem a plataforma de patíbulo com alçapão, que quebra o pescoço – eles apenas enfiaram a laçada, com o nó de correr da corda, ao redor de seu pescoço, içaram-na e a deixaram pendurada lá, e quando vieram cortar a corda para baixar seu corpo, na manhã seguinte, ela ainda estava viva. De acordo com a lei do risco duplo, não se podia executar uma pessoa duas vezes pelo mesmo crime, de modo que ela viveu por mais catorze anos. Pensei que se era para arriscar meu pescoço ao escrever este livro, seria melhor dedicá-lo a alguém com um pescoço muitíssimo duro.

A Nova Inglaterra puritana era uma teocracia, não uma democracia, e a sociedade do futuro apresentada em *O conto da Aia* tem também a forma de uma teocracia, com base no princípio de que nenhuma sociedade se desvia por completo para muito longe de suas origens. A Rússia stalinista teria sido inconcebível sem a Rússia czarista a precedê-la, e assim por diante. Além disso, as formas mais potentes de ditadura sempre foram aquelas que impuseram a tirania em nome da religião, e mesmo gente como os revolucionários franceses e Hitler se esforçou muito para dar força e sanção religiosas às suas idéias. O que é necessário para uma tirania realmente boa é uma idéia ou autoridade inquestionável. Desacordo político é desacordo político; mas desacordo político com uma *teocracia* é heresia, e grande parte do moralismo e da convicção hipócrita de ser dono da verdade, que se satisfaz com a desgraça dos outros, pode ser empregada de maneira produtiva com a exterminação de hereges, conforme já demonstrou a história por meio das Cruzadas, das conversões forçadas ao Islã, das mortes na fogueira durante o reinado de Maria a Sanguinária, na Inglaterra, e assim por diante, ao longo dos anos. Foi à luz da história que os constitucionalistas americanos, no século XVIII, separaram a Igreja do Estado. É, também, à luz da história que meus líderes, em *O conto da Aia*, os recombinam.

Todas as ficções começam com a pergunta: *E se?* O *e se* varia de livro para livro – e se John ama Mary, e se John não ama Mary, e se Mary é comida por um tubarão enorme, e se os marcianos invadirem, e se você encontrar um mapa do tesouro, e assim por diante, mas há sempre um *e se* ao qual a novela é a resposta. O *e se* para *O conto da Aia* poderia ser formulado da seguinte maneira: e se isso *puder* acontecer aqui? (Eu nunca acreditei em nenhuma das ficções sobre os russos dominarem o mundo. Se eles não conseguem sequer fazer com que suas geladeiras funcionem, muito francamente, não têm nenhuma chance. De modo que, para mim, não é uma *possibilidade* plausível.)

O *e se* os senhores quisessem assumir o controle dos Estados Unidos pela força e instituir um governo totalitário, a ambição pelo poder sendo o que é? Como fariam isso? Que condições os favoreceriam, e que slogan proporiam, que bandeira levantariam e promoveriam que fosse capaz de atrair os vinte por cento da população necessários, sem os quais nenhum totalitarismo consegue se manter no poder? E se propusessem o comunismo, seria muito improvável que conseguissem muitos seguidores. Uma ditadura de liberais democratas seria considerada até pelos ligeiramente débeis mentais como uma contradição de termos. Embora muitos atos duvidosos tenham sido cometidos, admitamos francamente, em nome do grande deus democracia, eles geralmente foram cometidos em segredo, ou com um quantidade considerável de discursos exagerados os encobrindo. Naquele país, os senhores teriam mais probabilidade de experimentar alguma versão de Patriarcado Puritano se quisessem dar um golpe de Estado e assumir o governo. Esse seria definitivamente seu melhor plano.

Mas verdadeiras ditaduras não *se* instalam em tempos fáceis e de fartura; elas o fazem em tempos difíceis e conturbados, quando as pessoas já estão dispostas a abrir mão de algumas de suas liberdades em favor de alguém – qualquer pessoa – que possa assumir o controle e lhe prometer tempos melhores. Os tempos difíceis que tornaram Hitler e Mussolini possíveis eram econômicos, com alguns detalhes adicionais, tais como escassez de homens em proporção às mulheres devido a altas taxas de mortalidade durante a Primeira Guerra Mundial. Para tornar minha sociedade do futuro possível, apresentei algo um pouco mais complexo. Tempos difíceis na economia, sim, devido a uma área de controle global em diminuição, o que significaria mercados cada vez mais reduzidos e menos fontes de matérias-primas baratas. Mas, também, um período de catástrofe ambiental disseminada, que teve vários resultados: aumento da taxa de infertilidade e de esterilidade devido a danos causados por produtos químicos e radiativos (isto, a propósito, já está acontecendo) e aumento da taxa de defeitos congênitos em recém-nascidos, o que também já está acontecendo. A capacidade de conceber e dar à luz uma criança saudável se tornaria rara e, portanto, valiosa, e todos nós sabemos quem – em qualquer sociedade – dispõe da maior quantidade de coisas raras e valiosas: aqueles que estão no topo. Conseqüentemente, minha proposta de sociedade do futuro, como muitas sociedades humanas antes dela, destina mais de uma mulher para seus integrantes favoritos do sexo masculino. Há uma porção de precedentes para esta prática, mas minha sociedade, sendo derivada do Puritanismo, necessitaria, é claro, de sanção bíblica. Felizmente para eles, os patriarcas do Velho Testamento eram notoriamente polígamos; o texto que eles escolhem como pedra fundamental é a história de Raquel e Lea, as duas esposas de Jacó, e sua competição por ter bebês. Quando elas próprias esgotaram sua capacidade de ter bebês, ofereceram suas servas para fazer o serviço e consideraram os bebês como seus, deste modo fornecendo uma justificativa bíblica para a maternidade por substituição e mães de aluguel, caso alguém precisasse de uma. Através dessas cinco pessoas – não duas –, as doze tribos de Israel foram concebidas e criadas.

O lugar da mulher, na República de Gilead – assim denominada em homenagem à montanha onde Jacó prometeu ao seu sogro, Labão, que protegeria suas duas filhas –, o lugar da mulher é estritamente o lar. Meu problema como escritora era saber, dado o fato de que minha sociedade havia enfiado todas as mulheres de volta a suas casas, como eles conseguiram fazer isso? Como se *faz* para enfiar as mulheres de volta ao lar, agora que elas estão circulando por aí, *fora* de casa, tendo empregos e, de maneira geral, aventurando-se pelo mundo? Simples. A gente apenas fecha os olhos e dá vários passos de gigante para trás, para entrar num passado não tão distante assim – o século XIX, para ser exata –, as destitui do direito de votar, de ter bens móveis e imóveis ou de ter empregos e, para completar, proíbe a prostituição pública para impedi-las de ficar fazendo ponto nas esquinas das ruas, e pronto, lá estão elas de volta ao lar. Para impedi-las de usar seus cartões Amex ouro para rápidas fugas de avião, congelei-lhes o crédito da noite para o dia; afinal, se todo mundo está no sistema de computadores e o dinheiro vivo é obsoleto – que é para onde estamos nos encaminhando –, também é simples escolher qualquer grupo individualizado para objeto de tratamento especial – todos aqueles com mais de sessenta anos, todos aqueles com cabelos verdes, todas as mulheres. Das muitas facetas assustadoras de minha sociedade do futuro, esta parece ter incomodado o maior número de pessoas. O fato de que seus amados, amistosos, bem treinados cartões de crédito poderiam se revoltar contra elas! Isso é coisa de pesadelos!

Esta, portanto, é parte do cerne do que espero que os senhores imaginem ser a lógica impiedosa que se estende como uma espinha dorsal ao longo de O *conto da Aia*. Enquanto o escrevia, e durante algum tempo depois, mantive um álbum de recortes de jornal sobre matérias de todo tipo que se enquadrassem nas premissas em que o livro se baseava – tudo a respeito do alto nível de PCBs encontrado em ursos polares, das mães biológicas designadas para integrantes das tropas SS por Hitler, além de suas esposas legítimas para propósitos de gerar crianças, das condições carcerárias em prisões ao redor do mundo, da tecnologia de computadores, da poligamia clandestina no estado de Utah. Não existe, conforme já disse, nada no livro que não tenha um precedente. Mas este material, por si só, não constituiria uma novela. Uma novela é sempre a história de um indivíduo, ou de vários indivíduos; nunca a história de uma massa generalizada. De modo que os verdadeiros problemas para escrever O *conto da Aia* foram os mesmos encontrados para escrever qualquer novela: como tornar a história real em um nível humano e individual. As armadilhas em que a escrita de Utopias com tanta freqüência tropeça e cai são as armadilhas de disquisição. O autor se entusiasma demais com sistemas de esgoto ou correias de transporte, e a história pára, vagarosamente, enquanto descreve suas belezas. Eu queria que o pano de fundo, factual e lógico, de meu conto se mantivesse como pano de fundo; não queria que usurpasse o primeiro plano.

11
Tias-Maravilha

Tia J., minha terceira tia e a mais moça, me levou à minha primeira conferência de escritores. Isso foi em Montreal em 1958, quando eu tinha 18 anos. Eu já havia escrito vários poemas impressionantes; pelo menos eu estava impressionada com eles. Tinham folhas apodrecendo, latas de lixo, pontas de cigarros e xícaras de chá. Eu havia sido apanhada de emboscada por T. S. Eliot vários meses antes, tinha lutado corpo a corpo com ele até ficar paralisada. Ainda não sabia que o que se costumava fazer, já naquela época, era chamá-lo de T. S. Idiota.

Não mostrei meus poemas maltrapilhos à minha mãe, que era a mais velha das três irmãs, e, portanto, pragmática, uma vez que era ela quem tinha de cuidar das outras. Ela era a atleta da família e gostava de cavalos e de patinar no gelo e qualquer outra forma de movimento rápido que oferecesse fugas das obrigações domésticas. Minha mãe só havia escrito um poema em sua vida, quando tinha oito ou nove anos de idade, que começava assim: "Eu tinha asas, Eram lindas asas", e prosseguia, de maneira típica para ela, a descrever a velocidade do vôo subseqüente. Eu sabia que se a obrigasse a ler meus versos livres de guimba de cigarro com café, ela diria que eram muito simpáticos, como era sua resposta padrão para coisas que a deixavam confusa, tais como minhas experiências cada vez mais sombrias com meu guarda-roupa. Roupas também não eram uma de suas prioridades.

Mas tia J. já havia escrito resmas, de acordo com minha mãe. Ela era uma figura romântica, que também já havia tido uma pleurisia e estivera num sanatório, onde fizera broches flores com conchas; eu havia recebido vários desses tesouros de presente de Natal quando criança, em minúsculas caixinhas mágicas forradas de lã de algodão. Caixinhas minúsculas e lã de algodão não eram do estilo de minha mãe. Tia J. tinha de ser cuidadosa com sua saúde, pelo que eu sabia a enfermidade dela parecia acompanhar o escrever. Ela chorava nas partes tristes de filmes, como eu, e tivera rompantes de fantasia quando criança no vale de Anápolis da Nova Escócia, lugar onde todas elas tinham sido criadas. Seu segundo nome era Carmen, e para punir o que consideravam ser um orgulho desmedido com isso, suas duas irmãs mais velhas, batizaram a porca de Carmen.

Tia J. era roliça de físico, míope (como eu) e se descrevia como uma galinha morta sentimental, embora isso fosse apenas uma ficção conveniente, parte da camuflagem de autodepreciação adotada por mulheres, na época, para vários propósitos úteis. Sob sua fachada de movimentos esvoaçantes de cor lavanda, ela era enérgica e obstinada, como todas aquelas três irmãs. Era essa mistura de suavidade e dureza que me atraía.

Assim, mostrei meus poemas a tia J. Ela os leu e não riu, ou, pelo menos, não na minha presença: conhecendo-a, não duvido de que ela jamais riria. Tia J. sabia o que era ter ambições como escritora, embora as dela tenham sido retardadas pelo tio M., que era gerente de banco, e pelos dois filhos deles. Muito mais tarde, ela própria estaria fazendo conferências, participando de debates de especialistas, aparecendo nervosamente como convidada em programas de entrevistas na televisão, depois de ter escrito e publicado cinco livros. Enquanto isso não acontecia, minha tia escrevia histórias infantis para os jornais semanais de domingo da escola e esperava chegar sua hora.

Ela enviou meus poemas melancólicos para Lindsay, o primo em segundo grau que era professor de Inglês na Dalhousie University. Ele disse que eu prometia. Tia J. mostrou-me a carta dele sorrindo radiante de prazer. Este foi meu primeiro encorajamento oficial.

A conferência de escritores a que tia J. me levou era realizada pela Associação de Autores Canadenses, que, naquela época, era a única organização de escritores no Canadá. Eu conhecia sua reputação – era o mesmo grupo enfadonho e pedante a respeito do qual F. R. Scott escrevera "Marionetes expansivas que destilam auto-aprovação/Debaixo de um retrato do Príncipe de Gales". Corriam rumores de que era cheia de amadores idosos; era improvável que eu fosse ver alguém ali com uma barba de três dias por fazer ou vestindo um pulôver preto de gola rulê, ou qualquer coisa que se assemelhasse com Samuel Beckett ou Eugene Ionesco, que eram mais ou menos minha idéia de escritores de verdade. Mas tia J. e eu estávamos tão desesperadas por contato com alguma coisa que cheirasse ao mundo das letras que estávamos dispostas a nos arriscar com a AAC.

Uma vez na conferência, tia J. e eu optamos por assistir à apresentação de um especialista sobre a autora inglesa de romances de costumes, Fanny Burney. Fiquei olhando para as pessoas na sala: havia uma porção de mulheres de meia-idade de vestidos floridos – não muito diferentes do vestido de tia J. – e homenzinhos de ternos, embora não houvesse ninguém que se parecesse com minha idéia de um escritor: pálido, desalinhado, de olhos vermelhos. Mas isto era o Canadá e não a França. Assim, o que podia eu esperar?

Até aquele momento eu só tinha visto um escritor canadense em carne e osso. O nome dele era Wilson Macdonald e apareceu no auditório de nossa escola secundária, velho, murcho e de cabelos brancos, onde recitou de memória vários poemas de orientação saudável sobre esquiar e imitou um corvo. Eu tinha uma idéia razoável do que Jean-Paul Sartre teria pensado dele, e estava preocupada com a possibilidade de que eu mesma pudesse acabar assim: empurrada numa cadeira de rodas para ser apresentada a uma platéia de adolescentes brigões, mal-educados, lançando-me cusparadas, e imitando chamados de pássaro. Não se podia ser um escritor de verdade e ser canadense ao mesmo tempo, isto pelo menos estava claro. Assim que pudesse, iria me mudar para Paris e me tornar incompreensível.

Enquanto isso não acontecia, aqui estava eu em Montreal, esperando pelo especialista em Fanny Burney com tia J. Ambas estávamos nervosas. Nós nos sentíamos como se fôssemos espiãs fajutas, infiltradas; e assim, como infiltradas, começamos a ouvir as conversas dos outros. Bem atrás de nós estava sentada uma mulher cujo nome nós reconhecemos, porque, com freqüência, tinha seus poemas sobre abetos vermelhos cobertos de neve publicados no jornal diário de Montreal. Agora ela não estava

falando sobre abetos vermelhos, mas sobre um enforcamento que havia ocorrido na véspera, na prisão.
– Foi tão terrível para ele – ela comentou. – Ficou tão abalado.
Nossas orelhas estavam vibrando: será que ela havia conhecido o homem condenado pessoalmente? Se fosse assim, que horror. Mas à medida que continuamos ouvindo, entendemos que o homem abalado não era o que tinha sido enforcado; era o marido dela, que era o capelão do presídio.
Vários abismos se abriram a meus pés: o abismo entre a sentimentalidade dos poemas dessa mulher e as realidades de sua vida; entre as realidades de sua vida e suas percepções dela; entre os carrascos e os enforcados e os consoladores dos enforcados. Esta foi uma das primeiras indicações que tive de que, por baixo de sua fachada de xícaras de chá e de atividades ao ar livre e várias árvores, o Canadá – mesmo esse segmento literário aristocrata do Canadá, pelo qual eu nutria tamanho desprezo juvenil – era um bocado mais problemático do que havia imaginado.
Mas eu já deveria ter sabido disso.

Na parte inicial de minha infância eu não havia conhecido nenhum de meus parentes, porque eles moravam na Nova Escócia, a mais de 3.200 quilômetros de distância. Meus pais tinham deixado a Nova Escócia durante a Depressão, porque lá não havia empregos. Quando eu afinal nasci, a Segunda Guerra Mundial havia começado, e ninguém viajava grandes distâncias sem motivos oficialmente autorizados e cupons de gasolina. Mas embora minhas tias não estivessem presentes em carne e osso, estavam muitíssimo presentes em espírito. As três irmãs se escreviam uma vez por semana, e minha mãe lia estas cartas em voz alta, para meu pai, mas por extensão para mim e meu irmão, depois do jantar. Eram chamadas de "cartas lá de casa". *Casa*, para minha mãe, era sempre a Nova Escócia; nunca o lugar onde estivéssemos morando, o que me deu a vaga idéia de que eu estava extraviada. Não importa onde eu estivesse, de fato, morando, nossa *casa* não era lá.
De modo que eu era mantida a par das atividades de minhas tias, e também de meus primos, de primos em segundo grau, e

muitas outras pessoas que se encaixavam em algum lugar, mas que eram de parentesco mais distante. Na Nova Escócia, aquilo que é mais importante a seu respeito não é o que você faz nem mesmo quem você conhece; é de que cidade você vem e de quem você é parente. Qualquer conversa entre dois "marítimos" que nunca se viram antes começará dessa maneira, e prosseguirá até que ambas as partes tenham descoberto que, na verdade, são parentes. Eu cresci numa enorme e numerosa família de pessoas invisíveis.

Não eram as minhas tias invisíveis em sua encarnação atual que mais me impressionavam. Eram as minhas tias no passado. Lá estavam elas quando crianças, com seus vestidos impossivelmente engomados e cheios de babados e os arcos de cabelo com laços moles de cetim, que eram a moda nas primeiras décadas do século, ou como adolescentes, em preto e branco, no álbum de fotografias, usando roupas estranhas – chapéus *cloche*, casacos curtos de bainha drapeada acima do joelho, paradas ao lado de carros antigos ou fazendo pose diante de rochedos ou do mar, em roupas de banho que lhes cobriam até a metade das pernas. Por vezes estariam com os braços ao redor dos ombros umas das outras. As fotos tinham recebido títulos dados por minha mãe: "Nós Três", "Belas Banhistas". Tia J. fora magra quando criança, de olhos escuros, intensa. Tia K., a irmã do meio, parecia toda certinha e animada. Minha mãe, com enormes olhos pré-rafaelitas, cabelos ondulados e maçãs de rosto de modelo, era a beldade, uma noção a que não dava muita importância: ela era, e continuou a ser, notória por seu mau gosto em roupas, uma noção que cultivava de maneira a não ter de sair para comprá-las sozinha. Mas todas as três irmãs tinham o mesmo nariz de osso alto e reto; narizes romanos, dizia minha mãe. Eu adorava examinar essas fotografias, intrigada pela idéia dos narizes idênticos triplicados. Eu não tinha uma irmã na época, e a mística da irmandade era poderosa para mim.

O álbum de fotos era uma forma de existência para minhas tias invisíveis. Estavam ainda mais vivas nas histórias de minha mãe, pois, embora não fosse poeta, minha mãe era uma impagável contadora de histórias e mímica. Os personagens em suas histórias a respeito de sua "terra e casa" tornaram-se tão familiares para mim quanto os personagens em livros; e, uma vez que morávamos em lugares isolados e nos mudávamos muito, eram mais familiares do que a maioria das pessoas que eu, na realidade, conhecia.

O elenco era constante. Primeiro vinha meu rigoroso e temível avô, um médico da região rural que se deslocava pelas estradas de terra batida num trenó puxado a cavalo, em meio a tempestades de neve e granizo, para fazer partos de bebês no meio da noite e ameaçava bater em suas filhas com o chicote do cavalo – especialmente minha mãe – por transgressões reais ou imaginadas. Eu não sabia o que era um chicote de cavalo, de modo que esta punição tinha a atração adicional da bizarrice.

Então vinha minha avó, desatenta e amante de diversão, e minha tia K., um ano mais moça que minha mãe, mas muito mais intelectual e de vontade firme, segundo minha mãe. Depois tia J., sentimental e dada a ser deixada de fora. Essas três eram as "meninas". Depois, e um tanto mais tarde, vinham "os rapazes", meus dois tios, um dos quais explodiu as tampas das fornalhas da escola com explosivo feito em casa, escondido numa acha de madeira, e o outro, que vivia meio adoentado, mas que freqüentemente fazia todo mundo "se dobrar de rir". E tinha as figuras periféricas: garotas contratadas como criadas que terminavam indo embora pelas maquinações de minha mãe e tia K., porque não gostavam de tê-las na casa; empregados homens que esguichavam leite nelas quando estavam ordenhando as vacas; as próprias vacas; o porco; os cavalos. Os cavalos não eram, na verdade, personagens periféricos; embora não falassem, tinham nomes, e personalidades e histórias, e eram os parceiros de minha mãe em suas travessuras. Dick e Nell eram seus nomes. Dick era o meu favorito: tinha sido dado à minha mãe como um cavalo velho e ruim, esgotado e maltratado, e ela lhe restaurara a saúde e beleza e o pêlo reluzente. Este era o tipo de final feliz que eu achava satisfatório.

As histórias sobre essas pessoas tinham tudo que se poderia pedir: enredo, ação, suspense – embora eu soubesse como iriam acabar por já tê-las ouvido – e medo, porque sempre havia o perigo de meu avô descobrir e recorrer à ameaça do chicote, embora não creia que ele, na verdade, tenha chicoteado ninguém.

O que ele iria descobrir? Quase que qualquer coisa. Havia muitas coisas que ele não deveria saber, muitas coisas que as meninas não deveriam saber, mas sabiam. E se ele descobrisse que elas sabiam? Um bocado de coisas, naquelas histórias e naquela família, girava em torno de encobrimento e segredo; do que se contava ou não contava; do que era dito e considerado como algo distinto do que se queria dizer. "Se não há nada de bom que você possa dizer, não diga absolutamente nada", costumava recomendar minha mãe, dizendo uma grande coisa. As histórias que minha mãe contava foram minha primeira lição de ler nas entrelinhas.

Minha mãe aparece nessas histórias como fisicamente corajosa, uma pessoa que andava em cercas e vigas mestras de celeiro com estábulo, um pecado de proporções dignas de apanhar com chicote – mas tímida. Ela era tão tímida, que costumava se esconder de visitantes atrás do celeiro, e não pôde freqüentar a escola até tia K. ter idade suficiente para levá-la. Além da bravura e da timidez, contudo, ela tinha um temperamento violento. "Como o de meu Pai", dizia. Isso era improvável para mim, uma vez que eu não conseguia me lembrar de quaisquer exemplos. Ver minha mãe perder a cabeça teria sido uma cena notável, algo como a Rainha ficar de cabeça para baixo com as pernas para o ar. Mas eu aceitava a idéia em confiança, juntamente com o resto de sua mitologia.

Tia K. não era tímida. Embora fosse mais moça que minha mãe, nunca se teria podido imaginar isso: "Nós éramos mais como gêmeas". Ela fora uma criança de nervos de aço, de acordo com minha mãe. Era uma líder de grupo, e bolava conspirações e planos que concretizava com eficiência impiedosa. Minha mãe se deixava envolver neles por cooptação: ela afirmava que era de vontade muito fraca para resistir.

"As garotas" tinham de cuidar das tarefas domésticas, cujo número era maior depois de terem afugentado as empregadas, e tia K. era uma trabalhadora aplicada e uma crítica exigente do trabalho das outras. Mais adiante na história, tia K. e minha mãe tiveram um casamento duplo: na noite antes desse acontecimento, leram seus diários de adolescentes em voz alta, uma para a outra, e então os queimaram. "Nós limpamos a cozinha", dizia o diário de tia K., "as outras não tinham competência para um trabalho nota dez. Quem não tem competência não se estabelece." Minha mãe e tia K. sempre caíam na gargalhada quando repetiam isso. Como teria dito Matthew Arnold, era uma expressão que era uma pedra de toque para elas, a respeito de tia K.

Mas havia ainda mais coisas interessantes em tia K. Ela fora uma estudante brilhante e fizera sua licenciatura em História na Universidade de Toronto. Meu avô achava que minha mãe era uma pessoa volúvel, amante de prazeres, tola e frívola até que ela juntou seu próprio dinheiro trabalhando como professora primária e pagou seu curso na faculdade; enquanto ele estava com tudo pronto para financiar um mestrado para tia K. em Oxford. Contudo, ela recusou isso em favor de se casar com um médico local, do vale de Anápolis, e ter seis filhos. O motivo, minha mãe insinuava, tinha alguma coisa a ver com a tia-avó Winnie, que também tinha uma licenciatura, a primeira a receber uma de Dalhousie, mas que não casara. Tia Winnie foi condenada – era considerado como sendo uma condenação – a lecionar para sempre, e aparecia nos Natais em família, parecendo melancólica. Naquela época, dizia minha mãe, se você não casasse até uma certa idade, era provável que jamais casasse. "A gente não pensava em não se casar", contou-me tia J. muito mais tarde. "Não havia nenhuma *escolha* quanto a isso. Era apenas o que se fazia."

Nesse meio-tempo, lá estava minha tia K. no álbum, num vestido de noiva de cetim e um véu idênticos aos de minha mãe, e mais tarde, com todos os seis filhos, fantasiada de "A Velha que Morava num Sapato", no Desfile do Apple Blossom Festival. Ao contrário das histórias em livros, as histórias de minha mãe não tinham morais claras, e a moral dessa história era menos clara que a da maioria. O que era melhor? Ser brilhante e ir para Oxford, ou ter seis filhos? Por que não poderiam ser ambas as coisas?

Quando eu tinha seis ou sete anos, meu irmão oito ou nove e a guerra tinha acabado, começamos a visitar a Nova Escócia todo verão ou um verão sim, outro não. Tínhamos que ir: meu avô tivera uma coisa chamada infarto, mais de um na verdade, e poderia morrer a qualquer momento. A despeito de sua severidade e do que me pareciam atos de injustiça gritante, ele era amado e respeitado. Todo mundo concordava a respeito disso.

Essas visitas eram estafantes. Íamos de carro para a Nova Escócia vindos de Ontário, dirigindo a uma velocidade louca e durante muitíssimas horas seguidas pelas estradas do pós-guerra de Quebec, Vermont e Nova Brunswick, de modo que costumávamos chegar mal-humorados e exaustos, geralmente no meio da noite. Durante as visitas tínhamos de apresentar bom comportamento, sussurrante, na grande casa branca de meu avô, e nos apresentar e ser apresentados a um número enorme de parentes que mal conhecíamos.

Mas o pior de todos os esforços era encaixar aquelas pessoas de verdade – tão menores e mais velhas e menos vívidas do que deveriam ter sido – na mitologia de que eu tinha posse. Meu avô não estava galopando pelos campos, rugindo ameaças e salvando bebês. Em vez disso, entalhava pequenas estatuetas e precisava tirar uma soneca toda tarde. O maior esforço físico que ele fazia era dar um passeio pelo pomar ou jogar uma partida de xadrez com meu irmão. Minha avó não era a atormentada, apesar de ser a cômica mãe de cinco filhos, mas a pessoa que cuidava de meu avô. Não havia mais vacas, e onde estavam os belos cavalos Dick e Nell?

Eu me sentia trapaceada. Não queria que tia J. e tia K. fossem as mães adultas de meus primos, descascando vagens na cozinha. Eu as queria de volta da maneira como deveriam ser, com os cabelos cortados curtos e vestindo as saias curtas do álbum de fotografias, pregando peças nas empregadas, levando esguichos de leite do empregado, vivendo sob a ameaça de uma surra de chicote, deixando de fazer um trabalho nota dez.

Certa ocasião eu fiz uma excursão literária com minhas duas tias. Estávamos nos anos 1970, quando eu já estava com mais de trinta anos e tinha publicado vários livros. O marido de tia J. havia morrido e ela se mudara de Montreal de volta à Nova Escócia para cuidar de minha avó. Eu estava lá de visita, e as tias e eu decidimos ir de carro até a cidade próxima de Bridgetown, para fazer uma visita a um escritor chamado Ernest Buckler. Ernest

Buckler tinha escrito uma novela, *The Mountain and the Valley*, sendo montanha, a montanha do Norte, e o vale, o vale de Annapolis. Ele fizera algum sucesso com o livro nos Estados Unidos – na época, no Canadá, um bilhete de garantia absoluta para ser objeto de ódio e inveja –, mas como era um excêntrico recluso, o quociente de ódio e inveja foi modificado. Porém seu sucesso nos Estados Unidos não havia sido duplicado no Canadá, porque seus editores em Toronto eram da Igreja Protestante Unitarista, partidários da abstinência total, conhecidos por oferecer festas de lançamento nas quais serviam suco de frutas. (A modernização veio, finalmente, com o acréscimo de xerez servido numa sala separada, para a qual aqueles que ansiavam por álcool podiam se esgueirar furtivamente.) Esses editores tinham descoberto que havia aquilo a que minha mãe se referia como "atividades indecentes", no livro de Buckler, e o haviam escondido no quarto de depósito. Se você realmente quisesse comprar um exemplar, era como tirar pornografia do Vaticano.

Eu tinha lido esse livro na adolescência, porque alguém o dera a meus pais achando que eles gostariam porque era sobre a Nova Escócia. O comentário de minha mãe fora que não era como eram as coisas na época de sua juventude. Eu contrabandeei o livro para o teto da garagem, que era plano, onde rapidamente localizei as atividades indecentes e depois li o resto do livro. Provavelmente aquela foi a primeira novela para adultos que li na vida, com a exceção de *Moby Dick*.

Assim, me lembrava do livro de Ernest Buckler com carinho, e nos anos 1970 já vinha mantendo uma correspondência com ele. Assim, fomos até lá para vê-lo em carne e osso. Minha tia J. estava toda alvoroçada, porque Ernest Buckler era um escritor de verdade. Minha tia K. dirigiu o carro. (Minha tia J. nunca dirigiu, por ter arrancado as maçanetas do carro em uma de suas poucas tentativas, segundo ela.)

Tia K. conhecia bem as vizinhanças e apontou os lugares de interesse à medida que passávamos. Ela tinha boa memória. Foi ela quem me contou uma coisa que todo mundo esquecera, inclusive eu: que eu havia anunciado, aos cinco anos de idade, que ia ser uma escritora.

Durante aquele passeio, contudo, sua mente estava voltada para outros temas históricos.

– Aquela é a árvore em que o homem que morava na casa branca se enforcou – disse ela. – Foi ali que puseram fogo no celeiro e estábulo. Eles sabiam quem tinha feito, mas não tinham como provar nada. O homem que morava ali explodiu os miolos com uma espingarda. – Estes acontecimentos podiam ter ocorrido há anos, décadas, mas ainda eram assuntos de conversa na área. Parecia que o Vale era mais como *The Mountain and the Valley* do que eu havia suspeitado.

Ernest Buckler morava numa casa que não deve ter tido nenhuma mudança em cinqüenta anos. Ainda tinha um sofá de crina de cavalo, capas protetoras para os estofados, um aquecedor a lenha na sala. O próprio Ernest era uma pessoa adorável, muitíssimo nervoso e ansioso para nos agradar. Ele andava um bocado de um lado para o outro, falando a mil por hora, e a todo instante saía para ir até a cozinha e voltava. Conversamos principalmente sobre livros e sobre os planos dele de escandalizar a vizinhança ao ligar para mim na casa da minha avó, na linha telefônica compartilhada, fingindo que estávamos tendo um caso.

– Isso daria às velhotas um bocado que falar – disse ele. Todo mundo ficava ouvindo na linha, é claro, sempre que ele dava ou recebia um telefonema, mas não apenas porque ele era a celebridade local; elas ouviam as conversas de todo mundo.

Depois que saímos minha tia J. disse:

– Mas que coisa incrível! Ele disse que você tinha um cérebro fervilhante! – (Ele, de fato, dissera isso.) O comentário de minha tia K. foi:

– Aquele homem estava calibrado. – De nós três, ela foi a única capaz de deduzir por que o sr. Buckler fizera visitas tão freqüentes à cozinha. Mas era compreensível que ele tivesse feito tanto segredo a respeito daquilo: no Vale, havia aqueles que bebiam e havia gente decente.

E também havia aqueles que escreviam, e havia gente decente. Uma determinada quantidade de escritos era tolerada, mas só dentro dos limites. Colunas de jornal sobre crianças e a mudança das estações não tinham nenhum problema. Sexo, palavrões e bebida eram socialmente inaceitáveis.

Em certos círculos do Vale, eu, pessoalmente, era cada vez mais socialmente inaceitável. À medida que me tornei mais conhecida, também comecei a ser mais lida por lá, não porque meus escritos eram considerados com algum mérito particular, mas porque eu era Parente de alguém. Tia J. me contou, com gosto, como havia se escondido atrás da porta da sala durante a visita de uma vizinha escandalizada à minha avó. O escândalo era um de meus livros; como, perguntou a vizinha ultrajada, podia minha avó ter permitido que sua neta publicasse tamanho rebotalho imoral?

Mas no Vale, defender sua linhagem, os filhos do mesmo sangue, é questão de honra. Minha avó ficou serenamente olhando para fora pela janela e comentou sobre como andava agradável o tempo e que bonitos os dias de outono, ultimamente, enquanto minha tia J. sufocava uma exclamação de espanto atrás da porta. Minhas tias e mãe sempre achavam irresistível o espetáculo de ver minha avó preservar a dignidade, provavelmente porque havia tanta dignidade a ser preservada.

Aquela era a vizinha, exatamente a mesma, que em criança havia levado minhas tias para o mau caminho, em alguma ocasião durante a Primeira Guerra Mundial, induzindo-as a descer escorregando por um barranco de barro vermelho com seus calçõezinhos brancos com barra de renda. Ela então havia apertado o nariz na vidraça da janela para vê-las levar umas palmadas, não só pelo que tinham feito, mas também por terem mentido a respeito. Minha avó tinha se levantado e baixado a cortina naquela ocasião, e estava fazendo o mesmo agora. Quaisquer que fossem suas opiniões pessoais sobre as "atividades imorais" em minha ficção, ela iria reservá-las para si mesma. Tampouco jamais as mencionou para mim.

Por isso, silenciosamente, eu lhe agradecia. Imagino que qualquer pessoa, mas especialmente qualquer mulher que se dedica a escrever, já sentiu, sobretudo no princípio, que o fazia contra uma enorme pressão, em grande medida não manifestada em palavras, a pressão de expectativa e decoro. Esta pressão é mais fortemente sentida, por mulheres, vinda do seio da família, e ainda mais intensa quando a família é uma forte unidade. Existem coisas que não deveriam ser ditas. Não diga então. Se você não tiver nada de agradável para dizer, não diga absolutamente nada. Será que isso era contrabalançado, adequadamente, por aquela outra frase típica de minha mãe: "Faça o que achar que é correto, não importa o que as outras pessoas pensem?" E será que aquelas outras pessoas, cujas opiniões não importavam, incluíam os membros de nossa família?

Com a publicação de meu primeiro livro de verdade, eu tinha medo de ser reprovada. Não me preocupava muito com relação a meu pai e minha mãe, que graciosamente sobreviveram a várias outras de minhas excentricidades – as saias estampadas à mão com trilobites e salamandras, as experiências com botequins vagabundos que só serviam cerveja. Os namorados beatniks – embora, provavelmente, tenham mordido a língua algumas vezes no processo. De qualquer maneira, eles moravam em Toronto, onde atividades "indecentes" de vários tipos tinham se tornado mais comuns; não na Nova Escócia, onde, embora não se dissesse, as coisas podiam ser um bocado mais rígidas. Em vez disso, eu me preocupava com minhas tias. Achava que elas podiam ficar escandalizadas, mesmo tia J. Embora ela tivesse sido apresentada a alguns de meus primeiros poemas, xícaras de café e folhas apodrecendo eram uma coisa, mas havia mais que louça suja e matéria vegetal em decomposição neste livro. Quanto à tia K., tão crítica do trabalho doméstico malfeito e dos vícios de bebida dos outros, que pensaria ela?

Para minha surpresa, minhas tias tiveram uma resposta nota dez. Tia J. achou que o livro era maravilhoso – um livro de verdade! Ela disse que estava à beira de explodir de orgulho. Tia K. disse que havia certas coisas que não se fazia na geração dela, mas que podiam ser feitas pela minha, e parabéns para mim por fazê-las.

Este tipo de aceitação significou mais do que deveria para mim, para meu eu obstinado, do tudo pela arte aos 26 anos. (Sem dúvida, eu deveria ser imune a tias.) Contudo, diante da moral das histórias de minha mãe, o que, exatamente, aquilo significava para mim estava longe de ser claro. Talvez fosse um passar de bastão das mãos de uma para outra, a transmissão de alguma coisa, de uma geração para a outra. O que estava sendo passado adiante era a própria história: aquilo era o conhecido e o que podia ser contado. Aquilo que ficava nas entrelinhas. A permissão para contar a história, não importa para onde pudesse levar.

Ou talvez significasse que também eu estava tendo permissão para entrar na saga de magia estática, mas sempre contínua do álbum de fotos. Em vez de três jovens mulheres diferentes com roupas arcaicas e narizes romanos idênticos, posando com os braços ao redor umas das outras, agora seriam quatro. Eu estava recebendo permissão para entrar *lá em casa*.

12
Introdução: Leitura às cegas

Sempre que me pedem para falar sobre o que constitui uma boa história, ou o que faz uma história bem escrita ser "melhor" do que outra, começo a me sentir muito desconfortável. Depois que você passa a fazer listas ou a criar regras para classificar histórias, ou qualquer outro tipo de obra escrita, algum escritor com toda certeza aparecerá e, sem a menor cerimônia, quebrará todas as regras abstratas que você ou quaisquer outras pessoas algum dia conceberam, e ao fazer isso impressionará a ponto de lhe tirar o fôlego. O uso da palavra *deveria* é perigoso quando se fala de obra escrita. É uma espécie de desafio aos desvios, à engenhosidade e à inventividade, audácia e perversidade do espírito criativo. Cedo ou tarde, qualquer pessoa que a tenha usado com demasiada liberdade estará sujeita a acabar usando também orelhas de burro. Não julgamos boas histórias pela aplicação a elas de algum conjunto de medidas externas, como julgamos abóboras gigantes na Grande Feira de Outono; nós as julgamos de acordo com a maneira como nos tocam, com a impressão que criam em nós. E isso dependerá de grandes imponderáveis subjetividades, que englobamos num conjunto sob o título geral de gosto.

Tudo isso reunido poderá explicar por que, quando me sentei para ler uma grande pilha de histórias dentre as quais deveria selecionar as que fariam parte desta coletânea, o fiz com apreensão. Havia tantas histórias a selecionar, e todas elas, como costumam dizer, eram publicáveis. Eu sabia disso porque já haviam sido publicadas. Ao longo do ano anterior, a infatigável e devotada editora de séries, Shannon Ravenel, tinha lido todos os contos publicados em todas as revistas conhecidas, grandes ou pequenas, famosas ou obscuras, tanto nos Estados Unidos quanto no Canadá

– um total de mais de duas mil. Destas, ela havia escolhido cento e vinte, das quais eu deveria selecionar vinte. Mas como iria fazer isso? Quais seriam meus critérios, se houvesse algum critério? Como eu poderia distinguir as melhores das que eram apenas melhores que outras? Como eu *saberia*?

Eu havia escolhido ler essas histórias "às cegas", o que significava que Shannon Ravenel havia tarjado de negro os nomes dos autores. Não tinha nenhuma idéia, antecipadamente, de como aquelas pequenas tarjas pretas retangulares transformariam o ato de editar, de uma tarefa judiciosa, em um grande prazer. Fazer a leitura daqueles manuscritos sem autor era como gazetear: com cem pinceladas de uma caneta marca-texto preta, eu havia sido liberada do peso da reputação autoral. Não precisava prestar nenhuma atenção a quem deveria ser incluído por causa do merecimento global ou por hosanas críticas. Não precisava me preocupar com quem poderia se sentir ofendido se não fosse incluído. Aquele meu lado calculista, avaliador, e ponderador – e mesmo o editor mais escrupulosamente desinteressado tem um – estava guardado e trancado em segurança, deixando-me livre para nadar desinibida em meio às páginas sem dono. Começar a ler cada nova história era como o jogo de crianças Pescaria. Você nunca sabia o que iria fisgar: poderia ser um pedaço de plástico ou algo maravilhoso, um presente, um tesouro.

Além de permanecer ignorante sobre mérito autoral, eu poderia descartar quaisquer considerações sobre território. Não tinha como saber, por exemplo, se uma história com uma narradora mulher fora escrita por uma autora mulher, ou se uma com narrador homem fora escrita por um homem; se uma história sobre um imigrante chinês era de um autor de origem chinesa, ou se outra sobre um poeta canadense do século XIX era de um autor canadense. Recentemente, eu havia assistido à defesa de uma tese segundo a qual escritores deveriam contar histórias somente de um ponto de vista que fosse de fato o deles, ou o de um grupo ao qual eles próprios pertencessem. Escrever do ponto de vista de um "outro", alheio a si, é uma forma de avantajar-se ilicitamente, é apropriar-se de material que você não obteve por merecimento e sobre o qual não tem nenhum direito. Homens, por exemplo, não deveriam escrever como se fossem mulheres; embora seja dito com menos freqüência que mulheres não devam escrever como sendo homens.

Esse ponto de vista é compreensível, mas, no final, autodestrutivo. Não só ele condena como ladrões e impostores escritores do porte de George Eliot, James Joyce, Emily Brontë e William Faulkner, e, diga-se de passagem, um número considerável dos escritores deste livro, ele também é inibidor da imaginação, de uma maneira fundamental. Dizer que não podemos escrever do ponto de vista de um "outro" alheio a nós fica a apenas um passo de também dizer que tampouco podemos ler dessa maneira, e daí, à posição de que ninguém pode, realmente, compreender nenhuma outra pessoa – de modo que podemos muito bem parar de tentar. Seguindo esta linha de raciocínio até sua conclusão lógica, estaríamos todos condenados a não ler mais nada que não o próprio trabalho, uma vez após a outra; algo que seria a minha concepção pessoal de inferno. Sem dúvida o prazer e encantamento vêm não de quem conta a história, mas do que a história conta, e como.

Leitura cega é uma metáfora curiosa. Quando você lê às cegas, vê tudo, exceto o autor. Ele ou ela podem ser visíveis intermitentemente, por artifício de estilo, ou um local a respeito do qual mais ninguém teria a probabilidade de escrever, um tipo de virada inesperada de trama característica; mas, exceto por essas pistas, o autor está incógnito. Você fica sozinho, limitado à voz da história.

A voz da história, a história como voz

Nas casas das pessoas que nos conheciam éramos convidados a entrar e sentar, água ou limonada eram-nos oferecidas; e enquanto estávamos ali sentados, nos refrescando, as pessoas continuavam com suas conversas ou continuavam a cuidar de suas tarefas. Pouco a pouco começamos a montar as peças de uma história, uma história secreta, terrível, medonha.

– Toni Morrison, *The Bluest Eye*

É somente a história quem pode continuar para além da guerra e do guerreiro... É somente a história... que salva nossa progênie de se precipitar aos tropeções como mendigos cegos contra os espinhos da cerca de cactos. A história é nosso acompanhante; sem ela, somos cegos. O homem cego é dono de seu acompanhante? Não, tampouco nós somos donos da história; em vez disso, é a história quem é nossa dona.

– Chinua Achebe, *Anthills of the Savannah*

Como aprendemos nossas noções do que é uma história? O que distingue uma história de mero ruído de fundo, o fluxo de sílabas que nos rodeia, que flui através de nós e é esquecido todos os dias? O que torna uma boa história um todo unificado, algo completo, que satisfaz em si mesmo? O que faz dela um discurso significativo? Em outras palavras, por que qualidades eu estava procurando, talvez sem sabê-lo, enquanto, diligentemente, lia minha pilha de folhas arrancadas de publicações.

Já falei de "a voz da história", que se tornou uma espécie de bordão, mas por ela quero me referir a algo mais específico: uma voz que fala, como a voz cantante em música, que se move não através do espaço ou através da página, mas através do tempo. Certamente, toda história escrita é, na análise final, uma partitura para voz. Aquelas pequenas marcas pretas na página não significam nada sem a retradução para som. Mesmo quando lemos em silêncio, lemos com o ouvido, a menos que estejamos lendo extratos de banco.

Talvez, ao abolir-se a prática vitoriana da leitura em família e com a exclusão de nossos currículos escolares daqueles antigos recursos – os textos obrigatórios gravados na memória e a arte de recitar, tenhamos privado tanto nossos escritores quanto nossos leitores de algo essencial para histórias. Nós os levamos a crer que a prosa vem em blocos visuais, não em ritmos e cadências; que sua textura deveria ser plana porque a página é plana; que emoção escrita não deveria ser imediata, como um bater de tambor, mas mais distante, como uma paisagem pintada: algo para ser contemplado. Mas a exposição moderada pode ser exagerada, o canto plano pode se tornar plano demais. Quando perguntei a um grupo de jovens escritoras, no início deste ano quantas delas alguma vez leram suas próprias obras em voz alta, a resposta foi nenhuma.

Não estou defendendo a abolição do olhar, mas apenas defendendo a restauração da voz e da apreciação da forma com que ela transporta o leitor consigo no compasso da narrativa. (A propósito, a leitura em voz alta impede a trapaça; quando você lê em voz alta, não pode saltar trechos e passar adiante.)

Nossas primeiras histórias nos chegam através do ar. Nós ouvimos vozes.

Crianças em sociedades orais crescem no interior de uma teia de histórias, mas assim também o fazem todas as crianças. Nós ouvimos antes de saber ler. A maior parte de nosso ouvir é, então, mais de ouvir a conversa dos outros, escutar as vozes calamitosas ou sedutoras do mundo adulto – no rádio, na televisão ou em nossas vidas cotidianas. Quase sempre é uma escuta de coisas que não deveríamos ouvir às escondidas, bisbilhotices escandalosas ou segredos de família. De todos esses fragmentos de vozes, dos sussurros e gritos que nos rodeiam, mesmo dos silêncios ameaçadores, das lacunas de significado não preenchidas, costuramos para nós mesmos uma ordem de acontecimentos, um enredo ou enredos; esses, então, são as coisas que acontecem, são as pessoas com quem elas acontecem, é o conhecimento proibido.

Todos fomos pequenos cântaros de orelhas grandes, afugentados da cozinha quando o que não é dito está sendo dito, e, provavelmente, fomos mexeriqueiros, tagarelas que, sem querer, revelaram segredos à mesa do jantar, violadores involuntários das regras adultas de censura. Talvez isso seja o que são escritores: aqueles que nunca se livraram do hábito. Nós permanecemos mexeriqueiros tagarelas. Aprendemos a manter nossos olhos abertos, mas não a boca fechada.

Se tivermos sorte, também podem nos ser concedidas histórias destinadas aos nossos ouvidos, histórias feitas para nós. Essas podem ser histórias da Bíblia para crianças, editadas e simplificadas e com as passagens violentas e más deixadas de fora; ou podem ser contos de fadas, adocicados de maneira semelhante, mas, se tivermos muita sorte, encontraremos o material completo em ambos os casos, com os massacres, raios e trovões, e sapatos vermelhos em brasa presentes. Em qualquer caso, esses contos terão formas deliberadamente moldadas, ao contrário das histórias que costuramos aos poucos sozinhos. Eles conterão montanhas, desertos, asnos falantes, dragões e, ao contrário das histórias da cozinha, terão fins definidos. É provável que aceitemos essas histórias como sendo do mesmo nível de realidade que as histórias da cozinha. É só quando já somos mais velhos que, então, somos ensinados a considerar um tipo de história como sendo real e o outro tipo como apenas invenção. Mais ou menos nessa época também somos ensinados a acreditar que dentistas são úteis e escritores, não.

Tradicionalmente, tanto as mexeriqueiras da cozinha quanto as leitoras em voz alta têm sido mães ou avós, línguas pátrias têm sido as línguas maternas, e os tipos de histórias que são contadas a crianças têm sido chamadas de contos da carochinha ou histórias de velhas. Não me pareceu nenhuma grande coincidência quando soube, recentemente, que havia sido perguntado a um grupo de escritores proeminentes quais foram as pessoas de sua família que tiveram maior influência sobre suas carreiras literárias; quase que todos, tanto homens como mulheres, responderam que foram suas mães. Talvez isso reflita o quanto as crianças americanas foram privadas do convívio com seus avós, aqueles outros depositários de histórias; talvez isso venha a mudar se os homens passarem a dividir as tarefas dos cuidados dos filhos na primeira e segunda infância, e então venhamos a ter histórias do "carochinho". Mas do modo como estão as coisas, a linguagem, inclusive a linguagem das primeiras histórias que aprendemos, tem uma *matrix* verbal, e não uma *patrix* verbal.

Eu costumava me perguntar por que – como parece ser o caso – um número tão maior de escritores do sexo masculino escolhe escrever de um ponto de vista feminino, do que mulheres, de um ponto de vista masculino. (Nesta coletânea, por exemplo, autores homens com narradoras mulheres superam o inverso de quatro para cada uma.) Mas, possivelmente, o sexo predominante da voz primordial mais antiga do contar histórias tenha alguma coisa a ver com isso.

Dois tipos de histórias com que primeiro nos deparamos – o conto já constituído e a narrativa improvisada ouvida, cujas partes juntamos aos poucos – formam nossa idéia do que é uma história e colorem as expectativas que trazemos às histórias mais tarde. Talvez das colisões entre esses dois tipos de histórias – o que é com freqüência chamado de "vida real" (e em que escritores gananciosamente pensam como seu "material") e o que por vezes é descartado como "apenas literatura" ou "os tipos de coisas que só acontecem em histórias" – que a escrita original e viva seja gerada. Um escritor com nada além de um senso formal produzirá uma obra morta, mas o mesmo irá acontecer com o escritor cuja única justificativa para o que está escrito na página seja que aquele relato de fato aconteceu. Qualquer um que já tenha se visto preso dentro de um ônibus com um tagarela incessante, desprovido de qualquer talento narrativo ou sentido de *timing*, pode comprovar isso. Ou, como diz Raymond Chandler em *The Simple Art of Murder*:

> Toda linguagem começa com a fala e com o modo de falar do homem comum do povo, mas quando evolui até chegar ao ponto de se tornar um meio de expressão literária apenas parece fala.
>
> Saber se expressar não é nem de longe o suficiente. Você tem de expressar a história.

O princípio da incerteza

Disso tudo, nada faz com que eu consiga chegar mais perto de uma explicação do porquê escolhi uma história e não a outra, selecionando vinte entre as cem. O princípio da incerteza, conforme se aplica à escrita poderia ser enunciado da seguinte maneira: *Você pode dizer por que uma história é ruim, mas é muito mais difícil dizer por que é boa*. Determinar a qualidade em ficção pode ser tão difícil quanto determinar o motivo da felicidade em famílias, só que de maneira inversa. O velho ditado diz que as famílias felizes são todas felizes da mesma maneira, mas que cada família infeliz é singular. Na ficção, contudo, a excelência reside na divergência, ou de que outra maneira poderíamos ser surpreendidos? Daí o perigo de formulações.

Aqui vai o que fiz. Sentei-me no chão, espalhei as histórias e as li sem seguir nenhuma ordem em particular. Quando acabava de ler, colocava cada história lida numa pilha "sim", numa pilha "não" e numa pilha "talvez". Quando afinal acabei de ler todas uma vez, havia cerca de 25 histórias na pilha "sim", um número igual na "não" e o resto na "talvez".

Aqui as coisas se tornaram mais difíceis. As primeiras 14 histórias da pilha "sim" foram escolhas imediatas: eu sabia que não iria mudar de opinião a respeito delas. Depois disso havia três gradações, "sins" tendendo para talvez, "talvezes" que poderiam facilmente estar na parte inferior dos "sins". Para fazer as escolhas definitivas, fui obrigada a ser mais consciente e deliberada. Tornei a ler as 14 histórias que tinham tido meu sim imediato e tentei identificar o que, se é que havia alguma coisa, elas tinham em comum.

Eram bem diferentes em conteúdo, em tom, em cenário, em estratégia narrativa. Algumas eram engraçadas, outras melancólicas, outras contemplativas, outras francamente tristes, outras ainda violentas. Algumas cobriam questões que, Deus sabe, já tinham sido abordadas antes: o colapso emocional e nervoso, o rompimento e a separação, amor e morte. Coletivamente elas não representavam qualquer escola literária ou propunham alguma filosofia em comum. Eu estava começando a me sentir burra e carente de padrões. Será que eu iria ser levada de volta a me apoiar na velha muleta de Seminário de Criação de Texto Literário: *Funcionou para mim?*

Talvez, pensei, meus critérios fossem simplórios. Talvez tudo o que eu queira de uma boa história seja o que crianças querem quando ouvem histórias, tanto as contadas quanto as ouvidas em segredo – algo que acaba por ser muita coisa.

Elas querem que a atenção delas seja capturada, e eu também. Sempre leio até o fim, por algum sentido puritano e adulto de obrigação que deve ser cumprida, mas se começo a me impacientar e a saltar páginas e a me perguntar se a consciência exige que eu volte e leia o meio, é um sinal de que a história me perdeu ou de que eu a perdi.

Elas querem sentir que estão em mãos seguras, que podem confiar no narrador. Com crianças isto pode significar simplesmente que saibam que o narrador não as trairá, terminando o livro na metade, ou misturando os heróis com os vilões. No caso de leitores adultos é mais complicado do que isso e envolve muitas dimensões, mas existe o mesmo elemento de manter a confiança. A confiança deve ser mantida com a linguagem – mesmo se a história for engraçada, sua linguagem deve ser levada a sério – com os detalhes concretos de lugar, considerados em relação às suas características ou peculiaridades, maneirismos, vestuário; com a forma da história em si. Uma boa história pode provocar, desde que isso faça parte das "preliminares" e não seja usado como um fim em si. Se houver uma promessa feita, ela tem de ser cumprida. Não importa o que esteja escondido por trás da cortina, deve, finalmente, ser revelado, e deve ser, ao mesmo tempo, completamente inesperado e inevitável. É neste último quesito que a narrativa do conto (diferentemente da novela) chega mais perto de se assemelhar aos seus dois predecessores orais, o enigma e a piada. Ambos, ou todos os três, exigem a mesma escalada desconcertante em direção ao desfecho, a mesma virada surpreendente e a mesma coordenação e impecável senso de oportunidade. Se adivinharmos o enigma de imediato, ou se não pudermos adivinhá-lo porque a resposta não faz sentido – se virmos o final da piada antes da hora, ou se não pudermos ver a graça porque o narrador se confunde ao contá-la –, há um fracasso. Contos podem fracassar da mesma forma.

Mas qualquer um que jamais contou, ou tentou contar, uma história para crianças saberá que há uma coisa sem a qual nada do resto adianta. Crianças pequenas têm muito pouca percepção de obediência respeitosa ou de retardar a expectativa. Elas ficam ávidas para ouvir uma história, mas só se você estiver querendo muito contá-la. Elas não aceitarão sua preguiça ou tédio: se você quiser plena atenção delas, terá de lhes dar a sua. Você terá de capturar a atenção delas com seu olhar brilhante, ou então sofrer com os beliscões e cochichos. Você precisa do elemento do Velho Marinheiro, do elemento Sherazade: um sentido de urgência. *Esta é a história que tenho de contar, esta é a história que vocês têm de ouvir.*

Urgência não significa frenesi. A história pode ser uma história tranqüila, uma história sobre decepção ou oportunidades perdidas, ou uma revelação sem palavras. Mas tem de ser contada com urgência. Tem de ser contada com tanta presteza quanto se a vida do narrador dependesse disso. E se você é um escritor, ela depende mesmo, porque sua vida como escritor de cada história em particular só dura um determinado tempo, e é tão boa quanto a própria história. A maioria daqueles que a ouvirá ou lerá nunca conhecerá você, mas a história. O ato deles de ouvir é a reencarnação da história.

Será que tudo isso é pedir demais? Não realmente, porque muitas histórias, muitas destas histórias o fazem de maneira soberba.

Aos detalhes específicos

Mas eles o fazem com uma multiplicidade de maneiras. Quando estava lendo as histórias, alguém me perguntou: "Há algum tema comum?" Não há nenhum tema comum. Há apenas vinte histórias fortes, emocionantes e singulares.

Não pensei que alguém pudesse escrever uma história sobre fazer uso de drogas nos anos 1960 e prender minha atenção por mais de cinco minutos, mas Michael Cunningham o faz brilhantemente em "White Angel" – porque o narrador é um garotinho de nove anos, "o garoto de nove anos mais avançado criminalmente em minha turma de quarta série", que está sendo iniciado em quase tudo por seu adorado irmão de 16 anos. A riqueza sensual dessa história é impressionante; do mesmo modo o é a maneira como passa de agitação febril e hilaridade descontroladas – à medida que os irmãos fritam os miolos com ácido contra um pano de fundo de domesticidade do seriado *Leave-it-to-Beaver* em Cleveland ("Nós enfiamos os tabletinhos na boca, durante o café-da-manhã, enquanto nossa mãe parava para cuidar do bacon") – para a pungência quase insuportável de seu fim trágico.

Uma outra história que me apanhou de surpresa ao abordar um tema improvável e virá-lo pelo avesso foi "The Flowers of Boredom". Quem poderia ter a esperança de escrever com qualquer convicção ou sedução elegante sobre trabalhar como um funcionário burocrata para um fornecedor de equipamento bélico de defesa do governo? Mas Rick DeMarinis o faz. A visão de relance visionária do horror cósmico no final é obtida honestamente, passo a passo, por meio do cotidiano e de pequenas contrariedades. Essa história é uma daquelas colisões verdadeiramente originais entre forma delicadamente tratada e conteúdo banal, mas alarmante, que deixa você aterrorizada e ligeiramente contundida.

"O inferno os atacou de todas as direções na infância", comenta Graham Greene em um de seus livros de viagens *The Lawless Roads*, e este é o tom de "Disneyland", de Barbara Gowdy. Se "The Flowers of Boredom" encara o empreendimento militar como um padrão gigante, sobre-humano, "Disneyland" olha para ele de soslaio, através de óculos de Groucho Marx apodrecidos. A figura controladora é um pai dominador, obcecado por seu abrigo antinuclear do princípio dos anos 1960. Ele e sua mania seriam ridículos, quase uma paródia, se vistos de uma distância segura, mas a distância não é segura. Este homem é visto de uma posição inferior por seus filhos, que são obrigados a brincar de pelotão para o sargento instrutor que ele encarna, no inferno fedorento, escuro, tirânico e aterrador em que os aprisionou. A sensação de claustrofobia e de estar preso numa armadilha é intensa.

Há várias outras histórias excelentes que tratam dos terrores e, às vezes, das delícias da infância e da impotência de crianças apanhadas sob os pés gigantescos e descuidados do mundo dos adultos. "Strays", de Mark Richard, é um belo exemplo, com seus dois garotos brancos pobres abandonados pela mãe fugida e resgatados, de certo modo, pelo tio embusteiro e jogador inveterado. Seu relato, em tom de falsa seriedade, do sórdido e do grotesco nos recorda de que tudo o que acontece com crianças é aceito por elas como sendo normal ou, se não exatamente normal, inalterável. Para elas, realidade e encantamento são a mesma coisa, e elas são controladas como presos em cativeiro.

"What Men Love For", de Dale Ray Phillips, tem uma outra criança, que está enfeitiçada, cujo feitiço é criado e exercido por sua frágil mãe, maníaco-depressiva. Contra os vários rituais que ela usa para se manter inteira, e aqueles que o garoto está inventando para sua própria preservação, existe a magia de seu pai –

uma magia de sorte, risco, esperança e possibilidade corporificada pela motocicleta que ele dirige depressa demais.

"The Boy on the Train", de Arthur Robinson, é uma espécie de autobiografia maravilhosa e distorcida. Em vez de ser sobre uma infância, na verdade, é sobre duas. Dois garotos que crescem e se tornam pais, dois pais que entendem mal seus filhos, e dois filhos que atormentam seus pais de maneiras mesquinhas, constrangedoras ou nauseantes, concebidas para lhes dar nos nervos: "Na pré-pubescência, repetidas vezes Edward se detinha para olhar demoradamente seu rosto no espelho e observar os efeitos que podia obter com ele. Certa ocasião, ele descobriu que uma tirinha de pasta de dentes, artisticamente posicionada logo abaixo de sua narina, produzia um efeito que podia facilmente virar o estômago enjoado de seu pai. O resultado foi melhor do que poderia ter esperado." É belíssima a maneira como esta história gira em torno de si mesma, dá uma guinada para trás, tece variações sobre três gerações, é um prazer de acompanhar.

Duas dessas histórias têm uma simplicidade e estrutura quase de fábula. Uma delas é "The Letter Writer", de M. T. Sharif, cujo infeliz protagonista, Haji, é preso durante a revolução iraniana porque é suspeito de ser o irmão de um suposto espião e não consegue provar o contrário. Mas as autoridades não conseguem provar que é, e uma vez que ele se recusa a confessar e não podem condená-lo, encarregam-no de um trabalho só para mantê-lo ocupado: cobrir os braços, pernas, cabeças e pescoços nus de mulheres fotografadas em revistas ocidentais, desenhando roupas com caneta e tinta. Anteriormente, um dervixe de passagem havia profetizado que Haji acabaria vivendo num palácio, servido por concubinas e criados. A maneira como esse destino realmente se torna realidade faz recordar, ao mesmo tempo, Kafka e a tradição do irônico no conto oriental.

"Eddie: A Life", de Harriet Doerr tem o fascínio simples de um pano com amostras de bordados em diferentes pontos. A história viola quase que todas as regras que já ouvi na vida sobre a construção de contos breves. Não se concentra, por exemplo, num estudo aprofundado de personagem, nem em um período curto de tempo, ou em um único acontecimento que focaliza uma vida. Em vez disso, apresenta a vida inteira, como uma miniatura completa, arredondada e inexplicável como uma maçã.

Outras histórias nos convencem e nos comovem de outras maneiras. Em "Kubuku Rides (Agora Basta)", Larry Brown dá ao relato da história triste de uma esposa alcoólatra sua tensão e ímpeto através da imediação e vigor de sua linguagem, do mesmo modo que o faz Blanche McCrary Boyd em sua desconfortavelmente engraçada "The Black Hand Girl" (A garota da mão preta). (A mão, que é de um homem, fica preta ao ser destroncada numa meia-calça. Leiam o resto.) Douglas Glover, em "Why I Decide to Kill Myself and Other Jokes", também lança mão do humor autodepreciativo de mulheres. Há um assassinato com um martelo, um resgate na neve, uma tentativa de resgate com uma caçarola. Em "Displacement", de David Wong Louie, há uma mulher chinesa que tenta aceitar e aproveitar a vida na América, e uma mulher índia americana, em "Aunt Moon's Young Man", de Linda Hogan, também está tentando aceitar as coisas como são. Há uma mãe esquerdista cujo filho se rebela ao abraçar a religião. Mas tudo isso não passa de algumas deixas. Para conhecer a verdadeira história, é preciso lê-la, como sempre.

Devo admitir que, embora estivesse lendo às cegas, consegui adivinhar a identidade de três dos autores. O conto "The Management of Grief", de Bharati Mukherjee, não foi nem sequer um palpite, uma vez que o tinha lido antes e tinha ficado gravado em mim. É uma história de rara e delicada sintonia, profundamente sentida, sobre as reações de uma esposa de imigrante indiana quando o avião, trazendo seu marido e filhos, é explodido por terroristas sobre o mar da Irlanda. A intensidade sonâmbula com que ela vai tateando seu caminho em meio aos escombros emocionais espalhados por estas mortes sem sentido e, finalmente, acaba por encontrar para si mesma um sentido místico nelas é parcimoniosa, mas impiedosamente traduzida.

Quando li "The Concert Party", adivinhei que ou era de Mavis Gallant ou de um homem escritor fazendo uma excelente imitação dela. Quem mais iria – ou poderia – escrever de maneira tão convincente e com tanto interesse sobre uma pessoa irremediavelmente ignorante, chata e burra, de Saskatchewan, circulando grosseiramente e fazendo trabalhos malfeitos pela França do princípio dos anos 1950? A história acabou se revelando de Mavis Gallant, deixando-me a admirar, mais uma vez, sua habilidade com uma tela cheia, sua maestria para entretecer os destinos de seus personagens, seu olho aguçado para detalhes de pequenas pomposidades e seu trabalho de câmera, se é que pode se chamar assim. Observem a maneira como ela, no final, passa de primeiro plano para grande plano geral:

> Lembrando-me Edie na fração de segundo em que ela tomou a decisão, consigo encontrar em mim mesma a capacidade para invejá-los. O resto de nós nasce sabendo que é inaceitável fazer certas coisas, o que significa que ficamos sem saída. Quando, afinal, afastei o olhar dela, foi para uma outra pequena área iluminada por luz de velas e as crianças coradas e exuberantes. Gostaria de saber, agora, se havia alguma coisa de nós para as crianças lembrarem, se elas algum dia mais tarde recordariam umas às outras: havia aquela mesa comprida cheia de pessoas que só falavam em inglês, ainda jovens.

Creio que reconheceria uma história de Alice Munro em braille, muito embora não saiba ler essa língua. A força e a distinção inconfundível de sua voz sempre a entregarão. "Meneseteung" é, em minha opinião, uma das melhores obras de Alice Munro, e, pela maneira como é narrada, a mais estranha e enganadora até hoje. Pretende ser sobre uma "poetisa" – a palavra aqui é apropriada – sentimental e sem importância que vive numa pequena cidadezinha rude, cheia de esterco de vaca, sem árvores, no século XIX, que é tão diferente de nossas noções idílicas de um passado áureo quanto os versos melosos da poetisa o são da vida real. Nossa imagem agradável de tempos passados é destruída e, no processo, nossas concepções de como uma história deveria evoluir também são. De maneira semelhante, a própria poetisa se desintegra na presença cruel e múltipla da vida vívida que a circunda e que, finalmente, demonstra ser enorme e real demais para ela. Ou será que sim? Será que ela se desintegra ou se integra? Será que atravessar as fronteiras da convenção conduz à insanidade ou à sanidade? "Ela não confunde isso com realidade, e tampouco confunde qualquer outra coisa com realidade", somos avisados quando as rosas de crochê na toalha de mesa começam a flutuar, "e é assim que ela sabe que está de posse de seu juízo".

As últimas palavras, contudo, não são da poetisa, mas do narrador sem nome, o "EU" que esteve procurando por ela, ou por fragmentos dela através do tempo. Tais palavras poderiam ser uma epígrafe para esta coleção de histórias, para o ato de escrever em si mesmo:

> As pessoas são curiosas. Algumas pessoas são. Elas são impelidas a descobrir coisas, mesmo coisas triviais. Juntarão as partes mesmo sabendo o tempo todo que podem estar enganadas. Você as vê andando por aí com blocos de anotações, raspando a terra de lápides de túmulos, lendo microfilmes, apenas na esperança de ver essa gota no tempo, fazer uma ligação, resgatar alguma coisa do refugo.

Agradeço a todos os autores deste livro pelo prazer que suas histórias me proporcionaram e pelo que acrescentaram à minha própria percepção do que uma história é e pode ser.

Ao ouvir as histórias de outros, aprendemos a contar as nossas.

13
A mulher pública na qualidade de homem honorário

The Warrior Queens, o mais recente ensaio histórico de Antonia Fraser, é repleto de fatos e tradições, curioso em sua abordagem e uma leitura fascinante. Se for possível pensar em livros de não-ficção como respostas detalhadas para perguntas a que não se deu voz, então essas perguntas podem ser: Como mulheres conseguiram se sair bem como lideranças políticas e militares? Como conseguiram se impor àqueles soldados mais duros de convencer, a políticos, a inventores e jogadores, quintessencialmente masculinos, de jogos de garotos – como líderes de valor e mérito no comando ou como capitães do navio do estado, embora tendo cabelo comprido e seios volumosos? Tais mulheres foram muito poucas em número, de modo que as exceções, realmente, provaram muito bem a regra. Mas que dizer dessas exceções? Qual foi a estratégia delas, o truque de prestidigitador? Qual foi o seu segredo?

Em busca de respostas, Fraser reuniu um grupo notável de mulheres para nossa contemplação. Ela começa com Boadicéia em pessoa, a famosa, mas misteriosa, rainha tribal britânica do século I, que liderou uma revolta contra ocupantes e opressores romanos, massacrou um bando deles e, segundo se disse, teria cometido suicídio quando suas tropas foram dizimadas em revanche. Fraser fornece um relato tão fiel dos acontecimentos quanto é possível, dado o fato de que as informações são escassas e os relatos variam. Mas a autora está igualmente interessada nas metamorfoses de Boadicéia em relatos históricos e literários através das eras – de devota patriota e mártir, mãe de seu povo, à megera masculinizada sedenta de sangue, ou símbolo heróico do imperialismo britânico, o que é irônico tendo em vista o fato de que sua própria revolta foi contra um imperialismo anterior. Os relatos a respeito dela têm variado de acordo com o que homens consideravam comportamento feminino apropriado, e com o que os britânicos consideravam comportamento britânico apropriado; desse modo, Boadicéia tem sido, ao mesmo tempo, vadia e santa. Nos primórdios, o mito se distanciou da mulher verdadeira em questão e flutuou desde então, pronto para se afixar como uma sanguessuga a qualquer mulher forte e audaciosa o suficiente para empunhar uma lança ou se declarar candidata a cargo público.

Fraser dá continuidade à obra com uma seleção variada de mulheres, de muitos séculos e civilizações, que seguraram com mão forte, por mais brevemente que tenha sido, as rédeas do poder: Zenóbia, a Rainha de Palmira do terceiro século, que também desafiou o domínio romano; a imperatriz Maud das guerras de sucessão inglesas do século XII; a rainha Tamara da Georgia, "O Leão do Cáucaso"; Elizabeth I, inspirando suas tropas a combater contra a Armada de Espanha; Isabel de Espanha; a cativante rainha Jinga de Angola, que com sucesso desafiou os colonizadores portugueses; Catarina, a Grande, da Rússia; as heroínas vietnamitas Trung Trac e Trung Nhi; a impressionante Rani de Jhansi, que lutou contra os britânicos na Índia; Indira Ghandi; Golda Meir; e muitas e muitas mais, concluindo com aquela que é o par perfeito de suporte de livro para Boadicéia: Margareth Thatcher. Suas infâncias, seus caminhos até chegar à liderança e seus estilos variam enormemente, mas têm uma coisa em comum: todas foram instantaneamente transformadas em mitologia. Líderes militares homens, no todo, e tudo considerado, foram homens, e isso tem sido suficiente; mas líderes militares mulheres não podem ser meras mulheres. São aberrações, e como tal, acredita-se que tenham alguma das qualidades do sobrenatural ou do monstruoso: anjos ou diabos, paradigmas de castidade ou demônios de luxúria, Prostitutas da Babilônia ou Donzelas de Ferro. Por vezes, elas se aproveitaram das santas e deusas que lhes estavam disponíveis através de suas culturas, por vezes tiveram de trabalhar contra essas mesmas imagens. A feminilidade dessas mulheres foi, ao mesmo tempo, grilhão e estandarte.

Como líderes, elas tiveram de ser, como as mulheres médicas de uma década atrás, melhores do que homens. Causaram vergonha a seus seguidores homens por demonstrarem maior coragem; envergonharam seus adversários homens ao lhes infligir derrota nas mãos de uma reles mulher. Souberam manobrar melhor, falar mais para negociar melhor, vociferar melhor e, em alguns casos, até ter melhor pontaria e ser melhores de montaria que a nata da elite masculina. No conjunto, são um grupo impressionante, e Fraser merece ser congratulada por tê-las resgatado de seus próprios mitos e dar-lhes o que lhes era devido como indivíduos, às menos conhecidas dentre elas tanto quanto às muito famosas.

Mas, embora com freqüência, tenham sido citadas e mostradas como chamada para reuni-las, por muitos defensores da igualdade para as mulheres, e apresentadas sob muitos disfarces – desde as representações teatrais de fundo histórico da virada do século à "Dinner Party" da artista americana Judy Chicago –, as mulheres líderes raramente se aliaram com as mulheres em geral ou com movimentos em prol de outras mulheres. Mais tipicamente na história, elas se distanciaram de mulheres, como Elizabeth I, que era contra mulheres subirem ao trono, vendo-se a si como uma exceção divinamente estabelecida, ou Catarina a Grande, que falava da "raça fraca, frívola e chorona das mulheres". Muitas preferiram o status de machos honorários. Se você está participando de jogos de garotos, é melhor ser um deles.

Este livro deveria ser leitura obrigatória para qualquer mulher iniciando carreira na política, no exército ou como motorista de caminhão; de fato, para qualquer mulher iniciando carreira em qualquer coisa, a menos que seu campo de atividade seja singularmente feminino. Mulheres públicas são mais submetidas a diferentes testes de nervos, atraem diferentes tipos de crítica e são mais sujeitas a diferentes formas de transformação em mito do que homens, e *The Warrior Queens* refere-se a essas formas.

Aqueles dentre nós para quem a política é um esporte de espectador também o acharão útil. Contribui grandemente para explicar as várias transformações na mídia de, por exemplo,

Margareth Thatcher, do seu período de Átila a Ave, passando por sua fase de Dama de Ferro da Guerra das Falklands até sua encarnação como uma Boadicéia de caricatura editorial, completa com chicote e carruagem, triunfante no dia das eleições e arrastando uma ninhada de homens pigmeus em sua esteira. Mulheres líderes, ao que parece, acham difícil ser de tamanho normal. Para o bem ou para o mal, elas são gigantescas.

Parte Dois

1990–1999

1990–1999

Esperava-se que 1990 fosse o primeiro ano de uma era nova em folha. A União Soviética estava se desintegrando. A Alemanha estava se reunificando, algo que pensamos que nunca veríamos nesta vida. O Ocidente e aquele corpo de práticas e valores vinculados a algo chamado "capitalismo" ou "economia de livre mercado" pareciam triunfantes. Ainda não se previa que, com o desaparecimento de sua inimiga, o balão moral do Ocidente perderia gás hélio: é grandioso ser o defensor da liberdade na ausência dela, mas difícil sentir-se nobre e patriota de mão no coração com relação a shopping-centers e estacionamentos e o direito de se matar de comer. Aproximamo-nos da última década diante daquela artificial girada sobre gonzos, O Milênio, em um estranho estado de desorientação. Mas como Roberto Calasso ressaltou, heróis têm necessidade de monstros, embora monstros possam viver muito bem sem heróis; e, sem que tivéssemos conhecimento, as energias produtoras de monstros estavam reunindo e concentrando suas forças ao longo de toda a década.

As coisas estavam mais tranqüilas na linha de frente da profissão literária, pelo menos na minha. Em 1991, publiquei *Wilderness Tips*, uma coletânea de contos escritos durante o final dos anos 1980. No mesmo ano, fomos para a França em busca de tempo para escrever. Não conseguimos alugar uma casa pelo período de tempo inteiro, e assim que alugamos três casas sucessivas – uma para o outono, uma para o inverno, uma para a primavera – dentro e ao redor da cidade de Lourmarin, em Provence. Foi nessas três casas que comecei a escrever minha novela *A noiva ladra*, que deu ensejo ao ensaio contido no presente livro intitulado "Vilãs de mãos manchadas". Também reuni e organizei uma seleção de trabalhos de ficção muito curtos, chamada *Good Bones*, companheira de *Murder in the Dark*, de 1983. Foi publicada em 1992, com um design de capa que eu havia montado fazendo uma colagem de recortes de exemplares da revista francesa *Vogue*. (Os livros feitos por uma editora pequena e a colagem pelo autor economizam dinheiro.)

Voltamos ao Canadá a tempo para o verão de 1992. Concluí *A noiva ladra* em janeiro de 1993, num trem, viajando através do Canadá. Meu pai tinha morrido pouco antes naquele mês, logo depois de eu mesma ter estado seriamente doente com escarlatina, e foi um esforço terminá-lo.

Um livro de poesia, *Morning in the Burned House*, foi lançado em 1995. Também naquele ano publiquei uma série de conferências que fizera na Oxford University sobre a literatura canadense e o Norte. O título foi *Strange Things*, conforme as duas primeiras palavras do poema de Robert Service "The Cremation of Dan McGrew". O poema em seguida fala sobre os homens que trabalham arduamente em busca de ouro. Foi de certo modo uma década de trabalho árduo.

Comecei a escrever a novela *Vulgo Grace* durante uma turnê de lançamento de livro na Europa – na Suíça, um local adequadamente freudiano/junguiano. O processo é descrito no ensaio "Em busca de *Vulgo Grace*", no qual não incluí que, logo depois de acabar o livro, fomos para uma pequena aldeia no oeste da Irlanda e que tive de editar o livro por FedEx – eu ainda não tinha correio eletrônico – o que significou que pendurava uma toalha na cerca, para que o entregador soubesse onde estávamos.

Um ano contendo três noves – um dos quais era o último em uma seqüência de mil anos – deveria ter sido potente. O fato de que nada de mais aconteceu sublinha a arbitrariedade dos números e da divisão do tempo em suas partes tão bem ordenadas. Apesar disso, foi um número agradável de se escrever do lado esquerdo das cartas. *1999*. Como já parece tão distante.

14
Uma faca de dois gumes: A graça subversiva em dois contos de Thomas King

"Assim que *Brebeuf and His Brethren* foi lançado, um amigo meu disse que, agora, a coisa a fazer era escrever a mesma história do ponto de vista dos iroqueses."

– James Reaney, "The Canadian Poet's Predicament"

Há muito tempo, em 1972 para ser exata, escrevi um livro chamado *Survival*, que tratava da literatura canadense; um tema excêntrico, naquela época, quando muitos negavam sua existência. Nesse livro, havia um capítulo intitulado "First People: Indians and Eskimos as Symbols" (Primeiros Povoadores: Índios e esquimós como símbolos). O que este capítulo abordava eram os usos feitos por escritores não-nativos de personagens e temas nativos, ao longo dos séculos, para seus próprios objetivos. O capítulo não examinava obras de poesia e ficção de escritores nativos escritas em inglês, pelo simples motivo de que não consegui, naquela ocasião, encontrar alguma, embora pudesse recomendar uma pequena lista de títulos de não ficção. A coisa mais próxima de escrita "imaginativa" por nativos eram "traduções" de mitos e poesia nativos, que poderiam aparecer nos princípios de antologias, ou ser oferecidos como exemplos de contos de fadas nativos em livros escolares de ensino elementar. (Por que deixei passar Pauline Johnson? Talvez porque, sendo metade branca, ela, de alguma forma, não se classificava como autêntica, mesmo entre os nativos; embora esteja sendo reivindicada como tal hoje em dia.)

As figuras que analisei em histórias e poemas abrangiam todas as gamas possíveis. Havia índios e esquimós vistos como sendo mais próximos da Natureza e, portanto, mais nobres, ou como sendo mais próximos da Natureza e, portanto, *menos* nobres, como selvagens atormentadores que faziam os brancos de vítimas e como vítimas de brancos selvagens. Havia uma forte tendência entre jovens escritores de reivindicar os nativos como família ou como seus "verdadeiros" ancestrais (o que pode ser mais importante do que parece, uma vez que todas as pessoas na terra são descendentes de sociedades de caçadores-coletores). Havia muitos adjetivos.

O que faltava entre eles era *graça*. Ironia brutal e humor mórbido às vezes, na verdade, entravam em cena como uma espécie de dispositivo de autoflagelação para brancos, mas de maneira geral, os nativos eram tratados por quase todo mundo com a mais completa seriedade, seja sendo por demais inspiradores de temor e respeito como selvagens de gelar o sangue, ou por demais sacrossantos em seu status de vítimas sagradas para permitir qualquer reação cômica a eles ou por parte deles. Além disso, ninguém jamais parece ter lhes perguntado o que, se é que havia alguma coisa, *eles* achavam engraçado. O nativo apresentado em escritos de não-nativos era singularmente desprovido de senso de humor, de maneira um tanto semelhante à "boa" mulher da ficção vitoriana, que adquiria, nas mãos de escritores homens, a mesma espécie de seriedade resignada de feições trágicas.

Mas a situação está mudando. Os nativos agora estão escrevendo ficção, poesia e peças, e parte da literatura produzida por eles é, ao mesmo tempo, vulgar e hilariante. Um número considerável de estereótipos está comendo poeira e, nesse processo, algumas sensibilidades estão sendo ultrajadas. A coisa agradável a respeito de um povo que não possui uma voz literária, ou, pelo menos, uma que se possa ouvir ou compreender, é nunca precisar ouvir o que eles estão dizendo a *seu* respeito. Os homens acharam muito desconcertante quando as mulheres começaram a escrever a verdade sobre as coisas que elas dizem a respeito deles em segredo, pelas costas. Em particular, eles não gostaram nada de ter suas fraquezas reveladas, nem de ser objeto de ridículo. Na verdade, ninguém gosta. Mas quando ouvi que o apelido dado a um certo padre pelos índios era "Padre Entre-Coxas", por causa de sua barba, isso me fez refletir. Por exemplo, *Padre Entre-Coxas e Seus Confrades* teria soado de uma maneira totalmente diferente, não é verdade?

Recentemente, li em diferentes "pequenas" revistas duas histórias notáveis do mesmo autor, Thomas King.[1] Elas me parecem histórias "perfeitas" – ou seja, como narrativas, são primorosamente concebidas em termos de ritmo, tudo nelas parece estar lá por direito próprio e não há nada que se queira mudar ou editar e cortar. Outra maneira de dizer isso é que são maravilhosamente bem escritas. Mas além dessas qualidades estéticas, que têm em comum com outras histórias, elas me impressionaram de formas muito diferentes.

Elas atacam o leitor de surpresa. Enfiam-lhe a faca não ao golpeá-lo na cabeça com sua própria retidão, mas por serem engraçadas. O humor pode ser agressivo e opressivo, como do tipo "vamos mantê-las em seu devido lugar" nas piadas sexistas e racistas. Mas também pode ser uma arma subversiva como freqüentemente tem sido para pessoas que se vêem em situações difíceis sem outras armas, físicas.

Como estas duas histórias ainda não foram publicadas em nenhuma coletânea (embora em breve venham a ser), os senhores me perdoarão por apresentar um sumário.

A primeira que eu gostaria de abordar é intitulada "Joe The Painter and the Deer Island Massacre" (Joe o Pintor e o massacre da ilha dos Veados), e tem como cenário uma cidadezinha costeira ao norte de San Francisco. O narrador é um índio; o tema de sua narrativa é um homem chamado "Joe o Pintor". Ninguém na cidade, exceto o narrador, gosta realmente de Joe. Ele fala alto demais, é superamigável e toma intimidades demais, e tem o hábito desconcertante de assoar o nariz na sarjeta, uma narina de cada vez: "Sempre que sentia um entupimento em sua 'fossa aspiradora', como a chamava, chegava na beira do meio-fio, se inclinava de modo a não sujar os sapatos, tapava uma narina com o polegar, fungava e assoava a outra." Mas aquilo que realmente incomodava as pessoas com relação a Joe era sua honestidade. Ele conhece todos os detalhes dos podres de todo mundo,

e os proclama com toda a força de seus pulmões sob a forma de perguntas amistosas, tais como:
– Como vai, sra. Secord, como vão as garotas? Parece que a senhora está vivendo de agasalhar croquete. Diga lá, está grávida de novo? – ou:
– Oi, tudo bem, Connie, como vai o furúnculo?

A ação deslancha quando Joe descobre que a cidade está planejando fazer um concurso de representações teatrais de fundo histórico para comemorar seu centenário e que há uma quantia em dinheiro disponível para apoiar aqueles que quiserem fazer a montagem dessas representações. Joe está transbordando de espírito cívico e decide entrar no concurso. O tema de sua representação deverá ser sobre o fundador da cidade, um tal de Matthew Larson, e um incidente muito antigo chamado de "O massacre da ilha dos Veados", envolvendo um bando de índios locais. Joe descreve os acontecimentos transcorridos da seguinte maneira: "Sim, foi um massacre. Os dois irmãos de Larson foram mortos, mas Larson sobreviveu e construiu a cidade. Foi assim que este lugar foi criado. Dá uma boa representação, hein?"

Neste ponto o narrador – a quem nós conhecemos apenas pelo nome de "Chefe", porque é assim que Joe o chama – presume que o massacre é o do tipo comum em filmes, ou seja, instigado por índios traiçoeiros com muitos mortos, mas com o triunfo final dos brancos. Joe pediu a ele que recrutasse índios para participar na encenação, mas Chefe não tem muita certeza de que seus amigos e parentes gostarão da idéia. Contudo, é convencido por Joe:

– O que há para gostar? É tudo história, aconteceu. Não se pode fazer besteira com a história. Nem sempre é da maneira como gostaríamos que fosse, mas é isso aí. Não se pode mudá-la.

Antes da representação, os índios se reúnem na ilha dos Veados – "Exatamente como nos velhos tempos", diz o pai do narrador – e começam a ensaiar. Joe decide que eles não parecem ser índios o suficiente e arranja algumas perucas e tranças de fio de lã pretas na cidade. O dia da representação chega e Joe a apresenta ao público da maneira apropriada. Será encenada, diz ele, pelos Atores Filhos Nativos. O narrador gosta disso. "Caramba, aquele danado do Joe foi criativo! Parecia um profissional", pensa ele. (Nós, os leitores, gostamos porque é, na verdade, um detalhe bem cruel; joga com a palavra 'Nativos'; e aqueles *são* os Filhos Nativos, embora os americanos brancos tenham quase sempre se apropriado da designação apenas para si mesmos.)

O primeiro ato relata a chegada de Larson, desempenhado por Joe, que é recebido por Redbird, desempenhado pelo narrador. O segundo ato apresenta dramaticamente o atrito crescente entre os índios e brancos à medida que os brancos invadem a ilha dos Veados e querem construir coisas. O terceiro ato é o massacre propriamente dito, e é aqui que todos nós temos um choque – a platéia do mesmo modo que os leitores –, porque o massacre não é perpetrado pelos índios, é cometido pelos brancos que aparecem, furtiva e traiçoeiramente, na calada da noite, e massacram os índios enquanto eles dormiam. Os índios desempenhando papéis de brancos abrem fogo, fazendo ruídos de bangue-bangue. Os índios representando papéis de índios se debatem e estrebucham, espalhando sobre si mesmos o conteúdo de pequenas embalagens plásticas de ketchup para parecer sangue.

– Protejam as mulheres e as crianças! – grita Redbird, saindo direto da turma viajando nos vagões como em muitos filmes de faroeste e seqüências de índios e vagões de trem.

Os atores índios se divertem. Logo estão todos caídos "mortos", enquanto as moscas zumbem ao redor do ketchup e Joe faz um solilóquio acima dos corpos dos tombados:

– Eu abomino tirar vidas humanas, mas a civilização precisa de um braço forte para abrir a fronteira. Adeus homens de pele vermelha. Saibam que de seus ossos brotará uma nova e mais forte comunidade para a eternidade.

A platéia está paralisada pela representação de Joe. Isso não era absolutamente o que eles tinham em mente! Parece ser, de alguma forma, do mais insultuoso mau gosto. Joe mencionou – como é hábito dele – algo já declarado não mencionável. E o fez com uma franqueza e honestidade infantis enfurecedoras. (Como diz antes o dono do bar da cidade: "A honestidade deixa a maioria das pessoas nervosas.") A cidade está escandalizada. Mas, afinal, o que foi que Joe fez? Tudo o que fez foi reencenar a história, a parte dela que não é geralmente comemorada, e isto pôs em questão a própria noção de "história" em si.

A encenação de Joe não vence, é considerada "inapropriada" pelo prefeito. A representação vencedora – sobre a fundação do primeiro conselho municipal da cidade – é inteiramente "apropriada" e inteiramente maçante. "História", a história que escolhemos relatar, é aquilo que achamos "apropriado". Os índios vão para casa dizendo que se Joe algum dia precisar de alguns deles novamente é só dar-lhes uma chamada.

A história acaba onde começa: o narrador continua a ser a única pessoa na cidade que gosta de Joe.

Ora, pois bem, dizemos. O que devemos concluir a partir dessa história aparentemente inábil, mas secretamente ardilosa? E por que somos deixados, como a platéia, parados boquiabertos? Por que nos sentimos *nocauteados de surpresa*? E – uma vez que ele nunca nos contou – por que, exatamente, o narrador *gosta* de Joe?

Creio que as respostas serão um tanto diferentes, dependendo de, por exemplo, se o leitor é uma pessoa branca ou uma pessoa nativa. Mas presumo que o narrador goste de Joe por alguns bons motivos. Primeiro: Joe é inteiramente honesto, embora sem nenhum tato, e, por este motivo, é o único homem branco na cidade capaz de passar em revista a fundação da cidade, de ver que foi baseada no massacre impiedoso de seus ocupantes anteriores e de dizer isso publicamente, alto e bom som. Segundo, Joe não é sentimental com relação a isso. Ele não romantiza o massacre dos índios nem chora lágrimas de crocodilo por eles, agora que não fazem mais parte da competição principal. Ele aborda a história da mesma maneira prática e sem constrangimento com que assoa o nariz. Não alimenta nenhuma culpa hipócrita e fingida. Ele apresenta as ações praticadas e deixa que falem por si. Terceiro: Joe admira e respeita o narrador. O título "Chefe" não é uma brincadeira para ele. Sabe que o narrador não é um "Chefe", mas, apesar disso, pensa nele como se fosse. Tanto Joe quanto o "Chefe" possuem, ambos, qualidades que o outro aprecia.

Lida à luz da longa tradição norte-americana de índios como personagens de ficção de brancos, essa história, maravilhosamente satírica mas de aparente falsa seriedade, poderia ser vista como uma espécie de paródia em miniatura dos contos do Oeste, de Fenimore Cooper (*O último dos moicanos*), ou do Cavaleiro Solitário e Tonto (*Lone Ranger and Tonto*) – o destemido líder branco, com uma inclinação para dizer o que pensa sem rodeios e cuidar de que a justiça seja feita, e seu companheiro que contribui com a energia e força de seu trabalho e os efeitos sonoros. Não funcionaria, nem de longe, tão bem como surpresa, se nossas mentes já não estivessem embaladas até a sonolência por uma porção de narrativas de histórias em que as coisas eram vistas de forma bastante diferente.

A segunda história nos oferece um afastamento do esperado ainda mais radical. É intitulada "One Good Story, That One" (Uma boa história, aquela), e nela Thomas King inventa não apenas um novo ponto de vista para contar uma velha história, mas um novo tipo de voz narrativa. O "Chefe", em "Joe The Painter and the Deer Island Massacre", vivia numa cidadezinha de gente branca e estava habituado com seu vocabulário, seus hábitos e costumes. Não é o caso do narrador de "One Good Story, That One", um índio idoso que parece passar a maior parte de seu tempo no interior do sertão canadense, embora já tenha estado em Yellowknife. Fica claro, desde o início, que o inglês está longe de ser sua língua materna ou sua primeira língua de escolha. É mais como a língua de último recurso. Contudo, à medida que ele a emprega para contar sua história, torna-se estranhamente eloqüente. King emprega aquela voz truncada e inventada para sugerir, entre outras coisas, o tom compassado de um narrador nativo. Este contador de história não se apressará e se repetirá, às vezes para dar ênfase, às vezes para marcar o ritmo, às vezes como tática de retardamento, e às vezes para deixar as coisas bem claras.

Sua história é sobre a narrativa de uma história, sobre os tipos de histórias que se espera que ele conte e sobre os tipos que lhe foram contadas; também é uma história sobre se recusar a contar uma história, mas só ficamos sabendo disso no final.

Está ele cuidando de sua própria vida, em sua "casa de veraneio", quando seu amigo Napaio chega com três homens brancos.

Três homens vêm à minha casa de veraneio e, também, meu amigo Napaio. Homens que falam muito alto, esses. Um é grande. Digo a ele que talvez pareça com Grande Joe. Talvez não.
Em todo caso.
Eles vêm e Napaio também. Trazem saudações, como vai você, muitas coisas boas eles trazem para dizê. Três.
Todos brancos.
Muito maus, esses.

O que querem esses três? Acaba sendo revelado que eles são antropólogos e que querem uma história. De início, o narrador tenta fazê-los desistir com histórias sobre pessoas que ele conhece: Jimmy que cuida da loja Billy Frank e o porco do rio morto. Mas isso não funciona.

Esses aqui gostam de história velha, diz meu amigo, talvez sobre como o mundo foi criado. Boa história de índio desse tipo, diz Napaio. Esses aqui têm gravador, ele diz.
Está bem, eu disse.
Tomem um chá.
Para acordar.
Muito tempo atrás.
Essas histórias começam assim, quase todas, dessas histórias, começam com tempo.

A história que ele passa a relatar não é em nada a que os antropólogos estavam procurando. Em vez disso, é uma versão hilariante do Livro do Gênesis, uma história de brancos contada para eles em um estilo índio, com o acompanhamento do comentário pessoal do narrador.
– "Não havia nada" – começa ele. – "Muito difícil acreditar nisso, talvez." – Entra o criador. – "Só uma pessoa anda pelo mundo. Chamem de deus." – Deus fica cansado de andar pelo mundo, assim começa a criar. – "Talvez aquele lá, diga: vamos fazer umas estrelas. Assim ele faz. E então ele diz, talvez devêssemos ter uma lua. Assim, eles fazem uma dessas também. Alguém escreve tudo isso, eu não sei. Muitas coisas ficam faltando criar."

Então o narrador dá início a uma longa lista de coisas que deus agora "faz", uma lista que ele narra tanto em sua própria língua quanto em inglês e que inclui vários animais, uma pedra-de-fogo, um aparelho de televisão e uma "loja de comida". Deus então cria o Jardim de "Edenoite" e dois seres humanos: a própria Edenoite – o jardim é claramente dela – e um homem, "Ah-demo". – "Ah-demo e Edenoite são muito felizes, aqueles dois. Não usam roupas, os dois, sabe. Háh-Háh-Háh. Mas eles muito burros, então. Moços, sabe."

Edenoite descobre a árvore famosa, na qual há uma porção de coisas crescendo, coisas como batatas, abóboras e milho. Também tem "mee-so", maçãs. Edenoite pensa em comer algumas delas, mas "aquele lá, deus", aparece novamente. Ele tem um gênio ruim, grita e é comparado pelo narrador com um homem chamado Harley James que costumava surrar a mulher. "Deus" ordena a Edenoite para deixar as maçãs em paz. Ele é egoísta e não quer dividir.

Contudo, Edenoite come uma maçã, e como é uma boa mulher, leva um pedaço para dar para Ah-demo. Este está ocupado escrevendo os nomes dos animais enquanto eles passam desfilando. "Muito maçante isso", diz o narrador. Escrever não lhe interessa.

Mais uma vez, temos uma longa lista de animais, em duas línguas, mas agora a história se afasta ainda mais da velha trilha bíblica já conhecida, porque Coiote aparece uma porção de vezes, sob diferentes disfarces. "Ele se fantasia e vadia, faz bobagens."

E agora o narrador passa a falar somente em sua própria língua, que nós, os leitores cara-pálidas, não temos como acompanhar. Ele até conta uma piada, que, presumivelmente, é a respeito de Coiote, mas como vamos saber? *Que tipo de história é esta, afinal?* Bem, está se transformando numa história sobre o coiote, "é um Enganador, aquele coiote. Anda em círculos, Traiçoeiro".

Edenoite reconhece imediatamente, pelas pegadas no chão, que o coiote esteve por ali mais de uma vez. Mas ela dá de comer a Ah-demo de qualquer maneira, coelho burro que ele é, como "homem branco". Ela própria é explicitamente identificada como uma mulher índia, o que explica sua inteligência.

Deus aparece e fica furioso porque as maçãs foram comidas. Edenoite diz a ele para "se acalmar, ir assistir a um pouco de televisão", mas deus quer botar Edenoite e Ah-demo para fora do jardim, "vão para algum outro lugar. Igualzinho aos índios hoje."

Edenoite diz que para ela tudo bem, existem muitos outros lugares bons por aí, mas Ah-demo mente a respeito de quantas maçãs comeu, e também chora. Isso não adianta nada e ele é posto para fora, "chutado bem lá nos bagos. Ai-ai, ui-ui", diz ele. Edenoite tem que voltar e cuidar dele.

E a serpente? Satã, a serpente, foi esquecido pelo narrador, mas é incluído no final. Está na árvore junto com as maçãs, mas não há muito que dizer a seu respeito. O motivo por que sibila é que Edenoite enfiou uma maçã em sua boca por ter tentado tomar intimidades demais.

A história do narrador termina com Edenoite e Ah-demo vindo parar "por aqui" e tendo uma porção de filhos. "É só. Acabou."

Mas a história de Thomas King acaba de uma outra maneira. Os antropólogos brancos se preparam para ir embora, não muito satisfeitos, mas sem fazer cara feia, mantendo as aparências. "Todos aqueles sorriem. Balançam a cabeça para cá e para lá. Olham para fora, pela janela. Fazem ruídos de satisfação. Despedem-se, dão adeus, até a volta. Vão embora bem depressa." O último comentário do narrador é: "Eu limpo todas as pegadas do coiote no chão."

Se o narrador tem uma "boa história de índio" para contar, ele a conservou para si mesmo. Certamente não irá contá-la aos antropólogos brancos, vistos como coiotes traiçoeiros, criadores de confusão, permitindo-se usar disfarces e fazer tolices. Em vez disso, ele os fez engolir de volta uma de suas próprias histórias, mas alterou a moral. Não há segunda criação de Eva a partir de uma costela de Adão, não há pecado original, não há tentação por Satã, nem culpa, nem condenação à maldição "no suor de teu rosto". O mau comportamento apresentado é da parte de "deus", que é avarento, egoísta, fala aos gritos e é violento. Adão é burro e Eva, que é generosa, equilibrada e amante da paz, sai como a heroína. Ao longo de sua história, o narrador índio consegue transmitir aos brancos, mais ou menos, o que ele pensa do comportamento dos brancos em geral. Tampouco eles podem fazer coisa alguma a respeito disso, uma vez que é uma situação que eles próprios criaram – para seu próprio benefício –, e a etiqueta de contar histórias os impede de intervir, seja para protestar contra sua forma ou seu conteúdo.

"One Good Story" poderia ser vista como uma variante do tema do Sábio Camponês, ou "levar a melhor sobre o espertinho metido a sabe-tudo da cidade" ao se fingir de muito mais burro do que na verdade é; embora, neste caso, o espertinho metido a sabe-tudo da cidade inclua qualquer leitor branco. Nós nos sentimos "trapaceados" pela história de vários modos: somos trapaceados, porque a voz narrativa tem um charme e uma sutileza, de falsa seriedade, consideráveis; mas, também, somos trapacedos e levados a cair no conto-do-vigário, exatamente como os antropólogos o são. Talvez tenhamos sido levados a cair em um contodo-vigário maior do que nos damos conta. Como sabemos o que aquelas palavras índias *realmente* significam? Não sabemos, e isto é um dos pontos centrais. O próprio narrador não sabe o que "Saint Merry" significa. Olho por olho, dente por dente. Um outro olho por olho é que somos obrigados a viver, em primeira mão, a experiência de ouvir nossas histórias religiosas recontadas numa versão que não as "compreende" nem as respeita de modo apropriado. Raramente a Queda do Homem bíblica foi relatada com tamanha despreocupação.

Ao mesmo tempo, e em meio a nosso nervosismo de cruzamento cultural, nos solidarizamos com o narrador e não com os antropólogos e, exatamente como em "Joe The Painter", nos colocamos do lado dos esquisitões excluídos, Joe e o "Chefe", contra o povo comum e insincero da cidade. Thomas King sabe exatamente o que está fazendo.

Ambas as histórias são sobre índios, de quem se espera que "façam o papel do índio", que representem alguma versão de homem branco de si mesmos, para satisfazer objetivos simbólicos que não são seus. Ambos os narradores, cada um à sua maneira, se recusam: o primeiro ao participar de uma representação teatral farsista que sabota e derruba por completo o mito do "Como o Oeste foi conquistado"; o segundo ao guardar para si suas histórias "índias" autênticas e hilariamente subverter uma história "branca" fundamental e sacrossanta.

Que outras viradas inventivas de narrativa e alterações alarmantes de ponto de vista estão reservadas para nós por parte deste autor? O Tempo, com que começam todas as histórias, dirá.

NOTA:

1 Thomas King publicou as seguintes obras: ed., com Cheryl Calver e Helen Hoy, *The Native in Literature* (Toronto: ECW, 1985); ed., Native Fiction issue of *Canadian Fiction Magazine*, n. 60 (1987); *Medicine River* (novela) (Toronto: Penguin, 1990); ed., *"All My Relations": An Anthology of Contemporary Canadian Native Prose* (Toronto: McClelland & Stewart, 1990); *One Good Story, That One* (ciclo de histórias, em progresso).

15
Nove começos

1. *Por que você escreve?*
Já comecei este artigo nove vezes. Joguei no lixo cada começo. Detesto escrever sobre meus escritos. Quase nunca o faço. Por que o estou fazendo agora? Porque disse que o faria. Recebi uma carta. Escrevi de volta dizendo *não*. Então, estava numa festa, e a mesma pessoa estava lá. É mais difícil recusar pessoalmente. Dizer *sim* tem alguma coisa a ver com ser gentil, como mulheres são ensinadas a ser, alguma coisa a ver com ser prestativa, que também somos ensinadas a ser. Ser prestativa para mulheres, doar meio litro de sangue. Não invocar as sagradas prerrogativas, o protecionismo do não-me-toques do artista, não ser egoísta. Conciliar, contribuindo com a parte que lhe cabe, pacificamente. Eu fui muito bem-educada. Tenho dificuldade de ignorar obrigações sociais. Dizer que você escreverá sobre sua obra é uma obrigação social. Não é uma obrigação para com a obra.

2. *Por que você escreve?*
Joguei no lixo cada um dos nove começos. Pareciam-me que não importavam, não vinham ao caso. Eram incisivos demais, pedagógicos demais, frívolos ou beligerantes demais, de um tom excessivo de falsa sabedoria. Como se eu tivesse alguma auto-revelação especial que fosse encorajar os outros, ou algum conhecimento especial para transmitir, alguma fórmula essencial que agiria como um talismã para os batalhadores obsessivos. Mas não tenho talismãs desse tipo. Se tivesse, não continuaria, eu mesma, a ser tão batalhadora e obsessiva.

3. *Por que você escreve?*

Detesto escrever sobre minhas obras porque não tenho nada a dizer a respeito delas. E não tenho nada a dizer sobre elas porque não me lembro do que acontece enquanto escrevo. Aquele tempo é como pequenas fatias cortadas fora de meu cérebro. Não é tempo que eu, pessoalmente, tenha vivido. Consigo me lembrar dos detalhes de quartos e lugares onde escrevia, das circunstâncias, das outras coisas que fiz antes ou depois, mas não do processo em si. Escrever sobre escrever exige autoconsciência, escrever em si exige a abdicação dela.

4. *Por que você escreve?*

Existem muitas coisas que podem ser ditas a respeito do que acontece ao redor das margens da escrita. Certas idéias que você pode ter, certas motivações, grandes projetos que não são realizados. Posso falar sobre resenhas desagradáveis, reações sexistas ao meu trabalho sobre fazer papel de idiota em programas de televisão. Posso falar sobre livros que fracassaram e nunca foram terminados, e sobre por que fracassaram. Um que tinha personagens demais, outro que tinha camadas de tempo demais, falsos caminhos que me desviaram quando eu queria chegar em outra coisa – um determinado canto do mundo visual, uma certa voz, uma paisagem inarticulada.

Posso falar sobre as dificuldades que mulheres encontram como escritoras. Por exemplo, se você é uma mulher escritora, em algum momento, em algum lugar, alguém lhe perguntará: *Você pensa em si mesma primeiro como escritora ou como mulher?* Cuidado. Quem quer que pergunte isso detesta e tem medo tanto de escrever quanto de mulheres.

Muitas de nós, pelo menos em minha geração, cruzaram com professores ou homens escritores ou outros cretinos defensivos que nos disseram que mulheres não poderiam escrever de verdade, porque não podiam ser motorista de caminhão ou fuzileiras e, portanto, não compreendiam o lado mais duro e sórdido da vida, que incluía fazer sexo com mulheres. Disseram-nos que escrevíamos como donas de casa, ou então que éramos tratadas

como homens honorários, como se ser boa escritora fosse suprimir o feminino.
Tais pronunciamentos costumavam ser feitos como se fossem a verdade pura e simples. Hoje em dia são questionados. Algumas coisas mudaram para melhor, mas não todas. Existe uma falta de autoconfiança que é instilada desde muito cedo em garotas, antes que escrever por profissão seja sequer visto como uma possibilidade. É preciso ter uma quantidade considerável de coragem para ser escritora, uma coragem quase física, do tipo que se precisa para atravessar um rio sobre troncos flutuando. O cavalo atira você no chão e você monta de novo nele. Eu aprendi a nadar ao ser jogada dentro da água. Você precisa saber que pode afundar, e sobreviver a isso. Devia ser permitido que garotas brincassem na lama. Elas deveriam ser liberadas das obrigações da perfeição. No mínimo, parte de seus escritos seria tão efervescente quanto uma brincadeira.
Uma proporção de fracassos vem embutida no processo de escrever. A lata de lixo não evoluiu sem motivo. Pensem nela como o altar da Musa do Olvido, a quem você sacrifica seus primeiros rascunhos malsucedidos, as provas de sua imperfeição humana. Ela é a décima musa, aquela sem a qual nenhuma das outras pode funcionar. A dádiva que ela lhe oferece é a liberdade da segunda chance. Ou de tantas chances quantas você quiser arriscar.

5. *Por que você escreve?*

No meio da década de 1980 comecei a manter um diário esporádico. Hoje tornei a relê-lo em busca de alguma coisa que pudesse arrancar dali e fazer passar como sendo pertinente em vez de escrever este artigo sobre escrever. Mas foi inútil. Não havia nada sobre a verdadeira concepção de coisa alguma que tivesse escrito nos últimos seis anos. Em vez disso, há exortações a mim mesma – acordar mais cedo, andar mais a pé, resistir a tentações e distrações. *Beba mais água*, encontro. *Vá se deitar mais cedo.* Havia listas de quantas páginas eu havia escrito por dia, quantas eu havia redatilografado, quantas ainda faltavam. Fora isso não havia nada, exceto descrições de aposentos, relatos do que havíamos cozinhado e/ou comido e com quem. Cartas escritas e recebidas, frases notáveis de crianças, os passarinhos e animais que tinham sido vistos, como estava o tempo, o que brotou no jardim. Doenças, as minhas e as de outros. Mortes, nascimentos. Nada sobre escrever.

1º de janeiro de 1984. Blakeney, Inglaterra. No dia de hoje, cerca de 130 pp. da novela ficaram prontas e está começando a adquirir forma & chegar ao ponto no qual eu sinto que existe e pode ser concluída e talvez valha a pena. Trabalho no quarto da casa grande, e aqui, na sala, com a lenha queimando na lareira e o carvão queimando no velho e maltratado Raeburn na cozinha. Como de hábito, sinto frio demais, o que é melhor que sentir calor demais – hoje o dia está meio cinzento, quente para a época do ano, úmido. Se me levantasse mais cedo talvez trabalhasse mais, mas também poderia apenas passar mais tempo com adiamentos – como agora.

E assim por diante.

6. Por que você escreve?

Você aprende a escrever ao ler e escrever, escrever e ler. Como ofício, a arte de escrever é adquirida através do sistema do aprendizado, mas você escolhe seus próprios professores. Às vezes estão vivos, às vezes estão mortos.

Como vocação, envolve a imposição de mãos, você recebe a sua vocação de outrem e, por sua vez, tem que passá-la adiante. Talvez você só venha a fazer isso através de seu trabalho, talvez de outras maneiras. Seja como for, você é parte de uma comunidade, a comunidade dos escritores, a comunidade dos contadores de histórias que se estende pelo passado através dos tempos, desde os primórdios da sociedade humana.

Quanto à sociedade humana específica à qual você própria pertence – às vezes você sentirá que está falando a favor dela; às vezes – quando tiver assumido uma forma injusta – contra ela, ou para aquela outra comunidade, a comunidade dos oprimidos, dos explorados, dos que não têm voz. Seja como for, as pressões sobre você serão intensas; em outros países, talvez fatais. Mas mesmo aqui – falar "pelas mulheres" ou por qualquer outro grupo que esteja sentindo o peso da botina, e existirão muitos por

perto tanto a favor quanto contra, para lhe dizer para calar a boca, ou para dizer o que querem que você diga, ou dizê-lo de uma maneira diferente. Ou para salvá-los. O placar espera por você, mas se sucumbir às suas tentações, acabará bidimensional.
    Diga a sua verdade, que é o que você pode dizer. Deixe que outros digam qual é a deles.

7. *Por que você escreve?*

Por que nós somos tão viciados em causalidade? *Por que você escreve?* (Tratado de psicólogo infantil mapeando seus traumas formativos. De modo inverso: quiromancia, astrologia e estudos genéticos, fazer o mapa astral, hereditariedade.) *Por que você escreve?* (Isto é, por que não fazer alguma coisa útil em vez disso?) Se você fosse médica, poderia contar alguma história moralista sobre como punha band-aids em seus gatos quando era criança, sobre como sempre desejou curar o sofrimento. Ninguém pode discutir isso. Mas escrever? Para que serve?
    Algumas respostas possíveis: *Por que o sol brilha? Face ao absurdo da sociedade moderna, por que fazer outra coisa? Porque sou uma escritora. Porque quero descobrir os padrões no caos do tempo. Porque tenho que escrever. Porque alguém tem que dar seu testemunho. Por que vocês lêem?* (Esta última é traiçoeira: talvez não leiam.) *Porque quero forjar na forja de minha alma a consciência ainda não criada de minha raça. Porque quero fazer um machado para quebrar o mar interior congelado.* (Estas já foram usadas, mas são boas.)
    Se não tiver o que dizer, aperfeiçoe o dar de ombros. Ou diga: *É melhor que trabalhar em um banco.* Ou diga: *Por diversão.* Se você disser isso não acreditarão em você, ou então será descartada como superficial. De qualquer maneira, terá evitado a questão.

8. *Por que você escreve?*

Há não muito tempo, quando estava fazendo uma limpeza para me livrar de um excesso de papel em minha sala de trabalho, abri uma gaveta de arquivo em que não mexia havia anos. Nela encontrei um monte de folhas soltas, dobradas, enrugadas e sujas, amarradas com pedaços de sobra de barbante. Eram as coisas que eu havia escrito no final dos anos 1950, no final do colegial e nos primeiros anos de universidade. Havia poemas garatujados com caneta-tinteiro e borrados, sobre neve, desespero e a Revolução na Hungria. Havia contos falando sobre garotas que tinham tido que casar e professoras de inglês alquebradas, de cabelos grisalhos, ralos – acabar sendo uma das duas coisas, naquela época, era a minha visão do Inferno –, datilografados "catando milho" numa velhíssima máquina de escrever que deixava todas as letras metade vermelhas.

Lá estou eu, então, de volta à décima segunda série, folheando as revistas literárias depois de ter terminado meu dever de casa de Redação em Francês, datilografando meus lúgubres poemas e minhas histórias cheias de coisas irritantes. (Eu tinha fixação por coisas irritantes. Tinha um olho especial para lixo em gramados e cocô de cachorro em calçadas. Nessas histórias geralmente estava úmido, nevando ou chovendo; no mínimo havia neve parcialmente derretida. Se fosse verão, o calor e a umidade eram sempre, insuportavelmente, intensos, e meus personagens tinham manchas de suor debaixo dos braços; se fosse primavera, barro úmido colava-se em seus pés, embora algumas pessoas digam que isso é apenas normal no clima de Toronto.)

No alto dos cantos direitos de alguns desses escritos a garota esperançosa que eu era aos 17 anos havia datilografado: "Direitos Apenas de Primeira Publicação Norte-Americana." Eu não tinha certeza do que eram "Direitos Apenas de Primeira Publicação Norte-Americana", eu incluía porque as revistas literárias diziam que se deveria fazer isso. Naquela época eu era uma aficionada por revistas de literatura, não tendo mais ninguém a quem consultar para conselhos profissionais.

Se eu fosse uma arqueóloga, escavando as camadas de velhos papéis que marcam as eras de minha vida como escritora, teria encontrado no mais fundo ou na Idade da Pedra – digamos por volta das idades de cinco a sete anos – alguns poemas e histórias, precursores comuns de toda minha frenética atividade de escrita posterior. (Muitas crianças escrevem nessa idade, do mesmo modo que muitas crianças desenham. A coisa estranha é que tão poucas se tornem escritoras ou pintoras.) Depois disso há um grande vazio. Durante oito anos, eu simplesmente não escrevi. Então, subitamente, e com algumas lacunas de tempo entre eles, há uma porção de manuscritos. Numa semana eu não era escritora, na seguinte era.

Quem eu pensei que fosse para conseguir sair impune disso? O que pensei que estivesse fazendo? Como consegui sair impune e me dar bem? Para estas perguntas não tenho respostas.

9. *Por que você escreve?*

Existe a página em branco e aquilo que nos obceca. Existe a história que quer se apoderar de você e existe a sua resistência a ela. Existe sua ânsia de sair disso, dessa servidão, de gazetear, de fazer qualquer outra coisa: lavar a roupa suja, assistir a um filme. Existem as palavras e suas inércias, suas preferências, suas insuficiências, suas glórias. Existem os riscos que você corre e a sua perda de coragem, e a ajuda que vem na hora em que você menos espera. Existe a revisão laboriosa, as páginas reescritas, as amassadas que acabam se espalhando pelo chão como lixo derramado. Existe aquela única frase que você sabe que vai salvar.

No dia seguinte existe a página em branco. Você se entrega a ela como uma sonâmbula. Alguma coisa acontece que depois você não consegue lembrar. Você olha para o que fez. É irremediável, inútil.

Você começa de novo. Nunca se torna mais fácil.

16
Escravo de sua própria libertação

O título geral da nova novela de Gabriel García Márquez é Simón Bolívar, "O Libertador", que, nos anos de 1811-24, liderou os exércitos da América do Sul numa série brilhante e exaustiva de campanhas que varreram os espanhóis de suas antigas colônias. No processo, muitas cidades ricas e havia muito estabelecidas foram devastadas, vastas riquezas capturadas e desperdiçadas, populações inteiras dizimadas pelos massacres, fome e doenças, e, em conseqüência disso, a América do Sul unificada, que Bolívar desejava com tanto fervor – uma região que teria equilibrado e desafiado os Estados Unidos –, esfacelou-se numa série de disputas invejosas, intrigas, assassinatos, secessões, brigas de famílias locais e golpes militares.

Não tivesse Bolívar existido, o sr. García Márquez teria de o inventar. Raras vezes houve um casamento tão perfeito entre autor e tema. O sr. García Márquez mergulha em seu material chamejante, quase sempre, improvável, mas trágico por fim, com enorme vigor e prazer, acumulando detalhe sensual sobre detalhe sensual, alternando graça com horror, perfume com o fedor da corrupção, a linguagem elegante da cerimônia pública com a vulgaridade de momentos privados, a clareza racionalista do pensamento de Bolívar com intensidade malárica de suas emoções, mas sempre traçando a compulsão principal que impele seu protagonista: o anseio por uma América Latina unificada e independente. Esta, de acordo com o próprio Bolívar, é a explicação para todas as suas contradições.

Justo agora, quando impérios estão se desintegrando e o mapa político está sendo dramaticamente redesenhado, o tema de O general em seu labirinto é extremamente oportuno. É digno de nota o fato de que o sr. García Márquez tenha escolhido retratar seu herói não nos dias de seus espantosos triunfos, mas em seus últimos meses de amargura e frustração. Sentimos que, para o autor, a história de Bolívar é exemplar, não só para sua era turbulenta, mas também para a nossa. Revoluções têm uma longa história de devorar seus progenitores.

Cada livro de autoria do sr. García Márquez é um importante evento literário. Cada um é bastante diferente de seus predecessores, e a nova novela, habilmente traduzida por Edith Grossman, não é exceção. Tem como cenário o passado, mas chamá-lo de novela histórica seria fazer-lhe uma injustiça. Tampouco é uma dessas ficções – como, por exemplo, *A Maggot*, de John Fowles – em que alguns personagens históricos reais são mesclados com imaginários. Naquele livro o elemento da realidade é frontal e principal: a maioria dos personagens realmente existiu, todos os eventos e a maior parte dos incidentes, de fato, tiveram lugar, e o resto se baseia em trabalho de pesquisa de grande porte: se alguém come uma goiaba, então a goiaba existia naquele lugar e naquela estação.

Mas o sr. García Márquez evita uma narrativa cronológica (embora, de maneira muito útil, uma seqüência linear de acontecimentos seja fornecida ao final). Em vez disso, começa o livro no ponto em que o general Bolívar, um velho aos 46 anos de idade, literalmente consumido pela doença não especificada que logo o matará, é rejeitado como presidente do novo governo que ele próprio ajudou a criar. Desprezado pela elite, ridicularizado pelo populacho, ele deixa a cidade colombiana de Bogotá para uma viagem sinuosa de saveiro descendo pelo rio Magdalena, com a intenção declarada de seguir para a Europa.

Não consegue. Impedido pelo tempo opressivo e calamitoso, pelas maquinações de seus inimigos – em particular por seu companheiro revolucionário e arqui-rival, Francisco de Paula Santander –, pelas ambições políticas de seus amigos, pela doença e, sobretudo, por sua própria relutância em abandonar o cenário das antigas glórias, vagueia de cidade em cidade, de casa em casa, de refúgio em refúgio, arrastando em sua esteira seu séqüito cada vez mais confuso e inquieto. Em alguns lugares é tratado com escárnio, noutros com veneração; ele suporta incessantes celebrações em sua honra, pedidos de intercessão, festas e recepções oficiais, pontuadas pelas intervenções brutais da natureza – enchentes, ondas de calor, epidemias – e por novos episódios de decadência de seu próprio corpo.

O tempo todo é perseguido por uma pergunta que se recusa a responder: será que vai reconquistar a presidência de maneira a suprimir o caos e a guerra civil que estão ameaçando desfazer em pedaços o continente? Em outras palavras, estará disposto a comprar a unidade com o sacrifício de uma democracia rudimentar, e ao preço de uma ditadura encabeçada por si mesmo? Possivelmente está esperando pelo momento apropriado para fazer um retorno, mas este momento nunca chega. "A corrida impetuosa entre seus infortúnios e seus sonhos" é vencida pelos infortúnios, e o monstro no centro de seu "labirinto" o devora no final.

A estrutura do livro é ela própria labiríntica, fazendo a narrativa voltar atrás sobre si mesma, com voltas e reviravoltas confundindo o fio do tempo até que, não só o general, mas também o leitor, não saibam mais dizer exatamente nem onde nem quando ele está. Urdida em meio ao presente, como lembranças, devaneios, sonhos ou alucinações febris, estão muitas cenas da vida anterior do general: quase catástrofes na guerra, esplêndidos triunfos, feitos sobre-humanos de resistência, noites de celebração orgíacas, portentosas reviravoltas de destino e encontros românticos com belas mulheres, das quais parece ter existido um grande número. Há uma imagem profundamente suprimida de sua jovem esposa, morta após oito meses de casamento; há sua devotada amante amazônica, fumante de charutos, Manuela Sáenz, que uma vez o salvou de assassinato. Mas também houve – de acordo com seu fiel criado de quarto, José Palacios, que faz o papel de Leporello para o Don Juan de Bolívar – 35 outros casos amorosos mais sérios, "sem contar os encontros de uma noite só, é claro".

É claro: porque Bolívar não é só um expoente máximo do bem conhecido machismo latino-americano, mas também um verdadeiro filho da era romântica. Sua imaginação política foi formada pela Revolução Francesa; seus heróis foram Napoleão e Rousseau. Como Byron, ele era um ironista romântico, um cético em religião, um zombador de normas sociais, um galanteador

– um homem capaz de enorme auto-sacrifício em busca de grandiosas e gloriosas metas, mas, exceto por isso, um adorador diante do altar de seu próprio ego. Ele se aproximava de cada nova mulher como se fosse um desafio; "uma vez satisfeito, ele... lhes enviaria presentes extravagantes para se proteger do esquecimento, mas não dedicava a mais ínfima parte de sua vida a elas".

No tema da política, o Bolívar do sr. García Márquez fica pouco aquém do profético. Pouco antes de sua morte, proclama que a América do Sul "é ingovernável, o homem que serve uma revolução ara o mar, esta nação inevitavelmente cairá nas mãos do populacho incontrolável e depois passará para as mãos de tiranos mesquinhos quase que indistinguíveis". Ele prevê os perigos da dívida: "Adverti Santander de que qualquer bem que tivéssemos feito para a nação seria inútil se assumíssemos dívidas, porque continuaríamos pagando juros até o fim dos tempos. Agora está claro, a dívida nos destruirá no final." Ele tem algo a dizer também sobre o papel dos Estados Unidos em assuntos latino-americanos: convidar os Estados Unidos para o Congresso do Panamá é "como convidar o gato para a festa dos camundongos". "Não vá... aos Estados Unidos", adverte um colega. "É onipotente e terrível, e seu discurso de liberdade acabará numa praga de misérias para todos nós." Como observou Carlos Fuentes, os padrões da política latino-americana e da intervenção dos Estados Unidos nela não se modificaram muito em 160 anos.

Além de ser um fascinante *tour de force* literário e um tributo tocante a um homem extraordinário, *O general em seu labirinto* é um triste comentário sobre a crueldade do processo político. Bolívar mudou a história, mas não tanto quanto gostaria de ter mudado. Existem estátuas do "Libertador" por toda parte na América Latina, mas a seus próprios olhos ele morreu derrotado.

17
Angela Carter: 1940–1992

Inteligência e gentileza nem sempre andam juntas – pessoas muito inteligentes sendo notória e facilmente irritáveis com a burrice de outras –, mas em Angela Carter, que morreu no domingo passado, andavam sim. Quando você era esfolado pela imprensa britânica, como às vezes acontece com autores, ela estava sempre pronta com um band-aid e uma xícara de chá; e para que você não se sentisse uma criança manhosa e cheia de autopiedade, também estava pronta para acrescentar algumas de suas próprias queixas. Poucos escritores compreendem esse procedimento, que requer tato e equilíbrio, mas Angela o aperfeiçoara até transformá-lo em obra de arte.

A coisa surpreendente a respeito dela, para mim, era que alguém que se parecesse tanto com a Fada Madrinha – os cabelos compridos, prematuramente brancos, a pele clara e bonita, os olhos benignos ligeiramente pestanejantes, a boca em forma de coração – na verdade poderia *ser* exatamente uma Fada Madrinha. Ela parecia sempre estar à beira de conceder alguma coisa – algum talismã, algum presente mágico que você precisaria para fazer a travessia da floresta escura, alguma fórmula verbal útil para abrir portas encantadas.

Ficava-se esperando que ela se dirigisse a você chamando-a de "minha criança", embora de um jeito distraído e mais que condescendente. Mas, uma vez que ela possuía uma reserva infinita de trunfos na manga – fatos, curiosidades, livros a serem lidos, fragmentos de bisbilhotices, montanhas de coisas de modo geral –, a gente nunca se desapontava. Você sempre saía com a sensação de ter recebido mais do que tinha dado.

Mas esta benevolência inata não era uma questão de cortesia convencional. Você tomava sua xícara de chá na cozinha, não na sala, e numa caneca. Várias de nossas conversas tiveram lugar enquanto dávamos de comer aos nossos respectivos filhos ainda pequenos, pizzas servidas em pratos fundos em estabelecimentos que estavam longe de ser chiques. Também havia nela algo da Rainha Branca de *Alice*: tivesse ela tido quaisquer grampos de cabelo, estes certamente estariam saindo voando constantemente. Embora dotada de uma mente absolutamente organizada, vivia em meio ao que poderia ser chamado de uma confusão, ou uma profusão, dependendo do ponto de vista, e fazia poucas concessões às idéias do que deveria ser comprado, usado ou guardado.

Tampouco era hipócrita ou dissimulada. Como se poderia esperar da leitura de seus livros – ela era, dentre outras coisas, uma estranha estilista, original e barroca, um traço especialmente acentuado em O *quarto do Barba-Azul* –, seu vocabulário era uma mistura finamente sintonizada de frase, adjetivo delicioso, aforismo espirituoso e vigorosa vulgaridade, tipo "vá tomar dentro", tão evidentes em suas novelas *Wise Children* e *Noites no circo*.

Mas era destituída do reflexo de resposta de desdém zombeteiro. Caso se apresentasse uma opinião que suplicasse por ser desdenhada com zombaria, haveria uma pausa enquanto ela a examinava a partir de todos os lados. Então, dava um sorriso beatífico, mas travesso, e seguia adiante com a conversa – com sua voz aguda, de tom de surpresa, estranhamente infantil – como se num jogo, para representar o papel de advogada do diabo, defendendo a posição merecedora de desdém zombeteiro só para ver se havia algo de interesse nela. Talvez *jogo* seja a palavra operativa – não no sentido de *atividade trivial*, mas no sentido de jogo de palavra, jogo de pensamentos, jogo de luzes. A despeito de seu ceticismo, sua praticidade realista e de um subtom de tristeza silenciosa e, por vezes, fatalista, a imaginação em ação era volátil, multifacetada e mais que ligeiramente gótica.

Ela já nasceu subversiva, no sentido do radical da palavra *revolver*. Tinha um sentimento de afeto instintivo pelo outro lado, que também incluía o lado inferior, e pela outra mão, a sinistra. Só ela poderia ter escrito *The Sadeian Woman*, que interpreta as heroínas malcomportadas do marquês de Sade como feministas primitivas. O outro lado também é o lado irracional, e ela era, talvez e em parte, uma herdeira da tradição fantástica escocesa ou celta, conforme exemplificada por, digamos, George Macdonald. O elemento escocês em suas origens – de que se orgulhava – poderia explicar sua abertura para as ex-colônias, tais como a Austrália, que ela adorava, e o Canadá, onde possuía um público leitor fiel.

Em um país onde a resposta mais do que demasiado freqüente a qualquer menção ao Canadá é um bocejo educado, esta última característica fez dela uma pessoa estimada por mim. Embora possuísse um conhecimento detalhado – até mesmo antropológico – da Grã-Bretanha, ela era o oposto de paroquialista. Nada, para ela, estava fora dos limites: queria saber a respeito de tudo e de todos, e cada lugar e cada palavra. Apreciava imensamente a vida e a linguagem, e regalava-se com o diverso.

Parte de sua gentileza foi o fato de ter tornado o processo de sua morte fácil para seus muitos amigos, tão fácil quanto lhe foi possível. Espero que ela tenha tido pelo menos uma pequenina idéia de quanto sua falta será sentida.

18
Posfácio de *Anne of Green Gables*

Anne of Green Gables é um daqueles livros que você se sente quase culpada por gostar, porque muitas outras pessoas também parecem gostar. Se é assim tão popular, você pensa que não é possível que seja bom, ou bom para você.

Como muitos outros, li este livro em criança, e o absorvi tão completamente que não consigo nem me lembrar de quando. Li-o para minha filha quando ela tinha oito anos, e ela o leu de novo, sozinha, mais tarde, e comprou todas as continuações – que ela, como todo mundo, inclusive a autora, se deu conta não ficavam exatamente no mesmo nível do original. Também assisti ao seriado de televisão, e, a despeito de adaptações e cortes, a história central se manteve forte e sedutora como nunca.

E vários verões atrás, quando minha família e eu estávamos passando uma temporada na ilha do Príncipe Eduardo, assisti até ao musical. A loja de presentes do teatro tinha em oferta bonecas *Anne,* um livro de receitas de *Anne* e uma parafernália de *Anne* de todo tipo. O teatro em si era grande, mas estava lotado; na nossa frente estava sentada uma longa fileira de turistas japoneses. Durante um momento especialmente específico de cultura – uma dança em que uma horda de pessoas saltava de um lado para o outro segurando ovos colados em colheres seguras entre seus dentes cerrados –, perguntei a mim mesma que impressão os turistas japoneses poderiam ter daquilo. Depois comecei a querer saber que impressão e opinião eles teriam do fenômeno inteiro. Que impressão tinham das bonecas *Anne*, das bugigangas *Anne*, dos próprios livros *Anne*? Por que seria Anne Shirley, a órfã tagarela ruiva, tão espantosamente apreciada entre eles?

Possivelmente era o cabelo vermelho: isso deveria ser exótico, pensei. Ou provalmente as mulheres e garotas japonesas achavam Anne encorajadora: diante do perigo de rejeição, porque não é o desejado e valioso menino, ela consegue conquistar o coração de seus pais adotivos e acabar o livro com grande aprovação social. Mas ela triunfa sem sacrificar o sentido de si mesma: não tolera insultos, se defende, e até perde a paciência e o controle e sai disso impune. Ela quebra tabus. Em um nível mais convencional, Anne dá duro na escola e ganha uma bolsa de estudos, respeita os mais velhos, ou, pelos menos, alguns deles, e tem um grande amor pela Natureza (embora seja a Natureza em seu aspecto mais brando; seu mundo é um mundo pastoril de jardins e árvores em flor, não de montanhas e furacões).

Para mim, foi útil tentar olhar para as virtudes de *Anne* através de outros olhos, porque, para uma mulher canadense – outrora uma garota canadense –, a personagem é um truísmo. Leitoras de minha geração e de várias gerações anteriores e posteriores, não pensam em *Anne* como sendo "escrita". Ela simplesmente sempre esteve lá. É difícil não achar o livro algo natural e é quase impossível olhá-lo como algo novo e empolgante, tomar consciência do impacto que deve ter tido logo que foi lançado.

É tentador pensar em *Anne* como apenas um livro muito bom para "garotas" sobre – e concebido para – pré-adolescentes. E em um determinado nível, é apenas isso. A intensa amizade de Anne com a sempre fiel Diana Barry, a odiosidade de Josie Pye, a política de sala de aula, os "apertos" tipo tempestade em copo d'água, a vaidade exagerada de Anne e sua consciência de moda para roupas e marcadores de páginas livros nos são todos muito conhecidos, tanto por nossa própria observação e experiência quanto a partir de outros "livros para garotas".

Mas, *Anne* tem como inspiração uma linhagem literária mais sombria e, alguns diriam, mais respeitável. Anne Shirley é, afinal, uma órfã, e os primeiros capítulos de *Jane Eyre, Oliver Twist* e *Grande esperanças* e, mais tarde e mais próxima de Anne, a mal-humorada, infeliz e pálida pequena Mary, de *O jardim secreto*, contribuíram para a formação de Anne Shirley como heroína-órfã e para a compreensão do leitor dos perigos da orfandade no século XIX e princípio do XX. A menos que lhe tivesse sido permitido ficar em Green Gables, o destino de Anne teria sido ser passada de mão em mão, como uma criadinha barata, de um grupo de adultos desinteressados para outro. No mundo real, em oposição ao literário, ela teria corrido um grande perigo de acabar grávida e em desgraça, violentada – como muitas das órfãs dos Abrigos Barnardo – pelos homens das famílias nas quais tinha sido "acolhida". Nós esquecemos, hoje em dia, que órfãos, outrora, eram desprezados, explorados e temidos, considerados filhos de criminosos ou produtos de sexo imoral. Rachel Lynde, em seus contos sobre órfãos que envenenaram e atearam fogo às famílias que os acolheram, está apenas emitindo opinião geral recebida. Não é de espantar que Anne chore tanto quando pensa que vai ser "devolvida", e não é de espantar que Marilla e Matthew sejam considerados "estranhos" por ficar com ela!

Mas Anne também tem algo de uma outra tradição "de órfão": o órfão de conto popular que vence apesar de todos os obstáculos, a criança mágica que surge, ao que parece, vinda do nada – como o Rei Artur – e que demonstra ter qualidades muito superiores às de qualquer outra ao seu redor.

Tais ecos literários podem formar os suportes estruturais da história de Anne, mas a textura é incessantemente local. L. M. Montgomery se mantém dentro dos parâmetros das convenções que lhe estavam disponíveis: ninguém vai ao banheiro neste livro e, embora estejamos no campo, não há porcos que sejam visivelmente mortos. Mas, isto dito, ela permanece fiel a suas próprias crenças estéticas, conforme estipuladas pela adorada professora de Anne, Miss Stacy, que "não nos deixa escrever em nossas vidas nada, senão o que poderia acontecer em Avonlea". Parte do atual interesse em "Avonlea" é que parece um mundo mais "bem disposto", mais inocente, que há muito tempo já se foi e muito diferente do nosso mundo; mas, para Montgomery, "Avonlea" era nada mais que a realidade editada. Ela estava determinada a escrever a partir daquilo que conhecia: não toda a verdade, talvez, mas também não uma "romantização" total. Quartos e roupas e bisbilhotices maliciosas são descritos do modo como eram, e as pessoas falam em vernáculo, excluídos os palavrões – mas, por outro lado, aquelas que ouvimos falando são principalmente mulheres "respeitáveis", que, de todo modo, não diriam palavrões. Esse mundo me era conhecido através das histórias contadas por meus pais e tias Marítimos: o sentido de comunidade e "família", o horror de "ser mal falada", a retidão presunçosa, a desconfiança de gente de fora, a divisão clara entre o que era "respeitável" e o que não era, bem como o orgulho por trabalhar duro e o respeito por realizações, todos são fielmente retratados por Montgomery. O discurso de Marilla para Anne – "Eu acredito que uma garota pode ser capaz de trabalhar para ganhar seu próprio sustento, quer ela tenha que fazê-lo ou não" – pode parecer feminismo radical para alguns, mas, na verdade, é apenas uma amostra de confiança em si mesmas das Marítimas. Minha mãe foi educada assim; conseqüentemente, eu também.

Montgomery escreveu a partir de suas próprias experiências de uma maneira diferente e também mais profunda. Conhecendo o que agora conhecemos a respeito de sua vida, nos damos conta de que a história de Anne era uma imagem de espelho de sua própria história e extrai muito de sua força e pungência do desejo de realização frustrado. Montgomery, também, era virtualmente uma órfã, abandonada pelo pai depois da morte da mãe com um casal de avós rígidos e críticos, mas ela nunca conquistou o amor que concede tão generosamente a Anne. A experiência de Anne de exclusão era inquestionavelmente de Montgomery; o anseio por aceitação deve ter sido dela também. Do mesmo modo o eram o lirismo, o sentido de injustiça, a raiva rebelde.

As crianças se identificam com Anne porque ela é o que elas com freqüência sentem que são – impotentes, desprezadas e malentendidas. Ela se revolta como elas gostariam de se revoltar, consegue o que elas gostariam de ter e é querida como elas gostariam de ser. Quando eu era criança, pensava – como pensam as crianças – que Anne era o centro do livro. Eu torcia por ela e aplaudia suas vitórias sobre os adultos, a frustração que ela impunha às vontades deles. Mas existe uma outra perspectiva.

Embora *Anne* seja sobre a infância, também é bastante centrado no relacionamento difícil e por vezes de infinita tristeza entre crianças e adultos. Anne parece não ter nenhum poder, mas, na realidade, ela tem o vasto poder inconsciente de uma criança muito amada. Embora mude no correr do livro – ela cresce –, sua principal transformação é física. Como o Patinho Feio, ela se transforma num cisne; mas a Anne interior – sua essência moral – permanece, em grande medida, o que sempre foi. Matthew, também, começa como pretende continuar: é um daqueles homens tímidos com jeito de criança que encantam o coração de Montgomery (como o primo Jimmy na série de livros *Emily*). Ele ama Anne a partir do momento em que a vê, e toma seu partido em todos os sentidos e em todas as ocasiões.

O único personagem que passa por algum tipo de transformação essencial é Marilla. *Anne of Green Gables* não é a respeito de Anne se tornar uma boa menina: é a respeito de Marilla Cuthbert se transformar numa mulher boa – e mais completa. No princípio do livro, ela sequer está viva; como Rachel Lynde, a voz do bom senso da comunidade, explica: Marilla não está *vivendo*, está apenas *ficando*. Marilla acolhe Anne não por amor, como Matthew, mas por um frio sentido de dever. É apenas no correr do livro que nos damos conta de que há uma forte semelhança de parentesco entre as duas. Matthew, como sempre soubemos, é um "espírito familiar" para Anne, mas a afinidade com Marilla é mais profunda: Marilla também foi considerada "estranha", feia, não foi amada. Ela, também, foi vítima do destino e da injustiça.

Sem Marilla, Anne seria – admitamos – tristemente unidimensional, uma criança tagarela demais, cuja graça precoce poderia muito facilmente se tornar insípida. Marilla acrescenta o toque de suco de limão salvador. Por outro lado, Anne faz a passagem ao ato de muitos dos pensamentos, vontades e desejos ocultos de Marilla, o que é essencial para o relacionamento delas. E, em suas batalhas de vontade com Anne, Marilla é obrigada a confrontar a si mesma e a recuperar o que perdeu ou reprimiu: sua capacidade de amar, a plena variedade de suas emoções. Sob todo seu penoso asseio e praticidade, ela é uma mulher passional, como seu luto intenso e descontrolado pela morte de Matthew comprova. A mais tocante declaração de amor do livro não tem nada a ver com Gilbert Blythe: é a dolorosa confissão de Marilla no penúltimo capítulo:

Oh, Anne, eu sei que talvez tenha sido um tanto rígida e áspera com você, mas não deve pensar que eu não a amasse tanto quanto Matthew, apesar de tudo aquilo. Quero lhe dizer agora, enquanto posso. Nunca foi fácil, para mim, dizer as coisas que tenho no coração, mas em momentos como este é mais fácil. Eu amo você tanto quanto se fosse carne de minha carne e sangue de meu sangue, e você tem sido minha alegria e consolo desde que veio para Green Gables.

A Marilla que conhecemos logo de início jamais teria se aberto e se desnudado inteiramente desse modo. Só depois de ter recuperado – muito penosamente e de maneira bastante desajeitada – sua capacidade de sentir e se manifestar, ela pode se tornar o que a própria Anne perdeu há tanto tempo e realmente quer: uma mãe. Mas amar é tornar-se vulnerável. No princípio do livro Marilla é todo-poderosa, mas quando chega o final, a estrutura se inverte, e Anne tem muito mais a oferecer a Marilla do que o inverso.

É possível que sejam as ridículas traquinagens de Anne o que torna o livro tão atraente para crianças, mas são os esforços de Marilla que lhe dão ressonância para adultos. Anne pode ser a órfã em todos nós, mas, por outro lado, Marilla também o é. Anne é a versão de conto de fadas da realização de desejo, aquilo que Montgomery ansiava ter. Marilla é, mais provavelmente, o que ela temia vir a se tornar: triste, abandonada, aprisionada, inútil e não amada. Cada uma delas salva a outra. É a elegância do encaixe psicológico delas – bem como a invenção, humor e fidelidade da escrita – que faz de *Anne* uma fábula tão prazerosa e duradoura.

19
Introdução: Os primeiros anos

Por fazermos grandiosas declarações em nossos dias
Podemos esperar pequenas platéias.

Gwendolyn MacEwen nasceu em Toronto em setembro de 1941, durante os tempos mais sombrios da Segunda Guerra Mundial. Ela morreu inesperadamente e jovem demais em 1987, aos 45 anos.

Devido a uma vida familiar tumultuada – sua mãe era hospitalizada com freqüência devido à doença mental, seu pai tornou-se alcoólatra –, sua infância foi estressante, mas a convicção de que seria poetisa lhe veio como a única vantagem no princípio da adolescência. Começou a ter seus poemas publicados no respeitado periódico *The Canadian Forum* aos 16 anos de idade, e aos 18 – embora advertida a não tomar uma atitude tão radical por cabeças mais práticas – abandonou os estudos para seguir sua vocação.

O final dos anos 1950 não era a melhor época para tomar uma decisão desse tipo, especialmente se você fosse mulher. No mundo da cultura popular convencional norte-americana, Doris Day e Betty Crocker reinavam supremas, e a domesticidade "Mamãe-e-Papai" era a norma; rebelião contra a burguesia era encarnada por Marlon Brando e sua gangue só de rapazes motoqueiros em *O selvagem*. A música era rock ou jazz, ambos os tipos fortemente masculinos. "Artista" significava pintor, homem; qualquer mulher ousada o suficiente para pegar num pincel era considerada uma amadora superficial. Os escritores da Geração Beat tinham um lugar para mulheres, é verdade, mas apenas como parceiras ajudantes complacentes; esperava-se que elas continuassem cozinhando, sorrindo e pagando o aluguel, e tratassem de não aborrecer seus homens geniais. Naquela época ainda fortemente freudiana, presumia-se que mulheres artistas, de qualquer espécie, tivessem problemas de ajustamento. *O homem faz, a mulher é*, como Robert Graves afirmou tão assustadoramente; se as mulheres insistissem em fazer em vez de ser, tinham a probabilidade de acabar com a cabeça dentro do forno.

Para Gwendolyn MacEwen, tudo isso era aumentado se pensando em termos de localização. Toronto não era, exatamente, um centro de energia artística cosmopolita na época. Montreal era considerada o coração cultural, tanto para artistas de língua inglesa quanto de língua francesa, enquanto Toronto era vista como um lugar atrasado, puritano e provinciano, lugar tedioso e constipado onde não se podia tomar vinho com o jantar. Pessoas de bom gosto olhavam a cidade com desprezo, inclusive e especialmente as que moravam lá. O colonialismo se mantinha firme, e se presumia que os produtos culturais de primeira linha fossem importados do exterior – da Europa, se você fosse antiquado, de Nova York, se pensasse em si mesmo como sendo de vanguarda.

Mas para jovens escritores, até mesmo jovens mulheres escritoras, havia compensações. Tendências culturais nunca são tão opressivamente homogêneas nos lugares atrasados quanto o são nos centros, e no Canadá houve uma geração de poetisas pouco antes da geração de MacEwen que ainda não tinham tomado conhecimento de que elas deveriam apenas *ser*: Phyllis Webb, Anne Wilkinson, Jay Macpherson, P. K. Page, Margaret Avison. E essa comunidade literária era tão pequena, tão sitiada e desejosa de reforços, que dava boa acolhida a qualquer recém-chegado de talento, especialmente um talento tão notável quanto o de MacEwen. De maneira bastante estranha, esse período – tão ameaçador e, aparentemente, desértico ao olhar casual – foi, para a profissão literária, uma era de jovens sucessos; além de Leonard Cohen, produziu Daryl Hine, que publicou sua primeira grande coletânea quando tinha menos de vinte anos, James Reaney, o menino-prodígio de Stratford, Marie-Claire Blais, a menina-prodígio de Quebec, Jay Macpherson, que ganhou o mais importante prêmio literário do país quando tinha 27 anos, Michael

Ondaatje, B. P. Nichol, Joe Rosenblatt, Bill Bissett – todos publicados quando jovens em começo de carreira. Assim, embora Gwendolyn MacEwen tenha começado a publicar muito cedo, não estava sozinha.

Tampouco era incomum que começasse com poesia. Como muitos de seus contemporâneos, ela, por fim, acabou escrevendo várias novelas e coletâneas de contos e, ao longo de sua carreira, peças teatrais para rádio, traduções de peças de teatro e literatura de viagem, mas a poesia foi escrita e publicada antes. De fato, durante a maior parte da década de 1960 a poesia era a forma literária predominante no Canadá: os poucos editores existentes se mostravam relutantes em correr riscos com novos novelistas, uma vez que a produção de novelas era cara e acreditava-se que teriam um público leitor muito limitado no Canadá, e nenhum fora dele. Porém, poemas podiam ser publicados como cartazes impressos de um lado só, ou em uma das cinco ou seis "pequenas" revistas então existentes, ou por máquinas impressoras muito pequenas, com freqüência operadas pelos próprios autores, ou podiam ser transmitidos pelo rádio – especialmente no programa fundamental da CBC, *Anthology*. Ou podiam ser lidos em voz alta.

Conheci Gwendolyn MacEwen no outono de 1960 no The Bohemian Embassy, um café e bar – estávamos, naquela altura, na era dos cafés – que apresentava shows de jazz e música folk, e, nas noites de quinta-feira, recitais de poesia. O Embassy tinha o *décor* de seu período – as toalhas xadrez, as velas em garrafas de *chianti*; cheio de fumaça, também tinha um risco de incêndio. Mas era a Meca da comunidade da poesia, e MacEwen, que na época devia ter 19 anos, já era uma declamadora assídua por lá. Ela era uma pessoa esguia de corpo, com olhos de corça, de voz suntuosa, passional, acariciadora que devia um pouco, talvez, a Lauren Bacall. A combinação da aparência física quase infantil com a voz rica e a autoridade poética eram sedutoras – você saía de um recital de MacEwen com a sensação de ter descoberto um segredo delicioso e singular.

O interesse principal de MacEwen como poetisa estava na linguagem e em seu corolário, criador de mito. Nisso ela não estava sozinha: o final dos anos 1950 e princípio dos anos 1960 incluíram uma espécie de pequena Era do Mito, embora houvesse, é claro, outras influências presentes. *Anatomy of Criticism*, de Northrop Frye, ocupava o centro do palco da crítica, com Marshall McLuhan e sua análise estrutural da cultura popular em franca ascensão. O primeiro volume de Leonard Cohen foi intitulado *Let Us Compare Mythologies*; a revista de James Reaney, *Alphabet*, era inteiramente dedicada à abordagem "mitopoética", ou às correspondências entre a "vida real" e "história"; e os poetas canadenses viviam eternamente dizendo uns aos outros que o que realmente precisavam fazer era criar uma "mitologia nativa". Nesse contexto, o interesse de MacEwen pelo que poderíamos chamar de uma estruturação mítica da realidade – ou a estruturação de uma realidade mítica, em oposição ao mundo decepcionante da experiência mundana a que ela se refere com freqüência como "Kanada" – parece menos bizarro. Verdade, mas ninguém se voltou para o Egito Antigo e para o Oriente Médio com a mesma intensidade com que ela o fez, embora seu Outro Mundo imaginativo não seja limitado a uma época ou lugar. Em geral – e especialmente em sua poesia inicial –, ela opõe as obras de crianças, mágicos, aventureiros, artistas escapistas, do hierárquico e esplêndido passado, dos divinamente loucos, do "barbaresco" e da poesia às dos adultos, materialistas, burocratas, da desgastante rotina cotidiana moderna, da sanidade estúpida, dos "mansos" e da prosa jornalística.

Um dos paradoxos da obra de MacEwen é que os protagonistas que ela escolhe – em termos de Yeats, as *personae* – são quase invariavelmente homens. Ela fala numa voz feminina quando se dirige como um lírico "Eu" a um "Você" masculino, porém, quando usa uma forma mais dramática, ou escreve um poema sobre uma figura heróica, o personagem central é geralmente masculino; por exemplo, o artista escapista Manzini, ou sir John Franklin, ou – em uma obra posterior, mais importante – Lawrence da Arábia. Quando figuras femininas da história ou da ficção aparecem como falantes, têm a probabilidade de ser exceções de seu sexo: princesas egípcias, não mulheres egípcias comuns; *Ela,* de Rider Haggard, com poderes sobrenaturais.

Mas isso não é realmente surpreendente. Os papéis disponíveis para mulheres na época careciam de energia, e se o que lhe interessava era magia, risco e exploração, em vez de, digamos, a contemplação silenciosa no jardim entre as refeições, então a escolha de uma voz masculina era quase inevitável. MacEwen queria estar lá na ponta penetrante da vanguarda junto com os rapazes, não lá atrás na cozinha com as garotas; era fascinada por categorias cósmicas, e a época de mulheres astronautas ainda não havia chegado. Ela poderia ter analisado a condição feminina e lançado mão da raiva resultante, como Sylvia Plath, mas então teria sido um tipo de poetisa muito diferente. O poder – inclusive o lado sombrio do poder – era muito mais interessante para ela do que a impotência. Mesmo em poemas de amor, nos quais repetidamente invoca e exorta o que parece ser uma figura masculina transcendente – uma espécie de musa masculina –, é evidente quem está fazendo a invocação, e invocar é, afinal, uma espécie de conjuração, com o sucesso dependendo da maestria e da habilidade verbal do conjurante. O que a atraía não era a queixa, mas a exuberância; não a descida, mas a ascensão; não o fogo, mas o *atiçar* o fogo.

O primeiro volume de poemas selecionados de Gwendolyn MacEwen cobre os primeiros 15 anos de sua carreira poética, do final dos anos 1950 até o princípio dos anos 1970. Traça uma brilhante trajetória de seus primeiros poemas, seguida pela evolução e a exposição das camadas espantosamente rápidas de seu talento. Nesses poemas sua envergadura e arte, sua força e inteligência poéticas, falam por si mesmas. Ao longo desses anos ela criou, num período extraordinariamente curto de tempo, um universo poético diverso e uma voz poderosa e singular, ora brincalhona e extravagante, ora melancólica, ora ousada e profunda. Lê-la continua sendo o que sempre foi: um prazer árduo, mas encantador, embora não sem seus desafios e sombreados.

Negócio, infiel, a noite é de fato difícil.

20
Vilãs de mãos manchadas: Problemas de mau comportamento feminino na criação de literatura

Meu título é: "Vilãs de mãos manchadas"; meu subtítulo é "Problemas de mau comportamento feminino na criação de literatura". Eu provavelmente deveria ter dito "na criação de novelas, peças e poemas épicos". Mau comportamento feminino ocorre em poemas líricos, é claro, mas não em extensão suficiente.

Comecei a pensar a respeito do tema muito cedo em minha vida. Tinha um poema de criança que dizia:

> Havia uma garotinha
> Que tinha um cachinho
> Bem no meio da testa;
> Quando se comportava bem, era muito, muito boa,
> Mas quando se comportava mal, era medonha!

Sem dúvida, isto é um remanescente da divisão Anjo/Prostituta entre os vitorianos, mas, aos cinco anos de idade, eu não sabia disso. Considerei este poema como de significação pessoal – afinal eu tinha cachinhos –, e ele me fez compreender as possibilidades profundamente junguianas de uma vida dupla, tipo dr. Jekyll-mr. Hyde para mulheres. Meu irmão mais velho usava esse poema para implicar comigo. Ele conseguia fazer "muito, muito boa" parecer quase pior que "medonha", algo que continua a ser uma análise precisa para o novelista. Crie uma personagem sem defeito e você criará uma personagem insuportável; o que pode ser o motivo pelo qual me interesso por manchas.

Alguns dos senhores poderão estar conjeturando se as mãos manchadas, em meu título, referem-se às manchas de idade. Será que talvez minha palestra será centrada no, outrora proibido, mas agora quentíssimo tópico A Menopausa, sem o qual qualquer coletânea de temas relacionados à mulher seria incompleta? Apresso-me em esclarecer que meu título não é relacionado à idade; não se refere nem a manchas de idade nem a manchas de juventude adolescente. Em vez disso, recorda aquela mais famosa dentre todas as manchas, a mácula invisível, mas indelével na mão da perversa Lady Macbeth. Mácula no sentido de culpa, mácula no sentido de sangue, mácula como na fala "fora, maldita". Lady Macbeth tinha uma mácula, Ofélia era imaculada; ambas tiveram fins difíceis e embaraçosos, mas entre elas há um mundo de diferença.

E hoje em dia não é, digamos, *antifeminista*, de alguma forma, retratar uma mulher se comportando mal? Não se presume que o mau comportamento seja monopólio de homens? Não é isso que se espera – num desafio à vida real – que, de certo modo acreditemos? Quando mulheres más entram na literatura, o que estão fazendo lá? E elas são permissíveis, mas para quê? E se é que alguma coisa há, precisamos delas?

Nós precisamos realmente de algo semelhante a elas, ou seja, alguma coisa disruptiva à ordem estática. Quando minha filha tinha cinco anos, ela e sua amiga Heather anunciaram que iriam encenar uma peça. Nós estávamos conscritos como a platéia. Acomodamo-nos em nossas cadeiras, esperando ver alguma coisa digna de nota. A peça se iniciava com duas personagens tomando o café-da-manhã. Isto era promissor – uma peça ibseniana, talvez, ou alguma coisa de G. B. Shaw? Shakespeare não é muito amigo de cenas de abertura de café-da-manhã, mas outros dramaturgos de talento não as desdenharam.

A peça progrediu. As duas personagens tomaram mais café-da-manhã. Depois tomaram ainda mais. Elas passaram a geléia uma para a outra, os flocos de milho, a torrada. Cada uma perguntou à outra se queria uma xícara de chá. O que estava acontecendo? Seria aquilo Pinter, talvez, ou Ionesco, ou talvez Andy Warhol? A platéia começou a se impacientar.

– Vocês vão fazer alguma coisa além de tomar o café-da-manhã? – perguntamos.

– Não – disseram elas.

– Então não é uma peça – dissemos. – Alguma outra coisa tem de acontecer.

E aí os senhores podem ver e entender a diferença entre literatura – pelo menos literatura conforme corporificada em peças e novelas – e a vida. *Alguma outra coisa tem de acontecer.* À vida podemos pedir nada mais do que uma espécie de eterno café-da-manhã – que calha de ser minha refeição favorita e certamente é a mais esperançosa, uma vez que não sabemos ainda a que atrocidades o dia pode escolher nos submeter –, mas se vamos ficar sentados quietos durante duas ou três horas em um teatro, ou enfrentar a leitura de duzentas ou trezentas páginas de um livro, com toda certeza esperamos por algo mais que um café-da-manhã.

Que tipo de algo mais? Pode ser um terremoto, uma tempestade, um ataque de marcianos, a descoberta de que seu cônjuge está tendo um caso ou, se o autor for hiperativo, todas essas coisas ao mesmo tempo. Ou pode ser a revelação da maculação de uma mulher manchada, maculada. Chegarei a essas pessoas infames daqui a pouco, mas primeiro permitam-me abordar alguns elementos fundamentais que podem ser um insulto à inteligência dos senhores, mas que são confortadores para a minha, porque me ajudam a me concentrar no que estou fazendo como criadora de ficções. Se os senhores pensam que estou chicoteando alguns cavalos mortos – permitam-me lhes garantir que não é isto, porque os cavalos não estão de fato mortos, e sim estão lá fora no mundo, galopando vigorosamente como nunca.

Como sei disso? Eu leio minha correspondência. Também ouço as perguntas que as pessoas me fazem, tanto em entrevistas e depois de leituras em público. Os tipos de pergunta a que me refiro têm a ver com o modo pelo qual os personagens devem se comportar em novelas. Infelizmente, há uma tendência disseminada de julgar tais personagens como se fossem candidatos a empregos, ou funcionários públicos, ou possíveis companheiros de quarto, ou alguém com quem você está pensando em se casar. Por exemplo, eu às vezes recebo uma pergunta – quase sempre, ultimamente, de mulheres – que diz mais ou menos o seguinte: "Por que a senhora não faz os homens mais fortes?" Em minha opinião, esta é uma questão que deveria mais adequadamente ser apresentada a Deus. Não fui eu, afinal, que criei Adão, tão sujeito à tentação que sacrificou a vida eterna por uma maçã; o que me leva a crer que Deus – que é, entre outras coisas, um autor – é tão apaixonado por defeitos de caráter e enredos terríveis quanto nós, escritores humanos. Os personagens na novela padrão não são, de forma geral, pessoas com quem se gostaria de ter um envolvimento pessoal ou de negócios. Como então responderíamos a questão dessas criações? Ou, do meu lado da página, que está em branco quando começo, como devo fazer para criá-las?

O que é uma novela, de todo modo? Apenas uma pessoa muito tola tentaria dar uma resposta definitiva, além de dizer os fatos mais ou menos óbvios de que é uma narrativa literária de alguma extensão que afirma, no verso da folha de rosto, não ser verdadeira, mas que busca, não obstante, convencer seus leitores de que é. É típico do cinismo de nossa era que, se você escreve uma novela, todo mundo presume que seja a respeito de pessoas de verdade, ligeiramente disfarçadas; mas se você escreve uma autobiografia, todo mundo presume que esteja mentindo até a alma. Parte disso está correto, porque todo artista é, entre outras coisas, um enganador.

Nós artistas enganadores dizemos a verdade de certa maneira, mas como disse Emily Dickinson, dizemos obliquamente. Por vias indiretas, encontramos a direção correta – de modo que aqui, para fácil referência, está uma lista de dança de exclusão daquilo que novelas não são:

– Novelas não são manuais de estudo sociológicos, embora possam ter comentários e crítica social.

– Novelas não são tratados políticos, embora "política" – no sentido de estruturas de poder humanas – seja, inevitavelmente, um de seus temas. Mas se a intenção principal do autor é nos converter a alguma coisa – quer essa alguma coisa seja cristianismo, capitalismo, crença no casamento como única resposta às preces de uma donzela, ou feminismo –, é provável que farejemos isso e nos rebelemos. Como observou André Gide certa ocasião, "é com nobres sentimentos que a má literatura é escrita".

– Novelas não são livros de auto-ajuda; não lhes mostrarão como conduzir uma vida bem-sucedida, embora algumas delas possam ser lidas dessa maneira. Será *Orgulho e preconceito* a respeito de como uma mulher sensata, de classe média, no século XIX, conseguirá para marido um homem apropriado, com uma boa renda, aquilo que ela podia esperar de melhor na vida, dadas as limitações de sua situação? Em parte. Mas não completamente.

– Novelas não são, basicamente, tratados de moral. Seus personagens não são modelos de bom comportamento; se são, nós provavelmente não as leremos. Mas elas *estão* ligadas a noções de moralidade porque são a respeito de seres humanos, e seres humanos dividem o comportamento entre bom e mau. Os personagens julgam uns aos outros, e o leitor julga os personagens. Contudo, o sucesso de uma novela não depende de um veredicto de Inocente por parte do leitor. Como disse Keats, Shakespeare tanto se divertiu em criar Iago – aquele arquivilão – quanto em criar Imogen. Eu diria que provavelmente divertiu-se mais, e a prova disso é que é mais provável que vocês saibam em que peça está Iago.

– Porém, embora uma novela não seja um tratado político, um livro de auto-ajuda, um manual de sociologia ou um padrão de moralidade correta, também não é apenas uma criação de Arte produzida apenas *Por amor à arte*, divorciado da vida real. Não pode existir sem uma concepção de forma e estrutura, é verdade, mas suas raízes estão na lama; suas flores – se alguma houver – vêm do estado natural de suas matérias-primas.

– Em suma, novelas são ambíguas, multifacetadas, não porque sejam perversas, mas porque trazem às mãos o que outrora se costumava chamar de condição humana, e o fazem usando um meio notoriamente escorregadio – a saber, a própria linguagem.

Agora, vamos retornar à noção de que numa novela alguma outra coisa tem de acontecer – isto é, além do café-da-manhã. O que será esta "alguma outra coisa", e como o novelista faz para escolhê-la? Geralmente é pela via inversa do que os senhores foram ensinados na escola, onde provavelmente aprenderam a noção de que o novelista tinha um esquema geral ou uma idéia e que então cuidava de colori-lo com personagens e palavras, meio que unindo-os com traços. Mas, na realidade, o processo é muito mais como lutar corpo a corpo com um porco besuntado de sebo, no escuro.

Críticos literários começam a partir de um texto elegante, limpo, já escrito. Eles então endereçam perguntas a esse texto, às quais os próprios tentam responder: "O que significa?" – é a questão, ao mesmo tempo, a mais básica e a mais difícil. Novelistas, por outro lado, começam com a página em branco, à qual, de maneira semelhante, também endereçam perguntas. Mas são perguntas diferentes. Em vez de perguntar em primeiro lugar "O que significa?", eles trabalham ao nível do mais básico; perguntam: "Esta é a palavra certa?" A outra pergunta – "O que isso significa?" – só pode vir quando houver um "isso" para significar alguma coisa. Novelistas têm de anotar algumas palavras de verdade antes de poderem brincar com a teologia. Ou, para dizer com outras palavras: Deus começou com o caos – escuridão, sem forma e vazia –, e o mesmo faz o novelista. Então, Deus fez um detalhe de cada vez. O mesmo faz o novelista. No sétimo dia, Deus tirou uma folga para examinar o que tinha feito. O mesmo faz o novelista. Mas os críticos começam no Sétimo Dia.

O crítico, examinando uma trama, pergunta: "O que está acontecendo aqui?" O novelista, criando a trama, pergunta: "O que vai acontecer a seguir?" O crítico pergunta: "Isto é crível?" O novelista: "Como posso fazer com que eles acreditem nisso?" O novelista, repetindo o famoso comentário de Marshall McLuhan de que a arte é aquilo que você consegue fazer impunemente, sem ser apanhado, diz: "Como vou conseguir fazer isso?", – como se a própria novela em si fosse uma espécie de assalto a banco; enquanto o crítico tem a tendência de exclamar, como o policial efetuando uma prisão: "Ahá! Você não pode fazer isso impunemente!"

Em resumo, as preocupações do novelista são muito mais práticas do que as do crítico; mais interessadas na questão do "como fazer", menos interessadas na metafísica. Qualquer novelista – quaisquer que sejam seus interesses teóricos – tem de lutar com as seguintes questões de como-fazer:

– Que tipo de história eu vou escolher contar? Será ela, por exemplo, cômica, ou trágica, ou melodramática, ou tudo isso? Como a contarei? Quem estará no centro dela, e essa pessoa será a) admirável ou b) não? E – mais importante do que pode parecer – a história terá um final feliz ou não? Não importa o que se esteja escrevendo – que gênero e qual estilo, se é fórmula barata ou experiência de firmes princípios morais –, ainda terá de responder – enquanto estiver escrevendo – a essas perguntas essenciais. Qualquer história que você conte precisa de algum tipo de conflito, além do suspense. Em outras palavras: alguma outra coisa além de café-da-manhã.

Vamos colocar uma mulher no centro da "alguma outra coisa além de café-da-manhã" e ver o que acontece. Agora temos todo um novo conjunto de perguntas. O conflito será fornecido pelo mundo natural? Estará nossa protagonista feminina perdida na floresta, apanhada por um furacão, ou sendo perseguida por tubarões? Se estiver, a novela será uma história de aventura e a função dela é fugir, ou então combater os tubarões, demonstrando coragem e firmeza ou então covardia e burrice. Se também houver um homem na história, a trama se alterará em outras direções: ele será um salvador, um inimigo, um companheiro de luta, uma bomba sexual, ou alguém salvo pela mulher. Outrora, a primeira opção teria sido mais provável, isto é, mais crível para o leitor; mas os tempos mudaram e a arte é aquilo com que você consegue escapar impunemente, pelo que outras possibilidades agora entraram em cena.

Histórias sobre invasões espaciais são similares no fato de que a ameaça vem de fora e a meta do personagem, quer atingido ou não, é a sobrevivência. Histórias de guerra *per se* – do mesmo modo, no sentido de que a ameaça principal vem de fora. Histórias de vampiros e lobisomens são mais complicadas, assim como de fantasmas; nestas, a ameaça vem de fora, é verdade, mas a coisa ameaçadora também pode esconder uma parte cindida da psique do próprio personagem. *A volta do parafuso*, de Henry James, e *Drácula*, de Bram Stoker, são, em grande medida, animadas por esse tipo de motivos e planos ocultos e ambas giram em torno de noções de sexualidade feminina. Houve uma época em que todos os lobisomens eram homens e todos os vampiros, quando mulheres, em geral, apenas assistentes; mas agora existem lobisomens de sexo feminino e as mulheres estão passando a se apoderar dos papéis de estrelas sugadoras de sangue também. Se isto é uma boa ou uma má notícia, hesito em dizer.

Histórias de detetive e de espionagem podem combinar muitos elementos, mas não seriam o que são sem um crime, um criminoso, uma busca de pistas e perseguição e uma revelação no final; mais uma vez todos os detetives, outrora, eram homens, mas, agora, mulheres detetives são destacadas, pelo que espero que, de tempos em tempos, depositem um novelo de lã votivo na tumba da santificada Miss Marple. Vivemos numa era não só de recombinação de gênero entre os sexos, mas de recombinação de *gêneros*, de modo que os senhores podem jogar tudo que foi dito acima no caldeirão e mexer.

E finalmente, temos as histórias classificadas como literatura "séria", centradas não em ameaças externas – embora algumas dessas possam existir –, mas em relacionamentos entre os personagens. Para evitar o eterno café-da-manhã, alguns dos personagens precisam causar problemas para alguns dos outros. E é aqui que as perguntas se tornam realmente difíceis. Como eu já disse, a novela tem suas raízes na lama, e parte da lama é história; e parte da história que vivemos recentemente é a história do movimento feminista, e o movimento feminista influenciou a maneira como as pessoas lêem e, portanto, aquilo que se consegue fazer impunemente na arte.

Parte dessa influência foi benéfica. Áreas inteiras de vida humana que outrora eram consideradas não-literárias ou subliterárias – tais como a natureza problemática do cuidado da casa e da família, as profundezas ocultas da maternidade e do ser mãe, e do ser filha também, os reinos outrora proibidos do incesto e do abuso de crianças – foram trazidas para o interior do círculo que demarca aquilo que pode ser escrito e o que não pode ser escrito. Outras coisas, tais como o final feliz tipo Cinderela – o do Príncipe Encantado –, foram postas em questão. (Como uma escritora lésbica comentou comigo, o único final feliz que ela ainda achava crível era aquele em que uma garota encontra outra garota e acaba com uma garota; mas isso foi há 15 anos e mesmo esta rosa romântica perdeu o viço.)

Para impedir que os senhores fiquem deprimidos demais, permitam-me enfatizar que nada disso significa que, pessoalmente, não possam encontrar a felicidade com um bom homem ou uma boa mulher ou um bom canário de estimação; do mesmo modo que a criação de um personagem feminino malévolo não significa que mulheres devam perder o direito ao voto. Se personagens masculinos malévolos significassem isso, para homens, todos os homens seriam imediatamente privados do privilégio do voto. Estamos falando a respeito do que se pode fazer e escapar impune em arte, isto é, o que se pode tornar crível. Quando Shakespeare escreveu seus sonetos para sua amante de cabelos escuros, não estava dizendo que louras eram feias, estava apenas contrariando a noção de que somente louras eram bonitas. A tendência de literatura inovadora é incluir aquilo que até agora foi excluído, que, com freqüência, tem o efeito de tornar ridículas as convenções que acabaram de preceder a inovação. Desse modo, a forma que é dada ao final, seja ele feliz ou não, não tem nada a ver com a maneira como as pessoas vivem suas vidas – há uma grande variedade nesse departamento (e afinal, na vida toda história acaba com a morte, o que não é verdade com relação a novelas). Em vez disso, está ligada às convenções literárias que o escritor estiver seguindo ou destruindo no momento. Finais felizes do tipo Cinderela existem em histórias, é claro, mas foram relegados em grande medida ao gênero de ficção, tipo romances água-com-açúcar da coleção Harlequin.

Para resumir alguns dos benefícios para a literatura do movimento de libertação feminina, destacam-se: a expansão do território disponível para escritores, tanto em personagens quanto em linguagem; um exame atento e perspicaz da maneira como o poder funciona nas relações de gênero e a revelação de grande parte disso como sendo socialmente construído; uma exploração vigorosa de muitas áreas, até agora ocultas, de experiência. Mas como acontece com qualquer movimento que saia da opressão real – e quero sublinhar o *real* –, também houve, pelo menos, na primeira década do presente movimento, uma tendência a pôr as coisas em fôrmas de bolo: isto é, de escrever de acordo com um determinado padrão e de carregar no açúcar com relação a um dos lados. Alguns escritores tenderam a polarizar a moralidade por gênero – ou seja, mulheres são intrinsecamente boas e homens são maus; a dividir de acordo com as linhas com as quais se aliava – isto é, mulheres que dormiam com homens estavam dormindo com o inimigo; a julgar pelas marcas identificadoras das tribos – quer dizer, mulheres que usavam salto alto e maquilagem eram imediatamente suspeitas, e aquelas que usavam macacões eram aceitáveis; e a dar escusas perdoáveis às suas criações – ou seja, defeitos em mulheres eram atribuíveis ao sistema patriarcal e se curariam por si, uma vez que aquele sistema fosse abolido. Tamanhos excessos de simplificação podem ter sido necessários para algumas fases de movimentos políticos. Mas eles são problemáticos para novelistas, a menos que o novelista tenha o desejo secreto de figurar num cartaz de publicidade.

Se uma novelista, naquela época, também fosse feminista, percebia que suas escolhas se tornavam limitadas. Seriam todas as heroínas essencialmente de alma imaculada – lutando contra, fugindo ou sendo vítimas da opressão masculina? Será que a única trama possível era *The Perils of Pauline*, com uma porção de vilões torcendo os bigodes, menos o herói salvador? Será que o sofrimento provava que você era boa? (Em caso afirmativo – pensem seriamente a respeito disso –, não seria com a melhor das intenções que fossem as mulheres as que deveriam passar por tanto sofrimento?) Será que enfrentávamos uma situação em que nada que mulheres fizessem poderia ser errado, e que só lhes caberia ser vítimas de injustiças? Estariam então as mulheres, mais uma vez, sendo confinadas àquele pedestal de alabastro, tão querido da era vitoriana, em que a Mulher, como "melhor do que o homem", dava a eles uma licença para serem alegres e prazerosamente piores, enquanto proclamavam o tempo todo que não podiam fazer nada porque aquela era sua natureza? Estariam as mulheres condenadas à virtude perpétua, a ser escravas nas minas de sal da bondade? Que intolerável!

É claro, a análise feminista tornava alguns tipos de comportamento disponíveis para mulheres que, sob a dispensa anterior – a pré-feminista –, teriam sido considerados maus, mas sob a nova visão eram elogiáveis. Um personagem feminino podia se rebelar contra as regras sociais sem ter depois se atirar na frente de um trem, como Anna Karenina; ela podia, então, zombar da autoridade. Podia fazer novas boas-coisas-más, tais como largar o marido e até abandonar os filhos. Tais atividades e emoções, contudo, não eram – de acordo com o novo termômetro moral dos tempos –, de fato, absolutamente más; eram boas, e as mulheres que as faziam eram elogiáveis. Não sou contra esse tipo de tramas. Apenas não acho que sejam as únicas.

E havia certos novos temas proibidos. Por exemplo, era permissível de alguma forma, ainda, falar sobre a vontade de mulheres de ter o poder, porque se presumia que as mulheres não fossem por natureza igualitaristas? Poderia alguém retratar comportamento vil com freqüência praticado por mulheres umas contra as outras, ou por garotinhas contra outras garotinhas? Poderia alguém examinar os Sete Pecados Capitais em sua versão feminina – para recordá-los, Orgulho, Cólera, Luxúria, Inveja, Avareza, Cobiça e Preguiça – sem ser considerado antifeminista? Ou era a simples menção dessas coisas equivalente a colaborar com o inimigo, ou seja, com a estrutura do poder masculino? Deveríamos ter espalmada sobre nossas bocas uma mão de advertência, ainda mais uma outra vez, a nos impedir de dizer o indizível – embora o indizível tivesse mudado? Deveríamos nós dar ouvidos às nossas mães, ainda uma outra vez, enquanto elas entoavam Se Você Não Tiver Nada de Agradável Para Dizer, Não Diga Absolutamente Nada? Não tinham os homens atribuído uma má reputação às mulheres ao longo de séculos? Não deveríamos formar um muro de silêncio ao redor da maldade de mulheres, ou no mínimo explicá-la, continuamente, ao dizer que era culpa do Papai Todo-Poderoso ou – também permissível, ao que parece – da Mãe Todo-Poderosa? A Mãe Todo-Poderosa, aquela agente do patriarcado, aquela defensora do direito à vida, não tinha sido severamente criticada por certas feministas dos anos 1970 – embora mães tenham sido de novo admitidas na congregação, depois que algumas daquelas feministas se transformaram nelas? Em uma palavra: deveriam as mulheres ser homogeneizadas – uma mulher é igual à outra – e privadas do livre-arbítrio –, visto que *O patriarcado as obrigou a fazê-lo?*.

Ou, numa outra palavra, deveriam os homens ficar com todos os papéis interessantes? A literatura não pode existir sem mau comportamento, mas estaria todo o mau comportamento reservado aos homens? Será que seria tudo Iago e Mefistófeles, e deveriam Jezebel e Medéia, e Medusa e Dalila, e Regan e Goneril, e Lady Macbeth da mão maculada, e a poderosa Super-Mulher fatal de Rider Haggard em *Ela*, e a cruel Sula, de Toni Morrison, ser banidas para fora de vista? Espero que não. Personagens Mulheres, rebelem-se! Aceitem de volta a Noite! Em particular, aceitem de volta A Rainha da Noite, da *Flauta mágica* de Mozart. É um papel magnífico, e precisando de uma revisão.

Eu sempre soube que havia papéis malévolos fascinantes para mulheres. Para começar, fui levada quando ainda pequena para assistir à *Branca de Neve e os sete anões*. Não tem importância a ética de trabalho protestante dos anões. Não tem importância o tedioso tema de que trabalho doméstico é virtuoso. Não tem importância o fato de que Branca de Neve é um vampiro – qualquer um que jaz num caixão de vidro sem se decompor e depois de novo volte à vida tem de ser. A verdade é que fiquei paralisada com a cena em que a rainha perversa bebe a poção mágica e muda de forma. Que poder, quantas possibilidades incalculáveis!

Além disso, fui apresentada à versão completa, não expurgada dos *Contos e lendas dos Irmãos Grimm* numa idade em que era impressionável. Contos de fadas tiveram uma má reputação entre as feministas durante algum tempo – em parte porque tinham sido submetidos a uma limpeza, partindo da suposição errônea de que crianças não gostam de sangue e entranhas repulsivas, e em parte porque tinham sido selecionados para se encaixar no sistema dos anos 1950 no qual o Príncipe Encantado é A Sua Meta. De modo que "Cinderela" e "A Bela Adormecida" eram considerados como tudo bem, mas a "História do Jovem que saiu pelo mundo para aprender o que é medo", em que figuravam um bom número de cadáveres em decomposição, além de uma mulher que era mais inteligente do que o marido, não eram. Mas muitos desses contos foram contados, originalmente, por mulheres, e essas mulheres desconhecidas deixaram sua marca. Neles, há uma ampla variedade de heroínas; boas garotas passivas, sim, mas mulheres aventureiras criativas também, mulheres orgulhosas, mulheres preguiçosas, mulheres tolas, invejosas e cobiçosas, muitas mulheres inteligentes, e uma variedade de bruxas malévolas, tanto disfarçadas como não, e de madrastas más, irmãs feias e perversas, e falsas noivas também. As histórias e os personagens, em si, têm uma vitalidade imensa. Em parte porque não se usam meias palavras – nas versões que li, os barris de pregos e os sapatos de ferro em brasa são deixados intactos. Individualmente, os personagens femininos são limitados e bidimensionais. Mas postos juntos, formam um rico quadro de cinco dimensões.

Personagens femininos que se comportam mal podem, é claro, ser usados como varas para bater em outras mulheres – embora também o possam personagens femininos que se comportem bem, observem o culto à Virgem Maria, melhor do que você jamais será, e as lendas das santas e mártires –, basta cortar na linha pontilhada, e, sem uma parte do corpo, lá está a sua santa, porque a única mulher boa de verdade é uma mulher morta, de modo que se você é assim, tão boa, por que não está morta?

Porém, personagens femininas más também podem funcionar como chaves para portas que precisamos abrir e como espelhos nos quais podemos ver mais que apenas um rosto bonito. Elas podem ser explorações de liberdade moral – porque as escolhas de cada um são limitadas, e as escolhas de mulheres têm sido mais limitadas do que as de homens, o que não significa que mulheres não possam fazer escolhas. Tais personagens podem formular a pergunta da responsabilidade, porque se queremos poder, temos de aceitar responsabilidade, e ações produzem conseqüências. Não estou sugerindo um plano de ação aqui, apenas possibilidades; também não estou receitando, apenas tecendo conjeturas. Se existe uma estrada fechada, os curiosos quererão saber por que está fechada e para onde poderia levar se por ela entrassem; e mulheres más têm sido recentemente, por enquanto, algo como uma estrada fechada, pelo menos para escritores de ficção.

Enquanto ponderava a respeito dessas questões, fiquei refletindo sobre as numerosas personagens literárias femininas más que conheci, e tentei dividi-las por categorias. Se estivéssemos fazendo isso num quadro-negro, poderíamos criar uma espécie de grade: mulheres más que fazem coisas más por maus motivos, mulheres boas que fazem coisas boas por bons motivos, mulheres boas que fazem coisas más por bons motivos, mulheres más que fazem coisas más por bons motivos, e assim por diante. Mas uma grade seria apenas o começo, uma vez que há mais tantos fatores envolvidos: por exemplo, o que o personagem pensa que é mau, o que o leitor pensa que é mau e o que o autor pensa que é mau podem ser coisas totalmente diferentes. Mas permitam-me definir uma pessoa totalmente má, que pretende fazer o mal e por motivos puramente egoístas: a Rainha de "Branca de Neve".

E, assim também, seriam Regan e Goneril, as filhas más de Lear; muito pouco pode ser dito em sua defesa, exceto que parecem ter sido contra o patriarcado. Lady Macbeth, contudo, cometeu seu perverso assassinato por um motivo convencionalmente aceitável, que lhe conquistaria aprovação nos círculos de negócio corporativos – ela estava promovendo a carreira do marido. E ela paga o preço de esposa corporativa também – reprime sua própria natureza e, como resultado, tem um colapso nervoso. De maneira semelhante, Jezebel estava apenas tentando agradar a um marido pirracento; ele se recusava a comer o jantar enquanto não se apoderasse do vinhedo de Naboth, de modo que Jezebel mandou matar o dono do vinhedo. Devoção típica de esposa, eu diria. A quantidade de bagagem sexual que se acumulou ao redor desta personagem é estarrecedora, uma vez que ela não faz nada remotamente sexual, exceto usar maquiagem.

A história de Medéia, cujo marido Jasão casa-se com uma nova princesa, e ela então envenena a noiva e assassina seus próprios filhos, tem sido interpretada de várias maneiras. Em algumas versões Medéia é uma bruxa e comete infanticídio por vingança, mas a peça de Eurípides é surpreendentemente neofeminista. Há muita coisa a respeito de como é duro ser uma mulher e da louvável motivação de Medéia – ela não quer que seus filhos caiam em mãos hostis e sejam vítimas de abusos cruéis –, que também é a situação da mãe que mata a filha em *Amada*, de Toni Morrison: uma boa mulher, que faz então uma coisa má por um bom motivo. *Tess dos Urbervilles*, de Hardy, mata seu amante sórdido devido a complicações sexuais; aqui também estamos no reino da mulher como vítima, fazendo algo mau por um bom motivo. (O que, suponho, coloca essas histórias lado a lado com a primeira página dos jornais, junto com as de mulheres que matam os maridos que abusam delas. De acordo com uma matéria recente na *Time*, a pena média de prisão para maridos que matam suas esposas é de quatro anos, mas para mulheres que matam seus maridos – não importa qual tenha sido a provocação

– é de vinte. Para aqueles que pensam que a igualdade já está conosco, deixo que as estatísticas falem por si.)

Todas essas personagens mulheres são assassinas. Depois temos as sedutoras; aqui, mais uma vez, o motivo varia. Devo dizer também que, com a mudança na moral e nos costumes sexuais, a simples sedução de um homem não alcança pontos muito altos na escala de pecado. Mas tentem perguntar a um número considerável de mulheres qual é a pior coisa que uma amiga mulher poderia lhes fazer. As probabilidades são de que a resposta envolva roubar-lhes um parceiro sexual.

Algumas famosas sedutoras, na verdade, foram patrióticas agentes de espionagem. Dalila, por exemplo, foi uma Mata Hari primitiva, trabalhando para os filisteus, trocando sexo por informações militares. Judite, que praticamente seduziu o general Holofernes e então lhe cortou a cabeça e a levou para casa em um saco, foi tratada como uma heroína, embora tenha perturbado a imaginação de homens ao longo dos séculos – verifiquem o número de pintores que a retrataram –, porque combina sexo com violência de uma maneira com que eles não estão acostumados e de que não gostam muito. Temos também as figuras da adúltera Hester Prynne, de Hawthorne, de *A letra escarlate*, que se torna uma espécie de santa do sexo através do sofrimento – presumimos que ela fez o que fez por Amor, e assim torna-se uma boa mulher que fez uma coisa má por um bom motivo –, e Madame Bovary, que não só cedeu a seu temperamento romântico e apetites sensuais voluptuosos, mas gastou dinheiro demais de seu marido ao fazê-lo, o que foi a sua ruína. Um bom curso de contabilidade teria salvado o dia. Suponho que ela seja uma mulher tola, que fez uma besteira sem motivo suficiente, uma vez que os homens em questão eram uns patetas. Nem o leitor moderno nem o autor a consideram muito perversa – embora muitos contemporâneos considerassem, como os senhores poderão ver se lerem a transcrição do processo judicial pelo qual as forças da moral e da retidão tentaram censurar o livro.

Uma de minhas mulheres más favoritas é Becky Sharpe, de *Feira das vaidades*, de Thackeray. Ela não tem qualquer atitude falsa de bondade. É má, perversa e tem prazer em sê-lo, e o faz por vaidade e para seu próprio proveito, ludibriando e enganando a sociedade inglesa no processo – que o autor deixa implícito, merece ser ludibriada e enganada, uma vez que é hipócrita e egoísta até a alma. Becky, como Undine Spragg em *The Custom of the Country*, de Edith Wharton, é uma aventureira; ela vive graças à sua inteligência rápida e usa os homens como contas bancárias ambulantes. Muitos aventureiros literários são homens – considerem *Felix Krull, Confidence Man*, de Thomas Mann –, mas realmente faz uma diferença se você mudar o sexo. Para começar, a natureza do butim muda. Para um homem aventureiro, o butim é dinheiro e mulheres; para uma aventureira mulher, o butim é dinheiro e homens.

Becky Sharpe é, também, uma mãe má, e este é um outro tema – mães más, madrastas perversas e tias opressoras, como em *Jane Eyre*, e professoras sórdidas, governantas depravadas, e avozinhas malévolas. As possibilidades são muitas.

Mas creio que isso é comportamento repreensível feminino suficiente para os senhores, por hoje. A vida é curta, a arte é longa, os motivos são complexos e a natureza é infinitamente fascinante. Muitas portas estão entreabertas; outras imploram por ser destrancadas. O que está no quarto proibido? Alguma coisa diferente para cada um de nós, mas alguma coisa que precisamos saber e nunca descobriremos a menos que atravessemos a soleira da porta. Se você for homem, o personagem feminino mau numa novela pode ser sua *anima* – em termos junguianos – mas, se você for mulher, o personagem feminino mau é sua sombra; e como sabemos pela ópera de Offenbach *Os contos de Hoffmann*, aquela que perde sua sombra perde também sua alma.

Contudo, mulheres perversas são necessárias nas tradições de história por dois motivos muito mais evidentes, é claro. Primeiro, elas existem na vida, e por que então não deveriam existir na literatura? Segundo – pode ser um outro modo de dizer a mesma coisa –, mulheres têm mais em si do que virtude. São seres humanos plenamente multidimensionais; têm profundezas subterrâneas; por que não se deveria dar expressão literária à multidimensionalidade delas? E quando é dada, o público leitor feminino não se retrai automaticamente com horror. Na novela de Aldous Huxley *Ponto e contraponto*, Lucy Tantamount, a vamp destruidora de homens, é preferida pelas outras personagens femininas no livro à mulher honesta, chorona, cujo homem ela reduziu à esponja de banho. Como diz uma delas: "Lucy é evidentemente uma força. Você pode não gostar desse tipo de força. Mas não pode deixar de admirar a força em si mesma. É como Niagara." Em outras palavras, colossal, impressionante. Ou, como uma inglesa me disse recentemente:

– As mulheres estão cansadas de ser *boas* o tempo todo.

Deixarei os senhores com uma última citação. É de Dame Rebecca West, falando em 1912: "Damas da Grã-Bretanha... não temos perversidade suficiente em nós."

Observem onde ela situa a perversidade desejada. Em *nós*.

21
O estilo grunge

A primeira vez que fui para a Europa foi em 13 de maio de 1964. Eu tinha sido avisada disso cinco meses antes por um homem médium que usava como local de trabalho uma casa de chá de Toronto.
– Não, não vou – respondi.
– Sim, você vai – declarou ele, de modo convencido e embaralhando de novo suas cartas.
Eu fui.
Fugindo de uma vida pessoal de complexidade górdia e deixando para trás um manuscrito de poesia rejeitado por todos e uma primeira novela do mesmo modo, juntei o que restava de um inverno morando numa pensão em Charles Street, onde escrevia *tours-de-force* de gênio não descoberto e trabalhava durante o dia numa companhia de pesquisa de mercado, peguei emprestados seiscentos dólares de meus pais, que, àquela altura, estavam compreensivelmente um tanto nervosos com relação à minha escolha da vida literária, e embarquei num avião. No outono, eu estaria dando aulas de gramática a estudantes de engenharia às oito e meia da manhã, num abrigo pré-fabricado de ferro corrugado tipo Quonset, na Universidade de British Columbia, e assim fiquei cerca de três meses. Nesse período de tempo eu pretendia me tornar – o quê? Não tinha exatamente muita certeza, mas tinha alguma noção de que visitar várias obras significantes de arquitetura iria melhorar minha alma – preencheria alguns caldeirões vazios nela, me livraria de alguns incômodos restos de cutículas culturais, por assim dizer. Nessa ocasião, eu já vinha estudando literatura inglesa há seis anos – tinha até um diploma de licenciatura, que fizera com que eu fosse re-

jeitada pela Bell Telephone Company por motivo de superqualificação –, e nunca tinha visto, ora, coisas. Stonehenge, por exemplo. Uma visita a Stonehenge certamente aprimoraria minha compreensão de Thomas Hardy. Ou de alguém. De qualquer maneira, muitos dos meus amigos da faculdade já tinham se mandado para a Inglaterra, pretendendo ser atores e coisas assim. Assim, que a Inglaterra foi minha primeira parada.

A verdade é que eu não tinha muita idéia do que estava realmente fazendo. Com certeza, não tinha quase nenhuma idéia de para onde estava realmente indo e quanto havia mudado desde que havia checado pela última vez por meio das páginas de Charles Dickens. Tudo era muito menor, mais velho e maltratado do que eu havia imaginado. Eu era como aquele tipo de inglês que chega no Canadá esperando encontrar um urso pardo em cada esquina. "Por que existem tantos *caminhões*?", pensava. Não havia caminhões em Dickens. Não havia nenhum nem em T. S. Eliot. "Eu não sabia que a Morte havia destruído tantos", murmurava esperançosamente, enquanto abria caminho e atravessava a Trafalgar Square. Mas as pessoas de lá, de alguma forma, recusavam-se a ter as faces tão encovadas e ser tão plangentes quanto eu havia esperado. Pareciam, em sua maioria, ser turistas, como eu, e estavam ocupadas tirando fotografias umas das outras com pombos pousados em suas cabeças.

Meu destino, é claro, era a Canada House, a primeira parada de todo viajante canadense sem dinheiro e atordoado pelo fuso horário. Mas antes de prosseguir, permitam-me dizer algumas palavras sobre aquela época. Que tipo de ano foi 1964?

Foi o ano depois de 1963, quando John Kennedy foi tão notavelmente assassinado. Foi o ano antes da primeira (de que eu tenha conhecimento) passeata contra a Guerra do Vietnã; estávamos aproximadamente quatro anos antes da grande explosão hippie e cinco anos antes do início da onda de feminismo, ocorrida no início da década de 1970. Minissaias ainda não haviam chegado, meias-calças estavam se aproximando, mas não creio que já tivessem tirado a população nativa de cintas-ligas e meias de seda. Em termos de cabelos, o favorito da época era algo chamado corte bolha: mulheres enrolavam seus cabelos em rolinhos cheios de cerdas para conseguir um efeito liso e armado, como se alguém tivesse inserido um tubo em uma de suas orelhas e enchido suas cabeças de ar, com se fossem balões. Eu também me dedicava a esta prática, se bem que com efeitos discutíveis, uma vez que meu cabelo era ferozmente ondulado. Na melhor das hipóteses, ficava parecendo um campo de ervas depois da passagem de um rolo compressor e aparador – ainda ondulado, embora um tanto amassado. Na pior das hipóteses, parecia que eu havia enfiado o dedo numa tomada de luz. Posteriormente esta aparência se tornaria elegante, mas ainda não era. Como resultado, tornei-me adepta de lenços e echarpes de cabeça, fazendo um tipo "rainha Elizabeth em Balmoral". Aliados aos óculos de armação de chifre de desenho enviesado, que eu usava numa tentativa de me levar a sério, os resultados não eram nada lisonjeiros.

Pensando bem, nem o era nada na minha mala. (Mochileiros viajando de carona ainda não haviam invadido a Europa, de modo que ainda era uma mala.) Em termos de moda, 1964 não foi realmente meu ano. Os beatniks tinham declinado, e eu ainda não havia descoberto a moda romântica cigana feita com retalhos; mas, tampouco, ninguém. Os jeans ainda não haviam varrido tudo que houvesse à sua frente, e para visitas a lugares como igrejas e museus, saias ainda eram obrigatórias; suéteres de flanela cinza com blusas de colarinho Peter Pan eram meu uniforme preferido. Sapatos de salto alto eram a norma para a maioria das ocasiões, e quase a única coisa que você podia realmente usar para andar a pé era um tipo de sapato de camurça com sola de borracha conhecido pelo nome de Hush Puppies.

Carregando minha mala, então, lá fui eu com meus Hush Puppies subindo pela escadaria imponente da Canada House. Naquela época, ela oferecia – entre outras coisas, tais como uma prateleira cheia de Levantamentos Geológicos – uma sala de leitura com jornais. Folheei ansiosamente a seção de Aluguel de Quartos, uma vez que não tinha onde ficar naquela noite. Pelo telefone público, aluguei a coisa mais barata disponível, que ficava situada num subúrbio chamado Willesden Green. O lugar se revelou o mais longe de tudo quanto se poderia ir, via Metrô de

Londres, que peguei na hora (aqui finalmente, pensei olhando meus companheiros passageiros intermitentemente iluminados pelo sol, cadavéricos e/ou deficientes dentais, estão algumas pessoas que a Morte de fato já estava levando ou estava prestes a levar). A mobília da pensão tinha cheiro de velha, de fumaça de cigarro, era de uma imundície tão medonha que tive a sensação de ter aterrissado numa novela de Graham Greene; e os lençóis, quando finalmente me enfiei entre eles, não estavam apenas frios e úmidos, estavam molhados. ("Norte-americanos gostam desse tipo de coisa", disse-me uma mulher inglesa muito tempo depois. "A menos que congelem no banheiro, eles acham que foram enganados e privados da experiência inglesa.")

No dia seguinte, parti no que, em retrospecto, me parece uma busca ousadamente corajosa de troféus culturais. Meu progresso em meio ao brica braque acumulado de séculos foi marcado pela compra de dúzias de brochuras e cartões-postais, que reuni para me recordar de que realmente havia estado onde quer que tivesse estado. A uma velocidade enlouquecida, fiz meu percurso boquiaberta pela Abadia de Westminster, as Casas do Parlamento, a Catedral de St. Paul, a Torre de Londres, o Victoria and Albert Museum, a National Portrait Gallery, a Tate, a casa de Samuel Johnson, o Palácio de Buckingham e o Albert Memorial. Em algum ponto caí de um ônibus de dois andares e torci o pé, mas nem mesmo isso me deteve em minha impetuosa e desatinada busca, embora me tornasse mais lenta. Depois de uma semana disso, meus olhos estavam girando como moedas soltas, e minha cabeça, embora vários tamanhos maior, estava um bocado mais vazia do que estivera antes. Isso para mim foi um mistério.

Um outro mistério também era por que tantos homens tentaram me abordar e passar cantadas. Não se podia dizer que, em meu conjunto de flanela cinza, eu estava vestida para matar. Os museus eram o local habitual, e imagino que havia alguma coisa a respeito de uma mulher parada imóvel com a cabeça inclinada num ângulo de noventa graus que tornava mais fácil a aproximação. Nenhum desses homens foi especialmente insultuoso. "Americana?", perguntavam, e quando eu respondia canadense, pareciam ficar confusos ou desapontados e seguiam adiante, um tanto hesitantemente, passando à pergunta seguinte. Quando recebiam um não como resposta, apenas seguiam em frente para o pescoço estendido mais adiante. Possivelmente, eles circulavam nos lugares das principais atrações turísticas com base na teoria de que mulheres viajantes, viajavam pelos mesmos motivos – de aventura sexual – que eles teriam viajado. Mas nisso havia – e possivelmente ainda há – uma diferença de gênero. Ulisses era um marinheiro, Circe era uma daquelas do tipo que nunca saía de casa, com dependências anexas muito cômodas.

Quando não estava me injetando com cultura, estava procurando o que comer. Na Inglaterra, em 1964 isto era bastante difícil, especialmente se você não tinha muito dinheiro. Cometi o erro de experimentar um hambúrguer e um milk-shake, mas os ingleses ainda não sabiam do que se tratava: o primeiro era frito em gordura de ovelha rançosa, o último fortalecido com algo com gosto de giz moído. Os melhores lugares eram as lojinhas de peixe com batatas fritas, ou, excluído isso, os cafés, onde se podiam comer ovos, salsichas e ervilhas em qualquer combinação. Finalmente, encontrei alguns conterrâneos canadenses, que estavam na Inglaterra há mais tempo do que eu e que me indicaram um simpático lugar grego no Soho, que servia saladas de verdade, alguns pubs confiáveis e a Lyons' Corner House, em Trafalgar Square, que a preço fixo servia rosbife na quantidade que você conseguisse comer. Um erro, uma vez que jornalistas canadenses, após passarem fome por uma semana, baixavam ali em Corner House como um bando de gafanhotos – A Lyons' Corner House não sobreviveu.

Deve ter sido por meio desses expatriados que encontrei Alison Cunningham, que havia conhecido na universidade e que agora estava em Londres estudando dança moderna e dividindo um apartamento de segundo andar, em South Kensington, com duas outras moças e para onde – depois que soube de minhas situação de lençóis molhados em Willesden Green – generosamente se ofereceu a me contrabandear. "Contrabandear" é o termo apropriado; o apartamento pertencia a um casal de gêmeos aristocratas, chamado Lord Cork e Lady Hoare, mas como eles tinham noventa anos e estavam em asilos, era na verdade administrado por uma governanta desconfiada, um verdadeiro dragão; de modo que para propósitos de estar no apartamento, eu tinha que fingir não existir.

No apartamento de Alison aprendi algumas coisas culturalmente úteis, que permaneceram comigo ao longo dos anos: como distinguir um bom salmão ou arenque defumado de um ruim, por exemplo; como usar um escorredor de louça inglês; e como fazer café num bule quando você não tem mais nenhum outro acessório. Continuei meu programa turístico – incluindo Cheyne Walk, várias igrejas menos conhecidas, e as Inns of Court – enquanto Alison ensaiava um número de dança, que era uma reinterpretação de *A gaivota*, coreografada para várias das Variações de Goldberg na interpretação de Glenn Gould, vestindo uma malha preta e ostentando o sorriso severo de uma cariátide grega do período arcaico, e dobrando-se como um semi-pretzel no chão daquela sala em South Kensington. Enquanto isso, eu não estava encolhendo nas minas de sal da Arte. Meu livro de anotações já continha várias protogemas, nenhuma das quais, estranhamente, se ocupava das obras-primas antiqüíssimas da Europa. Em vez disso, tinham a ver com rochas.

Quando as coisas ficavam arriscadas demais para a segurança com a furiosa governanta, era obrigada a sair da cidade por alguns dias. Fazia isso usando algumas milhas do passe ferroviário que havia comprado no Canadá – uma das poucas providências sensatas para minha viagem que eu havia conseguido tomar. (Por que não havia pensado em Pepto-Bismol? pergunto a mim mesma; por que não comprimidos de acetaminofen com codeína, por que não Gravol? Eu nunca pensaria em sair de casa sem eles agora.) Com este passe ferroviário você podia ir a qualquer lugar para onde fossem as estradas de ferro, usando as milhas à medida que o fazia. Minhas primeiras viagens foram bastante ambiciosas. Fui para o Lake District (área no noroeste da Inglaterra, sul de Cumbria e noroeste de Lancashire conhecida pelos lagos e montanhas), indo longe demais para o norte e chegando até Carlisle antes de ter de voltar; depois disso fiz uma excursão de ônibus pelos Lagos, observando-os em meio a fumaça de charuto e náusea, e embora surpreendida com as pequenas dimensões deles, fiquei reconfortada ao ouvir que pessoas ainda se mergulhavam neles todos os anos. Depois fui a Glastonbury, onde, depois de visitar a Catedral, fui apanhada de tocaia por uma senhora idosa que me passou um conto-do-vigário e me tomou cinco libras para ajudar a salvar o Poço do Rei Artur, que – dizia ela – ficava no quintal de sua casa e seria arruinado por uma cervejaria a menos que eu contribuísse para a causa. Consegui chegar a Cardiff com seu castelo *ersatz*-genuíno, a Nottingham, ao lar ancestral dos Byron, a York, e à residência paroquial da família Brontë, onde fiquei espantadíssima ao descobrir, pelo tamanho das minúsculas botas e luvas, que as irmãs Brontë tinham sido pouco maiores que crianças. Como uma escritora de estatura menor que olímpica, achei isso encorajador.

Mas à medida que meu passe de trem foi se esgotando, minhas viagens tornaram-se mais curtas. Por que fui a Colchester? À Cheddar Gorge? A Ripon? Meus motivos me escapam, mas fui a esses lugares; tenho os cartões-postais para prová-lo. Julio César visitou Colchester também, de modo que deve ter havido alguma coisa por lá; mas eu era movida pela frugalidade em vez de pelo imperativo historicista: não queria desperdiçar minhas milhas do passe de trem.

Por volta de julho, Alison decidiu que a França seria ainda mais benéfica para mim do que a Inglaterra e assim, em companhia de um amigo de Harvard que estava em plena retirada para se afastar de uma namorada sulista, que trouxera vários vestidos de baile para uma escavação arqueológica estudantil de um túmulo, tomamos o trem-barco. Foi uma travessia padrão do Canal, durante a qual todos ficamos delicadamente verdes. Alison bravamente continuou a discursar sobre questões intelectuais, mas afinal virou a cabeça e, com uma graça casual de dançarina, vomitou por cima do ombro esquerdo. Estes são os momentos de que a gente se lembra.

Benefícios de Viagem pela Europa

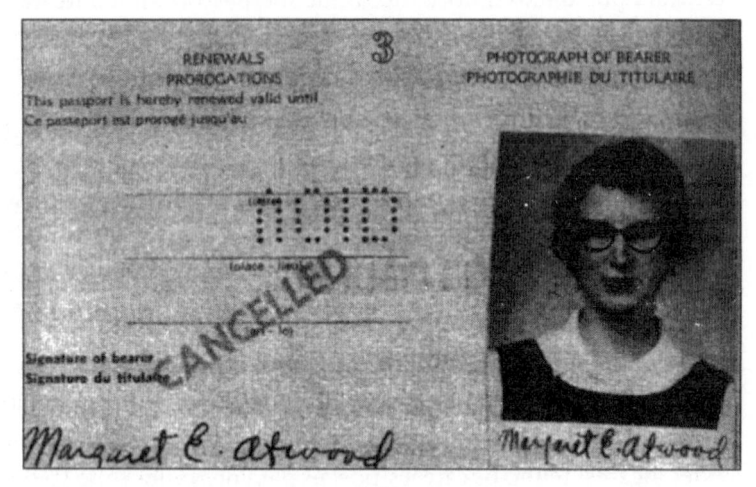

ANTES
(crédito da foto: desconhecido)

DURANTE
Uma pose pré-rafaelita
(crédito da foto: uma máquina de foto, Gare du Nord, Paris)

DEPOIS
Montreal, 1968
(crédito da foto: Jim Polk)

Depois de dois dias em Paris, onde subsistíamos à base de uma dieta de baguetes, *café au lait*, laranjas, fatias de queijo e a refeição ocasional de bistrô carregada no feijão, eu me encontrava em um estágio avançado de disenteria. Vivíamos nos mudando de *pension* barata para *pension* barata; os quartos ficavam sempre no alto de vários lances de escadas mal iluminadas, com luzes que se apagavam quando você estava no meio do caminho da subida e baratas que farfalhavam e estalavam sob os pés. Nenhum desses estabelecimentos permitia a permanência dos hóspedes durante o dia; de modo que eu ficava deitada gemendo baixinho em duros bancos de praça franceses, em jardins e praças públicas francesas cheias de cascalho, enquanto Alison – com um sentido de dever que Florence Nightingale teria invejado – lia para mim passagens de O *carnê dourado,* de Doris Lessing. A cada 15 minutos um policial se aproximava e me dizia para sentar, visto que deitar em bancos de praças era proibido, e a cada meia hora eu saía correndo para o estabelecimento mais próximo com um toalete, que oferecia, não o encanamento moderno que hoje é predominante, mas um buraco no chão e dois apoios para os pés, e muitos visitantes anteriores com miras imperfeitas.

Uma dieta de pão e água e uma potente emulsão francesa desconhecida, administrada por Alison, melhoraram meu estado de saúde e, obedientemente, saí em caminhadas para ir à Notre Dame, à Torre Eiffel e ao Louvre. Em Paris, os homens interessados em arranjar companhia não se davam o trabalho de esperar até que você parasse e espichasse o pescoço; eles se aproximavam a qualquer tempo, mesmo quando você estava atravessando a rua. *"Américaine?"*, perguntavam em tom esperançoso. Eram educados – alguns até usavam o subjuntivo, como por exemplo, *"Voudriez-vous coucher avec moi?"* –, e quando recebiam uma recusa, se viravam com uma melancolia de cãozinho *beagle,* que escolhi achar ao mesmo tempo existencial e gaulesa.

Quando nos restava apenas uma semana e meia, nós três juntamos nossos recursos e alugamos um carro, com o qual fizemos um tour pelos *Châteaux* do Loire, vendo um número imenso de cadeiras douradas do século XVIII, nos hospedando em albergues para estudantes e vivendo à base de mais queijo. A esta altura eu estava supersaturada de cultura, cheia até quase a naufragar, por assim dizer. Se alguém tivesse pisado em minha cabeça, um córrego de brochuras dissolvidas teria jorrado.

Então, por algum motivo agora perdido nas névoas da história, decidi ir para Luxemburgo. A caminho de lá, um condutor de meia-idade ficou me assediando dentro do compartimento do trem; quando expliquei que na verdade não era americana, como ele havia suposto, o homem deu de ombros e disse "Ah", como se isso explicasse minha relutância. Àquela altura eu estava ficando um tanto farta do excesso de atenção masculina tipo cachorro por hidrante de rua, e permiti que minha irritação transbordasse para o programa cultural; quando finalmente cheguei a Luxemburgo, não fui visitar nem uma única igreja. Em vez disso, assisti a *Quanto mais quente melhor*, com legendas em flamengo, francês e alemão, onde eu era a única pessoa no cinema que ria nos momentos certos.

Aquele me pareceu um ponto adequado de reentrada na América do Norte. Cultura é o que cultura diz ser e faz, pensei comigo mesma enquanto voltava para a Inglaterra e pilotava a mim e meus Hush Puppies em direção ao avião, me preparando para a descompressão.

Em retrospecto, naquele momento, minha viagem me parecia muito com sair andando aos tropeções no escuro, esbarrando em peças de mobília maciças e caras, enquanto era confundida com uma outra pessoa. Mas distância acrescenta perspectiva, e nos meses que se seguiram, me esforcei muito para consegui-la. Tinha a minha alma sido melhorada? Possivelmente, mas não das formas que eu havia previsto. O que levei de volta comigo não foram tanto as igrejas e museus e os cartões-postais deles que eu havia colecionado, mas várias conversas em ônibus, em trens e com os homens que tinham me abordado para passar cantadas nos museus. Eu me lembrava, especialmente, da perplexidade geral quando eu revelava não ser o que parecia ser; a saber, americana. Para os europeus, havia uma lacuna, em forma de bandeira, onde minha nacionalidade deveria ter estado. O que era visível para mim, era invisível para eles; tampouco eu poderia ajudá-los utilizando o recurso de quaisquer construtos arquitetônicos internacionalmente famosos. Praticamente tudo o que eu tinha a oferecer como referência era uma tropa de polícia montada, o que não parecia suficiente.

Mas o vazio de uma pessoa é o escopo de outra, e era ali que os novos poemas que eu havia trazido de volta, espremidos no fundo da mala, entrariam, ou era o que eu imaginava. Por falar na mala, meu guarda-roupa de flanela cinza – agora eu compreendia – definitivamente teria que sair de cena. Como impedimento para homens com intenções duvidosas era inadequado, como disfarce, era irrelevante, como manifesto poético, incoerente. Eu não aparentava ser séria nele, apenas sincera, e também – agora – um tanto desmazelada. Eu havia comprado um colete de camurça marrom numa liquidação da Liberty's, que, com o acréscimo de muito preto e alguma inovação no cabelo, me transformaria em algo muito mais formidável; ou pelo menos era o que eu pretendia.

Eu, afinal, de fato, fui a Stonehenge, diga-se de passagem. E me senti à vontade com o lugar. Era pré-racional, pré-britânico e geológico. Ninguém sabia como tinha chegado onde estava, nem por quê, nem por que continuava a existir; mas lá estava, desafiando a gravidade, desafiando análises. Na verdade, era, de certo modo, canadense. "Stonehenge", eu diria ao próximo homem europeu de cara triste que tentasse me abordar para me cantar. Isso resolveria o problema.

22
Nem tanto Grimm: O poder duradouro de contos de fadas

A ilustre novelista britânica Marina Warner também é a autora de várias obras interessantíssimas de não-ficção, inclusive *Alone of All Her Sex*, um estudo do culto à Virgem Maria, e *Monuments and Maidens*, uma análise das figuras alegóricas femininas. Seu novo livro habita, mais ou menos, o mesmo território – o ícone amplamente disseminado, o conto tantas vezes contado –, mas é ainda mais ambicioso em abrangência.

From the Beast to the Blonde é o que seu subtítulo proclama: um livro sobre contos de fadas e também sobre aqueles que os contaram. Como convém a seu tema, é um objeto de esplendor – maravilhoso, bizarro, exótico, mas ao mesmo tempo tão conhecido quanto mingau de aveia. É absolutamente repleto de guloseimas – enfie seu polegar nele em qualquer lugar, e de lá sairá uma ameixa – e ilustrado com abundância. É também, simplesmente, uma leitura essencial para qualquer pessoa interessada, não só em contos de fadas, mitos e lendas, mas também em como histórias de todos os tipos são contadas.

Como muitas crianças, eu devorava contos de fadas. Tendo adquirido experiência com a versão não expurgada dos Grimm – apesar do temor de meus pais de que sapatos de ferro em brasa e olhos arrancados das órbitas pudessem ser demais para uma menina de seis anos –, segui adiante passando para as coleções Andrew Lang, *As mil e uma noites* e qualquer outra coisa em que pudesse pôr as mãos – se fosse estranha e assustadoramente ilustrada por Arthur Rackham ou Edmund Dulac, tanto melhor. Quando cheguei ao colegial, estava bem preparada para meus professores junguianos, que, naqueles dias de especial interesse por mitos do final da década de 1950, se referiam de maneira informal a esses alienígenas de contos de fadas como WOMs (*Wise Old Men*/ Sábios homens idosos) e WOWs (*Wise Old Women*/ Sábias mulheres idosas).

Dizia-se que, contos de fadas, continham arquétipos universais e que ensinavam lições psíquicas eternas e profundas. É claro que um WOM podia com a mesma facilidade ser um Velho Molestador Errante (*Wondering Old Molester*), uma WOW, uma Velha Bruxa Malvada (*Wicked Old Witch*) e, se encontrados na floresta, ou, digamos, na lanchonete da esquina, uma garota teria muita dificuldade em saber se deveria dar-lhes um pedaço de seu pão ou manter-se bem longe deles. Mesmo assim, havia uma mística bem definida.

Depois, contos de fadas passaram por uma época difícil. A despeito de estudos minuciosos como o de Bruno Bettelheim, *A psicanálise dos contos de fadas*, eles foram embelezados e higienizados – heroínas aventureiras, assim como feitos ou condutas terríveis, foram minimizados, e a posição reclinada ou de Bela Adormecida foi favorecida. Depois disso, os contos foram, compreensivelmente, atacados pelas feministas como mecanismos de lavagem cerebral, tendo como objetivo transformar mulheres em belos autômatos obedientes, exaltar o poder fálico dos príncipes empunhando espadas e difamar unidades familiares de pais não-biológicos e os cronologicamente avançados. Como corpetes, eram projetados para confinar e, como tal, eram repreensivelmente ultrapassados.

Mas agora, Marina Warner vem resgatá-los. Histórias! Tolices! Diz ela, à moda de uma verdadeira Mulher Sábia, enquanto arregaça as mangas e se dedica ao trabalho de retirar coisas do armário dos jogados fora. Vejam! Não é absolutamente palha velha bolorenta, proclama. Ouro verdadeiro! Você apenas tem de saber como enrolar e fiá-lo. E mais depressa do que você consegue dizer Rumpelstiltskin de trás para frente, voam pela janela a teoria de arquétipos eternos e a idéia folclórica de que essas histórias eram autênticas, inerentes, pré-letradas, emanações saídas da alma da terra. (Sua impressionante coletânea de fontes e variantes põe fim a isso.)

Descarta, também, a escola recente do descrédito e da difamação. Se você quer uma verdadeira heroína feminista, sugere ela, que tal a Mãe Gansa? Reconsidere o nariz adunco, o gorro engraçado amarrado sob o queixo e o avental sem mangas para as crianças no quarto de brinquedos. A Mãe Gansa se veste como uma tola pelo mesmo motivo que mulheres "turistas" são preferidas como correios em espionagem: ambas desarmam a suspeita. Mas por baixo, que surpresas! Disfarce! Ambigüidade! Subversão!

A teoria de narrativa de Warner, uma vez desenvolvida, é eminentemente sensata: para cada conto contado, existe um narrador, mas também um ouvinte. Também um contexto social, que muda com o passar do tempo: "realismo histórico" é um termo que ela aprecia. Mesmo quando os acontecimentos narrativos, em si próprios, permanecem constantes, a mensagem moral transmitida por eles não pode, tanto para narradores quanto para ouvintes, ter intenções próprias variáveis.

Será uma coincidência que "histórias da carochinha" sobre a prudência de ser gentil com mulheres idosas antigamente fossem contadas por mulheres idosas, que precisavam de toda a ajuda que pudessem obter? Ou que histórias de Barba-Azul sobre jovens mocinhas sendo casadas com maridos assassinos tivessem tido seu auge durante uma reação contra casamentos forçados arranjados por dinheiro? Ou ainda que a ferocidade sensual da Fera peluda, aquela da "Bela e a", outrora usada contra ele, a fera, em nossos tempos mais maduros, não seria considerada como um atrativo? (Este livro sem dúvida contém a análise aprofundada definitiva do filme de Disney sobre o conto. Se "aprofundada", aqui, não for uma contradição de termos.)

A primeira seção do livro de Warner é sobre os narradores. Trata de maneira envolvente daqueles que coletaram, reescreveram e prepararam a mistura que compõe essas histórias, de Marie-Jeanne L'Heritier a Perrault, aos estudiosos irmãos Grimm e o melancólico Hans Andersen. Mas, também, de maneira ainda mais divertida e interessante, considera a pessoa do contador de histórias imaginado, ela (e é uma "ela", na maioria das vezes), de quem se concebeu como a pessoa que deu origem à história em si. Quem teria suspeitado que a Mãe Gansa, cujo retrato cômico adornou tantas das primeiras coleções, tivesse uma linhagem tão antiga e augusta? A mulher-pássaro de voz cacarejante, ao que parece, descende lá dos tempos antigos das sereias de corpos plumados. A sibila também figura em sua genealogia, do mesmo modo que a Rainha de Sabá, que de acordo com a crença de artistas medievais, tinha pés de pássaro. Também incluídas estão figuras tão díspares quanto a muito açodada, mas imperturbável, Sherazade, a devotada e instrutiva Santa Ana, e um bando de velhas encarquilhadas e roufenhas que, como a aia de Julieta, são vulgares no discurso e eróticas em seus interesses.

Mas quanto mais as mulheres como um grupo eram menosprezadas pela sociedade, maior o nível de disfarce exigido das que ousassem quebrar o silêncio. Em tempos de opressão, determinados tipos de sabedoria só podem ser ouvidos, sem risco, das bocas daqueles que estão representando o papel de bobos. Daí a cara de gansa.

A segunda parte do livro se dedica aos contos propriamente ditos – não só em suas formas verbais, mas também como são apresentados em peças, óperas, filmes e quadros. Warner se concentra em histórias com protagonistas femininas – ela não perde tempo com João do pé de feijão e seus irmãos bravamente armados de espadas, enquanto ogros devoradores de donzelas, amantes demônios e pais com inclinações para o incesto são banhados pela luz pálida dos holofotes –, mas, por outro lado, o livro não finge ser uma enciclopédia. Tampouco ali todas as garotas são santinhas beatas sentimentais: mulheres detestáveis tais como irmãs feias, fadas más e madrastas perversas são objetos de um exame completo, com a advertência de que madrastas, em nossos tempos socioeconômicos bem diversos, não precisam mais ser perversas. (Fiquei aliviada ao ouvir isso, tendo em vista que sou uma.)

Por que tantas mães mortas? Por que tantas heroínas louras? Por que, na verdade, um capítulo intitulado, tentadoramente, "A Linguagem do Cabelo"? De qual cabelo-água alemão, ao estilo Rapunzel, os dadaístas acrescentaram uma pitada ao seu nome? Apenas escute, Caro Leitor – a própria Warner é uma especialista em listar –, e saberá de tudo. Ou, se não tudo, no mínimo muito mais do que sabia quando começou.

Por vezes, os leitores poderão ter a sensação de que estão correndo o risco de cair num sono encantado, tendo picado o dedo no fuso de fiandeira naquela uma vez a mais que é demais, mas isso significa apenas que estiveram lendo muito depressa. Esta é uma tapeçaria de complexa urdidura entremeada de fios numerosos, que não deveriam ser desfiados de uma vez.

Embora Warner esteja extasiada pela vitalidade e as propriedades metamórficas do conto de fadas como forma, não tenta defender a tese de que esta seja sempre politicamente apropriada. Ela reconhece "as direções contraditórias do gênero", que o impele "por um lado em direção à aquiescência e por outro à rebelião". Como uma história – qualquer história, mas especialmente uma que existe em um domínio tão vernacular – é uma negociação entre o narrador e a platéia, os ouvintes são cúmplices. A meta do conto pode muito bem ser instruir, mas, se também não encantar, será apresentado para salas vazias. Como diz Warner: "contadores de contos de fadas sabem que, para fascinar, um conto tem de ter o poder de comover os ouvintes levando-os ao prazer, ao riso ou às lágrimas... O sultão está sempre lá, semi-adormecido, mas, de fato, desperto o suficiente a ponto de se obrigar a acordar e se lembrar da pena de morte que ameaçou."

Nós – a platéia – somos o sultão coletivo. Se quisermos heroínas insípidas, é isso o que teremos e, do mesmo modo, no que diz respeito a fanatismos e preconceitos e sapatos superaquecidos. Mas não para sempre. Como Warner também diz, "o que é aplaudido e quem determina os termos do reconhecimento e da aceitação estão sempre em questão". Nós não precisamos nos contentar com complacência frouxa nem com vingança obstinada – o recontar criativo, o sonho utopista, a reversão travessa, o desejo acertadamente escolhido e o sentido renovado de deslumbramento podem, em vez disso, ser nossos.

Este é um final feliz – e Warner conhece seu gênero bem demais para não nos dar um –, mas também é um desafio. Os usos do encantamento, ao que parece, estão em nossas mãos.

23
"Homenzinhos com seios"

A sétima novela de Hilary Mantel, *Um experimento amoroso*, é apenas a segunda a ser publicada nos Estados Unidos. Isso é uma pena, porque a sra. Mantel é excepcionalmente boa escritora. O título de seu livro, contudo, é um tanto enganador. "Experimento" sugere distanciamento clínico; mas, se experimentos estão sendo feitos, eles são mais parecidos com o que o dr. Frankenstein andou fazendo com partes de corpos: intensos, profanos e complexos. Quanto a "amoroso", a imprecisão está na singularidade da palavra: há muitos tipos de amor neste livro, quase todos contaminados. "As dragoas entram em cena" poderia ser um título mais plausível, pois esta é uma história sobre kung fu emocional, modalidade feminina – exceto pelo fato de que, no final, embora todas estejam feridas ou pior, não há nenhuma vencedora distinta visível.

O campo de jogo é a Inglaterra, com seus muitíssimo complexos sistemas de classe e status, de região e religião, minuciosamente calibrados e desnorteantes; as jogadoras são garotas pequenas, garotas maiores, jovens mulheres e, acima de tudo, mães. As armas são roupas, escolas, inteligência, amizades, insultos, sotaques, namorados troféus, bens materiais e comida. O grito de batalha é *"Sauve qui peut!"*.

A narradora é Carmel McBain, que – de alguma forma, tendo conseguido sobreviver até a idade adulta – dá início à ação com uma experiência de "dobra" no termo proustiano, desencadeada por uma fotografia de sua antiga companheira de quarto no jornal. Sugada de volta pelo buraco aberto da memória, ela volta ao passado, à sua horrenda infância. Uma de suas esquisitices é ser perseguida por versos de poemas que aprendeu na escola, dentre eles a "Balada do velho marinheiro," de Coleridge. Carmel é, ao mesmo tempo, o Marinheiro, condenada a relatar, e a Convidada do Casamento, condenada a ouvir; também ficamos cativados, fascinados, enquanto ela revela sua maldição pessoal e nos conta como se tornou mais triste, mas mais experiente.

"Eu queria me separar do destino habitual de garotas que se chamam Carmel", diz ela, "e me identificar com garotas com nomes comuns, nomes nos quais os pais não tiveram de pensar muito". Carmel é o nome da montanha onde o profeta Elias massacrou os sacerdotes de Baal: não é exatamente a mesma coisa que se chamar Linda. Na verdade, Carmel é às vezes menos uma pessoa do que um local geográfico, onde tropas dispostas em ordem de combate se exaurem sem que ela queira.

Foi sua mãe quem lhe deu esse nome opressivo: uma temível mãe de classe trabalhadora do Norte da Inglaterra, de temperamento colérico e descendência católica irlandesa que cobre sua filha com seus próprios bordados rebuscados, a empanturra de deveres de casa e a lança como um míssil em direção ao establishment social que, ao mesmo tempo, despreza e inveja. A mãe de Carmel espera que ela suba às alturas: "A tarefa na vida que ela determinou para mim era construir minha própria montanha, construir um sucesso passo a passo: do tipo que não importava o que fosse, desde que fosse alto e brilhasse. E como ela me disse que são as pessoas impiedosas que mais alto sobem nesta vida, eu deveria cortar as cordas de qualquer um que tentasse subir atrás de mim... e dar grandes saltos para me mostrar quando chegasse ao cume sozinha."

A escalada forçada de Carmel a conduz da austera escola primária católica de sua decrépita cidade fabril, dos anos 1950, ao Holy Redeemer, um estabelecimento de ensino superior administrado por freiras sarcásticas. Lá ela usa um uniforme que inclui tanto uma gravata quanto uma cinta e é "empanturrada de instrução", embora outros nutrientes sejam escassos. A meta é transformar mulheres em "homenzinhos com seios". "As mulheres eram obrigadas a imitar homens e destinadas a fracassar em fazê-lo." Não obstante, Carmel consegue obter uma magra bolsa de estudos e uma cama em Tonbridge Hall, um alojamento para mulheres neobrontëano da Universidade de Londres. Dentre outras coisas, esta novela é um *Bildungsroman*,* e uma das questões levantadas é a forma de educação apropriada para mulheres.

Durante todo o caminho, Carmel tem uma companheira de escalada, sua *doppelgänger* e Nêmesis, a boçal e implacável Karina. Os pais de Karina são imigrantes que sofreram com a guerra – trens de gado são mencionados –, embora não sejam judeus. Por contrição, a mãe de Carmel insiste numa amizade entre as meninas, e a partir de então, Karina fica ligada a Carmel, e aonde Carmel vai, Karina vai atrás. Como a mãe de Carmel, ela também inveja e despreza, mas o objeto dessas emoções é a própria Carmel. Tudo que Carmel tem Karina toma ou destrói, embora não seja uma guerra unilateral. Carmel também bate e faz a outra apanhar, e tudo isso pode até ter começado no jardim de infância, quando Carmel chutou um bebê de brinquedo de Karina: um reconhecimento precoce, talvez, de que não estava tudo bem no mundo de mães e criancinhas. Com o decorrer dos anos, Karina é a inimiga de Carmel, mas é também – quando as garotas entram no território estrangeiro de freiras caras e sofisticadas e de sulistas de classe média – sua amiga mais antiga e aliada relutante. "Eu nunca pensei que ela fosse perigosa, exceto para mim", pensa Carmel erroneamente, conforme se revela.

Elas formam um casal tipo Popeye e Olívia: Carmel magra e infantil, não tem permissão nem de ajudar a queimar o frugal jantar da família; Karina rotunda e prematuramente competente, uma pequena dona de casa aos 12 anos de idade. Carmel vive com frio, com fome e em lágrimas e tem sonhos de estar se afogando; Karina, sempre bem aquecida e coberta de lã, associa-se com girândolas, e embora seja aquiescente e amedrontada, Carmel tem meios de se rebelar. Na escola ela pratica "insolência silenciosa", e seu primeiro ato ao chegar à universidade é cortar o cabelo bem curto, que, por meio do uso torturante de rolinhos de trapos apertados e amarrados para cacheá-lo, foi um dos instrumentos de controle materno. Mas ela também assume o papel

---

* Do alemão *Bildung*, educação + *roman*, novela. Novela sobre o crescimento moral e psicológico do personagem principal. Sobretudo, Karina é a protegida e a voz das mães, especialmente a da mãe de Carmel: colérica, dona da verdade, aniquiladora. (N. da T.)

da mãe. Sua mãe a privou não apenas de afeto e aprovação, mas também, na verdade, de alimentos, e agora Carmel começa a deixar de comer. Karina, por outro lado, ainda se empanturra até atingir proporções semelhantes a um zepelim. Como uma personagem comenta: "Cada vez há mais e mais de Karina. Menos e menos de Carmel."

Somos advertidos a não considerar esta história como sendo sobre anorexia: é classe média demais. Em vez disso, diz a narradora, é uma história sobre "apetite". Bem, talvez. Esta parte do livro se passa em 1970, no preciso momento em que a anorexia estava se tornando comum, mas ainda não era de conhecimento público; em qualquer momento depois, Carmel não poderia ter continuado tão inconsciente de sua doença. Em todo caso, o definhamento de Carmel tem causas complexas. Existe a associação, por parte das freiras, do comer com o pecado, e a importância que davam à privação voluntária, o negar a sua pessoa física – quanto de sua pessoa física você pode negar e ainda se manter viva? Também há a pobreza de Carmel e a comida horrorosa de Tonbridge Hall. Mas a dificuldade para Carmel vai além de economizar o máximo possível e dos legumes mal cozidos. Quanto da vida ela se atreve a comer? Quanto apreciar? O princípio do prazer não foi exatamente cultivado.

Os prazeres da novela, contudo, são muitos. As partes de *Um experimento amoroso* passadas no alojamento feminino são tão cruelmente deliciosas quanto as de *O grupo*; as seções sobre a infância vêm imediatas e vívidas, engraçadas e desoladas, e os complexos relacionamentos de amor e ódio entre as mulheres, que como diz a narradora, não têm nada a ver com sexo, acertam em cheio o alvo. Esta é a história de Carmel, mas também é a de sua geração: garotas no final dos anos 1960, aprisionadas entre dois sistemas de valores, que tinham a pílula, mas que ainda passavam a ferro as camisas dos namorados.

A confusão, e as questões morais reinam: o que torna más as pessoas más? Ainda mais misteriosamente, o que torna boas as pessoas boas? Por que Karina, e por que a dolorosamente gentil Lynette, a abastada companheira de quarto de Karina, foram continuamente rejeitadas por ela? O fraco pai de Carmel, que se refugiou em quebra-cabeças, não consegue encontrar a peça que falta de Judas. Carmel também não.

"Descrições são o seu ponto forte", dizem a Carmel, e também são o de Hilary Mantel. Nunca meias-calças pingando penduradas sobre um aquecedor ou o cheiro de uma régua de madeira, de criança, foram tão meticulosamente reproduzidos. As comparações e metáforas brilham luminosamente: os lençóis no dormitório "são enfiados tão esticados e apertados para dentro do estrado da cama, como camisas de força para conter um lunático"; a sopa do alojamento é "um aquário sujo onde matéria vegetal nadava". Muito desta destreza verbal é exercitada em comida, mas como narradora, Carmel é igual à sua mãe; ela aplica um pequeno bordado em tudo.

Se houver algo de que reclamar, é dessa reclamação que queremos saber mais; como a própria Carmel, o livro poderia ter sido um pouquinho mais gordo. O que aconteceu com Karina e Carmel depois do desenlace horripilante? Mas, talvez, esta seja sua mensagem: é aquilo que nunca saberemos que nos persegue e não conseguimos esquecer; e com todo seu brilho, sua acuidade e seu humor perspicaz, *Um experimento amoroso* é um livro inesquecível.

24
Em busca de *Alias Grace*: Sobre escrever ficção histórica canadense

O tema sobre o qual vou falar esta noite diz respeito à novela canadense, e, mais particularmente, à novela histórica canadense. Abordarei a natureza desse gênero na medida em que diz respeito aos mistérios do tempo e da memória; refletirei sobre a razão de tantas novelas desse tipo terem sido escritas, ultimamente, por autores canadenses de língua inglesa; e depois falarei um pouco sobre minha própria recente tentativa de escrever uma novela desse tipo. Ao final, tentarei chegar a algum tipo de idéia brilhante que explique o "significado de tudo", ou o resumo filosófico, uma vez que isso é implicitamente exigido na minha situação.

A ficção é onde a memória e experiência individuais e a memória e experiência coletivas se reúnem, em maiores ou menores proporções. Quanto mais próxima de nós está a ficção, mais a reconhecemos e reivindicamos como individual em vez de coletiva. Margaret Laurence costumava dizer que seus leitores ingleses pensavam que *The Stone Angel* fosse a respeito da velhice, que os americanos achavam que fosse a respeito de alguma velhinha que eles conhecessem, e que os canadenses achavam que fosse a respeito de suas avós. Cada personagem em ficção tem uma vida individual, repleta de detalhes pessoais – o comer as refeições, o limpar os dentes, o fazer amor, o dar à luz filhos, o comparecimento a funerais, e assim por diante –, mas cada um também existe dentro de um contexto, um mundo imaginário composto de geologia, condições climáticas, forças econômicas, classes sociais, referências culturais e guerras, pragas e acontecimentos públicos desse tipo. (Os senhores perceberão que, sendo canadense, coloquei a geologia em primeiro lugar.) Esse mundo imaginário, tão carinhosamente delineado pelo escritor, pode ter uma relação mais ou menos evidente com o mundo em que de fato vivemos, mas não ter relação alguma não é uma opção. Temos de escrever a partir de quem, onde e quando estamos, queiramos ou não, e disfarçá-lo como pudermos. Como Robertson Davies observou: "(...) todos nós pertencemos ao nosso tempo, e não há nada que possamos fazer para fugir disso. Qualquer coisa que escrevamos será contemporânea, mesmo se nos dedicarmos a escrever uma novela situada em uma era já passada (...)."[1] Não podemos deixar de ser modernos, do mesmo modo que os escritores vitorianos – não importa em que época situassem seus livros – não podiam deixar de ser vitorianos. Como todos os seres vivos da Terra, somos aprisionados pelo tempo e as circunstâncias.

O que disse sobre personagens fictícios, é claro, também é verdade com relação a todo ser humano real. Por exemplo, aqui estou eu, dando esta Palestra Bronfman em Ottawa. Por que meandros de coincidência ou do destino – como parecem novelescos estes termos, mas também como são fiéis à experiência – eu me encontro aqui, de volta à minha cidade de origem?

Pois foi em Ottawa que nasci, há cinqüenta e sete anos, três dias e várias horas atrás. O local foi o Ottawa General Hospital; a data, 18 de novembro de 1939. Com relação à hora exata, minha mãe – para o desespero de muitos astrólogos desde então – é um tanto vaga, pois trata-se de um período em que mulheres eram habitualmente nocauteadas com éter. Sei com certeza que nasci depois do final do jogo de futebol da Grey Cup. Os médicos agradeceram à minha mãe por ter esperado, já que todos estavam acompanhando o jogo pelo rádio. Naqueles tempos todos os médicos eram homens, o que pode explicar sua atitude esportiva.

"Naqueles tempos" – lá estou eu, como vêem, nascendo *naqueles* tempos, que não são os mesmos que os tempos atuais; nada de éter hoje em dia, e muitas mulheres médicas. Quanto a Ottawa, eu não teria estado lá de modo algum, não fosse pela Grande Depressão: meus pais eram refugiados econômicos da Nova Escócia – aqui está, para os senhores, a força econômica –, da qual eles tinham sido excluídos pela Segunda Guerra Mundial – aqui está o grande acontecimento público.

Nós morávamos – este é o detalhe pessoal – num comprido e escuro apartamento de segundo andar em forma de vagão de trem na Patterson Avenue, perto do Canal Rideau – aqui está a geologia, mais ou menos –, num apartamento em que minha mãe certa vez provocou uma inundação ao enxaguar fraldas no vaso sanitário, onde ficaram presas – *naqueles* tempos não existiam fraldas descartáveis e nem mesmo serviços de lavanderia de fraldas. *Naqueles* tempos, como tenho certeza de que alguns dos senhores crêem que se lembram, havia muito mais neve – aqui estão as condições climáticas –, e a neve era muito mais branca e bonita do que qualquer neve que possam nos mostrar hoje. Em criança eu ajudava a construir fortes de neve que eram muito maiores que os Prédios do Parlamento, e ainda mais labirínticos – esta é a referência cultural para os senhores. Lembro-me disso muito claramente, de modo que deve ser verdade, e aqui está a lembrança individual.

Qual é a minha mensagem? É que, a partir de detalhes individuais como esses, a ficção é construída; assim como a autobiografia, inclusive o tipo de autobiografia que cada um de nós está sempre escrevendo, embora ainda não tinha conseguido sentar e escrever no papel; e a história. A história pode ter a intenção de nos fornecer os principais padrões e os esquemas globais, mas sem seu bricabraque de fundações de vida por vida, dia por dia, desmoronaria. Qualquer pessoa que lhes diga que a história não diz respeito a indivíduos, apenas a grandes tendências e movimentos, está mentindo. O tiro ouvido ao redor do mundo foi disparado numa determinada data, sob certas condições climáticas, por um determinado tipo de arma bastante ineficiente. Depois da Rebelião de 1837, William Lyon Mackenzie fugiu para os Estados Unidos vestido com roupas de mulher (sei em que ano, de modo que posso imaginar o estilo de indumentária que usou). Quando eu morava na região rural de Ontário, a área do campo ao norte de Toronto, um homem do lugar disse: "Aquele é o celeiro onde escondíamos as mulheres e crianças quando os fenianos invadiram." Um celeiro individual; mulheres e crianças individuais. O homem que me falou sobre o celeiro nasceu cerca de sessenta anos depois do ataque feniano, mas ele disse *nós*, não *eles*: estava lembrando como experiência pessoal um acontecimento ao qual não havia presenciado em carne e osso, e creio que todos nós já fizemos isso. É nesses pontos que a memória, a história e a narrativa de cunho popular se cruzam; seria necessário apenas mais um passo para trazer todas elas ao reino da ficção. Vivemos num período em que memória de todos os tipos, inclusive a espécie de memória maior que chamamos de história, está sendo posta em questão. Para a história, do mesmo modo que para o indivíduo, esquecer pode ser tão conveniente quanto lembrar, e lembrar aquilo que outrora fora esquecido pode ser extremamente desconfortável. Via de regra, temos a tendência de lembrar das coisas horríveis que nos foram feitas e de esquecer as coisas horríveis que fizemos. A Blitz ainda é lembrada; o bombardeio de Dresden com bombas incendiárias, bem, nem tanto, ou não por nós. Desafiar uma versão aceita da história – o que decidimos que é correto lembrar – ao desencavar coisas que a sociedade decidiu que é melhor ficarem esquecidas pode causar gritos de angústia e de ultraje, como poderiam atestar os realizadores de um recente documentário sobre a Segunda Guerra Mundial. O Dia da Lembrança,* como o Dia das Mães, é uma ocasião altamente ritualizada; não nos é permitido, no Dia das Mães, comemorar *más* mães, e sequer admitir que tais pessoas existam seria considerado – naquela data – como de péssimo gosto.

Eis aqui o enigma, para a história, do mesmo modo que para a lembrança individual e, portanto, também para a ficção: como *sabemos* que sabemos o que acreditamos saber? E se descobrirmos que, afinal, não sabemos aquilo que outrora acreditávamos saber, como sabemos ser quem acreditamos que somos, ou acreditávamos ser ontem, ou acreditávamos ser – por exemplo – cem anos atrás? Na minha idade, estas são as perguntas que fazemos a nós mesmos sempre que nos dizemos *O que foi feito de, como é mesmo o nome dele?*. São também perguntas que se levantam com relação à história canadense, ou, na verdade, com relação a qualquer outro tipo de história. Ainda, são as perguntas que se apresentam em qualquer contemplação do chamado "personagem"; elas, então, são centrais para qualquer concepção da no-

---

* O domingo mais próximo de 11 de novembro, Dia Comemorativo dos Mortos das guerras de 1914-18 e 1939-45. (N. da T.)

vela, pois a novela se ocupa, sobretudo, do tempo. Qualquer trama é um *isto* seguido por um *aquilo*; tem que haver uma mudança numa novela, e mudança só pode ter lugar com o passar do tempo, e esta mudança só pode ter significância se, ou o personagem do livro, ou, no mínimo, o leitor, puderem se lembrar do que veio antes. Como disse Leon Edel, o biógrafo de Henry James, se houver um relógio de parede, você sabe que é uma novela.

Deste modo, não pode haver história, e nem novela, sem algum tipo de lembrança; mas quando se vai direto à questão da memória, em que medida a memória é confiável – nossa memória individual ou nossa memória coletiva como sociedade? Outrora, a memória era um dado. Podia-se perdê-la e podia-se recuperá-la, mas a coisa perdida e depois recuperada era sólida, inteira e una, era uma *coisa*, tanto quanto seria uma moeda de ouro. "Agora me lembro, tudo aquilo me volta à memória", ou alguma versão disso, constituía um elemento fundamental das cenas do recuperar-se de amnésia em melodramas vitorianos – na verdade, até mesmo tão recente quanto a cena de recuperação de amnésia de Graham Greene em O *ministério do medo*; e havia um "*aquilo*", havia um "*tudo*". Se o século XVII girava em torno da fé – isto é, daquilo em que se acreditava – e o XVIII em torno do conhecimento – aquilo que se podia provar –, poder-se-ia dizer que o XIX girou em torno da memória. Não poderíamos ter os versos de Tennyson, *Lágrimas em vão... Ah a morte em vida, os dias que se foram*, a menos que nos lembrássemos daqueles dias de outrora, que existiam e se foram, que não existem mais. A nostalgia pelo que outrora existiu, a culpa pelo que se fez outrora, a vingança pelo que alguém outrora nos fez, o arrependimento pelo que outrora se poderia ter feito mas não se fez – como são importantes para o século passado e como cada um deles é dependente da idéia da própria memória em si. Sem memória e a crença de que ela pode ser recuperada inteira, em sua totalidade, como um tesouro içado do fundo de um pântano, a famosa *madeleine* de Proust é reduzida a um lanchinho avulso. A novela do século XIX seria inimaginável sem uma crença na integridade da memória, pois o que é o self – a pessoa em si e para si – sem memória, sem um conjunto de lembranças mais ou menos contínuo de si própria, e o que é a novela sem o self? Ou pelo menos é o que eles teriam argumentado naquela época.

Quanto ao século XX, pelo menos na Europa, houve, de maneira geral, um maior interesse em esquecer – esquecer como um processo orgânico, e por vezes como um ato determinado pela vontade. O famoso quadro de Dalí, *Persistência da memória*, retrata um relógio mole, derretendo-se, e um cortejo de formigas destruidoras; a famosa peça de Beckett, *A última fita de Krapp*, é impiedosa em seu retrato de como apagamos e nos reescrevemos sem cessar com o passar do tempo; a novela de Milan Kundera *O livro do riso e do esquecimento* tem um título que é pedra de toque do século XX; o aterrador documentário de Resnais *Noite e neblina* é apenas uma das muitas demonstrações de como, industriosa e sistematicamente, obliteramos a história de modo a servir a nossos vis propósitos pessoais; e em *1984*, de Orwell, o lugar para onde documentos são enviados para serem destruídos é chamado, ironicamente, de Buraco da Memória. As teorias da psique mais proeminentes do século XX – aquelas que se originaram das de Freud e dos que as levaram adiante – nos ensinaram que não éramos tanto a soma do que conseguíamos nos lembrar, porém, mais, a soma do que havíamos esquecido;[2] que éramos controlados pelo Inconsciente, onde lembranças repulsivas reprimidas ficavam armazenadas em nossa cabeça, como maçãs podres num barril continuando a apodrecer, mas, essencialmente, incognoscíveis, exceto pelo cheiro suspeito. Além disso, a arte européia do século XX, como um todo, gradualmente perdeu a fé na confiabilidade do próprio tempo. Não mais um rio fluindo reta e uniformemente, o tempo se tornou uma colagem de quadros-parados, fragmentos desordenados e cortes à frente.[3]

O herói da novela de 1989 do escritor espanhol Javier Marias *All Souls* representa uma multidão de parentes espirituais dos europeus do século XX, quando diz:

> (...) tenho de falar de mim mesmo e de minha época na cidade de Oxford, embora a pessoa que está falando não seja a mesma pessoa que esteve lá. Parece ser, mas não é. Se chamo a mim mesmo de "eu", ou uso um nome que me acompanhou desde o nascimento e pelo qual alguns se lembrarão de mim... é simplesmente porque prefiro falar na

primeira pessoa, e não porque acredite que a faculdade da memória por si seja qualquer garantia de que uma pessoa permaneça a mesma em tempos diferentes e lugares diferentes. A pessoa que relata aqui e agora, o que viu e o que lhe aconteceu, não é a mesma pessoa que viu essas coisas e com quem essas coisas aconteceram; nem é um prolongamento daquela pessoa, sua sombra, seu herdeiro ou seu usurpador. [4]

Fim de citação. Tudo bom, tudo bem, dizemos com nossa consciência malandra pós-moderna. Contudo, problemas de fato se apresentam. Se o "eu" de agora não tem nada a ver com o "eu" de então, de onde veio o "eu" de agora? Nada é feito de nada, ou pelo menos costumávamos acreditar nisso. E, para retomar os Estudos Canadenses, por que só então – nos últimos 15 ou vinte anos, e tão perto do fim do século XX da fragmentação e da negação da memória – a novela histórica canadense se tornou tão apreciada, tanto entre escritores quanto entre leitores?

Mas o que, exatamente, queremos dizer com "novela histórica"? Todas as novelas o são, em certo sentido; não podem deixar de sê-lo, na medida em que devem, *obrigatoriamente,* fazer referência a um tempo que não é o tempo no qual o leitor está lendo o livro. (Uma referência a novelas de ficção científica não nos salvará aqui, uma vez que o escritor, evidentemente, escreveu o livro num momento que já é passado para o leitor.) Mas existe o tempo verbal do passado – ontem e ontem e ontem, cheio de limpar os dentes com fio dental e botar o anticongelante no carro, um ontem que não é há muito tempo –, assim como O Passado, com P e O maiúsculos.

Scrooge, de Charles Dickens, temerosamente pergunta ao Fantasma do Natal Passado se o passado que eles estão se preparando para visitar é "passado de muito tempo", e ouve em resposta: "Não – é o *seu* passado." Por um período de tempo considerável foi apenas o "seu passado" – o passado pessoal do escritor e, por extensão, do leitor – o que esteve em questão na novela canadense. Não me recordo de nenhum escritor sério, nos anos 1960, ter escrito aquilo em que pensamos como romances históricos propriamente ditos, isto é, do tipo com trajes de cerimônia e anágua e anquinhas, que eram associados a temas como Maria rainha da Escócia. Talvez se pensasse que o Canadá não dispusesse das roupas apropriadas para tais obras; talvez o gênero literário em si fosse considerado literatura barata, tipo homens rasgando corpetes e justilhos – que, como qualquer outro gênero, pode ser ou não, dependendo de como é feita.

Houve uma época em que nós, como sociedade, não éramos tão cheios de melindres. A novela do século XIX, imensamente apreciada, do major Richardson, *Wacousta*, era, entre outras coisas, uma novela histórica nos moldes de sir Walter Scott, o avô dessa forma, e Fenimore Cooper, seu descendente ainda mais prolixo. Esses foram novelistas do século XIX, e o século XIX adorava novelas históricas. *A feira das vaidades*, *Middlemarch*, *Um conto de duas cidades*, *Ivanhoé*, *A ilha do tesouro*, todas são novelas deste ou daquele tipo, e essas são apenas algumas. Talvez a pergunta a fazer não seja por que estamos escrevendo novelas históricas agora, e sim por que não o fizemos antes.

Em todo caso, quando chegamos aos anos 1960, era como se tivéssemos esquecido que, neste continente e, especialmente, ao norte do paralelo 49, houvesse sempre um corpete a ser rasgado ou uma dama fraca de espírito a ser levada à histeria pelo hábito. Em vez disso, estávamos ocupados com a importante descoberta de que, realmente, existíamos no que era, então, o aqui e agora, e estávamos diligentemente explorando as implicações disso.

Nossa geração de canadenses de língua inglesa – aqueles de nós que éramos crianças nos anos 1940 e adolescentes nos anos 1950 – cresceu com a ilusão de que não existia naquela época e nunca havia existido uma literatura canadense. Digo "ilusão" porque, na verdade, existira, só que ninguém nos tinha informado. O colapso do imperialismo colonial inglês de estilo antigo tinha abolido o livro de leitura escolar de estilo antigo – o tipo que costumava conter excertos de literatura inglesa mesclados com trechos de nossos trovadores e trovadoras nativos, geralmente assim denominados. Deste modo, poderíamos completar 12 anos de instrução escolar, naquela época, e sair com a impressão de que só havia existido um único escritor canadense, Stephen Leacock.

Os anos 1950 vieram logo depois dos 1940 e dos 1930, e, portanto, do golpe duplo da Depressão e da Guerra que dizimou o que nas décadas de 1910 e 1920 havia sido uma florescente indústria editorial nativa, completa com best-sellers. (Lembram-se de Mazo De La Roche? Nós não nos lembrávamos. Não nos disseram nada a respeito dela.) Acrescentem a isso o peso da indústria de livros de capa mole – completamente controlada, na época, pelos Estados Unidos – e o advento da televisão, da qual a maior parte da produção vinha do sul da fronteira, e os senhores terão uma visão geral. Havia o rádio, é claro. Havia a CBC. Havia Simon and Schuster e Our Pet, Juliet. Mas não era grande coisa como contrapeso para equilibrar a balança.

Quando chegamos à universidade no final dos anos 1950 e encontramos revistas intelectuais, nos descobrimos obrigados a engolir grandes doses de ansiedade e desprezo, fermentados justamente por nossos próprios pontífices de plantão e mesmo por alguns de nossos próprios poetas e escritores de ficção, com relação à nossa própria falta de autenticidade, nossa fraqueza do ponto de vista cultural, nossa falta de uma verdadeira literatura, e a ausência de qualquer coisa que se pudesse dignificar com o nome de história – pelo que se queria dizer o interessante e copioso derramamento de sangue em nosso território. Em Quebec, as pessoas tinham mais certeza de sua própria existência e, especialmente, de sua própria persistência, embora houvesse uma porção de vozes de orientação parisiense para lhes dizer como estavam abaixo do padrão. Na Anglolândia, o famoso poema de Earle Birney que conclui "é apenas pela falta de fantasmas que somos assombrados" resume a atitude dominante na época.

Bem, nós jovens escritores partimos para o ataque de qualquer maneira. Acreditávamos ser um bocado ousados por escrever nossos poemas e histórias ambientados em Toronto e Vancouver, Montreal, e até mesmo em Ottawa, em vez de em Londres, Paris ou Nova York. Entretanto, éramos impiedosamente contemporâneos: a história para nós, ou não existia, ou tinha acontecido em algum outro lugar; se nossa, era maçante.

Esta é, com freqüência, a atitude entre os jovens, mas era especialmente verdadeira de nossa parte, por causa da maneira como havíamos nos encontrado com nossa história. Quebec sempre teve sua própria versão dela, com heróis e vilões, lutas, tristezas e decepções, e Deus; Deus era uma atração principal até recentemente. Mas aqueles como nós do Canadá inglês, que entramos para escolas de ensino superior quando eu entrei, não fôramos tratados com nenhum remédio mais potente. Em vez disso, nos foi dada uma versão bastante anêmica de nosso passado, se é que alguma sequer nos foi dada. Para outros, em costas mais turbulentas, foram as batalhas épicas, os heróis, os discursos inspiradores, as decisões finais de resistir ou morrer, o congelar até morrer de frio durante a retirada de Moscou. Para nós, as estatísticas sobre a produção de trigo e as garantias tranqüilizadoras de que tudo estava bem na terra das vacas e das batatas, para não mencionar – embora *fossem* mencionados – os filões de minério de metal e da exploração de madeiras. Nós olhávamos para essas coisas e víamos que eram boas, ainda que tediosas, mas não examinávamos realmente como tinham sido obtidas, nem quem estava lucrando com elas, nem quem fazia o trabalho de verdade e quanto recebiam por isso. Tampouco se falava de sobre quem habitava este espaço antes de os europeus brancos chegarem, trazendo presentes como armas de fogo e varíola; não éramos um povo gentil? Podem apostar que éramos, e não nos detínhamos em temas mórbidos. Eu, pessoalmente, teria estado muito mais interessada em história canadense se tivesse sabido que nosso obtuso primeiro-ministro, Mackenzie King, havia acreditado que o espírito de sua mãe residia em seu cachorro, a quem ele sempre consultava sobre programas de política pública – isso explica tanta coisa –, mas ninguém sabia dessas coisas naquela época.

A idéia principal por trás da maneira como nos ensinavam história do Canadá parecia ser nos tranqüilizar: como um país, tínhamos nossos pequenos desentendimentos e em alguns momentos constrangedores – a Rebelião de 1937, o enforcamento de Louis Riel, e assim por diante –, mas esses tinham sido apenas arrotos impróprios em um longo e delicado cochilo depois do jantar. Sempre nos diziam que o Canadá tinha chegado à maioridade. Isto era incluído até como título de livro de estudo: *O Canadá chega à maioridade*. Não tenho certeza do que deveria significar – que podíamos votar e beber e fazer a barba e fornicar, talvez; ou que tínhamos recebido nossa herança e agora podíamos administrar nossos próprios negócios.

Nossa herança. Ah, sim – o misterioso baú selado entregue pelo advogado da família quando o jovem patrão alcança a maioridade. Mas o que havia dentro dele? Muitas coisas que não nos haviam contado na escola, e é aqui que entra em cena o interesse na escrita histórica. Pois são exatamente as coisas não mencionadas que nos inspiram a maior curiosidade. *Por que* não são mencionadas? A atração do passado canadense pelos escritores de minha geração tem sido, em parte, a atração do que é não mencionável – o misterioso, o enterrado, o esquecido, o descartado, o tabu.

Essa escavação de coisas enterradas começou, talvez, na poesia; por exemplo, os poemas narrativos de E. J. Pratt sobre temas como o naufrágio do *Titanic* e a vida do jesuíta missionário francês Brébeuf. Pratt foi seguido por certos jovens escritores; lembro-me da peça em versos, da metade dos anos 1960, de Gwendolyn MacEwen, *Terror and Erebus*, sobre o fracasso da expedição de Franklin. Enrubesço em mencionar *The Journals of Susanna Moodie*, de Margaret Atwood, de 1970, mas, uma vez que, de qualquer forma, precisarei mencioná-lo mais adiante, vou tratar de enrubescer agora e acabar de uma vez por todas. Outros poetas – Doug Jones e Al Purdy em particular, mas havia outros – usaram acontecimentos históricos como tema para poemas individuais. James Reaney foi um pioneiro no uso da história local – escrevia a trilogia Donnelly no final dos anos 1960, embora as peças só tenham sido produzidas bem mais tarde. Também houve outras peças nos anos 1970 – *The Farmers' Rebellion*, de Rick Salutin, sobre a Rebelião do Alto Canadá, me vem à memória.

Então vieram as novelas. Estas não eram romances históricos do tipo rasga corpete; em vez disso, eram o que provavelmente deveríamos denominar de "novelas ambientadas no passado histórico", para distingui-las do tipo de coisa que os senhores encontram em lojas de conveniência e têm mantos esvoaçantes e títulos em relevo prateados ornamentados com arabescos. Quando o passado fica velho o suficiente para ser considerado histórico? Bem, grosso modo, suponho que se possa dizer que é qualquer coisa antes do tempo em que o escritor da novela adquiriu consciência; parece-me bastante justo.

Na novela, então, tivemos a excelente *Kamouraska,* de Anne Hébert, já em 1970. Foi escrita em francês, mas foi traduzida e muitos escritores de língua inglesa a leram. Voltando atrás até *The Diviners,* de Margaret Laurence, em 1974, e *Bear,* de Marian Engel, em 1976, figuras do passado do Canadá foram usadas como um ponto de referência para o presente canadense – Catherine Parr Traill, por Laurence; uma emigrante obscura e provavelmente inventada do século XIX, por Engel. *The Temptations of Big Bear,* de Rudy Wiebe, em 1973, e *The Scorched Wood People,* em 1977, são, de maneira geral, considerados incluídos entre os parênteses de *Povos Nativos,* mas são, é claro, inteiramente ambientados no passado. E então temos *The Wars* de Timothy Findley, em 1977.

Nos anos 1980 e 1990, a tendência se intensificou. *Perpetual Motion,* de Graeme Gibson, foi publicado em 1982. Depois disso, os nomes formam uma legião. *Murther and Walking Spirits,* de Robertson Davies, é uma novela histórica. Do mesmo modo – usando minha definição de novela histórica – são *In the Skin of a Lion* e *O paciente inglês,* de Michael Ondaatje, e *Blackrobe,* de Brian Moore. Além destes, as duas histórias de Alice Munro "Meneseteung" e "A Wilderness Station". Assim como *Burning Waters,* de George Bowering, *Ana Historic,* de Daphne Marlatt, *The Whirlpool* e *Away,* de Jane Urquhart, *Os diários de pedra,* de Carol Shields e *The Piano Man's Daughter,* de Timothy Findley. Só neste ano, tivemos *You Went Away,* de Findley, *Fall on Your Knees,* de Anne Marie Macdonald, *Angel Walk* de Katherine Govier, *Fugitive Pieces* de Anne Michaels, *The Cure for Death by Lightning,* de Gail Anderson-Dargatz e *The Englishman's Boy,* de Guy Vanderhaeghe.

Todas essas obras são ambientadas no passado – no passado de *muito tempo,* de Dickens –, mas nem todas usam o passado para os mesmos propósitos. É claro que não; os autores são indivíduos, e cada novela tem suas próprias preocupações. Algumas tentam oferecer relatos mais ou menos fiéis de acontecimentos reais, em resposta talvez a perguntas como "de onde viemos e como chegamos aqui?" Algumas tentam uma espécie de reparação, ou pelo menos o reconhecimento de injustiças cometidas no passado – eu incluiria as novelas de Rudy Wiebe e o livro de Guy

Vanderhaeghe nessa categoria, uma vez que tratam da folha corrida deplorável no tratamento de povos nativos. Outras, tais como a de Graeme Gibson, examinam o que matamos e destruímos em nossa busca obsessiva pelo pote de ouro. Outras tratam de estrutura de classe e lutas políticas – *In the skin of a Lion*, de Ondaatje, por exemplo. E outras, ainda, desenterram um passado como era vivido por mulheres, sob condições ainda mais rigorosas do que as nossas; mais outras tantas empregam o passado como pano de fundo para sagas de família – relatos de traições e tragédia e até mesmo loucura. "O passado é um outro país", é a frase inicial da novela inglesa *O mensageiro*;[5] "eles fazem as coisas de maneira diferente por lá." Sim eles fazem, e esses livros ressaltam isso; mas eles também fazem uma boa quantidade de coisas da mesma maneira, e esses livros também ressaltam isso.

Por que, então, houve tamanha enchente de novelas históricas nos últimos vinte anos, e especialmente na última década? Anteriormente, enumerei alguns possíveis motivos quanto a por que esta tendência não ocorreu antes e por que está acontecendo agora.

Alguns poderiam dizer que agora temos mais confiança em nós mesmos – porque nos é permitido nos acharmos mais interessantes do que outrora, e creio que estejam certos. Nisso, somos parte de um movimento mundial que encontrou escritores e leitores, especialmente, em ex-colônias, retornando às suas próprias raízes, embora ao mesmo tempo não rejeitando os novos acontecimentos nos centros imperiais. Londres e Paris ainda são lugares maravilhosos, mas não são mais vistos como os únicos lares do bom, do verdadeiro e do bonito, bem como daqueles gostos mais típicos do século XX, o mau, o falso e o feio. Os senhores querem sordidez, mentira e corrupção? Que diabo, nós temos esses produtos de cultivo doméstico e, não só isso, sempre tivemos, e é lá onde entra o passado.

Alguns poderiam dizer que, por outro lado, o passado é mais seguro; que em uma época em que nosso país se sente sob forte ameaça – a ameaça de se dividir e a de ter suas instituições estabelecidas e seu tecido social e sua percepção de si mesmo literalmente rasgados – você acha confortador escapar, voltando atrás, a um tempo em que essas coisas não eram os problemas. Com relação ao passado, pelo menos sabemos o que aconteceu: enquanto o visitamos não sofremos quaisquer incertezas sobre o futuro, ou até a parte dele conhecida entre ele e nós; nós lemos a respeito dela. O *Titanic* pode estar afundando, mas não estamos a bordo dele. Observando-o soçobrar, distraímo-nos por um breve tempo no bote salva-vidas em que realmente estamos agora, neste instante.

É claro, o passado não é na realidade mais seguro. Como um curador de museu local comentou, "a nostalgia é o passado sem o sofrimento",[6] e para aqueles que vivem nele, o passado era o seu presente, e tão doloroso quanto é o presente para todos nós – e, talvez, mais ainda, considerando então as doenças incuráveis e a ausência de anestesia, aquecimento central e encanamento de água e esgoto daquela época, para mencionar apenas algumas das desvantagens. Aqueles que anseiam por um retorno aos supostos valores do século XIX deveriam dar as costas para as revistas decorativas devotadas àquela era, e lançar um olhar muito cuidadoso e demorado para o que realmente acontecia. Dessa forma, embora o passado possa ser uma atração, também é uma ilusão; e não muitas das novelas históricas canadenses que mencionei o retratam como um lugar muito reconfortante.

Também existe a sedução da viagem no tempo, que atrai o antropólogo cultural em todos nós. É tão divertido bisbilhotar, por assim dizer, espiar o interior pelas janelas. O que eles comiam naquele tempo? O que vestiam e como lavavam as roupas, ou tratavam seus doentes, ou enterravam seus mortos? A respeito de que pensavam? Que mentiras diziam e por quê? Quem eram eles na verdade? As perguntas, uma vez que começam, são infinitas. É como interrogar seus bisavós mortos – será que alguma coisa do que eles fizeram ou pensaram ainda vive em nós?

Creio que exista um outro motivo para o apelo, e está relacionado à era em que estamos atualmente. Nada é mais maçante para um adolescente de 15 anos que as divagações da velha tia Agatha sobre a árvore genealógica da família; mas, com freqüência, nada é mais intrigante para uma pessoa de cinqüenta anos. Não são os autores que agora estão com cinqüenta anos – alguns deles são um bocado mais jovens que isso. Creio que é a cultura.

Certa ocasião, fiz um curso de graduação universitário intitulado "A literatura da Revolução Americana", que começou com o professor dizendo que, na verdade, não *havia* nenhuma literatura da Revolução Americana, porque, naquele período, todo mundo estava ocupado demais e seria demasiado revoltante escrever então literatura, de modo que iríamos estudar a literatura de imediatamente antes e a literatura de imediatamente depois da revolução. O que veio depois era uma grande quantidade de manuscritos e de exame cuidadoso de pensamentos e sentimentos por parte da comunidade artística americana, tal como estava. Agora que tivemos a revolução, afligiam-se, onde está o grande espírito inspirador americano que deveria jorrar? Como deveria ser a maravilhosa novela, ou poema, ou quadro, para ser verdadeiramente americano? Por que não podemos ter uma indústria de moda americana? E assim por diante. Quando *Moby Dick* e Walt Whitman finalmente apareceram, a maioria das pessoas honradas os fez de capacho e os massacrou com críticas; mas, a vida é assim.

Contudo, foi a partir desse clima de questionamento e avaliação – de onde viemos, como chegamos até aqui, para onde estamos indo, agora quem somos nós – que Nathaniel Hawthorne escreveu *A letra escarlate*, uma novela histórica ambientada na Nova Inglaterra do século XVII. O século XVIII, em grande medida, se constrangera com os puritanos, especialmente por seu zelo enlouquecido durante os julgamentos por bruxaria em Salem, e tentou esquecê-los; mas Hawthorne os cavoucou de novo e lhes lançou um olhar muito cuidadoso e demorado. *A letra escarlate* não é, evidentemente, aquele século XVII, sob nenhuma forma, que os puritanos teriam reconhecido; no bom estilo do século XIX, é uma novela por demais admiradora e respeitosa para com aquela vadia adúltera, Hester Prynne. Usa como pano de fundo o colonial inglês do século XVII, para propósitos de uma recém-forjada república americana do século XIX. E creio que isso, agora, é parte do interesse de escritores e leitores de ficção histórica canadense: ao lançar um olhar muito cuidadoso e demorado para trás, nos situamos.

* * *

Tendo mais ou menos dado conta de dois dos três temas principais que lhes havia prometido, agora me voltarei para o terceiro, isto é, minha própria tentativa de escrever uma obra de ficção ambientada no passado. Eu não planejava fazê-lo, mas mesmo assim, por casualidade, acabei fazendo; essa a maneira como minhas novelas geralmente ocorrem. Eu tampouco estava consciente de quaisquer das questões que acabei de resumir. Creio que novelistas começam com sugestões, imagens, cenas e vozes, em vez de teorias e grandes esquemas. É com os personagens individuais interagindo e sofrendo as influências do mundo que os envolve que a novela se cria; com os detalhes, não os grandes padrões; embora um grande padrão possa, então, evidentemente, surgir.

O livro em questão é *Vulgo Grace*, e aqui vai como ele aconteceu. Nos anos 1960, por motivos que não podem ser racionalmente explicados, me descobri escrevendo uma seqüência de poemas chamados *The Journals of Susanna Moodie*, sobre uma imigrante inglesa que veio para o que é hoje Ontário, nos anos de 1830, passou uma temporada verdadeiramente medonha em um pântano ao norte de Peterborough e escreveu sobre suas experiências em um livro chamado *Roughing It in the Bush*, em que advertia gente de sociedade e boa família a não fazer o mesmo. O Canadá, na opinião dela, era uma terra adequada apenas para os camponeses de mãos calosas, também conhecidos como os honestos que executam o trabalho pesado. Depois de escapar da vida na floresta, ela escreveu *Life in the Clearings*, que contém sua versão da história de Grace Marks.

Susanna Moodie descreve seu encontro com Grace na Penitenciária de Kingston, em 1851; então, conta o duplo assassinato no qual Grace esteve envolvida. O motivo, de acordo com Moodie, tinha sido a paixão de Grace por seu empregador, o cavalheiro Thomas Kinnear, e seu ciúme doentio de Nancy Montgomery, governanta e amante de Kinnear. Moodie retrata Grace como a principal responsável pelo caso – uma adolescente mal-humorada e carrancuda –, com o cúmplice e co-autor, o criado

James McDermott, mostrado como um homem simplório, impulsionado por seu próprio desejo de ter Grace, bem como pelas provocações, carinhos e palavras lisonjeiras dela.

Thomas Kinnear e Nancy Montgomery acabaram mortos no porão, e Grace e McDermott conseguiram atravessar o lago Ontário até os Estados Unidos com uma carroça cheia de objetos roubados. Foram apanhados e trazidos de volta e julgados pelo assassinato de Thomas Kinnear; o assassinato de Nancy nunca foi julgado, uma vez que ambos foram considerados culpados e condenados à morte pelo assassinato de Kinnear. McDermott foi enforcado. Grace foi condenada como cúmplice, mas, como resultado de apelos por parte de seus defensores e em consideração a seu sexo mais frágil e à sua idade, extremamente jovem – ela mal tinha completado 16 anos –, a sentença foi comutada para prisão perpétua.

Moodie viu Grace de novo, desta vez na ala de pacientes violentos do recém-construído Asilo de Lunáticos de Toronto, e lá seu relato se encerra, com uma observação de esperança piedosa de que, talvez, a pobre garota sempre tivesse sido louca, o que explicaria seu comportamento chocante e também lhe garantiria o perdão na Vida Após a Morte. Esta foi a primeira versão da história a que cheguei, e sendo jovem e ainda acreditando que "não-ficção" significasse "verdade", não a questionei.

O tempo passou. Então, nos anos 1970, fui chamada pelo produtor da CBC George Jonas para escrever um roteiro para televisão. Meu roteiro seria sobre Grace Marks, usando a versão de Moodie, que já era extremamente dramática na forma. Nela, Grace é misteriosa, ameaçadora e obsessiva e McDermott é um fantoche em suas mãos. Excluí o detalhe de Moodie sobre Grace e McDermott terem cortado o corpo de Nancy em quatro, antes de escondê-lo debaixo de uma banheira. Achei que seria difícil de filmar, e de qualquer maneira, por que eles teriam se dado esse trabalho?

Recebi depois um convite para transformar meu roteiro para televisão em peça de teatro. Fiz então uma tentativa. Esperava usar um palco de múltiplos níveis, de modo que o andar principal, o de cima e o porão pudessem ser vistos ao mesmo tempo.

Eu queria iniciar na Penitenciária e encerrar no Asilo de Lunáticos, e tinha alguma idéia de fazer o espírito de Susanna Moodie passar voando preso em arames, num vestido de seda preta, como um cruzamento entre Peter Pan e um morcego, mas aquilo foi demais para mim, então desisti e esqueci.

Mais tempo passou. Pouco depois estávamos no princípio dos anos 1990 e eu, num tour de lançamento de livro e sentada num quarto de hotel em Zurique. Uma cena me veio à mente vividamente, da maneira como cenas quase sempre fazem. Eu a escrevi numa folha de papel de carta do hotel, na falta de qualquer outro tipo; era quase a mesma cena de abertura do livro que hoje existe. Reconheci o local: era o porão da casa de Kinnear, e a figura feminina nela era Grace Marks. Não imediatamente, mas depois de algum tempo, continuei a novela. Desta vez, contudo, fiz o que nem Moodie nem eu tínhamos feito antes: voltei ao passado.

O passado é feito de papel; por vezes, hoje em dia, é feito de microfilme e CD-ROMs, mas, em última instância, também é feito de papel. Papel precisa ser cuidado; arquivistas e bibliotecários são os anjos da guarda do papel: sem eles haveria muito menos passado do que há, e eu e muitos outros escritores temos uma enorme dívida de gratidão para com eles.

O que fica em papel? As mesmas coisas que estão em papel hoje. Registros, documentos, artigos de jornal, depoimentos de testemunhas, bisbilhotices e rumores, opinião e contradição. Não existe – como eu cada vez mais fui descobrindo – nenhum motivo maior para confiar em alguma coisa registrada por escrito no passado do que existe hoje. Afinal, as pessoas que faziam os registros escritos eram, e são, seres humanos, e portanto sujeitas a erro, intencional ou não, e têm o desejo muito humano de ampliar um escândalo e de ter seus próprios preconceitos. Com freqüência, fiquei bastante frustrada, também, não pelo que essas pessoas que registram o passado tinham escrito, mas pelo que tinham deixado de escrever. A História está mais do que disposta a lhe contar quem venceu a Batalha de Trafalgar e que líder mundial assinou este ou aquele tratado, mas é mais relutante sobre os, agora obscuros, detalhes da vida cotidiana. Ninguém escrevia essas coisas, porque todo mundo tinha conhecimento delas e as considerava triviais e sem importância suficiente para registrá-las. Deste modo, me vi lutando não só com quem disse o que a respeito de Grace, mas também com como limpar um urinol, que tipo de calçado teria sido usado no inverno, as origens de nomes de padrões de *kilts* e como armazenar *parsnips*. Se você está em busca da verdade, toda a verdade, inteira e detalhada, irá passar por muitos apertos e dificuldades se confiar em papel, mas, quando se trata do passado, é quase tudo do que se dispõe.

Susanna Moodie disse, logo no princípio de seu relato, que estava escrevendo a história de memória. Como acabou por se revelar, sua memória não era melhor do que a da maioria das pessoas. Ela havia incluído o local errado, bem como os nomes de alguns participantes, só para começar. E não só isso, a história era muito mais problemática, embora menos elegantemente dramática, do que a contada por Moodie. Além disso, as testemunhas – mesmo as testemunhas oculares, e no próprio julgamento –, com freqüência, não concordavam entre si; no entanto, de que modo isso é diferente da maioria dos julgamentos? Por exemplo, uma diz que a casa de Kinnear foi deixada completamente revirada pelos criminosos, já uma outra diz que estava em ordem e que ninguém percebeu, de início, que algo tivesse sido levado. Confrontada com tais discrepâncias, tentei deduzir qual relato era o mais plausível.

Depois havia a questão da figura central, a respeito de quem as opiniões eram, realmente, bem divididas. Todos os comentaristas concordavam que Grace era extraordinariamente bonita, mas não conseguiam chegar a um acordo sobre sua altura nem a cor de seu cabelo. Algumas diziam que Grace tinha ciúmes de Nancy, outros que, pelo contrário, Nancy era quem tinha ciúmes de Grace. Algumas consideravam Grace um demônio de esperteza feminina, outras a consideravam uma vítima ignorante e aterrorizada que tinha fugido com McDermott somente por temer pela própria vida.

Descobri, à medida que fui lendo, que os jornais da época tinham interesses políticos próprios. O Canadá do Oeste ainda estava vacilante e abalado pelos efeitos da Rebelião de 1837, e isso havia influenciado tanto a vida de Grace antes dos assassinatos, quanto seu tratamento nas mãos da imprensa. Uma grande percentagem da população – alguns afirmam até um terço – deixou o país depois da rebelião; o terço mais pobre e mais radical, podemos presumir, o que pode ser responsável pela tendência conservadora dos que permaneceram. O êxodo significou uma falta de criados, o que, por sua vez, significou que Grace podia mudar de empregos com mais freqüência do que suas contrapartes na Inglaterra. Em 1843 – o ano do assassinato – ainda estavam sendo escritos editoriais falando sobre a vileza ou o valor e mérito de William Lyon Mackenzie; e, por via de regra, os jornais conservadores que o haviam difamado também difamaram Grace – ela, afinal, estivera envolvida no assassinato de seu patrão conservador, um ato de grave insubordinação, mas os jornais reformistas, que louvavam Mackenzie, também eram inclinados à clemência para com Grace. Este racha na opinião se manteve até entre escritores posteriores sobre o caso, até o final do século XIX.

Eu achava que, para ser justa, tinha de apresentar todos os pontos de vista. Criei para mim mesma, o seguinte conjunto de diretrizes: quando houvesse um fato sólido, eu não podia alterá-lo; por exemplo, por mais que quisesse fazer com que Grace assistisse à execução de McDermott, isso não podia ser feito, porque, por azar, ela já estava na Penitenciária naquele dia. Além disso, todo elemento principal no livro tinha de ser sugerido por alguma coisa nos textos e registros escritos sobre Grace e sua época, por mais duvidosos que estes pudessem ser, mas, nas lacunas que haviam ficado em branco, eu estava livre para inventar. Uma vez que havia uma porção de lacunas, há um bocado de invenção. *Vulgo Grace* é bem mais uma novela do que um documentário.

Enquanto eu escrevia, me vi considerando e analisando o número e a variedade das histórias que haviam sido contadas: as versões da própria Grace – houve várias – conforme relatadas nos jornais e em sua "Confissão"; as versões de McDermott, também múltiplas; a versão de Moodie e as dos comentaristas posteriores. Para cada história, havia um narrador, mas – como é próprio de todas as histórias – também uma platéia, e ambos eram influenciados pelo clima das opiniões recebidas, a respeito de política, mas também a respeito de criminalidade e seu tratamento adequado, a respeito da natureza de mulheres, por exemplo de suas fraquezas e qualidades sedutoras, e a respeito de insanidade; de fato, a respeito de tudo que tivesse alguma importância para o caso.

Em minha ficção, Grace também – não importa o que mais ela seja – é uma narradora com fortes motivos para contar sua história, mas também com fortes motivos para sonegar e se abster de contá-la; o único poder que lhe resta, como criminosa condenada e cumprindo pena de prisão, vem de uma combinação desses dois motivos. O que é dito por ela à sua platéia de uma só pessoa, o dr. Simon Jordan – que é não só uma pessoa mais instruída do que ela, mas é, também, um homem, o que lhe dava uma vantagem automática no século XIX, e um homem com o potencial de lhe ser de ajuda –, é seletivo, é claro. Será isso dependente do que ela se lembra; ou do que ela diz se lembrar, que podem ser coisas bastante diferentes? E como pode sua platéia distinguir a diferença? Aqui estamos nós, de volta ao final do século XX, com nossa própria apreensão e preocupação com relação à integridade e fidelidade da memória, à confiabilidade da história e à continuidade do tempo. Numa novela vitoriana, Grace diria "agora me lembro, tudo aquilo me volta à memória", mas *Vulgo Grace* não é uma novela vitoriana, ela não diz isso, e se dissesse, será que nós – ainda – acreditaríamos nela?

Estes são os tipos de questões que minha excursão imaginária pessoal, todavia real, ao passado canadense, me deixou fazer. Também não me escapou que uma escritora diferente, com acesso a exatamente os mesmos registros históricos, poderia ter – e, sem dúvida, teria – escrito um tipo de novela muito diferente, mas devo concluir que, embora indubitavelmente houvesse uma verdade – alguém de fato matou Nancy Montgomery –, a verdade é por vezes incognoscível, pelo menos por nós.

O que nos diz o passado? Em si mesmo e de si mesmo, o passado não diz nada. Temos, primeiro, de ouvir, antes que venha a dizer uma palavra; e mesmo assim, ouvir significa o ato de contar, de narrar, e depois narrar de novo. Somos nós mesmos quem temos de fazer essa narrativa sobre ele, se houver alguma coisa para ser dita sobre o passado; e nossa platéia é um ao outro, de parte a parte. Depois que nós, por nossa vez, tivermos nos tornado passado, outros contarão histórias sobre nós e nossos tempos; ou não, conforme for o caso. Por mais improvável que pareça, é possível que possamos não interessá-los.

Mas enquanto isso, enquanto ainda temos a oportunidade, o que deveríamos contar? Ou melhor, o que *realmente* contamos? Lembranças individuais, história e a novela são seletivas: ninguém se lembra de tudo, cada historiador seleciona os fatos que determina escolher como significantes, e toda novela, quer seja histórica ou não, tem de limitar seu próprio escopo. Ninguém pode contar todas as histórias que existem. Quanto a novelistas, é melhor que eles se confinem às histórias do Velho Marinheiro, isto é, às histórias que se apoderam deles e os atormentam, até que eles tenham agarrado um grupo de Convidados do Casamento em suas mãos magras e os tenham fascinado com seus olhos brilhantes ou então com sua prosa brilhante, e lhes contado uma história que eles não têm escolha, senão ouvir.

Tais histórias não são a respeito desta ou daquela fatia do passado, deste ou daquele acontecimento político ou social, desta ou daquela cidade ou país ou nacionalidade, embora, é claro, isso possa fazer parte delas, e com freqüência faz. Elas são sobre a natureza humana, o que significa que, geralmente, falam de: orgulho, inveja, avareza, luxúria, preguiça, gula e cólera. São sobre verdades e mentiras, disfarces e revelações; sobre crime e castigo; amor e perdão, e resignação e caridade; pecado e vingança e, às vezes, sobre redenção.

No filme recente *O carteiro e o poeta*, o grande poeta Pablo Neruda repreende seu amigo, um humilde carteiro, por ter surrupiado um dos seus poemas para usá-lo para fazer a corte a uma das moças do lugar. "Mas", responde o carteiro, "poemas não pertencem àqueles que os escrevem. Poemas pertencem àqueles que precisam deles." E o mesmo se aplica às histórias sobre o passado. O passado não pertence mais apenas àqueles que nele viveram; o passado pertence àqueles que o reivindicam e estão dispostos a explorá-lo e a infundi-lo de significado para aqueles que hoje estão vivos. O passado nos pertence, porque somos nós quem precisamos dele.

NOTAS:

1 Robertson Davies, *The Merry Heart*, McClelland and Stewart, Toronto, 1996, p. 358.
2 Ver, por exemplo, Ian Hacking, *Rewriting the Soul*, Princeton University Press, Princeton, 1995.
3 Ver, por exemplo, *The Great War and Modern Memory*, de Paul Fussell, OUP, Oxford, 2000.
4 Javier Marias, *All Souls*, The Harvill Press, Londres, 1995.
5 L. P. Hartley, *The Go-Between*, Penguin Modern Classics, 2004.
6 CBC programa sobre museus locais, verão de 1996.

25
Por que amo O *mensageiro do diabo*

Sou incapaz de escolher minha obra individual favorita, não importa em que área, então escolhi O *mensageiro do diabo* (*The Night of the Hunter – A Noite do Caçador*) por alguns motivos. Primeiro, ele está entre aqueles filmes que me deixaram uma impressão indelével na ocasião em que estreou. Isso foi em 1955, quando eu era uma adolescente e os cinemas tinham um ar azulado de fumaça: seu namorado segurava o cigarro numa das mãos em concha e tentava enfiar a outra em seu sutiã Peter Pan. O que estava na tela era a ação secundária, e é um tributo a O *mensageiro do diabo* o fato de eu não conseguir me lembrar com que namorado assisti ao filme. O filme era tão absorvente que desvirtuou meu jovem cérebro, e várias de suas imagens me assombraram desde então. A de Shelley Winters submersa na água, por exemplo, em seu aspecto de sereia destruída, fez várias aparições disfarçadas em meus escritos.

O segundo motivo era que A Bíblia é um acontecimento inglês, e o filme tem uma ligação inglesa. Foi dirigido por Charles Laughton, que teve uma carreira teatral notável em Londres e fez muitos filmes ingleses antes de se juntar aos exilados europeus que iluminaram Hollywood dos anos 1930 aos 1950. Triste romântico, aprisionado em um corpo estranho, ele com freqüência desempenhava o papel de monstros, e isso sem dúvida enriqueceu e contribuiu para sua direção de O *mensageiro do diabo* – como também o fez seu interesse pela arte, sua vasta formação literária e o conhecimento da Bíblia. Sem dúvida, é sua simpatia pela temática que lhe permitiu extrair desempenhos tão extraordinários do elenco – Robert Mitchum, Shelley Winters e Lillian Gish em particular.

O filme estreou no mesmo ano de *Sementes da violência* e *Juventude transviada*, e por isso não teve o impacto que merecia, embora tenha conquistado um número considerável de seguidores de peso desde então. Críticos europeus, em particular, expressaram sobre ele as influências de outros filmes, análises freudianas (mães frágeis, filhos e suas lealdades divididas com a figura do pai, quer mortos, falsos, ou idealizados – *vide* o retrato de Abraham Lincoln inscrito na cena do julgamento), e fizeram referências bettleheimianas à sua profunda psicologia de conto de fadas, para não falar da profunda psicologia do próprio Laughton.

O filme e seu diretor parecem feitos um para outro – paradoxalmente, porque *O mensageiro do diabo* é um filme profundamente americano. Também é um filme de escritores, um outro motivo pelo qual o escolhi para um festival literário. Enquanto para muitos filmes o roteiro serve apenas como uma armação sobre a qual o diretor apresenta suas próprias idéias e efeitos, neste quase que cada imagem – cada coelho, coruja e assim por diante – foi descrita, detalhadamente, no roteiro. Um roteiro assim provavelmente não conseguiria chegar à primeira etapa do projeto em Hollywood nos dias de hoje: seria considerado demasiado prolixo.

O filme foi adaptado de uma novela de Davis Grubb e escrito por James Agee, o autor de *Let Us Now Praise Famous Men* e *A Death in the Family*, e do filme *Uma aventura na África*. Tanto Grubb quanto Agee foram criados no vale de Ohio durante a Depressão, que é onde o filme é ambientado. Ambos eram participantes de um importante movimento que se afastava do cosmopolitismo dos anos 1920 para enfocar o interior, sombrio e afligido pela pobreza, da América. Mas Agee e Grubb, embora se lembrassem dos anos 1930, ainda não escreviam nessa época. Quando, afinal, a hora deles chegou, teriam tido o benefício de uma geração de estudiosos literários dedicados a desenredar os emaranhados góticos confusos do puritanismo americano através de autores anteriores, tais como Hawthorne, Poe, Melville e Twain. Isso fica visível.

O filme tem uma estrutura dupla. A cena de abertura é com Rachel – uma mulher mais velha que, mais tarde, conhecemos como uma salvadora de crianças abandonadas – invocando o mundo das histórias da hora de dormir e dos sonhos. (Poder-se-ia dizer que se esta é a sua idéia de uma história sossegada para criancinhas, ela é uma canalha sádica, porque este sonho é um pesadelo, embora contos folclóricos sempre fossem pesadelos. Sua função como narradora é pelo menos tornar o pesadelo parcialmente seguro.) A estrutura que se segue é social: a Depressão, causa do desespero que move o assalto inicial do filme.

Dentro dessa estrutura dupla está o conto folclórico propriamente dito, com seu ogro (desempenhado por Mitchum). O nome dele é Harry, como na expressão inglesa "Old Harry", o Diabo. Façam um cruzamento de Ricardo Terceiro com o Satã de Milton, dentro de um psicopata sulista se fazendo passar por um pregador, e obterão este personagem. Ele não pode ser explicado pela Depressão – ele é simplesmente o mal radical –, mas, nas mãos de Laughton, ele é também uma figura complexa, um desses vigaristas, de fala rápida e convincente, que são recorrentes em toda parte na arte americana, bem aceitos e adotados pela sociedade, depois dilacerados por ela. Ele é um monstro, mas finalmente um monstro sacrificial.

Em um nível, a trama é a própria simplicidade: papai cometeu um assalto à mão armada e escondeu o dinheiro numa boneca. Este ídolo mamonístico, uma Vênus de Willendorf com o estômago estufado de dinheiro, torna-se o tesouro desejado na luta entre o mal e a inocência. Os dois filhos do assaltante – uma menina e um garoto mais velho – fizeram um juramento de não contar o segredo da boneca para ninguém, especialmente a mãe deles, a lasciva e, portanto, volúvel, Willa. Seu cruel companheiro de cadeia, o Lobo mau Harry, sabe da existência do dinheiro, mas não onde está escondido; de modo que depois que papai é enforcado, ele veste sua roupa de carneiro e parte para conquistar a viúva, emanando poder sexual por todos os poros, mais especialmente de suas pálpebras inferiores. Willa cai na conversa e se casa com ele, mas Harry não está interessado no corpo dela. Ele lhe corta a garganta e a afunda no rio, depois afirma que ela fugiu, como mulheres endemoniadas costumam fazer.

Agora ele pode botar as mãos nas crianças. Ele arranca à força o segredo da boneca, mas as crianças conseguem fugir num barco e descem pelo rio Ohio, com o pregador enfurecido caçando-as. É uma imagem americana quintessencial – os dois inocentes flutuando nos recordam Huckleberry Finn e Jim, e, atrás deles, aquela imagem bíblica americana favorita, a Arca escapando do Dilúvio com seu Sobrevivente Salvador –, neste caso, o dilúvio massacrou a mãe das crianças. O fato de que esse dilúvio, todo ele, se confunde com a sexualidade adulta, e também com a repressão dela, é também, quintessencialmente, americano – como é a natureza do puritanismo de produzir um mundo que repudia a sexualidade, mas que é ao mesmo inteiramente sexualizado.

As crianças são acolhidas por Rachel (que é uma boa mulher, uma vez que há muito já passou da idade do sexo) e caçadas por seu perseguidor, à espreita. Finalmente, há um impasse, uma captura e um julgamento, e o vilão é morto. Porém, nós não respiramos aliviados: a metafísica e suas realidades são por demais inquietantes. O filme é pontuado por imagens de mãos: mais para o começo o pregador faz um show de marionete com os nós de seus dedos, que têm as palavras LOVE (AMOR) e HATE (ÓDIO) tatuadas neles. Será que o amor vencerá o ódio? Se vencer, que tipo de amor? Será que o próprio Deus ama ou odeia você, e se você se puser em suas mãos, qual é a natureza dessas mãos?

As mãos retornam no final, quando há um dueto cantado por Harry o monstro e Rachel a salvadora – diga-se de passagem, talvez a única vez em que Jesus apareceu disfarçado de uma doce velhinha com uma arma de fogo. Eles cantam o hino "Leanning on the Everlasting Arms" (Apoiando-nos nos Braços de Deus, o Eterno) – mas cada um está se referindo a um braço diferente, e na extremidade de cada braço existe uma mão, e para cada mão direita existe uma esquerda.

Mas para cada Canção de Experiência existe uma Canção de Inocência, e é a visão do olhar de criança que dá a este filme sua translucidez e sinceridade. Sua perspectiva crucial é a do garoto, John Harper, equilibrado entre a inocência e a experiência. Só ele desconfia do pregador desde o princípio, só ele se dá conta do que aconteceu com sua mãe, mas, de maneira significativa e reveladora, ele se recusa a testemunhar contra seu assassino. Filho de um matador enforcado e de uma mãe cruelmente morta e enteado de um maníaco, ele tem fortes motivos para desconfiar do mundo adulto, mas a casa de Rachel só pode abrigá-lo enquanto ele ainda for criança. Talvez ele cresça e vá se tornar um assaltante. Ou, quem sabe, como sugere o seu nome – Harper-harpista –, um cantor de sagas respingadas de sangue e autor de revelações apocalípticas?

Há um final feliz completo, até com presentes de Natal, mas não lhe damos crédito e nem deveria John. Ele sabe demais. Em outras palavras, se é a noite do caçador, de quem será o dia, depois que aquele sol da manhã raiar?

Parte Três

2000–2005

2000-2005

Na noite da véspera do Ano-Novo de 2000, o milênio foi convidado a entrar. Nossos computadores deveriam todos entrar em colapso, mas não entraram. Minha mãe, naquela altura, estava muito idosa e quase cega, mas ainda conseguia ver luzes intensas. Organizamos para que uma queima de fogos fosse feita do lado de fora de sua grande janela panorâmica, para que ela pudesse participar, e minha irmã acidentalmente ateou fogo no quintal dos fundos. Esta é a minha imagem do grande acontecimento – minha irmã pulando sem parar sobre as ervas secas, numa tentativa de abafar a conflagração.

Na página de meu diário que começava o Ano 2000, escrevi: *Os fogos foram muito bons na TV, exceto pelos comentários idiotas. Nada vazou. Os sinos da igreja tocaram. A temperatura estava agradável. Havia uma meia-luz. Os anjos não chegaram, ou pelo menos, nenhum visível a olho nu. Não caíram bombas. Nem neve. Não há terroristas por aqui.*

Famosas últimas palavras.

Completei O *assassino cego* depois de vários falsos princípios, um deles no Canadá; um deles, num curioso apartamento alugado via Internet, em Londres. O grande avanço decisivo veio na França, onde eu escrevia num conjunto de suportes feito com pranchas de aumento de mesa que me serviram de mesa de trabalho. Acabei a novela no final de 1999 e fiz a edição em fevereiro de 2000, em Madri, onde também estava terminando de escrever a série de seis conferências que dei, naquela primavera, na Universidade de Cambridge, sobre o tema de escritores e a escrita. (Estas posteriormente foram publicadas com o título *Negocian-*

do com os mortos.) Então, durante os primeiros meses daquele primeiro ano do século XXI, foram céus azuis luminosos e sol e comer churros, seguido por Cambridge com os jardins todos floridos e jacintos nos bosques e névoa.

O *assassino cego* foi lançado no outono de 2000. Foi a quarta de minhas novelas incluída na lista de finalistas do Booker Prize. Para minha surpresa, o livro cometeu aquilo que Oscar Wilde teria chamado um imperdoável solecismo de estilo ao vencer.

Na primeira parte do ano 2001, eu ainda estava em pleno tour de lançamento de O *assassino cego*. Tinha ido longe e chegado até a Nova Zelândia e a Austrália, onde tirava uma folga em Queensland para observação de pássaros silvestres em seu hábitat, na companhia de amigos, quando, inexplicavelmente, me descobri começando outra novela – um processo descrito no breve ensaio "Escrevendo *Oryx e Crake*".

Continuei esta novela quando voltei ao Canadá. Escrevi parte dela numa ilha no lago Erie, onde minha atividade na novela foi tristemente interrompida pela morte prematura de Mordecai Richler. Vários outros amigos e colegas escritores também morreram durante esse período, e escrevi a respeito de alguns deles.

Compus vários capítulos de *Oryx e Crake* em um barco no Ártico, um bom lugar para escrever, uma vez que ninguém pode telefonar. Em setembro de 2001, estava no aeroporto de Toronto esperando um avião para Nova York para o lançamento em brochura de O *assassino cego*, quando ocorreu a catástrofe de 11/9.

Um dos textos nesta seção é relacionado ao acontecimento. Naquele período eu trabalhava numa introdução para a estranha novela de Rider Haggard, *Ela*; o editor deste projeto quixotesco era um homem ainda jovem, chamado Benjamin Dreyer, e foi por intermédio dele que consegui saber – via e-mail, durante aquele período de linhas telefônicas bloqueadas – que meus amigos e colegas em Nova York estavam sãos e salvos.

Em tempos de crise, a tentação é pôr tudo em posição de defesa, acreditar que a melhor defesa é o ataque – que, no corpo humano, pode conduzir à morte de sua própria resposta imunológica – e alijar exatamente aqueles valores que você pensou que estivesse defendendo, para começar. Com demasiada freqüência a operação pode ser um sucesso, mas o paciente morre. Aqueles que incitam à moderação e ao multilateralismo são vistos como fracos e covardes e bater no próprio peito se torna a ordem do dia. Minha "Carta à América" foi escrita porque fiz uma promessa a Victor Navasky, editor de *The Nation*, que escreveria algo desse tipo algum tempo antes, no verão de 2002, antes que a invasão do Iraque fosse sequer mencionada. A "Carta" foi publicada logo antes de aquela invasão começar. Foi amplamente reproduzida e divulgada na imprensa e gerou uma enormidade de respostas vindas de derredor do mundo. O ensaio sobre os erros de Napoleão veio de minhas leituras de história e de meu sentido de cautela.

Esta seção poderia ser chamada de "Um Punhado de Editores", um tributo aos muitos editores com quem trabalhei ao longo dos anos. Quando se trata de textos avulsos, são, geralmente, os editores que descobrem as ocasiões. Então, eles convencem e induzem você a escrever sobre elas, seguram a sua mão enquanto você o faz, e tentam salvar você de seus erros mais constrangedores. Houve editores de revistas, editores de jornais, editores de antologias e editores encarregados de introduções e palavras finais. Todos eles foram maravilhosos. Alguns novos editores entraram em minha vida nesse período – Erica Wagner, do *The Times*, Robert Silvers da *The New York Review of Books*. O sr. Silvers é o único editor que conheço que parece atingir o auge de sua elegância e charme – pelo menos no que diz respeito ao tema de ponto-e-vírgulas – pelo telefone e no meio da noite. É provavelmente por isso que ele sempre consegue tudo que quer. A sra. Wagner é a única editora que conheço que tem cabelo cortado à escovinha e tatuagens.

    Sempre que penso que estou começando a me parecer com Melmoth o Ponderador, ou A Inquieta Pouco Lida, rondando de tocaia à noite e agarrando leitores desavisados, ou uma das Escribas de Drácula, acorrentada num porão, comendo moscas e condenada a escrever às pressas eternamente – sempre que resolvo escrever menos e, em vez disso, fazer alguma coisa saudável, como dançar no gelo –, é infalível: algum editor lisonjeiro sempre aparece e me faz uma oferta que não posso recusar. Assim, em certos sentidos, este livro é simplesmente o resultado de uma capacidade subdesenvolvida de dizer não.

Por outro lado, ninguém sucumbe a uma tentação que acha sem atrativos. E o que é, afinal, esta compulsão de escrever coisas às pressas em páginas em branco? Por que este jorrar ilimitado de palavras? O que nos impele a isso? Será que escrever é alguma espécie de doença, ou – sendo a fala em sua forma visual – é apenas uma manifestação de sermos humanos?

26
Pinteresco

Harold Pinter já era uma presença forte quando, aos 17 anos de idade, saí da penumbra vitoriana do currículo escolar do ensino médio e entrei no mundo em que pessoas que estavam, na verdade, vivas, estavam escrevendo. Lá, na livraria onde eles vendiam volumes fascinantes com capas de aparência moderna, moles, mas reluzentes, estavam Beckett e Sartre, e Ionesco e Camus, e Pinter. É claro que eu achava que Pinter era muito velho, considerando-se quem ele tinha por companhia, mas não era. Apenas havia começado muito cedo.

E que trajetória espantosa tem sido desde então. Um cometa, mas um cometa em forma de ouriço ou de um buril. Não uma presença aconchegante: não confortadora, não agasalhadora, não de flanela. Espinhosa, incômoda, mordente e dura. Sempre inesperada: sempre nos apanhando de surpresa, de maneira atordoante, com um olhar furioso, assustador.

Mas sempre ele mesmo, este corpo de obra que hoje chamamos de *Pinter*. Uma realização singular. Gerou seu próprio adjetivo: *pinteresco*.

Eu estava tentando pensar o que poderíamos querer dizer com esse adjetivo, ou o que eu poderia dizer, e duas coisas me vieram à mente. Uma foi surdez, e a outra foi silêncio. Em Pinter, as pessoas não se ouvem umas às outras, ou ouvem mal, e por vezes isso é deliberado, por vezes não. Paradoxalmente, deste modo, Pinter nos faz ouvir com muito cuidado e muita atenção. Quanto ao silêncio, ninguém jamais o usou melhor. A longa pausa, a resposta que não está lá, ausência da fala esperada. Os personagens de Pinter com freqüência estão perplexos, incapacitados de dizer uma palavra e esta perplexidade, esta perda da capacidade de encontrar palavras representa perda em geral.

Eu disse *pinteresco* para comigo mesma de novo, só para ver o que me ocorreria, e duas figuras me surgiram. Uma foi Jó, que foi desapossado de tudo e está reclamando, com toda razão, com Deus, da injustiça de Deus para com ele. *Por que eu?*, pergunta Jó, *Eu não mereço isso*. Deus não responde a pergunta. Em vez disso, apresenta uma porção de suas próprias perguntas destinadas a mostrar sua grandeza. A surdez de Deus: o homem ultrajado por um universo que, ou não lhe dá atenção, ou o esmaga como se fosse um inseto. Para não mencionar os outros homens neste universo, que são igualmente surdos e quase sempre também uns merdas.

A outra figura é Abraão, especialmente o Abraão no ensaio de Kierkegaard a respeito dele. Deus manda Abraão matar seu filho único cortando-lhe a garganta. Diante dessa exigência cruel e desumana, Abraão não protesta. Nem concorda. Ele se mantém em silêncio. Mas é um silêncio imenso com um eco obsessivo sinistro.

Um desses ecos é Pinter – os silêncios em Pinter.

Silêncios reverberantes.

Pinterescos.

27
Mordecai Richler: 1931–2001: Diógenes de Montreal

Mordecai Richler se foi, e uma luz imensa foi apagada. Mas que tipo de luz? Não uma tocha de atleta, não um halo de anjo. Imaginem, em vez disso, a lanterna de um Diógenes resmungão, crítico severo, morando em um tonel, que andava pela cidade em plena luz do dia em busca de um homem honesto.

Mordecai era o buscador e ao mesmo tempo o homem honesto, e igualmente desconfiado, de trajes finos. Bem vestido para grandes ocasiões, ele, de alguma forma, dava a impressão de que estaria mais feliz no tonel. Amarrotado, a gravata torta, copo de uísque escocês no cotovelo, charuto fino na boca, seu olhar triste de sabujo cravado na falsidade da cena se desdobrando à sua frente, enquanto em uma mão segurava a caneta que era ao mesmo tempo lança (lança de quem foi feito cavaleiro e de lancetar furúnculo) e alfinete de furar balão – esta é a imagem dele adorada por seu público e aperfeiçoada por seu amigo Aislin, o notável cartunista. Mordecai parecia tão permanente, tão substancial, tão no controle das coisas, tanto uma pessoa com quem se podia contar a cada vez que um novo balão de ar quente assomava no horizonte, que é difícil acreditar em sua mortalidade.

Mas – como acontece com todos os escritores excepcionais – a mortalidade era o seu tema. A natureza humana era o seu tema, em toda a sua nudez, torpeza, tolice, avareza, estupidez, mesquinharia e perversidade pura e simples – ele a conhecia de trás para a frente, tendo uma visão clara e objetiva à medida que alcançava a maioridade num bairro judeu pobre de Montreal durante a Depressão, e depois testemunhou, não só as atrocidades, mas também as hipocrisias da Segunda Guerra Mundial, acompanhadas – para ele – pela luta dura e frenética da vida literária em Londres, vista a partir do fundo.

Ele já havia conquistado sua posição e pagado – como costumamos dizer – suas custas. Seu radar para besteiras era aguçado, suas esperanças com relação à bondade inata da espécie humana não muito grandes, e nisso ele era um satirista, um verdadeiro filho de Jonathan Swift. Quando se posicionou contra o separatismo em Quebec, pisou nos calos de muita gente, mas todo esse seu pisar nos calos dos outros era deliberado – ele teria ficado horrorizado se tivesse ferido o inocente involuntariamente. Quebec não foi a única: qualquer pessoa podia ser alvo de críticas, desde que o alvo tivesse cometido o pecado supremo a seus olhos, que era – ou pelo menos presumo – ser pretensioso.

Sua propensão para aguilhoar os egos inflados, aliada a um maravilhoso sentido de molecagem endiabrada, produziu alguns dos mais hilariantes momentos da literatura canadense. O pretensioso filme de "arte" de um bar mitzvah em *The Apprenticeship of Duddy Kravitz*; a caricatura da expedição de Franklin em *Solomon Gursky Was Here*, em que os marinheiros heróicos se vestem com anáguas e babados de senhoras – isto é Mordecai em seu estilo mais inventivamente ultrajante. Mas todo satirista estima uma alternativa para os vícios e loucuras que retrata, e Mordecai também. Sua alternativa não ficava tão longe da de Charles Dickens – o ser humano são, decente e amável –, e este lado dele vem à frente em suas novelas, mais particularmente em sua meditação tragicômica sobre a falibilidade, *Barney's Version*. Por trás da formidável *persona* pública havia um homem tímido e generoso, que dedicava seu tempo aos esforços em que acreditava – muito recentemente ao Prêmio Giller de "único melhor livro", para o qual serviu de arquiteto e jurado no primeiro ano.

Era um profissional consumado, com altos padrões e que não tinha tempo para idiotas, mas também era um homem adorável e amado por todos os que o conheciam bem, respeitado por seus colegas escritores e detentor da confiança de seus muitos leitores devotados por falar, sempre, sem rodeios, com honestidade e franqueza. Para a minha geração, ele foi um desbravador que abriu caminho a ferro e fogo, e assim criou e ocupou um lugar singular em nossa vida e literatura nacionais, e nós sentiremos muito a sua falta.

28
Quando o Afeganistão estava em paz

Em fevereiro de 1978, quase há 23 anos, visitei o Afeganistão com meu marido, Graeme Gibson, e nossa filha de 18 meses. Fomos parar lá quase por acaso: estávamos a caminho do Festival Literário de Adelaide, na Austrália. Fazer paradas em intervalos regulares, achávamos, certamente seria menos penoso para o relógio fisiológico de uma criança. (Estávamos errados, conforme se revelou.) Pensamos que o Afeganistão seria um lugar fascinante para uma escala de duas semanas. Sua história militar nos impressionava – nem Alexandre o Grande nem os britânicos, no século XIX, tinham permanecido muito tempo no país, por causa da ferocidade de seus guerreiros.

"Vocês não devem ir para o Afeganistão", disse meu pai quando lhe contamos nossos planos. "Vai haver uma guerra por lá". Ele gostava de ler livros de história. "Como disse Alexandre o Grande, é fácil marchar sobre o Afeganistão, mas é difícil marchar em retirada". Mas não tínhamos ouvido quaisquer outros rumores de guerra, e por isso lá fomos nós.

Estávamos entre as últimas pessoas a ver o Afeganistão em seus tempos de paz relativa – relativa, porque mesmo naquela época havia disputas tribais e as superpotências em atividade. Os três maiores prédios em Cabul eram os da embaixada da China, embaixada soviética e embaixada americana, e dizia-se que o chefe de Estado do país estava usando as três, jogando umas contra as outras.

As casas de Cabul eram de madeira entalhada, e as ruas pareciam um quadro vivo do *Livro das horas*: pessoas de vestes longas esvoaçantes, camelos, burricos, carroças com enormes rodas de madeira sendo empurradas e puxadas por homens em cada extremidade. Havia poucos veículos motorizados. Dentre eles estavam ônibus cobertos com escrita árabe floreada, com olhos pintados na frente, para que os ônibus pudessem ver para onde iam.

Conseguimos alugar um carro a fim de visitar a região da famosa retirada dos britânicos de Cabul para Jalalabad. A paisagem era de tirar o fôlego: montanhas dentadas e residências saídas das *Mil e uma noites* nos vales – em parte casas, em parte fortalezas – refletidas no verde-azulado encantado dos rios. Na volta, nosso motorista percorreu a estrada, em serpentina, em velocidade máxima porque tínhamos de retornar antes do pôr-do-sol por causa de bandidos.

Os homens que encontramos eram amistosos e gostavam de crianças: nossa filhinha de cabelos louros cacheados recebeu um bocado de atenção. O casaco de inverno que eu usava tinha um grande capuz, de modo que eu estava coberta o suficiente e não atraí olhares indevidos. Muitos queriam conversar; alguns sabiam falar inglês, enquanto outros falavam através de nosso motorista. Mas todos eles se dirigiam exclusivamente a Graeme. Ter falado comigo teria sido descortês. No entanto, quando nosso motorista negociou nossa entrada numa casa de chá exclusivamente masculina, o pior que recebi foram olhares constrangidos. A lei da hospitalidade para com o visitante era considerada mais importante do que o costume de não admitir mulheres na casa de chá. No hotel, aqueles que nos serviam as refeições e limpavam os quartos eram todos homens, homens altos com cicatrizes ou de duelos ou do esporte nacional, jogado a cavalo, no qual a meta é ganhar a posse de um bezerro sem cabeça.

As garotas e mulheres que entrevíamos na rua usavam o chador, o traje feminino longo pregueado que cobre todo o corpo, com uma grade de crochê para os olhos, que é mais completo como cobertura do que qualquer outro traje muçulmano. Naquela época, com freqüência, viam-se botas e sapatos chiques aparecendo sob a bainha; o chador não era obrigatório, mulheres hindus não usavam. Era um costume cultural, e, uma vez que eu tinha crescido ouvindo que não se estaria decentemente vestida sem uma cinta e luvas brancas, pensei que pudesse entender tal coisa. Eu também sabia que a roupa era um símbolo, que todos os símbolos são ambíguos e que aquele poderia significar um medo de mulheres ou um desejo de protegê-las do olhar de estranhos. Mas também poderia significar coisas mais negativas, do mesmo modo que a cor vermelha pode querer dizer amor, sangue, vida, realeza, boa sorte – ou pecado.

Comprei um chador no mercado. Um grupo jovial de homens se reuniu ao redor, achando graça do espetáculo de uma mulher ocidental escolhendo um artigo tão não-ocidental. Ofereceram conselhos sobre cor e qualidade. Púrpura era melhor que verde claro ou azul, disseram (comprei o púrpura). Todo escritor quer a Capa da Invisibilidade – o poder de ver sem ser visto –, ou pelo menos era isso o que eu estava pensando quando vestia o chador. Mas depois de vestida, tive uma estranha sensação de ter sido transformada em espaço negativo, uma lacuna no campo visual, uma espécie de antimatéria – ao mesmo tempo presente e ausente. Tal espaço tem uma espécie de poder, mas é um poder passivo, o poder do tabu.

Várias semanas depois que deixamos o Afeganistão, explodiu a guerra. Meu pai estava certo, afinal. Ao longo dos anos que se seguiram, com freqüência nos lembramos das pessoas que tínhamos conhecido e de sua cortesia e curiosidade. Quantas delas agora estariam mortas, sem ter tido nenhuma culpa?

Seis anos depois de nossa viagem, escrevi *O conto da Aia*, uma ficção especulativa sobre uma teocracia americana. As mulheres nesse livro usam trajes derivados de, em parte, hábitos de freiras, em parte, cumprimentos das saias de uniformes de escolas de meninas e, em parte – devo admitir –, da mulher sem rosto na caixa do sabão Old Dutch Cleanser, mas também, em parte, do chador que comprei no Afeganistão e suas associações conflitantes. Como diz um dos personagens, existe a liberdade que vem de você e a que vem (determinada) de fora. Porém, em que medida você teria que abrir mão da primeira para assegurar a segunda? Todas as culturas tiveram de resolver isso, e a nossa – como agora estamos vendo – não é exceção. Teria eu escrito o livro se nunca tivesse visitado o Afeganistão? Possivelmente. Teria ele sido o mesmo? É improvável.

29
Introdução a *Ela*

Quando li pela primeira vez a famosíssima novela de Rider Haggard, *Ela*, não sabia que era tão famosa. Eu era uma adolescente, estávamos nos anos 1950, e *Ela* era apenas um dos muitos livros no porão. Meu pai, inconscientemente, tinha em comum com Jorge Luis Borges uma queda por histórias do século XIX com toques do sobrenatural aliados a tramas cheias de ação; e assim, no porão onde eu deveria estar fazendo meu dever de casa, li do princípio ao fim as obras de Rudyard Kipling e Conan Doyle, *Drácula* e *Frankenstein*, Robert Louis Stevenson e H. G. Wells, além de Henry Rider Haggard. Li primeiro *As minas do rei Salomão*, com suas aventuras e túneis e tesouro perdido, depois *Allan Quartermain*, com suas aventuras e túneis e civilização perdida. E então li *Ela*.

Na época eu não tinha nenhum contexto sociocultural para esses livros – o império britânico era a parte cor-de-rosa no mapa, "imperialismo e colonialismo" ainda não tinham adquirido sua carga negativa especial, e a acusação de "sexista" estava distante no futuro. Também não fazia quaisquer distinções entre grande literatura e algum outro tipo. Eu apenas gostava de ler. Qualquer livro que começasse com algumas inscrições misteriosas em um pote antiqüíssimo quebrado estava bom para mim, e é assim que *Ela* começa. Havia até um retrato, na capa de minha edição – não uma ilustração desenhada, mas uma *fotografia* dele, para tornar a história realmente convincente. (O pote tinha sido feito, por encomenda, pela cunhada de Haggard; ele pretendia que funcionasse como o mapa no começo de *A ilha do tesouro* – um livro com o qual pretendia rivalizar em popularidade – e conseguiu.)

A maioria das histórias absurdas afirma, logo no início, que o relato que se segue é tão incrível que o leitor terá dificuldade de acreditar nele, o que é ao mesmo tempo um convite e um desafio. As mensagens no pote desafiam a credibilidade, mas depois de decifrá-las, os dois heróis de *Ela* – o deslumbrante, mas não muito brilhante Leo Vincey e o feio, mas inteligente, Horace Holly – partem para a África, para caçar a bela feiticeira imortal que, se supõe, matou o ancestral distante de Leo. A curiosidade é a força que os impele; a vingança é a meta dos dois. Depois de muitas provações e dificuldades e de terem escapado por pouco da morte nas mãos da selvagem e matrilinear tribo dos Amahagger, eles descobrem não só as ruínas de uma vasta e outrora poderosa civilização e os numerosos corpos mumificados da mesma, como também, residindo entre as tumbas, a mesma feiticeira imortal, dez vezes mais linda, sábia e impiedosa do que eles tinham ousado imaginar.

Como Rainha dos Amahagger, "ela-que-deve-ser-obedecida" flutua nos ares envolta em mantos de mortalha de maneira, como um cadáver, a inspirar medo; mas uma vez despida, de modo tantalizante, sob aqueles mantos finos de gaze, é de uma beleza estonteante e – além disso – virgem. "Ela", conforme acaba por se revelar, tem dois mil anos. Seu verdadeiro nome é Ayesha. Ela afirma que, outrora, fora uma sacerdotisa de Ísis, deusa egípcia da Natureza, que esteve se guardando ao longo de dois milênios, esperando pelo homem que ama: um homem chamado Kallikrates, um sacerdote muito bonito de Ísis e o ancestral de Leo Vincey. Este homem violou seus votos e fugiu com a antepassada de Leo Vincey, depois do que Ayesha o assassinou num ataque de fúria e ciúme. Durante dois mil anos ela esperou que ele reencarnasse; tem até seu cadáver preservado num relicário em um aposento anexo, onde se lamenta sobre o corpo todas as noites. Uma comparação detalhada ponto a ponto revela – que surpresa! – que Kallikrates e Leo Vincey são idênticos.

Depois de deixar Leo de joelhos com seus encantos nocauteantes e de eliminar sumariamente Ustane, uma mulher de tipo mais normal com quem Leo fez par e formou um vínculo sexual e que apenas calha de ser uma reencarnação da antiga inimiga de Ayesha que lhe roubou Kallikrates, Ela agora exige que Leo a acompanhe às profundezas de uma montanha próxima. Lá, Ela diz, é onde o segredo da vida extremamente longa e mais abundante pode ser encontrado. Não somente isso, mas Ela e Leo não podem se tornar Um enquanto ele não for tão poderoso quanto Ela – caso contrário, a união poderia matá-lo (como de fato o faz, na continuação do livro *Ayesha: A volta de Ela*). Assim, lá se vão eles para a montanha, passando pelas ruínas da antiqüíssima e outrora imperial cidade de Kôr. Para obter a vida renovada, é preciso apenas – depois das aventuras e túneis habituais de Haggard – fazer a travessia de algumas cavernas incomensuráveis para o homem, entrar em um pilar muito barulhento de fogo giratório, e então fugir atravessando um abismo sem fundo.

Foi assim que Ela adquiriu seus poderes dois mil anos antes, e para mostrar ao hesitante Leo como é fácil, Ela o faz de novo. Infelizmente, desta vez a coisa funciona ao contrário, e em poucos instantes Ayesha se enruga, murcha e se transforma numa macaca muito idosa, até se desfazer em poeira. Leo e Holly, ambos perdidamente apaixonados por Ela e ambos arrasados, voltam trôpegos para a civilização, confiantes em sua promessa de que voltará.

Como uma boa leitura no porão, tudo isso foi bastante satisfatório, apesar da maneira demasiado floreada com que Ela tinha a tendência de se expressar. *Ela* foi um livro estranho, pois posicionou uma mulher, sobrenaturalmente poderosa, no centro da ação: a única mulher semelhante que eu havia encontrado até então tinha sido a Mulher Maravilha dos quadrinhos, com seu laço reluzente e calcinhas com listras horizontais de lantejoulas. Tanto Ayesha quanto a Mulher Maravilha ficavam de joelhos bambos quando se tratava do homem que elas amavam – a Mulher Maravilha quase perdia seus poderes mágicos quando era beijada por seu namorado, Steve Trevor; Ayesha não conseguia se concentrar em conquistar o mundo a menos que Leo Vincey se juntasse a ela nessa empreitada duvidosa – e eu era calejada o suficiente, aos 15 anos, para achar esta parte do livro não só melosamente romântica, mas também um bocado hilariante.

Então, terminei o segundo grau, me formei e descobri o bom gosto, e me esqueci por algum tempo de *Ela*.

Por algum tempo, mas não para sempre. No princípio dos anos 1960 estava fazendo meu curso de graduação em Cambridge, Massachusetts. Lá descobri a Biblioteca Widener, uma versão muito maior e mais organizada do porão, isto é, continha muitos tipos de livros, mas nem todos ostentavam o Selo de Aprovação de Grande Literatura. Depois que me vi à solta em meio às pilhas, minha inclinação para não fazer o dever de casa logo reapareceu, e não demorou muito para que eu estivesse, mais uma vez, farejando ao redor de Rider Haggard e outros escritores do mesmo gênero.

Desta vez, contudo, eu tinha alguma desculpa. Meu campo de especialização era o século XIX, e eu estava me ocupando de uma quase-deusa vitoriana; ninguém podia acusar Haggard de não ser vitoriano. Como a sua era, quando praticamente se inventou a arqueologia, ele também apreciava civilizações desaparecidas; também como a sua era, era fascinado pela exploração de territórios ainda não-mapeados e encontros com povos nativos "não-descobertos". Como indivíduo, tratava-se de um cavalheiro de classe alta, proprietário de terras de condado, tão típico – ainda que tivesse feito algumas viagens pela África no passado – que é difícil entender de onde viera sua imaginação fervilhante, embora possa ter sido esta característica do establishment inglês de fazer as coisas de acordo com as regras, que lhe permitiu deixar de lado, completamente, a análise intelectual. Ele era capaz de enfiar uma sonda perfuratriz para tirar amostras diretamente do grande inconsciente inglês vitoriano, onde temores e desejos – especialmente os temores e desejos masculinos – enxameavam na escuridão como peixes cegos. Pelo menos foi o que afirmou Henry Miller, entre outros.

De onde vinha tudo aquilo? Em particular, de onde veio a figura de Ela – velha-jovem, poderosa-impotente, linda-horrenda, residente entre tumbas, obcecada por um amor eterno, profundamente em contato com as forças da Natureza e, portanto, da Vida e da Morte? De acordo com relatos, Haggard e seus irmãos tinham sido aterrorizados por uma feia boneca de retalhos que vivia dentro de um armário escuro e que se chamava "Ela-que-tem-de-ser-obedecida", mas isso não é tudo. A novela *Ela* foi publicada em 1887, e assim, foi lançada no auge da moda de mulheres sinistras, porém sedutoras. O livro também refletia e se reportava a uma longa tradição de tais mulheres. As antepassadas literárias de Ayesha incluem as mulheres sobrenaturais jovens-mas-velhas nas fantasias de George MacDonald em *Curdie*, e também várias *femmes fatales* vitorianas: a Vivien, de Tennyson, em *Os idílios do rei*, determinada a roubar a magia de Merlin; a tentadora pré-rafaelita, criada tanto em poema quanto em pintura por Rossetti e William Morris; as mulheres dominadoras de Swinburne; as personagens femininas extremamente desagradáveis de Wagner, inclusive a bem velha, mas ainda gostosa, Kundry de *Parsifal*; e, muito especialmente, a Mona Lisa, do famoso poema em prosa de Walter Pater, mais velha que as rochas sobre as quais fica, e mesmo assim jovem e adorável, misteriosa e cheia até a borda de experiências de natureza claramente suspeita.

Como Sandra Gilbert e Susan Gubar ressaltaram em seu livro de 1989, *No Man's Land*, a predominância, nas artes, dessas figuras femininas potentes, mas perigosas, não está de forma alguma desligada do avanço e ascensão da "Mulher" no século XIX, e das questões de sua "verdadeira natureza" e seus "direitos", nem das ansiedades e fantasias que essas controvérsias geraram. Se mulheres algum dia viessem a exercer poder político – para o qual eram, certamente, em virtude das características de sua natureza, inadequadas –, o que fariam com ele? E se fossem mulheres bonitas e desejáveis, capazes de atacar no front sexual bem como no político, não beberiam o sangue de homens, solapariam a vitalidade deles e os reduziriam a servos rastejantes? Quando o século se iniciou, a Mãe Natureza de Wordsworth era benigna e "nunca trairia/ o coração que a amasse", mas, ao final do século, a Natureza e as mulheres, tão firmemente vinculadas a ela, tinham muito mais probabilidade de ter dentes e garras vermelhas – e de ser, mais propriamente, deusas darwinianas que wordsworthianas. Quando, em *Ela*, Ayesha se apropria do pilar fálico flamejante no coração da Natureza pela segunda vez, felizmente o efeito funciona de maneira inversa. Caso contrário, os homens poderiam dar adeus a seus próprios pilares fálicos.

"Você é uma baleia em parábolas e alegorias e em uma coisa refletir outra", escreveu Rudyard Kipling numa carta a Rider Haggard, e parece haver várias deixas e sinalizações verbais espalhadas na paisagem de *Ela*. Por exemplo, os Amahagger, a tribo governada por Ela, tem um nome que não só contém o termo *hag* (bruxa, mulher velha e feia, fúria), mas também funde o radical latino de *amor* com o nome da concubina de Abraão, Agar, banida para o deserto, e assim nos recorda a história de duas mulheres competindo por um mesmo homem. A antiqüíssima cidade de Kôr tem esse nome, talvez, devido a *core* (em inglês, âmago, centro, caroço), cognato da palavra francesa *coeur*, coração, mas sugerindo *corps*, de corpo, e assim de *corpse*, para um corpo morto; pois Ela é em parte um Pesadelo de Vida em Morte. Seu fim horrendo é recordativo da evolução darwiniana representada na ordem inversa – de mulher para macaco –, mas também de vampiros depois da manobra da estaca enterrada no coração. (*Drácula* de Bram Stoker foi publicado depois de *Ela*, mas *Camilla*, de Sheridan LeFanu, é anterior, do mesmo modo que muitas outras histórias de vampiro.) Essas associações e outras mais apontam para algum significado que o próprio Haggard jamais conseguiu explicar plenamente, embora tenha tentado ao escrever uma continuação e um par de livros: "*Ela*", declarou Haggard, foi "uma gigantesca alegoria cujo significado não consegui capturar".

Haggard afirmava ter escrito *Ela* "numa velocidade louca, furiosa", em seis semanas – "a história me vinha", disse ele, "mais depressa do que minhas pobres mãos doloridas conseguiam escrevê-la", o que sugere transe hipnótico ou possessão. No apogeu da análise freudiana e junguiana, *Ela* foi muito explorada e admirada, por freudianos, por suas imagens de útero e falo; por junguianos, por suas figuras e limiares de *anima*. Northrop Frye, proponente da teoria de arquétipos na literatura, diz o seguinte sobre *Ela*, em seu livro de 1975, *The Secular Scripture: A Study of the Structure of Romance*:

No tema da heroína aparentemente morta e enterrada que mais uma vez retorna à vida, um dos temas de *Cymbeline*, de Shakespeare, parece que obtemos uma entrevisão mais acomodada da terra-mãe nas profundezas do mundo. No romance posterior, há uma outra entrevisão dessa mesma figura em *Ela*, de Rider Haggard, uma bela e sinistra mulher soberana, enterrada nas profundezas de um continente misterioso, que está muito envolvida com os arquétipos de morte e renascimento...

Múmias embalsamadas sugerem o Egito, que é, de maneira preeminente, a terra da morte e do sepultamento, e, principalmente, por causa de seu papel bíblico, da descida a um mundo inferior.

Não importa o que se possa ter acreditado que *Ela* significasse, o seu impacto foi tremendo ao ser publicada. *Todo mundo* leu o livro, especialmente homens; uma geração inteira e a posterior foram influenciadas por ele. Uma dúzia ou mais de filmes se basearam nele, e uma quantidade enorme da ficção – de revistas impressas em papel barato – que foi produzida rapidamente e em grande número, nos anos 1910, 1920 e 1930 do século XX, traz a sua marca. Toda vez que uma mulher jovem, mas possivelmente velha e/ou morta aparece, especialmente se ela é a soberana de uma tribo perdida na selva num lugar ermo, será uma descendente de *Ela*.

Escritores literários também sentiram a pressão de seu pé no pescoço. *O coração das trevas*, de Conrad, deve muito a *Ela*, conforme assinalaram Gilbert e Gubar. A Shangri-La de James Hilton, com sua heroína antiqüíssima, linda e por fim se desintegrando é, evidentemente, sua parente. C. S. Lewis sentiu seu poder, apreciador que era de criar rainhas de fala mansa, belíssimas e más; e em *O senhor dos anéis* de Tolkien, *Ela* se divide em dois: Galadriel, poderosa mas boa, que tem exatamente o mesmo espelho de água como Ela possuía; e um ser-aranha, uma criatura antiqüíssima, moradora de caverna e devoradora de homens, chamada, de maneira reveladora, Shelob.

Seria fora de questão relacionar a destrutiva Vontade Feminina, tão temida por D. H. Lawrence e outros, com o aspecto maligno de *Ela*? Pois Ayesha é uma fêmea transgressora ao extremo que desafia o poder masculino; embora seu tamanho de sapato seja minúsculo e suas unhas, cor-de-rosa, é uma rebelde de coração. Ah, se ela não tivesse sido impedida pelo amor, teria usado suas energias formidáveis para derrubar a ordem civilizada estabelecida. O fato de ser essa ordem branca, masculina e européia dispensa menção, é óbvio; portanto, o poder de Ela é, não só feminino – do coração, do corpo – mas selvagem e "das trevas".

Quando, por fim, encontramos Rumpole of the Bailey, personagem da série de televisão de John Mortimer, referindo-se à sua esposa rechonchuda, ligada em detergente e limpeza de cozinha como "ela-que-tem-que-ser-obedecida", a figura, outrora potente, foi secularizada e desmitificada, e se reduziu à combinação de piada e boneca de pano, que pode ter sido sua origem. Mesmo assim, não devemos esquecer um dos poderes preeminentes de Ayesha: a capacidade de se reencarnar. Assim, como a poeira de vampiro no final de um dos filmes de Christopher Lee, desfazendo-se e sendo levada pelo vento apenas para se reagrupar no princípio do filme seguinte, Ela poderia voltar. E voltar. E voltar.

Isso, sem dúvida, porque Ela é, em certos sentidos, um elemento permanente da imaginação humana. Ela é um dos gigantes do quarto das crianças, uma figura ameaçadora, mas sedutora, maior e melhor que a vida. Também pior, claro. E nisso reside sua atração.

FONTES

Atwood, Margaret. "Superwoman Drawn and Quartered: The Early Forms of *She*". *Alphabet* magazine, vol. 10, julho 1965.

Frye, Northrop. *The Secular Scripture: A Study of the Structure of Romance*. Cambridge, Mass.: Harvard University Press, 1976.

Gilbert, Sandra M.; Gubar, Susan. *No Man's Land: The Place of the Woman Writer in the Twentieth Century*, vol. 2: *Sexchanges*. New Haven: Yale University Press, 1989.

Karlin, Daniel. Introduction, in Haggard, H. Rider. *She*. Oxford: Oxford University Press, 1991.

30
Introdução a *Doctor Glas*

Agora, sento-me diante da janela aberta, escrevendo – para quem? Não para qualquer amigo ou amante. Dificilmente, sequer para mim mesmo. Eu não leio, hoje, o que escrevi ontem, nem lerei isto amanhã. Escrevo apenas para que minha mão se mova, meus pensamentos se movam, por si mesmos. Escrevo para matar as horas de insônia. Por que não consigo dormir? Afinal, não cometi nenhum crime.

Doctor Glas foi lançado pela primeira vez na Suécia em 1905, quando causou um escândalo, principalmente por causa de sua abordagem de dois assuntos perenemente escandalosos: sexo e morte. Eu o li pela primeira vez sob a forma de uma brochura de capa mole, muito maltratada, que me foi enviada por amigos suecos – uma reedição de uma tradução, publicada para coincidir com o filme baseado no livro. Na quarta capa de meu exemplar havia vários merecidos elogios de críticas de jornais: "uma obra-prima", "o livro mais notável do ano", "um livro de rara qualidade elaborado com verdadeiro talento". Não obstante isso, *Doctor Glas* há muito tempo está esgotado em sua versão inglesa. É um prazer recebê-lo de volta.

A revolta criada ao redor de *Doctor Glas* se originou da percepção de que ele defendia o aborto e a eutanásia, e talvez até estivesse racionalizando o assassinato. Seu protagonista é um médico, e ele tem algumas coisas pesadas a dizer sobre a hipocrisia de sua própria sociedade no que diz respeito a essas questões. Mas Hjalmar Söderberg, seu autor – já um novelista, dramaturgo e escritor de contos de sucesso –, pode ter ficado um tanto perplexo com isso, porque *Doctor Glas* não é uma polêmica, não é uma obra de defesa. Em vez disso, é um elegante e vigoroso estudo psicológico, bem urdido e amarrado, de um indivíduo complexo que se descobre diante de uma porta aberta perigosa, mas fascinante, e não consegue decidir se deve ou não passar por ela, ou por que deveria.

O protagonista da novela, o dr. Tyko Gabriel Glas, é um médico de uns trinta anos, cujo diário lemos por cima de seu ombro enquanto o escreve. Sua voz é imediatamente convincente: inteligente, melancólica, opiniática, insatisfeita, alternadamente racional e irracional, e assustadoramente moderna. Nós o seguimos através de suas lembranças, seus desejos, suas opiniões sobre os costumes de seu mundo social, seus elogios líricos ou acusações mal-humoradas às condições do tempo, suas prevaricações, seu tédio e seus anseios. Glas é um idealista romântico transformado em solitário e triste, afligido pelo mal-estar do *fin de siècle* – uma mistura de esteticismo exigente, anseio pelo inatingível, ceticismo com relação aos sistemas estabelecidos de moralidade e repulsa pelo presente. Ele gostaria de que somente coisas bonitas existissem, mas tem o sórdido imposto sobre si mesmo pela natureza de sua profissão. Como ele mesmo diz, é a última pessoa na Terra que deveria ter sido médico: isso o põe demasiado em contato com os aspectos mais desagradáveis da carnalidade humana.

O que ele quer, sobretudo, é ação, uma façanha para, de fato, estar à altura do herói que ele espera trazer dentro de si. Tais romances com freqüência envolvem um cavaleiro, um monstro e uma donzela em cativeiro que deve ser resgatada, e este é o tipo de situação que o destino apresenta ao dr. Glas. O monstro é um pastor, detestável de arrepiar e moralmente repulsivo, chamado Gregorius, a quem Glas odeia antes mesmo de descobrir que tem bons motivos para isso. A donzela em cativeiro é sua jovem e bonita esposa, Helga, que confessa ao dr. Glas que se casou com Gregorius por noções religiosas equivocadas, e que não consegue mais suportar suas atenções sexuais. O divórcio é impossível: um clérigo "respeitável" convencido de sua honradez, como o reverendo Gregorius, jamais consentiria. A sra. Gregorius ficará escravizada a esse gnomo, com cara de sapo venenoso, para sempre, a menos que o dr. Glas a ajude.

Foi dada agora uma chance ao dr. Glas de se pôr à prova. Porém, ele irá descobrir que é um bravo cavaleiro, um Joãoninguém temeroso e medíocre, ou um monstro igual a Gregorius, mas um monstro assassino? Ele contém em si todas as três possibilidades. Seu nome também é triplo. *Tyko* se refere ao grande astrônomo dinamarquês Tycho Brahe, que mantinha os olhos nas estrelas, muito longe da mundanidade da Terra – como o dr. Glas com freqüência faz ao longo da novela. *Gabriel* é o nome do Anjo da Anunciação, proclamador do Sagrado Nascimento, que também é creditado como o Anjo da Destruição, enviado para eliminar Sodoma e Sennacherib, e também tido como o anjo do Julgamento Final. Deste modo, é um bom nome para um profissional da medicina, que detém as chaves da vida e da morte, mas também é um bom nome para o dr. Glas, que deve decidir se deve ou não se encarregar do julgamento com as próprias mãos.

E *Glas é glass,* vidro: como a forma de diário em si, é uma superfície que reflete, um espelho no qual nos vemos. É duro e impermeável, mas se despedaça com facilidade, e, de certos ângulos, é transparente. Esta última qualidade é uma das queixas de Glas: ele só consegue se apaixonar por mulheres que são apaixonadas por uma outra pessoa, porque o amor as torna radiantes, mas o amor delas por outros homens significa que Glas, ele mesmo, é invisível para elas. Assim é com a sra. Gregorius: ela tem um caso adúltero com um outro homem, e por isso não consegue "vê-lo". Só consegue ver através dele, fazendo dele um meio para o fim que anseia. Já arquiinimigo do dr. Glas não vale nada, uma vez que embora "Gregorius" seja o nome de um santo e de um par de papas, também é o nome de um certo tipo de telescópio. Como Glas, Gregorius é vítreo; ele usa óculos, e, olhando para eles, Glas vê o reflexo de sua própria pessoa física também de óculos. Talvez ele odeie tanto Gregorius porque o homem, inconscientemente, o faz lembrar de seu pai, que costumava puni-lo, e cuja natureza física o afastava quando criança; ou talvez porque Gregorius fosse seu duplo monstruoso, a personificação ardilosa, lamurienta, egoísta e autocomplacente da luxúria que ele não consegue se permitir.

Num primeiro olhar, a estrutura de *Doctor Glas* é casual de uma maneira desconcertante, quase fortuita. O recurso do diário nos permite seguir acontecimentos à medida que se desdobram, mas também nos permite ouvir as reações de Glas a eles. Os mecanismos da novela são tão sutis que o leitor não percebe, de início, que existem; tão imediata, até áspera, é a voz, que parecemos estar lendo os pensamentos sem censura de uma pessoa de verdade. Glas promete franqueza: ele afirma que não vai contar tudo por escrito, diz, "não posso exorcizar a miséria de minha alma – se ela é miserável – contando mentiras". Encontros casuais e conversas triviais se alternam com ataques febris de escrita rápida à meia-noite; piadas e agradáveis reuniões e refeições em sociedade são seguidas por horas de angústia; contraponto noturno e de hora de sonho para o mundo diurno intencional e consciente. Perguntas não respondidas pontuam o texto – "A propósito, por que o clero sempre entra na igreja pela porta dos fundos?" –, do mesmo modo que o fazem estranhos momentos de hilaridade beirando o burlesco, como quando Gregorius considera a possibilidade de administrar o vinho da comunhão sob a forma de pílulas, para evitar germes. (A idéia da pílula logo ressurge sob uma forma muito mais maligna.)

Söderberg havia lido seu Dostoievski: ele está por demais interessado nos descontentamentos de homens de vida secreta e em mapear impulso, racionalização e motivo, e a linha tênue que se encontra entre o pensamento violento e o ato criminoso. Havia lido seu Ibsen, que era dominado por fantasmas, e aquele mestre da obsessão bizarra, Poe. Também tinha lido Freud, e sabe como fazer uso do motivo subconsciente das grandes vagas de maremoto do não-dito. Existem duas deixas no texto que nos voltam à direção dos métodos do livro. A meditação de Glas sobre a natureza do artista, que para ele não é um criador, e sim uma harpa eólica que faz música somente por que os ventos específicos de seu próprio tempo tocam nele – conseqüentemente a divagação; e sua invocação de Wagner, que usou o motivo condutor para encadear grandes trechos de música discrepante, transformando-a em um todo unificado. Um acompanhamento linear de todas as rosas vermelhas – da mãe morta à amada fora de alcance e à namorada em potencial rejeitada – revela algumas dessas interligações, como também um levantamento de todas as imagens astronômicas, da lua à estrelas, ao sol radiante, à radiante sra. Gregorius de olhos brilhantes como estrelas. "A verdade é como o sol," diz o amigo de Glas, Markel, "seu valor depende inteiramente de nos mantermos a uma distância correta dela". E assim seria, desconfiamos, com a sra. Gregorius: ela pode ser valiosa para Glas apenas como um ideal, desde que seja mantida a uma distância correta.

Doctor Glas é profundamente perturbador, da mesma maneira que o são certos sonhos – ou, não por coincidência, certos filmes de Bergman, que deve tê-lo lido. As insólitas noites azuis boreais da metade do verão, combinadas com uma ansiedade inexplicável, o horror sem nome kierkegaardiano que ataca Glas nos momentos mais corriqueiros, a justaposição de pálida espiritualidade com uma sensualidade vulgar quase cômica, pertencem todos ao mesmo contexto cultural. A novela se lança do terreno do naturalismo criado pelos escritores franceses do século XIX, mas vai além dele. Algumas das técnicas de Söderberg – a mistura de estilos, os fragmentos de informação e conversas semelhantes a colagens – antecipam, por exemplo, *Ulisses*. Algumas de suas imagens precedem os surrealistas: os sonhos perturbadores com suas figuras femininas ambíguas, o uso sinistro de flores, os óculos sem olhos atrás deles, a caixa de relógio sem ponteiros na qual o dr. Glas leva consigo suas pílulas de cianureto. Apenas umas poucas décadas antes e esta novela nunca teria sido publicada; alguns anos depois, e teria sido considerada uma precursora da técnica do fluxo de consciência.

Doctor Glas é um desses livros maravilhosos que parecem tão frescos e vívidos agora como no dia em que foi publicado. Como o escritor inglês William Sansom disse: "Na maior parte de sua composição e em grande parte da franqueza de seu pensamento, ele poderia ter sido escrito amanhã." Ele ocorre no vértice dos séculos XIX e XX, mas abre portas que a novela continua abrindo desde então.

31
O homem mistério:
Algumas pistas para compreender Dashiell Hammett

The Selected Letters of Dashiell Hammett, 1921-1960
Editadas por Richard Layman com Julie M. Rivett

Dashiell Hammett: A Daughter Remembers
De Jo Hammett, editado por Richard Layman com Julie M. Rivett

Dashiell Hammett: Crime Stories & Other Writings
Seleção e edição de Steven Marcus

Quando era uma pré-adolescente, e passava os verões no Norte do Canadá, li um bocado de ficção policial só porque estava lá. Quando acabava uma pilha, lia alguns dos livros de novo. Não reli Erie Stanley Gardner ou Ellery Queen: eu os achava sem graça. Mas reli Dashiell Hammett.

O que havia naqueles livros que me intrigava como ávida leitora, juvenil, mas ignorante? No mundo deles as coisas aconteciam em um ritmo acelerado, eram incisivas e cheias de diálogos ágeis e palavras que eu nunca havia pronunciado – palavras de gíria como *gunsel* (criminoso armado), termos elegantes como "meticuloso". Aquelas não eram histórias ao estilo de Agatha Christie – havia menos pistas, e estas tinham mais probabilidade de ser mentiras que as pessoas contavam do que botões de punho de manga que tivessem deixado cair. Havia mais cadáveres, e menos importância era conferida a cada um: um novo personagem apareceria apenas para ser morto a tiros por um revólver cuspindo fogo. Em uma novela de "pistas", tudo dependia de quem estava onde; numa novela de Hammett, era mais provável depender de quem era quem, uma vez que aquela gente era dada a disfarces e a usar nomes falsos. A ação era dispersa, não fechada e lacrada, como em enigmas do tipo "ninguém sai desta casa"; ruas escuras cruéis eram rondadas; carros eram dirigidos em alta velocidade; pessoas apareciam de repente, vindas de outros lugares, e se escondiam e saíam fugidas da cidade. De maneira bastante estranha, as roupas eram descritas com mais detalhe do que em muitos assassinatos em casas de campo – uma característica que eu apreciava. Bebia-se muito, muita bebida, muitas substâncias sobre as quais eu nunca ouvira falar, e também se fumava uma barbaridade. Na época eu tinha 11 anos e achava isso muito, muito sofisticado.

É estranho pensar que, em julho de 1951, enquanto eu tentava descobrir por que um homem ficaria com a pele de um estranho tom de amarelo e com os olhos vermelhos injetados de sangue, enquanto dizia a uma mulher que talvez a amasse e que ela talvez o amasse, mas que ele não iria ser tolo e se deixar enganar por ela, o autor dos livros que tanto me fascinavam estivesse prestes a ser preso. O Perigo Vermelho de McCarthy estava no auge, e Hammett tinha sido intimado pelo Juizado Federal de Primeira Instância dos Estados Unidos, como representante do Fundo de Fiança do Congresso de Direitos Civis (*Civil Rights Congress Bail Fund*), para ser interrogado sobre quatro foragidos. Notoriamente, ele se recusou a depor. Recusou-se, até, a sequer dizer seu nome. O homem cujos livros tinham sido lendas em sua época agora havia se tornado uma lenda de natureza diferente: exemplar, não só de um certo tipo de ficção americana, mas também de um certo tipo de vida americana.

Quarenta anos depois de sua morte, Dashiell Hammett continua a provocar curiosidade. Enquanto ainda estava vivo, Raymond Chandler escreveu seu famoso tributo para ele, em 1944: "A arte simples do assassinato". Depois de sua morte, sua companheira de muitos anos e executora literária, Lillian Hellman, o apresentou, como um retrato de vida de sonhos, em seu livro de memórias *Pentimento*. Tentando controlar a lenda, Hellman então autorizou uma biografia;[1] também houve várias biografias não autorizadas. Em 2001, houve três novos acréscimos às obras de e sobre Hammett: *The Selected Letters of Dashiell Hammett, 1921-1960*, editadas por Richard Layman com a neta de Hammett, Julie M. Rivett; *Dashiell Hammett: A Daughter Remembers,* um livro de memórias pessoais escrito pela segunda filha de Hammett, Josephine, que também escreveu um prefácio para as *Letters*; e *Dashiell Hammett: Crime Stories & Other Writings,* histórias de ficção policial e outros escritos, selecionados e editados por Steven Marcus.

O homem que criava e solucionava tantos mistérios, ao que parece, deixou para trás um número considerável deles: muitas foram as tentativas de explicá-lo. De onde veio seu talento? Por que beber de maneira tão extremada, por que gastar de maneira tão descuidada? Por que o comunismo, em um americano tão patriota? Por que o súbito silêncio criativo, e então aquele outro silêncio, o que o levou à cadeia? Será que Lillian Hellman o exauriu, ou, pelo contrário, foi ela sua garota, seu braço direito e sua gentil protetora? Essas perguntas têm sido levantadas ao longo do tempo.

Aqueles que leram mesmo apenas um bocadinho a respeito de Hammett conhecem as linhas principais da trama. Ela nos é apresentada sob forma condensada ao final de *Dashiell Hammett: Crime Stories & Other Writings,* e de novo nos excelentes sumários que dividem os períodos de sua vida nas *Selected Letters,* e mais uma vez, de um modo diferente, nas memórias de Jo Hammett.

Esta última é exatamente o que diz a orelha: memórias apresentadas em "prosa franca, com um charme sem afetações". Contém uma porção de fotos e algumas informações, novas e sugestivas a respeito do passado da família de Hammett. Também conta a história de como as fotos vieram à luz – numa daquelas proverbiais pilhas de velhas caixas de papelão na garagem que se revelam ser um tesouro encontrado. Jo Hammett escreve de forma concisa, com muitas histórias pessoais engraçadas e observações divertidas e irônicas. Ela vê seu pai de um ângulo necessariamente íntimo e, embora o adorasse, também, naturalmente, ressentia-se do tratamento que ele dava à família – à sua mãe, Jose, à sua irmã mais velha, Mary, e a ela mesma. Hammett não era mau nem violento, e tentava mandar dinheiro suficiente para casa;

dava às filhas presentes generosos; escrevia carinhosamente para elas cartas divertidas; mas raramente estava presente.

Jo reserva a maior parte de seu ressentimento para Lillian Hellman, que parece ter merecido. A sra. Hammett dá o melhor de si para reconhecer as virtudes de Hellman – ela era inteligente, tinha bom gosto, cuidou de Hammett durante sua última década de vida, quando ele estava sem dinheiro –, mas custa-lhe um bocado de ranger de dentes fazê-lo. Hellman, ao que parece, estava perto de ser uma mitomaníaca e uma impiedosa competidora na disputa pelo poder: ganhar o controle sobre os direitos autorais de Hammett foi uma de suas manobras mais moderadas. A peça que daria origem ao filme *No Other Woman* (*Nenhuma outra mulher*) poderia muito bem ter saído do ponto de vista da filha, mas este retrato de Hellman suscita uma pergunta: O que Hammett via nela? Como diz sua filha, ele gostava de pessoas que iam longe demais, como, com freqüência, fazia ele próprio, e sua admiração por mulheres atraentes que mentiam descaradamente – tão evidente em *O falcão maltês* e em outras obras – é anterior a Hellman. É mais um dos enigmas de Hammett, pois exceto por isso, ele dava muito valor à honestidade nas palavras.

Samuel Dashiell Hammett nasceu na região rural de Maryland em 1894. Quando menino, queria ler todos os livros da Biblioteca Pública de Baltimore, mas precisou deixar o colégio aos 14 anos de idade e trabalhar para ajudar as finanças abaladas da família. (Seu pai, de quem ele não gostava, era um esbanjador, um homem que gostava de beber muito, que se vestia com elegância e um conquistador de mulheres; mas, ao contrário de Hammett, que se parecia com ele em todos esses aspectos, era cruel e avarento.) Aos 21 anos, Hammett conseguiu um emprego de detetive na agência de investigações particulares Pinkerton, que deixou em 1918 para se alistar no exército. Foi acometido pela primeira das várias graves doenças respiratórias de que sofreria nessa ocasião. Durante uma recuperação, casou-se com uma enfermeira que conheceu no hospital, então voltou a trabalhar para a Pinkerton. Foi nessa época que começou a escrever histórias de ficção policial para as *pulps*, revistas baratas de grande circulação.²

Depois que Hammett passou a trabalhar com a revista *Black Mask*, uma espantosa explosão de criatividade se seguiu com uma rapidez espantosa. Ele publicou histórias produzidas num volume, e depois cinco novelas de enorme sucesso, inclusive *Seara vermelha, Estranha maldição, A chave de vidro* e *O falcão maltês*, esta última, talvez, a mais conhecida novela policial noir americana de todos os tempos. A esta altura, estava famoso e rico, mas também bebendo e gastando dinheiro, ambos em proporções e rapidez prodigiosas. Seguiu-se sua ligação amorosa com Lillian Hellman e seu silêncio como escritor. Mais tarde, nos anos 1930, envolveu-se nas atividades do Partido Comunista da América, como fizeram muitos outros, horrorizados com a ascensão do fascismo. O fato de ter sido testemunha de uma violenta intervenção anti-sindicalista durante seus anos com a Pinkerton também pode ter desempenhado um papel nisso.³ Depois de servir no exército durante a Segunda Guerra Mundial – ele editava um jornal do exército nas ilhas Aleutas –, foi vítima da "caça às bruxas" anticomunista e cumpriu pena de prisão por seis meses por desacato ao tribunal e "atividades antiamericanas". Seus livros e os programas de rádio baseados neles foram postos na lista negra, e o IRS partiu contra ele por impostos atrasados. Ele saiu da prisão depois de perder sua saúde e seu dinheiro, e não conseguiu recuperar nenhum dos dois. Hammett morreu em 1961, aos 66 anos.

A edição do livro *Selected Letters* – cartas selecionadas – foi possível graças ao mesmo achado de sorte na garagem que permitiu que Jo Hammett compusesse seu livro de memórias. Todas as cartas são de Hammett; as respostas a elas desapareceram. A maioria das cartas é endereçada a mulheres – sua esposa, suas filhas, Lillian Hellman, outras amantes e mulheres amigas – seja porque elas guardaram as cartas, ou porque Hammett se sentia mais à vontade escrevendo para elas do que para homens. Lê-las é como ler cartas de qualquer pessoa que você não conhece – nomes de batismo que não se conseguem situar, livros de que nunca se ouviu falar, piadas particulares que não se conseguem entender –, mas então algum *bon mot* ou comentário cáustico reaviva as coisas novamente. ("Bruce Lockwood, que tem andado me tomando dinheiro emprestado, mandou-me uma dúzia das aquarelas medonhas de sua esposa, dentre as quais devo selecionar duas para ganhar de presente.") Muitas cartas são ornamentadas com desenhos ou trazem colados recortes de jornais; algumas são exemplos caprichosos de jogos de palavras. São as cartas de um homem que amava escrever, flertar e divertir os outros. É simples ver porque mulheres gostavam dele.

As cartas foram meticulosamente editadas, e entre elas há alguns documentos que serão de grande ajuda para qualquer pessoa que estuda, por exemplo, a vida intelectual e política americana dos anos 1930 e 1940. As cartas para a primeira filha de Hammett, Mary, nas quais ele tenta responder às suas perguntas sobre as principais questões do momento – por que apoiar o lado republicano na Guerra Civil Espanhola, quais são as informações e detalhes desconhecidos sobre Hitler – são especialmente sóbrias e refletidas. As cartas para Lillian Hellman mostram que os dois tinham – quaisquer que tenham sido seus respectivos defeitos – um relacionamento sólido, profundamente enraizado, contínuo e, com freqüência, brincalhão, embora seja um tanto desalentador ver a dura e ambiciosa Hellman sendo chamada de "meu repolhinho".

As cartas começam em 1921, com uma série para Josephine Dolan, que logo se tornaria esposa de Hammett. Qualquer um que tenha vivido na primeira metade do século XX reconhecerá o estilo de jovem namorado para namorada. Ele a provoca e implica em tom brincalhão com ela e lhe diz coisas carinhosas, e se gaba das confusões que está aprontando. Presumivelmente, ela o repreendia por causa de sua saúde e retribuía as implicâncias com ele. É um começo encantador.

Um outro começo encantador está em suas cartas para o editor de *Black Mask*. Já em 1923, ele está fazendo troça de si mesmo: Creda Dexter em "The Tenth Clew" é descrita como uma gatinha sedutora, mas Hammett confessa ao editor de *Black Mask* que sua personagem original era "exatamente como uma bezerrinha recém-nascida de cara branca". Então, afirma ele, faltou-lhe coragem: "Ninguém acreditará em você se escrever uma coisa dessas, disse a mim mesmo. As pessoas vão pensar que você está tentando enganá-las. Dessa forma, pelo bem da plausibilidade, menti a respeito dela..."

Mas zombarias delicadas do gênero se alternam com seriedade: numa carta de 1928 para seu editor, ele diz que quer tentar adaptar o "método de fluxo de consciência" à história policial. "Sou uma das poucas pessoas – se é que existem outras – moderadamente instruídas que levam a sério a história policial", diz ele. "Não quero dizer que necessariamente leve a sério as minhas ou as de qualquer outra pessoa – mas a história de detetive é uma forma. Algum dia alguém vai fazer 'literatura' com ela... sou egoísta o suficiente para ter minhas esperanças..."

Dashiell Hammett: Crime Stories & Other Writings contém as fundações dessas esperanças. Os "outros escritos" são duas pequenas e admiradas obras de não-ficção: "From the Memoirs of a Private Detective" (Das memórias de um detetive particular) e "Suggestions to Detective Stories Writers" (Sugestões para Escritores de Histórias Policiais). A primeira é uma coleção de anedotas sobre a estupidez humana e breves observações e comentários cínicos e jocosos, que fazem lembrar Ambrose Bierce: "Bater carteiras, de todos os ofícios criminosos, é o mais fácil de dominar. Qualquer um que não seja aleijado pode se tornar um mestre em um dia." A segunda – as "Sugestões" – expõe a seriedade prática com que Hammett via seu ofício, enquanto, ao mesmo tempo, é hilariantemente mordaz às custas de outros escritores policiais menos competentes e cuidadosos. "Uma pistola, para ser um revólver, deve ter em si alguma coisa que revolva", observava. "*Youse*" é o plural de "*you*".* "Um detetive experiente, seguindo um suspeito, normalmente não pula de um vão de porta para outro..."

Esta abordagem traz à mente outro Samuel americano, Sam Clemens (Mark Twain), que tão famosamente acabou com a prosa de credibilidade nos padrões de acurácia de Fenimore Cooper. Na verdade, os dois Samuéis [4] têm muito em comum: a combina-

---

*_You_, pronome da 3ª pessoa, não tem plural em inglês. "Youse" é usado apenas por pessoas semi-analfabetas, seria algo como "*Tuis*" é o plural de "tu". (N. da T.)

ção do olhar corajoso sobre a face suja e oculta da América e o desejo idealista de que a América viesse a cumprir seus princípios fundadores, o humor disfarçado sob uma aparente seriedade, e sobretudo, a dedicação à linguagem. Esta última, em ambos assumiu a forma de uma tentativa de capturar o tom e cadência do inglês americano vernacular na literatura, de que *As aventuras de Huckleberry Finn* foi o primeiro exemplo plenamente triunfante.

Visto desta forma, Hammett, com sua atenta compilação de palavras e ouvido para dialetos de gíria,[5] faz parte do projeto americano de autodefinição lingüística que começou com *Spelling Book,* de Noah Webster, em 1783, e seu dicionário posterior. O esforço continuou através de Natty Bumppo, dos *Leatherstocking Tales,* de Fenimore Cooper, e adquiriu velocidade com vários dialetos utilizados por escritores regionais do século XIX, bem como com Whitman e seu vigoroso e rude emprego dos termos mais diretos da língua popular. Owen Wister e sua criação do *western* – sua trama primitiva original, seus contos e modo de falar extravagantes – também têm seu lugar aqui, e Bret Harte, e muitos depois deles. O policial noir, a história de detetive duro, se prestava a esse tipo de exploração, sendo a gíria de criminosos não apenas pitoresca, viva, mas quase sempre nativa.

Se esta é a linhagem literária de Hammett, ou parte dela, sua árvore genealógica subseqüente é igualmente digna de nota. Era um admirador de Sherwood Anderson, que escrevia concisamente sobre aspectos, até então inobservados, da vida de cidade pequena. Respeitava Faulkner como se poderia respeitar um primo em segundo grau muito inteligente, mas esquisito.[6] Achava Hemingway irritante, como um irmão que também é um rival, e dava-lhe pequenas alfinetadas – em "The Main Death" inclui uma garota rica e especialmente pouco inteligente lendo *O sol também se levanta*. Ele deve ter achado muito gratificante ter sido considerado "melhor que Hemingway" no anúncio publicitário da editora por ocasião do lançamento de *O falcão maltês*.

Como *Virginian,* de Wister, o avô de todos os *westerns,* a obra de Hammett teve um influência incalculável. Ele foi um daqueles escritores, de uma determinada era, lido por todos, porque se considerava natural lê-lo. Ele próprio disse: "Fui uma influência tão forte na literatura americana quanto qualquer um em quem eu possa pensar." Raymond Chandler é o irmão mais moço: herdou a mobília de escritório, velha e maltratada, e o tipo do detetive romântico-solitário, embora Philip Marlowe seja mais intelectual do que Sam Spade, e mais fascinado por decoração e tapeçaria. Nathanael West era, sem dúvida, um primo melancólico. Elmore Leonard, que, como Hammett, começou em revistas, tem o ritmo de Hammett, o olho descritivo e um ouvido certeiro para diálogos. Carl Hiassen tem a irreverência escandalosa, o gosto pelo hilariamente bizarro e a inventividade maníaca.[7]

O prêmio Hammett por experimentação com a linguagem em um ambiente policial noir deve ir certamente para o sedutor, mas enganador *Motherless Brooklyn* de Jonathan Lethem, em que o detetive tem síndrome de Tourette. Existem muitos, muitos mais. Mesmo os acachapantes empilhamentos de corpos foram herdados por um improvável primo em terceiro grau: leiam "Dead Yellow Women" ou "The Big Knockover", e depois a seqüência de tumulto no bar do primeiro capítulo de *V*, de Thomas Pynchon, só por divertimento. A mais recente inclusão é o excelente escritor de suspense espanhol, Pérez-Reverte, que presta uma homenagem direta a *O falcão maltês*.

Dashiell Hammett: Crime Stories & Other Writings nos leva de volta ao começo da linha. Vinte e quatro dos primeiros contos publicados em revistas foram selecionados. Além disso, há o manuscrito de *A ceia dos acusados* (*The Thin Man*), muito mais curto e quase que completamente diferente do livro publicado. (Não tem Nick e Nora Charles largados de porre em seu apartamento chique, nem Asta o cachorro.) As histórias nos dão uma boa visão do jovem Hammett demarcando seu território. São melhores se lidas com pausas, porque coisa demais de uma vez só tira a graça. São muitíssimo típicas de seu período e de gênero – "*hard-boiled*/cozido até ficar duro" era o termo usado na época para este tipo de ficção policial de público principalmente masculino. (Ovos cozidos era o que trabalhadores industriais traziam na marmita para o almoço.) Mas, a despeito de sua fidelidade a fórmulas, é fácil ver, pelas histórias, por que Hammett progrediu tão rapidamente.

Gente que vive do crime ou à margem da sociedade e gente grã-fina das classes abastadas são os interesses dele: cada grupo é motivado principalmente por dinheiro, poder e sexo, e cada um se comporta mal, embora os grã-finos tenham menos probabilidade de ter pele ruim, talvez porque não comam pratos gorduroso em pés-sujos – quase que os únicos lugares nas histórias de Hammett onde pessoas consomem comida. A gente acolhedora de classe média, do tipo que senta na varanda nos quadros de Norman Rockwell, não o interessa; quando seus representantes aparecem, é provável que sejam malfeitores disfarçados, como o "afetuoso casal de idosos" com seus olhos brilhantes em "The House in Turk Street", que está servindo de fachada para o crime organizado, ou a população inteira da cidade de Izzard, em "Nightmare Town", inclusive o banqueiro jovial e o médico gentil, que fazem parte, todos, de uma enorme conspiração criminosa.[8]

"Realismo" é uma palavra usada com freqüência para descrever o estilo de Hammett, mas as histórias são realistas apenas em sua ambientação e detalhes – as espinhas no rosto de jovens odiosos, a mobília suja e velha no escritório dos detetives particulares baratos – e em seu uso de termos diretos da língua popular. Os diálogos foram influenciados por seu período, quando os ditos chistosos, piadas e comentários engraçados do vaudeville eram valorizados, e uma pessoa de respostas e tiradas espirituosas e rápidas, como Dorothy Parker, era um trunfo valioso. As tramas são jacobínicas em sua vingança dobrada e redobrada, e também em seu morticínio: elas parecem acidentes de carro múltiplos. Esta era a época dos Keystone Cops,* quando, pela primeira vez, mutilações estavam sendo retratadas na tela,[9] e, sem dúvida, algumas das brigas e festivais de cadáveres em Hammett tinham a intenção de ser engraçados desse modo quase burlesco. A exuberância da linguagem, o prazer com que a decadência e o desalento são descritos, o brincar com aforismos, a alegria da invenção bizarra – é um prazer imaginar o jovem Hammett se dar bem

---

* Série de comédias de cinema mudo sobre um grupo de policiais incompetentes produzida por M. Sennett entre 1912-1917. (N. da T.)

com quaisquer brincadeiras e travessuras marotas que pudesse inventar e acrescentar ao texto. O objetivo não era realismo, mas sim fazer as coisas parecerem reais – "reais como um centavo", como diz um narrador sobre uma história improvável que esteve lendo.

As histórias de aventura e crime das revistas baratas de grande circulação dessa era não são do realismo de verdade. Em vez disso, são romances, no sentido de Northrop Frye, com cavaleiros errantes, disfarçados de detetives, e tesouros guardados por ogros criminosos de inteligência brilhante. Há demônios disfarçados de guarda-costas com queixos enormes, rostos pálidos, descorados, olhos sem vida, ou outras distorções físicas. E há donzelas ameaçadas que, às vezes, são verdadeiras donzelas – herdeiras inocentes transgredindo as fronteiras sociais –, mas, mais provavelmente, são *femmes fatales* com olhos cor de prata ou outros encantos, que, adiante, se transformam em felinas com garras afiadas ou em espíritos ululantes anunciando a morte quando o herói as desmascara como blefes. Com bastante freqüência, as palavras que quebram o encantamento são "você é uma mentirosa", ou outras de mesmo sentido, pois, como Sam Spade, depois de pronunciá-las, o herói sempre resiste aos agrados femininos em busca do cumprimento de sua missão mais elevada. Esta missão não é exatamente justiça; é mais algo como profissionalismo. O herói tem um serviço a fazer e é bom em seu trabalho. É um homem trabalhador, e este tipo de dureza e de excelência no trabalho conquista o respeito de Hammett. Sobretudo esse tipo de dureza, que era uma virtude fundamental para ele.[10]

O herói que aparece com mais freqüência nessas histórias e que tornou Hammett tão popular entre os leitores é um homem sem nome. Ele é conhecido como o Detetive da Continental – um investigador que trabalha para a Agência de Detetives Continental. O detetive se reporta ao Velho – sem dúvida o original de M., de James Bond, o Controlador, de George Smiley, e Charlie, de *Charlie's Angels*. Este herói faz questão de evitar atos de heroísmo, sua meta não é ser morto, e sim apanhar os criminosos. Ele é baixo, gordo e realista, e desempenha o papel de um Sancho Pança resmungão para o magro idealista cavaleiro lutando contra moinhos, que estava à espreita no íntimo de Hammett e que faria uma aparição tão decisiva no tribunal, mais tarde, em sua vida.

A gordura e a magreza são características marcantes nas suas histórias e novelas, mas também são temas recorrentes nas cartas. Repetidas vezes Hammett diz a seus correspondentes que está comendo de novo, que está ganhando peso, ou – quando a doença ou o álcool estão levando a melhor – que não tem conseguido comer nada. À luz de sua luta constante contra a magreza, no fundo uma luta para permanecer vivo, o título do último livro de Hammett, *The Thin Man* [em inglês, O homem magro – publicado no Brasil com o título *A ceia dos acusados*] pode ter sido uma brincadeira irônica, dirigida a si próprio. O homem magro no livro é um gênio louco que já estava morto antes de o livro começar. Ele só parece estar vivo porque outras pessoas dizem que está; na realidade, ele é tão magro que de fato não está absolutamente ali. "Não contem comigo", Hammett poderia estar dizendo. "Minha energia se esgotou, estou indo embora." E ele se retirou, pelo menos da cena literária.

O que nos traz aos dois silêncios: o silêncio literário; e o dramático silêncio público no tribunal federal. Do silêncio literário – a ausência de quaisquer novos livros depois da metade dos anos 1930 –, Jo Hammett não faz muita história. "Ele não parou de escrever. Não, na verdade, até realmente chegar ao fim. O que ele parou de fazer foi de concluir o que escrevia." E de fato, as cartas são salpicadas de referências a livros que ele estava começando ou continuando, e às possibilidades de ter o tempo livre e um espaço para escrever.[11] Esta parte da história é uma leitura dolorosa para qualquer um que esteja tentando escrever um livro, uma vez que as atitudes – o começar com otimismo, a evasão, a perda gradual de propósito – são tão familiares.

Nenhuma das tentativas resultou em nada. Já se sugeriu que a bebida tenha sido o motivo, além da doença e de outras atividades que interferiram, embora fosse escolha de Hammett permitir que o fizessem. Depois havia ambição e altos padrões de exigência: Hammett queria fazer parte da "literatura convencional dominante" – sair do que sentia ser o círculo limitador da literatura policial –, e isso era um grande salto. Talvez, contudo, seu problema fundamental tenha sido com a linguagem. "Eu parei de escrever porque estava me repetindo", declarou em 1956. "É o princípio do fim quando você descobre que tem estilo." E ele realmente tinha estilo, ou, melhor dizendo, um estilo – uma ferramenta que ele havia concebido, elaborado e aperfeiçoado, mas uma ferramenta muito típica de sua época. Possivelmente, ele não conseguia mais escolher uma linguagem à altura da ocasião, ou, melhor dizendo, a própria ocasião, em si, havia passado. Nos anos 1940 e 1950 o cenário havia mudado radicalmente, e ele deve ter se sentido fora de seu elemento. Não podia mais cair na farra da linguagem, porque aquele tipo de farra não existia mais.

Então existe o outro silêncio, o silêncio no tribunal. As virtudes do silêncio como um estratagema tinham sido percebidas por Hammett muito antes. "Não importa quanto um homem seja sagaz ou bom mentiroso", diz o Detetive na história de 1924, "ZigZags of Treachery": "Se ele concordar em falar com você e você souber jogar bem suas cartas, conseguirá fisgá-lo – conseguirá fazer com que ele o ajude a condená-lo. Mas se ele se recusar a falar, você não poderá fazer nada com ele."

Além disso, se Hammett se mantivesse em silêncio, não envolveria mais ninguém. Só ele sofreria. Por mais estranho que pareça, existe um precedente literário até para isso. O garoto que queria ler todos os livros da Biblioteca Pública de Baltimore, dificilmente teria deixado de ler Longfellow, na época o mais reverenciado dos poetas americanos. O poema de Longfellow "The Children's Hour"[12] (A hora das crianças) foi escolhido por Hammett como o título da peça atribuída à Lillian Hellman,* embora Hammett tenha lhe dado a história para a peça e feito grande parte do trabalho. Assim, é mais que provável que Hammett conhecesse o drama teatral em versos de Longfellow, *Giles Corey of the Salem Farms*.

Giles Corey foi o homem que se recusou a responder se declarando culpado ou inocente durante o episódio de violenta

---

* A peça foi encenada no Brasil com o título *Calúnia* e teve duas adaptações para o cinema: a primeira, com o tema do lesbianismo censurado, intitulada *Infâmia*; a segunda, fiel ao original, com o título *Calúnia*. (N. da T.)

repressão à bruxaria e "caça às bruxas" de Salem. Se respondesse, teria sido julgado, e se julgado, teria sido considerado culpado – todos os acusados o foram. Então, seus bens teriam sido confiscados pelo estado, e sua família seria desapossada. Ele assumiu aquela posição por uma questão de princípio, mas também por consideração para com outros, do mesmo modo que o próprio Hammett fez. A penalidade por não "responder" era "espreme-dura" – pedras eram empilhadas em cima da pessoa até que respondesse, contestando ou reconhecendo a culpa, ou morresse. Giles Corey preferiu a última opção.[13] Se Hammett considerava os julgamentos de Salem um paradigma para a "caça às bruxas" de McCarthy, não estava sozinho. Muitos usaram esta metáfora, inclusive Arthur Miller, em sua peça *O sacrifício* (*The Crucible*).

Na peça de Longfellow, as últimas palavras ditas a respeito de Corey antes de sua morte são: "Gostaria de saber agora/Se o velho morrerá, e não falará? Ele tem firmeza suficiente e dureza suficiente/Para qualquer coisa na terra." Silêncio equivale a dureza. Seria possível que esta equação verbal tenha sido inicialmente incutida na cabeça do jovem Hammett pelo autor de *Evangeline*?

Bem, é mais uma pista.

NOTAS

1. Diane Johnson. *Dashiell Hammett: A Life*. Nova York: Random House, 1983.
2. O termo "*pulp*" não se referia à pobreza ou falta de qualidade do material publicado, e sim à qualidade do papel: as "*pulps*" eram impressas em papel não acetinado, ao contrário das "*slicks*", revistas mais caras impressas em papel lustroso. Mas muitos bons escritores começaram a carreira escrevendo nas *pulps*, e elas eram uma fonte de renda para você conseguisse escrever depressa.
3. Como ele já era um astro àquela altura, evidentemente não teve de passar pelo massacre psicológico e humilhação impostos a integrantes menos importantes do CPUSA, como, por exemplo, Richard Wright.
4. O terceiro Samuel do trio é Sam Spade. Hammett era muito consciente com relação a nomes, e só teria dado seu próprio nome a este personagem intencionalmente.
5. Como Jo Hammett observa, "papai adorava todo tipo de jogo de palavras: jargão de ladrões, gíria de presos, expressões iídiche, conversa com termos típicos de restaurante e de caubói, gíria rimada de inglês *cockney*, linguajar típico de gangsteres e vagabundos".
6. Em 1931 ele estava lendo *Santuário*, que – com seu Popeye pervertido e sua socialite que se diverte com os durões – é, provavelmente, o livro de Faulkner mais tipo Hammett. Hammett não apreciou muito o livro, mas reviu sua opinião sobre Faulkner colocando-o em plano superior posteriormente.

7. A espantosa "Face-Velcro" de Hiassen, de *Skin Tight*, e seu ex-senador que comia animais atropelados em estradas, existem numa série contínua, que vai dos grotescos estrábicos ou de queixada grande de Hammett, passando pelo Popeye pervertido de Faulkner, por *Dick Tracy* das histórias em quadrinhos com seus bandidos gárgulas tais como "*Anyface*", que parecia um queijo suíço.
8. Esta tensão – o hediondo por trás da fachada de bela torta de maçã – também está presente em "Young Goodman Brown", de Hawthorne, na qual os simpáticos e saudáveis habitantes da cidadezinha têm um pacto com o diabo, passando ao longo da obra de Hammett, ao longo de Ray Bradbury em *Crônicas marcianas*, em que a cidade esconde marcianos assassinos, ao longo do filme *Mulheres perfeitas (The Stepford Wives)*, em que duplos de esposas robôs substituíram esposas verdadeiras, ao longo do seriado de televisão *Twin Peaks* e certos episódios de *Arquivo X*. Na vida real, se concretizou em versões de cultos satânicos, bem como sua forma original nos infames julgamentos por bruxaria de Salem.
9. Hammett era um freqüentador de cinema. É encantador vê-lo comparando as qualidades de *Pinóquio* versus *Branca de Neve*. É desnecessário dizer que ele acha *Pinóqio* melhor.
10. Jo Hammett descreve todos os tipos de dureza que Hammett admirava: homens durões; mulheres duras e obstinadas; e esportes duros, que exigiam resistência. Era tanto uma qualidade de caráter como uma característica física. "A dureza", diz ela, "o sustentaria durante os últimos anos ruins".
11. Houve três grandes tentativas: *My Brother Felix*, que "iria ser muito bom tanto para revistas quanto para cinema"; *The Valley Sheep Are Fatter*, um título que é oriundo de uma das novelas de Thomas Love Peacock; e *Tulip*, sobre um escritor que não consegue mais escrever.
12. Considerado como um exemplo meloso de kitsch por aqueles que não o leram atentamente. Mas Hammett era um bom leitor, e deve tê-lo visto como o poema arrepiante que é.
13. As únicas palavras de que se tem registro que Corey teria pronunciado foram: "Ponham mais pedras." Mas Longfellow faz com que a "espremedura" tenha lugar fora de cena, e, assim, não as usa.

32
Sobre mitos e homens

Atanarjuat: The Fast Runner é o primeiro filme de longa-metragem em todos os tempos a ser feito em Inuktitut. Também é o primeiro a ser feito quase que inteiramente pelos inuítes – *feito* em muitos sentidos, pois as roupas do figurino, os artefatos tais como lanças e caiaques e as moradias foram meticulosamente pesquisados e então confeccionados à mão por artesãos, para recriar o mundo de quase mil anos atrás, muito antes da chegada dos europeus. Para as pessoas da comunidade da qual emergiu este filme, ele será o que lhes faltou por tantos anos: uma validação de suas raízes.

O perigo poderia ter sido que um filme desse tipo tivesse apenas valor como curiosidade, mas nada poderia estar mais distante da verdade. *Atanarjuat* ganhou o prêmio Camera d'or em Cannes de melhor filme de longa-metragem, e depois arrebanhou seis Prêmios Genie, o que não é de espantar. Já está sendo chamado de obra-prima. O filme é uma maravilha.

Assisti a ele, ou, melhor dizendo, assisti a partes dele, em três ocasiões. Falarei a respeito delas em ordem inversa.

O filme estava em exibição na Inglaterra antes de ser lançado no Canadá, no Institute of Contemporary Arts. Fui à matinê, e mesmo assim tivemos sorte de conseguir entrar; estava lotado. Durante a exibição, minha amiga e eu – ambas pretensas mestras do sangue-frio, – agarramos um bocado o braço uma da outra, e no final, demos o vexame de não conseguir conter as lágrimas. Enquanto saíamos cambaleantes do cinema, de olhos vermelhos e joelhos bambos, ela comentou: "Meu Deus! Que filme!" Ficar sem palavras é o maior dos tributos.

Eu sabia que *Atanarjuat* estaria em cartaz em Londres, porque enquanto estivera em Paris fazendo minha má imitação de uma pessoa que sabe falar francês, por acaso tínhamos calhado de ligar a televisão na BBC, e o filme estava sendo objeto de uma resenha completa, com excertos. Não creio que jamais tenha ouvido um crítico de cinema se permitir a esse tipo de elogio extravagante de entusiasmo extático. "Se uma câmera de vídeo tivesse sido dada a Homero, isto é o que teria feito", disse ele, e nisso há algo de certo.

Que trecho de Homero? A história da Casa dos Átridas seria meu palpite, pois é uma saga de gerações com muitos elementos homéricos – amor, ciúme, rivalidade entre jovens contendores, façanhas extraordinárias de força, antigos ressentimentos de pais para filhos e crimes que geram conseqüências anos depois. O mundo do mito grego é um daqueles em que deuses interagem com seres humanos, sonhos têm significância, rancores são nutridos, vingança é exigida, os caminhos do Destino são misteriosos, alimentos podem lançar feitiços, e animais não são sempre o que parecem; e se substituirmos a palavra "deuses" pela palavra "espíritos", tudo isso também é verdade com relação a *Atanarjuat*.

É útil ir assistir ao filme sabendo de algumas coisas. Primeira, esta não é uma história "inventada", sequer Homero teria dito que a *Ilíada* foi inventada. É baseada em tradição oral – numa série de acontecimentos que se diz terem realmente ocorrido, em lugares de verdade. (É possível acompanhar as viagens dos personagens no website do filme.) Dessa forma, seria irrelevante culpar alguém chamado "o autor" por alguma coisa que possa desagradar alguém sobre "a trama".

Segunda, acreditava-se que uma criança recém-nascida fosse a reencarnação de alguém que havia morrido. Deste modo, quando a avó se dirige a uma jovem chamando-a de "mãezinha" – algo que nos desconcerta na primeira vez que ouvimos –, não se trata apenas do fato de que a garota recebe o nome da mãe da velha avó; ela é aquela mãe.

Terceira, os espíritos estão por toda parte. Eles podem conferir força adicional, podem possuir pessoas e fazer com que elas se comportem mal (como os demônios expulsos por Cristo). Mas podem ser dominados, até certa medida, por xamãs, que também podem invocar os mortos para ajudar. Assim, como em Homero, esta história não é apenas sobre um conflito entre rivais humanos. É uma batalha entre um grupo de espíritos e um outro, expulso quando um espírito maligno chega, semeia a discórdia entre os membros de um grupo de caçadores e entra no corpo e se apodera de um deles.

Quarta, era proibido para uma mulher falar ou sequer olhar para seu cunhado. É por isso que a cena de sexo nefasto entre a segunda esposa desobediente do herói e o irmão do herói não é apenas uma daquelas antigas transas em leito de peles qualquer. É realmente nefasta.

Quinta, existem vários tipos de força. Existe a força conferida pela posição da liderança – fiquem de olho no colar de dentes e presas, o equivalente da coroa em *Ricardo III* –, e esta posição é sempre ocupada por um homem, porque o grupo é um grupo de caçadores e são os homens que caçam. Existe a força conferida por poder xamanístico, que pode ser usada para o bem ou para o mal, mas ajuda saber que tanto a mulher (mais tarde a avó) que dá um pé de coelho talismânico a seu irmão, quanto o próprio irmão, possuem esse poder.

E, finalmente, existe autoridade moral. Esta pode ser conquistada ou perdida. (Observem o momento de qualquer filme do gênero faroeste, em que o herói – com seus inimigos finalmente à sua mercê –, os explodiria em pedaços. Isso não acontece. Atanarjuat diz: "A matança acaba aqui", ganhando desse modo autoridade moral. Nós bem que poderíamos fazer bom uso disso atualmente.) Mas a autoridade moral suprema reside nos anciões, que a empregam com parcimônia, embora com efeito devastador. Fiquem de olho na avó.

Estas eram as coisas que eu gostaria de ter sabido quando vi este filme pela primeira vez. Foi no verão anterior à sua pré-estréia, no Toronto International Film Festival (em 12 de setembro de 2001; a pré-estréia foi cancelada). Eu estava num navio quebra-gelos no Ártico, com um grupo de excursões chamado Adventure Canada. Eles me convidaram para fazer a viagem e algumas palestras, um preço pequeno a pagar pela experiência de ver lugares com os quais eu havia apenas sonhado. Tudo com relação a esta viagem foi mágico; só os efeitos de luzes do Ártico – as miragens, as Gordas Fadas Morganas, as "glórias" (coroas com raios que parecem convergir para o zênite magnético) – valeram a viagem. Em uma ocasião, todos desembarcamos e ficamos numa massa de chapas de gelo flutuante, parecendo assustadoramente com uma litografia de David Blackwood.

Se tivéssemos tirado todas as nossas roupas e saltado de chapa em chapa de gelo flutuante, poderíamos, em vez disso, ter nos assemelhado – se vistos de longe – à cena espetacular em que o herói de *Atanarjuat* corre completamente nu, atravessando quilômetros e quilômetros de chapas de gelo flutuante quebradas. Não consegui chegar até esse ponto na primeira vez em que assisti ao filme. O problema não era que o filme estivesse sendo exibido em episódios num aparelho de TV e que fosse difícil ler as legendas. Mas Pakak Innuksuk – o homem que desempenha o papel de Aquele Que É Forte, o irmão mais velho do herói – estava no navio conosco. Ele era um homem de poucas palavras, mas convincente, um caçador de região muito mais ao norte, e no filme, era quase que exatamente como parecia ser na vida real; mais brusco, mas reconhecível. Dessa forma assisti até ao trecho em que Pakak estava dormindo numa tenda de pele com seu irmão e os três rivais assassinos estavam se esgueirando para vir atacá-los. Eu sabia que Pakak estava à beira de ser morto de maneira horrenda, a golpes de lança, e não achei que fosse agüentar ver aquilo até o fim. (Não foi problema nenhum ver Pakak ser morto a golpes de lança em Londres. Eu não tinha acabado de comer panquecas com ele.)

Existe um limite permeável entre a realidade e a arte. Sabemos que existe uma ligação, sabemos que existe uma diferença, mas não existe um muro de pedras. Quando penso em *Atanarjuat*, é claro que sempre pensarei em Pakak. Certo dia, enquanto estávamos andando com dificuldade pela paisagem Ártica, lembrei-me com algum constrangimento de ter ouvido alguém contar que um grupo de nativos, carecendo de uma palavra para "turismo do norte", tinha inventado uma expressão que significa "homens brancos brincando no bosque". Assim, lá estávamos nós, na maioria gente branca, brincando nos pedregulhos, e lá estava Pakak, postado no alto de um penhasco, de onde tinha uma boa vista.

Ele empunhava uma arma pesada de caça a ursos. Estava de vigia, alerta para a possível aproximação de animais, e todos os homens de quem (diz a lenda) ele é a encarnação fazem isso há milhares de anos.

33
Policiais e ladrões

*T*ishomingo Blues é a trigésima sétima novela de Elmore Leonard. Depois de alcançar este número seria de se pensar que ele estivesse cansado, mas não, o maestro está em plena forma. Se, como Graham Greene, ele tivesse o hábito de dividir seus livros em "novelas" e "entretenimentos" – como, por exemplo, *Pagan Babies* e *Cuba Libre* na lista das primeiras e *Glitz*, *Get Shorty* e *Nada a perder* na dos últimos –, esta aqui poderia pender para o lado do "entretenimento", mas, como com Greene, aquelas que poderiam ser destinadas à seção do "entretenimento" não são, necessariamente, de qualidade inferior.

Aqueles que se ofendem com o que minha avó chamava de "linguajar grosseiro", com o que costumava ser denominado, em história de aventuras, de "praguejar temível" e com os termos insultuosos e piadas obscenas que costumavam ser contadas de boca sussurrante para a orelha nos vagões para fumantes de trens e que agora zunem de um lado para o outro na Internet deveriam evitar *Tishomingo Blues*. Mas Leonard é, com freqüência e justiça, elogiado por sua maestria do vulgar, e o vulgar não seria o que é sem esse tipo de coisa. De qualquer maneira, é sempre bastante apropriado: cada personagem fala de acordo com o seu papel. Aqui vai um dos mais ignóbeis pesos pesados:

> Nenhuma menção ao traficante nem aos dois cucarachos – Newton estava pensando em um dos dois sacaninhas a quem tinha perguntado, naquela ocasião, onde estava o crioulo, e o sacaninha respondeu que ele tinha ido foder a mulher dele. Aquilo tinha feito com que explodisse, é claro, mesmo sabendo que não era verdade. Primeiro, porque Myrna nunca estava em casa, ela jogava bingo todas as noites de sua

vida. E, segundo, nem mesmo um traficante quereria fodê-la; Myrna estava na linha dos cento e oitenta quilos nas coxas. Vai tentar achar o lugar molhadinho nela.

Isto é uma lição objetiva em economia, digna de um breve ensaio em *Maladicta*, a falecida publicação de estudiosos devotada ao linguajar vulgar (ainda disponível na Internet): três insultos raciais, duas vezes o verbo F-..., misoginia combinada com crítica à aparência física, tudo bem embrulhado em desprezo por jogadores de bingo em algumas linhas concisas. O homem que diz isso com toda certeza vai morrer. (Os personagens "bons" em Leonard xingam de maneira diferente dos "maus".)

Quanto ao que Leonard está fazendo além da textura de sua prosa, é o que ele vem fazendo já há algum tempo. Uma grande parte de qualquer novela de Leonard – ou aquelas dos, digamos, últimos vinte anos – consiste em observação social de aparente seriedade. John Le Carré sustenta que, pelo menos no final do século XX, a novela de espionagem é a forma principal de ficção, porque ela, sozinha, aborda a implementação de interesses políticos ocultos que – suspeitamos, e como os noticiários noturnos tendem a confirmar – nos rodeiam por todos os lados.[1] De maneira semelhante, Elmore Leonard poderia argumentar – se fosse dado a debates, algo que não é – que uma novela sem algum tipo de crime ou tramóia dificilmente poderia afirmar ser uma representação correta da realidade dos dias de hoje. Ele poderia acrescentar que isso é especialmente verdadeiro quando esta realidade está situada na América, lar da Enron e do maior arsenal de propriedade particular do mundo, onde assassinatos ocasionais são tão comuns que a maioria não é registrada e onde a CIA encoraja o crescimento e comércio de narcóticos para financiar suas aventuras estrangeiras.

Não é apenas essa – Leonard poderia continuar, e é uma questão que ele ilustrou copiosamente – a linha entre a lei e os infratores da lei, de qualquer modo, em sua terra natal, não uma linha firme. (Um dos personagens realmente malévolos neste livro é um ex-assistente de xerife, uma categoria de emprego sobre a qual poucos têm alguma boa palavra a dizer.) De fato, as incertezas quanto a esta divisão – executores da lei versus transgressores da lei, com a decisão sobre quem seriam os vilões tomada por meio de jogos de moedas para tirar cara ou coroa – remontam a um passado distante e estão firmemente engastadas no folclore americano. Os revolucionários de 1776 eram, em essência, rebeldes contra o governo estabelecido de sua época, e desde então, tem havido algum questionamento sobre quem tem o direito de impor que tipo de código legal sobre quem, e através de que meios. Os justiceiros do Klan e os arruaceiros linchadores têm sido – conforme Leonard nos recorda ao longo do livro – duas das respostas históricas menos agradáveis.

Existem causas justas em auxílio das quais violar a lei é, sem dúvida, a atitude moral e o agir certos, mas quem deve decidir quais são estas causas? É uma série de pequenos passos, desde a ponte tosca que se estendia sobre a enchente, onde fazendeiros de Concord, em ordem de combate, resistiam, e, diga-se de passagem, violando a lei, passando por Body, o celebrado abolicionista e também homicida de John Brown, e por Thoreau no seu clássico "Desobediência Civil", até Darlin Corrie, da tão conhecida canção folclórica, que tem de acordar e pegar sua espingarda porque os *Revenooers* (guardas aduaneiros) estão a caminho para derrubar sua destilaria.

Como todos os outros escritores que têm como tema central crimes e castigos, Leonard está interessado em questões morais, mas estas para ele não são, de forma alguma, claras, definidas. Tendo nascido em 1925, ele entrou em cena como um observador consciente durante o meio século em que esta tendência – o questionamento da lei, a admiração por seus violadores – estava no auge. Eram os anos 1930, e a Depressão estava causando muito desespero real e concreto. Não é de espantar que muitos tenham acompanhado as façanhas dos irmãos James e de Bonnie e Clyde com tanto interesse – o jovem Leonard, de acordo com seu próprio relato, entre eles. Pois se a opressão é econômica e o banco lhe tomou sua fazenda e pôs para fora sua família, não é ligeiramente heróico meter a mão na gaveta do caixa? O pai que é enforcado por causa de um crime desse tipo, na novela dos anos 1930 de Davis Grubb, *The Night of the Hunter,* não é um bandido: ele é um bom sujeito, e é o sistema que o leva à forca que ostenta a mancha da corrupção moral.

Mas os irmãos James e Bonnie e Clyde não eram Robin Hoods, mesmo em novos relatos mitologizados. A versão americana do salteador como herói folclórico é muito potente, mas ela não inclui dar para os pobres: isso seria tolice e, talvez, comunista também. A melhor coisa a fazer com os pobres é tratar de deixar de ser um deles, por quaisquer meios de que se disponha, e isso é, principalmente, o que os trapaceiros de Leonard se empenham em conseguir. Deste modo, com muita freqüência, nos livros de Leonard não há uma escolha entre bons não criminosos e maus criminosos: em vez disso, temos um escolha entre bons sujeitos e maus sujeitos. Existem muitos fatores que determinam se um sujeito é bom ou mau – mais especificamente, se ele é um calhorda, um faroleiro metido a besta, um covarde, um basbaque condescendente, um imbecil, ou um homem a quem um homem pode respeitar –, mas de que lado da linha da legalidade ele possa estar não é um deles.

Como sabe toda criança que algum dia já brincou de polícia-e-ladrão, era mais divertido ser um ladrão porque você podia enganar as pessoas e escapar impune com comportamento proibido, sem contar que havia mais risco. Em *Tishomingo Blues*, diversão, risco, comportamento proibido e enganar as pessoas andam juntos. Existem dois personagens principais. O primeiro não é um criminoso. Em vez disso, é um amante do perigo, um corredor de riscos de um outro tipo. Ele é um saltador de plataforma profissional chamado Dennis Lenahan, que ganha a vida em parques de diversões saltando de uma torre de 24 metros em um tanque que parece, visto do alto, ser do tamanho de uma moeda de cinqüenta centavos. Ele faz isso, tanto quanto podemos dizer, por três motivos: proporciona-lhe uma sensação de intenso prazer, ajuda-o a conquistar garotas, e porque ele não tem nenhum outro talento marcante. Quando entramos na narração dele, Dennis está começando a se preocupar com por quanto tempo mais conseguirá fazer as apresentações sem quebrar o pescoço. (Ou romper o ânus e destruir sua genitália, dois outros perigos do salto de plataforma a respeito dos quais somos, devidamente, informados na primeira página.) Dennis não é uma pessoa que alguma vez dedicou um pensamento a opções de ações ou a comunidades para aposentados cercadas de grades – seu primeiro casamento fracassou porque ele era "jovem demais", e, embora esteja se aproximando dos quarenta, ele ainda continua jovem demais –, de modo que estas são reflexões novas e deprimentes para o rapaz agradável.

Dennis acalma suas ansiedades indo para a cama com mulheres boazinhas que nunca lhe dizem não – bem, ele tem excelente forma física –, e esta é a única questão que poderia fazer a leitora mulher hesitar e parar para refletir. Leonard é preciso com relação a detalhes corpóreos e físicos, entre outros aspectos. Seus personagens mijam, fazem cocô, peidam, têm mau hálito, e muitas outras coisas. Ao contrário de alguns personagens de ficção, eles comem e bebem, e o fazem de maneira precisa, com nomes de marcas e tudo. (Early Times, Pepsis e Lean Cuisines são apresentadas.) Mas Dennis se deixa levar para a cama sem nenhuma pergunta e sem nenhuma precaução: pensamentos sobre DSTs não preocupam sua cabeça entusiástica. Talvez nisso seja detalhado também – provavelmente é, ou não haveria tantos casos de herpes, para não mencionar AIDS. Mas temos vontade de sussurrar –, especialmente quando Dennis está na cama aos beijos e abraços com a esposa descontente de um homem moralmente repulsivo, que cumpriu longa pena de prisão em uma penitenciária insalubre – "Dennis, meu querido, você não sabe quem esteve aí antes de você?" Dennis, nós tememos que você vá acordar numa bela manhã com uma dose de algo de que não conseguirá se livrar. Mas tais futuros funestos se encontram fora das margens do livro, e ficar pensando muito neles seria como antecipar a noite de casamento de Cinderela, quando ela sairá de seu transe e se dará conta de que o Príncipe Encantado é um fetichista interessado em sapatos.

O segundo personagem principal é muito superior em termos de massa cinzenta. O nome que está usando no momento é Robert Taylor – presumimos que seja falso –,[2] e é, sem sombra de dúvida, um elemento criminoso. Ele é bonito, inteligente, insinuante, atraente, controlado, bem vestido, dirige um Jaguar e vem de Detroit. (Também anda com uma maleta de mão com uma arma dentro, mas esta é uma região do país – Tunica, Mississippi – em que as pessoas têm armas do mesmo modo que a maioria tem nariz, por isso provoca pouca surpresa.) Além de tudo dito acima, Robert é negro. Acrescentem o local e a reencenação histórica de uma batalha da Guerra Civil, que ocorrerá dentro em breve, e terão a nitroglicerina para a dinamite.

Quando comecei a ler sobre Tunica, Mississippi, conforme descrita por Elmore Leonard, pareceu-me tão extravagantemente exagerada, mesmo em termos arquitetônicos, que pensei estar em um lugar inventado, como a Cidade Esmeralda de Oz, com a qual se parece um pouco. (Oz é uma cidade de ilusões controlada por um trapaceiro de talento que engana as pessoas fazendo falsas promessas.) Mas eu é que não deveria ter sido tola de ter imaginado isso, porque Leonard não inventa esse tipo de coisa. Ele não precisa; está lá prontinha para ser usada, com toda a sua estranheza completamente desabrochada. Tunica é real – é "A Capital Cassino do Sul". Mas é *também* inventada, porque a indústria do jogo como negócio nada mais é do que a venda bem-sucedida de ilusão.

A ligação entre a ilusão e a realidade, mentiras e verdade, e também a lacuna entre elas, é um dos motivos condutores que encontramos ao longo de *Tishomingo Blues*. Tudo em Tunica é *faux*, inclusive a prostituta num trailer fingindo ser Barbie e a "Aldeia da Vida Típica do Sul", um grande empreendimento imobiliário em vias de ser lançado, onde todas as residências são imitações de alguma coisa, e a operação inteira é uma fachada para o comércio de drogas. O foco da história é o Tishomingo Lodge & Casino. Seu nome é roubado de um verdadeiro chefe nativo americano; sua forma é uma *tepee* – uma tenda indígena cônica bastante kitsch; as garçonetes de seu bar usam minissaias franjadas de imitação de pele de cervo; o mural de seu vestíbulo é horrendamente inexato. Mas embora o *décor* em Tunica possa ser falso, o perigo é real.

Dennis, o mergulhador, vai parar em Tunica porque convenceu o gerente do cassino a contratar seu número de mergulho de plataforma como uma atração para os clientes. Quase que imediatamente se vê metido numa fria. Enquanto se encontra no alto de sua torre e a ponto de fazer um teste de mergulho, vê dois homens lá embaixo balearem um terceiro. Eles vêem que Dennis os vê, estão prontos para disparar contra ele, mas são distraídos. Robert Taylor, o criminoso negro, também presenciou o crime, ele também presenciou Dennis presenciar o crime, e dão início a um curioso companheirismo simbiótico.

O que cada um quer do outro? O que Dennis deveria querer é um aperto de mão de despedida e uma passagem de ônibus para Nome, no Alasca, mas ele também é um tipo inocente e não sabe o quanto deveria estar com medo. Além disso, não quer abandonar sua torre e seu tanque. Dessa forma, fica por lá, e Robert Taylor se apresenta como um sujeito que pode ajudá-lo a fazer isso. Sem a presença de Robert, tememos que o cérebro do jovem Dennis brevemente venha a se tornar "Creme de Trigo vermelho", como outros cérebros se tornaram antes. Assim, Robert é nosso homem.

Mas o que Robert Taylor quer de Dennis? Isso é mais complicado. De acordo com a primeira versão, ele quer que Dennis e seu número de mergulho funcionem como meio de lavagem para seu dinheiro de drogas, porque planeja tomar o controle do mercado da caipira Máfia Sulista local. Pela segunda versão, ele quer comprar a alma de Dennis. Ele põe isso claramente na mesa: "Você está numa encruzilhada, Dennis. Eu estou pronto para fazer uma oferta para comprar sua alma." "Como Fausto, cara. Venda sua alma, e você terá tudo o que quiser". Se Dennis vender, o que ele terá é um talismã que o protegerá do mal e lhe dará poder e sorte, e este talismã lhe permitirá realizar seus sonhos mais íntimos, mas ele terá de realmente acreditar nele – caso contrário não funcionará –, e eles têm uma única chance de se apoderar dele.[3]

Porém, Robert não é apenas um gângster de carreira qualquer, está investido de mais importância do que isso. Ele é o Senhor das Encruzilhadas, aquele espírito traquinas e enganador, nascido e criado no terreiro dos mestres mais barra-pesada, o homem que faz as coisas acontecerem. É o vendedor profissional de fala rápida, vendendo a si mesmo com boa lábia, a bordo de um belo carro reluzente e com um sorriso convincente; ⁴ ele é o jogador cheio de ases na manga. É a deidade para quem você reza quando quer mudança e ação, embora não haja qualquer garantia do tipo de ação que você obterá. Ele é Mercúrio, o deus dos ladrões e do comércio e das comunicações e condutor das almas para o mundo das profundezas subterrâneas, e é Anansi, a tecedora de teias africana, apanhadora de moscas em armadilhas. Ele provoca e persuade Dennis insinuando que é o Diabo, mas se for, nem de longe é o Satã bíblico. Em vez disso, é o diabo do folclore, cujas ofertas poderiam funcionar em favor do outro, especialmente se o outro fizer o que Dennis é exortado a fazer – não importa o que você veja, fique de boca fechada.⁵ Robert é, em outras palavras, um exemplo particularmente atraente da figura do trapaceiro.⁶ "Você vai sentir saudades de mim, sabe disso?", diz ele perto do fim do livro, tanto para o leitor quanto para a mulher de quem está se despedindo. "Vai sentir falta do divertimento."

E em Tunica ele sabe muito bem onde pisa, está em sólido território conhecido. Suas raízes, afirma, estão bem aqui, nas margens do rio Mississippi, o Velho Rio. O Mississippi divide e une todos os elementos – Norte e Sul, branco, negro e índio, rico e pobre, viajantes e jogadores. É o rio de *Showboat*, e, sim, Leonard respeitosamente oferece uma linda filha de branco com mulata que está escondendo sua descendência. É o rio de Huck e Jim, o primeiro par de garotos, um branco e um negro, a se unir e juntar forças para vencer as dificuldades e os patifes. É o rio de *the King* e de *the Duke*, golpistas decadentes, mas divertidos, em busca de lucro fácil; é o rio do Vigarista, aplicador do conto-do-vigário, de Melville, uma figura esquiva e ambígua cujas vigarices resultam – às vezes – no bem.

Robert Taylor é o herdeiro, portanto, de uma longa e pródiga tradição. Observá-lo em ação enquanto explora este rico filão é um prazer, embora seja um tanto parecido com o que Monty Python fez com a *Venus* de Botticelli – em parte caricatura cômica, em parte agressão direta. Robert, por exemplo, é um amante de história. "A história pode trabalhar a seu favor", diz ele, "se você souber como usá-la", e ele, de fato, sabe. Havia cursado uma faculdade, pagou os estudos traficando drogas, mas se recusava a vender para estudantes, porque calculava que já estavam com a mente confusa demais:

> Fiz 18 horas de curso de história – faça-me uma pergunta a respeito do assunto, qualquer coisa, como os nomes dos assassinos famosos da história. Quem deu um tiro em Lincoln, Grover Cleveland. Cara, estudei história porque adorava a matéria, não para conseguir um emprego com isso. Sabia tudo sobre a Guerra Civil mesmo antes de ter visto o seriado na TV, o que Ken Burns fez. Eu roubei a coleção inteira de vídeos da Blockbuster.

O primeiro embuste de história de Robert foi se apoderar de um cartão-postal, suvenir de 1915, de um linchamento, e dizer a dois diferentes brancos bandidos de Tunica que aquele pendurado na ponte é seu bisavô, e que os bisavôs deles estão executando o enforcamento.

> Pensei que você talvez soubesse que seu bisavô linchou aquele homem na foto, meu bisavô, que sua alma descanse em paz. E cortou fora o pau dele. Você pode imaginar um homem fazendo isso com um outro homem...? ... Eu pensei cá com meus botões, Olhe só como a nossa herança tem um laço de união, voltando lá atrás até nossos ancestrais. Tudo bem, eu vou mostrar a ele o registro histórico do fato.

Robert diz isso a um sujeito odioso, racista inflexível e violento. Isto é *Raízes* com ímpeto. "Você só usou o cartão para armar para ele", diz Dennis com relação ao cartão-postal. "Isto não quer dizer que não seja verdade", retruca Robert.

A meta de Robert é conseguir enganar os outros, para poder participar da reencenação da Batalha de Brice's Cross Roads (que, desnecessário dizer, não terá lugar na verdadeira Encruzilhada de Brice). Desse modo, pode acertar as coisas para que seus oponentes sejam despachados com balas de verdade – pondo a história de volta na História, poderíamos dizer. O tributo da Máfia de Dixie à autenticidade, por outro lado, é tentar reencenar o linchamento do cartão-postal com Robert desempenhando o papel do cadáver capado. Como de hábito, Leonard fez a pesquisa necessária; ele conhece as regras e atitudes do movimento da reencenação de trás para a frente, e tira o melhor proveito possível jogando com elas. Se o leitor não sabia nada sobre uma *Naughty Child Pie* (Torta de Criança Malcomportada, torta de tomate verde com pimentão e molho picante), sobre os saleiros e pimenteiros de Robert E. Lee e Stonewall Jackson e o que são *farbs, hard-cores*,* descobrirá aqui.

Leonard não escreve livros de mistério do tipo "quem cometeu o crime?" – nós sempre sabemos quem é o culpado porque o vemos cometendo o crime. Se poderia dizer que ele escreve livros do tipo "como cometer o crime". As tramas são como jogos de xadrez – todas as peças estão expostas, podemos observar sua disposição no tabuleiro, mas são as manobras rápidas do estágio final do jogo que surpreendem. Elas também são como farsas de Feydeau, o que, de forma alguma, é uma comparação que as deprecie. Representações desse tipo são extremamente difíceis de arquitetar e executar com sucesso, e o *timing* é tudo: Feydeau costumava compô-las de cronômetro na mão. O leitor sabe quem está em qual armário e debaixo de que cama e atrás de que arbusto, mas os personagens não. Então eles começam a descobrir, e as coisas acontecem muito rapidamente depois disso. A maquinaria do truque de prestidigitador, neste livro, é montada por Robert, que, é claro, como mestre trapaceiro, é, afinal, o Senhor da Ilusão.

Mas nesse mundo do parque de diversões e das falsas aparências, do vestir fantasias e da reencenação, da fachada, do disfarce e da impostura, onde se encontram a realidade e aquilo que realmente vale a pena ter, e com quem está? Eu diria que existe uma questão principal, e esta é conquistar o respeito – não de todos, porque homens que desejam isso são vaidosos e tolos –,

---

* *Farbs* – na gíria dos aficionados de reencenações, *farbys* "nem-de-longe", que usam uniformes não-autênticos; *hard-cores*, os fanáticos por autenticidade, também chamados de "contadores de fios" que chegam ao ponto de contar o número de fios para verificar se têm o mesmo número de fios do tecido usado na guerra. (N. da T.)

mas o de um homem cujo respeito tenha alguma importância. (Estas são regras dos meninos. As mulheres não são participantes no jogo do respeito, no mundo de *Tishomingo Blues*: elas conquistam atenção favorável de outras maneiras.) As maneiras de obter e avaliar este e outros tipos de respeito de homem-para-homem poderiam constituir a base para uma dissertação em sociobiologia – o olhar fixo masculino do primata, por exemplo, ou quem olha para quem, e como, e o que isso significa.

Além de ser capaz de dar esse olhar, você conquista o respeito, até onde posso compreender, ao ser sério em relação a coisas que são importantes, ao não falar demais, ao saber a respeito do que você está falando – há um bocado de intercâmbio de coletânea de fatos e tradições neste livro, sobre os blues e seus cantores, sobre a Guerra Civil, sobre como preparar um tanque de mergulho e, de forma bem menos encantadora, sobre jogos de beisebol dos tempos de outrora.[7] Se você já é respeitado e, especialmente, se é um chefe criminoso importante, você tem de manter o respeito ao não se permitir ficar preguiçoso e arrogante – caso contrário, será cérebro de Creme de Trigo.

Mas, sobretudo, você conquista respeito ao fazer uma coisa difícil parecer fácil. É assim que Dennis conquista o respeito de Robert. "Eu adoro observar pessoas que fazem seu ofício parecer fácil. Sem imperfeições, sem nada fora do lugar", diz ele sobre o número de Dennis. Uma terceira pessoa comenta: "O sujeito lá no alto, no ar, se contorcendo e girando, está no controle de si mesmo, está mostrando como ele é bacana, senhor de si. E Robert é bacana, é senhor de si. Ele mantém Dennis por perto porque o respeita como homem." As mulheres não avaliam este tipo de comportamento exatamente da mesma maneira. Quando Dennis embebe sua roupa em gasolina de alta octanagem e ateia fogo a si mesmo para um salto "globo de fogo", Robert diz: "Cara!" Mas a mulher que o acompanha diz: "Hum, grandes merdas." Quando mulheres admiram Dennis, estão olhando para o corpo dele – o que poderia haver nele para elas. Mas Robert está admirando a coragem e a técnica.

Billy Darwin, o patrão de Dennis, tem sua própria versão de "Hum, grande merda". Ele comete o erro de pensar que aquilo é fácil porque parece fácil. Ele menospreza o que Dennis faz, "falando como um sujeito decente ao mesmo tempo em que põe você no seu devido lugar, desprezando o que você fez para ganhar a vida", e então ele próprio tenta mergulhar da torre para demonstrar seu controle e coragem e mostrar que aquilo é coisa fácil de fazer. E se arrebenta num acidente.

 E isto, possivelmente, é nossa única pequena olhadela por trás dos bastidores, para as sombras donde o autor está à espreita. Será possível que o sr. Leonard já não tenha ouvido vezes demais que aquilo que faz, profissionalmente, há quatro décadas, ou que fez 37 vezes, na verdade é fácil porque ele faz com que pareça fácil? Só porque é um parque de diversões e as pessoas se divertem com o que você faz, será que isso significa que não seja um talento a ser levado a sério? Será possível que o sr. Leonard queira ver alguns daqueles comentadores, que dizem isso, tentarem saltar da torre, eles próprios? Se você esteve na encruzilhada, fez o acordo e conseguiu o talismã – que se revela ser dependente de um bocado de trabalho duro e prática, exatamente como o truque de mágica –, não ficaria um bocadinho irritado por este tipo de avaliação errônea de vez em quando?

 Não a ponto de perder seu controle, saiba. De forma alguma perto disso.

NOTAS

1. Le Carré apresentou as opiniões citadas em seu discurso de aceitação, quando lhe foi concedido o diploma honorário pela Universidade de Edimburgo.
2. "Robert Taylor" era o nome assumido do ator que, além de ser um famoso protagonista de filmes românticos, estrelou um número enorme de filmes policiais e de faroeste. Ele desempenhou o papel, por exemplo, de Billy the Kid, no filme do mesmo nome, em 1941. Como dizem alguns em *Tishomingo Blues*, "trabalhar para Robert (...) era como ser artista de cinema".
3. É estranho ouvir os sentimentos da Fada Azul de *Pinocchio* nos lábios de Robert Taylor. No entanto, quando se pede a uma estrela para realizar um sonho seu, não faz diferença quem você é, isto é em parte o que distingue Taylor dos bandidos ruins: ele está sonhando sua própria versão do Sonho Americano.
4. Robert Taylor é a imagem refletida no espelho de Willy Loman, de *Morte de um caixeiro-viajante*. Este é o homem honesto "desonesto", e aquele é o desonesto honesto.
5. Vejam, por exemplo, o conto de Grimm "O fuliginoso irmão do diabo". Em tais história o herói, se for sortudo, ligeiro e alerta ao agir, pode obter o tesouro do diabo e também conservar sua alma, e é isso o que Dennis faz.

6. Para mais informações ver o ensaio minucioso de Lewis Hyde, *Trickster Makes This World*, Nova York: Farrar, Straus and Giroux, 1998. Hyde defende o ponto de vista de que numa nação pavimentada de ponta a ponta, mas com vendedores de elixires miraculosos, o Trapaceiro não funciona exatamente da maneira habitual.
7. O personagem que fala com monótona insistência sobre beisebol é intencionalmente maçante. O truque é ver como ele insere sua obsessão em todo e qualquer tópico. Se ficarem cansados disso, podem fazer o que Dennis faz – desligar quando ele fala.

34
A mulher indelével

Li *Rumo ao farol*, de Virginia Woolf, pela primeira vez quando tinha 19 anos. Foi durante um curso – "A novela do século vinte" – ou algo parecido. Eu tinha me dado bastante bem com a novela do século XIX – as obras de Dickens eram, em minha opinião, exatamente como tais coisas deveriam ser, pelo menos na Inglaterra: uma porção de gente zangada, maluca e neblina. Também não me saí muito mal com certas novelas do século XX. Hemingway eu podia mais ou menos compreender – tinha brincado de guerra quando criança, saído muito para pescarias, conhecia um pouco as regras de ambas, sabia que os rapazes eram lacônicos. Camus era deprimente o suficiente para a adolescente tardia em mim, com angústia existencial e sexo persistente, desagradável, de quebra. Faulkner era a minha idéia do que poderia ser possível para – bem, para mim mesma como escritora (que era o que eu queria ser), a histeria em pântanos úmidos e sufocantes, infestados de insetos, sendo minha noção de verossimilhança artística. (Eu conhecia aqueles insetos. Conhecia aqueles pântanos, ou pântanos muito parecidos. Eu conhecia aquela histeria.) O fato de que Faulkner também pudesse ser afrontosamente engraçado – na idade que eu tinha na época – me passou despercebido por completo.

Mas Virginia Woolf ficava fora, num desvio remoto, no que dizia respeito à pessoa que eu era aos 19 anos. Por que ir ao farol, afinal, e por que fazer tanta história e se angustiar tanto com o fato de ir ou não ir? A respeito de que era o livro? Por que todo mundo ficava tão grudado na sra. Ramsay, que costumava andar sempre de velhos chapéus moles e ficava perdendo tempo vadiando em seu jardim, e fazia as vontades de seu marido com colheradas de delicada aquiescência, exatamente como minha mãe, que era, sem sombra de dúvida, tediosa? Por que qualquer pessoa toleraria o sr. Ramsay, aquele tirano com mania de citar Tennyson, por mais que ele pudesse ser um gênio excêntrico frustrado? Alguém havia cometido um erro por descuido, grita ele, mas isso não surtia nenhum efeito comigo. E o que dizer de Lily Briscoe, que queria ser artista e dava uma enorme importância a esse desejo, mas que parecia não ser capaz de pintar muito bem, ou não de forma capaz de satisfazer a si própria? Na Woolflândia, as coisas eram tão tênues. Eram tão fugidias. Tão inconclusivas. Tão profundamente incompreensíveis. Eram como o verso escrito por um poeta insignificante em um conto de Katherine Mansfield: "Por que tem sempre que ser sopa de tomate?"

Aos 19 anos, eu nunca tinha conhecido ninguém que tivesse morrido, com a exceção de meu avô, que estava bem velho e muito longe. Nunca tinha ido a um enterro. Não entendia nada daquele tipo de perda – o esmigalhamento da textura física de vidas vividas, a maneira como o significado de um lugar podia mudar porque aqueles que costumavam lá estar não estavam mais. Eu não sabia nada sobre a impotência e a necessidade de tentar capturar vidas assim – resgatá-las, para impedi-las de desaparecer por completo.

Embora eu tivesse sido culpada de muitos fracassos artísticos, tamanha era minha imaturidade, que ainda não os reconhecia como tal. Lily Briscoe é vítima da agressão de um homem inseguro que está sempre lhe dizendo que mulheres não sabem pintar e mulheres não sabem escrever, mas não compreendi por que ela deveria ficar tão transtornada com isso: o sujeito era, evidentemente, um quadrado sem imaginação, então quem se importava com a opinião dele? De todo modo, pessoa nenhuma jamais havia me dito aquele tipo de coisa, não ainda. (Mal eu sabia que brevemente começariam a dizer.) Não me dava conta, porém, do peso que tais afirmações poderiam ter mesmo quando feitas por idiotas, por causa dos muitos séculos de autoridade fortemente respeitável que se estendiam por trás delas.

Neste último verão, 43 anos depois, li *Rumo ao farol* novamente. Por nenhum motivo em particular: eu estava naquele espaço muito canadense, "a casa de campo", e o livro também, e já tinha lido todos os livros policiais de suspense. Por isso decidi tentar de novo.

Como foi possível que, desta vez, tudo no livro se encaixasse tão perfeitamente no lugar? Como pude ter deixado de perceber tudo isso – sobretudo os padrões de comportamento, os esquemas das relações, a habilidade do trabalho artístico – da primeira vez? Como foi possível que eu tivesse deixado de perceber a ressonância da citação do sr. Ramsay de Tennyson, vindo como vem, como uma profecia da Primeira Guerra Mundial? Como pude eu não compreender que a pessoa pintando e a pessoa escrevendo eram, na verdade, a mesma? ("Mulheres não sabem escrever, mulheres não sabem pintar...") E a maneira como o tempo transpõe tudo como uma nuvem, e objetos sólidos tremeluzem e se dissolvem? E a maneira como o retrato de Lily da sra. Ramsay – incompleto, insuficiente, condenado a ser enfiado num sótão – se torna, quando ela acrescenta aquela linha única que amarra e junta tudo no final, o livro que acabamos de ler?

Alguns livros precisam esperar até que você esteja pronta para eles. Tanta coisa, na leitura, é uma questão de sorte. E que sorte eu tinha acabado de ter! (Ou pelo menos foi o que murmurei para comigo mesma, enfiando meu velho chapéu mole e saindo para vadiar em meu jardim incompreensível...)

35
A rainha de Quinkdom

The Birthday of The World é a décima coletânea de histórias de Ursula K. Le Guin. Nesta, ela demonstra por que é a soberana reinante de... mas imediatamente encontramos uma dificuldade, pois qual é o nome apropriado para o seu reino? Ou, tendo em vista sua preocupação permanente com as ambigüidades de gênero, seu *queendom*, ou, talvez, considerando-se como ela gosta de misturar e combinar – seu *quinkdom*? Ou seria mais apropriado dizer a seu respeito que ela não tem um único desses reinos, e sim dois?

"Ficção científica" é o espaço de classificação em que sua obra geralmente é situada, mas é um espaço inconveniente: ele fica inflado e bojudo com descartes de outros lugares. Para dentro dele foram empurradas todas aquelas histórias que não se encaixam confortavelmente na sala íntima da novela socialmente realista ou na sala de visita mais formal da ficção, ou outros gêneros mais compartimentalizados: faroeste, gótico, horror, romances góticos, e as novelas de guerra, de crime, suspense e espionagem. Suas subdivisões incluem a ficção científica propriamente dita (repleta de aparelhos e engenhocas e viagem espacial baseados em teoria, viagem no tempo, ou ciberviagem para outros mundos, com a presença freqüente de alienígenas); fantasia de ficção científica (dragões são comuns; as engenhocas são menos plausíveis, e podem incluir varinhas de condão); e ficção especulativa (a sociedade humana e suas formas futuras possíveis, que são ou muito melhores do que a que temos agora ou muito piores). Contudo, as membranas que separam essas subdivisões são permeáveis, e fluxo osmótico de umas para outras é a norma.

* * *

A linhagem da "ficção científica", considerada em termos gerais, é muito longa, e alguns de seus ancestrais literários são de suprema respeitabilidade. Alberto Manguel catalogou muitos deles no *Dicionário de lugares imaginários*: o relato de Platão sobre Atlântida figura entre eles, a *Utopia,* de sir Thomas More, *As viagens de Gulliver,* de Jonathan Swift. Relatos de viagens a reinos desconhecidos com habitantes bizarros são tão antigos quanto Heródoto em seus momentos mais extravagantes, tão antigos quanto *As mil e uma noites,* tão antigos quanto Thomas Learmoth, ou Thomas o Rimador. Contos folclóricos, as Sagas Norueguesas e os romances-aventuras de cavalaria são primos não tão afastados desses contos e têm sido usados como fonte por centenas de imitadores desde *O senhor dos anéis* e/ou *Conan, o conquistador* – obras que, anteriormente, iam beber água nos mesmos poços, como o fizeram seus precursores, George MacDonald e H. Rider Haggard, de *Ela*.

Julio Verne é provavelmente o mais conhecido dos primeiros ficcionistas apaixonado por engenhocas, mas *Frankenstein,* de Mary Shelley, poderia ser considerado o primeiro livro de "ficção científica" – isto é, a primeira novela de ficção que incluiu ciência de verdade –, inspirado que foi por experiência com eletricidade, em particular a galvanização de cadáveres. Parte de sua preocupação se manteve com o gênero (ou gêneros) desde então: muito especificamente, qual o preço a ser pago pelo Homem Prometéico por roubar o fogo do Céu? De fato, alguns comentaristas têm sugerido a "ficção científica" como o derradeiro repositório ficcional para a especulação teológica. Céu, Inferno e transporte aéreo por meio de asas tendo sido mais ou menos abandonados depois de Milton, o espaço exterior foi a única área restante nas vizinhanças onde seres semelhantes a deuses, anjos e demônios ainda poderiam ser encontrados. O amigo de J. R. R. Tolkien e companheiro fantasista, C. S. Lewis, chegou ao ponto de compor uma trilogia de "ficção científica" – muito leve no conteúdo de ciência, mas pesada na teologia, a "nave espacial" sendo um caixão cheio de rosas e a tentação de Eva sendo reencenada no planeta Vênus, completa com frutos suculentos.

Sociedades humanas reorganizadas também têm sido uma constante na tradição e foram usadas, ao mesmo tempo, para criticar nosso atual estado de coisas e para sugerir alternativas mais agradáveis. Swift retratou uma civilização ideal, embora – quão inglesa! – fosse habitada por cavalos. O século XIX, entusiasmado por seus sucessos com sistemas de esgoto e reforma penitenciária, produziu um bom número de ficções francamente esperançosas. *Notícias de lugar nenhum*, de William Morris e *Looking Backward*, de Edward Bellamy, são as principais entre elas, mas essa abordagem se tornou uma moda tão grande, àquela época, que foi satirizada não só por Gilbert e Sullivan na opereta *Utopia Limited*, mas também por Samuel Butler em *Erewhon*, em que a doença é um crime e o crime é uma doença.

Contudo, à medida que o otimismo do século XIX cedeu lugar aos deslocamentos sociais procustianos do século XX – a maioria e os mais notavelmente radicais na antiga União Soviética e no antigo Terceiro Reich –, utopias literárias, quer sérias ou sardônicas, foram substituídas por versões mais sombrias de si mesmas. *A máquina do tempo*, *A guerra dos mundos* e *A ilha do Dr. Moreau*, de H. G. Wells, prefiguram o que brevemente se seguiria. *Admirável mundo novo* e *1984*, é claro, são as mais conhecidas dessas muitas prescientes terras hostis, com *R.U.R.* de Karel Čapek, e as fábulas de pesadelo de John Wyndham seguindo bem de perto.

É uma pena que um termo – "ficção científica" – tenha servido para tantas variantes, e lamentável também que esse termo tenha adquirido uma reputação duvidosa, senão, francamente sórdida. É verdade que a proliferação de ficção científica nos anos 1920 e 1930 deu origem a um número enorme de óperas espaciais, repletas de monstros de olhos esbugalhados, que foram publicadas em revistas de grande circulação e seguidas por filmes e programas de televisão que, por sua vez, fizeram uso com mão pesada dessa reserva odorífera. (Quem poderia se esquecer de *The Creeping Eye*, *The Head That Wouldn't Die* ou de *The Attack of the Sixty-Foot Woman*? Ou melhor: Por que não conseguimos nos esquecer deles?)

Em mãos brilhantes, contudo, a forma pode ser brilhante, como comprovam o uso virtuose de material de lixo científico em *Matadouro Cinco*, de Kurt Vonnegut, ou o lingüisticamente inventivo *Riddley Walker*, de Russell Hoban, ou *Farenheit 451* e *As crônicas marcianas* de Ray Bradbury. (Jorge Luis Borges era um fã desse livro, o que não é nenhuma surpresa.) A ficção científica, por vezes, é apenas uma desculpa para lixo, fanfarronice e perversões sexuais, mas também pode oferecer um kit para examinar os paradoxos e tormentos do que, outrora, era carinhosamente denominado de condição humana: Qual é a nossa verdadeira natureza, de onde viemos, para onde vamos, o que estamos fazendo a nós mesmos, de que extremos somos capazes? Dentro da caixa de areia, quase sempre suja e desordenada, da fantasia da ficção científica, realizou-se uma porção considerável dos mais requintados e sugestivos jogos intelectuais do século XX.

O que nos traz de volta a Ursula K. Le Guin. Não há qualquer dúvida sobre sua qualidade literária: sua prosa graciosa, premissas cuidadosamente refletidas em todos os aspectos, insight psicológico e percepções inteligentes lhe valeram o National Book Award, o Prêmio Kafka, cinco Hugos, cinco Nebulas, um Newbery, um Jupiter, um Gandalf e outros prêmios grandes e pequenos. Seus dois primeiros livros, *Expulsos da terra* e *O mundo de Rocannon*, foram publicados inicialmente em 1966, e desde então, ela publicou 16 novelas, além de coletâneas de contos.

Coletivamente, esses livros criaram dois importantes universos paralelos: o universo de Ekumen, que é ficção científica propriamente dita – naves espaciais, viagens entre mundos, e assim por diante – e o mundo de Terramar. Este último deve ser chamado de "fantasia", suponho, uma vez que contém dragões e bruxas e mesmo uma escola para magos, embora esta instituição esteja muito distante da Hogwarts de Harry Potter. Pode-se dizer que a série de Ekumen – de maneira muito ampla – gira em torno da natureza humana: Até onde podemos ir e continuar sendo humanos? O que é essencial para o nosso ser e o que é contingente? A série Terramar trata – mais uma vez, falando em termos muito amplos – da natureza da realidade e da necessidade da mortalidade, e também da linguagem com relação à sua matriz. (Isto é fazer um bicho-de-sete-cabeças de uma série que foi lançada como infanto-juvenil com campanha de publicidade, classificando-a como adequada para crianças a partir dos 12 anos de idade, mas talvez o erro seja dos diretores de marketing. Como *Alice no País das Maravilhas*, esses contos falam aos leitores em muitos níveis.)

As preocupações de Le Guin, é claro, não estão divididas em dois pacotes estritamente separados: ambos os seus mundos são escrupulosamente atentos aos usos, abusos e maus usos da linguagem; ambos mostram seus personagens afligindo-se com gafes sociais e vendo-se enredados com costumes estrangeiros desconhecidos; ambos se preocupam com a morte. Mas, no universo de Ekumen, embora haja um bocado de singularidades e esquisitices, não existe magia, exceto pela magia inerente à própria criação.

Aquilo que é mais surpreendente sobre Le Guin como escritora é que ela tenha conseguido criar esses dois reinos não só paralelos, mas ao mesmo tempo. *O mago de Terramar* foi lançado em 1968, e *A mão esquerda da escuridão*, o famoso clássico da série do quarteto Ekumen, em 1969. Qualquer um dos dois teria sido suficiente para estabelecer a reputação de Le Guin como mestre do gênero; os dois juntos fazem com que desconfiemos de que a escritora goze dos benefícios de drogas misteriosas ou de mobilidade anormal das articulações ou de ambidestreza criativa. Não foi por acaso que Le Guin invocou destreza em seu quarto título: assim que começamos a falar sobre uma mão *esquerda*, reúnem-se conotações bíblicas de todos os tipos. (Embora a mão esquerda seja a que é sinistra, Deus também tem uma mão esquerda, de modo que mãos esquerdas não podem ser de todo más. Será que a nossa mão direita deveria saber o que a esquerda está fazendo, e se não deve, por que não? E assim por diante.) Como disse Walter Benjamin em certa ocasião, os golpes decisivos são desferidos com a canhota.

Ursula K. Le Guin continuou a explorar, descrever e a representar, dramaticamente, ambos os seus principais reinos ficcionais ao longo dos 36 anos passados desde que publicou sua primeira novela. Porém, uma vez que as histórias em *The Birthday of The World* são de Ekumen, com duas exceções, é melhor nos concentrarmos no mundo da ficção científica do que no da fantasia. As principais premissas da série Ekumen são as seguintes. Existem muitos planetas habitáveis no universo. Há muito, muito tempo, eles foram "semeados" por um povo chamado os "Hainish", viajantes do espaço de um planeta semelhante à Terra. Depois disso, o tempo passou, ocorreram rompimentos, e cada sociedade foi deixada sozinha, para se desenvolver de acordo com diferentes destinos.

Agora, tendo sido criada uma federação benevolente, chamada os Ekumen, exploradores estão sendo enviados para ver o que aconteceu com aquelas sociedades distantes, mas ainda hominídeas ou, talvez, até sociedades humanas. A conquista não é o objetivo, tampouco o trabalho missionário: exame, levantamento de dados, registros e compreensão não-invasivos e não-diretivos são as funções exigidas desses exploradores ou embaixadores, que são conhecidos como os Mobiles. Vários instrumentos e engenhocas são fornecidos para permitir que eles funcionem em meio ao fruto alienígena, inclusive são munidos de um apetrecho chamado "*ansible*", um tipo de tecnologia que todos deveríamos ter porque permite a transmissão instantânea de informações, anulando assim os efeitos retardadores da quarta dimensão. Além disso, ele nunca entra em pane, como seu programa de e-mail da Internet. Adorei, sou totalmente a favor de um desses.

Aqui, é necessário mencionar que a mãe de Le Guin era escritora, seu marido é historiador e seu pai era um antropólogo; portanto, ela se cercou durante a vida inteira de pessoas cujos interesses se encaixaram e combinaram com os dela. A ligação com a composição literária, através da mãe, é evidente. Os conhecimentos históricos de seu marido devem lhe ter sido muito convenientes e úteis: há mais do que um eco em sua obra dos tipos de acontecimentos, geralmente desagradáveis, que mudam aquilo que chamamos de "história". Mas a disciplina de seu pai, a antropologia, merece menção especial.

Se a vertente "fantasia" da ficção científica tem uma enorme dívida para com o conto, o mito e a saga folclóricos, a vertente "ficção científica" tem uma dívida igualmente enorme para com a evolução e o desenvolvimento da arqueologia e da antropologia como disciplinas sérias, diferentemente dos saques às tumbas e exploração para explotação, que as precederam e continuaram lado a lado com elas. O descobrimento de Nínive por Layard, nos anos de 1840, teve o efeito de um abridor de latas das idéias vitorianas sobre o passado: Tróia, Pompéia e o Egito antigo foram mesmerizadores de maneira similar. Através de novas descobertas e de outras escavações, os conceitos europeus sobre as civilizações do passado foram reorganizados, portas imaginativas foram abertas, escolhas de figurino foram ampliadas. Se outrora as coisas eram diferentes, talvez pudessem ser diferentes de novo, especialmente no que diziam respeito ao vestuário e ao sexo – dois temas que fascinavam, particularmente, os criativos escritores vitorianos e do princípio do século XX, que ansiavam por menos do primeiro e mais do último.

A antropologia chegou um pouco mais tarde. Foram descobertas culturas em lugares remotos muito diferentes do Ocidente moderno, e em vez de serem eliminadas ou subjugadas, foram levadas a sério e estudadas. De que maneira aquelas pessoas se parecem conosco? Em que são diferentes? É possível compreendê-las? Quais são seus mitos fundadores, suas crenças sobre a vida depois da morte? Como eles acertam seus casamentos, como funcionam seus sistemas de parentesco? Quais são seus alimentos? E o que dizer quanto a quais são (a) seu vestuário e (b) suas práticas sexuais, que geralmente se descobria – através do trabalho de vários pesquisadores, por vezes, demasiado ávidos, como Margaret Mead – serem (a) mais escassos e (b) mais satisfatórios que os nossos?

Antropólogos fazem – ou devem fazer – mais ou menos o que os Mobiles, na construção Ekumen, de Le Guin, devem fazer: vão para terras distantes, observam, exploram e investigam sociedades desconhecidas, e tentam compreendê-las. Então eles transmitem. Le Guin conhece todos os truques do ofício, e também as coisas que podem dar errado ou criar problemas: seus Mobiles são alvos de desconfiança e são enganados enquanto estão em campo, exatamente como antropólogos de verdade têm sido. Eles são usados como peões políticos, são desdenhados como forasteiros, temidos porque possuem poderes desconhecidos. Mas também, são profissionais dedicados e observadores treinados, e seres humanos com vidas pessoais próprias. Isto é o que os torna e as histórias que contam críveis, e também o que torna a maneira como Le Guin lida com a atividade deles, envolvente, na qualidade de composição literária por direito próprio.

É informativo comparar duas das introduções de Le Guin: a que ela escreveu para *A mão esquerda da escuridão*, em 1976, sete anos depois de o livro ter sido lançado em primeira edição, e o prefácio que ela agora escreveu para *The Birthday of the World*. *A mão esquerda da escuridão* se passa em Gethen, ou Inverno, onde os habitantes não são homens, nem mulheres, nem hermafroditas. Em vez disso, eles têm fases: uma fase não sexualizada é seguida por uma fase sexualizada, durante a qual cada pessoa assume o gênero apropriado para a ocasião. Deste modo, toda e qualquer pessoa pode ser, ao longo do tempo de uma vida, tanto mãe quanto pai, tanto o penetrador quanto a penetrada. Quando a história se inicia, o "rei" está ao mesmo tempo louco e grávido, e o observador não-Getheniano dos Ekumen fica absolutamente confuso.

Esta novela foi lançada no auge do período do feminismo dos anos de 1970, quando as emoções estavam bastante inflamadas no que dizia respeito a temas relacionados aos gêneros e aos seus papéis. Le Guin foi acusada de querer que todo mundo fosse andrógeno e de predizer que, no futuro, as pessoas seriam; de modo inverso, de ser antifeminista, porque havia usado o pronome "ele" para denotar pessoas que não estavam em "kemmer" – a fase sexualizada.

Sua introdução para *A mão esquerda da escuridão* é, portanto, um tanto vigorosa. A ficção científica não deveria ser meramente extrapolativa, diz ela; não deveria desenvolver essa tendência, atual, de projetá-la para o futuro, visando chegar por meio da lógica a uma verdade profética. A ficção científica não pode predizer, nem tampouco qualquer ficção, uma vez que há variáveis demais. Seu próprio livro é uma "experiência em pensamento", como *Frankenstein*. Ele começa com, "Digamos", prossegue com uma premissa, e então observa para ver o que acontece a seguir. "Numa história assim concebida", diz ela, "a complexidade moral distintiva da novela moderna não precisa ser sacrificada

...pensamento e intuição podem se mover livremente dentro de limites estabelecidos apenas pelos termos da experiência, que podem ser, de fato, muito amplos".

O propósito de uma experiência em pensamento, escreve ela, é "descrever realidade, o mundo do presente". "O trabalho do novelista é mentir" – esse mentir, interpretado da maneira habitual do novelista, isto é, um método dissimulado de dizer a verdade. Conseqüentemente, a androginia descrita em seu livro não é nem profecia nem prescrição, apenas descrição: androginia, metaforicamente falando, é uma característica de todos os seres humanos. Com aqueles que não compreendem que metáfora é metáfora e que ficção é ficção, ela se mostra mais que ligeiramente irritada. Ficamos com a suspeita de que ela tenha recebido um monte de correspondência de fãs extremamente esdrúxula.

O prefácio de *The Birthday of the World* é mais brando. Vinte e seis anos depois, a autora lutou suas batalhas e é uma figura respeitada e estabelecida na paisagem da ficção científica. Ela pode se dar ao luxo de ser menos didática, mais sedutoramente franca, fazer um pouco mais de improviso. O universo dos Ekumen, agora, lhe parece confortável como "uma camisa velha". Não há sentido em esperar que seja consistente, contudo: "Sua Linha de Tempo é como algo que o gatinho puxou de dentro da cesta de tricô, e sua história consiste, principalmente, de lacunas." Neste prefácio, Le Guin descreve mais o processo que a teoria: a gênese de cada história, os problemas sobre os quais teve de refletir e resolver. Tipicamente, ela não planeja suas palavras: ela se encontra nelas, e então começa a explorá-las, exatamente como, bem, uma antropóloga. "Primeiro criar diferença", diz ela "... então permitir que o arco chamejante da emoção humana salte e feche a lacuna: esta acrobacia da imaginação me fascina e me satisfaz como quase nenhuma outra."

Há sete histórias mais curtas em *The Birthday of the World*, e uma que poderia se qualificar como uma pequena novela. Seis das primeiras são histórias Ekumen – elas fazem parte da "camisa velha". A sétima, provavelmente, deve estar junto com elas, embora a autora não tenha certeza. A oitava é ambientada em um universo totalmente diferente – o "futuro" genérico, dividido pela ficção científica. Todas, exceto a oitava, tratam principalmente das – nas palavras de Le Guin – "combinações peculiares de gênero e sexualidade".

Todos os mundos imaginários devem ter alguma disposição para o sexo, com ou sem acessórios de couro preto e tentáculos, e a peculiaridade das combinações é um tema antigo na ficção científica: faz com que pensemos não só em *Herland,* de Charlotte Perkins Gilman, em que os sexos vivem separadamente, mas também em *A Crystal Age,* de W. H. Hudson, retratando um estado neutro semelhante ao da formiga, ou em "Consider Her Ways", de John Wyndham, também baseado em um modelo himenóptero, ou em *Woman on the Edge of Time* de Marge Piercey, que aspira a uma igualdade absoluta entre os gêneros. (Homens amamentam: atenção para esta tendência.) Mas Le Guin leva as coisas muito mais longe. Na primeira história, "Coming of Age in Karhide", vemos Gethen/Inverno não através dos olhos de um Mobile, mas através de um getheniano acabado de entrar na adolescência: Que sexo ele/ela assumirá primeiro? Esta história não é apenas erótica, mas alegre, feliz. Por que não, num mundo onde o sexo é sempre espetacular ou de nenhum interesse qualquer que seja?

As coisas não são tão alegres em "The Matter of Seggri", há um desequilíbrio entre os sexos: muito mais mulheres do que homens. As mulheres controlam tudo e se casam umas com as outras como parceiras para o resto da vida. As raras crianças do sexo masculino, quando meninos, são mimadas pelas mulheres, mas como homens, têm de levar uma vida segregada em castelos, onde vestem trajes de gala, se exibem, encenam lutas públicas e são alugados como garanhões. Eles não se divertem muito. É um pouco como estar aprisionado na Federação Mundial de Luta Livre para sempre.

"Unchosen Love" e "Mountain Ways" têm lugar em um mundo chamado "O", criado por Le Guin em *A Fisherman of the Inland Sea* (Um pescador do mar interior). Em O, as pessoas têm que ser casadas com três outras pessoas, mas só podem ter relações sexuais com duas delas. Os quartetos consistem de um homem Manhã e uma mulher Manhã – que não podem ter relações sexuais – e um homem Noite e uma mulher Noite, que também não podem ter relações sexuais. Mas pressupõe-se que o homem Manhã tenha relações sexuais com a mulher Noite e também com o homem Noite e que a mulher Noite tenha relações sexuais com o homem Manhã e também com a mulher Manhã. Formar esses quartetos é um dos problemas que os personagens enfrentam, e mantê-los na linha e em ordem – quem é o que é para você, e quem é tabu – é um problema tanto para o leitor quanto para a escritora. Le Guin precisou desenhar tabelas. Como ela mesma diz, "gosto de pensar em relacionamentos sociais complexos que produzam e frustrem relacionamentos emocionais extremamente tensos".

"Solitude" (Solidão) é uma história meditativa sobre um mundo no qual a sociabilidade é objeto de profunda desconfiança. As mulheres vivem sozinhas em suas próprias casas, numa "tianel" (*auntring*) ou aldeia, onde fazem cestas e se dedicam à jardinagem, e praticam a arte não-verbal de "estar conscientes". Só as crianças saem e passam de casa em casa, aprendendo as tradições e conhecimentos. Quando as garotas chegam à maioridade, elas formam parte de um "tianel", mas os garotos têm de sair para se juntar a bandos de adolescentes e encontrar meios de sobreviver na natureza inóspita. Eles lutam por isso e aqueles que sobrevivem se tornam machos para a procriação, vivendo timidamente em choupanas de eremitas, guardando os "tianéis" de longe e sendo visitados pelas mulheres, que fazem "incursões" para propósitos de acasalamento. Este arranjo, a despeito de suas satisfações espirituais, não seria conveniente para todo mundo.

"Old Music and the Slave Women" (Música antiga e as mulheres escravas) toca num ponto sensível para nós, inspirado como foi por uma visita a uma antiga propriedade agrícola de cultivo de produtos tropicais na América do Sul. No planeta de Werel, escravagistas e antiescravagistas estão em guerra, e o sexo entre os escravagistas é apenas uma questão de estuprar os trabalhadores no campo. O personagem principal, um agente secreto funcionário da embaixada Ekumen, mete-se em discussões sobre direitos humanos, e depois numa situação difícil e perigosa. De todas as histórias, esta é a que mais se aproxima de substanciar a afirmação de Le Guin de que a ficção científica descreve nosso próprio mundo. Werel poderia ser qualquer sociedade dilacerada por uma guerra civil: não importa onde esteja acontecendo, é sempre brutal, e Le Guin, embora por vezes uma escritora tocantemente lírica, nunca refugou situações de violência e derramamento de sangue necessários.

A história em questão é construída sobre uma base inca, com uma salpicada de Egito antigo. Juntos, um homem e uma mulher formam Deus. Ambas as posições são hereditárias e criadas por casamento de irmão com irmã; os deveres de Deus incluem adivinhação por meio de dança, o que faz com que o mundo nasça de novo a cada ano. O governo é comandado e conduzido por mensageiros de Deus, ou "anjos". O que acontece quando uma presença estrangeira, mas poderosa, entra nesse mundo altamente estruturado e o sistema de crença que o sustenta desmorona? Vocês podem imaginar, ou podem ler "A conquista do Peru". Ainda assim, esta história delicada é estranhamente corajosa, estranhamente esperançosa: o mundo acaba, mas, também, está sempre começando.

A última história, "Paradises Lost" (Paraísos perdidos), dá continuidade à nota da renovação. Muitas gerações nasceram e morreram a bordo de uma nave espacial de longa distância. Durante a viagem, surgiu uma nova religião, cujos seguidores acreditam que, agora, estão, realmente, no Céu. (Se assim for, o Céu é tão tedioso quanto alguns sempre temeram.) Então, a nave chega ao destino para o qual foi programada séculos antes, e seus habitantes têm de decidir se permanecerão no "Céu" ou se descerão para uma "bola de terra" cuja flora, fauna e micróbios lhes são completamente desconhecidos. A parte mais deliciosa da história, para mim, foi a libertação da claustrofobia: por mais que eu tentasse, não conseguia imaginar por que alguém preferiria ficar na nave.

Le Guin também está a favor da bola de terra: e, por extensão, de nossa própria bola de terra. Seja o que for tudo mais que ela possa fazer – sejam quais forem os outros lugares para onde sua inteligência curiosa possa levá-la, quaisquer que sejam as reviravoltas, nós, tramas e genitália que possa inventar – ela nunca perde contato com sua reverência pelo imenso aquilo *que é*. Todas as suas histórias são, como ela disse, metáforas da história humana única; todos os seus planetas fantásticos são este aqui, por mais disfarçados que estejam. "Paradises Lost" nos mostra nosso próprio mundo natural como um recém-descoberto Paraíso Reconquistado, um reino de maravilhas; e nisso, Le Guin é uma escritora quintessencialmente americana, do tipo para quem a busca do Reino Pacífico é contínua. Talvez, como indicou Jesus, o reino de Deus esteja no interior; ou talvez, como William Blake explicou, ele esteja no interior de uma flor-do-campo, vista da maneira certa.

A história – e o livro – acaba com uma dança minimalista, em que uma velha e um velho aleijado celebram, ou, na verdade, prestam culto à terra comum que os sustenta, depois que eles deixaram a nave. "Balançando, ela levantou os pés descalços da terra e os baixou de novo, enquanto ele se mantinha parado, segurando-lhe as mãos. E assim, eles dançaram juntos."

36
Jardins da Vitória

Quando eu era pequena, as pessoas tinham Jardins da Vitória. Isso foi durante a Segunda Guerra Mundial, e a idéia era que se as pessoas cultivassem suas próprias hortaliças e verduras, então os alimentos produzidos pelos fazendeiros estariam liberados para uso pelo exército. Havia um outro forte motivador: estava em vigor o racionamento de produtos cujo cultivo e produção por conta própria era improvável como açúcar, manteiga, leite, chá, queijo e carne, de modo que, quanto mais você conseguisse cultivar, melhor poderia comer, e melhor também comeriam os soldados. Assim sendo, cavando, sachando, limpando as ervas daninhas e regando, você também poderia ajudar a ganhar a guerra.

Mas as pessoas não viviam apenas de hortaliças e frutas; qualquer coisa que se parecesse com proteína ou gordura era preciosa. Gordura, margarina e banha de bacon eram valorizadas; moelas, fígados, pés e pescoços não eram desdenhados. Pontas e sobras, que hoje seriam despreocupadamente jogadas no lixo, eram amealhadas e apreciadas, fazendo um percurso desde sua primeira aparição como, digamos, uma galinha assada, por várias outras encarnações como caçarolas de talharim com sobras, sopas, ensopados e misteriosos ingredientes em tortas de panela. O talento de uma dona de casa era medido pelo número de vezes que ela conseguia servir a mesma coisa sem que se percebesse.

Um planejamento cuidadoso era exigido; o desperdício era censurado. Isto significava que tudo, não somente de coisas como galinhas, mas também do jardim, tinha de ser usado e, se necessário, posto em conserva. O congelamento doméstico ainda não havia chegado, então enlatar e fazer compotas eram atividades importantes, especialmente no final do verão, quando o jardim produziria mais do que a família conseguia comer. Donas de casa preparavam vastas quantidades de molho de tomate, picles, feijão-verde, morangos, calda de maçã – verduras, legumes e frutas de todos os tipos. Esses seriam comidos no inverno, junto com os repolhos e abóboras de inverno e as raízes comestíveis – beterraba, cenouras, cebolas e batatas – que tinham sido armazenadas em lugar fresco.

Como crianças crescendo nessa época, sabíamos que cada muda era preciosa. Éramos parte do sistema: limpávamos as ervas e regávamos, catávamos, tirávamos vermes de repolhos e de tomates e insetos de batatas. Cavávamos e enterrávamos cascas e caroços e folhelhos de volta no solo; púnhamos para correr as marmotas; polvilhávamos cinzas de madeira. Se tivéssemos a sorte grande de estar perto de uma fonte de mirtilos, os colhíamos, e colhíamos ervilhas e favas e cavávamos as batatas. Não posso afirmar que tudo isso fosse trabalho espontâneo, realizado alegremente: tarefas desse tipo eram obrigações desagradáveis. Mas a ligação entre cuidar das hortaliças e verduras e comer os resultados era clara. A comida não vinha embrulhada em plástico de supermercado – praticamente não existiam supermercados. Ela vinha da terra ou crescia num arbusto ou numa árvore, e precisava de água e luz do sol e fertilizante adequado.

A geração de minha mãe foi criada com severidade: esperava-se que crianças acabassem de comer tudo que estava em seus pratos, quer gostassem ou não, e se deixassem de fazê-lo, eram obrigadas a ficar sentadas na mesa de jantar até acabarem. Com freqüência diziam-lhes para se lembrarem de outras crianças que estavam passando fome – as armênias, as chinesas. Eu costumava pensar que isso era ao mesmo tempo cruel – por que obrigar uma criança a comer quando ela não está com fome? – e ridículo – que bem faria para as armênias e chinesas você comer suas cascas de pão? Mas este método indubitavelmente tinha em seu âmago um despertar a atenção para o respeito. Muitas pessoas tinham trabalhado duro para produzir a comida no prato, dentre elas, os pais que as tinham plantado e cultivado, ou que tinham pago dinheiro suado por ela. Não se podia desdenhar desta comida. Era preciso que mostrássemos uma gratidão apropriada. Por isso que a prática disseminada de dizer uma oração de graças às refeições caiu em desuso. Por que ser grato por alguma coisa – agora – que é tão fácil de obter?

No enredo da vida na Terra, hortas de jardins são uma mudança inesperada e recente na ação. Eles datam de, talvez, dez mil anos quando a economia predadora de caçadores-coletores que tinha sido o modelo prevalecente por 99% da história humana não podia mais sustentar sociedades, face à diminuição das reservas de animais de caça e de alimentos silvestres.

Quando a população total da Terra era menor que quatro milhões de pessoas – antes, os especialistas estimam, de cerca de dez mil nos atrás –, o estilo de vida de coletar e caçar ainda era viável. O mito da Idade Áurea parece ter algum fundamento no fato: o alimento estava lá na natureza, para ser colhido, e as pessoas não precisavam despender muito de seu tempo para obtê-lo. Depois daquele ponto, as condições se tornaram mais difíceis, as comunidades tiveram que adaptar estratagemas de trabalho mais intensivo para se alimentar. "Agricultura" é às vezes usada para denotar qualquer forma de cultura ou domesticação – de animais de manada para obter carne e leite, de colheitas de horta e de árvores frutíferas, de colheitas de campos cultivados como de trigo e cevada. Por vezes uma distinção é feita entre "agricultura", em que grandes áreas são cultivadas usando o arado para sulcar a terra – tradicionalmente, uma atividade masculina – e "horticultura", em que lotes menores e individuais de terra com hortas são cultivados, tradicionalmente, por mulheres. Acredita-se que a "horticultura" tenha vindo antes, mas todos concordam que houve um longo período de transição quando caçadores-coletores, horticultura e agricultura existiam lado a lado.

Muitos males foram atribuídos à agricultura. Em culturas de caçadores-coletores, o alimento era, de regra, obtido e consumido à medida que era necessário. Mas depois que a agricultura se tornou firmemente estabelecida – e as safras podiam ser colhidas e armazenadas, os excedentes acumulados e, não por acaso, transportados, intercambiados, destruídos e roubados –, as camadas sociais se tornaram possíveis, com escravos na extremidade mais baixa, camponeses acima deles, e uma classe reinante no alto da pirâmide, que não fazia nenhum esforço físico para comer. Exércitos podiam marchar à base de estoques excedentes de alimentos; hierarquias religiosas podiam impor o dízimo; reis podiam presidir; impostos podiam ser cobrados. O plantio de monoculturas se tornou disseminado, com dependência de apenas alguns tipos de alimentos, o que resultou não só em subnutrição, mas em fome, nas ocasiões que o plantio não vingava.

A relação de um morador de cidade com a comida era, como um sistema, mais próxima do modelo caçador-coletor do que da horticultural agricultura. Você não cultiva sua comida você mesmo, nem a cria sob a forma de um animal. Em vez disso, você vai ao lugar onde a comida está – o supermercado, muito provavelmente. Alguma outra pessoa fez o abate, no caso de alimento animal, ou a colheita primária, no caso de verduras e legumes, mas, essencialmente, o comprador é um coletor. As habilidades dele ou dela consistem em saber onde está o bom produto e rastreá-lo se for raro. A experiência de ir às compras é acompanhada de todas as mordomias de um passeio numa floresta mágica – música suave é tocada, as cores das embalagens são sobrenaturalmente vivas, a comida é exibida como se estivesse ali por milagre. Tudo o que você precisa fazer é estender a mão, como na Idade Áurea. E depois pagar, é claro.

Tal sistema disfarça suas origens. A comida nas lojas é desprovida de terra e tem tão pouco sangue quanto possível. No entanto, tudo o que comemos – de uma maneira ou de outra – sai da terra.

O primeiro jardim de que me lembro ficava no norte de Quebec, onde meu pai dirigia uma pequena estação de pesquisa de campo sobre insetos. A área era de leito glacial, uma região onde os glaciares haviam removido a camada superior do solo milhares de anos antes, desgastando-o e polindo-o até chegar ao leito de granito. Milhares de anos depois de terem recuado, o solo era apenas uma camada fina sobre areia e cascalho. Meus pais usaram este solo arenoso como a base para seu jardim. Por sorte eles tinham uma fonte de esterco, de um acampamento de madeireiros – naquela época ainda se usavam cavalos no inverno para arrastar as árvores derrubadas até o lago, e daí ao transporte final para a serraria por água. Meus pais levaram barcos cheios desse estrume para seu lote cercado de terreno arenoso, onde cavaram e encheram trincheiras com a mistura. Nesse solo pouco promissor eles cultivaram, entre outras coisas, ervilhas, feijões, rabanetes, alface, espinafre, acelga e até mesmo, de vez em quando, flores. Os nastúrcios são do que me lembro e das flores vívidas, escarlates, dos feijões-da-espanha, as favoritas dos beija-flores. A moral: quase que qualquer pequeno pedaço de terra pode ser um jardim, com bastante trabalho duro e estrume de cavalo.

Aquele jardim existiu nos anos de 1940, quando a guerra ainda estava em curso; a horticultura, sob a forma de Jardins da Vitória, ainda era amplamente praticada, e cada bocadinho de alimento era precioso.

Depois da guerra, o boom do pós-guerra se instalou e as atitudes passaram por uma enorme e importante mudança. Depois de um longo período de ansiedade, trabalho duro e tragédia, as pessoas queriam mais facilidade em suas vidas. A produção militar foi desligada, a manufatura de bens de consumo foi ativada. Utensílios domésticos proliferaram: a corda de roupas penduradas ao ar livre foi substituída pela máquina de secar roupa, a lavadora-torcedora de roupas manual foi substituída pela máquina de lavar automática. Supermercados proliferaram. O pré-empacotamento chegou. Abundância franca era a ordem do dia.

O período de 1950 a 2000 poderia ser caracterizado como o Período do Descartável. O desperdício – inclusive obsolescência pré-planejada – não era mais visto como um mal e um pecado; tornou-se uma coisa positiva, porque quanto mais você jogasse fora, mais você consumiria, e isso impulsionaria a economia e todo mundo se tornaria mais próspero. Não se tornaria?

Este modelo funciona muito bem desde que haja um suprimento infinito de mercadorias abastecendo a boca do funil. Mas entra em colapso quando a fonte de suprimentos se esgota. A derradeira fonte de suprimento é a própria biosfera. Porém, nos anos 1950, isso também parecia inesgotável. E assim, a festa continuou. Que emoção poder comer apenas metade de seu hambúrguer e depois jogar fora o resto!

Havia uma carga emocional inegável em jogar coisas fora. Economizar, poupar e armazenar fazem com que a pessoa se sinta pobre – pensem em Scrooge em *Contos de Natal* –, considerando que oferecer abundância, quer sob a forma de um ganso premiado, como no caso de Scrooge, ou sob a forma de encher sua lata de lixo de cacarecos que você não quer mais, faz com que você se sinta rico. Poupar é pesado, descartar é leve. Por que nos sentimos dessa maneira? Outrora éramos nômades, e nômades não carregam consigo pianos de cauda. Eles não armazenam alimentos; em vez disso, mudam-se para onde o alimento está. Deixam uma leve pegada, como dizem os verdes. Bem, é uma teoria.

Porém, não podemos mais ser todos nômades. Não há mais espaço suficiente para isso.

Muitas pessoas abandonaram seus jardins depois da guerra. Meus pais continuaram a cultivar o deles, porque diziam que os alimentos frescos eram mais saborosos. (Isto, de fato, é verdade.) A era de pesticidas plenamente desenvolvidos estava acabando de chegar, e isso também pode ter tido alguma coisa a ver com a questão. Meu pai foi um opositor de primeira hora do uso indiscriminado de pesticidas, em parte porque este era seu campo de estudo. De acordo com ele, pulverizar florestas para acabar com infestações de larvas de verme e de moscas que se alimentam de brotos simplesmente interromperia a infestação, mas depois os insetos criariam resistência aos venenos e continuariam sua destruição. Enquanto isso, você teria matado seus inimigos naturais, que, então, não estariam mais presentes para combatê-los. Os efeitos desses venenos em seres humanos eram desconhecidos, mas não podiam ser desconsiderados. Naquela época, as opiniões dele eram vistas como antiquadas.

Desse modo, o segundo jardim mais importante de minha vida ficava em Toronto. Mais uma vez, o solo era pouco promissor: argila pesada, que se tornava pegajosa na chuva, mas que cozia até ficar dura durante os períodos de estiagem. O solo era especialmente bom para fazer brotar gigantescos dentes-de-leão e grandes moitas de grama-das-farmácias. Foi necessário um bocado de trabalho para transformá-lo em algo que se assemelhasse a um jardim. Sobras da cozinha foram usadas como adubo composto e folhas de outono foram enterradas em trincheiras escavadas no solo a perder de vista.

Naquela altura eu era uma adolescente, e esperava-se que eu fizesse um bocado da limpeza de ervas e da rega. Uma novidade para os pais: arrancar mato e regar o jardim deles não é tão atraente quanto tirar ervas daninhas e regar o seu próprio jardim. Os pontos altos foram a ocasião em que acertei uma marmota com meu arco (a flecha era de prática de tiro ao alvo, não uma flecha de caça, de modo que bateu e quicou), e quando, por engano, arranquei todas as alcachofras-de-jerusalém experimentais de meu pai.

Depois de passados meus anos de adolescência, abandonei a jardinagem por algum tempo. Estava farta daquilo. Além disso, eu não estava num local que permitisse a atividade: era uma estudante itinerante e, de vez em quando, professora e pesquisadora de mercado e escritora, e me mudei 15 vezes em dez anos. No princípio dos anos 1970, contudo, me vi numa fazenda que tinha um estábulo com um grande suprimento de estrume de cavalo bem apodrecido, e a tentação foi grande demais para resistir. Durante oito anos, plantamos tudo o que se possa imaginar. Aos gêneros básicos, acrescentamos milho, couve-rábano, aspargos, groselheiras vermelhas e brancas e sabugueiros-do-canadá. Experimentamos novos métodos – batatas plantadas em palha, mal-me-queres para apanhar caramujos. Enlatávamos, congelávamos e secávamos; fazíamos chucrute, uma experiência que não gostaria de repetir. Fizemos vinho, geléias e compotas, cerveja. Criávamos nossas próprias galinhas, patos e ovelhas; enterrávamos chirívias em buracos no chão e cenouras em caixas de areia no porão.

Era uma enorme trabalheira. Este é um dos motivos por que as pessoas não se dedicam mais ao cultivo doméstico.

O outro, é claro, é a falta de terra. O número de abóboras que você pode cultivar na varanda de seu apartamento é finito, e sua colheita de trigo nesse local não seria grande.

* * *

Falta de terra. Falta de terra *arável*. A isto podemos acrescentar "falta de mar", porque os recursos do mar estão sendo destruídos tão depressa quanto os da terra. Brevemente teremos de acrescentar também "falta de água doce" e até "falta de ar respirável". Afinal, não há nada de graça, tudo tem seu preço.

Como espécie, estamos sofrendo devido ao nosso próprio sucesso. De uma população de quatro milhões, dez mil anos atrás, crescemos para seis bilhões hoje, e continuamos crescendo. A explosão exponencial da população que ocorreu a partir de 1750 foi sem precedentes na história humana, e nunca será repetida. Devemos tornar mais lenta nossa taxa de crescimento como espécie, ou enfrentar uma série de catástrofes ambientais e humanas inimagináveis. A terra arável é finita, e grande parte dela está rapidamente sendo pavimentada, erodida, poluída ou exaurida. Aplicam-se a nós as mesmas regras que se aplicam aos outros animais: nenhuma população biológica pode sobreviver à exaustão de sua base de recursos. É uma coisa fácil de demonstrar a crianças. Dê-lhes uma colônia de formigas, alimente as formigas, observe-as crescer em número. Depois interrompa o fornecimento de alimentos. Fim das formigas.

Para o *homo sapiens*, a principal questão do século XXI será: *Como vamos comer?* Atualmente, 80% da população mundial já vive no limite da desnutrição. Será que veremos um súbito e enorme colapso como no ciclo camundongo-e-lemingue? Em caso afirmativo, e depois?

Estas são reflexões alarmantes para serem incluídas no prefácio de um livro simpático, delicado e atraente sobre ensino de jardinagem em escolas. Uma demonstração tão admirável de cuidado e de cuidadoso planejamento, tanta variedade, um tamanho símbolo de esperança. Contudo não me desculpo por estas reflexões: o mundo que acabei de descrever é aquele que as crianças de hoje estarão encarando, a menos que haja algumas mudanças de direção bastante grandes.

Os motivos para encorajar o movimento de ensino de jardinagem nas escolas são muitos. Jardins são educativos, uma vez que ensinam muitas lições. O alimento cresce no solo, não em supermercados; ar, terra, sol e água são os quatro ingredientes necessários; plantar compostas é uma excelente idéia; já gramados na frente de casas são um desperdício de espaço que só faz consumir água; o indivíduo pode ser um instrumento para mudança positiva; a menos que você seja um geólogo, plantas são mais interessantes do que cascalho; besouros existem sob várias formas; minhocas são boas; a natureza deve ser respeitada; nós somos parte da natureza.

Todos esses são conceitos positivos, mas há cinqüenta anos, ou até mesmo trinta eles teriam sido considerados excessivos, supérfluos, afetados, bonzinhos demais. Mesmo agora, algumas pessoas os encaixariam da seguinte forma: a matéria séria, a temática correta a ser inculcada nas mentes de crianças é como ganhar muito dinheiro.

Contudo, o dinheiro será inútil quando não houver nada para comer. Assim existe um outro conjunto de conhecimentos a ser aprendido com jardins em escolas: como plantar e cultivar seus próprios alimentos. Talvez as crianças de hoje venham a precisar desses conhecimentos. Talvez elas venham a se encontrar em alguma coletividade desalentada, dedicada a transformar de volta campos de golfe em hortas e super auto-estradas em campos de cereais muito longos, e gramados da frente de casas em plantações de batatas. Talvez os Jardins da Vitória tenham de voltar à moda, obrigatoriamente, devido à escassez.

Ou, talvez, nossa raça consiga solucionar seus problemas antes que as secas e as fomes se tornem endêmicas.

Mas talvez não.

37
Tormentos e vexames

Tormentos e vexames nunca acabam. Existe sempre mais um, nunca antes experimentado, esperando logo ali, dobrando a esquina. Como Scarlett O'Hara poderia ter dito: "Amanhã é mais um tormento." Previsões desse tipo nos dão esperança: Deus ainda não encerrou os trabalhos conosco, porque essas coisas são enviadas para nos pôr à prova. Eu nunca estive inteiramente certa do que isso significava. Onde há ruborização, há vida? Alguma coisa assim.

Enquanto espero pelos tormentos e vexames ainda por vir – quando estiver usando dentaduras e elas saírem voando de minha boca em alguma augusta cerimônia pública, ou quando eu despencar do pódio, ou vomitar em cima de meu apresentador – vou lhes contar sobre três humilhações do passado.

Período Inicial

Há muito, muito tempo, quando eu tinha apenas 29 anos e minha primeira novela tinha acabado de ser publicada, estava morando em Edmonton, Alberta, Canadá. Estávamos em 1969. O movimento feminista havia começado na cidade de Nova York, mas ainda não tinha chegado a Edmonton. Era novembro. Estava um frio de congelar. Eu congelava de frio, enquanto saía pela cidade vestindo um casaco de pele de segunda mão – de rato almiscarado, creio – que havia comprado numa loja do Exército da Salvação por 25 dólares. Eu também tinha um chapéu de pele que havia feito de um *shruggie* de pele de coelho – um *shruggie* era uma espécie de bolero de pele – tirando as mangas e costurando as cavas.

Meu editor organizou minha primeiríssima sessão de autógrafos. Eu estava muito emocionada e empolgada. Depois que tirasse os ratos almiscarados e coelhos, lá estaria eu, dentro da Bay Company Department Store, onde a temperatura estaria confortavelmente quente – isso por si só era emocionante –, com filas de leitores ávidos e sorridentes esperando para comprar meu livro e para que eu os autografasse.

Os autógrafos eram dados numa mesa posicionada no Departamento de Meias e Roupas de Baixo Masculinas. Não sei qual era o raciocínio por trás disso. Lá fiquei eu sentada, na hora do almoço, sorrindo sem parar, cercada por pilhas de uma novela intitulada *A mulher comestível*. Homens de sobretudos e galochas e biqueiras de borracha e cachecóis e agasalhos para as orelhas passavam por minha mesa concentrados em comprar cuecas samba-canção. Eles olhavam para mim então, para o título de minha novela. Um pânico controlado irrompia. Havia o som abafado de uma disparada enquanto dúzias de galochas e biqueiras de borracha se moviam rapidamente para a direção oposta.

Eu vendi dois exemplares.

Período Intermediário

A esta altura eu havia conseguido alcançar uma colherada ou duas de notoriedade, o suficiente para que meu editor nos Estados Unidos pudesse arranjar para que eu participasse de um programa de entrevistas na TV americana. Era um programa vespertino, o que, naquela época – pode ter sido no final dos anos 1970? – significava variedades. Era o tipo de programa em que eles tocavam música pop, e então você deveria entrar dançando através de uma cortina de contas, carregando seu coala treinado, ou arranjo de flores japonês, ou livro.

Esperei atrás da cortina de contas. Havia uma entrevista antes da minha. Era com um grupo da Associação de Colostomia, que estava falando sobre suas colostomias e sobre como usar a bolsa de colostomia.

Eu sabia que estava condenada ao fiasco. Nenhum livro jamais poderia ser tão fascinante.

W. C. Fields jurou que nunca dividiria um palco com uma criança ou um cachorro; posso acrescentar a isso "Nunca entre logo depois da Associação de Colostomia". (Nem nenhuma outra coisa relacionada a artigos assustadores do corpo, tais como a técnica de remover manchas de vinho do Porto, que certa vez me precedeu na Austrália.) O problema é que você perde todo o interesse em si mesma e em sua autodenominada "obra" – "Como foi mesmo que você disse que era seu nome? Conte-nos a trama de seu livro em apenas duas frases, por favor" –, tão imersa você está em imaginar as repulsivas complicações de... mas não importa.

Período Moderno

Recentemente participei de um programa de TV de entrevistas no México. A esta altura eu era famosa, na medida em que escritores o são, embora talvez não tão famosa no México quanto em outros lugares. Este era o tipo de programa em que eles põem maquiagem em você, e eu estava com uns cílios postiços que se projetavam como pequenas prateleiras pretas.

O entrevistador era um homem, muito inteligente e espirituoso, que tinha morado – como se revelou – a apenas alguns quarteirões de minha casa em Toronto, quando era estudante e estivera então em outro lugar, sendo atormentada em minha primeira sessão de autógrafos em Edmonton. Prosseguimos alegremente com a entrevista, conversando sobre questões mundanas e coisa e tal, até que ele me veio com a pergunta "F". A pergunta: "Você se considera uma feminista?" Eu mandei a bola de volta rapidamente por cima da rede ("Mulheres são seres humanos, você não concorda?"), mas então ele me apanhou de surpresa. Foram os cílios postiços: eram tão espessos que não vi o que vinha em minha direção.

– Você se considera *feminina*? – perguntou ele.

Simpáticas mulheres canadenses de meia-idade ficam todas esquisitas quando ouvem esta pergunta feita por âncoras de programas mexicanos de entrevistas bem mais jovens.

– Ora, na minha idade? – retruquei sem pensar. Querendo dizer: *eu costumava ouvir esta pergunta em 1969, como parte de*

ser atormentada em Edmonton, e depois de 34 anos, ainda ter de continuar lidando com ela! Mas com cílios como aqueles, o que mais eu poderia esperar?
— Claro, por que não? — retrucou ele.
Eu me segurei e me abstive de dizer a ele por que não. Eu não disse: *Caramba, meu chapa, tenho 63 anos e você ainda espera que eu me vista de cor-de-rosa com babados?* Eu não disse: *Feminina ou felina, parceiro? Grrr, miau.* Eu não disse: *Esta é uma pergunta frívola.* Batendo os cílios com fúria, eu disse:
— Você realmente não deveria estar perguntando *a mim*. Deveria estar perguntando aos homens *de* minha vida. — (Deixando implícito que havia bandos deles.) — Do mesmo modo que eu perguntaria às mulheres de *sua* vida se você é masculino. Elas me contariam a verdade.

Intervalo para o comercial.

Uns dois dias depois ainda remoendo aquele tema, eu disse em público:
— Meus namorados ficaram calvos e gordos, e morreram. — Depois disse: — Isso daria um bom título para um conto. — Então me arrependi de ter dito ambas as coisas.

Alguns tormentos e vexames, afinal, são auto-infligidos.

38
Escrevendo *Oryx e Crake*

Oryx e Crake foi iniciado em março de 2001. Eu ainda estava fazendo a turnê de lançamento de meu livro anterior, *O assassino cego*, e, na ocasião, havia chegado à Austrália. Depois de ter encerrado minha participação nas atividades relacionadas ao livro, meu marido e eu e dois amigos viajamos para o Norte, para o acampamento de Max Davidson, na floresta tropical de Arnheimland, uma região de monções. Durante a maior parte do tempo fizemos observação de pássaros, mas também visitamos vários complexos de cavernas comunicantes, nas quais aborígines viviam, continuamente, em harmonia com seu ambiente, há dezenas de milhares de anos. Depois disso, fomos para a Cassowary House, perto de Cairns, administrada por Philip Gregory, um extraordinário guia e conhecedor de pássaros; e foi enquanto observava as grandes codornas correndo de um lado para o outro, em meio à vegetação rasteira, que a história de *Oryx e Crake* surgiu em minha mente quase que em sua inteireza. Comecei a fazer anotações naquela noite.

Eu não havia planejado começar uma outra novela tão cedo depois da anterior. Tinha pensado em tirar algum tempo de folga, escrever alguns textos curtos, limpar a adega. Mas quando uma história lhe aparece com tamanha insistência, não se pode adiá-la.

É claro, nada surge do nada. Eu vinha pensando sobre "que" cenários quase toda minha vida. Fui criada num ambiente de cientistas – "os rapazes do laboratório" mencionados nos Agradecimentos são os alunos de graduação e pós-graduação que trabalharam com meu pai no final dos anos 1930 e começo dos anos 1940, em seu posto de pesquisa de insetos de floresta no norte de Quebec, onde passei o princípio de minha infância. Vários de meus parentes próximos são cientistas, e o tópico principal, nos jantares anuais de Natal da família, tem a probabilidade de ser parasitas intestinais ou hormônios sexuais de camundongos ou, quando isso deixa os não-cientistas nauseados demais, a natureza do Universo. Minha leitura recreativa – livros que leio para me divertir, revistas que leio em aviões – costuma ser do tipo ciência pop, de Stephen Jay Gould, ou *Scientific American*, em parte para poder acompanhar o diálogo da família e, talvez, fazer um ou dois comentários espertos ("supercavitação?"). Assim, há anos eu reunia recortes de matérias curtas das páginas de trás de jornais, e observava com preocupação que tendências, ridicularizadas dez anos antes como fantasias paranóicas, haviam se tornado possibilidades, depois realidades. As regras da biologia são tão inexoráveis quanto as da física: fique sem alimento e água e você morre. Nenhum animal pode esgotar sua base de recursos e esperar sobreviver. As civilizações humanas são sujeitas à mesma lei. Continuei a escrever *Oryx e Crake* durante o verão de 2001. Tínhamos algumas outras viagens planejadas, e escrevi vários capítulos deste livro num barco no Ártico, onde pude ver, pessoalmente, com que rapidez as geleiras estavam recuando. Eu tinha o livro inteiro planejado em detalhe e havia chegado ao fim da Parte 7 quando deveria ir para Nova York para o lançamento em brochura de *O assassino cego*.

Estava sentada no aeroporto de Toronto, devaneando sobre a Parte 8. Dentro de dez minutos meu vôo seria chamado. Um velho amigo chegou perto de mim e disse:

– Não vamos embarcar.

– Como assim, o que você quer dizer? – perguntei.

– Venha e dê uma olhada na televisão – respondeu ele. Era dia 11 de setembro.

Parei de escrever durante várias semanas. É profundamente perturbador quando você está escrevendo sobre uma catástrofe ficcional e então acontece uma de verdade. Pensei que talvez devesse me voltar para livros de jardinagem – alguma coisa mais alegre. Mas então comecei a escrever de novo, porque que utilidade teriam livros de jardinagem em um mundo sem jardins? E aquela era a visão que estava me preocupando.

Como *O conto da Aia*, *Oryx e Crake* é ficção especulativa, não ficção científica propriamente dita. Não contém nenhuma viagem espacial intergaláctica, nenhuma "teleportagem", nem quaisquer marcianos. Como no caso de *O conto da Aia*, não inventa nada que já não tenhamos inventado ou começado a inventar. Toda novela começa com um *e que haveria se*, e então demonstra seus axiomas. O axioma de *Oryx e Crake* é simplesmente: *E que haveria se continuássemos a seguir pelo caminho no qual já nos encontramos? Em que medida a encosta é escorregadia? Quais são nossos únicos méritos ou vantagens? Quem tem a vontade e determinação para nos deter?*

"Tempestades perfeitas" ocorrem quando uma quantidade de forças diferentes coincide. O mesmo acontece com as tempestades da história humana. Como disse o novelista Alistair MacLeod, escritores escrevem a respeito daquilo que os preocupa, e o mundo de *Oryx e Crake* é o que me preocupa agora, neste momento. Não é uma questão de nossas invenções – todas as invenções humanas são apenas ferramentas –, mas do que pode ser feito com elas; pois, por mais alta que seja a tecnologia, o *homo sapiens* continua sendo, no fundo, o que tem sido ao longo de dezenas de milhares de anos – as mesmas emoções, as mesmas preocupações. Citando George Meredith:

> ... Na vida trágica, sabe Deus,
> Não é preciso ser vilão! As paixões criam a trama:
> Somos traídos pelo que no íntimo é falso.

39
Carta para a América

Cara América:
Esta é uma carta difícil de escrever, porque não tenho mais certeza sobre quem é a América. Alguns dos senhores podem estar tendo o mesmo problema.

Pensei que a conhecesse: tínhamos nos tornado bem conhecidos ao longo dos últimos 55 anos. A América era as revistas de histórias em quadrinhos de Mickey Mouse e do Pato Donald que li no final dos anos 1940. Era os programas de rádio – Jack Benny, *Our Miss Brooks*. Era a música que eu cantava e dançava: Andrews Sisters, Ella Fitzgerald, The Platters, Elvis. A América era uma tonelada de divertimento.

A América escreveu alguns de meus livros favoritos. Criou Huckleberry Finn, Hawkeye e Beth e Jo em *Adoráveis mulheres*, corajosas, cada uma à sua maneira. Mais tarde, foi o meu adorado Thoreau, pai do ambientalismo, testemunha da consciência individual; Walt Whitman, o cantor da grandiosa República; e Emily Dickinson, a guardiã da alma secreta. América era Hammett e Chandler, heróicos caminhantes de ruas cruéis; mesmo mais tarde, foi o espantoso trio, Hemingway, Fitzgerald e Faulkner, que traçou os labirintos escuros de seu coração oculto. Era Sinclair Lewis e Arthur Miller, que, cada qual com seu idealismo americano próprio, saíram à caça da impostura em você, porque acreditavam que você podia ser mais que isso.

A América era Marlon Brando em *Sindicato de ladrões*, era Humphrey Bogart em *Paixões em fúria*, era Lillian Gish em *O mensageiro do diabo*. A América defendia a liberdade, a honestidade e a justiça; protegia os inocentes. Eu acreditava na maioria dessas coisas. E creio que ela também acreditava. Parecia verdade na época.

Contudo, os americanos puseram Deus no dinheiro, mesmo antes. Vocês, americanos, tinham uma maneira de pensar que as coisas que eram de César eram as mesmas que as coisas de Deus: isto lhes dava autoconfiança. A América sempre quis ser uma cidade no alto de uma montanha, uma luz para todas as nações, e durante algum tempo foi. Dê-me os seus exaustos, os seus pobres, cantava ela, e, durante algum tempo, falava sério.

Sempre fomos próximos, vocês e nós. A história, aquela velha enredadora, nos torceu juntos desde o princípio do século XVII. Alguns de nós costumávamos ser vocês; alguns de nós queríamos ser vocês; alguns de vocês queriam ser nós. Os americanos não são só nossos vizinhos: em muitos casos – no meu, por exemplo –, são também nossos parentes de sangue, nossos colegas e amigos pessoais. Mas embora tenhamos tido uma visão clara e objetiva, nunca compreendemos vocês completamente, aqui, ao norte do paralelo 49. Nós somos como os gauleses romanizados – parecem-se com os romanos, vestem-se como os romanos, mas não são romanos – espiando por cima do muro para os verdadeiros romanos. O que eles estão fazendo? Por quê? O que estão fazendo agora? Por que o harúspice está olhando tanto para o fígado da ovelha? Por que o adivinho está vendo por atacado advertências de Cuidado?

Talvez esta tenha sido minha dificuldade ao lhes escrever esta carta: não tenho certeza do que realmente está acontecendo. De qualquer maneira, vocês têm um enorme bando armado de peneiradores de entranhas que não fazem nada, senão analisar cada uma de suas veias e lóbulos. Que posso eu dizer à América a respeito de si mesma que ela já não saiba?

Este poderia ser o motivo para minha hesitação: constrangimento causado por uma modéstia apropriada. Mas é mais provável que seja constrangimento de um outro tipo. Quando minha avó – oriunda de uma família da Nova Inglaterra – se via confrontada com um tópico repulsivo, ela mudava de assunto e ficava olhando para fora pela janela. E esta é minha inclinação pessoal: fique de boca fechada, não é de sua conta, cuide de sua própria vida.

Mas vou correr o risco, porque o que é da conta da América não é mais apenas da conta da América. Para parafrasear o Fantasma de Marley, que descobriu isso tarde demais, a humanidade é da sua conta. E vice-versa: quando o Alegre Gigante Verde* se enfurece e fica violento, muitas plantas e animais menores acabam pisoteados por ele. E, quanto a nós, vocês são nosso maior parceiro comercial: sabemos perfeitamente bem que se vocês entrarem pelo cano, nós entraremos junto. Temos todos os motivos para desejar-lhes o melhor.

Não vou me deter nos motivos pelos quais, creio, as recentes aventuras americanas no Iraque foram – se consideradas a longo prazo e em termos de conseqüências futuras – um imprudente erro tático. Quando afinal vocês lerem isto, Bagdá poderá ser ou não uma panqueca, e muito mais entranhas de ovelhas terão sido examinadas. Vamos falar, então, não sobre o que estão fazendo com outras pessoas, mas sobre o que estão fazendo a si próprios.

Os americanos estão destruindo a Constituição. Agora já se pode entrar em seus lares sem seu conhecimento ou permissão, americanos podem ser apanhados e encarcerados sem causa, sua correspondência pode ser violada, seus registros pessoais podem ser revistados. Por que isto não é uma receita para roubo de negócios, intimidação política e fraude, disseminadas? Sei que lhes disseram que isso era para sua própria segurança e proteção, mas pensem a respeito por um minuto. De qualquer modo, quando foi que a América ficou tão amedrontada? A América não costumava se deixar amedrontar tão facilmente.

Os americanos estão acumulando um nível de dívida recorde. Continuem gastando dessa maneira e muito brevemente não terão mais condições de financiar quaisquer grandes aventuras

---

* Alusão ao símbolo publicitário, desde 1928, da Green Giant, companhia americana de alimentos enlatados, um gigante sorridente de pele verde. Tornou-se tão popular que foi adotado pela Força Aérea Americana como nome do helicóptero HH-3, usado no Vietnã, e atualmente o HH-53. Na cultura pop é como os fuzileiros ou tropas de forças especiais se autodenominam. (N. da T.)

militares. Será isso ou seguirão o caminho da URSS: montes de tanques, mas nenhum ar-condicionado. Isto deixará as pessoas muito contrariadas. Elas ficarão ainda mais contrariadas quando não puderem tomar um banho de chuveiro porque a destruição das proteções ambientais, por falta de visão dos senhores, poluiu a maior parte da água e esgotou o resto. Então as coisas vão esquentar e ficar feias de verdade.

Os senhores estão deliberadamente tocando fogo na economia americana. Quanto tempo levará para que a resposta para isso venha a ser vocês próprios não produzirem mais nada, mas se apropriarem do que outros povos produzem, a preços de diplomacia à mão armada? Será que o mundo vai consistir de alguns Reis Midas megarricos, e todo o restante de servos, tanto no país dos senhores quanto fora dele? Será que o maior setor de negócios nos Estados Unidos será o sistema presidiário? Esperemos que não.

Se os americanos seguirem adiante descendo pela encosta escorregadia, as pessoas ao redor do mundo deixarão de admirar as coisas boas que têm. Elas concluirão que a sua cidade no alto da montanha é uma favela e sua democracia um engodo, e, portanto, que os senhores não têm nenhum direito de tentar lhes impor sua visão degradada. Pensarão que os americanos abandonaram o estado de direito. Pensarão que poluíram seu próprio ninho.

Os ingleses antigamente tinham um mito sobre o rei Arthur. Diziam que ele não estava morto, e sim adormecido numa caverna; e que na hora do supremo perigo do país, ele voltaria. Os americanos também têm grandes espíritos do passado a quem podem recorrer: homens e mulheres de coragem, de consciência, de presciência. Convoquem-nos agora, para que venham acompanhá-los, assisti-los, para inspirá-los, para defender o que há de melhor em vocês. A América e os americanos precisam deles.

40
Edimburgo e seu festival

Nós morávamos em Edimburgo em 1978-9, nos meses do outono, inverno e primavera. Foi o ano em que o túnel de trem entre Edimburgo e Londres desabou, os caminhoneiros entraram em greve, e então, na ausência da vinda de alimentos, tivemos de viver à base de couve-de-bruxelas, salmão e lã. E o prato típico de miúdos de carneiro, é claro, preparado com muito uísque. Então nevou, e todo mundo disse: "Nunca acontece isso", e as pessoas não se aventuravam a sair, embora não houvesse assim tanta neve de acordo com nossos padrões canadenses de nevascas em dobro, e aí os motoristas dos caminhões encarregados de espalhar sal e saibro sobre o gelo, que quase nunca tinham uma oportunidade de fazer greve, também entraram em greve. A atmosfera ficou festiva, porque os escoceses estavam em seu elemento – a vida havia se tornado tão esfalfante, tão estimulantemente presbiteriana, exatamente como deveria ser.

Na época, eu estava escrevendo um livro. Escrevia em nosso quarto, que tinha três acessórios necessários, mas apenas duas tomadas de eletricidade. Dessa forma eu podia ter o aquecedor e a luz ligados, ou a luz e a máquina de escrever elétrica. Ligar o aquecedor e a máquina de escrever elétrica não adiantava porque ficava escuro. Eu ligava o aquecedor para obter algum calor, então desligava e ligava a máquina de escrever e trabalhava até começar a congelar, e assim repetia o ciclo.

Estávamos ali porque meu companheiro e novelista, Graeme Gibson, foi o primeiro escritor do Intercâmbio Literário Escócia-Canadá vindo do Canadá. Liz Lochhead foi a primeira escritora escocesa. Este programa, desde então, foi cancelado, devido a questões de correção política – os canadenses insistiam em mandar os escoceses para Fredricton, em vez de Toronto ou Montreal, e assim por diante. Uma pena, porque era muito válido. Graeme ficou em êxtase a maior parte do tempo: ele havia se formado na Universidade de Edimburgo nos idos dos anos 1950, quando ainda havia iluminação a gás. Tudo o que ele precisava fazer era participar da vida cultural, e fez isso com ímpeto. Experimentou cada *single malt* em que conseguiu pôr as mãos. Percorreu as Terras Altas (Grampianos e Highlands) e a Ilha, e fez palestras em escolas. Os escoceses se mostraram delirantemente generosos, ao contrário de sua reputação. Eles não permitiam que ele pagasse bebidas, e até o levaram para assistir a um jogo de futebol, com o conselho de que usasse botas de borracha, porque os rios de mijo desceriam em cascatas pelas arquibancadas. O que de fato aconteceu.

Quando não estava escrevendo meu livro com o auxílio das duas tomadas na parede, estava de serviço na função de Mãe cuidando de Criança, uma vez que nossa filha estava com três anos. Eu costumava levá-la ao James Thin's, que deve ter sido a primeira livraria com café e bar existente. Estava muito à frente de sua época, embora não parecesse assim na ocasião, uma vez que a clientela era principalmente de senhoras idosas. Podia-se comer um bolinho de aveia e ler suas compras. Ou então, íamos nos juntar ao grupo matinal de Mães e Crianças, completo, com caixa de areia e casa da Wendy, onde consegui pegar todos os resfriados em curso, de cada criança, e acabei com uma bronquite impressionante. Ah, não faz mal.

Também aprendi uma canção que me acompanhou desde então:

> Aqui está uma caixa, ponha a tampa nela,
> Só queria saber, o que há dentro dela!
> Ora, é uma (vaca, carro de bombeiro, passeata de protesto xiita), com toda certeza!
> Vamos abrir a caixa, deixar sair o que há dentro dela!
> (Mugidos, sirenes, berros enfurecidos das criancinhas reunidas.)

Com freqüência, desde então tive a sensação de que esta é uma canção útil para compreender os acontecimentos históricos se desdobrando rapidamente.

Para *Hallowe'en* (Dia das Bruxas) – mais ou menos um festival popular escocês –, eu estava determinada a entalhar uma cabeça numa abóbora. Não havia abóboras. "O que se pode usar para substituir?", perguntei. "Nabos", foi a resposta. Comprei um nabo e comecei a entalhá-lo – foi trabalho duro, levou dias. Começou a se curvar e ceder gradualmente de uma maneira sinistra, até que ficou igualzinho ao mr. Hyde no último capítulo. O nabo é um legume escocês. Tive uma profunda desconfiança de que tinham me pregado uma peça, com aquele jeito e cara sérios que deveriam me ter sido familiares, na qualidade de um tropo cultural que conseguiu chegar até o Canadá, via Nova Escócia, e aparece com bastante freqüência entre meus parentes.

O dr. Johnson estava enganado – os escoceses adoram a boa mesa, quando podem tê-la. Nossos restaurantes favoritos eram o The Café Royal, com seus maravilhosos murais de mosaicos, e o Henderson's, um restaurante vegetariano, mas não puritano, na época em sua glória. Havia outros eventos festivos também. Por exemplo, em dezembro, levei minha filha à maior loja de departamentos em Princes Street, em busca de Papai Noel. Eu tinha sido avisada de que o Natal não era uma grande festa escocesa – que esta posição era ocupada pelo Ano-Novo, com *First Footings*, a tradição de ser a primeira pessoa a entrar na casa de alguém, e tudo mais – mas, sim, lá estava um Papai Noel de serviço. Ele estava na seção dos Sobretudos Masculinos. Fomos avançando em meio aos casacões como se através de moitas, e avistamos um trono de Papai Noel numa plataforma. Papai Noel, pessoalmente, estava afastado em um canto fumando um cigarro, uma vez que não havia clientes. Quando nos avistou, rapidamente apagou o cigarro, ajustou a barba e saltou para sua cadeira.

– O que você quer de presente de Natal, garotinha? – perguntou em sua voz sonora.

– Um bode – disse minha filha. Nunca saberei de onde tirou isso.

* * *

Não fomos ao Festival de Edimburgo nessa ocasião. O Festival era no verão e tivemos de voltar antes que começasse. Eu não pude nem entrar em Holyrood para ver o local do assassinato de Lorde Darnley. ("Assassinato está fora do programa, querida", eu ouvira. Tenho a satisfação de dizer que, desde então, a cena do crime tem sido visitada por mim com todo seu esplendor sombrio envernizado de marrom. Se eu a tivesse visto antes, o sangue estaria vermelho, descascando facilmente, e num aposento diferente. "É espantoso como esses assassinatos mudam de lugar", comentei com o guia que me explicava tudo isso. "Sim", disse ele. "É miraculoso!")

Minha primeira viagem de volta a Edimburgo, depois do ano que passei lá, não foi auspiciosa. Foi numa excursão de lançamento do livro *Lesão corporal* – na época estávamos no princípio dos anos 1980 –, e eu deveria fazer uma leitura numa livraria. Leituras ainda não eram o último grito, o objeto do desejo, e nem eu era. Estava chovendo. Três pessoas compareceram. Ah, tudo bem.

Mas desde então, é claro, as coisas mudaram. Para Edimburgo e também para mim. Edimburgo se tornou – bem, chique. Aparentemente é uma das três cidades chiques da Grã-Bretanha. Foram-se todas as longas extensões de carpete marrom tristonho, os quartos gelados, o esplendor decadente. Em vez disso, há hotéis-butiques, com comida maravilhosa e sementes de gergelim por toda parte. Eu, por outro lado, estou me aproximando do esplendor decadente. Tudo bem.

Então voltamos a Edimburgo em – quando? – agosto de 2001, deve ter sido. O ar estava fresco, o hotel era adorável, choveu parte do tempo. Demos umas voltas visitando os lugares que freqüentávamos antigamente, comprando mantos de lã xadrez, tendo ataques de nostalgia em pubs. A parte literária do Festival se realizou numa tenda; a sala verde dos escritores era uma iurta, e eu me apaixonei por iurtas. (Mas uma *iurta* em Edimburgo? Até que ponto se pode ficar chique?)

Que mais posso dizer? Foi tudo maravilhoso. Edimburgo é a cidade mais bonita da Europa. O castelo de Edimburgo é mal-assombrado. Os escoceses são formidáveis. Uma de minhas lembranças mais carinhosas deles é de quando estive em Edimburgo numa turnê de lançamento de O *assassino cego*, e a lista dos finalistas selecionados para o Booker tinha acabado de ser anunciada. Eu estava participando de um programa de rádio ao vivo, e quando acabou, um escocês muito grande, muito tímido, aproximou-se de mim com um enorme punhado de rosas brancas, lindas, de derreter o coração. "Parabéns", disse ele, de algum lugar bem lá embaixo, lá embaixo na garganta. Ele estava vermelho como um pimentão, e não era de bebida.

O nabo foi perdoado.

41
George Orwell:
Algumas ligações pessoais

Eu cresci com George Orwell. Nasci em 1939, e *A revolução dos bichos* foi publicada em 1945. Desse modo, pude lê-lo aos nove anos de idade. O livro andava largado pela casa e eu o confundi com um livro sobre animais falantes, mais ou menos como *The Wind and The Willows*. Eu não sabia nada sobre tipo de políticas do livro – a versão infantil de política na época, logo depois da guerra, consistia da noção simples de que Hitler era mau, mas estava morto. Assim, devorei as aventuras de Napoleão e Bola-de-Neve, os porcos espertos, gananciosos e em ascensão, e Garganta, seu conselheiro obediente e servil, e de Boxer, o cavalo nobre, mas boçal, e as ovelhas facilmente convencidas e dominadas, que repetiam slogans, sem fazer qualquer ligação com acontecimentos históricos.

Dizer que fiquei horrorizada com este livro seria uma subestimação. O destino dos animais da fazenda era tão terrível, os porcos eram tão cruéis, mentirosos e traiçoeiros, as ovelhas eram tão burras. Crianças têm um intenso sentido de injustiça, e isto foi o que mais me incomodou: os porcos eram tão *injustos*. Eu chorei a não poder mais quando Boxer, o cavalo, sofreu um acidente e foi despachado para ser transformado em comida para os cachorros, em vez de receber um canto tranqüilo no pasto como lhe tinha sido prometido.

A experiência inteira foi profundamente perturbadora para mim, mas sou eternamente grata a George Orwell por me ter alertado, muito cedo na minha vida, para o perigo de bandeiras, contra o qual tentei tomar cuidado desde então. No mundo de *A revolução dos bichos*, a maior parte das arengas e bajulações públicas são embromações e mentiras instigadas, e, embora muitos personagens sejam generosos e mesquinhos ao mesmo tempo, eles podem ser amedrontados e levados a fechar os olhos para o que realmente está acontecendo. Os porcos intimidam os outros com ideologia, então distorcem essa ideologia para servir a seus propósitos: seus jogos de palavras eram evidentes para mim, mesmo naquela idade. Como Orwell ensinou, não são os rótulos – Cristianismo, Socialismo, Islã, Democracia, O Que Anda Sobre Duas Pernas é Inimigo, o Que Anda Sobre Quatro Pernas é Amigo, tudo – que são definitivos, mas sim os atos cometidos em nome deles.

Pude compreender, também, com que facilidade aqueles que derrubaram um poder opressivo assumem seus aparatos e seus hábitos. Jean-Jacques Rousseau estava certo ao nos advertir que a democracia é, das formas de governo, a mais difícil de manter; Orwell sabia disso na medula de seus ossos, porque tinha visto na prática. Com que rapidez o preceito "Todos os Animais são Iguais" é transformado em "Todos os Animais são Iguais, mas Alguns são Mais Iguais do que Outros". Que preocupação untuosa os porcos demonstram pelo bem-estar dos outros animais, uma preocupação que disfarça seu desprezo por aqueles que estão manipulando. Com que alacridade eles vestem os outrora desdenhados uniformes dos humanos tirânicos que eles derrubaram e aprendem a usar seus chicotes. Com que hipocrisia eles justificam suas ações, ajudados pelo envolvente e persuasivo Garganta, o agente de publicidade de língua ágil e convincente, até que todo o poder esteja sob o controle deles, a dissimulação não seja mais necessária, e eles dominem pela força bruta. Uma *revolução* quase sempre significa apenas isso: um revolvimento, um giro na roda da fortuna, através do qual aqueles que estavam no fundo sobem ao topo e assumem as melhores posições, esmagando os anteriores detentores do poder abaixo deles. Nós deveríamos tomar cuidado com todos aqueles que encobrem a paisagem com grandes retratos de si mesmos, como Napoleão, o porco perverso.

A revolução dos bichos é um dos mais espetaculares livros no gênero "O Imperador Está Nu" do século XX, e, conseqüentemente, pôs George Orwell em graves dificuldades. As pessoas que correm contra a corrente da sabedoria popular, que ressaltam o desconfortavelmente óbvio, têm a probabilidade de ser alvo de vigorosos balidos de rebanhos de ovelhas zangadas. Eu não havia entendido tudo isso aos nove anos de idade, é claro – não de nenhuma forma consciente. Mas aprendemos os padrões das histórias antes de aprendermos seus significados, e *A revolução dos bichos* tem um padrão muito claro.

E então, pouco depois, veio *1984*, que foi publicado em 1949. Assim, li-o em brochura uns dois anos mais tarde, quando estava no segundo ciclo. Depois o li de novo, e de novo: ficava bem ali entre meus livros favoritos, ao lado de *O morro dos ventos uivantes*. Ao mesmo tempo, absorvi seus dois companheiros, *O zero e o infinito* de Arthur Koestler e *Admirável mundo novo* de Aldous Huxley. Gostava muito de todos os três, mas considerava *O zero e o infinito*, como uma tragédia sobre eventos já acontecidos, e *Admirável mundo novo*, como uma comédia satírica, com acontecimentos que eram improváveis de ocorrer exatamente daquela forma. ("Orgia-Folia", realmente.) *1984* me parecia mais realista, provavelmente porque Winston Smith era mais parecido comigo – uma pessoa magra, que se cansava com freqüência e era obrigada a fazer uma aula de educação física quando o tempo estava muito frio (esta era uma característica de minha escola) e estava silenciosamente em desacordo com as idéias e o modo de vida propostos para ele. (Este pode ser um dos motivos por que é melhor ler *1984* quando você é um adolescente: a maioria dos adolescentes sente-se assim.) Eu simpatizava particularmente com o desejo de Winston Smith de escrever seus pensamentos proibidos num caderno secreto deliciosamente tentador, em branco: eu mesma ainda não havia começado a escrever, mas compreendia as atrações disso. Também me dava conta dos perigos, porque é essa sua escrita – aliada ao sexo ilícito, mais uma atitude de considerável fascínio para um adolescente dos anos 1950 – que mete Winston em tamanha encrenca.

A revolução dos bichos mapeia a evolução de um movimento de libertação em direção a uma ditadura totalitária comandada por um tirano despótico; *1984* descreve o que é viver inteiramente dentro de um sistema desse tipo. Seu herói, Winston Smith, tem apenas lembranças fragmentadas do que era a vida antes da instalação do atual e medonho regime: ele é um órfão, um filho da coletividade. Seu pai morreu na guerra que antecedeu e deu lugar à repressão e sua mãe desapareceu, deixando-o apenas com o olhar de censura que lhe deu quando ele a traiu por uma barra de chocolate – uma pequena traição que atua tanto como a chave para o caráter de Winston como uma precursora para as muitas traições no livro.

O governo de Pista nº 1, o "país" de Winston, é brutal. A vigilância constante, a impossibilidade de falar francamente com qualquer pessoa, a figura ameaçadora e onipresente do Grande Irmão, a necessidade do regime de inimigos e guerras – por mais fictícios que ambos possam ser – que são usados para aterrorizar as pessoas e uni-las no ódio, os slogans para entorpecer a mente, as distorções da linguagem, a destruição de tudo que realmente aconteceu ao jogar fora qualquer registro disso no Buraco da Memória – tudo isso me impressionou profundamente. Permitam-me dizê-lo com outras palavras: tudo isso me deixou apavorada. Orwell estava escrevendo uma sátira sobre a União Soviética de Stalin, um lugar a respeito do qual eu sabia muito pouco aos 14 anos de idade, mas ele o fez tão bem que eu podia imaginar coisas daquele tipo acontecendo em qualquer lugar.

Não existe história de amor em *A revolução dos bichos,* mas existe uma em *1984*. Winston encontra uma alma gêmea em Julia, exteriormente uma fanática devotada ao Partido, em segredo uma garota que gosta de sexo, de maquiagem e de outros sinais de decadência. Mas os dois amantes são descobertos, e Winston é torturado por crimidéia – deslealdade ao regime, crime ideológico, pensamentos ilegais. Ele acredita que se, ao menos, conseguir se manter fiel, em seu coração, à Julia, sua alma será salva – um conceito romântico, embora um conceito que temos a probabilidade de endossar. Mas como todos os governos e religiões absolutistas, o Partido exige que toda lealdade pessoal seja sacrificada por ele, e substituída por uma lealdade absoluta ao Grande Irmão. Confrontado com o maior de seus medos no medonho Quarto 101, onde existe uma máscara horrenda, que pode ser encaixada nos olhos, ligada a uma jaula cheia de ratazanas famintas separada por apenas uma tela, Winston quebra – "Não façam comigo", suplica, "façam com Julia". (Em nossa casa esta frase se tornou taquigrafia para evitar tarefas onerosas. Pobre Julia, como teríamos tornado dura a sua vida se ela de fato existisse. Precisaria ter participado de uma porção de grupos de discussão, por exemplo.)

Depois de sua traição à Julia, Winston Smith se torna um punhado de massa maleável. Ele realmente acredita que dois mais dois são cinco e que ama o Grande Irmão. Nossa última visão dele, de vislumbre, o mostra sentado, bêbado, em um café ao ar livre, sabendo que é um morto ambulante e tendo conhecimento de que Julia o traiu também, enquanto ouve um refrão popular: "Sob a sombra farta dos galhos do castanheiro/ eu traí você e você me traiu."

Orwell tem sido acusado de amargura e pessimismo – de nos deixar com uma visão do futuro em que o indivíduo não tem nenhuma chance, e que a botina brutal totalitária do Partido pressionará como uma trituradora a face humana, para sempre. Mas esta visão de Orwell é contrariada pelo último capítulo do livro, um ensaio sobre a Novilíngua – a língua do duplipensar criada pelo regime. Ao expurgar todas as palavras que poderiam ser problemáticas – a palavra "mau" não é mais permitida, mas se torna "dupliplusimbom", e, ao fazer com que outras palavras signifiquem o contrário do que costumavam significar – o lugar onde as pessoas são torturadas é o Ministério do Amor; o prédio onde o passado é destruído é o Ministério da Verdade –, os governantes da Pista nº 1 desejam tornar, literalmente, impossível que as pessoas pensem com clareza. Contudo, o ensaio sobre a Novilíngua é escrito em inglês padrão, na terceira pessoa e no passado, o que só pode significar que o regime caiu e que a língua e a individualidade sobreviveram. Para quem quer que tenha escrito o ensaio sobre a Novilíngua, o mundo de *1984* acabou. Portanto, em minha opinião, Orwell tinha muito mais fé na resistência do espírito humano do que, de maneira geral, tem lhe sido creditado.

Orwell se tornou um modelo para mim muito mais tarde – em 1984 de verdade, o ano em que comecei a escrever uma antiutopia um tanto diferente, *O conto da Aia*. Nessa altura eu tinha 44 anos, e já tinha aprendido o suficiente sobre despotismos – através da leitura da história, de viagens e de minha filiação à Anistia Internacional –, de modo que não precisei me basear apenas em Orwell.

A maioria das distopias, inclusive a de Orwell, foi escrita por homens, e o ponto de vista tem sido masculino. Quando mulheres figuravam nelas, eram, em geral, autômatos assexuados, ou rebeldes que desafiavam as regras sexuais do regime. Elas agiam como tentadoras para os protagonistas masculinos, por mais bem-vinda que esta tentação pudesse ser para os próprios homens. Daí Julia, que usava *camicalcinha*, e a sedutora *orgia-folia* do Selvagem em *Admirável mundo novo*, daí a subversiva *femme fatale* do clássico seminal de 1924 *Nós*, de Yvgeny Zamyatin. Eu queria tentar criar uma distopia do ponto de vista feminino – o mundo de acordo com Julia, por assim dizer. Entretanto, isto não faz de *O conto da Aia* uma "distopia feminista", exceto pelo fato de que, dar uma voz e uma vida interior a uma mulher, sempre será considerado "feminismo" por aqueles que crêem que mulheres não deveriam ter essas coisas.

Em outros aspectos, o despotismo que descrevo é igual a todos os despotismos reais e à maioria dos imaginados. Tem um pequeno grupo poderoso no topo que controla – ou tenta controlar – todo mundo, exceto eles, e conserva para si a parte do leão das coisas agradáveis disponíveis. Os porcos em *A revolução dos bichos* ficam com o leite e as maçãs; a elite de *O conto da Aia* fica com as mulheres férteis. A força que se opõe à tirania em meu livro é uma a que o próprio Orwell – a despeito de sua crença na necessidade de organização política para combater a opressão – sempre deu muito valor e importância: simples decência humana comum, do tipo que ele elogiava em seus ensaios iniciais sobre Charles Dickens. A expressão bíblica dessa qualidade está provavelmente no versículo: "O mal que ao menor destes fizerdes, vós o fareis a mim. E como vós quereis que os homens vos façam, da mesma maneira fazei, vós também." Tiranos e poderosos acreditam, assim como Lenin, que não se pode fazer uma omelete sem quebrar ovos, e que o fim justifica os meios. Orwell, quando não tinha mais alternativa, teria acreditado – pelo contrário – que os meios definem o fim. Ele escreveu como se concordasse com John Donne, que disse:

"A morte de cada homem me diminui." E assim dizemos – espero eu – todos nós.

Ao final de *O conto da Aia* há uma seção que deve muito a *1984*. É o relato de um simpósio realizado várias centenas de anos no futuro, quando o governo repressivo descrito na novela é então apenas um tema de análise acadêmica. Os paralelos com o ensaio de Orwell sobre a Novilíngua devem ser evidentes.

Orwell tem sido uma inspiração para gerações de leitores sob outro aspecto importante: sua insistência no uso claro e exato da língua. "Prosa como uma vidraça de janela", optando por canto gregoriano em vez de ornamento. Eufemismos e terminologia adulterada não devem obscurecer a verdade. "Megamortes é aceitável", de preferência a "milhões de cadáveres em decomposição, mas atenção, não somos nós que estamos mortos"; "desordem" em vez de "destruição maciça" – isto é o começo da Novilíngua. Verbosidade rebuscada é o que confunde Boxer, o cavalo, e sustenta as cantorias das ovelhas. Insistir no *que é*, apesar de manipulação e distorção ideológica, consenso popular e negação das autoridades competentes: Orwell sabia que isso exige honestidade e muita coragem. A posição de homem diferente, que não se enquadra no grupo, é sempre desconfortável, mas o momento em que olhamos ao redor e descobrimos que não existem mais homens diferentes entre nossas vozes públicas é o de maior perigo, porque é quando estamos marchando a passo, prontos para os Três Minutos de Ódio.

O século XX poderia ser visto como uma corrida entre duas versões de inferno criado pelo homem – o cruel totalitarismo de Estado imposto militarmente pela força de *1984*, de Orwell; e o paraíso *ersatz* hedonista de *Admirável mundo novo*, no qual absolutamente tudo é bem de consumo e os seres humanos são programados para ser felizes. Com a queda do Muro de Berlim, em 1989, pareceu, por algum tempo, que *Admirável mundo novo* tinha vencido – dali por diante, o controle pelo Estado seria mínimo, e tudo que teríamos de fazer seria sair para as compras, rir muito e chafurdar nos prazeres, engolindo um ou dois comprimidos quando a depressão aparecesse.

Mas com o legendário ataque ao World Trade Center, em 11 de setembro de 2001, tudo isso mudou. Agora, parece que estamos diante da perspectiva de duas distopias contraditórias ao mesmo tempo: mercados abertos e mentes fechadas – porque a vigilância do Estado está, mais uma vez, de volta com ímpeto redobrado. O medonho Quarto 101 do torturador tem estado conosco há milênios. Os calabouços de Roma, a Inquisição, a Câmara Estrelada do Palácio de Westminster, a Bastilha, os procedimentos do general Pinochet e da junta na Argentina – todos dependeram do segredo e do abuso de poder. Muitos países tiveram suas versões dele – seus métodos de silenciar dissidentes importunos. As democracias, tradicionalmente, têm se definido, dentre outras motivações, pela abertura e pelo estado de direito. Hoje, porém, parece que nós, no Ocidente, estamos tacitamente legitimando os métodos do passado humano mais tenebroso, tecnologicamente aperfeiçoados e consagrados aos nossos próprios usos. Pelo bem da liberdade, deve-se renunciar à liberdade. Para progredirmos em direção ao mundo melhorado – a distopia que nos foi prometida –, a antiutopia, primeiro, deve dominar. É um conceito digno de duplipensar. Também é, em seu ordenamento de acontecimentos, estranhamente marxista. Primeiro a Ditadura do Proletariado, na qual cabeças têm de rolar; depois a ilusão e promessa vã da Sociedade Sem Classes, que, de maneira bastante estranha, nunca se materializa. Em vez disso, temos apenas porcos com chicotes.

O que teria George Orwell a dizer a respeito disso? Com freqüência pergunto a mim mesma.

Muita coisa.

42
Carol Shields, que morreu na semana passada, escreveu livros que eram cheios de deleite e delícias

A queridíssima escritora canadense Carol Shields morreu no dia 16 de julho em sua casa em Victoria, na Columbia Britânica, depois de uma longa luta contra o câncer. Tinha 68 anos. A enorme cobertura da mídia que lhe foi dada e a tristeza manifestada por seus muitos leitores foram uma homenagem e uma expressão de respeito à alta estima em que era tida em seu país, mas sua morte foi notícia no mundo inteiro.

Consciente, como era, dos caprichos da fama e do elemento da sorte em qualquer destino, ela observara tudo isso com uma certa ironia, mas também o teria considerado muitíssimo agradável. Ela conhecia a escuridão, mas – tanto como escritora quanto como pessoa – se apegava à luz. "Ela era apenas uma pessoa luminosa, e isso teria sido importante e persistiria, mesmo se não tivesse escrito nada", declarou sua amiga e colega escritora Alice Munro.

Anteriormente, em sua carreira de escritora, alguns críticos interpretaram mal esta sua qualidade luminosa confundindo-a com irreflexão, volubilidade, partindo do princípio geral de que comédia – uma forma que tem por base trabalhar com mal-entendidos e confusão, mas acaba com reconciliação, por mais tênue que seja – é menos séria que a tragédia, e que a vida pessoal é menos importante que a vida pública. Carol Shields sabia que não era assim. A vida humana é uma massa de estatística, apenas para os estatísticos: o resto de nós vive em um mundo de indivíduos, e a maioria deles não é proeminente. Suas alegrias, entretanto, são plenamente jubilosas, e suas perdas e sofrimentos são reais. O caráter extraordinário de pessoas comuns era o forte de

Shields, que alcançou sua mais plena expressão nas novelas *Swann*, *The Republic of Love* e, especialmente, *Os diários de pedra*. Ela dava a seu material o pleno benefício de sua enorme inteligência, seus poderes de observação, sua verve e agudeza de espírito humano, e suas amplas e vastas leituras. Seus livros são deleitáveis, no sentido original da palavra: são cheios de deleite, delícias e prazer.

Ela compreendia a vida dos obscuros e dos ignorados porque, em parte, a vivia: seu estudo de Jane Austen revela uma profunda simpatia pela situação da mulher novelista labutando incógnita, apreciada apenas por um círculo imediato, mas ansiando pelo reconhecimento que lhe é devido. Nascida nos Estados Unidos em 1935, Shields pertencia à porção final da geração do pós-guerra de mulheres norte-americanas formadas em universidades, mas convencidas pelos costumes e comportamento típicos da sociedade de sua época de que seu destino era casar e ter cinco filhos. Carol fez isso; ela permaneceu uma mãe devotada e uma esposa fiel. Seu marido Don era um engenheiro civil; eles se mudaram para o Canadá, começando com Toronto, nos anos 1960, um período de fermentação poética naquela cidade. Carol, que já estava escrevendo na ocasião e assistiu a algumas leituras, disse sobre aquela época, "eu não conhecia escritores". Sem dúvida, ela se sentia relegada àquela categoria nebulosa, "apenas uma dona de casa", como Daisy, em *Os diários de pedra,* e como Mary Swann, a epônimica poetisa que é assassinada pelo marido quando seu talento começa a se revelar. (Leitores canadenses compreenderiam a alusão, mas outros, que poderiam considerar a trama exagerada ou improvável, poderão se interessar por saber que houve uma poetisa canadense assassinada exatamente dessa maneira: Pat Lowther, cuja coletânea mais conhecida é *The Stone Diary*.)

Depois de obter um diploma de M.A. na Universidade de Ottawa, Shields lecionou durante anos na Universidade de Manitoba, em Winnipeg, onde começou a publicar nos anos 1970. Porém, aquela foi a década do feminismo exaltado, pelo menos nas artes. Seus primeiros livros, inclusive *Others Intersect*, *Small Ceremonies* e *The Box Garden*, que examinavam os caprichos da vida doméstica sem torpedeá-la, não criaram grande entusiasmo, embora alguns de seus primeiros leitores os achassem, ao mesmo tempo, requintados e hilariantes. Ela obteve sua primeira grande conquista literária – não em termos de qualidade de seus escritos, mas em termos de tamanho de público leitor – na Grã-Bretanha, e não na América do Norte, com sua novela de 1992, *The Republic of Love*.

O livro que lhe valeu a fama e admiração foi *Os diários de pedra*, selecionado como um dos finalistas para o Booker Prize e que ganhou o prêmio canadense Governor General Award, e depois, em 1995, o Prêmio Pulitzer americano, um feito que sua dupla cidadania tornou possível. A novela seguinte, *A festa de Larry*, ganhou o Orange Prize em 1998. Dizer que ela não ficou empolgada com o sucesso seria lhe fazer uma injustiça. Carol sabia o que valia o sucesso. Havia esperado muito tempo por ele. Ela usava sua recém-encontrada notabilidade com cortesia e liberalidade. Um dos últimos exemplos de sua enorme generosidade de espírito pode não ser muito conhecido: Carol forneceu uma citação para a sobrecapa da excelente, mas difícil, novela de Valerie Martin, *Property* – um livro que posteriormente ganhou o Orange Prize de 2003. É ambientado na América do Sul durante o período da escravatura, e nenhum dos personagens é "bonzinho", mas, como Carol comentou numa carta que me escreveu, esta era exatamente a idéia central do livro.

Unless, sua última novela, foi escrita no breve período de tempo que passou na Inglaterra, depois de vencer o câncer pela primeira vez e antes que ele voltasse. É um hino ao provisional: o sentimento de alegria e de segurança como sendo temporário e frágil é mais forte do que nunca. *Unless* foi publicado em 2002; embora tenha sido selecionado entre os finalistas de quase todos os principais prêmios de literatura de língua inglesa, a Doutrina Munro, informalmente assim denominada em homenagem a Alice Munro, já estava ganha – depois de um determinado número de prêmios você é lançada à estratosfera, onde circula em meio a brumas radiantes, muito além do reconhecimento de júris.

Alguns meses antes de sua morte, Carol publicou, com a co-editora Marjorie Anderson, *Dropped Threads 2*, a continuação da espetacularmente bem-sucedida antologia *Dropped Threads*, de 2001. Esta era uma coletânea francamente feminista, o termo "feminista" empregado em seu sentido mais amplo: pedia-se que contribuintes escrevessem sobre temas de interesse de mulheres que tinham sido excluídos da conversa até então. Aqueles que tinham ouvido Carol Shields ser entrevistada, provavelmente se surpreenderam com esse traço de seu caráter, e pelas cartas furiosas endereçadas aos homens entendidos que desdenham de mulheres escritoras em *Unless*, porque em conversas pessoais ela era discreta e apenas aludia. O ligeiro franzir de cenho e o sacudir de cabeça diziam tudo.

Possivelmente o feminismo foi algo que ela desenvolveu, à medida que seus livros foram mais amplamente publicados, e se viu confrontada por um número maior de comentadores que acreditavam que a confecção de uma excelente pastelaria era criação fácil comparada com carne crua enfiada em espetos, e que, de qualquer jeito, não seriam capazes de reconhecer o fio de sangue em sua obra, embora ele sempre estivesse presente. O problema dos luminosos é que sua própria luminosidade obscurece as sombras de que ela depende para seu brilho.

A última vez que vi Carol Shields foi no final de abril. Sua casa nova era espaçosa e cheia de luz, do lado de fora das janelas, as tulipas, em seu tão amado jardim, estavam em flor. Tipicamente para ela, afirmou que não conseguia realmente acreditar que merecesse viver numa casa tão grande e bonita. Sentia-se uma pessoa de muita sorte, disse.

Embora estivesse muito doente, não aparentava isso. Estava alerta, tão interessada em livros de todos os tipos e tão curiosa como sempre. Recentemente estivera lendo obras de não-ficção sobre biologia, me disse: algo novo para ela, uma nova fonte de assombro e maravilha. Nós não falamos sobre sua doença. Ela preferia ser tratada como uma pessoa que estava vivendo, não como uma que estava morrendo.

E ela viveu, e continuará a viver, pois como observou John Keats, todo escritor tem duas almas, uma terrena e uma que continua a viver no mundo da escrita como uma voz própria na escrita da obra. É esta voz, astuta, compassiva, observadora e profundamente humana, que continuará a falar com seus leitores em toda parte.

43
Ele ressurge eterno

Se Studs Terkel fosse japonês, ele seria um Tesouro Sagrado. Como disse John Kenneth Galbraith a seu respeito, "Studs Terkel é mais que um escritor, ele é uma riqueza nacional". *Hope Dies Last* é a última da série de coletâneas de histórias orais americanas que ele vem publicando desde que *Division Street, America* foi lançada, em 1967. Nos 36 anos entre aquele tempo e agora, ele cobriu, em livros separados, a Grande Depressão, a Segunda Guerra Mundial, relações raciais, trabalho, o Sonho Americano e o envelhecimento. Para cada livro, entrevistou uma variedade espantosa de pessoas – onde ele encontrava alguns desses tipos, por falar nisso? – e a *oeuvre* tem uma completude e monumentalidade que a tornará leitura necessária para futuros historiadores sociais do século XX americano.

A organização dos temas começa a parecer menos casualidade feliz do que esquemática. Livros sobre a juventude e a meia-idade – iniciação, provação e vida cotidiana em ação – foram seguidos por livros sobre contemplação e avaliação, um balanço geral da vida. O penúltimo foi intitulado *Death: Will the Circle Be Unbroken?* (2001) – *Morte: Permanecerá inteiro o círculo?* –, que nos levava ao desconhecido: haverá uma vida após a morte? (O consenso geral: talvez, ou talvez não.) A série agora se assemelha a um ciclo planejado, como os ciclos de peças de mistério encenadas em cidades medievais. Poderíamos ter imaginado que *Death* o tivesse encerrado, mas, com o acréscimo de *Hope Dies Last (A esperança é a última que morre)*, o padrão é, então, similar àquele das cerimônias do Dia do Armistício, em que o toque de silêncio, o sinal do ocaso, é seguido pelo toque de alvorada, a chamada para o despertar, simbolizando a Ressurreição. A morte e a esperança formam um par, do mesmo modo que em muitas pedras de túmulos cristãos que ostentam as palavras *In Spe* (Na esperança). Não é nenhuma coincidência, então, que Terkel dê o toque inicial para este livro com um sentimento de tendência ascendente: "A esperança nunca escorreu devagar, gota a gota. Ela sempre brotou e jorrou rapidamente." Primeiro o corpo morto, depois as novas folhinhas verdes de relva.

É muito terkelesco – a esta altura, o homem requer um adjetivo próprio – que depois da morte deva vir a esperança, pois o otimismo de Terkel raramente o desapontou. Seu tempo de vida de 91 anos abrangeu os períodos de rápido crescimento dos anos 1920, a Depressão, a Segunda Guerra Mundial, a era da caçada ao perigo vermelho de McCarthy, o Movimento dos Direitos Civis, os ativistas hippies do final dos anos 1960, e segue até os dias de hoje. Ele foi criado em Chicago na década de 1920, ouvindo às escondidas as discussões que ocorriam na recepção do hotel para trabalhadores administrado por sua mãe viúva – discussões que opunham velhos Wobblies* da *International Workers of The World* aos anti-sindicalistas e feitas com os trabalhadores comuns ignorantes que "não se importavam nem com um lado nem com o outro" também dando opinião. Esta foi a formação perfeita para o homem que se iria tornar o entrevistador americano *par excellence*: Terkel se tornou um ouvinte especialista experiente. Ele aprendeu a apreciar os méritos do que estava ouvindo e a avaliar quem estava dizendo.

Terkel passou três anos desalentadores na Escola de Direito da Universidade de Chicago. Depois passou a atuar em novelas de rádio para evitar ser advogado: – "Eu era sempre escolhido para fazer o papel do gângster de Chicago", diz ele. Depois, tornou-se *disc jockey* – música clássica, jazz e folk – e, com o advento da televisão, um anfitrião heterodoxo de um programa de entrevistas. Em *Studs' Place*, ele dirige uma versão dos divertidos debates da recepção do hotel de sua juventude – improvisado, filmado ao vivo, fragmentado, imprevisível. Seu tipo de TV era conhecido como "TV ao estilo de Chicago"; tinha seu estilo

---

* *Wobblies* (1914): nome dado aos membros do *Industrial Workers of the World*, movimento trabalhista fundado em Chicago (1905), ligado à Associação Internacional dos Trabalhadores. (N. da T.)

próprio, um ambiente agressivo e competitivo com uma pitada do famoso poema de Carl Sandburg sobre Chicago: "Cidade dos Ombros Largos/*City of the Big Shoulders*", "com a cabeça erguida e cantando tão feliz por estar viva e ser rude, forte e astuta", para não mencionar destemida, desafiadora, brigona, de cara suja, com uma risada mostrando os dentes brancos, à qual Sandburg dá lugar de honra.

Terkel sempre foi uma pessoa de risadas nesse sentido, embora mais do tipo endiabrado do que da variedade brigona, de dentes brancos; e ele nunca temeu se expor a riscos. Naturalmente, envolveu-se em piquetes de greve e petições: – "Eu nunca encontrei um grupo de piqueteiros ou com uma petição de que eu não gostasse", diz ele, com assustadora amabilidade pickwickiana. Desnecessário dizer que ele se viu objeto de repetida análise durante a era McCarthy. Os agentes do FBI costumavam visitá-lo em duplas solenes, e embora sua esposa fosse fria ao tratá-los, ele próprio era "sempre hospitaleiro".

"Lembrem-se, eu era filho de uma dona de pensão." Quando um emissário da NBC apareceu, exigindo que ele dissesse que tinha sido "enganado pelos comunistas", ele se recusou. "Suponhamos que os comunistas se declarem em luta contra o câncer. Nós teremos de nos declarar a favor do câncer?" perguntou ele. "Isto *não* tem *nada* de engraçado", disse o executivo da NBC, como muitos mestres-escolas picuinhas antes dele. Terkel então foi posto na lista negra por vários anos, durante os quais ganhou a vida fazendo palestras em clubes de mulheres sobre o jazz. (Ele se orgulha desses clubes de mulheres, pois elas também eram destemidas, ao estilo de Chicago, com uma risada no rosto: embora advertidos a desistir, nenhum clube jamais cancelou uma palestra sua.) Na metade dos anos 1950 foi finalmente resgatado por Mahalia Jackson, que insistiu para que ele fosse o apresentador de seu programa de rádio semanal na CBS. Quando um emissário da rede apareceu com um juramento de lealdade insistindo que Studs o assinasse senão estaria fora, Mahalia disse:

– Se eles demitirem Studs... que procurem uma outra Mahalia.

– Ao dizer não (declara Terkel), Mahalia Johnson revelou ter mais auto-estima, sem falar em tudo mais que diz respeito a este país, do que... todos os patrocinadores e agências juntos.

Aqueles que passaram pelo prazeroso exercício de ser entrevistados por Studs Terkel durante seu longevo programa sobre livros na NPR, concordarão que era uma experiência de entrevista como nenhuma outra. Ao contrário de alguns, Studs sempre lia o livro. E depois o relia. Quando você chegava para a entrevista, lá estaria Studs, abraçado com seu livro, o qual parecia ter rolado pelo chão junto com ele. Estaria sublinhado com canetas e lápis de cores diferentes, cheio de referências cruzadas de um trecho a outro, com pedacinhos de papel colorido saindo por todos os lados. Então ele começava – "eu fiquei acordado a noite inteira lendo isso, não consegui parar" –, e você descobria que ele sabia mais a respeito de seu livro do que você próprio. Este conhecimento não era usado para fazer você parecer idiota, mas para lhe dar apoio e ajudar você. O entusiasmo, a energia e a animação eram transmitidos com uma verve que faziam com que você saísse de lá cambaleante, como se tivesse acabado de participar de uma comédia musical daquelas de sacudir as paredes e levantar a platéia, em que Studs tivesse lhe dado o papel da estrela dançarina de sapateado sem que você tivesse feito um teste artístico para isso.

Enquanto conduzia as entrevistas para sua série de livros sobre história oral, Terkel, evidentemente, lançou mão de muitos dos mesmos talentos, embora se interessasse não por livros, mas por pessoas. Ele se transformou num conduíte através do qual as vozes fluíram – vozes conhecidas, vozes poderosas, mas também vozes obscuras, vozes comuns, vozes que de outro modo poderiam não ter sido ouvidas. Tem sido uma imensa quantidade de trabalho, para o qual ele viaja pelo país inteiro. Em seus últimos anos isso não deve ter sido fisicamente fácil para ele – Terkel relata com gratidão, durante uma visita a um magnata de Chicago, ter subido um lance de escadas numa cadeira elétrica –, além de ter sido duro de outras maneiras: as histórias que registrou não vieram sem conflitos e derrotas, as vidas celebradas, com freqüência, foram árduas, nem todas tiveram finais felizes. Alguns daqueles que ele entrevistou para este livro estavam velhos e doentes. Suas esposas tinham morrido, ou tinham sofrido um derrame, ou precisavam de um andador para se locomover, ou estavam em cadeiras de rodas. As duas pessoas a quem o livro é dedicado são o advogado Clifford Durr e sua bela esposa sulista, Virginia Durr, de Montgomery, Alabama, que foram os pontas-de-lança do Movimento de Direitos Civis naquele estado, nos anos 1950, correndo riscos temíveis. Ambos estão mortos.

O que levou Terkel a seguir adiante? Em parte foi o mesmo tipo de curiosidade alerta que o levou a fazer entrevistas para começar. " Eu sempre quis saber o que movia o comportamento de Virginia e Clifford Durr" – diz pensativo, sem apresentar uma teoria definitiva. Porém, foi mais que o simples interrogar-se. As respostas para tais perguntas, ele deixa subentendido, estão nas histórias, e deixa seus entrevistados contarem suas histórias por si próprios.

Talvez seja útil pensar que Studs Terkel é o herdeiro do mesmo tipo de romantismo idealista americano que produziu Walt Whitman, *Huckleberry Finn,* de Mark Twain, John Dos Passos e John Steinbeck, e tantos outros. De acordo com esta tradição, "democracia" é uma idéia séria, de fato um objeto de crença, mais do que uma exibição vazia de retórica em ano eleitoral ou o dito chistoso de Oscar Wilde sobre dar cacetadas no povo, pelo povo, para o povo. Para aqueles que ainda são fiéis ao conceito inicial, cheio de interesse e entusiasmo da democracia americana, de que, realmente, todos os homens são criados iguais, tratar qualquer ser humano como menos que humano é uma heresia. Não é coincidência que Terkel cite Tom Paine, aquele crítico irritante do século XVIII e apologista dos direitos do homem, e ache suas palavras apropriadas na América de 2003:

> A liberdade tinha sido caçada ao redor do mundo; a razão era considerada como rebelião; e a escravatura do medo havia feito com que os homens tivessem medo de pensar. Mas tal é a natureza irresistível da verdade, que tudo que ela pede e tudo que ela quer é a liberdade de aparecer... Em tal situação, o homem se torna o que ele deveria ser. Ele vê sua espécie não com o olho inumano de um inimigo natural, mas como sua família.

"A Mim Mesmo, eu canto, uma pessoa simples, separada. Ainda pronuncie a palavra democrático, a palavra em massa", diz Whitman...

> Uma Nação de muitas,
> As menores e as maiores
> Em tudo iguais...
> De todas as cores e castas sou eu,
> De todas as classes e religiões,
> Fazendeiro, mecânico, artista,
> Cavalheiro, marinheiro, quacre,
> Prisioneiro, rufião, desordeiro,
> Advogado, médico, padre.

Isto poderia quase ser um folheto sobre o trabalho da vida de Terkel: a reunião de vozes diversas até que se unam em harmonia e contraponto, que, mesmo tendo como meta um todo unificado, cada indivíduo permaneça distinto. "É ... como uma legião de Davis, com fundas e estilingues de todos os tipos. Não é um único estilingue que vai resolver", diz Terkel.

Mas existem problemas com uma legião de Davis. Uma sociedade que se levanta, contrariada, e com justo motivo, não é o mesmo que uma multidão promovendo desordem, mas como se pode impedir que uma se transforme na outra? E se os Davis vencerem, será que alguns deles não se tornarão Golias, por sua vez, como as histórias dão testemunho? *E pluribus unum*, diz o Selo Real dos Estados Unidos, mas não diz que tipo de um deve ser feito dos muitos, ou como impedir o país de vir a se tornar uma ditadura *de facto*, governada pelo medo, com todo mundo espionando todo mundo. Estas são as dificuldades enfrentadas por uma sociedade como a dos Estados Unidos – pluralista, individualista, impulsionada pelo mercado, mas, mesmo assim, democrática. "O preço da liberdade é a eterna vigilância", disse Thomas Jefferson. Terkel poderia retificar isso para: "O preço da liberdade são eternas fundas e estilingues." Mas a liberdade significa que você pode fazer tudo o que quiser, desde que não seja apanhado? A partir de que ponto a liberdade de um depende da servidão de outro? E quais Golias, exatamente, deverão os

Davis abater com pedradas? Quaisquer Golias que esquecerem que a liberdade impõe responsabilidade. Terkel provavelmente responderia: pise em cima de pessoas e você é alvo.

O tema de *Hope Dies Last* não é apenas qualquer tipo de esperança, como, por exemplo, "espero que você esteja se sentindo melhor", ou "tenho esperança que o melhor aconteça", ou mesmo "minha esperança é que você morra". Muito já foi dito sobre a esperança; tampouco ela foi sempre bem-vista pela imprensa. Para alguns, a esperança é um fantasma, um fogo-fátuo enganador, seduzindo os homens a se afastarem da realidade – que se pressupõe ser desagradável – e a entrarem em pântanos atraentes, mas mortíferos. Para alguns, inclusive Camus, é um golpe sujo no fundo da caixa de Pandora, a engenhoca ilusória que mantém Sísifo empurrando a pedra montanha acima. "A esperança nos sustenta, para ser substituída mais cedo ou mais tarde por uma bengala", disse o epigramatista búlgaro Kouncho Grosev. "Existe uma abundância de esperança, mas nenhuma para nós", declarou Franz Kafka. "Não posso mais continuar, eu tenho de continuar, eu vou continuar", diz Beckett em *O inominável*.

Terkel conhece bem Camus e Beckett e os mitos gregos, mas não muda de rumo por eles. Dois de seus entrevistados se referem ao poema de Emily Dickinson:

"Esperança" é a coisa
    plumada –
Que pousa na alma –
E canta a melodia sem
    letra –
E nunca pára – nem um instante –

E acalentadora – é ela ouvida –
    ao rugir da tormenta.
E enraivecida deve ficar a tempestade –
Capaz de fazer pouco do Passarinho –
Que soube acalentar tantas...

Este é o tipo de esperança a que Terkel se refere, a esperança que persiste em face do desalento. Todas, exceto algumas das pessoas que ele entrevista em seu livro, foram escolhidas porque não se abstiveram da luta mental, nem deixaram suas espadas dormir em suas mãos: empunharam seus arcos de ouro ardente e suas flechas de desejo e infligiram golpes violentos.

Se aqui encontramos ecos bíblicos não é por acaso. "Studs... você é tão falastrão, deveria ter sido um pregador", Terkel cita o comentário de um amigo. Mas ele é uma espécie de pregador. Um ramo da cristandade sempre conduziu ao ativismo: de acordo com isso, todas as almas são iguais diante de Deus, os primeiros serão os últimos e os últimos serão os primeiros, e se deve amar ao próximo como a si mesmo e visitá-los quando estiverem doentes e na prisão, e se você fizer mal ao menos importante desses, o mesmo mal estará fazendo a Deus. (Existe um outro ramo da cristandade que se baseia no versículo sobre aqueles que têm mais, e aqueles que não têm serem despojados até do que têm, que estes sujeitos interpretam financeiramente; mas isto é uma outra história.) Vários dos entrevistados neste livro começaram a vida no caminho da religião: entre eles há padres, seminaristas, quacres, metodistas, batistas.

Quanto à esperança, ela anda de mãos dadas – biblicamente – com a fé e a caridade; poder-se-ia dizer que fé é a crença, esperança é a emoção tornada possível por ela, e caridade a ação exigida. A esperança de Terkel não é esperança vã, mas é como uma luz bondosa que conduz em meio à escuridão circundante: é esperança por algo melhor. O título do livro vem de um ditado corrente entre os trabalhadores de fazendas de língua espanhola organizados por Cesar Chavez – *"La esperanza muere última"* –, mas é citado no livro por outros também. Terkel comenta: "Era uma metáfora para grande parte do século XX." Ele cita Kathy Kelly do projeto Voices in the Wilderness: "Estou trabalhando por um mundo no qual seja mais fácil para as pessoas se comportarem com decência."

É possível nos deixarmos entusiasmar pelo que, às vezes, parece uma inspiradora reunião para um despertar da fé. O espírito nos comove; agradáveis sentimentos de Bom Samaritano nos inundam; temos vontade de sair correndo e nos alistar em alguma coisa. Talvez seja recomendável uma advertência: o ativismo inspirado pela esperança de uma pessoa é uma chateação para outra. Quem vai escolher o que é "um mundo melhor", e qual é a melhor maneira de criá-lo? Existe um ponto de vista que poderia caracterizar várias atividades bem-intencionadas como sendo obstrucionismo tolo, interferência ilegal, sabotagem subversiva da ordem social, comunismo ateísta, e assim por diante. As ações devem ser julgadas pela sinceridade de suas intenções? Sim, dizem os românticos; não, dizem os historiadores, ao contrário, devem ser julgadas, como as guerras, por seus resultados. Quanto às boas intenções, nós sabemos que delas o Inferno está cheio. Foram os combatentes da Resistência por trás das linhas alemãs, na Segunda Guerra Mundial, bravos heróis acertando golpes pela liberdade ou assassinos criminosos? Depende de quem esteja atribuindo os rótulos.

A esperança não respeita fronteiras nacionais, e atravessa linhas ideológicas quando quer. O livro de Terkel se esquiva desta questão, embora, ao incluir o general Paul Tibbetts – piloto do *Enola Gay*, o avião que lançou a bomba que liquidou Hiroshima – nos faça endireitar, sobressaltados, na cadeira e piscar os olhos. Sem dúvida, Tibbetts afirma que estava motivado por esperança de um determinado tipo, esperava que sua ação pusesse fim à guerra e "salvasse muitas vidas". Vidas americanas, fica subentendido, pois sua atitude com relação aos civis japoneses que foram vaporizados é desdenhosa: "Foi azar deles o fato de estarem lá." Como Lenin famosamente comentou: não se pode fazer uma omelete sem quebrar ovos; mas qual tipo de omelete é necessária será sempre objeto de discussão e controvérsia, e não existe nenhuma grande fila de candidatos em lugar nenhum para a posição de ovo.

Dito isso, *Hope Dies Last* conquista o leitor, embora as escolhas não sejam agradáveis para todos. A ênfase principal de Terkel é sobre pessoas de grupos sociais que lhe são familiares: velhos esquerdistas, pessoas que trabalham em conjuntos habitacionais e entre os pobres, estudantes que lutaram a favor de quadro de funcionários custodiados durante o *sit-in* de protesto em Harvard em 2001, ativistas sindicais e ativistas contra a corrupção nos sindicatos, pessoas que trabalham em prol dos direitos civis, pessoas que trabalham pela paz, professores que lecionam em áreas difíceis. Não é nenhuma surpresa que um bom número deles seja de Chicago.

Mas há surpresas de outros tipos. Em uma seção – "Easy Riders" –, os entrevistados têm em comum apenas o fato de que só andam de bicicleta. Um é um entregador, vivendo o momento. O outro é um médico numa atividade a que se dedica: "Meio dia por semana no Golden Gate Park circulando em minha bicicleta, com remédios... De maneira geral, quando você trabalha numa clínica, as pessoas vêm até você. Enquanto que se você está fazendo trabalho solidário no parque, você vai até elas e oferece seus serviços. É um tipo de campo de jogo diferente."

Outra seção, "Imigrantes", contém um engenheiro de som de origem iraquiana, dois guatemaltecos sem documentos cuja esperança consiste na esperança de não serem descobertos, e um homem de descendência japonesa, o qual esta descreve como, quando no último ano do colegial, foi posto num campo de detenção com sua família, depois de Pearl Harbor, e, desde então, trabalhou com o movimento para *re*parar o mal feito aos japoneses. E os americanos de origem iraquiana, será que um dia terão seu próprio movimento de reparação? Depois de 11 de setembro, o sr. Usama Alshaibi disse a Terkel: "Eu fiquei muito preocupado porque o governo levou presos três mil homens e os colocou em campos de detenção. Eles não foram formalmente acusados... Não ficaria surpreso agora, neste instante, se eles me agarrassem e começassem a me fazer um monte de perguntas."

As surpresas desagradáveis incluem muitas histórias de horror – prisões, espancamentos, assassinatos. Dentre elas está o relato de Dierdre Merriman, confinada a uma cadeira de rodas, uma alcoólatra em recuperação cujo pescoço foi quebrado por um ex-namorado e que agora vive num único aposento em um grande prédio de apartamentos de Chicago e trabalha como advogada de vítimas de estupro, e o de Leroy Orange, torturado com eletrodos para obter uma confissão de assassinato durante um reino de terror do departamento de polícia em Chicago, injustamente condenado, e finalmente perdoado pelo governador George Ryan, em 2003, depois de uma corajosa campanha legal. De forma alguma todos os entrevistados de Terkel vêm da camada inferior da sociedade. John Kenneth Galbraith contribui com uma declaração incisiva na seção chamada "Com Relação ao Enronismo":

> Da maneira como agora estão as coisas, permitimos enorme incompetência e enorme compensação àqueles que têm poder. Considero isso um grande problema não resolvido de nosso tempo. E, uma vez que é tudo perfeitamente legal, eu o denomino de a probabilidade de fraude inocente. Entrei no mundo da política numa época em que havia comunistas recorrendo à Quinta Emenda, e cheguei aos 94 anos de idade, quando existem capitalistas recorrendo à Quinta Emenda.

Ele é seguido por Wallace Rasmusson, que trabalhou para abrir seu caminho e subir na vida durante a Depressão até se tornar presidente e CEO da Beatrice Foods, um companhia que valia 7,8 bilhões de dólares quando se aposentou, em 1975. "O que aconteceu na Enron e WorldCom – adulteração dos livros contábeis – é criminoso. Um grande país dura cerca de quatrocentos anos. Estamos no período do declínio da moralidade. Isto foi o que arruinou Roma... Cobiça... Eu sempre disse: "Em Deus confiamos, tudo mais submetemos à auditoria."

Existem vários tipos de ativismo que poderiam parecer óbvios para alguns leitores, mas que não estão muito representados em *Hope Dies Last*. O Movimento Feminista marca uma das mais notáveis mudanças sociais dos últimos dois séculos, mas mal está presente aqui. Há mulheres entrevistadas, sim – 17 entre o total de 58 – e mulheres intrépidas, diga-se de passagem. Uma dessas é mencionada anonimamente – uma velha senhora branca que impediu um protesto *sit-in,* num balcão de lanchonete de almoço da Woolworth, em Nashville, de se tornar um massacre, unicamente por meio da força de caráter e por acreditar que certos modos não são modos de se comportar – um caso de "Miss Boas Maneiras" em missão de resgate.

"Eu só tinha entrado para comprar uma panelinha de escaldar ovos", começa sua história. Ela andou

> de um lado para o outro entre os estudantes sentados e a turba de provocadores que se aproximava e apagava um cigarro aceso neles, cuspia no pescoço de uma moça e coisas assim. Os estudantes apenas se mantinham sentados, não protestavam. Aquela velhinha (...) ia lá, chegava junto dos jovens brigões brancos e falava com eles. "Como você se sentiria se aquela moça fosse sua irmã?" E eles ficavam sem graça e diziam coisas do tipo: "Ah, foi sem querer, não fiz por mal." Então voltavam para o bando e algum outro o substituía.

Algumas das mulheres estão dentre os mais corajosos dos entrevistados de Terkel – mulheres como Kathy Kelly, posta na cadeia por ter plantado milho em silos nucleares, e Mollie McGrath, que trabalhou contra fábricas que pagavam salários miseráveis aos empregados obrigando-os a longas jornadas em condições insalubres, e participou em protestos contra a Organização Mundial do Comércio. Mas elas foram incluídas porque também estiveram envolvidas em outros tipos de movimentos. Por que isso? Terkel não tem nada contra mulheres; na verdade, ele é tão não-discriminador, que não parece considerá-las uma categoria especial, ou uma categoria que precise de um movimento só seu. Talvez até ele tenha tido uma atitude um tanto acanhada – tão comum entre os homens outrora – de não querer se meter numa festa de mulheres. Ou talvez ele não tenha conseguido realmente acreditar em opressão por um gênero, de um gênero, por causa de gênero. Também não inclui quaisquer ativistas gays.

Com Mollie McGrath, o movimento antiglobalização recebe uma passada rápida, mas não mais que isso. O movimento verde é abordado através de Pete Seeger, cantor folk de uma geração, hoje ativamente dedicado a tentar despoluir o rio Hudson; também através de Frances Moore Lappé. Muitos se lembrarão de Lappé, afetuosamente, como a autora de *Diet for a Small Planet*. Como teríamos tomado conhecimento de farinha de soja sem ela? *Hope Dies Last* é tão cheio de citações citáveis que você às vezes tem a impressão de estar lendo uma edição da Bartlett's, e

Lappé tem algumas dignas de aplauso. "A fome não é causada por falta de alimento, é causada por falta de democracia", diz ela.

Minha filha, Anna, adora dizer: "Eu antes pensava que a esperança era para os fracos e covardes." A esperança não é para fracos e covardes; é para os fortes de coração que são capazes de admitir como as coisas estão mal e apesar disso não se deixar desanimar, não ficar paralisados.

Esperança não é algo que a gente encontre, esperança é algo que nos toma.

Esta é a primeira geração a saber que as escolhas que estamos fazendo têm conseqüências supremas. É uma época em que você escolhe a vida, ou escolhe morte. Concordar com a ordem atual significa que você está escolhendo a morte.

Somos apenas uma gota dentro do balde... Se você tem um balde, as gotas de chuva enchem-no muito depressa... Nosso trabalho é ajudar as pessoas a verem que existe um balde. Existem todas essas pessoas, no mundo inteiro, que estão criando este balde de esperança.

Se estivéssemos escolhendo times – o das Esperanças versus o dos Desesperos –, Lappé seria minha primeira escolha para capitã das Esperanças. Sua perspectiva é global, ela sabe em que posição nós estamos como espécie, é dura como um biscoito de farinha de soja de uma semana e está olhando para o futuro, não para o passado.

E Studs Terkel seria o juiz. Não, vou repensar isso: ele seria tendencioso demais para o lado do time da Esperança. Terkel teria de ser o técnico. Como contribuição para a tarefa, ele traria muitas décadas de esperança, a capacidade de galvanizar, montes de histórias, fatos e tradições divertidos, e uma reserva de energia para ajudar durante as partes difíceis. Isto é o que é *Hope Dies Last*, em essência; não apenas um documento social, não apenas história americana fascinante, mas um manual de um técnico, completado com uma porção de discursos de exortação que poderiam arrancar você da poltrona e propeli-lo à luta mental de Blake. É mais impressionante ainda o fato de que Terkel estivesse concluindo este livro nos dias depois do 11 de setembro e antes da invasão do Iraque, quando poderia ter parecido que estivesse atirando palavras ao vento. Agora, muitos acharão as palavras que coletou, ao mesmo tempo, inspiradoras e oportunas: o congressista Dennis Kucinich fala por muitos, em *Hope Dies Last*, quando diz: "Somos desafiados a exigir ainda mais vigorosamente nosso direito às liberdades básicas que possuímos, porque é através dessas liberdades, que seremos protegidos. Se perdermos essas liberdades, não seremos mais a América."

44
Para Beechey Island

O turista é parte da paisagem de nosso tempo, do mesmo modo que era o peregrino na Idade Média.

– V. S. Pritchett, *The Spanish Temper*

Uma semana antes de começar minha peregrinação, meu companheiro Graeme Gibson e eu encontramos um corvo morto no quintal dos fundos. "Vírus do Nilo Ocidental", pensamos. Nós o pusemos no congelador e chamamos a Humane Society. Eles levaram o corvo congelado, mas disseram que não nos informariam do diagnóstico, uma vez que não queriam que houvesse pânico. Mais ou menos nesse momento me ocorreu que eu deveria ter passado um repelente de mosquitos antes de podar as roseiras: tinha sentido alguns mosquitos.

Na véspera de minha partida, observei algumas manchas rosadas ao redor de minha cintura. Atribuí as manchas a um rolinho primavera tailandês que havia comido. Talvez fosse uma alergia.

Logo as manchas se tornaram mais numerosas, espalhando-se. Examinei minha língua para ver se estava grossa ou esbranquiçada, meu cérebro em busca de tonteiras, meu pescoço para ver se havia rigidez. Eu, de fato, me sentia estranha, embora mais ninguém parecesse perceber. A esta altura, eu estava a bordo de um avião com destino à Groenlândia, e então, subitamente – o tempo passa depressa quando você está infestada de micróbios –, me vi a bordo de um navio russo de pesquisa ártica chamado *Akademic Ioffe*. Eu era integrante temporária do quadro de funcionários de uma organização chamada Adventure Canada, que sublocara o navio de pesquisa da Peregrine, uma companhia de excursões australiana que arrendava o navio para cruzeiros no Antártico. A bordo comigo havia um grupo misto: a tripulação russa, a equipe australiana que administrava os aspectos "hotel" da viagem, e os canadenses, que planejavam e executavam os programas para os em torno de cento e poucos ávidos aventureiros que compraram a passagem para o cruzeiro. Meu trabalho era fazer um par de palestras sobre a exploração do norte sob a forma de conceitos literários e artísticos – um trabalho para o qual, por meu estado confuso e indisposto causado pelo vírus, me sentia mal preparada para desempenhar.

Logo estávamos navegando pelo longo, muito longo Fiorde Sonderström – um fiorde sendo, conforme explicou nosso geólogo de bordo, um vale escavado por glaciares e subseqüentemente invadido pelo mar. Então viramos para o norte e bordejamos a costa oeste da Groenlândia, navegando em meio a imensos e espetaculares icebergs. O mar estava azul, o céu estava azul e os icebergs também eram azuis, ou pelo menos suas superfícies recém-cortadas: de um azul estranho, parecendo tinta, artificial. Enquanto percorríamos o mar em nossos Zodiacs de borracha, gelo de mil anos de idade crepitava, à medida que o ar comprimido neles escapava. Estávamos seguindo rumo – mais tarde – para a baía de Baffin, depois para a Passagem de Lancaster e, finalmente, para a ilha de Beechey, onde os primeiros três tripulantes da malfadada Expedição de Franklin, de 1847, estavam enterrados. Estaria eu destinada a me juntar a eles? – Falei com meus botões, enquanto as montanhas se elevavam à direita e o ofuscante mar cheio de gelo se estendia à esquerda, e os pores-de-sol duravam horas. Estaria minha cabeça a ponto de explodir, por motivos que pareceriam misteriosos? Estaria a história preparando-se para se repetir e eu morreria de causas desconhecidas, seguida, em pouco tempo, pela lista inteira de passageiros e tripulação, exatamente como a Expedição de Franklin? Não relatei estes pensamentos a ninguém, embora achasse que talvez fosse apropriado fazer algumas anotações ilegíveis, mas pungentes, para serem descobertas mais tarde, numa lata ou num recipiente de plástico de comprimidos, como o fragmento truncado que sobreviveu à debacle de Franklin: O*h, a terrível triste*.

* * *

Mas o tema é peregrinações, ou peregrinação. Eu deveria estar escrevendo a respeito de uma – desta que eu estava fazendo. Mas em meu estado cheio de manchas – as manchas agora tinham chegado aos meus pulsos e, possivelmente, a meu cérebro –, eu não conseguia me concentrar na idéia geral. O que era uma peregrinação? Alguma vez eu tinha feito uma antes? Poderia o que estava fazendo agora ser considerado uma? E em caso afirmativo, em que sentido?

Eu tinha feito algumas peregrinações literárias, um tanto fajutas, em minha juventude. Tinha vomitado no acostamento da estrada na terra de Wordsworth; tinha visitado o presbitério Brontë e ficado maravilhada com o tamanho minúsculo de suas famosas habitantes; estivera na casa do dr. Johnson, em Londres, e na Casa das Sete Torres, em Salem, Massachusetts; mas, será que essas visitas contavam? Todas tinham sido acidentais; eu havia calhado de passar pelos lugares. Quanto da essência de uma peregrinação reside na intenção, mais do que na jornada em si?

O dicionário oferece alguma flexibilidade: um peregrino pode significar apenas um indivíduo andante, que empreende longas jornadas; ou pode significar alguém que viaja a um lugar sagrado como ato de devoção religiosa. Estar em movimento, deslocar-se, não necessariamente inclui relíquias. Mas o deslocamento tem de ser demorado – uma caminhada até a loja da esquina para comprar uma bisnaga de pão não se qualificaria. Também tem de ser, certamente, de natureza não comercial. Marco Polo, embora um magnífico viajante, não era um peregrino. Além disso, uma peregrinação deveria lhe fazer bem: ser boa para sua saúde (Templos de Esculápio, Lurdes, o coração do Irmão André, com uma trilha de muletas abandonadas), ou boa para o estado de sua alma (a compra de uma indulgência, passar menos tempo no Purgatório; tornar-se um Pai Fundador, como os colonos puritanos de Plymouth, fundar a virtuosa Nova Jerusalém, em algum lugar na região de Boston).

Desnecessário dizer, nem todas as peregrinações funcionam conforme a propaganda. Considerem as Cruzadas.

* * *

Quando pensava em peregrinações, contudo, eu pensava primeiro em literatura. Foi nela que conheci a maioria dos peregrinos.

Temos Chaucer, é claro: seus peregrinos de Canterbury são um grupo sociável, e fazem a viagem juntos porque é primavera, e eles desejam viajar e se divertir. Podem passar algum verniz religioso, mas o que realmente apreciam é viajar em companhia alegre e agradável e observar os guarda-roupas e os defeitos e fraquezas uns dos outros, e contar histórias.

Existe a variedade de peregrinos do século XVII, exemplificada em *A viagem do peregrino* de Bunyan. Para esses fortes protestantes, a viagem do peregrino o levava não a um templo ou relicário, mas a uma jornada através de seu vale de lágrimas mortal e às batalhas espirituais em direção à sua meta, a morada celeste a ser ganha depois de sua morte.

O século XVIII partia para grandes tours e jornadas sentimentais em vez de peregrinações, e com a era romântica a peregrinação retornou. Considerem o longo poema de Lord Byron, *Childe Harold's Pilgrimage*. Seu herói é um esbanjador, embora cheio de uma ânsia por algo que não sabe o que é. Porém, os lugares sagrados que ele visita não são igrejas; são paisagens sublimes, com muitos penhascos e abismos, e o poema acaba com um panegírico à imensidão do mar, que contém a estrofe com freqüência citada:

> Rola, oceano profundo e azul escuro – rola!
> Dez mil frotas te varrem em vão;
> De ruínas o homem marca a terra – seu domínio
> Se finda na praia; – sobre a água plana de tua extensão
> Só tu causas destroços, sombra alguma se mantém
> Da destruição que fazes,
> Quando por um momento,
> Como uma gota de chuva, também
> Te afundas em tuas profundezas a borbulhar com teu gemido
> Sem féretro, sem túmulo, sem caixão, e desconhecido.

Se reunirmos todas essas variedades de peregrinações, o que obteremos? Num primeiro momento, nada de muito consistente. Contudo, existem algumas ligações. Por exemplo, um peregrino – ao que parece – nunca é o primeiro a chegar àquele lugar. Alguma outra pessoa sempre já esteve ali antes dele, e teve um fim desafortunado (embora heróico ou santo). É em honra desses precursores que o peregrino empunha seu bastão. O grupo alegre de Chaucer está rumando para Canterbury, cena do assassinato de Thomas à Becket. (São Tomás.) Os peregrinos de Bunyan estão seguindo as pegadas do Cristo crucificado. E mesmo *Childe Harold,* de Byron, se encerra com a contemplação de uma miríade de trágicos naufrágios e afogamentos. Um morto, ao que parece, sempre precede o peregrino vivo.

A jornada que empreendi tinha elementos de todos os três tipos de peregrinações. Estava por uma curta temporada com uma alegre companhia, contei histórias e as ouvi também. Também observei sublimes paisagens terrestres e marítimas, meditei sobre marinheiros mortos e navios afundados.

Quanto a batalhas espirituais, embora eu pessoalmente não me engajasse em nenhuma, aqueles que valorizaram a rota por sua notoriedade sinistra se engajaram nessas batalhas mais que certamente. Estávamos seguindo a mesma rota marítima percorrida por Franklin e sua tripulação quando partiram para descobrir a Passagem do Noroeste, em 1847, e nunca mais foram vistos; entre a partida deles cheia de esperanças e a descoberta de suas pratarias e ossos roídos, muita angústia deve ter ocorrido.

Mas Franklin, em si, não era o objeto direto de minha peregrinação. Meu interesse imediato dizia respeito a uma amiga minha, Gwendolyn MacEwen. No princípio dos anos 1960, quando tinha vinte e poucos anos, ela havia escrito uma peça notável, um drama em versos para o rádio sobre a expedição de Franklin intitulada, em homenagem aos dois navios de Franklin, o *Terror,* o *Erebus.* Eu tinha ouvido essa peça quando foi transmitida pela primeira vez, e ficara muito impressionada com ela – mais ainda porque Gwen nunca tinha estado no Ártico, nem nunca visitara os três pungentes túmulos da expedição Franklin. Ela havia navegado por estes mares apenas na imaginação e morrera aos quarenta e poucos anos sem jamais ter visto um iceberg.

Minha peregrinação – se é que pode ser chamada assim – foi feita por ela. Eu iria por onde ela não havia podido ir, pararia onde ela nunca havia parado, veria o que ela vira apenas na imaginação.

Um gesto sentimental – peregrinações são sentimentais por natureza.

A viagem prosseguiu. Elementos da peregrinação de Chaucer se manifestavam nas horas das refeições, com narrativas alegres e brincadeiras envolvendo roupas de vikings e *kilts* e barbas falsas e, em uma memorável ocasião, óculos escuros com peles e cuecas de pele. A jornada de exame de pensamentos, sentimentos e busca espiritual de estilo protestante era uma questão individual, como são esse tipo de coisas: havia muito a escrever em diários a bordo do navio. Ruminações sobre a condição humana e o estado da natureza eram freqüentes: ansiedade, não quanto à vida por vir, mas quanto ao futuro próximo, pois era evidente mesmo para o olhar não treinado que as geleiras estão recuando em ritmo rápido.

A versão byroniana da peregrinação foi vivenciada na ponte, ou, com luvas grossas, do lado de fora no convés, à medida que o cenário – onde estão os adjetivos? – "espetacular", "grandioso" e "sublime" não chegam, nem de perto, a descrever – à medida que o cenário indescritível passava flutuando. "Veja aquele iceberg/ penhasco/paredão de rocha", as pessoas exclamavam extasiadas. "Parece uma pintura de Lawren Harris." E, sim, parecia, só que melhor, e do mesmo modo parecia aquela outra bem ali, púrpura e verde e rosada ao pôr do sol, e então azul índigo e depois de uma cor amarela sobrenatural... Você se descobria apenas parado, imóvel, de olhos e boca abertos, por horas.

Quando chegou a ocasião de minha primeira palestra a bordo do navio, as manchas rosadas originais estavam sumindo, mas outras mais haviam aparecido. (Com muita consideração elas paravam na linha do pescoço.) A desorganização de minha exposição provavelmente foi atribuída ao estado confuso em que se presume que as pessoas "criativas" vivam no cotidiano. Considerei a possibilidade de explicar sobre minha curiosa doença, mas desisti, pois então as pessoas poderiam pensar que estavam num navio contaminado por uma peste e saltar do parapeito, ou pedir para serem retiradas por resgate aéreo. De qualquer maneira, eu ainda estava andando e falando. A questão apenas era que eu não parecia a mim mesma ser inteiramente responsável pelo que estava saindo de minha boca. "Que tal foi, estava bom?" perguntei a Graeme. Mas ele tinha ficado na ponte de comando, observando fulmares.

O que eu disse? Creio que comecei com um comentário, para minha platéia, de que Voltaire teria considerado todos eles loucos. Pagar caro por uma viagem, não para algum centro de civilização em que o estudo apropriado da humanidade seria – como deveria ser – o homem, ou mesmo algum *chateau* bem cuidado cercado por jardins plantados simetricamente, mas para um deserto gelado com enormes quantidades de rochedos, água e areia – isto teria parecido a Voltaire o auge da loucura. Homens não arriscavam a vida em lugares desse tipo a menos que houvesse um motivo – dinheiro a ser ganho, por exemplo. O que mudou entre Voltaire e nós – ou entre Voltaire e, por exemplo, Hillary inutilmente escalando o monte Everest, Scott inutilmente morrendo congelado na Antártida? Uma mudança de visão de mundo. A idéia de Burke do Sublime tornou-se um padrão de julgamento romântico, e o sublime não podia mais ser Sublime sem perigo. A história da exploração do Ártico, no século XIX, foi vista por um prisma, e aqueles que foram ao norte e descreveram ou pintaram essas paisagens o fizeram com o herói romântico observando por cima de seus ombros.

A expedição de Franklin – creio que disse – ocorreu em uma espécie de virada no tempo, pelo ano de 1847 – o momento em que explorações arriscadas desse tipo deixaram de ser empreendidas com esperança de lucro –, quando mais ninguém acreditava que a Passagem de Noroeste seria a chave para chegar à China e que tornaria a Grã-Bretanha muito, muito rica; e então passaram a ser empreendidas no espírito de conquista heróica, como uma espécie de viagem num barril de descida das Cataratas de

Niágara. O que estava sendo desafiado pelos bravos e arrojados exploradores, e mártires em potencial, não eram os pagãos, e sim a própria natureza. "Eles forjaram o último vínculo com suas vidas", lê-se na dedicatória ao memorial a Franklin na abadia de Westminster – uma dedicatória pela qual Lady Jane Franklin, a viúva, labutou árdua e longamente, enquanto trabalhava para se assegurar de que Franklin fosse visto como um herói cristão na modalidade católica apostólica romana. Mas o último vínculo de quê? De uma idéia. Pois, como Ken McGoogan tão habilmente demonstra em seu livro *Fatal Passage* – um livro que eu estava lendo enquanto fazia minha travessia cheia de manchas pela baía de Baffin –, Franklin não descobriu realmente a Passagem de Noroeste. Ele descobriu, em vez disso, um corpo de água que estava sempre obstruído pelo gelo; algo que não deveria ter importado.

Depois que ele morreu, depois de seus navios permanecerem presos pelo gelo por três anos, seus homens viajaram por terra, cozinhando e comendo uns aos outros, enquanto prosseguiam. Quando as primeiras notícias dessas atividades culinárias chegaram à Inglaterra, trazidas pelo intrépido explorador John Rae, Lady Franklin ficou extremamente incomodada: pois se Franklin tivesse cedido ao canibalismo, ele não seria um herói, mas apenas um chefe de segunda categoria. (John Rae, nós sabemos, estava certo a respeito do canibalismo, embora o próprio Franklin tivesse, sem sombra de dúvida, morrido antes que acontecesse.)

Em algum momento durante esta palestra admitidamente divagadora, li um trecho do drama em versos de Gwendolyn, nos quais ela sugere que Franklin criou a Passagem de Noroeste por meio de um ato de imaginação e vontade:

Ah, Franklin!
Para seguir-te, não se precisa de geografia.
Pelo menos, não totalmente, mas mais daquele
Conhecimento instrumental que têm os ossos.
Seus limites, suas medidas.
O olho cria o horizonte,
A orelha inventa o vento,
A mão estendida da manga de uma parca
Pelo toque exige que a coisa tocada exista.

Um motivo apropriado para peregrinações: pois o que os inspira senão um elo, puramente imaginário, entre lugar e espírito?

Depois de fazer a travessia da baía de Baffin, navegamos pela Passagem de Lancaster e, finalmente, ao longo dos desertos e – mais uma vez os adjetivos são insuficientes – penhascos de arenito, de aspecto estranhamente egípcio, da ilha de Devon. Devon é a maior ilha inabitada do mundo. Foi ali que vimos dois ursos polares comendo uma morsa morta, enquanto grupos de focas nadavam na pequena enseada? Descubro que registrei o fato e a data, 1º de setembro, mas não o local exato. Havia vários sítios dos povos de Thule – a cultura que existiu nas terras árticas de 500 a 1400 d.C., aqueles que precederam os atuais inuítes –, e nosso arqueólogo de bordo nos explicou sobre eles. As imensas costelas de baleia que antigamente serviam como vigas de telhado ainda estavam lá.

O sol brilhava, as brisas sopravam. Embora fosse outono, várias pequenas flores árticas ainda se abriam em botões. Pakak Inuksuk e Akoo Peters, pessoas encarregadas dos recursos culturais inuítes, dançaram tocando tambores e cantaram. Nesses momentos, o Ártico ficava intensamente vivo. Parecia uma paisagem benigna, branda, enevoada e acolhedora, um lugar de muitos encantos.

O dia seguinte estava mais frio e o vento, forte. Chegamos à ponta extrema oeste da ilha de Devon e fundeamos na enseada de Beechey Island, um pequeno monte arredondado no extremo oeste de Devon. Os dois navios de Franklin, o *Terror* e o *Erebus*, passaram o primeiro inverno ali, protegidos da compressão do gelo. A costa, outrora à beira de um mar de águas mais quentes onde a vida marinha vicejava, hoje é estéril, coberta de fósseis e varrida pelo vento. Muitos a visitaram desde a época de Franklin; muitos posaram para a câmara ao lado das três sepulturas ali; muitos refletiram.

Há alguns anos os três corpos foram exumados, numa tentativa de descobrir mais a respeito da expedição. Os cientistas engajados nessa aventura – conforme registrada no livro de John Geiger, *Frozen in Time* – descobriram que altos níveis de envenenamento pelo chumbo da comida enlatada devem ter feito uma contribuição substancial para o desastre. As próprias latas ainda podem ser vistas na praia: chumbo, grosso como parafina escorrida de velas, fecha as junções. Os perigos de comer chumbo ainda não eram bem conhecidos à época, e os sintomas imitavam os de escorbuto. O chumbo ataca o sistema imunológico e causa desorientação e lapsos de julgamento. Os suprimentos que deveriam manter os membros da expedição vivos, na verdade os estavam matando.

Desembarcamos do *Akademic Ioffe,* em Zodiacs, e caminhamos pela praia. A esta altura, eu estava livre das manchas; mas, mesmo assim, me sentia diferente, leve, como se não houvesse gravidade. Depois de visitar os túmulos – que hoje são réplicas, uma vez que os originais sofreram com o anseio de peregrinos de tirar uma lasquinha como lembrança –, Graeme e eu nos sentamos no cascalho, perto de um velho depósito de carvão onde os navios costumavam deixar suprimentos para outros navios, até que ursos polares destruíram o prédio de armazenagem. Comemos um pedaço de chocolate, guardado por mim para esta ocasião, e fizemos um brinde a Gwen com a água de nossas garrafas, e Graeme cantou "The Ballad of Lord Franklin", as palavras da letra sendo engolidas pelo vento. Mais adiante, na praia, havia gaitas-de-fole sendo tocadas com o som tão fraco que mal conseguíamos ouvi-las.

Pensamentos insipientes sobre espaços, vazio, abismos; saltando fendas em geleiras, escrevi em meu livro de anotações. *Palavras chegando atravessadas.*

No dia seguinte ficamos cercados por chapas de gelo flutuantes, exatamente como Franklin. Era espantosa a rapidez com que o gelo se movia, e com que força. Tivemos de fazer um desvio de 130 quilômetros para nos afastar delas.

Os peregrinos tradicionalmente traziam alguma coisa de volta com eles de suas jornadas. Por vezes uma concha de berbigão, para mostrar que tinham estado em Jerusalém, ou uma cara lasca de madeira, afirmando ser um fragmento da cruz verdadeira, ou o suposto osso de dedo de um santo. Peregrinos dos tempos modernos, disfarçados de turistas, trazem fotos deles mesmos pondo a língua de fora diante da Torre Eiffel, ou cartões-postais, ou lembranças compradas – colheres de café com os timbres de cidades, bonés de beisebol, cinzeiros.

Não havia nenhuma barraquinha vendendo pedacinhos de dedos de exploradores nem camisetas com os dizeres *Souvenir de Beechey Island*, de modo que trouxe de volta um seixo. Era idêntico aos milhões de outros seixos na praia – arenito de cor parda entre o castanho e o cinzento, sem nenhuma característica distintiva. Este seixo viajou comigo para Toronto numa caixa de maquiagem.

Liguei para o meu médico assim que cheguei e descrevi meus sintomas.

– Acho que tive o Vírus do Nilo ocidental – disse-lhe.

– Difícil saber – foi a resposta.

Se o pior tivesse acontecido, pelo menos eu não teria sido enterrada no *permafrost*. Eu teria sido enfiada no freezer do navio mantido especialmente para aquele único propósito, de modo a não misturar os corpos com a carne do estrogonofe.

Em um dia quente e seco de meados de setembro, enfiei o seixo de Beechey Island em meu bolso, tirei uma colher grande da cozinha e fui andando até o Gwendolyn MacEwen Park, imaginando comigo mesma o poema bastante irônico que Gwen poderia ter escrito, tanto sobre o parque quanto sobre a cerimônia com o seixo que eu estava disposta a me permitir realizar, dali a pouco. Acompanhando-me estava David Young; uma de suas peças – *Unimaginable Island* – trata dos heróis não cantados da expedição à Antártica de Scott – não cantados porque tiveram o gosto duvidoso de sobreviver. Para ser um herói – pelo menos no século XIX e no princípio do século XX– era quase obrigatório estar morto.

Quando chegamos ao parque, David olhou para o outro lado enquanto eu cavava um buraco poeirento com minha colher e inseria meu seixo. Então, agora, em algum lugar do coração mais escuro de Toronto, sua localização exata conhecida apenas por mim, há um minúsculo pedacinho de geologia trazido de muito longe, lá de Beechey Island. O único elo entre os dois lugares é um ato de imaginação, ou talvez dois atos – a imaginação de Franklin sobre a Passagem de Noroeste e a imaginação de Gwendolyn MacEwen, aos 22 anos, sobre Franklin.

> Assim, até aqui segui você
> Como uma dúzia de outros, em busca de relíquias
> de seus navios, seus homens.
> Até aqui, a este medonho monastério,
> onde você, onde Crozier morreram,
> onde todos os homens com você morreram
> Em busca de uma passagem da imaginação para a realidade...

45
Descoberta: uma *Ilíada* americana

Suponhamos que você seja criado numa sociedade culturalmente rica e economicamente estável. Por toda parte ao seu redor estão os símbolos, vividamente entalhados, dos espíritos invisíveis que informam suas transações com os mundos natural e humano. Viver dentro de sua aldeia é como viver dentro de uma catedral normanda, mesclada com um castelo medieval, mesclado com uma rede de linhas de poder imaginárias de Stonehenge. Sua linhagem em todas as suas complexas ramificações, voltas e curvas e sua relação com o mundo espiritual está afixada – literalmente – do lado de fora de sua casa, como um escudo de armas vertical, de madeira. Esta é uma sociedade oral: tem um sistema altamente desenvolvido de signos, mas não tem escrita como tal.

Como em qualquer cultura, as crianças são dotadas de diferentes formas de talento. Você tem um talento para se lembrar de histórias, e para combiná-las em padrões surpreendentes que produzem novos significados. Você representa as histórias para uma platéia que as aprecia, uma platéia que prende a respiração nos momentos assustadores, identifica as alusões, ri das piadas. Essas atuações são suas, da mesma maneira que, digamos, o *Hamlet*, de Olivier, era dele – aquele tanto que numa atuação é transmitido pelo tom de voz, pela expressão, pelas pausas deixadas no discurso –, e isso é mais verdadeiro porque você concebe suas atuações de forma singular.

Então, há uma catástrofe. Uma doença misteriosa se abate sobre sua comunidade. O índice de mortalidade é de 95%. As casas e suas decorações desmoronam. Ao mesmo tempo, um influxo de estrangeiros, com armas malignas e estranhas convicções, aparece, pronto para destruir os objetos cerimoniais e suprimir os antigos costumes, e para dizer a você que suas histórias são obsoletas ou más.

Você, pessoalmente, sobrevive à doença. Você se lembra de suas representações, mas não tem nenhum aprendiz: não pode transmitir sua obra. E mesmo se pudesse, restará ainda alguém capaz de compreender?

Esta era a triste situação de dois poetas notáveis, Skaay e o mais jovem Ghandl, que ficaram cegos pela doença. Ambos eram da Haida, uma das muitas culturas que floresceram ao longo da costa noroeste da América do Norte antes da chegada dos europeus portadores de varíola, disseminadores do evangelho, no século XIX. A terra era – e é – um agrupamento de ilhas a cerca de oitocentos quilômetros ao norte de Vancouver. No início do século XIX a população era de doze mil habitantes. Ao final do século, restavam cerca de oitocentos indivíduos.

Uma última possibilidade se apresentou a Skaay e Ghandl. Quando Skaay tinha 73 anos e Ghandl cerca de cinqüenta, eles encontraram um etnógrafo/lingüista. O nome dele era John Reed Swanton. Involuntariamente, ele atuou como um mensageiro para o futuro. Skaay e Ghandl representaram suas criações, não para Swanton – ele não sabia falar haida –, mas através de um intermediário de língua haida, que as escreveu foneticamente.

Para os poetas, pessoalmente, isto deve ter parecido um ato tão desesperado quanto pôr uma jóia numa garrafa e atirá-la ao mar. É do tipo da aposta enlouquecida feita por aqueles que escreveram o *Popol Vuh* maia quando os espanhóis estavam à sua porta. Ter esperança no quase irrealizável; e, no entanto, em ambos os casos, algo realmente sobreviveu.

Skaay e Ghandl morreram nos primeiros anos do século XX. Suas histórias acumularam poeira nas bibliotecas durante quase cem anos. Então apareceu Robert Bringhurst, americano naturalizado canadense, poeta por direito próprio, especialista em tipografia, e fácil de confundir com aquele tipo de polímata obsessivo-compulsivo catador de lêndeas que aparece na ficção pós-romântica. Imaginem um Sherlock Holmes como um leitor autodidata de transliterações fonéticas em haida, cruzado com alguém como Shelley ou Chopin, transportando uma grande montanha de entusiasmo apaixonado, e terão alguma idéia.

Durante 12 anos, Bringhurst – com a ajuda de muitos auxiliares – foi abrindo seu caminho em meio aos arbustos espinhosos da língua estonteantemente difícil, esfregou a velha lâmpada manchada e suja, e arrancou a rolha da garrafa. Contem as metáforas aqui, calculem quantas delas não significariam nada para vocês se não tivessem lido quaisquer dos contos de fadas europeus/árabes, então façam a estimativa de suas chances de compreender muito sobre os sistemas de símbolos haida, sem ajuda. De todo modo, Bringhurst labutou. Finalmente, como no conto da Bela Adormecida, aqueles que pareciam mortos despertaram. Como numa história contada por Ghandl ou Skaay, ossos esfregados com ervas medicinais retornaram à vida. Como no conto de Aladim, o gênio saiu da lâmpada. E que gênio maravilhoso é este.

Como muitos gênios, ele é um livro. Na verdade, são três. Podem-se comprá-los individualmente, ou a coleção, em uma caixa chamada *A Story as Sharp as a Knife: Masterworks of the Classical Haida Mythtellers*. O volume um é *A Story as Sharp as a Knife: The Classical Haida Mythtellers and Their World (Uma história afiada como uma faca: Contadores de mitos clássicos Haida e seu mundo)*. É preciso começar mesmo por ele, caso contrário fica-se como alguém olhando para a já citada catedral normanda e suas seqüências de imagens da Criação do Mundo ao Juízo Final, sem nenhum conhecimento da Bíblia ou do simbolismo cristão. O volume dois – *Nine Visits to the Mythworld (Nove visitas ao mundo dos mitos)* – é devotado às obras de Ghandl; e *Being in Being (Ser em ser)*, volume três, às obras de Skaay. Cada um inclui material biográfico e histórico que localiza os poetas no tempo e no espaço e auxilia a fazer uma avaliação de suas façanhas. Cada volume também é ilustrado – felizmente, uma vez que a arte visual da cultura era uma extensão das histórias e vice-versa.

Um fato espantoso: este é o primeiro nome de qualquer poeta oral norte-americano a jamais ter aparecido na capa de um livro como sendo o autor do que está entre as capas. O mesmo acontece com a maior parte do material oral a chegar até nós. Tão logo é registrado por escrito – tão logo o conto se tornava separável do relato oral –, os nomes dos criadores individuais tinham o hábito de desaparecer, para serem subsumidos pelo tão conhecido Anônimo, ou tratados como criação coletiva de uma tribo. Como diz Bringhurst:

> (...) outros escreveram de forma extensa e com esforço sobre a natureza da cultura oral, mas raramente em tais obras encontramos um texto oral verdadeiro. Ainda com menos freqüência conhecemos um narrador real. O resultado é que os seres humanos verdadeiros que habitam as culturas orais desaparecem, e estereótipos os substituem. Os poetas orais nativos americanos têm sido tão freqüentemente maltratados dessa forma, que sua anonímia, sua falta de nome, passou a parecer prática regular. (p. 16, vol. I)

Bringhurst é o editor e tradutor desses dois poetas, mas é bem mais que isso. Ele pensou longa e cuidadosamente sobre as muitas questões envolvidas em sua tarefa, e fez um plano. Nele incluiu uma longa lista de coisas que eu não teria condições nem de começar a resumir, mas aqui estão algumas delas.

A poesia oral é poesia, as pessoas que a compuseram são poetas. A *Ilíada* e a *Odisséia* são poesias orais estabelecidas sob forma escrita, e também o é a maior parte da Bíblia, e também o são os ciclos de poemas de Skaay e Ghandl. A poesia oral por natureza é diferente da poesia produzida por uma sociedade em que a escrita é a norma. Ela depende da técnica e arte de representação pessoal, e, portanto, da platéia. É ouvida da maneira como a música é ouvida, e emprega muitos dos mesmos recursos. Ela é embutida na terra e dá testemunho de uma interação íntima com o que chamamos Natureza. É profundamente local.

Isto não quer dizer que a obra desses dois poetas seja provinciana ou de interesse limitado. Não; ela pode se colocar junto às melhores, porque vai além de sua cultura de origem para se pôr lado a lado com as grandes criações artísticas baseadas em mitos do mundo. Deste modo, é inapropriada a raiva de certas facções, que afirmam que Bringhurst, por ser branco, não tem nada que meter a mão em histórias que são "patrimônio" dos haidas – embora, de certa maneira compreensível, considerando-se a devastação e o massacre desencadeados e os roubos cometidos no passado por estranhos. Mas seria o mesmo que dizer que ninguém deveria traduzir Tolstoi porque ele é "patrimônio" dos russos. Tolstoi não poderia ter existido sem os russos, é verdade, mas mais ninguém deveria ter permissão de lê-lo?

Para continuar com os mandatos de Bringhurst: para norte-americanos, estes poemas e outros como eles deveriam ser parte da grande pilha de fundamentos, os blocos de construção do que chamamos de nossa "identidade", nossa "história", nossa "narrativa". Por que nossas bases, nossos princípios fundamentais devem vir da Grécia, de Roma e da Bíblia, e de sagas européias, e não também dos lugares onde realmente vivemos? Estas são questões não sem interesse para os habitantes de lugares como, por exemplo, Estados Unidos, Austrália, Nova Zelândia, América do Sul e México. Como observa Bringhurst: "Não é perfeitamente possível que, se ouvíssemos as histórias e as vozes nativas do lugar, ficássemos um pouco menos ansiosos de fazer mineração em sua superfície, desflorestá-lo, pavimentá-lo e poluí-lo em nome de ganhar dinheiro?"

Além disso, aqueles não são "apenas poemas". Eles são – especialmente no caso de Skaay – obras de filosofia. É o que afirma Bringhurst.

Espere um minuto, vocês dirão. Você quer me dizer que uma história sobre o Corvo comendo os oxicocos em seu próprio excremento é parte de uma meditação filosófica sobre a natureza do Ser? Bem, na realidade, sim. Mas esse é um debate que deve ser seguido de perto por pessoas mais capacitadas para este tipo de debates do que eu. Apenas acrescentarei que, embora a filosofia em nossos tempos esteja muito distante da religião, as duas costumavam ser unha e carne, e ambas eram inseparáveis da narrativa. O "Ser" é aquilo que ele faz, e o que é feito está encarnado nas histórias, com freqüência violentas e perturbadoras, não num conjunto de proposições abstratas. Tampouco se pode contar que o Ser vá agir da maneira como você acha que deveria. (Este conjunto de conceitos é muito mais moderno do que as hierarquias e as certezas e as piedades dos vitorianos, que eram o que Skaay e Ghandl tiveram de enfrentar.) Se pudermos lidar com o "Eu sou o que sou", do *Êxodo* da Bíblia, como um comentário legítimo sobre o mistério do "Ser", deveríamos ser capazes de compreender o Controlador de Voz, cuja face não pode ser vista e que se comporta para com os homens de maneira muito semelhante a que Deus fazia com Jó.

Por que o Canadá produziu tantos pensadores interessados pelas mesmas questões que captaram a atenção de Bringhurst, com resultados tão espetaculares e, por vezes, tão peculiares? Por que Edmund Carpenter e a revista dos anos 1950 *Explorations*, que andavam de mãos dadas com Marshall McLuhan e seu magnífico livro sobre os efeitos da alfabetização, *The Guttenberg Galaxy*? ("O Meio é a Mensagem" = "Oral não é igual a escrito".) Por que a primeira coletânea de poemas de Leonard Cohen foi intitulada *Let Us Compare Mithologies*? Por que Northrop Frye e seus exaustivos estudos sobre mito e literatura? Por que – mais recentemente – Sean Kane e seu muitíssimo elogiado livro, *The Wisdom of the Mythtellers*, que aborda mitos haidas, dentre outros?

Qualquer um que tenha chegado à maioridade lendo poesia canadense se lembrará do título "A Country Without a Mythology" (Um país sem uma mitologia) – um desafio saber se já existiu, de fato, algum desse. Detestamos que nos digam que existe uma iguaria cultural que não possuímos. Ou, então, nós temos, e passou despercebida – a resposta de Bringhurst –, ou temos de fazê-la nós mesmos, que foi a tarefa empreendida por poetas e escritores canadenses das gerações imediatamente antes da dele. Mas ao fazê-la, a qualquer tempo, em qualquer lugar, quanto de outros povos, "nós" deveríamos incluir em nosso "nós"?

Existe uma briga barulhenta em curso por causa da palavra "nós", é claro. Será que "nós" deve se tornar maior ou menor? Será que "nós" deve incluir toda a humanidade, ou seria isso dividir "nossos" segredos com um bando de estúpidos que nos degradarão e nos roubarão? Quem pode entrar em nosso círculo mágico, e com que provas? Os poemas pertencem àqueles que os compõem, ou àqueles que os apreciam? É uma das características de batalhas desse tipo que cada lado, com freqüência, fira seus próprios defensores.

Pode-se seguir o bate-boca em um pequeno folheto que acompanha o *magnum opus* de três volumes, e no qual Bringhurst dá suas respostas espinhosas para as perguntas espinhosas. Mas, tais disputas ruidosas não conseguem obscurecer o fato de que a conquista de Bringhurst é gigantesca, bem como heróica. É uma dessas obras que rearrumam o interior de nossa cabeça – uma profunda meditação sobre a natureza da poesia e do mito oral e sobre os hábitos de pensamento e sentimento que os contam. Traz de volta à vida dois poetas excepcionais que deveríamos conhecer. Ela nos dá algum insight do mundo deles – nas palavras de Bringhurst, "a vegetação da antiga floresta da mente humana" – e, por comparação, da nossa. Na marcha que empreendemos rumo ao secularismo, ao ordenado, ao urbano, ao mecanizado, o que nós perdemos?

46
Echarpes lindas de morrer

Neve, a sétima novela do escritor turco Orhan Pamuk, não é só uma façanha em termos de contar uma história, mas uma leitura essencial para nossos tempos.

Na Turquia, Pamuk é o equivalente a um astro de rock, guru, especialista em diagnóstico, e uma autoridade em questões públicas: o público turco lê suas novelas como se estivesse tomando seu próprio pulso. Ele também é tido em alta estima na Europa; seu sexto livro, o suculento e intrigante policial *Meu nome é vermelho*, levou o Prêmio Dublin IMPAC de 2003, contribuindo para sua longa lista de prêmios literários.

Ele merece ser mais bem conhecido na América do Norte, e sem dúvida será, uma vez que suas ficções enfocam o conflito entre as forças de "ocidentalização" e as dos islamistas. Embora seja ambientado nos anos 1990 e tenha sido escrito antes de 11 de setembro de 2001, *Neve* é misteriosamente presciente, tanto na sucessão de análises de atitudes fundamentalistas, quanto na natureza da repressão, raiva, conspirações e violência que retrata.

Como as outras novelas de Pamuk, *Neve* é um tour aprofundadado pela alma turca dividida, esperançosa, desolada e enganadora. É a história de Ka, um tristonho mas sedutor poeta que há anos não escreve nada. Mas Ka não é seu próprio narrador: quando a narrativa se inicia ele já fora assassinado, e sua história é coletada e composta por um "velho amigo", que por acaso calha de se chamar Orhan Pamuk.

Na abertura da novela, Ka havia estado em exílio político em Berlim, mas voltara a Istambul para o funeral de sua mãe. Ele se encontra a caminho de Kars, uma cidade empobrecida em Anatólia, justamente quando começa uma forte nevasca. ("Kar" é "neve" em turco, de modo que já recebemos um envelope dentro de um envelope.) Ka afirma ser um jornalista interessado no recente assassinato do prefeito da cidade e na onda de suicídios de mocinhas obrigadas por suas escolas a tirar os véus com que cobrem a cabeça, mas este é apenas um de seus motivos. Ele também quer ver Ipek, uma bela mulher que conheceu quando estudante. Divorciada de um antigo amigo de Ka, que se tornara político islamista, ela mora no maltrapilho Snow Palace Hotel, onde Ka está hospedado.

Impedido de escapar pela neve, Ka vagueia por uma cidade decadente, assombrada por seu próprio passado glorioso – restos arquitetônicos do outrora vasto império otomano; a majestosa igreja armênia que permanece vazia, atestando o massacre de seus antigos fiéis; fantasmas de governantes russos e suas profusas celebrações; retratos de Ataturk, fundador da República Turca e instigador de uma impiedosa campanha de "modernização", que incluiu – não por acaso – a proibição do uso do véu.

O fato de Ka se fazer passar por jornalista permite a Pamuk pôr em exibição uma variedade de opiniões. Aqueles que não vivem nos restos encolhidos de antigos impérios podem achar difícil imaginar a perda ressentida dos títulos (Nós deveríamos ser poderosos!), a vergonha (O que fizemos de errado?), o desejo de responsabilizar (De quem é culpa?) e a ansiedade com relação à identidade (Quem somos nós, na verdade?) que ocupam uma grande parte do espaço em tais lugares e, portanto, em *Neve*.

Ka tenta descobrir mais a respeito das garotas mortas, mas encontra resistência: ele é de família burguesa na Istambul cosmopolita, esteve no exílio no Ocidente, tem um sobretudo elegante. Os fiéis o acusam de ateísmo; o governo secular não o quer escrevendo sobre os suicídios – uma mancha na reputação da autoridade –, e assim é seguido por espiões da polícia; e a gente comum do lugar desconfia dele. Ka está presente numa confeitaria quando um minúsculo pistoleiro fundamentalista assassina o diretor do Instituto que expulsou as garotas das echarpes. Ele é confundido com o ex-marido de sua amada e os dois são presos, e ele testemunha a brutalidade do governo secular. Ka consegue escapar de seus seguidores por tempo suficiente para se encontrar com um extremista islâmico às escondidas, o persuasivo Azul, que se diz o mentor do assassinato do diretor. E assim continua ele tropeçando de encontro em encontro.

Em *Neve* a linha entre farsa brincalhona e tragédia horrível é muito tênue. Por exemplo, o editor do jornal da cidade, Serder Bey, publica um artigo descrevendo a interpretação pública de Ka em seu poema "Neve". Quando Ka protesta dizendo que não escreveu nenhum poema chamado "Neve" e não vai recitá-lo no teatro, Serder Bey responde:

– Não tenha tanta certeza. Existem aqueles que nos desprezam por escrever as notícias antes que elas aconteçam... Há um bocado de coisas que só acontecem porque nós as escrevemos antes. É disso que trata o jornalismo moderno.

E realmente, inspirado pelo caso amoroso que começa a ter com Ipek e mais feliz do que esteve em anos, Ka começa a escrever poemas, o primeiro deles sendo então "Neve". Antes que você se dê conta, lá está ele no teatro, mas a noite também inclui uma encenação ridícula de uma peça da era de Ataturk, *Minha pátria ou meu véu*, enquanto adolescentes da Escola Religiosa vaiam. Os secularistas decidem fazer cumprir a regra e demonstrar seu domínio atirando na platéia.

As reviravoltas de destino, as tramas que retrocedem vão e voltam à direção de onde vieram, as manhas, os mistérios que recuam e somem de vista ao serem abordados, as cidades desoladas, o andar à espreita noturno, o sentido de perda de identidade, o protagonista no exílio – tudo isso é típico e o melhor de Pamuk, mas, também, é parte da paisagem literária moderna. Poder-se-ia defender uma tese sobre um gênero chamado "A Novela do Labirinto Masculino", que seguiria sua ascendência através de De Quincy, Dostoiévski e Conrad, e incluiria Kafka, Borges, Márquez, Don DeLillo e Paul Auster, e além disso, o policial do suspense noir de Hammett e Chandler. São principalmente homens que escrevem novelas desse tipo que retratam a si mesmos como seus heróis sem raízes, e provavelmente há um motivo simples para isso: envie uma mulher sozinha para uma busca noturna errante e ela tem muito mais probabilidade de acabar morta e muito mais cedo do que um homem.

Mulheres – exceto como objetos de desejo idealizados – não foram notadamente de importância central nas novelas anteriores de Pamuk, mas *Neve* é um abandono desse método. Há dois personagens femininos fortes, a maltratada emocionalmente Ipek, e sua irmã, a teimosa atriz Kadife. Além disso, há um coro: as garotas dos véus. Os homens brigando por poder em ambos os lados usam essas garotas como símbolos, depois de terem feito sobre elas uma pressão insuportável enquanto estavam vivas. Ka, entretanto, as vê como seres humanos sofrendo.

Não foi a pobreza nem a impotência que Ka achou chocantes nessas histórias. Tampouco foram as surras constantes a que as garotas eram submetidas, nem a insensibilidade dos pais, que nem sequer permitiam que elas saíssem, nem a vigilância de maridos ciumentos... [foi] como elas se mataram, abruptamente, sem ritual ou advertência, em meio a suas rotinas do cotidiano...

Seus suicídios são como os outros acontecimentos violentos na novela: erupções súbitas de violência expelidas por forças subjacentes inflexíveis.

As atitudes de homens com relação a mulheres impelem a trama em *Neve*, mas ainda mais importantes são as atitudes de homens em relação uns aos outros. Ka está sempre se preocupando se os outros homens o respeitam ou o desprezam, e este respeito depende não de riqueza material, mas do que se pensa que seja sua crença. Uma vez que ele próprio não tem certeza, ele vacila de um lado para outro. Deverá se ater ao iluminismo ocidental? Mas era tão infeliz em Berlim. Deverá retornar ao rebanho muçulmano? Mas a despeito de seu beija-mão inebriado de um líder religioso local, não consegue se enquadrar.

Se Ka fosse se comportar como era de se esperar, de acordo com as novelas anteriores de Pamuk, ele poderia buscar refúgio em histórias. Histórias, Pamuk já sugeriu, criam o mundo de nossa percepção: em vez de "penso, portanto existo", um personagem de Pamuk poderia dizer "existo porque narro". É bem como a posição de Sherazade. Mas Ka, o pobre assassinado, não é nenhum novelista: cabe a "Orhan Pamuk" agir como o Horácio de Ka.

Neve é a mais recente inclusão no projeto de longo prazo de Pamuk: narrar seu país até que ele exista. É também a mais próxima do realismo. Kars é desenhada com esmero, em toda sua esqualidez tocante, mas seus habitantes resistem à própria novelização por parte de "Pamuk". Um lhe pede que diga ao leitor que não acredite em nada que ele diz a respeito deles, porque "ninguém poderia nos compreender de tão longe". Isto é um desfio a Pamuk e sua arte considerável, mas também é um desafio a nós.

47
Dez maneiras de entender
A ilha do doutor Moreau

A ilha do doutor Moreau, de H. G. Wells, é um daqueles livros que, uma vez lido, raramente é esquecido. Jorge Luis Borges o chamou de um "milagre atroz" e fez altas afirmações em seu favor. Falando sobre os primeiros contos de Wells – *A ilha do doutor Moreau* dentre eles – disse: "Creio que eles serão incorporados, como a fábula de Teseu ou Assuero, na memória geral da raça humana e transcenderá até a fama de seu criador ou a extinção da língua em que foram escritos."[1]

Isto demonstrou ser verdade, se o cinema puder ser considerado como uma língua por si mesmo. *A ilha do doutor Moreau* inspirou três filmes – dois dos quais bastante ruins – e, sem dúvida, poucos que os viram se lembraram que tinha sido Wells o autor do livro. A história adquiriu uma vida própria, como a criação da imaginação de Mary Shelley, *Frankenstein*, adquiriu atributos e significados que não estavam presentes no original. O próprio Moreau, em suas encarnações fílmicas, pouco a pouco evoluiu em direção ao personagem do Cientista Louco, ou do Estranho Engenheiro Genético, ou do Tirano em Treinamento, dispostos a assumir o controle e dominar o mundo; enquanto que o Moreau de Wells, com toda certeza, não é louco, mas apenas um vivisseccionista, e não tem quaisquer ambições de conquistar e dominar coisa nenhuma.

O uso da palavra "fábula" por parte de Borges é sugestivo, pois, a despeito dos detalhes realisticamente apresentados de sua superfície, o livro sem dúvida não é uma novela, se por este termo quisermos designar uma narrativa em prosa tratando de vida social observável. "Fábula" indica uma determinada característica folclórica, que se esconde emboscada no padrão desta curiosa obra, como animais poderiam se emboscar em meio às frondes e flores de uma ilustração de Aubrey Beardsley. O termo também pode indicar uma mentira – algo de fabuloso ou inventado, em oposição àquilo que se pode demonstrar que existe – e, empregado neste sentido, é perfeitamente apropriado, uma vez que homem nenhum jamais transformou nem nunca transformará animais em seres humanos ao cortá-los e tornar a costurá-los. Em seu sentido mais comum, uma fábula é um conto – uma narrativa curta como aquelas de Esopo – concebida para transmitir alguma lição útil. Mas qual é a lição útil do doutor Moreau? Ela certamente não é explicada em detalhe por Wells.

"A obra que perdura é sempre capaz de uma infinita e plástica ambigüidade; é todas as coisas para todos os homens", diz Borges, "(...) e deve ser ambígua de uma maneira modesta e evanescente, quase que a despeito do autor; ele deve parecer ser ignorante de todo simbolismo. Wells demonstrou esta inocência lúcida em seus primeiros exercícios fantásticos, que são para mim a parte mais admirável de sua obra admirável". [2] Borges cuidadosamente não afirmou que Wells deixou de empregar qualquer simbolismo: apenas que ele parecia ignorar que o fizesse.

A seguir, apresento o que, espero, venha a ser uma tentativa igualmente modesta de investigar por trás da aparência, de examinar a ambigüidade infinita e plástica, de tocar no simbolismo que Wells pode ou não ter empregado deliberadamente, e tentar descobrir qual a lição útil.

Dez maneiras de entender *A ilha do doutor Moreau*

1. ELOIS E MORLOCKS

A ilha do doutor Moreau foi publicada em 1896, quando H. G. Wells tinha apenas trinta anos de idade. Veio depois de *A máquina do tempo*, que havia sido lançado no ano anterior, e seria seguida, dois anos depois, por *A guerra dos mundos*, este sendo o livro que estabeleceu Wells, com, apenas 32 anos, como um escritor a ser levado a sério e respeitado.

Para alguns dos profissionais da literatura mais distintos e cavalheirescos – aqueles, por exemplo, que haviam herdado dinheiro e não tinham de ganhá-lo escrevendo –, Wells deve ter parecido um intruso pretensioso, um penetra cheio de si e, além do mais, um provocador, porque era inteligente. Tinha subido na vida da maneira mais difícil. No mundo social inglês estratificado da época, ele não era nem da classe trabalhadora nem da elite da sociedade. Seu pai fora um comerciante malsucedido; e ele próprio tinha sido aprendiz de negociante de tecidos durante dois anos, antes de abrir seu caminho devagar, via trabalho como professor primário, até ganhar uma bolsa na Escola Normal de Ciências, em Londres. Ali estudou com o famoso apologista de Darwin, o biólogo Thomas Henry Huxley, formou-se com um diploma de primeiro da turma, mas havia sido gravemente ferido por um dos alunos enquanto lecionava – um acontecimento que o fez desistir da carreira docente. Foi depois disso que se voltou para a literatura.

O Viajante do Tempo em *A máquina do tempo*, escrito pouco antes de *A ilha do doutor Moreau*, descobre que os seres humanos no futuro se dividirão em duas raças distintas: os Elois que são bonitos como borboletas, mas inúteis; e os Morlocks, que são severos e feios, vivem em subterrâneos, fazem de tudo e saem à noite para devorar os Elois, cujas necessidades eles também suprem. As classes superiores (os Elois), em outras palavras, se tornaram um bando de Gorjeadores de Classe Alta, que perderam a capacidade de prover a própria subsistência e se defender, enquanto as classes trabalhadoras (os Morlocks) se tornaram perversas e canibalescas.

Wells não era nem um Eloi nem um Morlock. Deve ter pressentido que ele representava uma terceira via, um ser racional que havia subido de condição social unicamente por meio de competência e talento, sem tomar parte das futilidades e da impraticabilidade da camada social acima da sua, nem da crueza brutal daquelas abaixo.

Mas que dizer de Prendick, o narrador de *A ilha do doutor Moreau*? Ele andava viajando sem nenhuma pressa ao redor do mundo, para sua própria diversão, presumimos, quando o navio naufraga. O navio se chamava *Lady Vain* (Dama Vaidosa, Fútil), sem dúvida um comentário acerca da aristocracia esnobe. O próprio Prendick é um "cavalheiro com fortuna pessoal" que não precisa trabalhar para viver, e embora ele, como Wells, tenha estudado com Huxley, o fez não por necessidade, mas por tédio diletantista – "como um alívio para o embotamento e enfado de (sua) confortável independência". Prendick, embora não exatamente tão impotente quanto um Eloi maduro, está bem avançado no caminho de se tornar um. Donde sua histeria, sua lassitude, seu atordoamento, suas tentativas ineficazes de agir com imparcialidade, e sua falta de bom senso – ele não consegue imaginar como fazer uma jangada, porque nunca fez "nenhum trabalho de carpintaria, nem nada semelhante" em sua vida, e quando enfim consegue construir alguma coisa, a coloca longe demais do mar e então ela desmonta enquanto está sendo arrastada. Embora Prendick não seja uma completa perda de tempo – se fosse, não conseguiríamos concentrar nossa atenção em sua história – ele fica, contudo, no mesmo nível geral do pároco sem firmeza de caráter do livro posterior, *A guerra dos mundos*, aquele indefeso e babão "filho mimado da vida". [3]

Seu nome – Prendick – é sugestivo de uma combinação de *"thick"* (estúpido, tapado) com *"prig"* (pedante), qualidade esta que ele é explicitamente acusado de ter. Para aqueles versados em termos jurídicos, poderia sugerir *"prender"*, um termo do latim que designa alguma coisa de que você tem o direito de se apoderar sem que lhe tenha sido oferecida. Mas de maneira mais próxima sugere *"prentice"*, uma palavra que teria estado flutuando perto da semiconsciência de Wells, devido à sua temporada como aprendiz. Agora é a vez da classe alta de fazer um aprendizado. É hora de eles se submeterem a alguma degradação e aprenderem uma ou duas coisas. Mas, que coisas?

2. SINAIS DOS TEMPOS

A ilha do doutor Moreau foi escrita e publicada não só a meio caminho do período mais fértil de inventividade fantástica de Wells; também foi publicada durante um período semelhante na história literária inglesa. O romance de aventura tinha decolado com *Ilha do tesouro,* de Robert Louis Stevenson, em 1882, e Rider Haggard tinha feito ainda melhor com *Ela,* em 1887. Este último reunia aventura simples e sem rodeios – naufrágio, marchas em meio a pântanos perigosos e matagais inóspitos, encontros com selvagens cruéis, diversão em ravinas íngremes e grutas semi-obscuras – com um monte de esquisitices e aberrações trazidas de tradições góticas anteriores, apresentadas desta vez numa embalagem rotulada de "Não Sobrenatural". Os poderes excessivos de "Ela" não são atribuídos a um encontro íntimo com um vampiro ou deus, mas a um mergulho num pilar de fogo giratório, não mais sobrenatural do que um raio. "Ela" tira seu poder da Natureza.

É dessa mescla – do grotesco com o "natural" – que Wells tirou sua influência. Uma história de aventura que outrora teria apresentado batalhas com monstros fantásticos – dragões, górgonas, hidras – mantém o cenário exótico, mas os monstros foram produzidos exatamente pela atividade que era considerada por muitos na Inglaterra vitoriana tardia como a luminosa, nova e brilhante salvação da humanidade: a Ciência.

A outra mescla, que demonstrou ser tão irresistível para os leitores, já havia sido criada muito antes, e com superioridade singular, por Jonathan Swift: um estilo simples, direto, a serviço de acontecimentos incríveis. Por outro lado, enquanto Poe, aquele mestre do fantástico e do mórbido, empilha adjetivos para criar "atmosfera", Wells segue R. L. Stevenson e antecipa Hemingway em sua abordagem concisa, quase jornalística, geralmente a marca característica dos ultra-realistas. *A guerra dos mundos* mostra Wells empregando essa combinação com melhor efeito – pensamos que estamos lendo uma série de matérias de jornal e relatos de testemunhas –, mas ele já a está aprimorando em *A ilha do doutor Moreau*. Uma história contada de maneira tão neutra e com um olhar tão sólido para o detalhe certamente não pode ser, nós sentimos, nem invenção nem alucinação.

3. CIENTÍFICA

Wells é reconhecido como sendo um dos principais inventores do gênero que conhecemos como "ficção científica". Como disse Robert Silverberg, "toda viagem no tempo escrita desde *A máquina do tempo* tem uma dívida fundamental para com Wells. ... Neste tema, como na maioria dos grandes temas de ficção científica, Wells chegou primeiro."[4]

"Ficção científica", como termo, era desconhecido de Wells; não surgiria antes da década de 1930, na América, durante a era áurea de monstros de olhos esbugalhados e garotas de *brassières* de bronze.[5] O próprio Wells se referia a suas ficções voltadas para a ciência como "romances científicos" – um termo que não se originou dele, e sim de um escritor menos conhecido chamado Charles Howard Hinton.

Existem várias interpretações para o termo "ciência". Se ele subentende o conhecido e o possível, então os romances científicos de Wells não são, de forma alguma, científicos: ele dava muito pouca atenção a esses limites. Como Julio Verne comentou com desprazer, *"Il invente!"*. A parte de "ciência" dessas histórias está, em vez disso, embutida numa visão de mundo que teve origem no estudo de Wells dos princípios darwinianos a partir de Huxley, e está relacionada ao tema maior de estudo que o fascinou durante toda sua carreira: a natureza do homem. Isto também poderá responder pelo fato de ele ter oscilado e mudado de direção, ao longo de sua vida profissional, entre a extrema utopia (se o homem é o resultado da evolução, não da Divina criação, ainda certamente, não poderá evoluir mais?) e o mais profundo pessimismo (se o homem veio dos animais, e é semelhante mais a eles do que aos anjos, não poderia certamente escorregar e voltar atrás pelo caminho por onde veio?). *A ilha do doutor Moreau* pertence ao lado do débito do livro-caixa de Wells.

A origem das espécies e *A descendência do homem*, de Darwin, causaram um profundo choque ao sistema vitoriano. Fora-se o Deus que falava e fizera a criação do mundo em sete dias e que formou o homem do pó da terra; em seu lugar, estavam milhões de anos de mudança evolutiva e uma árvore genealógica que incluía primatas. Fora-se também a versão benevolente da Mãe Natureza de Wordsworth, que havia presidido os primeiros anos do século; em seu lugar, estava a "Natureza, com dentes e garras rubras/E desfiladeiro", de Tennyson. A devotada *femme fatale* que se tornou um ícone nos anos de 1880 e 1890 deve muito a Darwin. Do mesmo modo, a imagética e a cosmogonia devem à *A ilha do doutor Moreau*.

4. ROMANCE

E lá se foi o "científico" no "romance científico". Que dizer do romance?

Tanto no "romance científico" quanto na "ficção científica", o elemento científico é apenas um adjetivo; os substantivos são "romance" e "ficção". No que diz respeito a Wells, "romance" é uma palavra mais útil do que "ficção".

"Romance", na acepção de uso geral dos dias de hoje, é o que acontece no Dia dos Namorados. Como termo literário, decaiu um pouco de posição – sendo agora aplicado a ele o que se chama de "Romance de Arlequim" –, mas era compreendido de outra forma no século XIX, quando era usado em oposição ao termo "novela". A novela lidava com a vida social conhecida, mas um romance podia lidar com o "há muitos anos, em tempos que já vão longe", e também permitia mais latitude em termos de enredo. Num romance, acontecimentos emocionantes seguem-se a outros em ritmo acelerado. Como regra, isso teria feito com que o romance fosse considerado pelos grandes homens de letras – aqueles mais inclinados à instrução do que à diversão – como escapista e vulgar, um julgamento que remete há, no mínimo, dois mil anos.

Em *The Secular Scripture*, Northrop Frye oferece uma análise exaustiva dos elementos estruturais do romance como forma literária. Tipicamente, um romance começa com uma ruptura na consciência cotidiana, com freqüência – tradicionalmente –, assinalada por um naufrágio, quase sempre relacionado a um seqüestro por piratas. Climas exóticos são uma característica, exóticas ilhas desertas, especialmente; e do mesmo modo o são criaturas estranhas.

Nas porções sinistras de um romance, o protagonista freqüentemente está aprisionado ou encurralado, ou perdido num labirinto, ou numa floresta, que serve para o mesmo propósito. As fronteiras entre os níveis normais de vida se dissolvem: vegetal se torna animal, animal se torna quase humano, o humano desce ao animal. Se o personagem principal for do sexo feminino, será feita uma tentativa contra a sua virtude, que ela miraculosamente consegue preservar. Um resgate, por mais improvável que pareça, traz o, ou a, protagonista de volta à sua vida e à reunião com sua família. *Péricles, príncipe de Tiro*, é um romance. Tem tudo, exceto cachorros falantes.

A ilha do doutor Moreau também é um romance, embora um romance assustador, noir. Considerem a ruptura na consciência do protagonista – as múltiplas rupturas, na verdade. Considerem os piratas, aqui representados pelo vil capitão e tripulantes do *Ipecacuanha*. Considerem o nome *Ipecacuanha*, que corresponde a uma erva de ação emética: a ruptura na consciência terá um lado físico bastante desagradável, de um tipo possivelmente médico. Considerem as fronteiras fluidas entre animal e humano. Considerem a ilha.

5. A ILHA ENCANTADA

O nome dado à ilha por Wells é *Noble Island* – Ilha Nobre, uma ironia flagrante, bem como mais uma cutucada no sistema de classes. Digam isso depressa e pronunciando mal, deliberadamente, e terão *no blessed island*, ilha nenhuma, ilha maldita.

Esta ilha tem muitas antecedentes literárias e várias descendentes. A principal dentre as últimas é a ilha de William Golding em *O senhor das moscas* – um livro que deve algo *A ilha do doutor Moreau*, bem como àqueles livros de aventuras, *Coral Island* e *A família suíça Robinson*, e, é claro, ao grande clássico original de náufrago em ilha, *Robinson Crusoé*. Também se poderia pensar em *Moreau* como outro de uma longa linhagem de livros sobre náufragos em ilhas.

Todos os que acabaram de ser mencionados, contudo, se mantêm, dentro dos limites estabelecidos pelo possível. *A ilha do doutor Moreau* é, pelo contrário, uma obra de fantasia, e seus avós mais imediatos serão encontrados em outro lugar. *A tempestade* imediatamente nos salta à mente: aqui está uma bela ilha, pertencente, de início, a uma bruxa, e depois tomada por um mago que impõe a lei e a disciplina, particularmente para o maligno e animalesco Calibã, que só obedece quando dor física lhe é infligida. O doutor Moreau poderia ser visto como uma versão sinistra de Próspero, cercado por, mais ou menos, uma centena de Calibãs criados por ele.

Mas o próprio Wells nos aponta a direção de uma outra ilha encantada. Quando Prendick, equivocadamente, crê que os animais-homens que viu foram outrora homens, diz: "(Moreau) tinha pretendido apenas... aquinhoar-me com um destino mais terrível que a morte, com tortura, e depois da tortura, a degradação mais hedionda que era possível conceber – me enviar, uma alma perdida, para o resto (da) horda de Comus."

Comus, sob a máscara desse nome no poema de Milton, é um poderoso feiticeiro que reina sobre uma floresta labiríntica. Ele é filho da feiticeira Circe, que é filha do Sol e da ninfa Perse e que mora na ilha de Aeaea. Ulisses desembarcou lá durante sua viagem de regresso, e Circe transformou em porcos seus companheiros e tripulantes. Ela tinha toda uma coleção de outros animais selvagens – lobos, leões – que também, antes, haviam sido homens. Sua ilha é uma ilha de transformação: de homem em animal (e então em homem de novo, depois que Ulisses consegue controlá-la).

Quanto a Comus, ele lidera um bando de criaturas, outrora homens, que beberam de sua caneca mágica e se transformaram em monstros híbridos – eles conservam seus corpos humanos, mas suas cabeças são de animais de todas as espécies. Assim mudados, eles se entregam a orgias sexuais. *Goblin Market*, de Christina Rossetti, com seus gnomos com formas animais que oferecem tentações à castidade e usam alimentos suculentos como isca, é, certamente, descendente mais tardio de Comus.

Como é apropriado para uma ilha encantada, a ilha de Moreau é, ao mesmo tempo, semiviva e de sexo feminino, mas não de uma maneira agradável. É vulcânica, e de tempos em tempos emite vapores sulfurosos. Vem equipada com flores, e também fendas e desfiladeiros, com frondes em ambos os lados. Os animais-homens de Moreau ali vivem, e, uma vez que não têm muito boas maneiras à mesa, há comida apodrecendo e a ilha cheira mal. Quando esses animais-homens começam a perder a humanidade e a reverter à sua natureza animalesca, esse local se torna cena de um colapso moral que é especificamente sexual.

O que é que nos leva a crer que Prendick nunca terá uma namorada?

6. A TRINDADE PROFANA

De maneira semelhante, o Deus do Velho Testamento não tem esposa. Wells chamou *A ilha do doutor Moreau* de "uma composição de blasfêmia juvenil", e é evidente que ele pretendia que Moreau – aquele forte cavalheiro solitário com o cabelo e a barba brancos – se assemelhasse às pinturas tradicionais de Deus. Ele também rodeia Moreau com uma linguagem semibíblica: Moreau é o legislador da ilha; aquelas de suas criaturas que contrariam sua vontade são punidas e torturadas; ele é um deus de caprichos e dor. Mas ele não é um deus de verdade, porque não pode realmente criar; pode apenas imitar, e suas imitações são ruins.

O que o impele a continuar? Seu pecado é um pecado de orgulho, combinado com uma fria "paixão intelectual". Ele quer conhecer tudo. Deseja descobrir os segredos da vida. Sua ambição é ser como Deus o Criador. Como tal, ele segue na esteira de vários outros aspirantes, inclusive o doutor Frankenstein e vários dos alquimistas de Hawthorne. O doutor Fausto paira no pano de fundo, mas ele queria juventude, riqueza e sexo em troca de sua alma, e Moreau não tem nenhum interesse nessas coisas: ele despreza o que chama de "materialismo", que inclui prazer e sofrimento. Ele se ocupa em trabalhar com corpos, mas deseja se distanciar do seu. (Moreau tem alguns irmãos literários: Sherlock Holmes compreenderia sua fria paixão intelectual. Do mesmo modo a compreenderia Lord Henry Wooton, de Oscar Wilde, daquela novela de transformação de *fin de siècle* anterior, *O retrato de Dorian Gray*.)

Mas na Cristandade, Deus é uma trindade, e na ilha de Moreau há três seres cujos nomes começam com M. *Moreau* como nome combina a sílaba "mor" – de *mors, mortis*, sem dúvida – com a palavra francesa para "água" – *eau* – apropriada para alguém que almeja explorar os limites da plasticidade. A palavra inteira significa "mouro" em francês. Assim, o muito branco Moreau também é o Homem Preto dos contos de bruxaria e magia negra, uma espécie de anti-Deus.

Montgomery, seu assistente alcoólatra, tem a face de um carneiro. Ele atua como o intercessor entre os seres animais-homens e Moreau, e, nessa função, ocupa a posição de Cristo o

Filho. É visto pela primeira vez oferecendo a Prendick uma bebida vermelha que tem gosto de sangue e um caldo de carne de carneiro. Há aqui uma sugestão irônica do Ofício da Santa Comunhão – bebida do sangue, carne do Cordeiro de Deus? A comunhão de que Prendick passa a fazer parte, ao beber a bebida vermelha, é a comunhão dos carnívoros, aquela comunhão humana proibida aos animais-homens. Mas é uma comunhão da qual, de qualquer forma, ele já fazia parte.

A terceira pessoa da Trindade é o Espírito Santo, retratado geralmente como uma pomba – Deus em vida, mas sob forma não-humana. E a terceira criatura de nome com "M" na ilha é M'Ling, a criatura animal que serve como assistente de Montgomery: ele lambe os dedos enquanto prepara um coelho para os seres humanos comerem. O Espírito Santo é um animal-homem deformado e idiotizado? Como composição de blasfêmia juvenil, *A ilha do doutor Moreau* era ainda mais blasfema do que a maioria dos comentadores percebeu.

Só para não deixarmos passar, Wells põe uma besta-serpente em seu jardim duvidoso: uma criatura que era completamente maligna e muito forte, e que entortou um cano de espingarda de modo a formar a letra S. Pode Satã, também, ser criado pelo homem? Caso possa, é, de fato, blasfemo.

7. A NOVA MULHER COMO MULHER-FELINA

Não há quaisquer seres humanos de sexo feminino na ilha de Moreau, mas Moreau está diligentemente fazendo um. O experimento ao qual ele se dedica durante a maior parte do livro diz respeito à sua tentativa de transformar uma fêmea de puma num similar de mulher.

Wells estava mais do que interessado em membros da família felina, como já assinalou Brian Aldiss. Durante seu caso amoroso com Rebecca West, ela era "Pantera", ele era "Jaguar". Mas "felina" tem outra conotação, mulher felina é a que denota uma sensualidade agressiva, animal; em gíria inglesa da época, *"cat"* significava "prostituta". Esta é a alusão feita por Montgomery quando diz – enquanto o puma está berrando sob a faca: "Que diabo... se este lugar não for tão ruim quanto a Gower Street [a zona do meretrício] – com suas gatas no cio." O próprio Prendick torna a ligação explícita depois que retorna a Londres, quando recua diante das mulheres "rondando como felinos (que) miavam para mim".

"Eu tenho alguma esperança de que a cabeça e o cérebro dela", diz Moreau, referindo-se ao puma, "... venham a compor uma criatura racional de minha própria criação". Mas a fêmea de puma resiste. Ela é quase uma mulher – chora como se fosse –, mas quando Moreau começa a torturá-la de novo, ela solta "um grito agudo, como o de uma virago enfurecida". Então, arranca os grilhões da parede e foge, um enorme monstro fêmea, ensangüentado, ferido e sofrendo dores. É ela quem mata Moreau.

Como muitos homens de sua época, Wells era obcecado pela Nova Mulher. À primeira vista, era totalmente a favor da emancipação sexual, inclusive do amor livre, mas a libertação da Mulher, evidentemente, tinha seus aspectos assustadores. *Ela*, de Rider Haggard, pode ser considerada como uma reação ao movimento feminista de sua época – se forem concedidos poderes às mulheres, os homens estarão condenados –, e, assim também, o puma fêmea deformado de Wells. Uma vez que a monstruosa e poderosa felina sexualizada arranca seus grilhões e escapa, sem o cérebro aperfeiçoado que deveria ter por cortesia do Homem o Cientista, portanto, cuidado com ela.

8. A BRANCURA DE MOREAU, O NEGRUME DE M'LING

Wells não foi o único escritor inglês do século XIX que lançou mão de criaturas peludas para representar dramas sociais ingleses. Lewis Carroll o fizera de uma maneira extravagante nos livros de *Alice*, e Kipling de uma maneira mais militarista em *Os livros da selva*.

Kipling fazia com que "a Lei" (na verdade, proibições) parecesse de certo modo nobre, em *Os livros da selva*. Já Wells não. "A Lei" balbuciada pelos animais-homens em Moreau é uma paródia horrenda das liturgias cristã e judaica; ela desaparece completamente quando a língua dos animais se dissolve, indicando que era um produto do processo de linguagem, não de algum credo eterno concedido por Deus.

Wells estava escrevendo em uma época em que o Império Britânico ainda mantinha seu domínio, mas as rachaduras já estavam começando a aparecer. A ilha de Moreau é um enclave colonial da espécie mais infernal. Não é acidente que a maioria (embora não todos) dos animais-homens sejam pretos ou marrons, que eles sejam, inicialmente, tomados por "selvagens" ou "nativos" por Prendick, e que falem numa espécie de inglês mutilado. Eles são usados como criados e escravos – um regime que vigora à base de chicote e arma de fogo –, eles odeiam em segredo os homens "de verdade" tanto quanto os temem, desobedecem à "Lei" tanto quanto lhes é possível e violam-na e se recusam a aceitar qualquer disciplina ou controle tão logo podem. Eles matam Moreau, matam Montgomery e matam M'Ling, e se Prendick não conseguisse fugir, o matariam também, embora ele já tivesse incorporado seus hábitos e vivesse entre eles, e fizesse coisas que o enchiam de repugnância, e que preferiria não mencionar.

O papel do homem branco, realmente.

9. O VELHO MARINHEIRO MODERNO

A maneira através da qual Prendrick escapa da ilha é digna de nota. Ele vê um pequeno barco com uma vela e acende uma fogueira para chamá-lo. O barco se aproxima, mas de maneira estranha: não navega impulsionado pelo vento, e sim com guinadas e ziguezagues. Há duas silhuetas de homem a bordo dele, um de cabelo vermelho. E quando o barco entra na baía: "Subitamente um grandioso pássaro branco levantou vôo do barco e nenhum dos homens se moveu nem reparou. Ele voou em círculos e então veio impetuosamente sobre ele com suas fortes asas estendidas." Aquele pássaro não pode ser uma gaivota: é grande demais e solitário. A única ave marinha geralmente descrita como "grandiosa" é o albatroz.

Os dois homens no barco estão mortos. Mas é este barco-esquife, este barco-caixão, vida-em-morte, que demonstra ser a salvação de Prendick.

Em que outra obra da literatura inglesa encontramos um homem sozinho, reduzido a um estado lastimável, um barco que veleja sem vento, duas imagens de morte, uma com cabelo de cor incomum e um grandioso pássaro branco? A obra, é claro, é *A balada do velho marinheiro*, que gira em torno da relação correta do homem com a Natureza e conclui que esta relação correta é de amor. E só quando consegue abençoar as serpentes do mar é que o Marinheiro se liberta da maldição que trouxe a si mesmo ao abater com um tiro o albatroz.

A ilha do doutor Moreau também gira em torno da relação correta com a Natureza, mas suas conclusões são muito diferentes, porque a Natureza, em si mesma, é vista de outro modo. Não é mais a Natureza louvada por Wordsworth, aquela entidade maternal, benevolente, que nunca traía o coração que a amava, pois, entre Coleridge e Wells, veio Darwin.

A lição aprendida pelo Marinheiro que abateu o albatroz é resumida por ele ao final do poema:

> "Somente reza bem aquele que ama bem
> Homem, ave e animal.
>
> Somente ora melhor, aquele que sabe amar melhor
> A tudo, grande e miúdo;
> Pois o bondoso Deus que tem amor por nós,
> Ele fez e ama tudo." *

Em padrão semelhante ao do Velho Marinheiro, ao final de *A ilha do doutor Moreau* o "albatroz" ainda está vivo. Não sofreu nenhum mal nas mãos de Prendick, que, porém, vive sob a sombra de uma maldição. Sua maldição é a de não ser capaz de abençoar ou amar nada vivo: nem ave, nem animal e, mais que certamente, nem o homem. Ele é objeto, também, de uma outra maldição: o Velho Marinheiro está condenado a contar sua história, e aqueles que são escolhidos para ouvi-la são convencidos por ela. Mas Prendick prefere não contar, porque se tentar, ninguém acreditará nele.

---

* Tradução de Cid Vale Ferreira de *A balada do velho marinheiro*, de Samuel Coleridge, no site do mesmo nome. (N. da T.)

10. MEDO E TREMOR

Qual é, então, a lição aprendida pelo desafortunado Prendick? Talvez possa ser mais bem compreendida se referida à *Balada do velho marinheiro*. O Deus da ilha de Moreau de modo nenhum pode ser descrito como um Deus generoso, que faz e ama todas as criaturas. Se Moreau é visto como alguém que pretende ser uma versão de Deus o Criador, que "faz" coisas vivas, ele fez – de acordo com a opinião final de Prendick – um péssimo trabalho. De maneira semelhante, se Deus pode ser considerado como uma espécie de Moreau, e se a equação "Moreau está para seus animais como Deus está para o homem" pode ser válida, então Deus, ele mesmo, é acusado de crueldade e indiferença – criando o homem como brincadeira, para satisfazer sua própria curiosidade e orgulho, impondo-lhe leis que ele não pode compreender nem obedecer, e depois abandonando-o a uma vida de tormento.

Prendick não pôde amar a gente peluda, distorcida e violenta na ilha, e é igualmente difícil para ele amar os seres humanos que encontra depois de seu retorno à "civilização". Como Gulliver, de Swift, ele mal pode suportar a visão dos seres de sua própria espécie. Vive num estado de medo nauseante, inspirado por sua experiência contínua de fronteiras em dissolução: como as feras na ilha por vezes pareciam humanas, os seres humanos que encontra na Inglaterra lhe parecem bestiais. Ele demonstra sua modernidade ao procurar um "especialista mental", mas isto oferece apenas um remédio parcial. Sua percepção de si mesmo é de ser "um animal atormentado... condenado a vagar sozinho...".

Prendick abandona seu anterior interesse amador por biologia e, em vez disso, volta-se para a química e a astronomia. Ele encontra "esperança" – "uma sensação de paz infinita e proteção" nas "hostes faiscantes do céu". Como se para esmagar até esta tênue esperança, Wells quase que imediatamente escreveu *A guerra dos mundos*, em que não a paz e proteção, mas a maldade e destruição descem dos céus sob a forma de marcianos monstruosos, mas superiores.

A guerra dos mundos pode ser lida como mais um comentário sobre Darwin. É para isso que a evolução conduzirá – à renúncia do corpo, a gigantescas cabeças sanguessugas assexuadas com cérebros imensos e dedos tentaculares? Mas também pode ser lida como uma coda absolutamente apavorante arrematando *A ilha do doutor Moreau*.

NOTAS:

1. Borges, *Other Inquisitions*, p. 87.
2. Ibid.
3. *War of the Worlds*, p. 117.
4. *Voyages in Time*.
5. A "*brassière* de bronze" vem de uma história oral da ficção científica elaborada por Richard Wolinsky para a rádio de Berkeley KPFA-FM.

Bibliografia

PARTE UM: 1970-1989

1. Viagens ao passado – *Travels Back*. *Maclean's*, vol. 86 (janeiro, 1973), pp. 28, 31, 48.
2. Resenha de *Diving into the Wreck*. Resenha de *Poems 1971-1972*, de Adrienne Rich. *New York Times Book Rewiew*, 30 de dezembro, 1973, pp. 1-2. © 1973 de The New York Times Company.
3. Resenha de *Anne Sexton: A Self-Portrait in Letters*, eds. Linda Gray Sexton e Lois Ames. *New York Times Book Rewiew*, 6 de novembro, 1977, p. 15. © 1977 de The New York Times Company.
4. A Maldição de Eva – Ou, O Que aprendi na Escola. De *Women on Women*, editor Ann B. Shteir. (Toronto: York University, Gerstein Lecture Series, 1978), pp. 13-26.
5. Observado Northrop Frye. De *Second Words: Selected Critical Prose 1960-1982*, de Margaret Atwood. (Toronto: Anansi, 1982), pp. 398-406.
6. Como Escrever o Personagem Masculino. Uma versão um tanto diferente deste ensaio foi apresentada como uma Hagey Lecture na Waterloo University, em fevereiro de 1982. Esta versão foi publicada em *This Magazine*, vol. 16, n°. 4 (setembro de 1982), pp. 4-10.
7. Wondering What It's Like to be a Woman (Só querendo saber como é ser mulher). Resenha de *The Witches of Eastwick (As bruxas de Eastwick)*, de John Updike. *New York Times Book Rewiew*, 13 de maio, 1984, pp.1, 40.
8. Introdução de *Roughing It in the Bush*, de Susanna Moodie. (Londres: Virago, 1986), pp. vii–xiv.
9. Haunted by Their Nightmares (Atormentados por seus pesadelos): Resenha de *Beloved*, de Tony Morrison. *New York Times Book Rewiew*, 13 de setembro, 1987, pp.1,49-50. (Morrison, Toni: *Amada* – trad. Sarah K. Massaro, Nova Cultural, São Paulo: 1984.)
10. Writing Utopia (Escrevendo utopia). Discurso não publicado, 1989.
11. Tias Maravilha. De *Retratos de família: Recordações de vinte autores ilustres*. De *Family Portraits: Rememberances by Twenty Distinguished Writers*, ed. Carolyn Anthony. (Nova York: Doubleday, 1989).

12. Introdução: Leitura às cegas. Introdução de *The Best American Short Stories, 1989*, eds. Margaret Atwood e Shannon Ravenel. (Nova York: Houghton, 1989), pp. xi–xxiii.
13. The Public Woman as Honorary Man (A mulher pública na qualidade de homem honorário). Resenha de *The Warrior Queens* de Antonia Fraser. *Los Angeles Times Book Review*, 2 de abril de 1989, p. 3.

PARTE DOIS: 1990–1999

14. A Double-Bladed Knife: Subversive Laughter in Two Stories by Thomas King (Uma faca de dois gumes: A graça subversiva em dois contos de Thomas King. De *Native Writers and Canadian Writing*, ed. W. H. New. (Vancouver: UBC Press, 1990), pp. 243–250.
15. Nine Beginnings (Nove começos). De *The Writer on Her Work* (A escritora sobre seu trabalho), volume 1, ed. Janet Sternbug (Nova York: Norton, 1990, 2000), pp. 150–56.
16. A Slave to His Own Liberation (Escravo de sua própria liberação). Resenha de *The General in His Labirynth* (*O general em seu labirinto*: Record), de Gabriel García Márquez. *New York Times Book Rewiew*, 16 de setembro, 1990, pp. 1, 30.
17. Angela Carter: 1940-1992.
18. Pósfacio de *Anne of Green Gables* de Lucy Maud Montgomery. (Toronto: M&S, 1992), pp. 331–336.
19. Introdução: Os Primeiros Anos: Introduction to *The Poetry of Gwendolyn MacEwen: The Early Years*, eds. Margaret Atwood e Barry Callaghan. (Toronto: Exile Editions, 1993), pp. vii–xii.
20. Spotty-Handed Villainesses: Problems of Female Bad Behaviour in the Creation of Literature (Vilãs de mãos manchadas: Problemas de mau comportamento feminino na criação de Literatura). Uma conferência proferida na Cheltenham Lecture Series, Universidade de Gloucester, 8 de outubro de 1993.
21. O Estilo Grunge. The Grunge Look: *Writing Away: The PEN Canada Travel Anthology*, ed. Constance Rooke. (Toronto: M&S, 1994), pp. 1–11.
22. Not So Grimm: The Staying Power of Fairy Tales (Nem Tanto Grimm: O poder duradouro de contos de fadas). Resenha de *From the Beast to the Blonde: On Fairy Tales and Their Tellers* de Marina Warner. *Los AngelesTimes Book Review*, 29 de outubro, 1995, p. 1.
23. "Little Chappies With Breasts" ("Homenzinhos com seios"). Resenha de *An Experiment in Love* (*Um experimento amoroso*, Rio: Record, 1999) *de* Hilary Mantel. *New York Times Book Review*, 2 de junho de 1996, p. 11.
24. In Search of *Alias Grace* (*Vulgo Grace*, Editora Rocco). Sobre escrever ficção histórica canadense. Uma conferência proferida feita na Bronfman Lecture Series (Ottawa: novembro de 1996), Smithsonian Institute (Washington: 11 de dezembro de 1996), Chicago Library Foundations (6 de janeiro de 1997), Oberlin College Friends of the Library (8 de fevereiro de 1997), City Arts &

Lectures (San Francisco: 5 de março de 1997). Reimpresso em *American Historical Review*, vol. 103, nº. 5 (dezembro de 1998), p. 1503 (1).
25. Por que eu amo o *mensageiro do Diabo*. Crítica de *O mensageiro do diabo (The Night of the Hunter)*, dir. Charles Laughton (1955). *Guardian*, 19 de março de 1999, p. 12.

PARTE TRÊS: 2000–2005

26. Pinteresque. *The Pinter Review*, outono de 2000.
27. Mordecai Richler: 1931–2001: Diogenes de Montreal. *Globe and Mail*, 4 de julho de 2001, pp. R1, R7.
28. Quando o Afeganistão estava em paz. *New York Times Magazine*, 28 de outubro de 2001, p. 82.
29. Introdução de *She (Ela)*, de H. Rider Haggard. (Nova York: Random House, 2002), pp. xii–xxiv.
30. Introdução de *Doctor Glas*, de Hjalmar Söderberg, trad. Paul Britten Austin. (Nova York: Anchor, 2002), pp. 5–10.
31. Mystery Man. Resenha de: *The Selected Letters of Dashiell Hammett, 1921–1960*, eds. Richard Layman e Julie Rivett; *Dashiell Hammett: A Daughter Remembers* de Jo Hammett; e *Dashiell Hammett: Crime Stories & Other Writings*, ed. Steven Marcus. *New York Review of Books,* vol. 49, nº. 2 (14 de fevereiro de 2002), pp. 19–21.
32. Of Myths and Men (Sobre mitos e homens). Resenha de *Atanarjuat: The Fast Runner*, dir. Zacharias Kunuk (2001). *Globe and Mail*, 13 de abril de 2002, p. R10.
33. Cops and Robbers (Policiais e ladrões). Resenha de *Tishomingo Blues* de Elmore Leonard. *New York Review of Books,* vol. 49, nº. 9 (23 de maio de 2002), pp. 21–23.
34. The Indelible Woman (A mulher indelével). *Guardian*, 7 de setembro de 2002.
35. The Queen of Quinkdom. Resenha de *The Birthday of The World and Other Stories* de Ursula K. Le Guin. *New York Review of Books*, vol. 49, nº. 14 (26 de setembro de 2002).
36. Victory Gardens (Jardins da vitória). Prefácio de *A Breath of Fresh Air: Celebrating Nature and School Gardens*, de Elise Houghton. (Toronto: Sumach Press, 2003), pp. 13–19.
37. Mortification (Tormentos e vexames). De *Mortifications: Writer's Stories of Their Public Shame*, ed. Robin Robertson. (Londres: Fourth Estate, 2003), pp. 1–4.
38. Writing [Escrevendo] *Oryx e Crake*. Book of the Month Club/Bookspan (janeiro de 2003).
39. Letter to America (Carta para a América). *The Nation*, 14 de abril de 2003, pp. 22– 23.
40. Edinburg and Its Festival (Edimburgo e seu Festival). *Edinburg Festival Magazine*, maio de 2003.

41. George Orwell: Some Personal Connections (George Orwell: Algumas ligações pessoais). Uma palestra transmitida pela BBC Radio 3 em 13 de junho de 2003. Reimpressa sob o título "Orwell and Me", *Guardian*, 16 de junho de 2003.
42. Carol Shields, Who Died Last Week, Wrote Books That Were Full of Delights. De "Lives & Letters: Carol Shields". *Guardian*, 26 de julho de 2003, p. 28.
43. He Springs Eternal (Ele ressurge eterno). Resenha de *Hope Dies Last: Keeping the Faith in Difficult Times,* de Studs Terkel. *New York Review of Books*, 6 de novembro de 2003, pp. 78–80.
44. Para Beechy Island. De *Solo: Writers on Pilgrimage*, ed. Katherine Govier. (Toronto: M&S, 2004), pp. 201-16.
45. Uncovered: an American *Iliad*. Resenha de *A Story as Sharp as a Knife: The Classical Haida Mythtellers and Their World* de Robert Bringhurst. *The Times Weekend Review*, 28 de fevereiro de 2004, pp. 10–11.
46. Headscarves to Die For. (Echarpes lindas de morrer). Resenha de *Snow*, de Orhan Pamuk, trad. Maureen Freely. *New York Times Book Review,* 15 de agosto de 2004, pp. 1, 8–9. (*Neve,* São Paulo: Companhia das Letras, 2006).
47. Ten Ways Of Looking at *The Island of Doctor Moreau* (Dez maneiras de entender *A ilha do doutor Moreau*). Introdução de *The Island of Doctor Moreau*, (Londres: Penguin, 2005).

Agradecimentos

Muitíssimo obrigada a todos aqueles que contribuíram para este livro. A Lennie Goodings, da Virago, que se encarregou das amolações; a Vivianne Schuster, Dianna McKay e Phoebe Larmore, minhas agentes literárias; a Adrienne Leahey, por ter-me ajudado a montar o livro; a Jen Osti, minha assistente, e Surya Bhattacharya, que ajudaram a encontrar as coisas; e a Coleen Quinn, que me manteve trabalhando em ordem. Aos muitos, muitos editores de jornais e revistas com quem tenho trabalhado ao longo dos anos, a todos vocês, minha gratidão.

E a Graeme Gibson, que com freqüência tem dito, tão sabiamente: "Eu não escreveria isso se fosse você"; e a Jess Gibson, leitora assídua, que por vezes pôde corrigir minha gíria.

E finalmente, às quatro mulheres irlandesas no trem de Galway para Dublin, as quais ouvi enquanto conversavam a respeito de meus livros. "Os últimos têm sido bastante longos", disseram elas. Logo depois disso, passei muitíssimo mal e fiquei o resto da viagem trancada no banheiro – alguns de nós são sensíveis a críticas, ou talvez tenha sido a imprudência de tomar o suco de cenoura –, mas gostaria que essas comentadoras soubessem que levei a sério suas opiniões. Alguns dos textos no presente livro são bastante curtos. De modo que tentei.

Este livro foi impresso na Editora JPA Ltda.,
Av. Brasil, 10.600 – Rio de Janeiro – RJ,
para a Editora Rocco Ltda.